湛庐CHEERS

与最聪明的人共同进化

HERE COMES EVERYBODY

CHEERS
湛庐

德雷尔一家

1

追逐
阳光之岛

My Family
and Other Animals

[英]杰拉尔德·德雷尔 Gerald Durrell 著
赵学坤 译

浙江科学技术出版社·杭州

测一测

关于德雷尔在科孚岛的多彩生活，你了解多少？

扫码加入书架
领取阅读激励

扫码获取全部
测试题及答案，
一起了解享誉全球的
“大自然作家”是如何成长的

- “大自然作家”杰拉尔德·德雷尔在10岁时跟随家人到了科孚岛并度过了五年的快乐时光，科孚岛位于：（　）

  A. 英国

  B. 法国

  C. 希腊

  D. 挪威

- 德雷尔在科孚岛上收养过很多动物，但不包括：（　）

  A. 猫头鹰

  B. 野猪

  C. 乌龟

  D. 鸽子

- 德雷尔在岛上曾惊奇地观察到一种用“拉丝”的方法取卵的昆虫，它是哪种昆虫？（　）

  A. 蚂蚁

  B. 草蛉虫

  C. 蜜蜂

  D. 蜘蛛

扫描左侧二维码查看本书更多测试题

Gerald Durrell

杰拉尔德·德雷尔

(1925—1995)

- 举世瞩目的物种拯救者
- “不列颠帝国勋章”获得者
- 影响世界的“大自然作家”

● 举世瞩目的物种拯救者

杰拉尔德·德雷尔只读过一年小学，却享有耶鲁大学、杜伦大学、肯特大学三所知名学府颁发的荣誉博士学位。因在濒危物种保护领域做出的杰出贡献，57 岁时，他获得了英国女王为他颁发的“不列颠帝国勋章”。他还是泽西动物园、泽西野生动物物种保护及繁育信托基金创办人。

德雷尔的一生都与动物为伍，足迹横跨亚、非、美洲大陆。他在泽西动物园旁创建“迷你大学”，训练各国学生，使他们在毕业后可以挑起建立繁殖动物基地的重大责任。目前，“德雷尔军团的步兵”已有超过 700 名热血男女，分布在世界 80 多个国家和地区。英国肯特大学为肯定他的成就，成立了“德雷尔动物保护及生态学院”。

德雷尔在泽西动物园埋下了一个时空胶囊，里面有一封给未来人类的信。信里这样写道：

我们希望未来会有萤火虫在夜晚指引你，

会有蝴蝶在灌木丛及森林里迎接你。

我们希望你的黎明会有鸟类歌唱的交响乐，

它们拍击翅膀的声音会让你感到振奋。

……

我们希望你会感恩于出生在这个神奇的世界。

影响世界的“大自然作家”

德雷尔一生完成了 37 本著作、12 部系列电视专辑，曾担任《纽约时报》定期书评人、《大西洋月刊》和《星期日泰晤士报增刊》撰稿人。

从 28 岁开始，德雷尔每年都有作品出版，内容包括广播稿、叙事散文、儿童故事、短篇小说等。他的作品至少被译成 31 种文字，纪录片截至目前仍在全球各地电视台播放，说他是全世界家喻户晓的人物，绝非过誉。

德雷尔的著作《德雷尔一家：追逐阳光之岛》畅销全球 60 多年。BBC 根据其改编摄制的电视剧《德雷尔一家》亦广受赞誉，被评为全世界“最会躺平的一家人”。

跌宕起伏的一生

据说德雷尔学会说的第一个词不是“爸爸”“妈妈”，而是“zoo”（动物园）。

6 岁时，德雷尔就立志建造自己的动物园。

10 岁时，德雷尔全家移居希腊科孚岛（Corfu），这段快乐的童年成为他一生的珍藏。

1939 年，第二次世界大战爆发。1943 年，德雷尔被征兵入伍后做医疗后勤工作，后来他自愿提出去看管牧场，直到战争结束。

1946—1956 年，德雷尔先后三次探险，彼时他收养的动物种类已达到相当数量。

1956 年，《德雷尔一家：追逐阳光之岛》出版。

1958 年，泽西动物园正式成立。

1963 年，泽西野生动物物种保护及繁育信托基金成立。

1969 年，《德雷尔一家：桃金娘森林宝藏》出版。

1978 年，《德雷尔一家：众神的花园》出版。

1995 年，德雷尔逝世，享年 70 岁。

德雷尔始终希望人们能够珍惜物种、回归自然，他在科孚岛度过的美丽时光如宝石般璀璨，永远地珍藏在他的脑海中，他也将其付诸笔端，让全世界的读者都能拥有这份宝藏，这便是“德雷尔一家”。

德雷尔临终遗言

就我个人来说，一个没有鸟，没有森林，没有各式各样、大大小小动物的世界，我宁愿不要活在其中。

如果你喜欢这本书（或我其他的书），请记得是动物赋予这本书生命，让这本书妙趣横生。动物是没有声音、没有投票权的大多数。没有我们的帮助，它们不可能生存下去。

我们每个人都有责任，要努力遏制人类对地球的可怕亵渎，我在用我仅知的方法，尽力在做，但我需要你的支持。

我的自辩词

> 天啊！有时候，连早饭都还没吃，我就相信了六件奇异的事。

白皇后，《爱丽丝镜中奇遇记》

本书故事发生在希腊的科孚岛，你将看到我们一家人在此共度的五年时光。我的初衷本是追忆岛上的自然环境与动物生态，但却犯了一个致命错误：开篇即安排了家人们登场。他们让故事热闹非凡，且引来了更多朋友，但也令篇幅越发紧张。我卖力删减，才能穿插进一两个段落，给动物们“专段专用”。

描写家人时，我杜绝夸张，力求所写即所见，还原大家的真实形象。但后面的部分情节还是太过疯狂，所以我想先解释一下。科孚岛时期的我们都相当年轻：大哥拉里不过二十三岁；二哥莱斯利十九岁；姐姐玛歌十八岁；我最小，才十岁，处在这个稚嫩的年龄，很容易受外界影响。因为母亲总说记不住自己的出生日期，所以请恕我无法考证她的准确年龄。我只能告诉你，她成功养育了四个孩子，应该算得上成熟老练了吧。母亲提醒我，一定要把她的寡妇身份写清楚，因为她向来洞察世事，深知“飞短流长不得不防”。

这五年赐予了我太多奇遇与美好，要把它们浓缩进一本书里，篇幅还得控制在《大英百科全书》之下，着实有些难度。我只得全力删改、拼接，被迫牺牲了不少流畅性。好些妙趣横生的情节与人物，也因此无缘登场。

本书能够付梓，离不开以下诸位的大力支持。当然，万一读者们对本书有不满意之处，那么哪些骂该谁来挨，咱们心里也能有个数。

我要在此感谢：

西奥多·斯迪凡尼德医生。他素来慷慨，允许我使用他著作中的材料。他的著作也以科孚岛为主题，但尚未发表。西奥多还贡献了不少妙事，后文中我们就能见到。

我的家人们。虽然无心插柳，但他们确实提供了大量素材。在本书的创作过程中，他们的支持掷地有声：但凡我问起某段过往，大家就会争得面红耳赤。至于赞同，那几乎不存在。

我的太太。读初稿时她经常笑出嚎叫声，让我十分受用。可惜后来她说，令人捧腹的其实是我的满篇拼写错误。

苏菲，我的秘书。自觉对全书逗号身负重任，该加的地方通通加上，但她貌似与分离不定式[①]势不两立，见一个便要删一个。

我的母亲，绝对担得起一段特别的赞颂，这本书是献给她的。母亲张弛有度，刚柔并济，对世间一切都洞若观火，能泰然处之，像是所向披靡的诺亚。人生如海，这位诺亚驾驶着小船，保护着孩子们，小心穿过尘世的风浪与雷电，英勇面对人员的叛乱、财务的危机。旅程艰险，一路上稍有不慎就会触礁。况且，这帮乘客会不会领情还得两说，一旦出了问题，倒霉的倒必定是她。母亲最后能活着上岸，真是个奇迹。厉害的是，她不仅成就了这个奇迹，还保住了自己的心气与风骨。而这一切居然被大哥拉里解读为：妈妈多亏有我们的培养，她的成就都是大家的杰作。没关系，母亲早已达到超然境界，能宠辱不惊，笑看一切了。不信你再看看这个故事。最近的一个周末，母亲独自在家时，一大堆箱子突然寄达了。箱里的“货物”包括两只鹈鹕、一只朱鹭、一只秃鹫，以及八只猴子。普通人多半当场就吓晕了，但我的母亲岂是凡人能比。星期一早上，当我赶到时，母亲正在车库里跟一只气到炸毛的鹈鹕周旋，手里还拿着个沙丁鱼罐头想

① 分离不定式是一个英语语法概念，指在普通的动词不定式中加入副词，以更生动地表意。——译者注

喂给它。

“亲爱的，你终于来了，太好了！”母亲上气不接下气，“这只鹈鹕稍微有点难伺候。”

我问她为何如此笃定，知道这些动物必然是我的。她回答：“孩子，我当然知道。除了你，还有谁会给我寄鹈鹕？”

我很欣慰，如此看来，母亲少说也了解透了一个孩子。

最后，我要强调一下，本书从头到尾都是真人真事真场景。活在科孚岛，就是活在精彩纷呈的滑稽剧中。下面这个细节就能充分说明它的特点和亮点了：我们曾有一张海军地图，上面精确地描绘着科孚岛的地貌，以及周边海岸线，但你敢想象，地图下沿竟印着这样一条警告语吗？

> 注意！浅滩的警示浮标常偏离正确位置，船只进入本区域后，须自行判断路线，保障航行安全。

目 录

01 My Family and Other Animals

启程

七月的退场有些潦草。毕竟八月的风力不轻，像拍灭一根蜡烛般，就熄灭了七月的清澈与清淡。天地间摇曳起微蒙的细雨，抚在脸颊，给人带来似痒似刺的微妙痛感。风雨中，人间雾气氤氲。青灰色的海浪吐着泡泡翻涌而来，拍打着伯恩茅斯海岸上的水泥海堤。岸上的度假小屋本就寂寥，此刻更添了几分窘迫。海鸥也颇识天象，纷纷离开海岸，进城游荡。它们僵着翅膀盘旋各处，不时呜咽两声。这种天气着实调皮，似乎是要考验一下人类在消沉和黯淡面前，到底能忍到哪一步。

我的家很应景，每个人都病得东倒西歪，且各取其“弱”，恰如窗外的空气般狼狈。鼻炎袭来，我的脑子像是被人灌满了水泥。趴在地上给贝壳打标签时，我只能张大嘴，一个劲儿地喘粗气。哥哥莱斯利患了中耳炎，耳朵流血不止，血虽不多但也不停。晦暗中，他在壁炉旁蜷成一团，目光里有炽烈的火苗上下舞动。姐姐玛歌苦青春痘久矣，那满脸的斑驳，仿佛是天生自带的红点面纱。此时的天气还要落井下石，给痘痘又加了不少码。母亲的感冒也不遑多让，风湿病还要见缝插针地耀武扬威一番。幸而大哥拉里屹立不倒，让家里有了唯一的幸存者。但这满屋子的溃不成军令他很是失望，眉眼间写满了恨铁不成钢。

众人与病魔骁战时，拉里着手干了一件大事——给我家接下来的迁徙工程垒上了第一块砖。拉里早已向大家证明了自己是不一样的烟火，虽是星点之光，但终将照亮银河。在起哄和拱火方面他颇有建树，屡屡把疯狂的想法植入别人脑中，然后溜到一旁。可惜拉里通常只负责点火，懒得后续跟进，不屑于对具体的结果负责。种种顽皮、心机与无辜，让他像极了一只狡黠的小猫。太阳逐渐西斜，拉里越发烦闷起来。他的目光扫过整个家，找到了切入点：我们的母亲，毕竟统领一切又为一切兜底的人总是她。

拉里突然向母亲发难，抬手指向窗户上肆意乱流的水珠说道："这破地方有什么好待的？你好好看看大家，玛歌的脸肿得像个大面包，还是点满了豆沙的那种。莱斯利耳朵里随时都塞着十米长的棉布条。杰瑞就更厉害了，连呼吸都不会了，动不动就喘得像个腭裂患者。还有你自己，老得这么快，皱纹里都是忧愁。咱们怎么就过成这个死样子了？"

母亲抬起头，目光越过眼前那本厚厚的《拉杰普塔纳快手菜》，抵达了风暴中心。

“我哪有那么惨？”她悻悻道。

“你就有这么惨，”拉里再进一步，“你现在的形象越来越像个爱尔兰洗衣工了。你的孩子们也棒极了，个个都是模特，能给疾病大百科做示范的那种。”

母亲一时语塞，不知怎么回怼才好。只能瞪拉里一眼，又埋头回到了快手菜的江湖中。

“我们需要阳光，”拉里迫切劝道，“莱斯利，你也同意吧？莱斯利？莱——斯——利——”

莱斯利终于反应过来，忙从一只耳朵里扯出半里长的棉条，可惜还是晚了一步：“啊？你说什么？”

“怎么样，够明白了吧？”拉里扭头转向母亲，得意扬扬，“瞧瞧，我跟莱斯利讲个话都费劲。咱们就只配过这种生活吗？我的两个好兄弟哟，一个听不到你在说什么，一个让你听不懂他在说什么。咱得想办法，不能坐以待毙。这个环境随时要人命，我怎么可能写得出不朽的作品来？我的文学梦都要被毁在这里了。”

“嗯，就是。”母亲胡乱应了一声。

“我再说一遍，”拉里回到主题，“我们要主动出击，去追寻阳光。温暖灿烂的地方才能让孩子们健康成长。”

“谁说不是呢？”母亲更敷衍了，估计没怎么用心听。

“今天早上我收到了乔治写来的信，信里说希腊的科孚岛住起来还挺舒服的。咱们也搬过去吧，稍微收拾一下就可以出发了。”

“真棒，你自己喜欢就好。”母亲毫无防备。不过通常只要涉及拉里，母亲都会很小心，避免自己被拽到坑里去。

“那咱们什么时候动身？”拉里没听懂母亲的言外之意，一时间竟以为大功告成了。

母亲这才放开《拉杰普塔纳快手菜》，意识到刚才差点进了套，接下来少不了一番拉锯。

“慢慢来嘛。不如你先过去打前哨，安排一下基本的衣食住行。如果一切顺利，你就写封信回来，我们过去跟你会合。”母亲说得滴水不漏。

拉里瞥了母亲一眼，脸色一沉。

“又来这一套？之前我建议搬去西班牙时，你也是这么说的，”拉里控诉，“结果是我一个人在塞维利亚等了两个月，你们连个影都没有。来的只是一封又一封的长信，里面还全是你的抱怨：今天下水道有点堵、明天水又不好喝……我简直成市政厅的投诉窗口了。这次要去科孚岛的话，你们必须跟我一起走。”

“拉里，别这么冲动。”母亲微微皱眉，“哪能抬腿就走啊？好歹先打点一下咱们的房子。”

“打点什么？卖了就得了。”

“卖房？那怎么行？！”妈妈一惊。

“怎么就不行？”

“我们刚刚才把它买下来。”

“那就趁它还没折旧，赶紧出手啊。”

“别瞎说了。”母亲脸带愠色，“卖房这事儿不用聊了，绝对不行。”

接下来我们就卖掉了房子，挥别了英国夏日的阴霾，如同一队南飞的燕群，向着心中的目的地飞去。

这次搬家我们都轻装出行，只带“必需品”。过境海关检查行李时，每只箱子都将是一幅素描，刻画着各自主人的个性与兴趣。玛歌带了不少薄纱衣物、三本瘦身书。另有小瓶小罐无数，每瓶都自称在治痘方面有奇效。莱斯利有两件高领衫，一条裤子，裤子里还卷着两把左轮手枪、一把气枪、一本名为《枪械保养不求人》的书，他还另带了一大瓶已经开漏的油。拉里则装了满满两大箱的书，还有一提包的衣服。母亲的行李也有清晰的分类逻辑，一类是服装，另一类则是林林总总的烹饪书和园艺书。长途旅行多半无聊，我只带了些能提振精神的宝贝：四本自然史的书、一个捕蝶网、一条狗、一罐子马上要结蛹的毛毛虫。每个人按自己的标准万事俱备后，大部队终于迈出了迁徙的第一步，将英伦海岸的潮气留在了身后。

一路上，我们邂逅了雨中的法国，路过了她的忧伤与哀怨；驶过了瑞士，那里的山顶盖着绵密的雪，像块圣诞蛋糕；还与意大利漫天的喧嚣嘈杂撞了个满怀，闻到了不少刺鼻的味道。一程程体验接踵而至，回忆起来叫人心生恍惚。意大利形如一只靴子，暮色下，我们的小船按捺下悸动，驶过东南角的靴子后跟处，滑进了一片被夕阳轻拥的海。我们在憋闷的房间里沉沉睡去。月光缠绵的海面上，一条无形的国界线被小船轻轻划过，由此正式进入了一个沐浴着万丈光华、如镜子般明亮璀璨的国度——希腊。新的气息渗透进了每个空隙，紧紧包裹着我们。晨光尚熹微，而苏醒后的每个人都已躁动起来，纷纷向甲板奔去。

清晓将至，海水荡出一波又一波藏青色的肌理。小船在自己身后描出扇形的尾浪，卷起的泡沫玲珑晶亮，恰如白孔雀的尾巴。苍穹一片鱼肚白，但东方已染上三分淡黄。视线正前方，雾气缭绕，巧克力色的岛屿轮廓隐约其中，被细腻的浪花温柔簇拥。科孚岛已近在咫尺。

我们眯缝着眼，试图一一辨出岛上山体的形状，找到山谷、山峰、沟壑、海滩，却只有朦胧的剪影映入眼帘。猝不及防间，朝阳腾出地平线，天空转为纯净、细腻的珐琅蓝，更胜蓝鸟的双眸。延绵而纤柔的海浪炽烈燃烧了一瞬，然后归于黛紫色，并任由草绿星罗点缀。方才的雾气扶摇而起，轻盈盘旋，如丝带飘舞。

科孚岛终于在我们面前登场。山体好像正酣睡在一张凌乱的棕色毛毯下。毛毯的褶皱缝里泄出了些许橄榄枝的青绿。一圈象牙白的沙滩镶嵌在海岸边，有村镇错落其中。这些村镇由颜色各异的石头建成，亮金、大红、纯白……，看上去都颤巍巍的，似将倾而未倾。岛北部的海角是一堵峭壁，山体呈铁锈红色，形态倒是圆润，但被凿出了好些个巨型岩洞。沿着海角，我们继续前行。此处的海浪尤为厚实，将小船的尾浪高高拱起，并往那些岩洞中猛推。进入洞口的刹那，尾浪迸裂玉碎，纷纷嘶吼着扑向岩壁。

绕过海角后，我们总算离开了山区，科孚岛的地势也缓和了许多。所见之处都是苍绿的橄榄树，枝条闪烁着银光，云蒸霞蔚。其间不时会有黑柏树的枝丫探出头，直愣愣地指着天，仿佛要责骂什么。岸边海水清浅，蓝得光彩夺目，像无数蝴蝶铺满水面。小船的引擎聒噪，但依然盖不住岛上的蝉鸣。鸣叫声越过海滩，悠悠入耳，仿佛是一个稚嫩的合唱团，在集体表演属于蝉的尖刻与嚣张。

02 My Family and Other Animals

未知的岛屿

海关在一个大棚子里办公，里面吵闹混乱。我们费了半天劲，才穿过人群，来到外面阳光明媚的码头上。城镇就散布在山坡之上。建筑物色彩多变，层层叠叠，一路向上铺展开来。护窗板被漆成了绿色，全部打开，无比壮观。放眼望去，像一万只飞蛾在展翅。海湾就躺在我们身后，澄澈，光滑，仿佛是个大盘子，默默盛着一抹温润的蓝。

拉里走在前面。他步子很快，头高高昂起，脸上揣着王者的傲慢，忘了自己其实是个小个子。一边走，还一边瞄着挑夫，满眼的不信任。挑夫要跟拉里的大箱子斗智斗勇，走得很是辛苦。莱斯利跟在后面，步履从容，个子矮小却相当敦实，周身散发着攻击性的气息。然后是玛歌，正努力拽着自己老长的纱布披风，所到之处香水味扑鼻。妈妈牵着小狗罗格，像一个柔弱的传教士被拖入了一场大暴动，无奈又焦躁——罗格找到了一根路灯杆子，生拉硬拽地冲了过去，要好好发泄一下积攒已久的欲望。妈妈根本招架不住，只好干瞪眼，乖乖站着等罗格完事。拉里找来了两辆破得触目惊心的马车，把行李放进第一辆，自己坐上了第二辆。一切就绪后他抬起头，烦躁地张望过来："怎么回事？我们还在等什么？"

"等妈妈呀，"莱斯利回道，"罗格找到了一根路灯杆子。"

"我的天啊！"拉里一下子坐正，咆哮起来，"妈！得了吧，赶紧上车。那只狗就不能忍忍吗？"

"来了来了。"妈妈应得心口不一，因为罗格离完事貌似还早。

"那只臭小狗真是麻烦，一路上就没消停过。"拉里抱怨。

玛歌愤愤不平："你也太没耐心了！狗哪里忍得住？……再说了，在那不勒斯，我们不也等了你一小时吗？"

拉里面无表情地回答："我是肚子不舒服了，没办法。"

"狗的肚子也可能不舒服啊，"玛歌得意了，"你俩是半斤五两。"

“那个词叫‘半斤八两’。”

“随便你，反正意思都一样。”

罗格终于被牵了过来，妈妈的头发都凌乱了。我们的下一个任务是把罗格塞进马车里。它没坐过这种车，全身上下都写着抗拒。大家只好亲手抬起整只狗的身子，一举扔进车厢中。罗格疼得呜呜大叫。装好狗后，我们也努力挤了进去。地方实在太小，只好委屈罗格被我们压着。经此一役，马也被吓得不轻，慌乱中一阵踉跄小跑。全家人被甩得横七竖八，倒成一片。可怜了最底层的罗格，发出阵阵哀鸣也无济于事。

“这个亮相真漂亮！”拉里相当不爽，“我一直想着，咱们的登场该是高贵的、优雅的、超凡脱俗的，但万万没想到居然是这副行状……一大家子就像个中世纪的杂耍团到了城里。”

“得了吧，拉里，”妈妈一边摆正帽子，一边温柔地说，“反正离旅馆也不远了。”

伴随马蹄的踢踏与金属链子的叮当，马车出发了。我们在马毛铺就的坐垫上尽量表现得高贵优雅，以满足拉里的要求。罗格被莱斯利紧紧钳住，它把头耷拉在马车边缘，忍无可忍地翻着白眼，一副命不久矣的模样。马车穿过一条巷子，四条串串狗形容粗糙，正在晒太阳。罗格一下子警醒，死盯了它们一下，然后爆发出声嘶力竭的狂吠。串串狗们也不示弱，立刻进入了战斗状态，对马车猛追不舍，叫声是一样的凶猛。这下子我们的形象彻底崩塌了，两个人在拼死压住罗格，剩下的人则需要探出车外，疯狂挥舞杂志和书本，以喝退亡命追逐的狗。但我们的反应居然搞得串串狗军团越发兴奋了，且每过一条巷子，就有几条新狗加入战斗。马车行进到科孚岛的主干道时，围攻的狗已超过二十条了，每条都怒发冲冠。

“怎么都不想点办法呢？我们在拍《汤姆叔叔的小屋》吗？”拉里大吼。

“你怎么不想点办法呢？怨别人有什么用？”莱斯利也怒了，罗格还在他手下挣扎。

拉里听罢，蓦然起身，从惊惶万状的车夫手中抢过马鞭来，发了狠地朝狗群抽去。不幸的是抽歪了，没打中狗，倒是给莱斯利的后脖来了一鞭子。

“搞什么鬼？”莱斯利脸红筋暴，朝拉里逼近。

“失误嘛，”拉里淡淡道，“最近练得少，太久没摸马鞭了。”

“你给我老实点！”莱斯利威吓。

“冷静，冷静，莱斯利，这肯定是个意外。”母亲插话进来。

拉里朝着狗群抡起胳膊，又挥出了一鞭子，这次打飞了母亲的帽子。

“狗都不如你麻烦。”玛歌嘟囔。

“拉里，小心些吧，”母亲捂着帽子说，“别伤了人，你快把鞭子放下。”

马车刚好停在了一个大门前，门上方挂着一块招牌，写着“瑞士公寓”四个字。在流浪狗看来，马车上的那只怂狗大限将至了。于是它们气喘吁吁地围住马车，试图给罗格来个瓮中捉鳖。大门里走出一个门童，留着老式的络腮胡，被眼前的壮观景象惊呆了。我们把罗格带进酒店时又吃了场大苦头，毕竟上车时全家就使了浑身解数：抬、扔、塞、压……好在拉里有了改观，不再纠结于形象和风度，还享受起驱狗的工作来。他跳下车，在狗群中手起鞭落，辟出了一条路。莱斯利、玛歌、母亲、我赶紧跟上，一边还得按住挣扎咆哮的罗格。一行人终于狼狈地撞进了大堂。门童随即把门重重关上，并靠在上面，胡子都吓得抖动着。旅馆经理走了过来，眼里是止不住的担忧与好奇。母亲转身面向经理，帽子歪在一边，手里还攥着我的一罐子毛毛虫。

“嘿！”她亲切地微笑着，仿佛刚才的一切都正常不过，“我们姓德雷尔，之前有过预定。房间都准备好了吧？”

“是的，太太，”经理慢慢绕过罗格，它的情绪仍未平复，“给您安排在二楼了，有四个房间，还带一个露台。”

“很好，”母亲笑着说，“我们先去房间，稍后下来吃午饭。”

母亲努力维持着高贵优雅的形象，先把大家领上了楼。

午饭时间到。餐厅虽大，却破败，里面摆着不少灰蒙蒙的棕榈树和歪歪扭扭的雕塑。络腮胡门童现在是餐厅的领班了。他穿上了燕尾服，戴上了塑料假领子。这领子有意思，一直噼啪作响，仿佛一群蟋蟀在开会。餐食的量很足，味道也不错，我们一阵大吃特吃。最后，咖啡端上来了，拉里靠在椅背上，叹了口气。

“午饭还算过得去，”在拉里口中，这个评价不简单了，“妈妈，你喜欢这儿吗？”

“怎么说呢，餐饮方面确实挑不出错。”母亲很保守。

“服务也很到位啊，”拉里补充，“经理还亲自帮我挪了床，往窗边靠了些。”

“哦？那我找他要纸的时候，服务可不怎么到位。”莱斯利说。

母亲：“纸？你要纸来做什么？”

莱斯利:“我要的是厕纸……卫生间里完全没有了。”

母亲:“嘘！小声点，这是餐厅。”

“你个粗心鬼，”玛歌高声喊道，“就在那个盘子旁，有个盒子，里面装满了厕纸啊。”

母亲惊恐起来:“玛歌，糟了！”

“怎么了？你没看到那个盒子吗？”

拉里“哼”地笑了一声。

“这个地方的下水系统比较怪，”他解释，“那个盒子呢，装的是……呃……使用完毕的那个……你懂的，满足完某种生理需求之后的纸。”

玛歌的脸瞬间涨得绯红，表情里尽是尴尬和厌恶。

“你是说……是说……那些纸是……不要啊！我可能会染上什么特别恶心的病。”泪水夺眶而出，玛歌号啕着冲出了餐厅。

“这种设计太不卫生了，”母亲严肃抗议，“简直是恶心。干吗要放那种盒子？误导人也就算了，关键是可能有风寒的危险啊。”

“旅馆如果能把物品配置到位，也就不会误导人了。”莱斯利回到了他一开始的论点。

母亲说：“没错，亲爱的，不过旅馆的问题不重要了。现在最要紧的是，赶紧找个房子搬走。否则大家都逃不了，全要遭殃的。”

玛歌在房间里脱掉衣服，玩命往身上洒消毒剂。她觉得自己已经被传染了。整个下午，母亲都被玛歌缠着，每隔一会儿就要为她检查身体，看看那些病到底有没有发作。瑞士公寓所在的街道与墓园相连，这个选址刺痛了母亲的神经。从露台往下看，成天都有送葬队伍浩浩荡荡，源源不绝。在科孚岛人看来，生离死别的全过程中，最大的高潮恐怕就是送葬了，队伍一个比一个华丽。车身披满紫色和黑色的绉纱，拉车的马也驮着厚实的羽毛装饰和马鞍。重负之下，它们居然还走得动路。通常有六到七辆这样的送葬车在前方开路，亲友们在上面哭天抢地。后面则跟着一辆货运马车，运送死者。棺材也堪称精美绝伦，乍一看，宛若巨型生日蛋糕。有些款式色彩丰富，有白色、紫色、黑红相间色、蓝色的装饰；还有些款式简约但不简单，由珠光黑打底，伴以繁复的金银丝花纹交错、包裹，通体不留一丝死角，黄铜把手更是光彩夺目。这些棺材是我见过的最缤纷耀眼的艺术品。我被征服了，觉得这才是最高级的送葬方式。人死后，就该由一支美轮美奂的马车队、一片移动的花海以及一群痛不欲生的人送走。我靠在露台的扶手上，欣赏着送葬队伍，心醉神迷。

队伍轮番走远，哭声和马蹄声逐次减弱。母亲的神经也被一次次地刺痛，越发心神不定起来。

“这里绝对在闹疫病！”她大叫，焦躁地看向街道。

“瞎说！妈妈，别大惊小怪啊。”拉里毫不在意。

“亲爱的，这也死得太多了吧？肯定有问题！”

“死亡能有什么问题？每分每秒都会发生的事情罢了。”

“我明白。但大家死得也太扎堆了，像一群群苍蝇似的，着实不对劲。”

“也许他们是攒了一大批，集中在埋。”莱斯利语气冷漠。

“傻话！”母亲说，“一定是下水系统的问题，这种设计就是危害健康。”

“天啊！”玛歌无比悲痛，“那我肯定躲不掉了。”

“不，不是的，亲爱的，这病不见得会扩散，”母亲含混地说，“也许它没有传染性。”

“没有传染性，还能叫传染病？”莱斯利逻辑严谨。

“哎，咱就别争了，”母亲对这个医学问题没兴趣，“但还是得搞清楚情况。拉里，你去问一下管卫生的部门好吗？”

“科孚岛怕是没这样的部门，”拉里说，“就算有，人家也不见得会告诉我。”

“算了。”母亲下定决心说道，“这个地方不能待了。我们必须离开城区，去郊外找个住处，动作要快。”

第二天一早，我们就去看房了。酒店的向导比勒先生陪同前行。他身材矮胖，视线闪躲，下巴总是汗涔涔的。出发时，比勒先生精神抖擞，对接下来会发生什么没有一点概念。也对，但凡没陪我母亲找过房子，你就不可能明白自己将经历什么。我们在岛上不停地转，一天下来，瞧了各式各样的房子，面积、颜色、位置各异，看得我们头昏眼花。母亲的反应无一例外，全部都是摇头。看完了第十个也是最后一个房子后，她依然不满意。比勒先生崩溃了，找了个台阶坐下，掏出手绢擦汗。

过了好一会儿，他终于开口：“德雷尔夫人，我把手里的房子全给您看过了，就没一个合格的。太太，您到底在找什么啊？这些房子哪里不好了？”

母亲一脸震惊地看着比勒先生。

“难道你没发现？这些房子都没有浴室啊！”

比勒先生也瞪圆了眼睛。

他痛苦又困惑："是的，夫人。但是您为什么要浴室呢？这么大的一片海，还不够您家用吗？"

回酒店的路上，所有人都沉默了。

当晚母亲就决定，第二天早上自行雇车去找房。她坚信，这岛上总有一座房子带浴室。其他人对此都严重存疑，所以出发时很是焦躁。我们来到了广场旁边，这里有出租车在排队等待。司机们看到我们，仿佛在看一群单纯又肥美的猎物。他们稍作打量，便纷纷下了车，秃鹫（jiù）般地过来把我们团团围住。每个司机眼里都闪着光，竭力叫嚷，互相使劲推搡。混乱的拉扯中，我们几乎要被撕裂了。对科孚岛来说，他们对待我们已经算是非常温和得体了。只是我们初来乍到，还没摸透希腊人的脾性，所以当时误以为自己有生命危险。

"拉里，你没点办法吗？"母亲被一个大个子钳住了，她大叫着想挣脱。

"能怎么办？难道说要向英国大使馆投诉他们吗？你说呗！"拉里嘶吼。

"别开玩笑了。你就告诉他们，我们不懂希腊语。"母亲快喘不上气了。

玛歌找到了一个缺口，笑嘻嘻地挤到了母亲身边。

“我们，英国人，”玛歌对着司机们大喊，“不懂，希腊，的话！”

“这人敢再推我一下，我就要戳他的眼睛了。”莱斯利满脸通红，好不耐烦。

“别，别！亲爱的，”母亲喘着粗气，一边阻止莱斯利，一边奋力对抗一个要拽走她的司机，“听我说，他们没有恶意的。”

突然间，一个浑厚而洪亮的声音袭来。所有人都惊了一跳，全场瞬间安静。那声音极其深沉，充满力量，让人想起火山爆发时的音效。

“喂！”声音的主人对我们说，“你们好歹找个听得懂你们说话的人啊！”

我们转过身，看到路边停着一辆老式道奇车。司机矮小，但身形如酒桶，一双胳膊像火腿般壮实。他有张饱经风霜的脸，一副看上去就不好惹的表情，以及一顶俏皮的鸭舌帽，还斜在脑门一边。男人下车走向我们，他的脸不怒自威，此刻更是阴云密布，眼睛扫过早已噤若寒蝉的司机。

“这群人是不是在纠缠你们？”他问母亲。

“没有没有，”母亲显然言不由衷，“只是我们不会希腊语，没法理解他们的意思。”

“语言不通，肯定不行的，”男人说，“这群混蛋——请原谅我的用词——连他们亲妈都能骗。等我一分钟，我去摆平他们。”

男人转身，向司机们飙出一通暴躁的希腊语，喝退了众人。这些人只能打着不服气的手势，骂骂咧咧地回到了车上。男人给出了最后一顿——想必相当有杀伤力的——责骂后，才向我们回过身来。

“你们想去哪儿？”男人问。

“我们想去找个房子，您能带我们去吗？”拉里说。

“没问题，你们说就是了，去哪儿找？”

“我们要的是，”母亲坚定地说，“一所带浴室的房子。您知道哪里有吗？”

男人一听顿感为难，活像一只黑黢黢的怪兽在发愁，两条黑眉毛被各种思索揉成了一团。

“浴室？”他又开了口，“你们想要浴室？”

“对，但我们看过的房子都没有。”

“等等！我还真知道一所带浴室的房子，”男人说，“但有点小，不知道够不够你们住。”

“我们想先去看看，可以吗？”母亲恳求。

“好啊！出发吧，都上车。”

我们随即爬进了他的大车。男人也把自己健硕的身躯塞进驾驶室，然后一脚油门，让引擎发出了震耳欲聋的轰鸣。车穿行在纵横交错的郊区道路上，不时急速地转向，以避开成群的毛驴、货车、农妇，以及数不清的狗。我们的喇叭一路啸叫着警示整条街。在这险境之中，司机还不忘扭过头来跟我们聊上两句。每次他说话，车也相应地左摇右摆，仿佛一只醉醺醺的燕子上了路。

“你们是英国人吧？我早看出来了……英国人喜欢浴室……我家就有浴室……我叫斯皮罗，斯皮罗·阿克奥普洛斯……但人们都叫我‘美国佬斯皮罗’，因为我有美式口音……对啊，为了挣钱，我去芝加哥待了八年……我这口流利的英语就是在那儿学的……待了八年后，我对自己说：‘斯皮罗，可以了，你挣得够多了……’然后就回了希腊……把这辆车也带了回来……这可是岛上最好的一辆，谁都比不过……英国游客都知道我……他们来科孚岛时，都要找我的……因为在我这儿，他们不会吃亏上当……我喜欢英国人……这是最棒的民族……我对天起誓，如果今生没当成希腊人，那我就情愿当英国人。”

我们飞驰过一条白色的大道，路面摞着厚厚的银色尘埃。车轮碾过处，细沙飞扬，如翻涌的云层。刺梨树矗立道路两旁，形成巨大的围栏。树冠饱满，边缘处彼此支撑，宛如一个个绿色的大盘子巧妙堆叠，各自还拢着一簇簇明艳、鲜红的果实。路边的葡萄园里，藤蔓被精心修剪过，个头不高，但枝叶已细密交织。橄榄树林里，树干布满麻点，枝丫与叶片的阴影打在上面，向我们做出了千万张鬼脸。还有甘蔗林，甘蔗秆自带的斑马条纹，恣意招展丰茂的长叶，遮天蔽日。终于，车呼啸着爬上一座小山，斯皮罗猛一踩刹车，在一团飞舞的烟尘中，车陡然停住了。

“就是这儿！”他的食指粗壮有力，指向正前方，“这座房子带浴室，你们要找的就是它。”

母亲刚才全程紧闭双眼，这时才敢慢慢睁开，打量起周遭来。眼前是山崖旁的一片缓坡，脚下的海面波光粼粼。环顾四周，不论山坡还是山谷，都有橄榄树郁郁葱葱。清风翩翩而来，吹拂过树叶，叶光闪耀着鱼鳞般的光泽。缓坡半腰处，几棵柏树清瘦挺立，守护着一所小房子。房子呈草莓般的嫩粉色，仿佛是个异国水果，正安静地躺在一片青葱翠绿里。微风中，柏树的枝丫悠扬起伏，似画笔正忙着给天空加色，想用更极致的蓝欢迎我们的到来。

03 My Family and Other Animals

草莓粉色的房子

这座房子玲珑，方正，带着一股稚嫩的倔强，站在自己小小的花园里。护窗板经阳光多年搓揉，已褪成了一种奶乎乎的绿色，四处起皮，还吱呀作响。高高的倒挂金钟篱笆环成一圈，形成了花园的外沿。花园内部，散落着众多花池，其形状各异：星形、半月形、三角形、圆形……花池很精致，每个都只有草帽大小。里面花团锦簇，长势喜人，花朵几欲倾泻而出。花池外侧先是被一圈白石头围住，更外侧还有狭窄的鹅卵石小径细密缠绕。玫瑰花瓣连翩零落，如茶杯托盘一般硕大而光洁。颜色或火红，或月白，每一片都莹润柔滑。金盏花们像一窝懵懂的小太阳宝宝，乖乖站好，举着小脑袋，看大人们如何恣意向上生长。低矮处的枝条中，三色堇纷纷探出头来，脸庞如天鹅绒般细腻纯真。一旁的紫罗兰则郁郁寡欢，在心形的叶片下暗自垂首。再往高处看，九重葛从小阳台上奔泻而下，率性地舒展。它灯笼形状的花朵洒脱奔放，一片浩荡的洋红色袭来，似乎在举办一场狂欢。倒挂金钟篱笆的缝隙里，还有千万朵花正在演绎芭蕾式的优雅，颤抖着舞出期许与渴盼。空气馥郁而浓烈，在这一切之上，更夹杂着无数已凋谢的花朵散发的气味，还有昆虫们的窸窸窣窣、喊喊喳喳。乍见这座房子，我们便知道它就是理想居所，它就像是一直在这里默默等候着我们回家。

不经意间，斯皮罗已渗透进了我们生活的方方面面，处处都在帮我们拿主意。他说这样最好，所有人都知道他，他出面，我们才不会吃亏。

“德雷尔太太，您什么都不用担心，”斯皮罗神色凝重，“全交给我就是。”

带我们买东西时，他动辄便会用上整整一小时，进行一场声势浩大的讨价还价。最后，这件东西的价格能被压下大约两德拉马克[①]，换成英镑约一便士[②]。斯皮罗教育我们说，价格降下来多少不重要，重要的是坚持不吃亏的原则。当然，他讲价能到这个境界，还有一个重要原因：希腊人天生爱讲价。我们从英国汇来的钱迟迟未能到账，斯皮罗知道后，便自掏腰包资助我们。他极有责任感，还去把银行经理大骂了一通，哪怕人家真是一点儿责任都没有。斯皮罗帮我们付清了旅馆账单，雇了一辆车，拉我们

① 德拉马克曾是希腊的货币单位，2002 年后被欧元取代。——译者注
② 便士是英镑的最小单位，1 英镑等于 100 便士。——译者注

的行李去新家。我们则坐他自己的车走，车里满载各种生活用品，都是他亲自为我们采买的。

后来我们发现，斯皮罗口中的“我认识所有人，所有人也认识我”还真不是吹牛。不论我们的车停在哪里，都立刻会响起六七个声音，热情地喊出他的名字，招呼他去树下的小桌旁喝杯咖啡。偶遇的警察、农夫、神父们会笑着向他招手；渔夫、杂货店主、咖啡馆老板们跟他亲如兄弟，见面就大呼：“嘿！斯皮罗！”这些笑容亲切无比，大家眼里的斯皮罗仿佛是个调皮又可爱的小孩子。人们喜欢他的坦荡和较真，尤其欣赏他被政府官员为难时展露出的轻蔑与无畏。刚到科孚岛那天，海关扣了我们两个箱子，怀疑它们是走私的货物。床上用品就在那两个箱子里，所以搬到草莓粉色的房子后，大家就无床单、被套可用了。搬家后，母亲把这事告诉了斯皮罗，向他请教下一步该怎么办。

“我的天啊！德雷尔太太，”斯皮罗大怒，“您怎么不早说？海关这群混账东西！明天我带您去一趟，摆平他们。这些人我全认识，他们也都知道我的大名。这事儿我搞得定，您放心就是！”

第二天上午，斯皮罗就带着母亲去海关的大棚了。我们几个孩子也跟着一起去，生怕错过了好戏。到了大棚，斯皮罗气势汹汹地闯进去，宛若一头被激怒的熊。

“我们的行李呢？”他用英语质问一个海关人员。

这个工作人员身材矮小，略有发福，也努力用英语回答道："你在找那两箱走私的东西吗？"

"你说呢？！"

"都还在这儿呢。"工作人员谨小慎微地回答说。

"好！我们全取走，"斯皮罗已是满脸不耐烦，"都给我拿出来。"

说罢，他大步流星往门外走去，想找个人来帮忙拎行李。工作人员则找母亲要来了箱子的钥匙，打算检查一下箱内物品。海关才刚拉开第一个盖子，斯皮罗就回来了。电光石火之间，斯皮罗狂吼着冲向前去，对着盖子就是一掌猛击——正正砸中了海关人员的手指。

"你瞎开什么箱子？！"斯皮罗的眼神杀气十足。

海关人员使劲抖着手，大声反驳，说检查行李本就是他的职责。

"职责？"斯皮罗不屑，"你能折腾个什么职责？欺负无辜的外国人？冤枉人家是走私犯？说啊！你的职责就是这些下三烂的玩法吗？"

斯皮罗喘了口气，一手拎起一只箱子，朝门外走去。末了，他还转过身，爆发了最后一轮猛攻。

“小子，你的事我都知道——克里斯塔基，你有个鬼资格跟我谈职责。你当年可是因为偷偷炸鱼，被罚了一万二德拉马克啊！任何罪犯都没资格跟我说职责。”

我们昂首阔步地走出了海关大棚，空气中洋溢着胜利的喜悦。所有行李完好，且没被开箱检查。

“这帮家伙还以为自己是岛主呢！”斯皮罗愤愤地说，完全没意识到，真正散发着岛主气质的人其实是他自己。

斯皮罗接管了我们的安置工作后，就像个小毛球一样扎进了大家的日常生活。相识不过几小时，他就从司机变成了护卫；一个星期后，还俨然升级成了向导、思想辅导员、挚友。他和这个家逐渐融为了一体，没过多久，就成了每件事的参与者，甚至是主心骨。不论我们需要做什么，他都会一一处理好，或告诫我们该付多少钱。他会小心观察孩子们的言行，并精选出有汇报价值的动向，实时跟母亲同步。在他眼中，我们都是头脑简单的小朋友，而他则是守护神，一个强壮、黝黑、其貌不扬的大天使。母亲在他心中的形象很是积极，他总是刻意当着我们的面，给予母亲最浮夸的赞美，让她尴尬得手足无措。

“你们都要注意自己的言行，”他训导我们，“绝对不能让妈妈担心。”

“何必呢？她也从来没为我们做过什么啊，我们干吗要为她着想？”拉里模仿着斯皮罗的凝重表情，故作惊讶。

“哎呀，我的拉里大少爷，这种玩笑可开不得啊！”

莱斯利插了进来：“拉里说得对，我们这个妈确实不怎么地。”

斯皮罗快崩溃了：“停停停，别说了！苍天在上，我发誓：如果我有一个这样的母亲，我能每天早上给她跪下，亲吻她的脚。”

搬完家后，我们渐渐习惯了新环境，每个人都有自己的适应方法。玛歌只需穿上她的泳衣去橄榄树林里晒日光浴就好。仅凭此，她便收获了一众农家小伙时刻追随。不论她身处多么荒凉偏僻的地方，只要被蜜蜂吓到，或需要人来移动椅子时，几个小伙就会立刻涌出来，大献殷勤。母亲觉得这个日光浴不合时宜，有必要提醒一下女儿了。

“玛歌，你这泳衣是不是太暴露了？”

“妈妈，你真老土！”玛歌不耐烦，“不管怎么说，人生苦短，每个人只能死一次。”

玛歌的表达不走寻常路。但不论是“只能死一次”，还是“只能活一次”，意思都没差，母亲听了倒也真闭了嘴。

拉里的大箱子着实难搞。三个健壮的农家小伙折腾了半小时，挥汗如雨，才终于喘着粗气将行李都扛进了家，其中一个还得从窗户外吊进去才行。拉里全程从旁辅助，主要工作是指点方向。箱子都到位后，他愉快地整理起里面的书来。只用了一天，房间就被书塞得密不透风了。你想要走进去，都没处下脚。拉里给自己搭了一圈书山做的防御工事，中间摆上了宝贝打字机，然后他便守着打字机搞起了创作。从此原则上闭门不出，到了饭点才晃下来刨两口。但第二天一早，拉里就大动肝火。因为有个农夫在我们的篱笆上拴了一头驴，每隔一会儿，它就扯着脖子高呼，叫声拖沓又凄苦。

“看看！未来人类无福读到我的伟大作品了，全都赖这个家伙！他居然在我窗下拴了头破驴，可笑不可笑？”拉里悲痛难耐。

“没错，亲爱的，”母亲说，“它确实打扰到你了，那你去挪开它吧。”

“妈妈，我的时间这么宝贵，怎么可能去橄榄树林里赶驴？何况我已经朝它扔过一本神智学的小册子了，我还能怎样？”

玛歌说：“这头驴也可怜啊，它自己又解不开绳子。”

拉里说：“科孚岛得出台一条法律，任何人不得在任何房子附近，拴这些恶心的畜生。但当务之急是，你们中能不能有人先去把它挪走？”

莱斯利补充：“凭什么？讨厌它的人又不是我们。”

“看，这就是大家的问题所在，”拉里痛心疾首，“谁都不愿意付出，不愿意为他人考虑。”

玛歌指出：“说的就是你。”

拉里转而责备母亲：“妈，这都是你的错啊！你不该把我们教得这么自私自利。”

“我有哪门子错？！”母亲愤愤不平，“我什么时候教你们自私自利了？”

拉里说：“人总不能天生就如此吧，好歹得有点你的熏陶，是不？”

最后，还是母亲和我解开了驴，把它往山下挪了去。

莱斯利喜欢站在窗边，用左轮手枪打室外的一个罐头，每日都不间断。大家深受枪声之苦。一天早上，一番震天动地的枪响后，拉里爆发了。他咆哮着冲出房间，说每隔五分钟，这个家就从头震到脚一次，如何搞创作？莱斯利也不甘示弱，说自己需要苦练枪技。拉里随即嘲讽道："这哪还是练枪技啊，简直是发动印度兵变[①]！"母亲也受不了了，建议莱斯利改用空枪练习。莱斯利自然不同意，但耐心解释了一番。最后，他的妥协方案是，把罐头稍稍放远些。枪声稍有减弱，但还是一样的惊悚。

母亲一边照顾我们，一边在新环境里找到了乐子：烹饪。她时刻都让家里飘着浓烈的香料味、大蒜味和洋葱味。厨房里有几口锅永远都在噗噜噜地冒着热气，母亲就在其中挥斥方遒，流连忘返。她把眼镜架在鼻尖上，不时嘟囔两句。厨房桌子上堆着一摞摇摇欲坠的书，她不时便要翻阅一二。等忙完了烹饪大业，母亲便欣然赶赴花园，小心地修剪枝叶，大方地拔杂草、撒种子。

对我来说，花园就已十足精彩，带着罗格一起获得了不少新奇的知识。比如，罗格现在明白了：切不可靠近大黄蜂去闻；看一眼铁门外附近农户养的狗，它们就会边跑边嚎，所以不要去看；篱笆外可能会突然跳出几只鸡来，尖叫着仓皇逃窜，但它们不是猎物，再馋也得忍着。

我们的花园是个迷你王国，奇幻又丰盛。花朵间、花枝畔，栖息着无数让我大开眼界的生灵。玫瑰厚实的花瓣细滑如凝脂。一种娇小的蜘蛛就住在里面，像一只只微型小螃蟹。受到惊吓时，它们还会横向狂奔。小蜘蛛们的身体是半透明的，颜色可依

---

① 英国人用"印度兵变"指称 1857 年发生的印度民族大起义，这是印度人民反抗英国殖民统治的独立战争。——译者注

照投靠的花朵而调整：柔粉、象牙白、胭脂红、明黄……玫瑰的枝干上，蚜虫密布。瓢虫就在其间爬来爬去，憨态可掬，如刚刚被上过色的玩具。瓢虫分不同颜色，有的是烟粉打底，配纯黑斑点；有的则以正红为主体，点缀棕色斑点；另外还有橘色身体，加深灰和炭黑斑点的。它们驮着圆滚滚的壳，优哉游哉信步于孱弱的蚜虫堆里，不时便饱餐一顿。大木蜂扭着毛乎乎的身体，仿佛是一群电光蓝色的小胖熊长了翅膀，正在花朵间逡巡飞舞，嗡嗡作唱。小豆长喙天蛾的外表平滑光亮，能垂直飞行，口味相当挑剔。但只要找得到一朵好花，它们就会悬停在空中，翅膀扑扇成一团重影，然后把自己细长的口器探入花蕊中，大快朵颐。鹅卵石小径上，巨大的黑蚂蚁集结在各种神奇的战利品旁，列着队形，打着手势，议论纷纷：这是只死掉的毛毛虫；那是片玫瑰花瓣；那儿还有一棵干掉的草尖，里面鼓鼓囊囊地装满了草籽呢……篱笆外，橄榄树林为这片热闹与繁忙演奏着背景音乐，那是蝉的欢唱，嘹亮而持久。盛夏的空气很独特，有一种黏稠的炽烈感。如果炽烈是有声音的，那它听上去一定就是这些刺刺不休的蝉鸣。

一开始，我整颗心都为门前的万千盛景所倾倒。一片迷离中，只能四处乱逛，任由视线被不同的奇迹牵引着，飘来飘去。这也有趣，那也好玩。篱笆上蹁跹（piān xiān）起舞的蝴蝶还时时来撩拨，让我的注意力更加难以集中。过一阵后，我终于对这蔚为大观的昆虫生态略感熟悉了，也终于可以静下心来定点观察事物了。我能花上好几个小时，蹲着或趴着，亲眼见证各种小生命的喜怒哀乐。罗格就坐在不远处等我，脸上写满无奈的顺从。如此专注，让我收获颇丰，知道了许多妙趣横生的现象与事情。

比如那种小螃蟹一样的迷你蜘蛛，变色能力真不输变色龙。坐在酒红色的玫瑰里，它会通体发红，俨然一颗珊瑚珠。如果被我挪到了白玫瑰的花蕊深处，它也能随遇而安，但身上色彩却会慢慢褪去，仿佛周遭环境的改变，在它体内引发了一场贫血病。两天后，蜘蛛依然静寐在那里，但周身已变得洁白无瑕，宛若一颗珍珠。

篱笆底部的干枝里，还生活着另一种小蜘蛛。它们是凶残的猎食者，如老虎般狡诈、狂暴。这种蜘蛛会小心巡查自己的领地，眼睛在日光下崭亮。它时而停下脚步，蹬着毛茸茸的腿，起伏瞭望。如果发现一只苍蝇碰巧在不远处晒太阳，那么小蜘蛛会站住，然后抬腿，以慢到极致——比树枝拔节还慢——的速度向前爬行。它确实在靠近苍蝇，但极其缓慢，谁都看不出来它在移动。小蜘蛛偶尔停下来，吐出一段蛛丝缠住树枝。终于，它到达了最佳的攻击点，做最后一次短暂的停留，让每只脚都微调一下位置，以获得最大的抓地力。然后，它一跃而起，在空中舒展开毛绒绒的腿，精准地降落在苍蝇身上，死死地裹住猎物。只要它抵达了攻击点，便定然不会失手，一次都不例外。

这些奇遇个个都让我狂喜，按捺不住想在第一时间就跟人分享。我会猛冲回家大喊，把全家都吓一大跳。我想让每个人都知道，玫瑰花枝上那些古怪的毛毛虫——周身墨黑且长满尖刺——

其实根本就不是毛毛虫，而是瓢虫的小宝宝。还有，谁能想到，草蛉虫竟是用“拉丝”的方法来产卵的？我亲眼见证了这个奇观，着实幸运。那天，一只草蛉，降落在玫瑰上，穿梭爬行于枝干间。我欣赏着她那美丽的翅膀，清透而轻盈，绿得如琉璃般明媚；金色的眼睛莹莹泛光。她先停稳，放低了腹部，稍事停顿后，又抬起了尾巴。震撼的时刻降临了，她的尾巴端竟然伸出了一条细线，似一根白发。就在这根线的末尾，卵被排了出来。草蛉妈妈休息片刻，便开始重复这个过程，直到卵铺满整条花枝，像一片袖珍的石松林凭空而降。产卵完毕，她轻轻晃了两下触角，然后扇动翅膀，摇出一阵绿色的烟影，又启程了。

在这个缤纷的迷你王国里，最让我兴奋的宝藏还得算一只蠼螋①（qú sōu）的巢。我曾经做梦都想要找到它，却遍寻不得，万万没想到，居然在这里偶遇了一个。寻寻觅觅后的蓦然相逢，让我欣喜若狂，仿佛突然被上天赐予了一件珍宝。当时，我碰巧挪开了一块树皮，眼前的土地上出现了一个凹洞，那一定是蠼螋妈妈亲自挖出的巢。她正趴在巢中央，像一只母鸡那样蜷缩着身体，守护着身下的几颗白色的卵。我打开树皮的瞬间，强烈的光刺进了巢里，蠼螋妈妈却能保持住体态，一动也不动。我数不清卵的数量，但看上去并不多，所以我猜这位妈妈还没产完卵，便又小心地给她把树皮盖了回去。

从此，我开始精心守护这个巢，用一圈石头给它建了个围

① 杂食性昆虫，盛产于热带和亚热带，常生活在树皮缝隙、枯朽腐木中或落叶堆下，喜欢潮湿阴暗的环境。——编者注

挡。为防家人不小心打扰，我还在旁边的杆子上插了个警示牌，上面用红笔写着：“住义（注意）！蠼螋巢，清按净（请安静）！”好玩的是，我真正写对的只有“蠼螋”和“巢”，恰好是两个与生物有关的词。几乎每个小时，我都会去仔细观察一下这个巢，一盯就是十分钟，蠼螋妈妈怕是苦不堪言。但凡我去得再频繁一点，她估计就要弃巢而逃了。时光流逝，卵在努力成长，蠼螋妈妈好像也习惯了我时不时的叨扰。我甚至觉得，她已经开始认识我了。因为每次撩开树皮时，她都会友好地挥一下触角。

可惜，事情的发展让我备受打击。我兢兢业业守护了它们许久，蠼螋宝宝们却在一天夜里被孵化了出来。我想蠼螋妈妈已经看到了我的用心，一定也努力等了我许久，希望让我见证孵化的过程。可惜最后事与愿违。此刻，一窝小巧、稚嫩的幼虫就在我眼前，精致得像是用象牙雕琢出的艺术品。它们在母亲的身体下缓缓蠕动，在母亲的腿间爬来爬去，个别顽皮的甚至还攀到了妈妈的尾铗[①]上。这场景可以融化你的心。第二天，巢就彻底空了：我放在心尖尖上的蠼螋大家族已四散开去。后来我还见到过其中一个宝宝，它长大变壮了不少，身体也更接近棕色。但我一眼便能认出它来。一堆玫瑰花瓣中，它正蜷着身子，睡得香沉。面对我突然的打扰，也只是举起尾铗，不耐烦地晃了晃。我不会自欺地把这当作是它的一声友好的招呼，这个动作当然是蠼螋的一种防卫，它是在威慑敌人。没关系，毕竟我们最后一次相见时，它太小了。

---

① 蜂类、蝎子等动物尾部用于御敌或猎食的毒针。——编者注

我认识了一群农家姑娘，她们体格健硕，每天早晚都会侧身骑着毛驴，从花园外经过。毛驴们没精打采，耷拉着耳朵，但姑娘们却爽朗、明艳，好像一群鹦鹉飞过，橄榄树林瞬间便荡起了欢声笑语。清晨，驴队“啪嗒啪嗒”的声音由远及近，等到了跟前，她们便会满面春风地跟我打招呼。晚上回来时，她们会骑在驴背上，歪靠着篱笆，一边努力保持平衡，一边笑着递给我各种礼物：有时是一串琥珀色的葡萄，带着白天阳光的暖意；有时是一把无花果，已经熟到焦黑，胀开的表壳处呈一根根粉色的条纹；有时是一个硕大无比的西瓜，内部的果肉如粉色的冰块。随着时间推移，我渐渐开始能听懂她们的话。初听上去，就是一串胡乱发的嘟囔。但后来，它们变成了一个个清楚的、独立的音节。过了一段时间，突如其来地，这些音节便有了意义。我甚至还能慢慢地去使用它们了。我尽力把新学到的单词排布成句子，哪怕语法稀里糊涂，语序和结构乱七八糟。不过邻居们却极其开心，我每精进一点，就仿佛是又在吹捧他们，令大家欢欣鼓舞。我磕磕绊绊地组词造句时，即使就是一声问候、一个短句，他们都会靠在篱笆上，紧皱眉头，认真倾听。我说完后，他们一定会点头，给我真挚的笑容，并鼓掌庆贺。我越来越了解他们，知道了谁叫什么名字，谁和谁是什么关系，谁已经结婚了，谁正巴巴地等着结婚，如此种种。我还知道他们的村舍坐落于橄榄树林的哪些地方。只要我和罗格路过，邻居们就会举家而出，伴随热闹的喧嚣与欢笑，一窝蜂地涌过来欢迎我们。他们会搬来椅子和水果，邀请我坐在葡萄树下，一起享用。

时光缓缓流逝，各种体验如花粉般细细柔柔地飘来，附着并渗透进我们的心。科孚岛的每一天都有着独特的从容与静好，让人不舍任何一轮西沉的落日。但翌日清晨，当夜晚的黑色天幕被撕开时，新一轮的精彩又扑面而来——同样的华光万丈，斑斓锦簇，像孩子们创作的版画，美得如梦如幻。

04 My Family and Other Animals

吉丁虫奇人

每日我醒来时，清晨暖阳都已给护窗板描好了金色的纹路。家中各处弥漫着厨房的炭火香气，鸡鸣狗吠四起。窗外正有羊群疏懒地被赶往牧场，羊铃响得戚戚哀哀。

花园里有几棵稚嫩的柑橘树，我们通常在树下吃早餐。天空也渐渐苏醒，鲜亮起来，但尚未蓝到绚烂，只是铺了一层清淡的乳白。花朵睡眼惺忪，玫瑰被露水压皱，金盏花花瓣紧闭。进餐时的氛围松弛而宁静，大家尚未找到谈笑风生的状态。等咖啡、面包、鸡蛋都落了腹，餐桌便像是苏醒了过来。家人们开始聊今天计划做什么，为什么要做，不忘对他人的计划评头论足一番。但我除外，因为我非常清楚自己该做什么，恨不得能早一秒钟吃完，尽快出发。

“你怎么都不嚼的啊，就必须这么胡吃海塞吗？”拉里不满地质问我，同时优雅地用一根火柴棍剔牙。

母亲：“孩子慢点吃，不急啊。”

不急？罗格正在大门处等我，黝黑的身体写满了催促，棕色的眼睛充盈着渴望，我如何不急？第一批醒来的蝉已准备就绪，试着奏出了几缕小提琴般的乐声，我如何不急？晨风清冽，天际崭亮，整座岛屿都在等着我去探索，我如何不急？我此刻的雀跃与焦急，家人们的确难懂。但我会稍稍放慢动作，直到他们的注意力分散去别处了，再恢复狼吞虎咽。

吃罢早饭，我溜下桌，信步逛到大门处。罗格看向我，眼睛里满是询问的意味。于是我们的目光穿过锻铁大门，一起审视门外的橄榄树。我告诉罗格，今天的天气不适合外出。它立马摇起尾巴，坚决表示反对，鼻子也凑过来拱我的手。罗格，我们真的不能走，你看，马上要下雨了。我望向明澈湛蓝的天空，故意做出焦虑的表情。罗格竖起耳朵，也看向天空，然后转头向我投来哀求的目光。我不为所动，说现在没雨，一会儿肯定也要下，所以今天就待在花园里看书吧。罗格心如刀割，但它会抬起一只黑乎乎的大爪子，搭在门上，然后歪咧着嘴，露出雪白的牙齿，给我一个谄媚的笑，短短的尾巴都摇成一团幻影了。这是罗格的撒手锏，它知道我无力抵抗。我只能缴械投降，不再逗它。待我取来了火柴盒和捕蝶网，推开吱呀作响的大门，再“铿”的一声关上，我们便上路了。罗格如离弦之箭般窜进了树林，传回一声声兴奋的吼叫，欢迎着崭新的一天。

最初的探险都是由罗格陪我完成的，我们逐渐去到了越来越远的野外。橄榄树林深处，那些安谧与僻静都值得被探索和铭记。我们穿过迷宫般的桃金娘[①]丛林，黑鵙（dōng）[②]就在周遭出没。我们斗胆潜入狭窄的山谷，看到柏树向地面投下一摊摊幽暗诡异的黑影。罗格给了我最好的陪伴，它热情但不做作，勇敢却不鲁莽，聪明而又能包容我的各种怪行。当我在湿滑的河岸上摔倒时，罗格定会跑来，憋笑般地闷哼一下，然后快快地查看我的情况，怜悯地舔舔我，摆一下身体，打一个喷嚏，最后送上一抹标志性的咧嘴笑。但凡我被什么东西吸引住——一个蚂蚁窝、一条歇在树叶上的毛毛虫、一只正在收网裹苍蝇的蜘蛛——罗格都会乖乖等在一旁，让我尽情观察。有时我太入迷了，迟迟不肯走，它就会靠近一些，轻轻打个不耐烦的哈欠，再深深叹口气，摇起尾巴来。如果我觉得无需进一步研究了，就会离开；但如果值得深究，就会对罗格皱一下眉，让它知道我接了个"大活儿"。它随即便垂下耳朵，慢慢停住尾巴，垂头丧气地挪到最近的灌木丛旁，猛一下仆倒在树荫里，如殉道者般幽怨沉痛。

一人一狗的小小旅程进行了一程又一程，我们与周边村民也相熟起来，在很多地方都交到了朋友。比如一位智力有残障的小伙子，他的脸蛋圆圆，但做不出任何表情，看上去像朵马勃菌。

① 常绿灌木，开红色的花，结紫色果实。——编者注

② 别名百舌、乌鸫。——编者注

他常年穿一件破衬衫，将亮蓝色的中腰裤卷到膝盖处，头上顶着个文物级别的高礼帽——旧得连边儿都没了。每每看到我们，小伙子都会从橄榄树林里直奔而来，极有风度地抬一下那顶滑稽的帽子，然后用笛子般稚嫩甜美的声音打招呼，祝愿我们有愉快的一天。接下来，他会耐心地听我说话，站上十分钟也无妨。脸上依然是一片淡漠，看不出任何表情。但每当我说完一个观点，他就会点头赞许。分别前，他还会再挥一下礼帽，然后跑回树林深处去。再比如丰腴又开朗的阿佳蒂，住在山顶一座摇摇欲坠的小房子里。她永远坐在房门前纺着羊毛，拉着、捻着纺锤织出粗粗的毛线。她已逾古稀，但满头乌发依然闪亮。头发围绕一对牛角盘成两个尖髻，年长些的农妇喜欢这种发饰。坐在阳光下，阿佳蒂像一只胖乎乎的黑癞蛤蟆，牛角髻上还裹着猩红色的头巾。手中的线轴跳跃、扭转，仿佛一个活泼的陀螺。手指动作分秒不停，不是拨就是拔。阿佳蒂的嘴已干瘪掉，包裹着一口七零八碎还褪了色的牙齿。高声歌唱时，这张嘴会张得老大，她唱得洪亮，颇费劲，但活力如泉涌。

阿佳蒂是我的乡村歌谣宝库，教了我很多动人心弦的歌曲。阳光下，我会坐在一个旧罐子上，吃着从她花园里摘来的葡萄、石榴——一老一小就这么开唱了。阿佳蒂会不时停一下，帮我纠正发音。犹记得那首欢快激昂的《万格利欧》，我们唱了一段又一段，赞颂那条伟大的河流，赞颂它从山巅奔涌而下，滋养花园与田地，为果树捎来累累硕果。还有那首搞笑的小情歌《爱的谎言》。我们一唱起来便挤眉弄眼、摇头晃脑，在调皮的默契中一起戏谑道："我说了谎，不该让你去乡下告诉所有人我爱你。"接下来，我们会把情绪调到哀怨档，唱一首慢节奏的情歌《你为什么离开我？》。我们沉浸其中，不能自拔。歌词绵长又抓心，每一句唱出来都带着颤抖的哭腔。最难忘的是我们唱到最后，感到痛入肺腑，刻骨铭心。每每唱到这里，阿佳蒂就会拍打自己厚实的胸，眼里氤氲起雾气，连下巴都哀伤地颤动。当最后一声参差的和声都慢慢收尾后，她会转头看向我，扯起头巾的一角抹一把鼻子。

“瞧这两个傻瓜，在大太阳底下唱歌呢！居然还唱什么情歌——一个太老，一个又太小，白白浪费工夫。不说了，要不要喝杯葡萄酒？”

除了阿佳蒂，我最喜欢的就是牧羊人老雅尼了。雅尼个子极高，但总是耸肩驼背，有个高耸入云的鹰钩鼻，和一抹漂亮的八字胡。第一次遇到他是在一个炎热的午后。那天，我和罗格花了整整一小时挖洞，想把石墙里的一只绿蜥蜴刨出来。但最后没能遂愿，只剩满头大汗和快散架的身体。五棵小柏树整齐排列，在稀疏的草地上投下一个规整的方块阴影。我和罗格已筋疲力尽，便重重仆倒在阴影下。一阵悠扬又略显倦怠的羊铃声飘来，不一会儿，羊群便来了。羊儿停下脚步，瞪着眼睛木然地看了我们一眼，讥讽地咩咩两声，又抬腿走了。铃声加上羊吃草的声音，给了我一抹温柔的抚慰。羊群经过后，队伍最后的牧羊人也过来了，而我已几乎被哄睡着。牧羊人撑着一根橄榄树枝，脚蹬一双靴子，死死踩在帚石南上，俯身看向我。他浓密的眉毛下是一双小小的黑眼睛，神色极其焦躁。

“下午好，”他的声音很粗，“你就是那个外国人……那个英国少爷？”

科孚岛的农民们有个奇怪的观点——所有的英国人都是贵族。我当时已经习惯了，所以应下来。远处有只羊蹬起了后腿，正在撕扯一棵小橄榄树。牧羊人扭过头去，冲着羊吼了一通，又看回我。

“少爷，别躺在这里，这些树底下不安全。”

我瞧了瞧这些树，没发现什么端倪，便问他哪里不安全了。

“哎，在这些树荫下坐坐倒没事。这儿确实凉快，跟井水似的。但这些树会引诱你睡觉，那就麻烦了。绝对不能睡在这里！怎么着都不行！”

他摸着胡子等我继续问为什么，我问罢，他才又开了口。

“为什么？还问为什么？睡了一觉，你就大变样了。你睡着时，这些柏树会把根伸到你的脑子里，偷走你的魂儿。醒来后你肯定要崩溃，因为脑袋里什么都没了，空得跟个哨子似的！”

我问他是否只需防柏树，还是说所有的树都这么坏。

“只有柏树，”牧羊人狠狠瞪了一眼柏树，好像是在看它们有没有偷听，“就它们会偷魂儿。少爷要小心，不要再睡在柏树下了。”

他点了点头，又朝漆黑的柏树枝叶瞪了一眼，这才离开。那一眼仿佛是在警告柏树，休想做任何辩驳。他在桃金娘林里小心穿梭，往山坡上走去。羊群正散落在坡上吃草，肚子下的乳房摇摇晃晃，像一个个风笛袋子在飘舞。

我和雅尼渐渐成了好朋友，因为探险途中总能遇到他。偶尔我也会去他小小的家里做客，毕竟他总拿水果，以及探险安全方面的建议来“诱惑”我。

探险途中遇到的所有人中，最奇幻的就属吉丁虫[①]奇人了。他周身散发着一种童话气质，让你挪不开眼。几次偶遇后，我便时刻期待能与他重逢。犹记得第一次见到他时的情景。我脚下有条孤零零的上坡路，通往一座偏僻的山村，奇人的登场是未见其人，先闻其声。一阵悠扬的牧羊人风笛传来，间或休止片刻，插入几声怪异的鼻音，似有人歌咏出了一两个歌词。他经过时，罗格和我都被迷住了，只能痴痴地望着他。

吉丁虫奇人是位叔叔，他的脸很是瘦削，尖得像狐狸。眼睛很大，眼尾向上挑，眼珠已经棕到近乎黑了。但眼神却是空洞的，瞳孔表面还攀着一层珍珠白色的丝网状物，呈李子花蕊状，

① 一种甲虫，外壳有光泽，色彩鲜艳。——编者注

由中心向外绽放，看着像白内障的病状。他个头很矮，瘦得比纸还薄，手腕和脖子只细细一圈，营养不良得厉害。衣着则尤其惹眼，头上是顶松垮的宽檐帽，本是翠绿色，但现已乱七八糟，缀满了尘埃、红酒渍、香烟烫出的洞。帽子的带子上插着各式羽毛，有公鸡的、鸡冠鸟[①]的、猫头鹰的，外加鱼狗[②]的侧翼、老鹰的爪子，以及一片脏兮兮的白色大羽毛，估计是天鹅的，如一座毛乎乎的小森林在迎风招展。他的衬衫破旧，磨损严重，灰色的布料上汗渍点点。脖子上挂着一条绀蓝色宽领带，尺寸大得不成比例。深色的外套也是旧得没形了，到处都打着五颜六色的补丁：袖子上的白色补丁是瓢虫形状；肩膀上则是三角形的，有酒红和白色的斑点。衣服口袋鼓鼓囊囊，快炸开了，装着梳子、气球、色彩鲜艳的圣徒图片，还有橄榄枝雕成的动物，如蛇、骆驼、小狗和马，以及廉价的镜子、一大摞手绢和长长的面包卷，上面点缀着坚果种子。裤子也是一样地打满补丁，耷拉在一双猩红色的翘头皮鞋上。鞋尖翘起来，顶着一个黑白相间的大绒球。这位奇人背上挂着好几个竹笼，里面装着鸽子和小鸡，同时还背着几个神秘的大袋子、一大把新鲜的韭葱。他一只手握着嘴边的风笛，一只手抓着好几条棉布带子。每条带子的末端都拴着一只吉丁虫，约杏仁大小，背部闪耀着绿色的金属光泽。虫子围绕叔叔的帽子狂飞乱转，发出绝望而深沉的嗡鸣声，竭力想要挣脱腰间的束缚。一圈接一圈下来，它们也会疲倦，于是轮番落到帽子上喘两口气，便又开始了飞舞，旋转木马一般周而复始。

---

① 头顶有扇状冠羽，体羽为土棕色且点缀着黑白斑。——编者注

② 普通翠鸟的别称，主食鱼类，兼吃甲壳类和多种水生昆虫。——编者注

看到我们，吉丁虫叔叔惊了一跳。但他随即便停下脚步，摘下那顶怪异的帽子，向我们深深鞠了一躬。这个举动让罗格大吃一惊，爆发出一阵狂吠。叔叔对我们笑了笑，戴好帽子，伸出手来，朝我舞动着修长的手指。我说不清是被逗乐了，还是惊到了，只是下意识地也向他问了声好。他再次彬彬有礼地鞠了一躬。我问他是否刚参加了什么节日庆典。他使劲点了点头，抬起笛子，欢快地吹了几声，然后在尘埃密布的路上蹦了几步，再猛地竖起大拇指越过肩膀，指向过来的方向。他笑着拍了拍衣服口袋，接着大拇指和食指便彼此搓揉起来，这是希腊人表示钱的手势。我一下子明白了，他不能说话。我们站在路中间，开始了奇特的沟通。我说话，他打手势。他的手势极其丰富，表意也非常精准而高效。我好奇这些吉丁虫是用来干什么的，以及为什么要被绑起来。他伸开手指，做了个表示小男孩的手势，然后抽出一根棉布条，在头顶用力画圈甩起来。这只吉丁虫顿时精神了，绕着帽子疯狂公转，好似一颗行星。叔叔又对我笑了一笑。接下来，他指了指天空，展开双臂，发出一声闷哼，斜起身体，俯冲着跑到了路对面。这次学的是飞机！再傻的人也看得出来。他又指了指这些虫子们，伸出手，做了个表示小孩子的手势，然后又让虫子们开始围着自己头顶转悠。吉丁虫怒得忍无可忍，纷纷开始嗡嗡乱叫。

一番解释下来，叔叔也累了。他坐在路牙子上，吹起了一支简短的曲子。依然不时暂停，哼几个含混的鼻音，算是插入了几个歌词。说是歌词，但充其量就是一阵怪异的嘟囔。声调极其高亢，声音仿佛是从喉咙底部弹射而上，穿过鼻腔后被喷出来。但他唱得极其投入，用丰富的表情告诉你，歌词是有意义的。过了一会儿，他把风笛塞进一个口袋，看着我沉思片刻后，便从肩膀上抡下来一个小布袋。布袋被打开了，在我极度的欣喜与震惊中，六只乌龟一股脑翻滚出来，落到了地上。它们的背被上过油、抛过光。不知道叔叔想了什么办法，居然还给乌龟的前腿系上了红色的蝴蝶结。它们从锃亮的壳里慢慢探出头、腿，在路上爬起来，姿态固执又冷漠。我兴致高涨，看得目不转睛。

有一只小乌龟格外吸引我，它的壳估计只有一个茶杯口大小。但它比其他小伙伴更有活力，壳的颜色也更浅——那是一种栗色、焦糖色和琥珀色的混合。小家伙眼神清亮，步履敏捷。

我思考半晌，说服自己家人们一定会热烈欢迎小乌龟的到来，甚至会恭喜我找到了一只这么漂亮精致的模范龟。我兜里没有一毛钱，但这不是问题，一会儿告诉他第二天再来我家取便是。至于叔叔会不会怀疑我的人品，我完全没有担心。因为我是英国人，这就配得起他无上的信任了。科孚岛的岛民们对英国人都有种不管不顾的爱与尊敬，英国人在他们心中的地位比本地人还高。

于是我开口为小乌龟询价。叔叔举起双手，张开十指。这些天来观察农民们做买卖，我也偷学到了不少生意经。我无意中开始模仿起叔叔的手势来，先剧烈地摇了摇头，然后伸出了两根手指头。他脸色大变，在一阵惊恐中闭紧了双眼，比出了九。我比三。他摇头，想了想，比出了六。我也摇头，又比了五。吉丁虫叔叔再次摇头，长长地吐了一口气，哀伤不已。我们沉默地坐在路边，盯着小乌龟们迷茫缓慢地乱爬。两个人身上都有种古怪而任性的坚持，活像两个小宝宝。一会儿后，叔叔指着那只小乌龟，又比出了六，我还是坚持五。罗格打了个大大的哈欠，这场讨价还价真是无声又无聊。叔叔抓起小乌龟，指着它身体的各处，向我演示它有多完美：光洁可人的壳、高高昂起的头、尖利的小爪子。但是我不为所动。最后他终于无奈耸肩，把小乌龟交给了我，然后比出了五。

我说现在还没钱给他，请他第二天来我家取。他很自然地点头，仿佛这是最天经地义的买卖流程。我想立刻把新宠秀给家人们看，于是赶紧跟叔叔说了谢谢，并向他告别，接着一溜烟地往家跑了。跑到橄榄树林前的岔路口时，我不禁停下来，又观察了一下小家伙。它绝对是世上最棒的一只乌龟，在我心里，这只龟的价值起码是我付出价格的两倍。我拍了拍它顶着鳞片的小脑袋，小心地把它装进了衣服口袋里。下坡前，我再次回看向吉丁虫叔叔。他还在原地，不过正左摇右摆蹦来蹦去，看上去很是快活，连嘴里的笛声都带起了颤音。他的脚边还有剩下的乌龟在来回乱爬，步履依然迷茫沉重。

到家后不久，小乌龟就有了自己的名字：阿喀琉斯①。它真是天字号聪明伶俐，还有别具一格的搞笑才能。刚开始我们把它

① 阿喀琉斯是希腊神话英雄，古希腊哲学家芝诺借用此形象，创作了著名的悖论故事“阿喀琉斯与乌龟赛跑”。——译者注

拴在花园里，但等它稍微乖一点后，就允许它自由行动了。阿喀琉斯很快便听懂了自己的名字。我们只需要喊一两次，不出一会儿，它必定就会过来。鹅卵石小径上，它可劲伸长脖子、踮着脚尖努力地爬，笨重但真诚。阿喀琉斯好吃。我们拿一小撮生菜、蒲公英或葡萄出去喂它时，它会耐心等待，趴得如帝王般雍容沉着。它和罗格都爱吃葡萄，彼此间有一股小敌意。阿喀琉斯吃起葡萄来细嚼慢咽，汁水会顺着下巴滑落，罗格看得是口水泛滥。罗格当然也有自己的一份，但它总觉得如此珍馐竟进了乌龟肚子，简直是暴殄天物。所以我喂完葡萄走开后，罗格就会偷摸靠近阿喀琉斯，舔干净它脸上的葡萄汁，一滴都不放过。阿喀琉斯遭到这样的冒犯，自然也不痛快，对着罗格的鼻子就是一通猛咬。罗格动作越发粗鲁，阿喀琉斯无奈，只好顶着满脸口水缩回壳里，嘴里骂骂咧咧。除非罗格被人赶走，否则它绝不探头出来。

不过小家伙最爱的水果其实是野草莓。每每看到，它便开心到癫狂，来回踱着步，探头探脑，芝麻大的小眼睛巴巴地盯着你，满脸都是恳切与期待。小号的野草莓跟大点的豌豆无异，阿喀琉斯一口就是一个。但凡草莓有榛子大小了，阿喀琉斯就会耍个心眼，它的狡黠堪称乌龟界的独一无二：它会叼住草莓往花池深处狂奔而去，找到一个安全僻静的角落后，才放心卸下食物，优哉游哉地吃起来，吃干净了再来讨下一个。

除了对野草莓爱得炽烈，阿喀琉斯还热衷于陪伴人类。只要你去花园，不论是要小坐、沐日光浴还是处理其他事，美洲石竹丛里都会传来一阵窸窸窣窣的响声。阿喀琉斯会伸出皱巴巴的小脑袋，热切地看着你。你一坐下，它就靠向你脚边，慢慢睡去。头耷拉在壳外，鼻尖搁在地上。你想晒个日光浴，所以铺了块毯子躺下，那阿喀琉斯就更来劲儿了：你肯定是来找它玩的，否则躺下干什么？它会径直爬上毯子，脸上的表情懵懂又好笑。等贴到你身边了，它再仔细打量一下你的身体，挑出一个最佳的攀爬点，然后开始“登山”之旅，朝你的肚子步步挺进。于是你的大腿会突然被一只尖锐的乌龟爪子抓挠，你也休想放松休息。你甩开它，换个地方躺下也没用，因为阿喀琉斯会锲而不舍地寻你。这种玩法让人身心俱疲，家人们轮番指责和威胁我。后来但凡有人想去花园里躺躺，我就得把小乌龟锁起来。直到有一天，花园大门忘了关，阿喀琉斯不见了。平时，家人们动辄便说要取它的龟命。但此刻，大家却团结一致，立刻组织好了搜救队。橄榄树丛里，呼唤声此起彼伏：“阿喀琉斯……草莓……草莓啊……”过了好久，我们才终于找到它。想必它先是出了门，然后一如既往地瞎逛，走得漫不经心，突然便跌进了一个废旧的深井中。井壁残破不堪，井口快被蕨类植物封死了。阿喀琉斯已死去多时，所有人心如刀割。莱斯利给它做了人工呼吸，玛歌建议把一颗草莓塞进它喉咙里（说给点盼头，搞不好能唤醒它），但这都是徒劳。我们强忍悲痛，在花园里举办了一个肃穆的乌龟葬礼。依母亲建议，让它长眠于一棵草莓树的下面。拉里还声泪俱下地念了一段悼词，使得这幕场景更加令人刻骨铭心。唯有罗格与这份沉痛唱反调，非要全程摇尾巴，我死活压不住。

不久后，我从吉丁虫叔叔那里得到了一个新宠，这次是只鸽子。它还太小，需要人工喂养泡过牛奶的面包、泡软的玉米粒。这只鸽子仅凭外观就能吓退一票人，猩红的皮肤胡乱皱着，羽毛直愣愣地戳出来，还混着些小宝宝鸟惯有的黄色绒毛，仿佛被漂染过，看着就瘆得慌。拉里看着它这副恶心至极的形象，建议叫它“卡西莫多[①]”。这名字很酷，我一口便应允，都没深究它背后的含义。后来，卡西莫多终于能自主进食了，身上的羽毛也尽数长齐，头顶上有撮黄毛却始终挺立。这小子活像个装腔作势的法官，只可惜假发也太小了些。

卡西莫多有着不同凡响的成长经历。打小缺了鸟类双亲的贴身教育，它甚至意识不到自己是只鸟，当然也不屑于飞，成了一只撒开脚丫子走天下的鸽子。当它想上桌子或椅子时，就会站到桌椅下方，缩着脖子，发出女低音般的咕咕叫，唤人来抱它。它对任何人类活动都兴致盎然，我们散步都要跟着去。但这件事我们着实得说不，否则你就得让它站在肩上，衣服一不小心就遭横祸。要不就慢慢地走在它前面，但你必须时时照顾到它的速度。但凡你拉开点距离，身后就会传来凄凄切切的嚎叫，耳膜都给你扎穿。你转身看去，卡西莫多一定在歇斯底里地狂奔，屁股扭得风情万种，胸前羽毛反射出五彩光芒。它的胸鼓鼓囊囊，仿佛被你的残忍激出了一肚子气。

卡西莫多非要在房里睡觉，任我百般哄骗、责骂，就是瞧不

① 卡西莫多：法国文学家维克多·雨果所著的长篇小说《巴黎圣母院》中的人物，长相丑陋但心地善良。——译者注

上我精心搭建的鸽子屋。它尤其喜欢睡在玛歌的床尾，但最后还是被发配去了客厅的沙发。因为玛歌一翻身，卡西莫多就会醒，然后颤巍巍地爬上玛歌的脸，献上一阵可爱的咕咕叫。

拉里发现，卡西莫多还是个音乐才子。它不仅听音乐上瘾，甚至还能认出两种不同的曲风：华尔兹和军队进行曲。听其他音乐时，它会扭着屁股走到留声机跟前，腆着胸一坐，半闭起眼睛，小声哼哼起来。但听到华尔兹时，它就会围着留声机打转，不时还鞠躬、旋转，颤着嗓子唱两声。听进行曲的反应则正相反——特别是作曲家索萨的作品——它会昂首直立，胸部高高挺起，脚在地板上跺得掷地有声，叫声也格外铿锵雄厚，让人担心它会不会憋着自己。其他曲风则没有这些效果。若许久没听到音乐，它也会生疏，再次听到时（留声机一响，它整只鸟就亢奋）便可能将进行曲和华尔兹彼此颠倒，但它一定会停下来仔细分辨，然后改正回来。

一天，我们叫醒卡西莫多时悲哀地发现，大家都被它“骗”了：一颗光洁的白色鸽子蛋正躺在垫子中间，它不是个小男孩！卡西莫多自己也很难接受这个事实，久久无法平静。它变得消沉而抑郁，谁去抱它就猛啄谁。后来它又下了一个蛋，性格更是大变。它看不惯也信不过任何人，进厨房找东西吃都鬼鬼祟祟，生怕有性命之虞，甚至连留声机也不能将它吸引进房中了。我最后一次见到它时，它正坐在一条橄榄树枝上咕咕叫，听上去很是自命不凡，又有些许扭捏。在更远的一梢，一只雄健的大鸽子也在摇头摆尾，狂叫着表达倾慕之意。

有段时间，吉丁虫奇人频繁往来于我家，给我送来了许多新的野生动物朋友，比如一只青蛙（反正看着像）、一只瘸了腿的麻雀，等等。一天早上，我和母亲同情心泛滥，买下了叔叔手里全部的吉丁虫。等他走后，我们在花园里把虫子通通放生了。此后漫长的时间里，房子各处都布满了吉丁虫，它们在床上爬动，在浴室里潜伏，在夜晚的灯罩上瞎撞，在我们膝盖上降落，还闪着翡翠般的光。

最后一次见到奇人时，暮霭正沉，我坐在小山坡顶，俯瞰下面的路。他可能刚参加完某个节日庆典，还喝高了，脚步踉跄，来回乱转，笛声感伤而幽怨。我大声朝他打了个招呼，他只夸张地挥了挥手，头都没回一下。叔叔就快要走过那个转角了，那一瞬间的天空是淡淡的雪青紫，他的身影如剪影般匆匆掠过。但我也看清楚了他破旧的帽子，带子上依然有随风招展的羽毛小森林；看清楚了他鼓鼓囊囊的衣服口袋；看清楚了他肩上的竹笼，里面也装着没精打采的鸽子；更看清楚了他头顶上正一圈圈飞旋的小黑点，那些困顿的小生灵是又一批吉丁虫。吉丁虫奇人已转过弯去，彻底消失。视线中仅余一抹黯淡的天色，还有一轮新月初升，如一片银色的羽毛浮起在苍穹间。耳边依然有他的笛声呜啭，轻柔似风，飘散在无边暮色中。

05 My Family and Other Animals

学海无涯

新家刚安顿好，母亲看着我越来越野，决定要让我接受教育。但在这个偏僻的小岛上，难度大于登天。家人们向来直面问题，所有人都热衷于出谋划策。对于我的培养方案也不例外，大家自然要积极讨论一番。每个人都有自认为对我最好的意见，并会为之据理力争。于是对我未来的讨论变成了一场骚乱。

“他又不缺时间学习，”莱斯利说道，“再说他不已经识字了吗？干脆让我来教他射击吧。如果能搞到条船，我还可以传授他航海技术。”

母亲：“亲爱的，目光要放远，难不成让他以后进商船队讨饭吃？”

玛歌:“还是学学跳舞吧。要不然他长大后，也会变成那种结结巴巴的笨小伙。”

“没错，亲爱的，但这些技能缓一缓也无妨。眼下最要紧的是基础科目，比如数学、法语……对了，他的拼写也得抓一抓。”

“文学！”拉里掷地有声，“这才是他真正该学的。语文基础夯得实，其他科目肯定轻松。我就一直鼓励他要多读好书。”

“那你也不能现在就让他读拉伯雷[①]吧？”母亲质问。

“他的作品很健康,”拉里轻描淡写,“杰瑞应该正确了解性。”

玛歌严肃地说:“你就是不正经，什么话题都要往那方面扯。”

“真正健康的户外生活才最好，杰瑞就应该学学射击、驾船……”莱斯利插了一嘴。

“哟！圣洁的大主教，您歇会儿吧。要不然下一步该鼓吹冷水浴了，对吗？”

① 拉伯雷全名为弗朗索瓦·拉伯雷，是文艺复兴时期法国著名的作家、人文主义学者，代表作是《巨人传》。他的作品气势恢宏，擅长挖苦讽刺，寓庄于谐，书中不乏露骨的人体描写。——译者注

“你就是狂惯了，只觉得自己嘴里是真知，别人的观点是半点都听不进去。”

“您的观点，恕我直言，真的肤浅到不值得听了。”

“好了，好了，何必吵呢？”母亲说。

“都怪拉里，他最不讲道理。”

“怪得到我头上？”拉里愤愤然，“我可是这个家里最有逻辑、最讲道理的人了。”

“是的，亲爱的，但光靠吵也不能解决问题啊。现在的关键是给杰瑞找位老师，好好教导他，帮他开发各种兴趣。”

“他还能有什么别的兴趣吗？”拉里冷冷地说，“他唯一的兴趣、全部的兴趣就是养动物，养得哪儿都是！这难道还需要继续发展吗？现在的日子就够我喝一壶了——今早我想点根烟，打开烟盒后，居然飞出来一只大黄蜂。”

莱斯利郁闷地补充：“我遇到的是一只蚂蚱。”

“没错没错，这种兴趣是该收收了，”玛歌说，“我在梳妆台上发现了一罐子蠕动的玩意儿，那简直是全天下最恶心的东西！”

“他没有恶意的，不是要伤害谁，”母亲温和地安抚，“他就是喜欢这些小生灵嘛。”

“没问题，我可以被黄蜂扎，可这种爱好对他的将来又有什么意义呢？不就是小时候的一阵风吗？等他长大了，最多十四岁也就不会玩了。”

妈妈说：“但这阵风从他两岁一直刮到了现在，还完全没有要停的意思。”

“行吧。如果你想通了，愿意用一堆没用的知识武装小弟的脑子，那不如让乔治来当家教。”

“是个思路啊！”妈妈很开心，“那你去找乔治说说？越早开始越好。”

黄昏中，我抱着罗格毛乎乎的脖子，坐在窗下听大家安排我的前程，既觉得有趣，又觉得不爽。一切已经尘埃落定，但这位乔治是何方人士我本人却不知道，更不懂为什么要拜他为师。好在烟尘中有馥郁花香缭绕，窗外的橄榄树林又是那么地幽暗、神秘、动人，它们麻醉了我的心智，屏蔽了即将受教育的危机感。我带着罗格跑出了家，向着蒺藜[①]（jí li）地里漫天闪耀的萤火虫奔去。

① 一年生草本植物，生长于温带地区。——编者注

后来我才知道，乔治是位作家，也是拉里的老友，专程来科孚岛进行创作。这倒不奇怪，拉里当时认识的人不是作家，就是诗人或画家。再进一步说，乔治也确实该对我们的现状负责。正是他写来那封信，把科孚岛捧上了天，拉里才心向往之，不惜携家带口地搬来。现在轮到乔治为自己的草率买单了。他专门来了家里一趟，跟母亲规划我的课程。初次相见，我们对彼此都有些不信任。乔治极瘦、极高，走动起来有种木偶般的不协调。他脸颊深陷，骨相凸出，下巴留着一撮尖胡子，鼻梁上架着一副硕大的玳瑁色眼镜。他有深沉而忧郁的声线，喜欢隐晦地开玩笑挖苦人。每讲完一个段子，不管旁边的人作何反应，都不能影响他连带着地一阵笑，一副狡猾又欢乐的样子。

岛上的教育资源捉襟见肘，教材都无从找起。但他毫不灰心，在自己的藏书库里掘地三尺，找到了一堆巨著。然后抱着这些不走寻常路的大部头教材，准时来给我开课了。其中有一本古董级的《皮尔斯百科全书》复本，封底有张地图，那就是我们的地理课教材了。条件虽有限，但乔治教起地理来依然认真严谨。从王尔德到吉本的作品，都是我的英语教材。法语教材是一本厚厚的《小拉鲁斯词典》[①]，内容相当有趣。数学则是乔治还记得什么就教什么。在我心中，最重要的一科就是自然史了，因为乔治会悉心辅导我做观察笔记。学会了观察和记录，我那些杂乱的兴趣点便有了重心和逻辑。落到笔头后，我学到的和记下的东西越来越多。不论哪天，只要有自然史的课，我必能按时出勤。而其

① 拉鲁斯是十九世纪法国语法学家。——译者注

他课程必然迟到。

每天上午九点，乔治都会穿过橄榄树林，慢慢踱步来到我家。他喜欢穿短裤和拖鞋，头戴一顶帽檐磨损严重的大草帽。腋下还夹着一堆书，手中的拐棍随着步伐左摇右摆。

一看到我，乔治脸上便浮起一股阴森森的笑："早安，我的爱徒！有没有对为师期盼已久啊？"

小小的餐厅就是我们的教室，为防阳光刺眼，护窗板都被关上。淡绿的晨光中，乔治伏在桌边一丝不苟地摆弄着各种教材。清晨的暖意能将苍蝇催眠，它们或在墙上缓缓爬动，或在空中晕乎乎地飞行，发出睡意沉沉的嗡嗡声。而窗外的蝉已经开始鸣叫着迎接新的一天了。

我们精心设计了一张课程表，乔治的手指会一一划过上面的栏目："我来看一下，看一下——好的！我们上数学课。来，还是上次遗留的这道题：砌一堵墙，3 个人要 1 个星期，那么 6 个人要多久？咱算它的时间都赶上人家砌墙的时间了。打起精神来，做吧！咦，这道题是不是场景设得枯燥了些？我想想办法，把它改得有趣一点。"

乔治俯身看着练习册，一边捋胡子，一边苦思。不一会儿，这道题便在他清晰硕大的字体里重生了："8 片树叶，2 条毛毛虫要吃 1 个星期，那么 4 条毛毛虫要吃多久？你来试试。"

就在我与“毛毛虫的胃口有多好”这一疑问做殊死搏斗时，乔治也在忙另一摊事。他是个优秀的击剑手，又热衷于当地的乡村舞蹈。所以每每在我埋头苦算时，乔治都会在一旁练习击剑的走位或高深的舞步。我坚信，我之所以一生与数学无缘，这种干扰要负全责。时至今日，数学之于我仍是一道招魂符。任何一个简单的加法计算，都能立刻召唤出乔治作法的身影：他在昏暗的房间里飘来荡去，喉咙不时嘟囔出一阵哼唱，深沉但完全不在调上，仿佛一箱发疯乱飞的蜜蜂。

“一哒哒，二哒哒……咚哒哒，向左转……三步走，咚哒哒，向后转，再一圈，蹲又起……咚哒咚哒咚哒哒……”他嘴里哼着口诀走来走去，时而立起足尖旋转，宛若一只哀伤的仙鹤。突然间，口诀骤停，眼神切换成果敢坚决的样子。他摆出一副防卫姿态，手里握了把无形的剑，嗖地便刺向了幻想中的敌人。乔治眯起双眼，镜片闪过一道寒光，噌噌几下便把假想敌逼到了墙角，一路上还小心避让着家具。他腾挪闪躲，机敏冷酷，仿佛一只马蜂成了精。我眼前似有刀光剑影。决战时刻终于到来！只见他手中的剑往上一抡，敌人的剑便被轻巧地挑到了一边。他随即收回胳膊，再以雷霆万钧之势迅猛刺向前，扎穿了敌人的心窝。漂亮！我看得着迷，早把练习册忘到了九霄云外。数学这门课，我们师徒俩都还有很大的进步空间。

好在地理课还算成功，因为乔治添加了很多动物学的知识。我们会亲手制作大型的地图，先把纸揉皱，形成山脉，再在感兴趣的地方加入各种细节，更重要的是安排上惹人心动的动物群落。在我的地理知识体系里，锡兰[①]的代表性产物是貘[②](mò)和茶；印度是老虎和大米；澳大利亚是袋鼠和绵羊。蓝色的洋流在大洋间逡巡，孕育着鲸鱼、信天翁、企鹅，以及海象。然后是如影随形的飓风、信风[③]，各种好天气与坏天气。我们的地图堪称艺术品：主火山是真的会爆发，熔岩奔涌，火光喷薄，让人担心纸面上的大陆地区会不会一并燃烧殆尽；雪山山脉上铺满了白色和蓝色的积雪，让人看一眼都要打寒战；棕色的沙漠里阳光焦灼，遍布着驼峰和金字塔的块状凸起；热带雨林更是错综复杂、琳琅满目，慵懒的美洲豹、灵敏的蛇、闷闷不乐的大猩猩得下番功夫才能穿行其间；雨林边缘，孱弱又疲惫的土著人用力砍伐出一小片空地，让我写上“咖啡”或“谷物”，可惜字迹实在惨不忍睹；河流蓝得如勿忘我般静谧，间或嵌着独木舟和鳄鱼；海洋里更是好戏不断，怒吼的暴风雨卷来浮夸的白色泡沫，澎湃的潮汐汹涌高耸，似要登天，仿佛这一浪打下去，就要盖过那些棕榈树飘摇的偏僻小岛了。除此以外，其他地方都充满了生机。和善的大鲸鱼身后，瘦弱的帆船鬼魅般随行，挥之不去。船上还装备着密密匝匝的捕鲸叉。心思单纯的章鱼百无聊赖，正张牙舞爪地裹着一艘小船玩。中式帆船载着面黄肌瘦的船员们，被一群牙尖嘴利的鲨鱼纠缠。爱斯基摩人身穿皮草，在挤满了北极熊的原冰上追着胖乎乎的海象。一张张有生命的地图，敦促我不断地学习、反思、完善，意义独特而鲜活。

---

① 斯里兰卡的旧称，1972 年以前被称为锡兰。——编者注

② 奇蹄目、貘科哺乳动物，体型似猪，有可以伸缩的短鼻，善于游泳和潜水，分布于东南亚和拉丁美洲。——编者注

③ 在低空从副热带高气压带吹向赤道低气压带的风。——编者注

历史课的开局也颇为不利。但后来乔治找到了药方，只要穿插一点与动物有关的逸闻，局面就能彻底好转。这些穿插毫无逻辑，但就是能提振我对课程的兴趣。于是我积累了一大堆诡异的历史知识，以我的阅读经验看，它们不曾被任何一本史书记载过。我如饥似渴地学了一课又一课，跟随汉尼拔的远征军翻越了阿尔卑斯山[①]。我并不在乎汉尼拔如何雄心壮志，也无所谓此番征讨的宏伟目标。在我看来，这次远征艰苦又低效。真正让我激情澎湃的是，汉尼拔随军带了几十头大象，每一头都有名字，我还能全部记住！另外，汉尼拔给大象安排了饲养员。饲养员不仅要喂养照料大象，甚至会在天冷时安排热水给大象饮用。大多数史书都不会关注这些历史的微尘，但它们却是真的精彩。与此类似的还有，哥伦布踏上美洲土地后，说的第一句话："这里真是美好的天堂，大家看……哇，那里有只豹子！"有了如此不俗的开场，美洲的历史当然引人入胜，学起来就打不住。乔治老师终于在教材的荒漠和学生的抗拒心中，杀出了一条血路，把自己的课程打造得妙趣横生，教学才能继续。

在罗格看来，这些课傻极了，纯属浪费上午的美好时光。但它从未抛弃我，只困顿地趴在桌下，陪我与题目斗智斗勇。有时我需要起身去取本书，罗格就清醒一下，伸个懒腰、打个大哈欠、使劲摇摇尾巴。但天不遂狗愿，我还是会回去继续上课。于是它的耳朵又耷拉下来，步履沉重地走到自己的小角落里，幽幽

① 此处指欧洲古代史上的第二次布匿战争，即公元前 218 年 5 月，汉尼拔率军由西向东出发，翻越阿尔卑斯山，征伐罗马。据记载，出发时汉尼拔还带了三十七头大象。——译者注

地叹口气，一屁股坐下去，脸上写满了无奈。罗格非常懂事，从不干扰我，所以乔治允许它留在教室里。偶尔外面传来狗吠，要是刚好打扰到了罗格的一场好梦，它便一个激灵，下意识地回叫两声。然后又意识到不妥，神色尴尬地迎接我们批评的目光，尾巴微微颤动，尴尬地四下张望。

卡西莫多也短暂地陪过课，只要坐在我的膝盖上乖乖趴好，就能睡过一整个上午，在睡梦中偶尔跟自己嘟囔嘟囔。但后来它被驱逐出了课堂，下令的人正是我。卡西莫多的罪行是打翻了一瓶绿色墨水，好巧不巧，墨水正好印在了一大块地图的中心，而那张精美的地图才刚完工。我知道它不是故意使坏，但还是无法释怀。为了复宠，卡西莫多整整一个星期都在门外贴着裂缝咕咕叫唤，声音极其谄媚。它的尾巴上留了一处绿色的墨迹。每每心软时，这墨迹就会刺激我一下，让我瞬间清醒过来，继续保持铁石心肠。

阿喀琉斯也进来过一次。但它上课如坐牢，一心只想越狱，全程都在屋里瞎转，对着踢脚线和门狂踢猛抓。它屡屡把自己卡在家具下面，一慌就噼里啪啦地乱扒拉，我们不得不赶紧移开家具解救它。体验了三次家具大腾挪后，乔治深感无力招架，认为阿喀琉斯还是该留在花园里。

如此一来，罗格成了唯一有资格陪读的。做作业时，我会把脚搭在它羊毛般松软厚实的背上。舒坦是舒坦，但过不了多久，我还是会走神。透过护窗板，太阳洒来万丈金光，在地上和桌上画出道道迷人的斑纹，提醒我此刻正在错过些什么。

空旷宏丽的橄榄树林里蝉鸣阵阵。被青苔包裹的石墙层层叠加，让葡萄园有了阶梯状的地基，上面不时跑过几只彩色的蜥蜴。桃金娘树丛中藏满昆虫。崎岖的海角上面艳丽的金翅雀高声欢笑，从一棵蓟[①]的枝头跃去另一棵。

乔治注意到了我的魂不守舍，于是开发了一系列户外课程。有时他来上课会带着一条大大的毛巾。我们一起穿过橄榄树林，朝海岸走去。脚下的路仿佛是块白色的天鹅绒地毯，还盖了层细腻的灰土。走着走着，我们便转入一条羊肠小路，这条小路沿着一个个小小的悬崖延伸向前，直通一个小小的海湾。海湾呈月牙形，有细而白的沙滩环绕。这里与世隔绝，三面都有峭壁包围，生长着一丛矮小的橄榄树，正好给我们提供遮蔽。峭壁不高，站在顶上俯视时，你会惊叹于海水的静谧与清透，怀疑脚下到底有没有水。其实水底有海波的投影在起伏晃荡，鱼儿就在这影上游走，似在悬空飞翔。快两米深的海底，海葵在礁石上支起绵软而缤纷的触手，寄居蟹扛着三角形的贝壳爬来爬去，真正做到了携家流浪。

我们在橄榄树下脱掉衣服，潜入温暖晶莹的海水中，俯瞰礁石与海草。偶尔也会捡起几件有趣的东西，拿出水面观察一番：或许是个颜色格外明艳的贝壳，或许是只超大号的寄居蟹，身上

① 多年生草本植物，可入药，也叫大蓟。——编者注

还背着一簇海葵，像戴了一顶印满粉色小花的帽子。细长条状的黑海带散见各处，与海参相依相伴。海带叶子有黑色也有绿色，交织在一起，十分茂盛，不分彼此。叶子上方，我们师徒正踩水悬浮，如两只老鹰飘在半空，低头张望着下方奇异的丛林。海带之间的空白区域里可能趴着海参，这家伙绝对是海底动物的选丑冠军。它们中有些约莫半尺长，活像一条过于肿胀的大香肠，披着棕色的肥厚外皮，周身鼓鼓囊囊。这是一种笨拙又原始的生物，只会在一个地方趴着，随着水流涌动偶尔滚上一滚。它们的一端能吸进海水，经过内部过滤，消化掉其中的微生物后，又从另一端排出来。海参没完没了地重复着吸水、吐水的单调工作，没人能从这种生活里看到一丝乐趣。你很难想象，万一遇到危险，这群胖香肠该怎么自卫。当然，你可能也怀疑这家伙是否还有自卫的必要。其实它们也有表达情绪的方法，不爽了也会让你知道。被人抓出水面时，它们会从身体的一端喷出水流，奇怪的是显然这种行为并非来自它们的肌肉运动。我们还就此设计了一个游戏：每个人捧一只海参，看它喷出的水落在了哪里，在那里记一个“击中点”，然后看看谁的击中点下面海底动物更多，多者获胜。任何游戏都是越玩越过瘾，也越玩越较真的。有时我们会过于投入，一方怒而控诉起另一方作弊，对方也奋起自卫。随着情绪高涨，我们又开发出了海参的新功能——直接用作“水枪”喷射对方。每次跟海参玩完，我们都会将它们安放归位。下次来时，这些胖家伙肯定寸步不移，依然只是懒懒地随波翻滚。

我们穷尽了海参的各种玩法后，就会去采贝壳，或深入讨论新发现的动物群落。乔治常猛然察觉，我俩是开心了，却忘了正事。在较真的人看来，这些游戏也好，讨论也罢，跟教学活动真是八竿子都打不着的关系。于是乔治赶紧把我带回浅滩，师徒俩往水里一躺，重又开始上课。小鱼们在腿边嬉戏游玩，不时轻嘬我们两口。

“话说英法两国的舰队慢慢靠近，一场生死攸关的大海战一触即发。敌人就在不远处了，英国的纳尔逊上将伫立船头，正握着望远镜鸟瞰局势……他已成功获取了法国海军的战略，是一只聪明的海鸥给他弄来的……啊？我想它应该是一只大黑背海鸥吧……船只开始缓缓移动，摆出阵形，彼此交错、环绕……那时候的船开不快，因为它们移动起来全靠风帆，没有引擎。不不不，连尾挂助动机都没有。一开始呢，英国战士们心里还有点打鼓，因为敌人看上去很威猛。但后来大家松了口气，因为他们看到统帅纳尔逊毫不紧张。他正气定神闲地坐在驾驶台处，给自己的海鸥蛋贴标签呢。战士们一看就有数了，这场战役没什么好怕的……”

大海像一张温暖丝滑的床单，轻轻托着我的身体，舒缓地摇。水面风平浪静，只有水底的暗流在调皮地游走，带着我轻轻摇晃。脚边，多彩的鱼轻巧地跳跃，时而倒立起来，用没有牙齿的嘴柔柔地啄我几下。橄榄枝条懒懒垂落，蝉就藏在里面，喃喃自语。

“……大家赶忙将纳尔逊抬下底舱，以防被对方看到统帅中枪……纳尔逊唯余最后一口气了，两军还在酣战。纳尔逊含混着留下遗言：‘哈迪，亲亲我。’然后就与世长辞了……什么？对对！还有那些海鸥蛋。纳尔逊早有安排，万一他遭遇不测，哈迪就能继承全部的蛋……所以，英国痛失一员海军大将，但最终赢得了战争，这对整个欧洲的局势影响深远……”

海湾远处，一艘斑驳的老船驶过。黝黑的船夫穿着破旧的裤子，在船尾摇着一支长橹，如鱼在摆尾。他举起一只手慵懒地跟我们打招呼，渐渐远去。海面依然清莹湛蓝，隐约传来橹桨的嘎吱声，和着击水的铿铿声，听着似有愁绪。

06 My Family and Other Animals

盘丝大仙藏宝洞

一个酷暑的午后，万物昏沉，除了蝉还在竭力嘶鸣，整个世界都困顿慵懒。罗格和我正努力挑战爬山的极限，看看天黑前能爬多高。阳光给橄榄树林披上条纹和斑点，林中空气燥热憋闷，我们在其中努力攀爬，终于来到了山顶，躺在岩石上，歇了半晌。脚下，整座小岛在一片热气蒸腾中昏昏睡去。眼前景致组成一幅莹润的水彩画，绘有绿中透着灰的橄榄树、黑色的柏树、五颜六色的海岸礁石，还有呈温柔的乳白色、吉翠蓝，或翡翠绿的光洁的海面。海面各处被海岬割开，皱起道道波纹。海岬上有岩石铺陈，橄榄枝条蔓延勾缠。正下方有一弯新月形的小海湾，被一圈纯白的沙滩包裹。海水清浅透亮，水底的沙子白得刺眼，衬得海水也变成了轻淡的云水蓝，近乎白。一番攀爬，我已累得满头大汗，罗格也垂着舌头，胡须上白沫点点。我们不想再爬山了，转而决定去泡个海水澡，于是一路俯冲到小海湾畔。阳光温柔抚慰，海水暖和，我们坐在浅滩里，任由这一片空寂、静谧、松弛拂去周身的疲乏。我不时捡起一块鹅卵石，或一块绿玻璃瓶碎片，海水已将它打磨得透亮而璀璨，如稀世珍宝般耀眼。我随手递给罗格，它也不知道这是什么意思，但又不敢怠慢，便小心含在嘴里。稍后它才会趁我不注意时，把宝贝吐回海里，然后无奈地叹息一声。

泡够了澡，我去一块大礁石上躺着晾干自己。罗格还在浅滩处追逐鲇鱼。这种鱼会噘着嘴，带着木然的表情，耸着亮蓝色的背鳍，从一块礁石跃去另一块，身轻如燕。罗格则打着喷嚏，喘着粗气，时而左扑右跳，时而定睛搜寻，追得不亦乐乎。我差不多干透了，便穿好衣服，呼唤罗格准备走。罗格过来得不情不愿，一步三回头。阳光洒满海湾，海底水清沙细，鲇鱼们在此欢腾跳跃，简直勾走了罗格的魂。罗格还是走了过来，尽量靠近我，然后一通猛摇，把毛发里藏着的水珠通通甩到了我身上。

这通海水浴让我舒坦极了，海沙还给我的皮肤敷上了一层细密的面膜。我们优哉游哉走向大路，我的肚子却饿了起来，于是开始思考哪家农户离我最近，可以去讨点吃的。我停住脚步，地面上有滚滚白色尘埃，我一边踢一边规划如何觅食。莱诺拉离我最近，她家有无花果和面包。但她唠叨起来简直要命，通篇都是自己女儿的健康情况通报。莱诺拉的女儿声线粗哑，相当剽悍，一只眼睛有点斜视，叫我如何也喜欢不起来，所以完全没兴趣了解她是否安康。莱诺拉家还是不去为妙吧。真是可惜了她的无花果，那可是方圆几里内一枝独秀的极品。再不过，凡事须讲究个成本与收益，无花果再好，也扛不住莱诺拉的一通家长里短。我可以去看渔夫塔奇，不过他估计正在午睡，我去了也只能换来一句：“走开，爆炸头小子！”声音还是从房子里传出来的，而我自己恐怕连门都进不去。我也可以去克里斯塔基家，他们应该在。但也有问题，所谓吃人嘴软，我去了就得接受人家连珠炮般的提问：“英国有科孚岛大吗？”“英国的人口是多少？”“所有的英国人都是贵族吗？”“火车长什么样子啊？”“英国也有树吗？”没完没了，磨人心性。现在如果是上午就好了，我只需一路穿过农田和葡萄庄园，还没到家就一定已被朋友们喂饱了，肚子里塞满橄榄、面包、葡萄、无花果。最后还可以稍微绕一下，穿过菲洛米纳农场，在那里我绝对还能再来顿零食，吃到酥脆冰爽的西瓜。不过现在已是午睡时间，几乎家家户户都大门紧闭。觅食问题真是无解，我绞尽脑汁时，饥饿还在阵阵袭来，愈演愈烈。我的脚也踢得越发烦躁了，粉尘飘扬中，罗格打了几个喷嚏，颇感不爽，给了我一脸的委屈与抗议。

突然间我灵光一闪，牧羊人老雅尼夫妇不就住在山的那一边吗？那座小小的白房子充满了生气，房前支着葡萄架。雅尼肯定在架子下面睡午觉。只要我靠得够近，再搞出点声响，他就会醒过来，然后必然会好好招待我一番。这里的农户就是如此热情，绝不让客人空着肚子走出家门。这个点子真棒，我立刻迈上了曲折的碎石小路。路是雅尼家的羊一脚一脚踩出来的，会带我翻过山丘，直达那一边的山谷。山谷里耸立着巨大的橄榄树，其中有座红屋顶的小房子就是雅尼的家了。差不多快到时，我故意停下，向前抛出一块小石头，吸引罗格去捡，这是它最爱玩的游戏。可是你一旦起了头，就必须玩下去，玩到它尽兴为止；万万不可自行停下，否则它就会使出洪荒之力，嚎得你耳膜都炸裂。罗格叼回石头，吐在我脚边，又迫不及待地小退几步。它的耳朵直指天空，眼睛里有星光闪耀，每一寸肌肉都紧绷起来，蓄势待发。而我只装着看不到。罗格顿感疑惑，低头查看了一下石头，也没发现什么不对劲，于是再次向我投来饥渴的目光。我却仰头吹起了口哨。罗格试探着小哼了一声，我依然无动于衷。它顿时爆发出一阵嚎叫，撕心裂肺、震天动地，响彻整座橄榄林。它叫了五分钟后，我猜雅尼该知道是我来了，便又抛出了石头。这一次抛得格外远，罗格心花怒放，拔腿就追。而我则绕过房子的转角处，来到了雅尼家的大门。

葡萄架已映入我眼帘。我抬头望去，半新不旧的铁架上，葡萄藤蜿蜒交织，雅尼果然就在下面。但人算不如天算，他竟然还没醒。一把简朴的松木椅上，雅尼正躺得四仰八叉。椅子向后倾斜，颤巍巍地靠着墙。那角度看上去马上便要人仰椅翻。他的手臂垂下来，双腿支棱开。嘴边的八字须长得欣欣向荣，被烟草和时光漂褪了色，黄中间着白，并随着呼噜声起伏、颤抖，像一片奇异的海草正随波起伏荡漾。他的手指短短胖胖，不时抽动一两下，黄色的指甲盖颇为厚实，仿佛是从动物油蜡烛上切下来的厚片。雅尼的脸是棕色的，皮肤刻满皱纹，如同一张松木皮。这张脸没有任何表情，双眼牢牢闭合。我死死地盯着他，心里念着盼着，就想他赶紧醒过来，但无果。我不能亲自去弄醒他，这么做不合礼仪。于是我心里也十分纠结，不知道是该乖乖等他苏醒，还是干脆去莱诺拉家里扛下一场无聊的唠叨。此时罗格也进来了，为了找我，它刚才在房子侧面好一通搜索，耳朵还直直挺立着，舌头也没来得及收回去。罗格看到了我，立刻轻快地摇了摇尾巴，大大咧咧地环视四周，毫不见外。但突然间，它胡须一紧，双腿微微发僵，打起了颤，步伐也迟疑起来。有一样东西逃过了我的目光，却被罗格一眼发现：雅尼的椅子下面，蜷着一只精瘦的大灰猫，它那双碧绿的眼睛正傲慢地审视着我们。罗格完全没给我反应时间，就已经猛扑上前。灰猫一看就是练家子，它只轻巧地一跃，再伸出锋利的爪子一蹬，便如打水漂般弹上大铁架子，闪进了层层叠叠交织缠绕的葡萄藤蔓中。它低头瞪着罗格，轻轻吐了口唾沫。罗格恼羞成怒，哪里忍得下此等大辱，立刻朝灰猫爆发出一阵怒吼，估计是一番又狠又毒的咒骂。这下子雅尼也睁开了眼。但他的椅子立刻乱晃起来，为了保持平衡，他只好疯狂挥舞手臂。一场艰难的较量后，椅子终于“扑通”一声，好歹算是四脚落了地。

“圣斯皮里底翁主教大人，救命啊！”他大叫起来，“老天爷开恩啊！”

雅尼怒目圆瞪，环视四周，胡子都气得乱颤。他想努力找出这阵狂吠的元凶，却发现我正骑在墙上。我故作平静，仿佛刚才什么都没发生，还用最甜、最礼貌的声音跟他打招呼，问他睡得可好。他站了起来，咧嘴一笑，手在肚子上一阵猛挠。

“啊哈！我知道是你，刚才那些大响动都是你搞出来的，我脑仁都被吵炸裂了！小少爷，愿您身体康健。来来来，坐下坐下。”他擦拭了一下椅子，摆在我面前，“你来得正好，咱们吃点好吃的，喝一杯？今儿下午也太热了，热得没道理——玻璃瓶都能被热化了。”

雅尼伸了个懒腰，又打了个壮观的哈欠，露出牙龈，一颗牙都不剩，如同一个新生的小宝宝。随即他又扭头朝屋里大喊："阿佛洛狄忒[①]——阿佛洛狄忒！醒醒啊婆娘，外国人来了，我跟小少爷在一起呢，你拿点吃的出来。听到了没？”

一个轻柔的声音传了出来："好啦好啦，我听得到。"

雅尼不爽地哼一声，在胡子上抹了一把，然后走到最近的一颗橄榄树后，小心地藏住了自己的身体。过了一会儿，他一边扣着裤子，一边走了出来，爬上墙头，与我坐在一起。

“今天我本来该把羊赶去加斯图里的。但这鬼天气也太热了，热得要命，山上那些石头烫得能点烟！所以我去了塔奇家，去尝尝他那儿的新白葡萄酒。圣斯皮里底翁主教哟，这是什么神仙好酒啊！鲜得像真龙的血，滑得像一条鱼……无敌了！等我回到家，就晕成了一团泥，醒来就是现在了。”

他长长地叹了口气，不过听着也不是愧疚的意思，手伸进衣

① 阿佛洛狄忒，古希腊神话中爱与美之女神，此处出现这个名字有调侃之意。——编者注

服口袋里摸了一阵，掏出来一个破破烂烂的烟草盒子，一沓轻薄的灰色卷烟纸。他的手黝黑，带着厚实的老茧。一只手握住一捧金色的烟草，另一只手小心地搓、拉，卷烟动作麻溜极了。卷成形后，他一口咬断两端垂出来的多余烟丝，并把它们放回了盒里，然后用一个硕大的打火机点着了烟。那打火机的油罐子里有油绳盘绕拧转，如一条愤怒的蛇。雅尼沉思着吸了一口，掸了掸胡须上的烟草沫，手又一次伸进了口袋里。

“快来看，你就喜欢上帝创造的这些小家伙嘛。这是我今天早上捉到的，当时它缩在一块石头下面，像个恶魔。”这次雅尼拿出的是一个瓶子，瓶口用软木塞封得严严实实，里面装着金色的橄榄油，他说道，“它绝对是个虎将。我只见过这一只能用背部伤人，其他的可不行。”

瓶子灌满了油，看上去仿佛由淡色琥珀制成。就在瓶身的正中央，一只小小的棕色蝎子被厚重的油托举着，飘浮于半空。它的尾巴向上反折，如一把短弯刀悬在背上。这位虎将已经死透了，正浮在自己黏糊糊的坟墓里。尸体周围绕着一小束褪了色的液体，像一缕薄雾飘荡在金色的橄榄油中。

“看到了吗？”雅尼问，“那就是它的毒液。这一只的产量惊人，就是它。”

我好奇地问他，为什么要把蝎子泡进油里。

雅尼“噗嗤”一声轻笑，摸了摸胡子说道：“小少爷，你成天趴地上找这些虫子，但这回可真不明白了吧？”他很是开心，“来，我跟你讲讲，这事儿对你搞不好还真有用呢。首先呢，你要活捉一只蝎子，动作一定得轻，就像捡起一片羽毛那样。然后生生把它——对，就是要趁它还活着——塞进一瓶子油里。让它慢慢挣扎、慢慢熬，熬死它；让甜甜的橄榄油吸足了它的毒液。打这以后，你就再也不怕被其他蝎子蜇了（但圣斯皮里底翁主教保佑，你可别真被蜇到啊）。即使被蜇了，你只需把瓶子里的油抹在伤处便是。这个小伤很快就能好，跟被玫瑰的刺扎一下没两样。”

我正在好好消化这套神奇的理论时，阿佛洛狄忒出来了。她的脸沟壑密布，红得像石榴籽，手里端着一个托盘，盛着一瓶红酒，一壶水，还有一盘子食物：面包、橄榄、无花果。红酒里加过水，已是浅浅的粉色。我和雅尼拿食物就着酒，默默地吃喝起来。尽管他一颗牙也没有，却依然能大口大口地撕咬面包，并用光秃秃的牙龈咀嚼。每当咽下一大块食物时，那皱巴巴的喉咙都会鼓囊一下。我们吃饱喝足后，他往后一坐，再次细细抹净胡子，便接着刚才的话题又聊了起来，仿佛这场聊天从未中断过。

“我曾经认识另一个牧羊人，跟我一模一样。他去了个远方的村子，参加一场庆典活动。回来时，他满肚子都是酒，脑子也昏。他想歇一下，于是找了片桃金娘林，钻树丛底下就睡过去了。等他睡熟过去，一只蝎子爬了出来，钻进了他的耳朵里。他刚醒，就被狠狠蜇了一下。”

故事进行到这个千钧一发的时刻，雅尼却停下来，往墙上吐了一口痰，再次给自己卷了一支烟。

“没错，”他终于发出一声叹息，又说了起来，“太让人难过了，他还那么年轻！蝎子在他耳朵里面只蜇了一下：砰！就这么一下，可怜的家伙便痛得往前直冲，惨叫着穿过橄榄树林，不停地抓自己的头。唉，太惨了！没有人听到他的哭喊，没有人来救他，他就这么孤零零的一个人……痛已经深入骨髓，他开始往村子方向跑。但什么都来不及了，他倒在了途中，死在了山谷里，就在这条路过去的不远处。第二天，大家去田地时才发现了他。那个惨状哟，恐怖哟！蝎子就那么小小的一口，便让他的头肿成了怀胎十月的大肚子，彻底要了他的命。”

雅尼哀叹不已，重重地吐了一口气，手指不停地翻转摆弄那瓶小小的油。

“所以我从来不去山上睡觉。有时跟朋友喝高了，我可能会大意一下，但身上必定是揣着一瓶油泡蝎子的。”

接着，他又谈起了个新话题。同样精彩的话题一个接着一个。一小时就这么匆匆流过。末了，我拂了拂身上的食物残渣，谢过这对老夫妻的盛情款待，接过他们给我的送别礼物——一串葡萄——然后起身，准备回家了。罗格恨不得贴在我身上走路，一双眼睛直愣愣地盯着我的口袋，它知道那里有串葡萄。好一会儿，我才找到一处满意的橄榄林，那里流淌着夜晚的阴暗与凉爽。河岸上苔藓密布，我们坐下来享用那串葡萄。罗格一通狼吞虎咽，连籽都不吐，就把它那份葡萄全部装进了肚。我则随手一扔，在身旁扔了一圈葡萄籽，期待它们能生根发芽，茁壮成长，日后还我一片茂盛的葡萄林。解决完了葡萄，我翻身趴下，手臂撑着下巴，开始观察起这片河堤来。

一只蚱蜢生着一张细长的脸，一副愁苦的表情。它坐在那里，后腿抖得厉害，很是紧张。一小段爬满苔藓的树枝上，一只娇弱的小蜗牛正在养神，静待夜间的露水成形。一只猩红色的螨虫全身肉嘟嘟，也就火柴头大小，它像一个胖乎乎的猎手般，在茂密的苔藓丛中艰难地爬行。这是一片迷你小世界，但依然生机勃勃。我的视线随着慢吞吞的螨虫而动，发现了一个奇怪的现象。嫩绿而绵密的苔藓上，散布着好些圆形的印记，每一块都有一先令[①]硬币大小。它们很模糊，只能从某些特定的角度才看得到。它们像月亮在云层后面羞羞答答，只留下一圈圈影子，若隐若现，似动非动。一片惬意中，我开始琢磨这些印记是怎么形成的。它们太零散，不可能是野兽的脚印，哪有野兽会在这么陡峭的岸边乱跑呢？它们也不是被什么东西压出来的印记，因为我拿了根草去戳印记周围的苔藓，但压力并不会造成苔藓坍塌或变形。于是我猜这些印记是苔藓自己长出来的，可能生长过程就是比较奇特吧。我继续戳，越来越用劲，突然小腹一紧，一阵狂喜袭来：我好像撬开了一扇门！草秆子似乎是触发了什么机关，一块印记如同门一般地弹开了。我定睛细看，惊喜地发现它还真是

① 先令是英国曾经使用过的货币单位，1 英镑等于 20 先令。——译者注

一个秘密通道的门。门下连着丝，边缘有齐整的斜面，可紧密地与周围苔藓咬合，以遮蔽住洞口。一片丝状物连接着门的一侧边缘和地面，形成一个合页铰链，负责开闭。我注视着这鬼斧神工般的构造，忍不住地想它是个什么东西。从洞口望进去，里面空空如也，用草秆子戳，也戳不出什么反应来。我久坐于此，苦苦思量，这条神秘的甬道究竟是何方神圣的杰作呢？会不会是某种马蜂挖的？不对，我从没听说过哪种马蜂会给窝搭上这么精巧的门。不彻底解开这个迷案，我是万万忍不了的，于是决定赶紧去乔治家问个明白。罗格正在旁边刨一棵橄榄树的根，我喊了它一声，便立刻开跑。

我终于来到了乔治家门前，呼呼直喘气，满心雀跃。我只象征性地敲了一下门，便嗖地冲了进去。但一进门我就傻了眼，他正在接待客人。乔治旁边坐着一位男士，晃眼一看很像乔治的哥哥，因为客人脸上也留着络腮胡。但仔细一看就知道，客人跟乔治可是截然不同，人家的衣着打扮得体又利落。客人身穿法兰绒西服，配同款背心，还穿着洁白无瑕的衬衣，打着一条精致又低调的领带，脚穿一双光亮、结实的皮鞋。我呆呆立在门槛旁，满脸窘色。乔治戏谑地打量我一番，开口道：“晚上好啊，瞧你这心花怒放的模样，难道是来找我补课的？”

我先为自己的莽撞道了歉，然后告诉了乔治刚才邂逅的奇观。

“感谢老天爷，今天咱们有西奥多！老兄，得亏有你在，”乔治对客人说，“这方面你是专家，帮他看看吧。”

“我算哪门子专家……”西奥多先生轻声反驳。

“杰瑞，这位是西奥多·斯迪凡尼季斯博士。你念叨过的所有心头好，他都懂得不得了；你没念叨过的，他也懂得很。他跟你像是一个模子刻出来的，对大自然也有一种着了魔的热爱。西奥多，这是杰瑞·德雷尔。”

我礼貌地说了声“幸会”，然后就被西奥多给惊到了：这位留着胡子的大人居然一下子站起来，快步走到我面前，还郑重其事地伸出了一只手。他的手可真是又大又白皙。

“见到你非常高兴。”他腼腆地开了口，仿佛是在跟自己的胡子说话。蓝色的眼睛羞赧地瞥了我一眼，那里面似有星光闪耀。

我同他握了手，告诉他我也是同样的荣幸。然后两人都陷入了一阵不知所措的沉默，乔治则咧嘴笑着旁观这场尴尬。

终于还是乔治打破了僵局。“好了，西奥多，你来说说那些诡异的甬道是谁建的吧。”

西奥多背起双手，眉头紧锁，视线像是被钉在了地板上。沉思中，他还不时踮起脚来，靴子便也咯吱作响，埋怨一两声。

“那个……呃，”他字斟句酌，说得小心翼翼，“我觉得这些洞可能是一种土蜘蛛，就是蝰蛸[①]（dié dāng）的窝。嗯……它们在科孚岛其实很常见的。哦，我说的‘常见’是指，我自己到这里后，都发现过三十或者四十多只吧。”

“啊哈！原来这玩意儿叫蝰蛸？”

“是的，我感觉它们有可能，大概，也许就是蝰蛸……吧，但我的感觉也可能是错的。”西奥多说。

西奥多站了起来，靴子发出轻柔的嘎吱声。他朝我投来期待的目光，试探着问道：“如果那些洞就在附近，那要不要一起去现场看看？当然，前提是你没有别的事情要忙，而且那些洞离这里真的不远……”

他的声音越来越轻，带着一股探寻的意味，最后结束在一个询问的尾音上。我回答说洞就在山坡上，走过去很近。

“嗯——”西奥多说。

“别别别！这小子搞不好要拽着你踏平这座岛的每一寸土地，你没必要在乡野间到处狂奔，对吧？”乔治打断他。

“没关系的，完全没关系，”西奥多说，“我本来就该走了，

① 俗称“土蜘蛛”，穴居地下，穴口处有活盖可开启。——译者注

那条路也很方便。大不了就是……呃……最后从橄榄树林里穿过去，再回卡诺尼嘛。”

他拿起一顶男士软帽，规规矩矩地戴在头上，出门前还向乔治伸出手，握了握。

“谢谢你的茶，特别好喝。”西奥多表达完感谢，便一脸认真地跟我上路了。

同行途中，我默默地观察他。他鼻梁挺拔端正；浅褐色的络腮胡里，藏着一张笑意盈盈的嘴；一对剑眉英姿飒爽，浓密茂盛；眉下两弯眼睛如春池溢满星光，盛满了求知欲，正诚挚地打探着这个世界；眼角处有笑纹勾起，又缓缓漾开。他走起路来大步流星，还会给自己小声哼个歌。我们路过一条臭水沟时，他全神贯注地往下看了好一会儿，胡子都看得竖起来了。

“呃，”西奥多开了口，“这里面有大型溞①（sāo）。”

他揉了揉胡子，继续向前走了去。

“今天运气不算好，”他继续说，“我本是过来见一些人……哦！我是说来见我的朋友们的，所以我没有带上收藏袋。这个水

① 溞科溞属生物，生活于水中，以有机碎屑、浮游动植物为食，其本身是鱼类的重要食料。——译者注

沟真是可惜了，说不准里面还有什么宝贝呢。”

走过了一段平坦的大路，我们拐进了那条羊群常走的碎石小道。我担心西奥多会不快，但没想到他依然步履矫健，兴致不减，嘴上哼的歌都没停。好一阵儿后，我们终于走进了幽暗的橄榄树林，我把他带到湿滑的岸边，指给他看一个神奇的圆形小门。

西奥多眯起眼睛，仔细观察。

“哦！”他说道，“没错……呃……就是的。”

他从马甲的口袋里掏出一把小折刀，打开刀后，慢慢将刀尖斜插入门缝下方，轻柔地撬开了门。

“嗯，对，”他再次首肯，“它的学名是‘活板门蜘蛛’。”

“就是了，这些洞都是活板门蜘蛛的巢穴。但咱们现在看的这个好像已经空了，里面没有蜘蛛。一般说来，雌的活板门蜘蛛会用脚……呃……不对，应该是爪子紧紧地抓住……这个……活的门板。你要是想打开它的门，就必须特别小心，否则一下子就会弄坏的。嗯，对，这些肯定是雌蜘蛛的家。雄性也会筑这样的巢，但它们的要窄一半。”

我惊叹，这真是我见过的最奇异的设计与构造。

西奥多说:“哈哈，是的！它们的确不同凡响。但有一件事情我一直没弄明白，雌性蜘蛛怎么知道门外来的是雄性蜘蛛，还是别的什么虫子呢？”

我估计自己整个人都呆住了，所以西奥多的视线从自己的脚尖挪开，快快地扫了我一眼。“雌性土蜘蛛都在洞里耐心等待，等其他昆虫路过——苍蝇、蚱蜢，或任何类似的小虫子。它们好像有种能力，能感知到门外虫子离自己还有多远，自己抓不抓得住。时机一成熟，土蜘蛛就会……呃……弹跳出去，捕食猎物。但当雄性土蜘蛛来求偶时，它也会走过苔藓地，慢慢靠近雌性的洞口。我很困惑，为什么雄性就不会被雌性一口吞了呢？当然，这里面多半有玄机，比如雄性的脚步声有其特点。或者它能做出一些……嗯……你知道的……就是奇怪的响动，让雌性能识别出来。”

下山返回时，我们俩都一言不发。到了分岔的地方，我才开口向他告别。他还是低头盯着自己的鞋，说道:“啊，好，好的好的，那就再见了。能遇到你，我太开心了。”

接下来，又是一阵尴尬的沉默。对西奥多来说，跟人打招呼和告别都是“酷刑”，那排山倒海的窘迫感能压垮他。他快把自己的鞋都盯穿了，才终于向我伸出了手，郑重地握了握。

“再见了，”他说道，“我……那个……真的非常希望还能见到你。”

他转身向山下走去，一边晃着拐棍，一边细细观察周遭事物。我目送他的身影消失不见后，才慢慢往家走，心中既不解又惊奇。可以肯定的是，西奥多是位大名鼎鼎的科学家（从他的胡子就能看出来）。对我来说，这种就是个大人物了。我见到的所有人中，能如我一般爱动物到痴狂的人，就只有他了。跟我沟通时，他又丝毫不敷衍或打压，完全把我当大人看待。我喜欢这种态度，因为我的家人向来就是如此。当外人看轻或贬低我时，我也会发自内心地鄙夷这些人。更难能可贵的是，西奥多不只将我当成人对待而给了我平等和尊重，也把我视作和他一样博学的人在交流。

西奥多介绍的活板门蜘蛛让我心醉神迷：它们蹲守在一个个盘丝洞里，爪子死死地抓着门，每条神经都在仔细分辨着门外昆虫的动静。那它们听到的响声都是什么样子的呢？一只蜗牛爬过去时，可能像一坨面团被缓缓扯开；蜈蚣的脚步声一定浩浩荡荡，它能以一己之力走出千军万马的气势；但苍蝇的步伐就矫捷轻盈，它还要不时停下来搓搓手——此时的声音恐怕很乏味，听起来就是一阵磨刀声；大一点的甲虫会像蒸汽压路机一样轰鸣着驶过；但小一点的甲虫，比如瓢虫等，就会像玩具发条车那样咕噜咕噜地轻轻开过去。一路上，我沉浸于想象之中，不能自拔，回家后可一定要赶紧告诉家人们今天的奇遇，以及与西奥多的相识。我迫切地想再见到他，因为心里还装着一箩筐问题没问，又觉得这期待多半要落空，他怎么可能有那闲工夫来顾我？但我实属多虑了，两天后莱斯利跟人去了趟城里，居然给我带回一个小包裹来。

“我见到了那个胡子男，”莱斯利简明扼要地形容道，“你认识的，就是那个科学家。他要我转交给你的。”

我对着包裹瞪大了眼睛，这如何可能？西奥多搞错了吧，堂堂大科学家怎么可能给我送东西？我翻过包裹来，发现上面写着我的名字，字迹工整而秀美。我急不可耐，赶紧拆开包装，里面是一个小盒子和一封信：

亲爱的杰瑞：

前两天有幸与你聊过活板门蜘蛛。我在想，如果你有一台显微设备，也许就能观察得更到位了。所以我斗胆直接送来一台袖珍显微镜，唯愿能助你一臂之力。很抱歉，它的放大倍数着实有限，但对你现阶段的现场调研来说，应该也够用。

祝安

西奥多诚意致上

另，星期四你若无安排，可否来寒舍一聚？我虽只有粗茶半盏相待，但希望能与你分享平日收藏之显微镜切片。

07 My Family and Other Animals

春风醉

日往月来，暑退寒袭，光阴已流过夏季和湿润的暖冬。与西奥多的下午茶之约，成为我日程表上最浓墨重彩的一笔。每个星期四，我都会揣上一大堆火柴盒、试管，带着里面的标本跳上斯皮罗的车，去拜访西奥多。风雨无阻，雷打不动。

我们会在他的书房里相聚，那里满足了我对一个房间的全部幻想与需求，堪称天下房间之典范。书房汗牛充栋，墙边设有高大的书架。书籍的门类真是做到了不拘一格，兼容并包，涉及淡水生物、植物生态、天文、医药、民俗传说……各种鬼怪志异、悬疑故事也混杂其中。所以福尔摩斯会与达尔文并肩而立，爱尔兰的恐怖小说家拉・芬努[①]则与《昆虫记》的作者法布尔[②]相依。

① 爱尔兰鬼怪故事和神秘小说家。——编者注
② 法国著名科学家、科普作家，代表作是《昆虫记》。——编者注

我觉得很是协调均衡，妥当极了。一扇窗户旁，天文望远镜倔强地挺起鼻子，如一只仰天长啸的狗。其他窗台上码放着整整齐齐的瓶子和罐子，里面是一个个淡水生态小天国，有嫩绿的水草婀娜招展，各种小生灵就披拂其中。房间另一面放着一张硕大的书桌，摞着剪贴簿、显微照片、X 线片、日志以及笔记。大书桌对面是显微镜观测台，上面堆着好些个扁平的盒子，西奥多收藏的显微镜切片就放在里面。观测台上，一盏强光灯支棱着自己分节组装而成的大长腿，低头看着这些盒子，如一朵百合花凌空绽放。几台显微镜锃亮得如喜鹊的羽毛，被各自的玻璃罩保护着，像住在一个个圆滚滚的蜂巢里。

“你一切都好吗？”西奥多每次见到我都宛若初识。打个招呼都客气到了极点，还辅以他标志性的握手礼：握住我的手，然后扎实地往下一拽，仿佛在检查一个绳结够不够牢固。一客套完，我们便直奔主题。

“刚才……嗯……你来以前呢，我一直在观察这些切片。有一张特别有意思，你肯定也想看，是鼠蚤的口器……就是‘具带角叶蚤’的口器。我来调一下显微镜……这儿！你能看到吗？你说这个口器像不像一张人脸？好玩吧？我还有一张，也很神奇。啊哈！图像出来了，快瞧瞧，这是园蛛的……也可能是十字蛛的口器，它的拉丁语学名应该是 epeira fasciata……”

我们看得专注又兴奋。观测台上的宝贝你方唱罢我登场，带来不断的刺激和惊喜。我连珠炮似的向他发问。答不出来时，西奥多便去书架处，向书籍求助。书架上的书越来越少，我们身旁的书则越垒越高。

“我们现在看的这个蚤叫作剑水蚤……是我在戈维诺捉到的。这只是雌性，身上还有卵鞘。我给你调一下焦距……卵就能看清楚了……好，我就把它放在养殖盒里观察吧。呃……其实科孚岛的剑水蚤也分好几种……”

耀眼的白色光晕里，一个奇形怪状的身影闪现出来。它的躯干呈梨形，长长的触须正在疯狂地扭曲缠绕，看来情绪不佳。它的尾巴像帚石南的树枝，两侧还各吊着一个鼓鼓囊囊的袋子，袋子里盛满了粉色的小卵珠（很像一头驴驮着两大袋晃晃悠悠的洋葱）。

“剑水蚤的学名是 cyclops viridis。之所以叫这个名字，是因为它是个独眼怪，眼睛长在前额的正中央……呃……就是相当于它前额的地方。在古希腊神话里，cyclops 是一群独眼巨人的名字，他们帮赫菲斯托斯[①]锻铁……”

屋外的风渐暖，轻轻拍打着护窗板，打出了吱吱嘎嘎的吟唱。小雨滴们在玻璃表面你追我赶，好不热闹，像一群透明的小蝌蚪在嬉闹。

① 古希腊神话中的火神、锻造与雕刻之神，善于建造神殿和打制武器。——译者注

“啊哈，你居然提到了这个！萨洛尼卡的农民刚好就有一个类似的……呃……算是迷信吧。没有科学依据，就是迷信而已。我还有一本书，里面讲了波斯尼亚的吸血鬼，讲得特别有趣。当地的人们好像会……”

茶点被端了上来。蛋糕躺在松软的奶油里，吐司被融化的黄油包裹，一缕蒸汽正从茶壶嘴处扶摇而上。

“……不过，很难说火星上面是否真就没有生命。我相信，只要人类能够登陆火星，就能在上面找到……呃，发现某种生命形态。但要注意，那跟我们可能很不一样……”

西奥多端坐在椅子上，穿着熨帖得体的粗花呢西服，慢条斯理地嚼着面包。他的胡子根根分明地耸立着，不论我们聊到哪里，眼睛里都会有光芒闪烁。他是一个知识的宝库，有无限储量。我在其中流连忘返，尽情挖掘。他能把所有话题都聊出花儿来。但当斯皮罗的喇叭声刺入耳朵时，我再是万般不舍，也只得不情不愿地起身了。

“再见了。”西奥多一如既往拽着我的手，“见到你真是开心……啊！别这么说，哪有什么麻烦的？下星期四请一定再过来。回头如果天气好些了，呃，就是说等春天到了，空气干燥一点了，我们可以去户外挖掘一下。瓦尔德罗帕有几条不错的水沟……嗯嗯，好，那你先走，再见！别这么客气……”

暮霭沉沉中，我们驶过雨后的道路，斯皮罗的喇叭也响了一路。我的心已飞到了下一个春天，正在幻想与西奥多一起去户外邂逅万千生灵。

有一天，温煦的风与雨终于穿过冬日的潮气，将天空洗刷一新，为苍穹涂上了明艳的宝石蓝，昭示了一月的驾到。天空之蓝，让你想起炭火燃烧橄榄木枝时舔出的火舌。夜晚舒爽寂静，月光不盈一握，只能浅浅拂过海面，尚无法点出璀璨的光点。拂晓时分，天地间是一片澄澈的苍白。随后，朝阳在水汽缭绕中醒来，如一个巨大的蚕茧弹出地平线，将它曚昽的金色烟尘撒向整座岛屿。

三月，春天如约而至。科孚岛的鲜花霸道地填满大地，用香气装点你的每一口呼吸，并喊醒了所有的新枝嫩芽。柏树在冬季过得很是窝囊，只会在风中驼着背闷哼。但现在，它的枝叶蓬松起来，如套上了白绿白绿的锥形蓬蓬裙。它们纷纷挺直了腰杆，造型优美地挺立在天空之下。番红花顶着黄色的厚实花冠，一丛丛、一簇簇地从大树根部冒出来，然后又翻滚着奔向河岸。桃金娘的脚边，葡萄风信子正忙着结花蕾，仿佛在生产洋红色的糖果。橡树的树荫下，数不清的鸢尾花接踵摩肩，形成浩荡的蓝色烟波。最娇柔的要数银莲花，动辄便被春风划出几道口子来，但它们也举起了象牙白的花朵。有些花瓣略发红，像是被人放入红酒里泡过。每一寸土地，每一弯枝头，都有万千花朵在蓬勃绽放，野豌豆花、金盏花、水仙花……有些德高望重的橄榄树已历经了千年风雨，但也还是要听春天的安排，在佝偻而空洞的躯体上生出奶白奶白的团团小花。谦逊，但不失风情；那优雅，跟苍老相得益彰。春天习惯了直来直往，从不欲迎还拒：它用一个激昂的和弦开场，瞬间便把整座小岛都调动起来，让每个角落都应声附和。你能看到春天的磅礴，因为花瓣开始闪耀，小鸟的羽翼开始泛光，农民们深色的眼球开始荡漾起明媚的情绪。青蛙们也在水沟里高歌，表演春天的大合唱。它们连皮肤都升了级，看上去如崭新的珐琅般流光溢彩。村里咖啡店卖的酒都更有生机了，红得越发浓重，烈度仿佛上了个台阶。你听到粗糙的手拂过吉他的弦，撩拨起奇异的温情。音色浑厚的歌声也传了开来，曲调相当欢快。

我的家人们都找到了自己的春天。拉里买了一把吉他和一大桶烈性红酒。写累了要休息时，他就会弹唱一段伊丽莎白时期的情歌，音色慵懒，但音调其实不低。他不时还会小酌一口，制造一点留白与余韵，让歌曲中的忧伤和哀怨被充分发酵。不论谁在旁边，拉里都会倾诉自己对春天的解读：春天不是新的一年之始，而是上一年的亡逝。他会在琴弦上拨出低沉而苦涩的伴奏，高歌道：“哎，那埋葬一切的坟墓啊！在每个季节都张狂地开着大口，一季更比一季贪婪！”

一天晚上，家里只有母亲和拉里在。拉里的歌声充斥着整个房间，曲调越唱越凄婉。连母亲都被感染，于是两人一起沦陷在了愁苦中。他们遂决定喝一杯，缓一缓情绪。但他俩的英国胃又承受不住希腊的烈酒，所以这顿酒起的是反作用。我们回到家时，妈妈过来打招呼，把所有人都吓呆了。她站在门外，手拎一个防风灯笼，语气中有股贵族式的典雅骄傲。她说将来死后，希望被埋葬在院里的玫瑰丛下。母亲实现了一次历史性的突破，因为这个归去之处选得太近、太方便了。关于自己的长眠地，她之前就斟酌过许久，也定下过好些备选方案，不过都极其偏僻遥远。届时，送葬队伍将走得人仰马翻，妈妈还没入土为安，队伍就先崩溃在道边了。

如果拉里不添乱，母亲的春天就是一茬接一茬的新鲜蔬菜，她可以自由地尝试烹饪方法。花园里的鲜花也会次第绽放，惊艳她的感官。厨房里，各式菜肴轮番出锅，汤、炖菜、咸味小点心、咖喱……口味越来越丰富，香味越来越浓郁，也越来越有异国风情。拉里都吃出了积食症，但他对清淡饮食、少量饮食之类的疗法不屑一顾。他买了一大罐小苏打粉，每顿饭后都给自己郑重其事地来一勺。

母亲说："亲爱的，你既然不舒服，就少吃点吧。"

拉里挤眉弄眼地笑道："那不是为了尊重母亲大人的手艺嘛。"

玛歌说："你现在都胖成猪了，这样下去可不好。"

"一派胡言！"拉里惊恐着反驳，"我才不胖呢！妈妈，你说呢？"

母亲认真地看了看拉里。"你好像是重了那么一点点。"

“那都是你的责任，”拉里蛮横地埋怨，“你就拿这些美食诱惑我吧，就活生生地让我得胃溃疡吧。哎，我可得控制一下饮食了。玛歌，你觉得什么节食法最好？”

这个话题正合她的心意，玛歌说道：“你可以试试橙汁配沙拉，绝对有用。然后也可以考虑牛奶配生蔬菜，只是起效慢了点。还有水煮鱼配黑面包，但效果不敢保证，因为我自己还没试过。”

“我的天啊！”拉里震惊到无以复加，“这也能叫节食？”

“当然，它们都非常棒啊，”玛歌恳切地说，“我自己用的就是橙汁配沙拉法，它对我的青春痘有奇效。”

“我才不要呢，”拉里坚定反对，“我又不是什么驴子骡子，何苦要啃这些水果生菜？真像这样吃的话，恐怕你们就要见证我的英年早逝了，死于心脏脂肪变性。”

又到了吃饭时间，这次拉里未雨绸缪，进餐前就给自己来了一勺小苏打。结果整顿饭他都吃得心烦意乱，不停地抱怨菜里有股怪味道。

春天可以牵着玛歌的鼻子走。因为形象管理素来是她的命门，但在春天，这无异于一场恶战。她会在房间里堆满刚洗干净的衣服，不用说，晾衣绳上还沉甸甸地挂着一大串。玛歌总是尖声哼着不怎么着调的小调，抱着轻薄的内衣裤，以及一系列瓶瓶罐罐，在家里飘荡。一旦被她抓住机会，你就会看到一个裹着白色浴巾的身影嗖地钻进浴室去。对浴室来说，玛歌是典型的请神容易送神难，想把她抓出来，比在石头上抠下一枚帽贝还难。家人们会轮番上前攻擂，咆哮、捶门，无所不用其极，但换来的只是一句“马上就好”。这个“马上”的定义相当不落俗套，我们都从中学会了什么叫作“说话不算话”。最终她还是会出来，整个人肤如凝脂，容光焕发。接下来玛歌会哼着小调出门，去橄榄树林享受一场日光浴，或去海边游个泳。就在这样的一次外出中，她邂逅了一个美得不可方物的土耳其男子。但玛歌却一改往日的话痨作风，从未主动跟我们聊起过这场邂逅和她的男版维纳斯，以及彼此相伴的数次游泳。她后来解释说，自己是觉得我们对这个人提不起什么兴趣，所以懒得说。那么是谁洞若观火，挖出了这段秘密情缘呢？不难猜，当然是斯皮罗。他一直监视着玛歌的一举一动，忠诚细致得如一只圣伯纳犬。所以玛歌绝无可能绕过斯皮罗，偷偷成个什么事。一天早上，斯皮罗把母亲推进一个墙角。他鬼鬼祟祟地环视四周，确定没人偷听，才重重地叹了口气，向母亲汇报起这个爆炸级的消息来。

斯皮罗说：“德雷尔太太，很遗憾，我不得不告诉你一件事，这事你必须知情。”

挖到了与我们有关的秘密，向母亲汇报时，斯皮罗一定要营造出一种神秘的氛围。久而久之，母亲对他的神神叨叨与故弄玄虚已免疫了。

“哦？这次是什么事啊？”

斯皮罗眼中拂过一缕哀伤：“这次是关于玛歌小姐的。”

“玛歌怎么了？”

斯皮罗再次紧张地环视一圈，愤愤说道：“你知道她跟一个男人在一起吗？”

“男人？哦！那个，我知道的。”母亲果断选择撒谎。

斯皮罗提了一把裤子，身体向前倾。

“那你知道他的身份吗？知道他是个土耳其人吗？”愤怒让他变得面目狰狞。

母亲回答：“土耳其人？我还真不知道这个细节。但那又如何呢？”

斯皮罗又好心地补了一句：“我只是觉得该跟你说一声，但你千万别担心。如果那家伙敢动玛歌小姐一根手指头，我会把他收拾得明明白白的。”

作为后续跟进，母亲还真找玛歌谈话了。语气虽不善，但母亲好歹还是比斯皮罗温和点。她叫玛歌邀请这个男孩来喝下午茶。玛歌领令便照做，剩下母亲在家里手忙脚乱地烤蛋糕、做司康饼，并警告我们几个儿子好好表现，要有修养。稍后，土耳其小伙终于大驾光临。他高挑纤瘦，一头卷发细致光洁，脸上绷着一丝不苟的笑容——随和值为零，高傲度拉满。他就像只猫一样，姿态优雅，自鸣得意，沉静典雅。小伙子拉过母亲的手，亲吻了一下她的手背，仿佛是恩赐了她一份莫大的荣耀。至于其他人，自然只配得到他一圈视察般的微笑。母亲敏锐地察觉到我们几个快炸毛了，于是赶紧打开了话匣子。

“很高兴你能来……我们期待已久……就是一直没抽出空来，你懂的……乱七八糟的事情太多了……玛歌老跟我们提起你……请用司康饼。”

妈妈说得上气不接下气，脸上的笑容几乎要溢出来，一边为小伙子递去了一块司康饼。

“不错。”他说道。那声量之低，语气之暧昧，让大家搞不明白这“不错”的人究竟是谁，是我们？还是他自己？交谈便陷入了沉默。

玛歌突然开了口：“他是来科孚岛度假的。”语气相当崇拜。

“哎哟，真的呀？”拉里怪声怪气地接话，“来度假了呢，真棒！”

莱斯利也嚼着蛋糕，嘟囔着说："假？我也度过一次，我记得很清楚。"

母亲摆弄着茶具，在一阵叮当声中警觉地环视众人。她问小伙子："加糖吗？茶里要不要来一点？"

"行吧，谢谢。"

谈话又陷入了僵局。我们一言不发，默默看母亲给他添茶，看她绞尽脑汁地找话题来破局，然而未果。好一会儿，土耳其人才转向拉里。

"你是个作家？我好像有点印象。"语气里是一片寒冰。

拉里眼中也掠过一道寒光。母亲及时捕捉到了这个危险的信号，抢在拉里之前开了口："是的是的，他很勤奋，每天都写。我老听到打字机噼里啪啦的声音。"

"我总感觉，如果有一天我出山写作，一定就是大家水平。"小伙子说。

"没错，就是的。写作就像很多事情一样，老天爷赏饭就好。"母亲说。

玛歌又插了进来："可是他很会游泳，可以游好远好远。"

土耳其人换上谦虚的语气："我这个人啊，就是不懂得惧怕。不过因为我游起泳来实在是太厉害了，所以才毫无畏惧。骑马时，我也浑身都是胆，因为我的骑乘技术也真是登峰造极。我还能在台风天里畅快地驾船出海，完全不会怕。"

他优雅地抿了一口茶，对我们的肃然起敬表示了充分的认可。为防我们没抓准重点，他又补充道："你们能明白吧？我真是不懂得畏惧啊。"

下午茶的次日，玛歌收到了土耳其小伙子写来的便条，邀请她当晚去看电影。玛歌问妈妈："我能去吗？"

妈妈坚定地说："你非要去的话就告诉他，我也会跟着。"

拉里评价："那这个夜晚可太美妙了！"

玛歌反抗道："妈妈，你怎么能去呢？他一定会觉得太怪了。"

母亲含混地说："别担心，亲爱的。土耳其的未婚少女出行时，常有年长女性陪伴的。而且呢……那里的贵族女眷不都有自己的女伴吗？"

天色渐暗，母亲和玛歌穿戴整齐，下山赴约了。岛上唯一的电影院就是镇子上的一个露天影院。我们猜这电影顶多也就到十点，于是急切地等待着她们归来，但生生等到了凌晨一点半，才等回了她俩。俩人面若菜色，身心俱疲，跌跌撞撞地爬进来，直接跌倒在了椅子上。

拉里说："哎！你俩怎么回来了？大家还以为你们跟土耳其人去君士坦丁堡了，正在骆驼背上畅意驰骋呢！我想象着，在晚风中，你们的面纱销魂地飘舞着……"

"我们经历了有史以来最凄惨的一个夜晚！"母亲脱着鞋，绝望地说。

莱斯利问："怎么了？"

玛歌说："先从他的香水说起吧。那叫一个难闻，一秒钟就把我恶心坏了。"

母亲说："我们坐的是最便宜的座位，屏幕就在鼻了前，我仰得头都痛了。人还多得不得了，我全程憋闷，不能呼吸。这还没完，居然有个跳蚤跑进了我的衣服。拉里你别笑！我真的不知道该怎么办才好。那小家伙钻进了我的束腰，在里面跳来跳去。我怕不雅观，所以不敢挠，只能尽力贴在椅背上。他可能都发现了，但只用余光瞟我，一副讥笑的模样。中场休息时，他出去买回来一堆极其难吃的土耳其小吃。我们没吃几口，就沾了满头满身的白色糖粉。就因为吃了这东西，我后来渴到嗓子冒烟。第二次休息时，他又去买回来两束花。来来来，大家见证一下我们在电影院收到的花，桌子上那把可是玛歌的。"

顺着母亲手指的方向，我们看到桌上摆着一捆硕大的花束，都是娇艳的春季花朵，还系着五彩丝带。母亲随即从自己包里也奋力挖出了一束，但要小得多，只是几枝紫罗兰。母亲的花破破烂烂，像是被一匹孔武有力的骏马疯狂踩踏过。

母亲说：“而这一把，就是我的。”

玛歌继续道：“真正最惨的事情发生在回来的路上。”

“那真是惨绝人寰的一段路！”母亲完全同意，“走出电影院时，他将我们推进了一辆马车，里面臭气熏天，马车跑了一个钟头又一个钟头，那匹马都快跑散架了。我努力端坐，保持风度，强忍着不去挠束腰，而且渴得快疯了。但那个家伙就会呆坐着，盯着玛歌笑，还要唱土耳其情歌。我真的忍不住了，好想揍他！我一度以为我们永远都摆脱不了他了。马车明明已经到了山脚下，他居然不走，拿了根木棍就要送我们，说这个季节山上到处都是大蛇。最后，他终于转身离开了，我高兴得差点哭了。玛歌，你以后挑男朋友时，请一定慎重。我没有能力再经受一轮这样的考验了。

拉里说：“你们这就是典型的‘不懂得敬畏’了。”

对莱斯利来说，春天意味着斑鸠、野鸽扇着翅膀翩翩到来，意味着野兔在桃金娘林里乍隐乍现。他探访了无数家枪械店，跟店主们反复讨论枪支的技术细节，才终于买下了一支双管猎枪，顾盼神飞地带回了家。一到家，他就迫不及待地回到房间，把枪大卸八块，细细擦拭。我在一旁看得津津有味，一边欣赏枪管和枪托发出的柔亮光泽，一边嗅闻枪油散出的浓烈气味。

“它是不是很美？”莱斯利低声道，与其说是在问我，不如说是在自言自语，他的蓝眼睛熠熠生辉，“它是不是很棒？”

他的手轻拂过丝滑的枪体，突然往上一抡，把枪架在了肩头，瞄准了天花板上一群幻想出的鸟。

“砰！砰！”莱斯利自加音效和后坐力，“左边来一枪，右边的也跑不了，通通给我往下掉！”

莱斯利用浸过油的抹布再次擦拭了一遍枪体，然后小心翼翼地把枪支靠在了墙角处，紧靠着自己的床。

“明天我要去打斑鸠，一起吗？”他拉开一个袋子，往床上倒了把猩红的子弹出来，“斑鸠一般在六点过来，山谷对面的小坡就是个打猎的好地方。”

第二天，我们一早便钻进了橄榄树林，穿过蒸腾的雾气，爬过在朝露中吱嘎吟唱的桃金娘林，抵达了山丘之巅，等待天光苏醒，鸟群飞来。刹那间，苍白的天际出现了一些黑色的斑点，如万箭破空而来。万双翅膀张弛，传来轻快的扑扇声。莱斯利双脚分开，用臀部撑着枪托站定。他眼光锐利，视线紧追鸟群。它们很快便逼近，似乎下一秒就要飞过我们头顶，消失在橄榄枝招摇出的一片银光中了。电光石火间，枪猛地攀上了莱斯利的肩头，甲虫壳般晶亮的枪管朝着天空张开大口。枪体随即一颤，一声枪响“砰”地炸起，余音干脆利落，仿佛是段枯枝蓦然折于静寂山林。刚刚还展翅高飞的斑鸠，此刻已颓然降落，几片肉粉色的羽毛兀自飘零。莱斯利共收获了五只斑鸠，在腰间挂了一圈。每只都彻底咽了气，满身血污，双眼闭得决绝而肃穆。莱斯利点燃一支烟，往下拉了拉帽檐，将枪搂在了臂弯里。

“走吧，”他说，“今天差不多了，让这些小怪物先喘口气。”

我们再次穿越光影斑驳的橄榄树林。树枝上挤着无数枚哐当作响的闪亮小硬币。定睛细看，原来是苍头燕雀们。雅尼碰巧赶羊路过，棕色的脸庞上罩着一抹被尼古丁熏焦了的大胡子，整张脸都笑开了花。厚重的羊皮斗篷下，一只骨节粗糙得如老树疙瘩般的手伸出来，朝我们挥了挥。

“祝您万安，”雅尼的嗓音低沉，用美好的希腊语问候，“两位万安！愿你们幸福。”

山羊们在橄榄树林里乱逛，不时结结巴巴地叫几声，彼此呼唤。领头羊的羊铃声顿挫有力，回荡在林间。燕雀兴奋地叽叽喳喳，知更鸟正高耸着胸脯尽情歌咏，像个胖乎乎的橘子挂在桃金娘枝上。岛屿被露水拥抱，被晨光沐浴得容光焕发，生机蓬勃，一派葱郁盎然。在这样的季节里，谁能不沉醉呢？

对话

一切进入正轨，我们终于开始享受宁静的海岛生活了。拉里如以往一样慷慨，到处写信，邀人来做客，全然忘了我们的小房子毫无接待能力。当然，这种问题是配不上他去发愁的。

“我请了些朋友来科孚岛，住一个星期左右。”一天早上，拉里漫不经心地跟母亲提了一嘴。

“不错啊，亲爱的。”母亲随口一回，也没怎么走心。

“咱们就得多跟聪明人玩，多接受些挑战，否则大家都变呆了。”

“他们别太卖弄就好。”母亲说。

“天啊，我的朋友怎么可能卖弄？他们都很正常，但在正常人里又算灵气逼人、魅力不凡的。等等，你对聪明人有很大的误解，你为什么觉得人家是在卖弄呢？”

“我实在是怕了那些‘高水平’了。”母亲一脸凄楚的表情，“我就是一个凡人，搞不来那些诗词歌赋。但他们偏偏觉得‘虎子无犬母’，还专爱找我做饭的时候跟我聊文学，拿一堆傻乎乎的问题来厨房折磨我。”

“我没强求你追上大家的水平，”拉里不快，“瞧瞧你那一塌糊涂的文学品位，真希望你能藏一藏。我给这个家摆满了好书，结果你的床头柜上都堆了些什么？烹饪书、园艺书，还有花里胡哨的悬疑小说。你都是从哪儿搜罗来的？”

“我的侦探小说非常好看，是西奥多借给我的。”母亲自卫。

拉里叹了口气，重新捧起了自己的书。

“你得联系一下瑞士公寓，通知他们客人什么时候会到。”母亲提醒拉里。

“这是何必呢？”拉里眉毛都飞了起来。

“得确保酒店有房间啊！”母亲的眉毛也飞得一样高。

“我已经邀请他们来家里住了。”拉里纠正道。

“拉里，你疯了吧！动点脑子好不好？家里接待不了啊！”

“有什么好咋呼的？”拉里很平静。

“好，那我问你，他们住哪儿？我们自己的房间都不太够。”妈妈急切地问。

“这有何难？分配一下嘛，空间肯定够用：玛歌和莱斯利睡阳台上，一下子就多出了两间房；你和杰瑞去客厅睡，这不又有了两间？”

“胡说！我们又不是吉卜赛人，哪能到处露营？再说了，现在这么冷，玛歌和莱斯利绝不能睡阳台。这房子太小，招待不了客人们留宿。你必须给他们写信，让他们缓缓。”

“缓不了，”拉里说，“大家已经出发了。”

“太胡闹了！这么大的事儿不早说，等到人家都快到了才告诉我！”

“好了，别再自己吓自己了，”拉里再次皱眉，“这件事不难办，我有个好法子，治标又治本。”

“什么法子？”母亲不解。

“对症下药，既然房间不够，那该做的就是让它‘够’啊，去找个够大的房子。”

“最该做的是让他们都别来。”母亲严肃起来。

“我不觉得当隐士对我们有好处，”拉里说，“我邀请朋友来，也是为了全家人好。这些朋友非常有意思，你们必会一见如故，重新给生活找到乐趣与生气。”

“谢谢，我现在最不缺的就是生气。”母亲的语调很是庄严。

“那我真是没辙了。”

“你请了多少人？”母亲问。

“没几个……就两三个吧……应该不至于一块儿来，我猜他们会分期分批来。”

“包括咱们全家，一共七八个人？”

“那不可能。除去咱们，还有七八个人。”

“拉里，你在开什么玩笑吗？这个家怎么可能装得下十三号人？

“那就搬家嘛！我早说了正确答案，不明白你还在吵什么。”

“亲爱的，你稍微清醒点。就算我们真搬去一个大房子，能住十二个人了，那么客人们离开后，我们拿那些空房间做什么？”

“再请新的客人啊。”拉里震惊极了。在他看来，如此简单的答案母亲竟然想不到。

母亲死死盯着拉里，眼镜都歪在了一边：“有一说一，拉里，你真的有能力气死我。”

“你搞不定几个客人，就把气撒在我头上，这不公平吧？”

“只是几个客人？”母亲崩溃了，“八个大活人也能用‘只是’来形容。”

“妈妈，你已经疯魔了。”

“是啊，一声不吭就请了这么大一堆人，你真是一点都不疯魔呢！”

拉里哀怨地看了妈妈一眼，再次举起了书：“得了得了，能做的我都做了，说再多我也没别的办法了。”

家里陷入了一阵长时间的沉默。拉里只是淡定地读着书，母亲把一大堆玫瑰分别插入一个个花瓶里，然后四处随意摆放，不时喃喃自语。

“别老是躺着了，”母亲终于还是打破了沉默，“那帮人毕竟是你的朋友，你多少得帮点忙吧。”

拉里放下书，扬起一副苦瓜脸：“我不知道要怎么做才能让你满意，我提一个建议，你就否定一个。”

“你的建议没有可行性，我当然同意不了。”

“我的建议全是可行的，没一丝毛病。”

“亲爱的，你理智地想想。我们为了接待一批客人，就着急忙慌地找大房子、搬家，这现实吗？况且咱们还得考虑杰瑞的家教课程。”

“所以你才要动脑筋好好想，下了功夫自然就会有收获。”

“别再想新房子了，”母亲异常坚决，“我绝不动摇。”

她扶正了眼镜，向拉里射去挑衅的目光，毅然决然走向厨房，全身上下散发着绝不动摇的气息。

08 My Family and Other Animals

黄水仙别墅

我们的新家是一座威尼斯式大别墅，造型方正，气势雄伟。外墙是半新不旧的黄水仙色，配以油绿色的护窗板，和朱砂红的屋顶。它矗立在一个山坡顶上，面朝大海。四周是一片芜杂的橄榄树林，寂静又羞涩的柠檬园、橘树林。房子带着一种古朴的忧郁气质：墙面破败颓坏，斑驳陆离；房间大而空，回声袅绕；阳台上堆积的落叶想必已跨过了四季，藤蔓和葡萄藤也在此处顽强拔节，长得郁郁葱葱，让低处的房间常年见不到太阳，总被一罩绿光环抱着；别墅在侧面连着个小小的下沉式花园，四周有墙包围，进入它的铁门已锈迹斑斑；花园内部的蔷薇、银莲花、天竺葵恣意招摇，大大咧咧地爬向杂草萋萋的小路；橘子树枝繁叶茂，枝上的花朵香气袭人，但因没有修剪而过于凌乱；花园之上是静谧的果园，万籁俱寂，唯余蜜蜂偶尔嗡鸣，小鸟不时振翅。

房子及其立身之所都在缓慢而幽怨地衰落着。虽然人迹罕至，璀璨的大海和暗沉、衰老、残缺的阿尔巴尼亚群山却也自成一片。别墅似已微醺，不分今夕何夕，只是放任自己在春日暖阳里沉醉又沉沦，笑纳苔藓、蕨草、各种小伞菌的附庸与侵扰。

不消多说，挖掘出这幢房子的人自然是斯皮罗。他用最少的摩擦、最高的效率顺利主导了此次搬家大业。找到别墅的第三天，数辆长长的木制推车便载着我们的家当，缓缓踏上了尘土弥漫的公路。次日，我们就住进了新家。

别墅一侧有间小屋，里面住着我们的园丁和他的妻子。他俩已相当年迈，似乎已化作了房子的一部分，和它一起衰败着。园丁负责给水箱加水、采集果实、榨橄榄油，以及每年舍身赴险一次，去柠檬树下十七个喧嚣的蜂房里采蜜，每次都被蜇得惨不忍睹。母亲一时冲动，还雇了园丁的妻子来家里帮佣。这个消瘦而忧郁的妇人叫卢加蕾其娅。她习惯用发卡和梳子把头发细细拢在一起，但有那么几缕就是不听劝，总要调皮地散下来。母亲很快便发现，卢加蕾其娅是个异常敏感脆弱的人。但凡涉及工作，不论你多么含蓄地指出她的不足，她那双棕色的眼睛都会立刻泪光莹莹，泪珠啪嗒啪嗒落个不停。妈妈反倒尴尬得不知说什么才好，于是便不敢再轻易批评她了。

普天之下，唯有一件事能治愈卢加蕾其娅，让她愁苦的脸上绽放出如花的笑容，让她大耳朵狗般无辜的眼里荡漾起明媚的春波，那就是跟人聊她的疾病。很多人都喜欢随口聊聊自己身上的疑难杂症，但卢加蕾其娅不同，她把这件事做成了一个全职工作。刚搬来时，她的头号大敌是胃病。每日清晨七点，她会给我们送来茶水，以及昨晚与胃病搏斗的英勇事迹。她一个房间接一个房间地送过去，不断重复着这场搏斗的所有细节，确保每个人都听得到。在她出神入化的描述里，你看到昨天夜里的卢加蕾其娅呻吟着、喘息着，在剧痛中佝下腰，手足无措地踱来踱去。她的形容之传神，感染力之强，能让听者的胃都随之一起痛。

“妈，你管管那个女人好不好？”一天早上，拉里向母亲抱怨。显然，昨晚卢加蕾其娅的胃又有一场生不如死的经历。

“我能怎么管？我已经把你的小苏打分给她一些了。”

“那我算找到她昨晚的病根了。”

“她的饮食习惯肯定有问题，”玛歌插话进来，“她应该调整一下。”

“她那个胃就欠被刺刀好好扎一下！”拉里火冒三丈，“过去一个星期我可长见识了。现在，她大肠里的每个弯弯拐拐我都了若指掌。”

“她是让人有点受不了，”母亲解释，“但她确实身体不舒服嘛。”

“她不舒服才怪呢！”莱斯利说，“她非常享受这个病，就跟拉里一样，越病越爽。”

“好了好了，咱们只能先忍忍，这里也请不到其他人了。下次等西奥多来时，我请他给卢加蕾其娅好好瞧瞧。”母亲含糊其辞。

“如果她早上跟我描述的事情都是真的，”拉里说，“那你别忘了给西奥多准备一把镐子和一盏矿灯。”

“拉里，别恶心人！”妈妈严厉制止。

不久之后，卢加蕾其娅的胃终于消停了，我们如释重负。但紧接着，她的脚又开始闹腾，走起路来一瘸一拐，时而还会痛苦地哀号两声。拉里戏称母亲不是雇了个佣人，而是请了个妖怪。他建议给妖怪套上脚链、绑上铁球，让大家能及时预判她的行进路线，并快速撤退。否则以卢加蕾其娅的习惯——默默从背后靠近你，再突然放声嚎叫——我们是无力抵抗的。某天清晨，卢加蕾其娅在餐桌旁脱了鞋子，要展示一下到底疼的是哪个脚趾。自此，拉里都是回自己房里吃早餐了。

除了卢加蕾其娅的病，房子里其他麻烦也不少。别墅附带的家具是一整套维多利亚时期的古董，它们封禁在此已有二十年之久。家里各处都蹲着、挤着大量家具，丑得各有特色，但全部都粗粗笨笨，华而不实。家具不时嘎吱作响，甚至会突然炸裂或坠落。但凡你脚步重上三分，就会有烟尘腾涌。住进来第一天晚上，餐桌就断了一条腿，食物倾泻一地。没过几天，拉里朝一把看上去很牢实的椅子坐了上去，不想椅背却在一片刺鼻的灰尘中遁形。妈妈试图打开一个衣橱，它大得堪比一间木屋，却外强中干，整个柜门脱落在了妈妈手中。妈妈遂决定进行一场家具大整改。

“这个家不能接待客人，什么东西都是‘一眼没’：你盯它一眼，它就立马死给你看。”妈妈下了决心，“我们必须去买新家具了。哎，这次的客人们绝对数得上是我们家的‘贵客’了。”

翌日一早，斯皮罗就带着母亲、玛歌和我进城采购家具。这天，我们都觉得城里异常拥挤、吵闹。与店主讲完价，回到曲折的街道后，我们才意识到今天不同往常，肯定有什么大事。我们使劲从人群里往外挤，想赶紧回到停车处。但人群越发密集起来，我们只能被人流裹挟着前行。

“我觉得他们要办个大活动，”玛歌洞察道，“可能是个宗教大节日，或别的什么好玩的节。”

“这都不重要了，咱们得赶紧回车里。”母亲回应。

但我们被冲去了与车相反的方向，来到了主广场上，人群把我们围得密密实实。我问身旁一位年长的农妇这是在干什么。她转过头来，无比自豪地回答：“今天是圣斯皮里底翁节，万安。我们可以进入教堂，去亲吻他的脚。”

圣斯皮里底翁主教是科孚岛的守护神。他的遗体被制成了木乃伊，安置在教堂的银棺中。每年一次，人们会把他抬出来，绕城镇游行。他有无上神力，你可以向他祈祷。他可以帮你实现心愿、治愈疾病，或达成任何美好的目标，只要你许愿时他的心情还不错。岛民们非常爱戴他，为了纪念他，这里每两个男性中就有一个叫“斯皮罗”。今天就是开棺的大日子，信徒们能亲自吻到圣翁本人的脚，并向他许愿。各色人等正对亲吻礼翘首以盼。人群构成极其多样化，让圣翁的声望之高、影响之广一目了然：老农妇们穿着最精致的黑色衣服，旁边站着她们的丈夫，佝偻得像是橄榄树，嘴上顶着被风霜染白的胡子；渔民有一身黝黑健壮的肌肉，上衣点满了墨鱼汁的污渍；还有羸弱的病患、智障人士、肺结核病人、跛足的人、蹒跚的老者，以及被裹成了蚕茧般的小婴儿们。婴儿们都仰着蜡黄的小脸，在剧烈地咳嗽。这其中甚至还有几个身形高大、面容粗犷的阿尔巴尼亚牧羊人，留着胡子，剃着光头，身披厚实的羊皮斗篷。花花绿绿的人潮缓慢移动着，向着教堂的深色大门挺进。我们别无选择，只能随波逐流，如几块小石头被夹在了奔涌的火山熔岩里。玛歌已经被挤到了我前面，母亲则远远落了后。五个壮硕的农妇像一圈靠垫般将我牢牢钳住，散发出极其上头的汗臭与大蒜味。母亲被两个彪悍的阿尔巴尼亚牧羊人包围，也是动弹不得。我们无力抗争，径直被推上了教堂前的台阶，随即又被卷进了大门。

教堂内部漆黑如井底，只一堵墙边有排蜡烛，在幽暗中番红花般的黄色火焰明灭着。一位牧师身着黑袍，留着胡须，头戴高帽，组织众人排成一列依次前进。信徒们绕过银棺后，再从另一扇门出去。牧师起伏的胳膊如同乌鸦扑扇的双翅。银棺笔直竖立当中，如一枚巨型的银色蚕蛹。棺盖下方镂空一部分，让圣人的脚能露出来，脚上穿着细花纹拖鞋。每个人来到圣人面前时，都会虔诚弯腰，亲吻这双脚，并轻声祈祷。棺盖上部是玻璃材质，圣人俯视众生，面容发黑枯槁，眉眼间尽是不堪其扰的无奈与厌烦。此时的我们已无路回头，只得去亲吻这双脚了。我回头看了看母亲，她在努力挣脱阿尔巴尼亚壮汉的钳制，想挤上前来。但敌强我弱，她的努力毫无成果。和我视线相接的一瞬，母亲开始挤眉弄眼，手奋力指向棺材方向，头也摇成了拨浪鼓。我搞不懂这是什么意思，她身旁的阿尔巴尼亚大汉也狐疑地盯着她。我猜他们已经判定，母亲马上要癫痫发作了。这判断倒有几分道理，因为母亲脸色绯红，表情越发扭曲癫狂。最后她无奈，只得豁出去，越过众人的头顶，对着我竭力嘶喊："告诉玛歌……不能真的亲……要亲就亲空气……空气！"

我立刻转身，想把母亲的话传达给玛歌，但还是慢了一步。她已蹲下身来，在亲吻那双穿着拖鞋的脚了。她是如此沉醉和投入，令众人惊讶。轮到我时，我则依母亲的叮嘱，只高声亲吻木乃伊左脚上方一掌高的空气，并表示出极大的敬畏。随后，我就被推出教堂，回到了街上。此时人潮已四散，簇拥成一个个小群体，整条街都在谈笑风生。玛歌在台阶上等我们，一脸的洋洋自得。下一刻，母亲也出来了。她是被两大护法用肩膀猛地一推，弹射过来的，不过好歹也踉跄地回到了我们身边。

"那几个牧羊人，"母亲有气无力地抱怨，"着实不像话……

身上的味道也太冲了，我差点交待在那里面……香薰混搭大蒜……什么鬼味道啊?!”

“没关系啊，”玛歌依然兴高采烈，“如果圣斯皮里底翁能满足我的心愿，那一切就都值得了。”

“这种仪式真是不讲卫生，”母亲说，“治病就别想了，恐怕还要传播更多疾病呢。我现在都后怕，如果当时真的亲吻了那双脚，我们会染上些什么病啊？”

“可我就是真的亲吻了那双脚啊。”玛歌震惊。

“玛歌，你疯了吗?!”

“反正大家都在亲啊。”

“哪怕我明确告诉了你不许亲？”

“你什么时候明确告诉我了……”

我打断他们，解释说是自己没来得及传达母亲的警告。

“这么多人进去，亲得那双鞋口水滴答的，你居然还下得去嘴。”

“我那不是随大流吗？”

“哪门子大流值得这样随，你脑子有什么毛病吗？！”

“我也是为了治青春痘，万一他真有点用呢。”

“青春痘？！”妈妈撇嘴，“算了吧，没戏的。你要是没染上点别的什么病，就算行大运了。”

第二天，玛歌果然就被一场凶险的流感击垮了，圣斯皮里底翁在母亲心中更是毫无威信了。斯皮罗连忙进城请来一位大夫，那是一个五短身材、头发油亮的男人，长着稀疏的胡子，戴着瓶底厚的眼镜，镜片后是双豆大的小眼睛。

这位安德鲁切利医生气度不凡，诊疗风格也是不拘一格。

“噗——噗——”他嘴里一边嘟囔着噗噗声，一边大摇大摆走进卧室，扔给玛歌一个不屑的眼神，“噗——这回把傻事干过瘾了吧。亲吻圣人的脚？噗！你差点就感染上糟糕的寄生虫了！这次得亏你走运，只得了个流感。接下来我说什么，你都要照做，否则我懒得管你。以后千万别再用你的愚蠢磨炼我的专业性了，我没那闲工夫。下次再去亲哪位圣人的脚，就别怪我不来了。噗——真是蠢得我头疼。”

玛歌在床上度日如年地熬了三个星期。每隔一两天，安德鲁切利医生都会吧唧着噗噗声过来复诊。我们其他人则在新别墅里各自安顿下来。拉里将大阁楼占为已有，雇来两名木工打造专属书柜。房子后面有个封闭阳台，面积不小，被莱斯利改造成了射击场，但凡使用，就会挂出一面醒目的红旗。地下室四面筑有石墙，是一个巨大的厨房，妈妈沉醉其中，一炖牛肉汤就是一大锅。她总是一边忙着烹饪，一边听卢加蕾其娅的独白，同时还挂心着玛歌的病情。至于罗格和我，当然就是尽情探索屋外的花园了。它足足有十五英亩[①]之大，是我们的新版伊甸园。花园依山坡而建，朝着海岸微微倾斜而下，不远处海湾清浅，水波温煦。我暂时处于失学状态（家教乔治已离开了科孚岛），所以可以一整天在外闲逛，只需在饭点赶回家随便吃两口，哄饱肚子即可。

家附近的地貌十分丰富，让我得以与诸多旧友重逢：吉丁虫、电光蓝色的大木蜂、瓢虫，还有活板门蜘蛛。我还认识了许多厉害的新朋友，比如下沉式花园颓败的破墙里，就栖息着几十只小小的黑蝎子。它们的背壳光彩夺目，仿佛由最新鲜的树胶炼就。花园下面种着无花果树和柠檬树，树上，树蛙在炫耀它翡翠般的皮肤，乍一看如一颗颗脆皮糖挂在树梢。外面山坡上潜伏着花哨的蛇、通体光亮的蜥蜴和乌龟。果园里的鸟也争奇斗艳：金翅雀、绿翅雀、红尾鸲[②]（qú）、鹡鸰[③]（jí líng）、黄鹂。有时甚至能看到三色戴胜鸟，身披肉粉、黑、白三色羽毛，正用弯折的长

① 1英亩约为6亩。——译者注
② 生活在欧洲的一种鸟，羽毛为灰色、胸部和尾部为锈红色。——编者注
③ 鸟纲鹡鸰科鹡鸰属的通称。——编者注

喙轻啄着柔软的大地。一看到我，它便惊恐地竖起羽冠，在惶惶中一飞而去。

别墅的屋檐下，燕子们也在为自己的新家赶工。它们开工也没比我们搬过来早多少，所以泥巢只能说是大体成形，尚且粗糙、湿润。巢通体呈深棕色，质地类似香甜的梅子蛋糕。鸟巢逐渐风干后，化为了饼干般的浅棕色。然后，各家各户的燕子夫妻们要开始操心自家的内饰了。大家就地取材，园子里的根须、嫩羊毛、羽毛都不放过。有两家燕子的选址比其他家要低一些，成了我的重点观察对象。我在两家的中点处架了一把梯子，一连几天，都爬上去查看工地的进展，但每天都比前一天爬得略高一点点。直到有一天，我终于抵达梯子的顶端，可以俯瞰两个巢的全貌了。此时，每个巢与我都只有一米多的距离，但两家夫妻都不介意我的到访。它们依然全心全意地完善着小家，任由我蹲在梯子顶部观察，罗格趴在梯子脚边陪伴。

我对燕子家庭的了解逐渐深入，对它们日常工作的观察也越发起劲了。我发现（我自己认定的），两只母燕有着非常类似的个性：一丝不苟，专注投入，但可能过分焦虑和追求完美。两只公燕则各有各的“亮眼”之处。其中一只在选材上独具匠心，总能挖出宝来，但工作态度着实不靠谱。有时，你能看到它叼着一撮羊毛振翅凯旋，却不想回家，只愿在花丛上方盘桓，能花上好几分钟反复飞舞 8 字路线，或在葡萄藤的架子间逡巡。它的妻子则紧紧抠着巢边缘，气呼呼地唤它回来干正事。但它只是流连花丛，对妻子的召唤是左耳进右耳出。另一只公燕则走了另一种极端。它对工作废寝忘食，在态度层面无懈可击，但也只在态度层面无懈可击。它的理想是为孩子们打造出整条街最抢眼的巢来。不幸的是，它的数学配不起它的理想，死活记不住自己家的准确尺寸。这只公燕常会嘴衔战利品，兴奋又含混地叽叽叫着回来。嘴里是一根鸡或火鸡的羽毛，可惜羽毛跟它自己的体形一样大，梗更是粗得咬都咬不动，根本无法折断。于是它的妻子要苦口婆心地劝说好一会儿，才能让它相信，这真的就是根大鸡肋——不论它们俩花多少心思、下多少力气，也不可能把羽毛塞进巢里去。最后，公燕的心被扎成了蜂窝煤，只得含泪松口，眼睁睁看着羽毛飘零下落，给地下那堆破烂又加了一点新高度。它从不言放弃，总是会再次启程，去找新的材料。不久，它又带着一堆被粪土块粘得乱七八糟的羊毛回来了。这次的行李沉重黏稠，它叼都叼得很是辛苦，连飞上屋檐都够呛，更不要说塞进巢里了。

巢的内饰工程终于收官，带着斑点的小鸟蛋们也被成功孵化，但两只公燕的脾性却来了个一百八十度大对调。曾经在选材上屡战屡败的那一只，现在是山坡上的狩猎达人，总能在一番威武的翱翔后，从容带回一顿最适合雏鸟的美味大餐。口中的昆虫简直就是为了那群软糯、颤抖的宝宝量身定制的。而流连花丛的那一只，则变得躁郁起来，随时都处在极度的焦虑中，生怕孩子们会饿死。对它来说，觅食是个极为内耗的过程，它总是不辞辛劳但剑走偏锋地找回一堆诡异的食物，比如满身长刺、长腿、长翅膀的甲壳虫，又干又大的巨型蜻蜓等。它会苦苦守在巢边，心酸又徒劳地把超大号辅食塞进宝宝们的嘴里。我不敢想象，万一它成功一次，后果将是多么的惨烈。幸而从未让它遂愿过。每一次，在它的喂食以失败告终后，它都比之前显得更为憔悴。最后，燕爸爸只是把昆虫往地上一甩，便又去觅食了。我对它尤为感激，因为它让我的收藏夹增添了三种新的蝴蝶、六种蜻蜓、两种蚁狮。

母燕们当了妈妈后倒是没有太大的变化，只是飞行速度进一步提高，身上流露出更加干练利落的气质而已。我最为震惊的是，鸟巢其实有一个精妙的卫生管理系统。当年我亲自饲育幼鸟时，对一件事非常困惑：为什么它一想排便，就会撅起屁股左摇右晃。现在谜底揭开了。燕宝宝们的排泄物会被包裹在一层黏液状的膜里，形成颗粒分明的小球。它们会头朝下、尾朝天，跳一小段活泼的伦巴舞，把小球排到巢的边框上去。妈妈回来后，会先给孩子们喂食，把捕获的猎物塞进一群嗷嗷待哺的小喉咙里，然后小心地叼起巢边缘的小球，飞到橄榄树林里抛掉，整个流程可谓环环相扣，科学又精妙。孩子们的扭屁股舞总让我笑到打嗝，直到爸爸妈妈们叼走一个个黑白相间的小炸弹，冲到橄榄树上空，狠狠投掷下去为止。

那只在辅食的选材上常常别出心裁的公燕，让我养成了一个习惯，即每日两次检查鸟巢下方，看能否捡个漏，给标本收藏夹添砖加瓦。有一天清晨，我还真发现了一只造型奇异的甲壳虫，它正在废料堆上乱爬。我再次困惑了，那只公燕就算在智力上有重大欠缺，也不至于叼回来这么大的一只虫子吧。再说以它的体格和水平，连捉都不一定捉得到啊。不过，事实胜于雄辩，燕群正下方就爬着这么个神奇虫子。这只甲壳虫体形壮硕，但呆头呆脑，身披蓝黑色外壳，顶着个大圆脑袋，支棱着节节分明的触须，鼓胀着圆滚滚的躯体。它最诡异的结构在于其翅鞘，感觉像是被送去洗衣店洗过。遗憾的是，翅鞘被洗完再送回来时严重缩水了，以至于现在只能适配比它小一半的甲壳虫。我猜它是早上起来时，发现自己没有干净的翅鞘可用，于是临时借了弟弟的一对。这个猜想有趣归有趣，但从科学的角度上看，委实站不住脚。拿起这只甲壳虫后，我的手指会散发出一股淡淡的酸味和油味，但它也没有分泌出明显可见的液体来。我让罗格也来闻了一下这只虫子，看它是否有同感。结果罗格猛地打了个喷嚏，连连后退。显然，这股味道确实是虫子发出的，而非我的手。我把虫子小心保管起来，想着西奥多下次来时帮我鉴定一下。

春日已来，阳光和煦。每个星期四，西奥多都会乘马车来我们的乡间别墅，与我一起喝茶。他衣着整洁，领子挺括，戴着经典的洪堡款礼帽，但身边却放满了网兜、包袋和装满试管的盒子，对比很是滑稽。等茶来时，我们会先研究一下最近我收集到的新标本，辨识它们的种类和名称。喝罢茶，我们就去花园里闲逛，搜寻小动物们，或者去附近的池塘、沟渠——按西奥多的说法是“远足”，发掘新的微生物标本，以充实他的收藏。西奥多轻松辨认出了那只选错翅鞘型号的甲壳虫，还介绍了好些个关于它的神奇特性。

“啊哈！就是它了。”西奥多细细打量着这只小怪虫，“这是一只油甲虫……学名是泌油甲壳虫……是的，它的外观确实特殊。你说什么？哦，没错，翅鞘不太对劲……你看，它们其实是不会飞的。因为某些原因，部分甲虫失去了飞行的能力。你这种甲虫的成长经历尤其有趣。眼前这只，当然是雌性，雄性只有它的——我猜一半大吧。甲虫妈妈通常把卵产在土里，这些黄色的小蛋孵化成幼虫后，会在附近找一朵花，爬进花蕊里去待着，等一种独来独往的蜜蜂降临。这种蜜蜂到来后，幼虫就会搭便车——用自己的小爪子紧紧抓住蜜蜂身上的毛。运气不错的话，这只蜜蜂是只正在采蜜的雌蜂，且接下来打算把蜜带回蜂巢里，还会在那里产下自己的蜂卵。等到雌蜂用蜜填满了蜂巢，也产完了自己的卵，甲虫的幼虫就会立刻跳下蜜蜂的身体，来到蜂卵上。随后，蜜蜂便会封闭蜂巢。但在蜂巢内部，甲虫幼虫会先吃掉蜂卵，然后‘虫占蜂巢’，将这里变成自己的成长乐园。好玩的是，这些幼虫只会盯着一种蜜蜂欺负。我猜测，很多幼虫也试过其他蜜蜂了，但都不得善终，怕是赔了很多条甲虫命……而且，就算选对了蜜蜂，也不一定刚好就能遇到一只快要产卵的雌蜂。”

他停顿片刻，踮起脚尖几次，若有所思地望向地板。然后抬起头来，目光炯炯。

“我的意思是，”他接着说，“这种成长方式就像是赌马……嗯……且赔率极高。”他轻晃盖着玻璃的盒子，油甲虫从一头滑到了另一头，惊恐中胡乱挥舞起触须来。

“既然说到了马，”西奥多的情绪明朗起来，双手扶在身后，轻轻转腰，“我跟你讲过我身骑白马凯旋士麦那城的故事了吗？

那时正值第一次世界大战，我们营的指挥官志得意满，凯旋时非要大家风风光光，阵仗要大，气势要足，队伍前头还得由一匹白马来开路。难过的是，他们选中的领头骑手正是我，真不知是福还是祸。当然，我也学过骑马，但很难说自己是……呃……专业骑手。刚开始我们确实声势浩大，我的马也表现得沉稳而老练，但才刚进入市区就坏事了。你知道，希腊某些地方有种习俗，就是把香氛、香水、玫瑰花水或类似的东西洒在……得胜归来的将士们身上。当时我在最前方，一位老妇从旁边小路冲了出来，然后开始大力泼洒科隆香水。马并不怕香水的味道，但不幸的是有些香水可能直接溅进了它的眼睛里。唉，游行中的那些欢呼、拥挤、嘈杂，马都能安之若素，但香水进眼睛这种事怎么忍得了？它……呃……暴躁起来，成了一匹马戏团的马，完全不像军马了。得亏我的脚被卡死在了马镫子里，才能勉强让自己保持在马背上，没被甩下来。部队的行列也被这场闹剧打乱了，大家都来安抚它。不过没什么用，它就是非常生气，指挥官只能将它驱逐出列，不让它继续游行。所以当部队穿过锣鼓喧天、人声鼎沸的大道时，我只能骑着我的白马在后街上溜达。更惨的是，我们俩身上都被科隆香水浇了个遍，狼狈极了……唉，自那以后，我便不喜骑马了。”

09 My Family and Other Animals

山不在高，有龟则灵

别墅后方，山峦延绵挺立，从橄榄树林上方将将探出头来。山虽不高，山巅却是一派欣荣，披满了苍翠的桃金娘、高大的石南、散乱的柏树。这是花园里最迷人的一方天地，无数生灵在此栖居。细沙小路上，蚁狮幼虫们挖出锥形的小陷阱，恭候粗心的蚂蚁入套，一旦蚂蚁踏上陷阱边缘，小蚁狮就会猛掷细沙，令猎物失去平衡，滚落至陷阱底部。然后小蚁狮会张开可怕的大嘴，形成一个钳子，狠狠将猎物钳住。红沙坡上，黄蜂们先是奋力挖掘隧道，然后在周边低空翱翔，寻觅蜘蛛。它们将尖锐的螯刺扎进蜘蛛体内，待其瘫软后拖去隧道哺喂幼虫。帚石南的花朵间，帝王蛾的毛毛虫正扭着滚圆的身体缓慢进食，仿佛是一条条毛领子成了精。悠然暮色中，桃金娘叶片散发出馥郁暖香。螳螂潜行其中，东张西望地搜寻猎物的身影。柏树的枝丫里，有苍头燕雀精心维护的巢，小宝宝们在里面急切地张着嘴，眼睛瞪得堪比铜铃。低处的枝丫上，戴菊鸟织好了一个个轻而薄的小杯子状的小巢，由苔藓和动物毛发交织而成。它们倒挂枝头，但凡看到一只小蜘蛛或小蚊子，便会发出几声微不可闻的欢呼，腾挪翻转间，金黄的头部闪出柔弱的光芒，如一顶顶小军帽跳跃于幽暗的枝叶间。

搬家后不久，我就邂逅了山峦真正的主人——乌龟。那是一个燥热的下午，罗格和我躲在一株灌木丛后，耐心等待一只姗姗来迟的大燕尾蝶。它最喜来这里晒太阳，那是一年里第一个称得上炎热的日子，阳光灼目，万物昏睡，整个世界似都醉倒了。燕尾蝶终于来了，兴致不错的样子。它先在橄榄树林里跳了会儿舞，扭动、俯冲、旋转……。灌木丛一侧隐隐传来响声，我的余光瞟到了点动静。扭头看去，却只有一片快被烤焦的棕色土地。就在我要回头的前一刻，奇幻的一幕发生了：空无一物的土地猛地向上翘了一下，接二连三地拱起来，仿佛下面有一双手在推它；泥土倏地绽裂开，附近的一株幼苗不胜猛力，开始疯狂摇摆，最后被连根甩出，倒在了一旁。

地震了吗？不太像，哪有这么小规模、小范围的地震？会不会是鼹鼠？也不可能，这里太干燥了，不会有鼹鼠。就在我百思不得其解时，土地又一次颤抖起来，这回裂得更开了。随着土块翻滚到一边，裂缝处出现了一个棕黄色的硬壳。壳不断往上拱，挤开了更多土块。然后，一个皱巴巴的头从洞里缓缓探了出来，头顶上披着密密麻麻的鳞片，头下连着根细长的脖子。一双惺忪的眼睛眨巴眨巴，打量起我来。这只乌龟判定我不是坏人，随即使出了最大的谨慎与力气，迈出了地牢，并向前挪了三两步。接下来，它在暖阳中一趴，合上双眼，慢慢地入睡了。历经了一整个冬天的潮湿与寒冽，对这只爬行动物来说，第一场日光浴简直如金风玉露，妙不可言。它的头和四肢大大咧咧地伸展开来，铺在地上，紧闭双眼，畅快地用身体的每一寸肌肤享受着阳光的爱抚。躺了得有十分钟后，它慢慢起身，毅然决然地朝着柏树下散布着蒲公英和三叶草的一方阴影滚了过去。终于抵达了食堂，但它似已筋疲力尽，腿都撑不住了，瘫倒时肚子在土上撞出了一声闷响。壳里慢悠悠地探出一个小脑袋，向翠绿的三叶草垂了过去。嘴巴大大张开，瞬间的停滞后，一口咬住了鲜嫩多汁的叶子，把头往后一甩便将整个叶片扯下，欢快地咀嚼起来。它的嘴里塞得满满当当，享用起今年的第一顿饕餮！

这是拥抱春天的第一只乌龟。它的破土而出是一个重要的信号，敦促无数乌龟苏醒过来。它们刹那间爬满山坡，气势之浩荡，令人惊叹。我直呼大开眼界：大的乌龟堪比汤碗，小的又只有茶杯大；年老的满身发棕，年轻的尚通体浅白，呈嫩角质颜色。它们沿砂石小路笨重爬行，穿梭于帚石南、桃金娘中，偶尔也去橄榄树林里转转，因为那里的植物更为丰盛。你在一个地方坐上一小时，便可能看到十只乌龟路过。某天下午，我只在山坡上随意走动，不出两小时便收集到了三十五只乌龟。它们爬起来全神贯注，棍子般的腿又粗又直，一步一个脚印地踩在地上。

山丘的主人们穿着盔甲，才刚从冬眠的美梦中回到现实，只饱餐了一顿，雄龟们便迫不及待地踏上了浪漫的征程。它们踮着脚狂奔疾走，伸长脖子苦觅佳人。时而停下脚步，发出几声高亢的怪叫，算是献上一首独家情歌。石南丛中，雌龟优哉游哉，偶尔啃两口草，轻飘飘地回应一声。两到三只雄龟闻声大喜，立刻春心荡漾地飞驰而来。对乌龟来说，那真是“飞”一般的速度了，肺都快跑炸了。大家来到雌龟身边，将其团团围住，氛围是剑拔弩张。每只雄龟的喉结都在上下腾挪，看向彼此的眼神里有烈火升腾，一场恶战一触即发。

观战是一大趣事。雄龟打斗更喜自由式摔跤，而不是拳击搏斗。毕竟它们在速度、姿态、步伐、灵活性上都乏善可陈。唯一的策略就是蓄力后尽全力撞向对手。技术要点在于，冲撞前的最后一秒缩回自己的头。最好的攻击点是敌方的侧面，插入其腹部下方，一举拱翻对手，让它动弹不得。实在瞄不准侧面也没关系，攻击哪里都可以。雄龟们东冲西撞，你推我挡，龟壳被撞得砰砰直响。偶尔也有狠招，比如撕咬对方的脖子，但动作相当迟缓，如慢镜头一般。有时它们也会缩进壳里，嘶嘶叫嚷着躲避。无数英雄竞折腰时，女主角依然气定神闲，漫步林间，偶尔停住吃两口，完全不把身后的悲壮与惨烈当回事。有那么几次，雄龟在激斗中一时失控，居然攻击了雌龟的侧面，误伤了心爱的美人。不过雌龟也就轻蔑地呼了一下鼻子，然后缩回壳里，继续等待战斗结束。在我眼中，这些战斗既无章法，也无意义。因为抱得美人归的不见得是最能打的那只，实力和结果不成正比。有时，一只小乌龟只因碰巧占到了不错的地形，就能取巧，打败比自己体型大一倍的对手。更有时，胜者甚至都不是鏖战中的勇士。有好几次，一只雌龟从混战中走开，被另一只完全陌生的雄龟（它没为美人战斗过哪怕一秒钟）搭讪，然后便爽快地跟人家山盟海誓去了。

石南丛中，罗格和我耐心潜伏、观察，一蹲就是好一阵儿。斗士们身披做错了尺寸的盔甲，为了爱情而笨手笨脚地战斗，这场面总让我们捧腹。有时我俩会下注，赌赌看哪只龟能赢。罗格屡屡押错，到夏末时已欠我一大笔赌债了。有时战斗进行得如火如荼，罗格也被鼓舞，摩拳擦掌地想加入其中。我可得拉住它，不能干扰战局。

等到美人终于挑定了如意郎君，我们就会追随新人们去到桃金娘林。然而，它们的新婚之夜——准确地说是新婚之日——并没有多么美好。首先，新娘会害羞得过了分，使出吃奶的力气回避新郎的一切动作。新郎苦不堪言，无奈到最后便只得启用原始人的策略，用粗暴的方式征服妻子，来几记侧边猛攻，求个速战速决。高潮环节终于到来，但乌龟的蠢笨真是叫人无法直视了。雄龟一而再、再而三想爬到雌龟背上，无奈不得其法，爬上去便滑下来，刚站稳又跌下去。拼了半条命，也不能在雌龟背上趴稳当。它失衡又失控，挣扎后只换来溃败，着实凄惨、凄凉。我看得忍无可忍，差点没管住自己的脚，要冲上去给它搭把手。有一次，一只雄龟笨得天怒人怨，在攀爬过程中连跌了三次，每分每秒都散发着蠢笨的气质。我都怀疑，这个夏天是不是只够它爬上老婆的背……所幸后来运气不错，它一激灵居然就上去了。但我刚舒一口气，事态又急转直下。雄龟的无能把雌龟折腾得百无聊赖，于是新娘向一株蒲公英走了几步。丈夫疯狂地挥舞爪子，想在这起伏而凶险的路途中抓牢妻子的背。然而雄龟做什么都是徒劳，又滑了下来。它在地上晃了一分钟之久，居然狼狈地翻了过去，四脚朝天。这最后的一击将它的尊严彻底击溃。它不再尝试复位，而是蜷在壳里，默默抱住自己，为自己哀伤。闹成这样，雌龟依然在吃蒲公英叶子。既然雄龟的热情已被浇灭，我便去把它翻了过来。又过了一分钟，它起身走开，满眼都是迷茫的神色，对昔日的爱侣也视若无睹。而雌龟依旧嚼着满嘴的食物，只冷冷地看着前任离去。岂能如此冷漠？我决定对雌龟小惩大诫一下，便把她送去了山坡上最贫瘠、干燥的地方。这下她得跋山涉水，才能再吃到三叶草了。

我深入观察乌龟的生活习惯，连它们的外表细节都不放过，后来我一眼就能认出许多只乌龟。有些乌龟的形状和颜色能被我辨识出来；有些龟的身体缺陷尤为明显，如壳上的一块剥脱，或缺失的一个脚趾等。有一只棕色的大雌龟格外易于辨认，它只有一只眼睛。我们相处融洽，我甚至还给它起了个名字，叫“独眼夫人”。它视我为朋友，知道我没有恶意，不会因我靠近而缩进壳里。反而还会伸长脖子，看我是否带了可口的小零食来，如生菜叶子或它最爱的小蜗牛。“独眼夫人”开心忙自己的事，从不介意罗格和我跟随在旁。为了犒劳它，我们会带它去橄榄树林里，享受一顿三叶草大餐。它的婚礼我没赶上，但幸运的是，我见证了它蜜月的成果。

那天，我在一片土质松软的河岸上看到了“独眼夫人”。它正忙着挖洞，我赶到时，洞已颇见规模。看到我后，它决定休息一下，吃一些我带来的三叶草花当零食。它很给面子，吃得开心极了。稍事休息后，她又忙碌起来，前爪负责挖土，壳负责将挖出的土拱到一边去。我不明白它的目的，所以没有贸然出手相助，只是趴在石南丛中看它干活。过了半晌，它已成功刨出了一座小土山，又从各个角度仔细检查了一遍洞的情况，然后心满意足地转过身，将尾部对准洞口坐了下来，产下了九枚白色的蛋。整个过程中，它的眉眼间充满肃穆与专注，但也有种四两拨千斤式的轻松和笃定。我被震惊和狂喜包围了，对它的成就表示了诚挚的祝贺。“夫人”若有所思地看着我，对着我喘了会儿气。接下来，它开始把土拢回洞里，盖住龟蛋，又把土夯实。夯土时只需站在坑的正上方，用宽大的龟肚皮砸几下土面即可。产蛋工程告一段落，它终于又能歇上一会儿了，于是从我手里欣然接过了剩下的三叶草花。

我陷入了两难：一枚龟蛋可以给我的标本集大大加分，但万万不可在“独眼夫人”的眼皮底下取蛋。它万一被惹恼了，搞不好会挖出并吃掉所有的蛋，或者找别的途径发泄，后果是一样的惨烈。我只是静静地陪着它吃完了点心、打了个小盹儿、漫步走进了灌木丛中。我跟了很久，确定它不会回来了，才冲回窝边，轻手轻脚地挖了一枚蛋出来。这颗蛋大如鸽子蛋，呈椭圆形，表面粗糙，有粉笔的质感。我随即将土拨回巢内，均匀拍实，不让“独眼夫人”察觉到异样，然后才带着战利品欢欣雀跃地回了家。我小心地将黏稠的蛋液吹出壳外，再把蛋壳放进一个盖着玻璃的小盒子里。这个盒子专门用于珍藏我的自然藏品。我给这枚蛋写了一张标签，内容兼具学术与人文性：“希腊陆龟之蛋，由‘独眼夫人’产下。”

从春天到初夏，我都沉浸在乌龟求偶的研究中不能自拔。别墅则车水马龙，每个空间都被拉里的朋友填满。客人一批接一批地来，我们连喘息的时间都没有。渡轮、出租车、马车鱼贯而至，或呜咽着鸣笛，或轰隆着上路，给别墅卸下汹涌的客流。一波未走，下一波又至，循环往复，熙攘嘈杂，似没有尽头。

房间和花园各处都挤满了诗人、作家、艺术家、剧作家。他们谈古论今，狂歌痛饮，源源不断地产出诗、文、曲、画。拉里曾保证过，他们是既高雅又随和的正常人。但实际上，他们是一个赛一个的古怪，甚至互相看不懂对方是何方神圣或妖魔。

头一批客人中，有一位亚美尼亚诗人，名叫扎托派克。他身材矮胖，鼻梁高耸如鹰钩，有一头银灰色的长发，双手关节因风湿而肿大扭曲。他头戴宽檐黑帽，身披一件巨大的黑色披风，飒爽飘逸。乘坐的马车被葡萄酒塞满，他怀里还抱了好几瓶。扎托派克风风火火地进来，声震如牛，雄姿英发。披风招摇过境，如撒哈拉吹来的燥热季风。

诗人有着丰沛的倾诉欲，从早到晚说个不停。他终日豪饮葡萄酒，不醉不欢。抓到机会便就地打个盹儿，甚少去床上正常睡觉。他会在橄榄树林里一瘸一拐地追逐姑娘们，狎昵地大笑、挑逗，披风在身后翻飞。他的衣服口袋永远因一瓶葡萄酒而鼓囊着。在他眼里，卢加蕾其娅都别有一番风姿。诗人离开时的阵仗不减来时：依然是披风裹身，瘫倒在出租车里，声音洪亮如牛。马车驶出时，他向我们大喊着表达惜别之情，并承诺将尽快从波斯尼亚回来，带更多葡萄酒给我们。

下一拨客人是三位大艺术家，琼昆、杜兰特和迈克尔。琼昆从皮相到声音，都像极了一只猫头鹰，还是一只梳着刘海、带着伦敦腔的猫头鹰。

杜兰特瘦削阴郁，神经敏感得一触即断。你可千万别突然对他说话，否则他要被吓得魂飞魄散。与此形成鲜明对比的是身材矮胖、行动迟缓的迈克尔。其形状似一只熟透了的大虾，只是头顶多了一撮黑色的卷发。

三者唯一的共同点是：对工作都有着熊熊的欲望与磅礴的决心。琼昆第一次登场时，就成功地让母亲在惊恐中明白了这一点。

“老娘来这里，不是为了度什么破假，”琼昆十分严肃，“我有正事要做，工作第一。所以野餐之类的破事儿就别来烦我了，明白了？”

“哦……当然……不敢不敢。”母亲莫名心虚起来，仿佛她真的在桃金娘林里为琼昆策划了好几个大宴会。

“你明白就好，”琼昆说，“我不是故意要让你难堪，对吧？只是希望能以工作优先。”

然后她迅速换上泳衣，去了花园。自此，她都在暖阳的轻抚下酣睡，从抵达到离开，无一日例外。

杜兰特也说想好好工作，但有一件事更迫在眉睫——恢复元气。据他说自己刚经历了一场悲剧，灵魂都要破碎了。彼时他尚在意大利，某天突然心潮澎湃，誓要创作出一幅震撼世界、惊艳历史的杰作来。我们的大画家思来想去，发现最要紧的事情是找到一个满树繁花的杏园。它定能赐予自己无上的灵感。他砸钱又砸时间，苦苦寻觅着梦中的乡间杏园。苍天不负有心人，他终于邂逅了一个完美的杏园，那里环境优美，花团锦簇。杜兰特胸中激情澎湃，第一天结束时，就已在画布上描好了框架。天色黯淡下来，他身披三分疲惫七分骄傲，暂且回家休息。一夜好梦后，他再次浑身都是劲儿，醒来便匆匆赶往杏园。但这次的杏园却让他恐惧又震惊，呆立当场：每棵树都只剩下光秃秃的枝丫。地面是花朵的殉难场，粉色、白色的花瓣堆积成一片葬花的海洋。显然，昨夜的一场春雨太顽皮，把附近每个杏园的春天都终结了，包括杜兰特心尖尖上的这一个。

“我被彻底击溃了，”他声音颤抖，眼里噙满了泪水，“我还发了誓，此生绝不再作画……绝不！但最近，我的元气好像有所恢复，恐惧感没那么深了……未来那么长，我还会再画的吧。”

我们问过才知道，这件号称“最近”发生的惨案距今已有两年之久。只是杜兰特仍深陷其中，解脱无门。

迈克尔更是出师不利。到达后，他立刻为岛上的缤纷色彩折服，说要创作一幅巨大的画作，捕捉科孚岛的全部精髓。激情已箭在弦上，哪知他居然是个重度哮喘患者。我有一条骑马用的毛毯（科孚岛找不到鞍具，所以我拿毯子当马鞍），被卢加蕾其娅放在了迈克尔房间的椅子上。那天半夜，一阵怪响惊醒了众人，家里仿佛有一群猎犬正在被慢慢勒死。大家惊疑地走到了迈克尔的房间。此时的他呼吸急促，满脸冷汗。玛歌扭头就出去泡茶，拉里去取白兰地酒，莱斯利果断推开了窗，母亲把迈克尔扶回床上躺好，看他汗涔涔的样子，生怕他着凉，于是体贴地用我的骑马毯将他盖严实了。但大家惊恐地发现，迈克尔的症状急速恶化。

“心理反射而已，”拉里说，“迈克尔，你喘气时的声音有没有让你想起什么来？”

迈克尔默默摇头。

“我们给他闻点什么刺激的东西吧……氨水怎么样？”玛歌提议，“昏厥前闻一闻这种东西肯定能提神。”

“他现在还没昏，”莱斯利干脆地说，“但闻了之后就难说了。”

“没错，亲爱的，氨水太烈了些，”母亲说，“我想找到根源，喘成这样一定有原因……迈克尔，你对什么东西过敏吗？”

大喘特喘的间隙，迈克尔说自己只有三样反应原：丁香花的花粉、猫、马。大家抬头望向窗外，几里内都不见一棵丁香树；然后又细细搜查房间，排除了猫的嫌疑。拉里居然怀疑是我偷偷带了一匹马回家，我当然是怒而驳斥。在迈克尔离升天只有一步之遥时，我们终于注意到了他身上的那条毯子。妈妈给他盖毯子时很是贴心，生怕盖不严实，所以用力把毯子窝进了他的下巴底下。这次危机给可怜的迈克尔留下了刻骨的精神创伤，以至于在我家做客的时间里，他始终无法提起画笔。每日只和杜兰特并排躺在椅子上，一起恢复元气。

当我们还在与这三位客人周旋时，另一位客人又到了，她是德托罗伯爵夫人梅兰妮。这位客人又高又瘦，脸型宛若一匹古代的马，眉毛乌黑，头顶一大团艳红的头发。进屋还没五分钟，伯爵夫人就开始抱怨天气炎热，然后做了一个动作，令母亲目瞪口呆，却让我无比兴奋：她一把掀下自己的头发，露出了一个光溜溜的脑袋，好似一朵蘑菇。对上母亲惊愕的目光后，伯爵夫人开始解释，她的声音尖锐："我刚从一场丹毒中康复过来，头发都掉光了……我没在米兰找到匹配的眉毛和假发……下次或许可以去雅典看看。"

不幸的是，由于伯爵夫人的假牙不太合适，所以说起来话来有些含糊。母亲误把"丹毒"听成了另一种极为不雅的病。母亲逮到个机会，便把拉里拽到一旁责备起来。

"太恶心了，"她的声音都在抖，"听到了吗，她是什么病？

你管这种人也叫朋友？”

“朋友？”拉里瞪圆了眼睛，“我不怎么认识她啊……再说我也看不惯她。但她好像还有点意思，我想近距离研究研究。”

“我谢谢你啊！”母亲怒不可遏，“你带个恶魔到家里来，我们可能染上脏病的，你还想着记你的笔记？不可能的。拉里，对不起，这个人是走定了。”

“胡说！”拉里不耐烦，“你不可能被传染……”

母亲对拉里怒目而视，“这个家容不下那个下流女人，别挑衅我的底线！”

两人压低了声量，争论不休，一整天都没再做别的事。母亲坚持原则，半步不让。拉里最后只得说让西奥多来诊断一下，母亲同意了。于是我们写信邀请西奥多来家里做客。他欣然接受，托一辆马车带来了回信。但马车同时还拉回了裹着披风的扎托派克。

原来他从科孚岛启程时喝高了，上错了船，被拉去了雅典。反正也赶不上波斯尼亚的约了，于是他做了个极富哲学意义的决定——干脆就搭下一班船返回科孚岛，同时再捎上几箱酒。第二天，西奥多如约到来。他没戴那顶标志性的洪堡礼帽，而是戴了一顶更为轻薄透气的巴拿马帽，算是对夏天的一种尊重吧。母亲没来得及告诫西奥多小心那位秃顶客人，拉里就先介绍俩人认识了。

“你是医生？”伯爵夫人两眼放光，“太好了！也许你能给我点建议……我的丹毒才刚治好。”

“这样啊，是吗？”西奥多细细打量她，“那么你做了……呃……接受了哪些治疗呢？”

于是他们讨论起丹毒的治疗来，聊得兴高采烈、没完没了。多亏了母亲的不懈努力，俩人才终于从这个——在母亲看来猥琐下流的——话题中脱身出来。

“西奥多居然这么不自重，跟那个女人简直是一路货色！”母亲对拉里说，“我已经尽量放低底线了。但底线再低，也不能让他们把那种话题摆上台面上聊吧！”

后来，跟西奥多单独沟通后，母亲才彻底搞明白了伯爵夫人的病。知道自己冤枉了无辜，她十分内疚，对夫人的态度也来了个一百八十度大转弯，比春风更和煦。母亲甚至跟她讲，只要觉得热，随时都可以摘下假发。

那日的晚餐是场流光溢彩的盛宴。餐桌上，各色人物如百花齐放，更是有多种多样的话题。我一时竟不知该把注意力放在哪一边才好。油灯微熏，燃出蜜色光晕，铺洒在桌面，照亮了陶瓷和玻璃器皿，更是让红酒在倒入杯中时如同火焰一般。

“听我说，亲爱的，你并没有理解对它的含义……没有，你就是没有！”扎托派克声震四壁，鹰钩鼻挂在红酒杯边缘，“你点评一首诗，就跟点评一堵墙刷得好不好似的，这样不行，千万别这样……”

“所以我才跟他说嘛：‘低于十磅别来找我，这已经是我画一次的底价了，低无可低！’我就是这么说的……”

“……第二天早上，我惊得僵住了……看什么都是懵的……千万朵花就这么被摧折，被撕裂了……我发誓，此生再不会提笔……我的精神世界坍塌了……一夜之间啊！整个杏园就倾覆至此……啊！眼睁睁地就看它变成了这个样子……然后我在那里……”

“……后来，我当然去试了硫磺浴疗法……”

“啊……是的……呃……但你要知道，我觉得沐浴疗法……怎么说呢……你懂的……多少有点被高估了。我相信有百分之九十二的患者……”

餐食盘踞在各自的碗碟中，拱起一座座小火山，轻喷出缕缕热气。正中央的果盘里，堆满了早熟的水果，晶亮光滑，让人垂涎欲滴。卢加蕾其娅在桌边蹒跚绕行，一边服务大家，一边喃喃自语。西奥多的胡子反射出点点荧光，与灯光交相辉映。莱斯利将面包屑精心搓制成小弹丸，把绕着油灯飞舞的蛾子一一打下。母亲忙着给每个人分发食物，百忙之中不忘在脸上挤出一丝微笑，眼睛还得紧盯卢加蕾其娅的表现。罗格趴在餐桌下方，冰冰凉的鼻子使劲顶着我的膝盖，无声地乞求我给点吃的。

迈克尔的哮喘依然厉害，但不妨碍他跟玛歌畅聊文艺："……但我总觉得劳伦斯在那方面要出色得多。作品是生气勃勃，无一细节不出彩，就比如——你也是同意的吧？就比如《查泰莱夫人的情人》，是不是？"

玛歌说："噢，那是当然！劳伦斯在沙漠里的经历也是相当了不起的，对吧？他还有一本很伟大的著作，叫作……呃……好像是《智慧七枕》[①]还是什么来着？"

拉里和公爵夫人也在高谈艺术："……你必须追求一种极致的简洁与单纯，就是孩子们的眼睛里才有的那种清澈感……咱们来看一个最基本最经典的诗句吧……童谣《蛋人滚下墙》[②]……那才是诗歌应有的大道至简……它是如此地纯朴，毫不装腔作势，或尽说些陈词滥调……"

---

① 玛歌在这里不懂装懂，出了两个洋相。首先，她混淆了两位不同的作家劳伦斯。迈克尔说的是 D.H. 劳伦斯，即《查泰莱夫人的情人》一书的作者。玛歌接的却是另一位劳伦斯，即 T.E. 劳伦斯，代表作是《智慧七柱》（*Seven Pillars of Wisdom*）。其次，《智慧七柱》又被玛歌说成了《智慧七枕》（*Seven Pillows of Wisdom*），这是她犯的第二个错。——译者注

② 广受孩子们欢迎的童谣 *Humpty Dumpty*。——译者注

“……你竟然还大谈特谈起诗歌的简洁性来了。瞧瞧你写的那些小诗，每一首都迂回复杂，活像骆驼的肠子一样，好个‘大道至简’的骆驼肠子哟！”

母亲还在听杜兰特的伤痛史：“……你一定能理解那个场面给我的冲击……我每一寸灵魂都崩溃了……”

“嗯嗯，确实很惨。下了这么大的力气，却只换来这么一场遗憾。要不要再来点米饭？”

琼昆对西奥多说道：“……拉脱维亚的农民嘛，呃，真的让我开了眼了……”

“但这都是真的，就在科孚岛……嗯……据我所知……在阿尔巴尼亚的部分地区，农民们也有着极其……呃……相似的风俗……”

窗外，月光正扒拉开葡萄藤，从枝叶之间伸出脸来，四处张望。猫头鹰在亲自报时，发出一声又一声奇特的鸣叫。阳台左右的柱子上，葡萄藤恣意攀爬，昭示着自己的气势与生机，我们则在阳台中间享受着咖啡与酒。拉里拨动吉他的弦，开始咏唱一首伊丽莎白时期的进行曲。于是西奥多莞尔，不禁想起了科孚岛的一桩轶事，虽夸张，却是真事。他用顽皮的口吻跟我们讲了起来，讲得绘声绘色。

“我们都知道，科孚岛很神奇，这里的事情就没有一件是正常的。每个人都有……嗯……最美好的初衷，但大家又总会跌到坑里去。话说几年前，希腊国王曾来科孚岛视察。整个行程的高潮是一场……呃……算是舞台剧吧。而全剧的高潮则是一场战争，塞莫皮莱战争[①]。剧情的最后应该是希腊大获全胜，扮演希腊军队的演员们要威风凛凛地把……呃……波斯军队逐出舞台，赶进……你们称舞台两边的后台区域为什么？啊对对对，就是边厢。但是呢，扮演波斯军队的演员们非常怨恼，毕竟要在国王面前演敌对阵营，还要狼狈逃窜，着实难堪了些。他们心中暗潮汹涌，怒火是一点就着。不幸的是，还在战争环节，希腊的将领……嗯……就出了岔子。他误判了距离，用木剑给了波斯将领一记重击。这个动作当然是个意外。我是说，演希腊将领的可怜鬼肯定不是故意的。但客观上，这个动作又已经嚣张到了……可以逆转剧情走向的程度……嗯……波斯军队被彻底激怒，以至于他们居然放弃了撤退，转而进攻起来。于是舞台成了战场，两拨头戴盔甲的战士打得不可开交。后来终于有人反应过来，去降下了帷幕，但为时已晚，甚至有两个人被扔进了乐池里。国王事后评论道，他为这场战斗戏所体现出的……嗯……写实性而深感震撼。”

阳台上爆发出一阵地动山摇的爆笑声，白壁虎们被吓得蹿上了墙。

---

① 塞莫皮莱战争发生于公元前 481 年。战争期间，古希腊斯巴达王国的国王列奥尼达曾率 300 名勇士死守一条重要的通道，并在此与敌人波斯军队展开了殊死搏斗，但最终惜败，国王和勇士们全部阵亡。——译者注

“西奥多，”拉里轻笑着，“这肯定是你胡诌的。”

“当然不是！怎么可能？”西奥多坚定地反驳，“这是真事……我亲眼看见的。”

“这故事的可信度几乎为零。”

“但这里是科孚岛，”西奥多的眼睛里闪着骄傲的光，“万事皆有可能。”

透过橄榄枝条的缝隙，月光之下的海面如一条条缎带。水井边，树蛙们在高声嘶吼，你唱我和。阳台下方的树梢上，两只猫头鹰似在比武。我们头顶的葡萄藤间，壁虎急匆匆地爬过粗糙的枝干，因为灯光引来了一潮又一潮的小昆虫，这叫它们如何按捺得住？

10 My Family and Other Animals

墙里的国度

房子旁的下沉花园有一圈破旧的老墙，那是我的天选狩猎场。这堵墙年代久远，表面曾敷过一层灰泥。但现在这层灰泥外皮已披满苔藓，且星移斗转中，不知已有多少轮冬季的湿气侵蚀过它了，所以外皮已变得酥脆松软，还四处鼓包、脱皮。整个墙面，裂纹疯狂蔓延，像幅错综复杂的地图。有些裂缝宽达好几英寸[1]，有些则纤如发丝。斑驳处，玫瑰粉色的砖块裸露于外，它们细密排布，如肋骨般规整。

如果你进一步观察，就会惊喜于它内部形态的多姿多彩：潮湿的区域是伞菌的王国，百来顶红色、黄色和棕色的小蘑菇骄傲

① 1 英寸约为 2.54 厘米。为保持原文特色，本书不对长度单位做直接换算。——译者注

地挺立，像村庄般散布在潮湿的原野；翠绿的山丘起伏绵延，那是苔藓的作品，它们可能请人精心修整过自己的发型，长得齐整又端正；阴凉处的裂缝中，小型蕨类植物呈喷泉状散落，慵懒地摊在墙面上。墙顶是生命的荒漠，太过干燥，只有一种锈红色的苔藓能生存；墙顶也太热，除了蜻蜓还会偶尔过来晒晒太阳外，再无其他生灵到访。墙基处，植物们蜂拥而至，叶片生长在散落于地面的瓦片间隙中，有仙客来、番红花、日光兰，等等。这条狭长的地带还穿插着一片茂密错杂的黑莓丛。在丰收的季节里，饱满多汁、檀木般乌黑的果实会大方地挂满枝丫。

老墙的居民成分复杂，习性各异。有白天出工的，也有夜晚加班的；有出来捕猎的，也有出来就被猎捕的。夜色中，荆棘丛里的癞蛤蟆、墙缝里的壁虎都是猎手。壁虎们有着苍白而清透的皮肤，一对肿泡眼鼓出来。那些笨头笨脑、心不在焉的大蚊子就是猎物了，只会在叶片间瞎冲乱撞。

此外，各种蛾子也逃脱不了被猎捕的命运。它们大小不一，颜色各异，花纹也巧夺天工，有条纹的、嵌块的、格子的、圆点的、斑驳的。蛾子会在灰泥墙畔扎堆，扑棱着翅膀，你挤我来我挤你，形成一团混乱的云雾。甲壳虫的登场就体面多了。它们体态丰腴、衣着规整，虽胖但不失干练，夜晚工作时依然抖擞又高效，堪比职场精英。拂晓前，最后一只醒着的萤火虫也终于决定就寝了，它带着宝石绿的灯笼往苔藓山丘的深处飞去。

刹那间，太阳跃出了地平线，墙里的国度便被下一批居民接手。此刻起，猎物和猎手的身份变得暧昧，所有生物都在食物链上顾了前就顾不了后，彼此混战，每只虫子被诱惑和敌人左右夹击。黄蜂撵着毛虫和蜘蛛；蜘蛛又追着苍蝇；但蜘蛛身后还有大只的蜻蜓挺着尖利的身体，一路追赶，既吃蜘蛛，又吃苍蝇；更莫说迅猛又灵巧、身披五彩皮肤的壁虎是无所不吃，来一个算一个，全进肚里。

然而，老墙国度里最害羞、低调的角色却最是凶狠危险。找它们时，你要下番功夫仔细搜寻，否则难窥其踪影。但就在那些缝隙里，却可能生活着数百只。如果你小心地将刀片滑入松动的灰泥皮，再轻轻撬开，就会看到一只迷你黑蝎子。它蜷缩成一团，身长不过寸把，像是由闪亮巧克力制成。小蝎子的造型十分奇特，身体扁平，呈椭圆形。腿小巧精致，弯曲着站立。巨大而粗壮的爪子如蟹钳，关节分明，仿佛穿着甲胄。尾巴像一串棕色的珠子，末端的毒刺让你联想起玫瑰的刺。蝎子不介意你来观察它，会静静躺着让你看个够。但你的呼吸声如果太重，它就会抬起尾巴警告你，那姿势仿佛是在道歉。如果你长时间地把它放在阳光下，它就会决绝地转身走开，缓慢挪入另一块墙皮下面。

我迷上了这些蝎子，它们可爱又谦虚，知分寸，有修养。但凡你不触及它们的底线，自寻死路（如把手放在它们身上），蝎子们都会对你恭谦有礼。非要说的话，它们唯一的诉求就是尽快逃离且隐藏起来吧。在它们看来，我就肯定是个讨厌鬼了——因为这家伙就爱撕墙皮，撕完了就盯着它们看，或把它们塞进果酱罐里，还让它们在里面溜达个不停，如此我才能看清蝎子们的脚是如何移动的。

通过对墙皮的一次次突袭，我发现了小蝎子们的不少秘密。比如它们会吃绿头蝇（但具体是怎么捉到的，就一直是个谜了），还有蚱蜢、蛾子、草蛉虫。有几次我甚至发现它们在吃同类，如此乖巧谦逊的生灵竟也做得出此等下作之事，我心痛震惊，心情久久难以平复。

夜色苍茫中，我会在手电筒的帮助下，观看蝎子们的求爱舞蹈。整个过程非常甜蜜，也非常短暂。它们会在我面前相向而立，爪子相握，尾巴交缠在一起。我看着它们双爪交握，在青苔软垫上徐徐起舞。可惜我一打开手电筒，上一秒还翩然起舞的伴侣们就会立刻停止。片刻后，若光亮不灭，它们便会果决离开，只余背影给我，却依旧手牵着手，肩并着肩。显然，这是一种只喜欢跟同类相伴的动物。倘若我能在笼子里养上一群，倒有可能看到求爱的全过程。但我费尽口舌，把蝎子的可爱都吹上了天，也无法让家人们松口同意。

有一天，我在墙壁中发现了一只胖乎乎的雌蝎子。乍一看，她像穿着一件浅黄色的皮草大衣。细看之下我才发现，这奇特的外套其实是由一堆小蝎子们组成的，它们正紧紧偎依在母亲背上。邂逅这一大家子，我欣喜若狂，立马决定把它们偷运回家，养在自己卧室里，如此便可以陪它们长大。

我万分小心地将母蝎和它的孩子们转移到了一个火柴盒里，

然后匆忙赶回别墅去。不巧的是，我进门时午餐也正好上桌。于是我把盒子轻轻放在客厅的壁炉架上，好让蝎子们有足够的空气，然后才走进了餐厅，和家人一起吃饭。

我悠闲地吃着饭，不时偷喂一下趴在桌下的罗格，一边还听着家人们的争论，完全忘记了刚刚捕获的一盒子惊喜。吃罢午饭，拉里去客厅取来了香烟。他靠在餐椅上，嘴里叼着一根烟，随手拿起了从客厅里带来的火柴盒。我对即将到来的惨剧毫无觉察，还饶有兴趣地看着拉里一边滔滔不绝地说话，一边打开了火柴盒。

时至今日，我都相信我的雌蝎子没有恶意。她被关在这盒中许久，憋出了一肚子火也是正常，所以抓住机会便想赶紧逃脱罢了。只见她敏捷一跃，就从盒子口爬了出来，宝宝们也牢牢抓住妈妈的背。眨眼间，雌蝎子便爬到了拉里的手背上。她也不确定接下来该去向何方，于是稍事休整，但把尾巴上的毒刺翘得老高，随时准备好抬脚就跑。拉里感觉到了它爪子的动静，低头看了一眼。从这一刻开始，家里陷入了一片混乱。

拉里一声惊吼，卢加蕾其娅被吓得失手摔了一只盘子。罗格从桌子底下冲出来，狂吠不止。拉里本能地一挥手，又将不幸的蝎子甩去了餐桌另一头，落在玛歌和莱斯利中间。蝎子跌落在桌布上的一瞬间，小蝎子们便如花火四散。这番遭遇也激怒了蝎子本人，它向莱斯利飞奔而去，气得连毒刺都抖了起来！莱斯利也一跃而起，翻倒了椅子。他吓得用餐巾挥向蝎子，于是把蝎子拨到了玛歌面前。玛歌见状，立即发出了一声令全世界的蒸汽机都自愧不如的尖叫。

这场突如其来的混乱让母亲完全傻眼。她戴上眼镜，瞄向桌子那头，想看清罪魁祸首到底是个什么东西。与此同时，玛歌为了抵抗蝎子的进攻，往它身上浇了一杯水。但水完美地错过了蝎子，却成功淋湿了母亲。母亲被冷水一激，整个人都僵住了，她呆坐在桌子尽头，连抱怨一声的力气都没了。蝎子已躲进了莱斯利的盘子下面，而她的宝宝们则在整个桌面上肆无忌惮地游荡。罗格虽然一头雾水不知所措，但也想尽到护卫的责任，所以一直跑来跑去，大声嚷嚷。

“又是那个混蛋小子……”拉里咆哮道。

“小心！小心！它们来了！”玛歌尖叫。

“快，搞一本书来，”莱斯利大吼，“大家稳住，拿书拍它们就好。”

“怎么回事？搞什么呢？”母亲擦着眼镜，不停追问。

“就是那个浑小子干的好事……这回是想害死咱们全家吗？看这一桌子蝎子，满满当当……”

“快……快……想点办法……小心，小心！”

“别叫了，赶紧找本书去。我的老天……你比那只狗还烦……好了，罗格，你也闭嘴……”

“感谢上苍！我还没被蜇……”

“小心……又来了一只……快……快……”

“好了！闭嘴，给我找本书或者什么东西来……”

“好好好，亲爱的，但这些蝎子是哪儿来的？”

“就是那个坏小子啊……这个家里，每一个火柴盒都是一个死亡陷阱……”

“小心，它朝我这儿来了……快，快，救救我……”

“用你的刀砍它……用刀啊……快，赶紧！”

没人有工夫跟罗格解释这是怎么回事，所以它误以为我们正遭遇猛烈的攻击，而它的天职就是保护这个家。既然房间里只有卢加蕾其娅一个外人，那么罗格就得出了自己的结论——这个女人就是罪恶的源头。于是罗格在她的脚踝上狠狠地咬了一口。这当然是胡乱攻击，无济于事。

半晌后，局面终于消停了一下。所有的小蝎子都藏在了碗碟下面。莱斯利建议我们要对蝎子进行“赶尽杀绝一个不留”式的大清洗，但在我声泪俱下的恳求和母亲的支持下，这个建议终于被否决了。家人们带着熊熊燃烧的怒火，惊魂不定地退去了客厅。接下来的半小时，我用茶匙捡起小蝎子们，并一一放回母蝎背上。然后再将它们放在一个碟子里，捎去户外，放生在了花园的墙上。然而我是万般不情不愿，遗憾到了极点。

整个下午，罗格和我都在山坡上。事情发展到这步田地，我觉得还是躲为上计，让家人好好睡个午觉再相见比较稳妥。

这一事件带来了诸多后遗症。首先，拉里患上了严重的火柴盒恐惧症，每次都要用手帕包着手，小心翼翼地打开。其次，卢加蕾其娅因为被咬伤了脚踝，所以走起路来一瘸一拐。伤口处的绷带裹了怕有半米厚，且一连几个星期皆是如此，即使伤口都已痊愈。但有一个后果惨过了这所有：母亲认为我又开始放浪不羁了，是时候让我回归正常的教育了。

在找到全职家教前，她觉得我至少要把法语捡起来。母亲手起刀落，说到做到。从此后，每天早上斯皮罗都会开车送我进城，去找比利时领事学习法语。

城里有个犹太人聚居区。里面有一团迷宫般的小巷子，狭窄逼仄，怪味弥漫，领事就住在这里面。这个区域其实充满了生机与乐趣。街巷地面由鹅卵石铺就而成，路旁挤满了小摊。商品堆积如山，有艳丽的布匹、晶亮的糖果、手工打制的银饰品、各种蔬果，等等。

不过街道确实窄得不像话。每当载货的驴子跌跌撞撞地过来，你就得拼命往墙边靠，否则谁也过不去。这里是城中最多彩的地界，闹腾喧嚣。你能听到妇女扯着嗓子讨价还价，母鸡咯咯大叫，狗也不时狂吠，以及男人头顶一大盘刚出炉的热面包号叫着走过去。迷宫的中心处是一个小广场，颤巍巍地立着一座破旧的高楼，弯腰驼背，神色疲倦。楼的顶层公寓就是比利时领事的家。

领事性格温和友善，个子小小。最显眼的特征就是脸上的络腮胡，堪称幅员辽阔，但“极修边幅”，边缘规整流畅，形状被精心设计过。上唇的胡须还细细抹过发蜡。他极有责任感和仪式感，永远身着盛装，仿佛随时要冲去出席一个重大的官方活动。上身通常是一件燕尾服，配条纹西裤。皮鞋油光锃亮，还套着浅黄色的鞋罩。一条宽大的丝绸领带似瀑布倾泻于脖领间，由一根纯金的别针讲究地固定起来。头顶是一个高耸的礼帽，质地闪闪发光。

任何时候，领事的衣着都是如此一丝不苟。你能看到他精彩亮相，小心穿过一条条脏乱狭窄的巷子，优雅地踏过水坑，紧贴墙壁风度翩翩地礼让驴子，并用藤编手杖轻拍一下驴子的臀部。城里众人对他的绅士派头习以为常，都把他当成英国人。既然所有的英国人都是贵族，那么每一个英国人都应该（且必须）穿着体面，不可坏了规矩。

缘由虽不详，但领事就是认定母亲能说法语。所以他一抓到母亲，便要用法语交谈。母亲在城里采购时，但凡运气好一点，就能提前瞄见领事的礼帽。它正越过人山人海，向她跃来。

母亲得立刻逃命般地冲进最近的商店里，买一堆哪怕根本用不到的东西，直至危机解除。然而世事难料，领事有时又会突然从巷子里杀个回马枪，闪现出来，让母亲猝不及防。他笑眯眯地走上前来，一边还旋转着手杖。然后他会摘下礼帽，深鞠一躬，同时握住母亲不情不愿伸出来的手，热情地将他的胡须印上去。接下来就是站在街中间，开启尴尬的长聊，偶尔还会被经过的驴子打断一下。

领事说得畅快，几乎要用法语的狂潮将母亲淹没，同时还不忘优雅地挥舞帽子和手杖，但却完全看不到母亲脸上极度的困惑。偶尔他会停顿一下，用一个疑问句“不是吗，夫人？”给母亲一个提示。母亲听到后，便要振作起全部精神与勇气，展示毕生法语绝学。

“Oui，oui（是的，是的）！”妈妈大声回应，笑得心虚。有时还得再补两遍，以防对方听来不够热情洋溢。“Oui，oui（是的，是的）！”

领事受用极了。我觉得他从未意识到，这是母亲唯一会的法语单词。但对母亲来说，这种对话无疑是对神经系统的一次次挑战了。只要我们用气声警告她一句：“妈妈小心，领事过来了。”

她便立刻暴走，沿街快步而行。那姿态可谓是定义了淑女标准的底线，随时可能更进一步，变为狂奔疯跑。

虽然我在语言学习上冥顽不化，毫无长进，但这些法语课也有其好处。比如中午下课时，我内心深处那登峰造极的无聊，能让下午的乡间探索魅力加倍。此外，星期四也从不会让我失望。西奥多总会在午餐后尽快赶来别墅，一直陪我，直到阿尔巴尼亚山上升起无瑕皎月。

对他来说，星期四有着不凡的意义，所以才能被选中。一切只因每个星期的这一天，水上飞机都会从雅典飞来，并在我家附近的海湾处降落。而西奥多尤爱观摩它的降落过程。可惜的是，我家最佳的观摩地点在阁楼。而且你必须倾身探出窗外，竭力扯长脖子，才能看清海湾，简直是边欣赏边玩命。飞机会雷打不动地在茶歇时间到达。先是一阵嗡嗡声由远及近传来，音色昏沉又催眠，音量微弱得让人搞不懂来的是飞机还是蜜蜂。

每到此刻，哪怕西奥多正在讲什么逸闻，或解释什么现象，都会倏地停下。然后他的眼里会烧起激情，胡须挺立起来，头偏向一边。他问道："那是……嗯……你知道的……飞机的声音吗？"

每个人都静了下来，与他一起侧耳倾听。轰鸣声渐渐明了，西奥多把吃了一半的司康饼小心放回碟子里。

“啊哈！”他说道，一边轻轻擦手，“没错了，就是飞机的声音……嗯……嗯……应该是的。”

声音越发近了，西奥多早已按捺不住，在座位上挪来挪去。最后，母亲会过来了结他的纠结。

“你想上阁楼去，看它降落吗？”她问。

“好啊！……嗯……如果你不介意的话……”西奥多羞赧地嘟囔，但身体已经急不可待地离开了座位，“我……嗯……觉得那个景象非常壮观，引人入胜……要是不会给你添太大麻烦，我还是想去的……”

引擎声已近在咫尺，似下一秒就要掠过我们头顶——至关紧要的时刻到了！

“我一直都……嗯……你懂的……非常喜欢……”

“快！赶紧！西奥多！再磨蹭你就错过了！”我们会齐声高喊。

全家人立刻从餐桌旁跳开，簇拥着西奥多，带着他一路狂奔，爬上四楼。罗格在前面撒欢奔跑，汪汪大叫。我们会气喘吁吁地冲进阁楼，开怀大笑。脚步落在没铺地毯的地板上，一阵咚咚作响，如枪鸣一般。接下来大家打开窗户，探出头去，目光翻过层叠的橄榄树冠，飞向海湾。海湾默默躺在树丛后，像一只滚圆的蓝眼睛，水面如蜂蜜般平整光滑，淡定宁静。

飞机飞来，活像一只蠢蠢笨笨的大肥鹅，不一会儿便从橄榄园上空掠过，并不断降低高度。突然间，它便开始贴近水面滑行，与自己的倒影竞速。慢慢地，它越来越贴近水面了。西奥多眯起眼睛，竖起胡须，屏息凝视着它。飞机越发低了，不知哪个瞬间，它蓦地触了一下水面，留下一个泡沫痕迹，荡漾开去，如绚烂夏花绽放于蔚蓝海面。一段距离后，它终于完成了水面着陆，开始在海湾里滑行，身后一扇扇水花翻涌开来，溅起数浪白沫。

当飞机慢慢停稳后，西奥多会用拇指捻一捻胡须，然后慢慢收回身子，退回阁楼内。

“嗯 ... 真不错。”他说道，一边拍掉手上的灰尘，“这场面看着就……非常……呃……舒爽。”

飞机着陆秀结束，西奥多还想看的话，必须再等一个星期了。我们关上阁楼的窗户，谈笑间依次下了楼，继续进行被飞机打断了的茶歇。下一个星期，同样的场景还会如约而至。

每个星期四西奥多过来时，也可能和我外出探索。有时候只到花园，有时则会去更远的地方冒险。我们背着标本盒子和捕捞网，穿过橄榄树林，任由罗格在前面开路，看它鼻子贴着地面奔跑。路途中遇到的一切都是研究的好对象：花朵、昆虫、岩石、鸟类，等等。

不论遇到什么生物、现象、事件，西奥多脑子里的知识似乎都取之不尽、用之不竭。但他跟你讲解时，语气里尽是谨慎与谦和。这仿佛不是在教你学新的知识，而是在帮你记起一些你早就知道的东西而已。他是个聊天宝藏库，总是有源源不断的奇闻轶事、烂到人神共愤的谐音梗，以及无比冷场、堪称烂上加烂的笑话。

西奥多每每讲起来都有滋有味，整张脸眉开眼笑，鼻子都能皱起来，连胡须里都是遮不住的欢乐。这恐怕一半是被笑话逗乐，一半也是自嘲吧。

在我们眼里，每一个水沟或池塘都是满载奇迹的未知丛林。小小的剑水蚤和水蚤——有嫩绿的，也有珊瑚粉的——挂在水生植物的枝条上，像小鸟立在树梢头。而在水底的泥泞中，池中“猛虎”默不作声，四处游荡，那是水蛭和蜻蜓幼虫。

每一棵空心的树都要仔细检查，以防里面有微缩小池，蚊子幼虫正在茁壮成长，但却被我们错过；每一个覆满苔藓，如戴着绿色假发套一般的岩石都要翻过来看看，万一它下面也藏着什么呢？每一段腐烂的树桩都要被切开。

西奥多站在池塘边，衣着规整，身姿挺拔。他会在水中轻柔地划过小网，再缓慢提起，然后热切地查看挂在网尾的小玻璃瓶。瓶子里包罗万象，简直是微生物的万花筒。

“啊哈！”他的声音都欢欣雀跃，胡子又立了起来，“我觉得它是 ceriodaphnia laticaudata（宽尾网纹蚤）。”

他从马甲口袋里掏出一个放大镜，凑近了瓶子，仔细观察起来。

“哦……就是的……很是奇特……它的确是宽尾的。可以帮我……嗯……递一个干净的试管过来吗？多谢……”

他用钢笔的吸墨管将这个小生物吸了出来，小心放入试管里，然后再检查其他的捕获物。

“其他的就没什么新鲜了……咦，还有这里，我居然没注意到……这里有个石蚕的幼虫，很有意思……你能看到吗？……嗯……它应该能用一些贝壳渣来给自己做壳，当家来住……它们的壳都漂亮极了。”

瓶子底部趴着个一厘米见长的壳，呈细条状，乍一看像由蚕丝编织而成，上面镶满了蜗牛的扁壳，如一个个小纽扣般。这个玲珑小屋的一端伸出一个头来，正是屋主在向外打探。这个小怪物的长相真是毫无亮眼之处，脸长得跟蚂蚁有异曲同工之妙，整条虫子则跟条小蛆虫似的。此刻，它正拖着自己漂亮的房子，在玻璃上慢慢地前进。

“我做过一个实验，还挺好玩的，”西奥多说道，“我先捕捉了一些这样的……呃……幼虫，并剥去它们的壳。没关系，这样做它们也不会受伤的。我把它们分别放进好几个罐子里。一开始里面只有清水，没有……呃……可以用来造壳的建筑材料。然后我给每一罐幼虫都提供了不同的材料来打造新家，且颜色都还不一样：有一些是非常小的蓝色、绿色珠子；有一些是砖块的碎渣、白沙；有一些甚至是……呃……彩色的玻璃碎片。小家伙们就地取材，都创作出了新的壳，每件作品都特色鲜明……呃……而且色彩丰富，它们真是非常聪明的建筑家。”

他把瓶子里剩余的东西都倒回了池塘，然后把网子搭在肩膀上，我们便继续往前走了。

“说到建房子，”西奥多接着说，眼里似有粼粼波光，“我跟你讲过……呃……我一个朋友的神奇操作吗？嗯，对了，他在乡下有一座小房子，随着家庭规模的……嗯……不断扩大，他觉得房子有点小了，于是决定给房子再加建一层。他对自己的建筑才能……嗯……自信得稍微有点狂妄了。他认为加建工程可以出自己一手设计。嗯嗯，就是的。一切进展都很顺利，不出多久新楼就盖好了，包括卧室、浴室，等等。朋友为庆祝完工举行了一个聚会，我们都为……呃……升级后的新居向他敬酒，并见证了脚手架的……拆除仪式，非常壮观。没人觉得有什么地方……呃……不对劲。直到一个晚到的客人想参观新房间，大家才猛然觉察：居然没有通往新楼层的楼梯！看来我的朋友忘了在设计蓝图上加楼梯。你知道的，在实际的……呃……建造过程中，他和工人们都已经习惯了爬脚手架上下楼，所以才没有人注意到……呃……这个缺陷。”

下午依然燥热，我们继续前行，一路上不时在池塘、沟渠、小溪旁驻足，也穿过馥郁芬芳的桃金娘林，爬上石南延绵的山坡，踏过尘土飞扬的白色山路，偶尔还遇到驴子驮着农夫，步履蹒跚地过来，一驴一人都没精打采，满身疲惫。

傍晚时分，我们已收获了无数种神奇的生物，于是带着瓶瓶罐罐踏上了归路。当我们在橄榄树林里穿行时，天空已经倦怠，脸色都褪成了哑金色，略显晦暗。树林躲进阴影中，林间空气也变得更为凉爽和馥郁。罗格还是在前面开路，舌头耷拉着，摇来晃去。它偶尔会回头确认一下，看我们是否还跟得上。西奥多和我走得大汗淋漓，风尘仆仆。肩上是鼓得滚圆的采集包，带来一种夹杂着快感和成就感的疼痛。我们大步流星向前走，边走边唱西奥多教给我的一支歌谣。它旋律激昂，可以让疲乏不堪的双脚重获生机。于是寂静的山林中回荡起二重唱来，由西奥多的男中音和我高亢尖锐的童声配合而成：

话说有位老人，住在耶路撒冷；
歌颂哈利路亚，欧啦啦呀欧啦！
老人头戴高帽，简直风华正茂；
歌颂哈利路亚，欧啦啦呀欧啦！
欧啦乌啦啦……哇啦乌啦啦……

11 My Family and Other Animals

流光盛宴

春天完成了自己的任务，开始向长日漫漫、阳光炙热的夏季交班了。蝉鸣激昂起来，让整座岛屿都跟着它歌唱的节拍起伏颤动。田野的土地里，玉米果实的生命力开始显形，颗粒日趋饱满匀称。丝绦般的玉米须不再是怯生生的褐色，而转为了丰腴的奶油黄。你剥去外皮，一口咬下几排珍珠般的玉米粒，汁液便如牛奶般喷涌进你的口腔。稚嫩的小葡萄们已爬上了藤蔓，脸被晒出了雀斑，但浑身暖融融的。橄榄树结出了翡翠珠子似的果实，但枝条尚未做好准备迎接这轮重压，于是都含胸驼背地垂了下去。蝉就在其间齐声合唱。橘园中，金灿灿的果实在深绿而闪亮的叶片中渐渐泛红，它们可能有点害羞，所以青绿又粗糙的脸颊上才会泛起潮红阵阵。

蝴蝶一群接着一群，纷纷飞上山丘，相约在黑柏和石南丛间，一见面便蹁跹起舞。那是风送给夏天的仪式感，是飘飞于山间的五彩纸屑。蝴蝶不时便会挑出片叶子，歇一会儿脚，也播一轮卵。蚱蜢和蝗虫在我脚边出没，疯狂扑腾、打转，像是一堆机械发条有了灵魂。它们也会晕晕乎乎地飞过石南丛，一边还不忘招摇出自己晶亮的翅膀。桃金娘上，螳螂正在鬼鬼祟祟地潜行，蹑手蹑脚，动作缓慢，整个肢体都邪魅地微微摆动，简直是恶魔降临。这群家伙身形尖细，通体翠绿，脸上忘了长下巴，但金色的球状大眼睛张狂地凸起。那张脸散发着肉食者的气质，激进又暴虐。螳螂的胳膊边缘有一排锐利的牙齿，手臂弯弯拐拐地高举着，像是在对小昆虫们进行一种虔诚的祷告仪式。但考虑到螳螂的身份与目的，这氛围不免戏谑了些。只要有蝴蝶飞来，进入了危险距离，螳螂便忍不住要抖动两下。

夕阳西沉，夜风开始送来凉爽。知了终于消停，不再高歌。但井口边的柠檬树上，树蛙接了知了的班，正紧贴着叶片放声咏唱。蛙眼圆鼓鼓地支棱在头上，眼神黯淡，似被催了眠般呆板地盯着远方。它们的背部油光闪烁，誓要与四周的叶子比美、比亮。喉囊卖力鼓胀，助树蛙嚎出呱呱的叫嚷。它们可谓是不遗余力，声嘶力竭。声音的幅度和力度之大，让你担心它们那滑溜的身体，会不会因嚎叫而撕裂。暮色渐浓，稍纵即逝间，一抹苹果绿笼罩天际，但紧接着便淡成了紫茄色。空气捎带上独属于夜晚的香气，变得清凉。橄榄树林中的长草丛间，癞蛤蟆登场了。它们的皮肤如沥青般发黑发乌，还绘有怪异的斑块纹路，呈葱青色，仿佛披了张神秘的地图。这里飘荡着一层纱雾，那是长腿蚊在集体游荡，它们飞得跌跌撞撞。癞蛤蟆就在其中贼头贼脑地跳来跳去，瞄准了时机，便探身朝前，向路过的长腿蚊一口咬去。咬到了一只，便乖乖坐正，神色间居然还有三分尴尬，赶忙用拇指把蚊子挂在自己唇边的翅膀、腿通通塞进嘴里去。树蛙头顶上，是下沉花园的残垣破墙。小小的黑蝎子们正在那里约会。它们面色庄重，十指紧扣，信步穿行在苔藓山丘上与蘑菇树林里。

夏夜的海面温润柔滑，如黑丝绒般静谧深邃，水面没有丝毫涟漪。遥远的阿尔巴尼亚海湾，被天际处微弱的红光描上了轮廓线，若隐若现。时间一分钟一分钟地流逝，这捧红光开始撒野了。它越来越艳，越来越亮，越来越惹眼，直至铺满苍穹。突然间，一轮火红的明月从嶙峋山脉间露出头来，在大海中央开辟出了一条绛红色的月光大道。猫头鹰也到岗了，悄悄从一棵树飘到另一棵，就像是被风吹起的煤灰片。月亮蓦然升起，渐渐转淡为粉色，后又变金，最后如一个银色的泡泡般飘浮在星群之间，它将巢穴筑于群星之间，引得猫头鹰们连连称奇，嗷嗷直叫。

夏天还给我带来了一位年轻的新家教——彼得，高大英俊，刚从牛津大学毕业。一开始，彼得对教育事业有着坚定而宏大的理想，让我完全吃不消。但潜移默化中，岛上的氛围浸入了他的心智与灵魂，让他放松下来，变得松弛而温和了。回想起来，初期那些教学内容真叫人苦不堪言：分数与百分比张牙舞爪，地质层解析和暖流还要火上添油，各种名词、动词、副词的规则更是令人毛骨悚然。但阳光渐渐融化了彼得心头的冰霜，对他的教育观施了魔法。在他心中，分数之类的东西本来神圣无比，但现在都走下了神坛。对于教学而言，枯燥的讲解环节终于退为了配角。彼得发现，更好的课堂是大山大海。我们去海边游泳时，就可以学习地质层的复杂结构，可以了解暖流对气候风物的影响，整个过程可以说是无痛、无压力。而英语学习的最佳方法就是让我每天坚持写点什么，并由他来批改。他建议我写日记，但我反对。我早就在写自然观察笔记了，既然每天所有好玩的事情与现象都已记录在册，何苦还要再写一本呢？还有什么其他东西可写吗？彼得哑口无言。于是我忐忑地建议试试比日记更厉害的文体，比如小说。彼得先是大吃了一惊，但又找不到理由反驳，便认可了。

每天早上，我都会兴致勃勃地坐在书桌前，奋笔疾书一小时，给我那波澜壮阔的史诗级巨著再添一个新篇章。我在创作一部历险小说，主角是我的家人。故事围绕大家环游世界的经历而展开。在我的描述中，我们会用完全行不通的陷阱捕捉各种我想象得到的动物。我模仿杂志《男孩季报》里文章的风格，每章末都安排了惊涛骇浪级的危机，作为伏笔，引人往下读。比如母亲被美洲豹袭击，或者拉里被一条巨蟒死死缠住，正苦苦挣扎。有些情节着实下手太狠，以至于次日的我得咬碎了笔杆，才能从险境中把家人们救出来。我创作时会非常投入，呼吸都会变得急促，舌头也紧绷着。我偶尔也会暂停一下，跟罗格一起讨论讨论个别关键的情节该如何设置。此时，彼得通常都与玛歌在花园里散步，欣赏花卉。我诧异不解，这两人怎么突然都对植物学生出兴趣了？总之在早晨的时光里，我们能各得其宜，大家都逍遥自在。早些时候，彼得的责任感还会时不时苏醒一下。每每发作，便把我的巨著束之高阁，转而拉我去跟数学题角斗。但随着夏日的越发悠长，玛歌对园艺的热情与日俱增，这种烦心事也越来越少了。

蝎子惨案后，家人给了我一个二楼的大房间，用于安置我的野兽们。他们希望我专房专用，保证动物们绝不踏出地界一步。这个房间——我称之为“研究室”，而家人们则说它是“虫子屋”——幽幽地弥漫着乙醚和甲醇的气味。里面存放着我的自然史书籍、日记、显微镜、解剖工具、捕捞兜、收集袋，以及其他珍宝。大纸箱里是我的鸟蛋、甲壳、蝴蝶和蜻蜓。上层架子则摆满了灌着甲醇的瓶子，里面保存着各种稀奇的生物标本，如长了四条腿的鸡（卢加蕾其娅的丈夫送我的礼物）、各种蜥蜴和蛇、不同生长阶段的蛙卵、一只小章鱼、三只还没长大的棕鼠（罗格干的好事），以及一只刚孵化的小乌龟，它挺不过那个冬天了。

墙上的装饰物不多，但都是精品，极具品位。有一块嵌着鱼化石的板岩，一张我和黑猩猩握手的照片，还有一只蝙蝠的标本。这个标本是我自己独立完成的，丝毫未假他人之力，成品的效果让我非常骄傲。考虑到我对动物标本制作的知识十分有限，所以在我眼里，它已经相当逼真了。你绝对看不出来它是假的，前提是你得站在房间的另一头看它。蝙蝠的翅膀大大展开，它正站在软木板基座上，向下瞭望，威风凛凛。然而，当夏天来临时，蝙蝠似乎承受了不能承受之热：它开始下垂，皮毛也失去了光泽，一种新奇而神秘的气味开始蔓延，盖住了乙醚和甲醇的味道。一开始，可怜的罗格被冤枉为古怪气味的罪魁祸首。

不过后来，气味甚至渗透到了拉里的卧室里。全家才进行了一次彻底的调查，终于成功追溯到气味的来源，定位到了我的蝙蝠身上。我大为震惊，也有点恼火。重压之下，我被迫将蝙蝠扔掉了。彼得解释说，是我的处理工艺有问题。他还说，如果我能再搞到一个样本，他就会教给我正确的做法。我感激不已，并战略性地建议，我们暂时对这件事保密。原因是家人们对标本制作这门艺术还是疑虑丛生，要让他们同意此事，道阻且长。

我再猎一只蝙蝠的计划是屡受挫折。夜晚降临，月光点亮了每棵橄榄树。我手持长竹竿一根，耐心埋伏其中，一等就是好几小时。但蝙蝠总是一闪而过，如水银流动般迅捷，我根本来不及出手。虽然我没能找到机会狩猎蝙蝠，但在等待的过程中，我却得以与诸多夜行动物邂逅。感谢蝙蝠的狡诈，否则我怕是没机会见到它们了。我曾看到小狐狸在山坡上挖甲壳虫，纤细的小爪子卖力地刨土，嘴巴狼吞虎咽地嚼着刚挖到的战利品；我还看到五只豺在桃金娘里探头出来，它们被我吓得愣了一下，随即便以旋风般的速度消失，只留下残影一片；我也看过夜鹰们舒展开光滑的双翼，在橄榄树林中沉默地滑翔，像一只只大黑燕子，在追赶草地上胡乱飞舞的长腿蚊。

一天晚上，一对睡鼠在我头顶的树上嬉闹追逐，杂技演员般地从一根树枝潇洒飞去另一根，或在垂直的树干上自由上下，来去畅通。月色中，它们蓬松的尾巴像毛乎乎的灰绒球，烟雾般朦胧，惹人怜爱。我喜欢得不能自拔，当下便决定排除万难，一定要抓一只。最好的捕捉时机当然是白天，那时它们正在酣睡。于是我在橄榄树丛中锲而不舍地寻觅它们的栖身处。这注定是劳心劳力却竹篮打水，因为每一棵弯弯扭扭长着瘤节的树都有空洞，且每棵树不空则已，一空就能长出半打空洞来。所幸一场辛苦下来，我也不是一无所获。有一天，我把手伸进一个洞里，摸到了一个柔柔弱弱的小家伙，于是一把将它拔了出来。它正在我手心里蠕动，初看仿佛是团超大号的蒲公英球，顶着一对硕大的金色眼睛。仔细一瞧才发现，原来是只角鸮[①]宝宝，尚且年幼，幼羽未脱，酷似猫头鹰。我们对视片刻，小鸟便恼羞成怒了。肯定是因为我大笑它的外表太过粗糙滑稽，惹到了它。它用小爪子狠狠地掐了一下我的拇指。我一下吃痛松手，就带着它从树枝上滚落了下来。

小猫头鹰怒发冲冠，我把它塞进口袋里，带回了家，然后忐忑地介绍给家人们认识。事情的发展完全在我意料之外，大家欢天喜地地迎接了它，无一人反对我的猫头鹰饲养计划。小家伙的新家安置在了我的书房里，就是一个篮子。全家经过热火朝天的讨论，最后给它赐名为“尤利西斯”[②]。

初来乍到，尤利西斯就展示出了非凡的坚韧与刚强。虽然一只茶杯便能轻松罩住它，但它却毫不畏惧，不管对象是谁，体形如何，上手就打。既然我、罗格、尤利西斯时常都得共处一室，

① 鸮形目鸱鸮科的一属，身体大都呈灰褐色，夜间出动觅食，人们常把此类鸟称为猫头鹰。——编者注

② 尤利西斯是古希腊神话里一位国王，聪慧而坚毅。荷马史诗《奥德赛》中讲述过他的历险故事与英勇事迹。——编者注

那彼此间最好还是能亲密无间。小猫头鹰差不多习惯了新环境后，我便把它正式介绍给了罗格。我先让尤利西斯站在地上，然后安排罗格上前去打个招呼。罗格早已习惯了我收养动物的行为，对任何新朋友的出现都有一种仿佛超脱般的接纳力，所以应付这只猫头鹰也不在话下。

它先是摇尾乞怜地靠近尤利西斯。不过罗格明明态度友善，却只换来了尤利西斯冷若冰霜的表情。小家伙蹲在那里，目光如炬，闪烁着的全是凶光，让罗格的步履都变得踟蹰了。尤利西斯继续恶狠狠地瞪着罗格，仿佛要靠眼神拿下罗格，让其丧失心智与判断。罗格终于不敢再向前，只垂下耳朵，轻摆着尾巴，犹疑地看向我，似在询问我的意见。我板起脸来，要它继续示好。于是罗格再次紧张地将目光挪回猫头鹰处，故作镇定地走上了前，但绕过了猫头鹰的正前方，试图从后面接近。然而尤利西斯只轻巧地转动了一下脑袋，视线一直追随罗格而动。罗格完全傻住了，这动物原地不动，就能拥有三百六十度的超广角视野，真是开眼啊！迟疑片刻后，罗格决定要个花招，极尽讨好之能事，用一种平时百试不爽的方法去靠近猫头鹰。它匍匐下来，头埋在两只前爪中间，轻声嘟囔着慢慢爬向小鸟，尾巴摇得都快冒烟了。尤利西斯依然稳若磐石，像个标本般驻守原地。罗格还坚持着挑逗策略，步步逼近。但在足够靠近小鸟时，它犯了个致命错误，用自己毛乎乎的脸贴了上去，在小猫头鹰身上大声吸气，夸张地嗅闻。尤利西斯虽说能忍不少事，但到了这步田地，让一只全身黑卷毛的大狗在自己身上嗅来嗅去？绝无可能！眼前这个呆头呆脑、连翅膀都没有的大笨蛋，必须知道谁才是老大！尤利西斯眯起双眼，“咔嗒”一声紧紧合上喙，腾空而起，再稳稳地落在狗鼻子上，然后用一双利爪猛地刺入了罗格的黑鼻子里。罗格发出凄厉的惨叫，一阵猛摇头，将鸟甩了下去，然后窜到桌子下面躲了起来。接下来无论我如何劝慰，罗格也不肯走出桌子底半步。直到我终于将尤利西斯妥善地放回了篮子里，罗格才敢出来。

尤利西斯长大了。雏鸟期的绒毛已悉数退去，取而代之的是成年角鸮标志性的三色羽毛，灰白、锈红与墨黑。雪白的前胸点有黑色的马耳他式十字纹路。耳朵里也长出了长长的耳羽簇，每每有人对它不敬，耳羽簇便怒而高耸。现在的它长得壮硕高大，篮子里着实装不下了。但想把它关笼子里，它又一万个不情愿，所以我只得允许尤利西斯在书房内自由活动。于是它开始在桌和门之间往返飞行，权当是对自己的训练。有一天，它终于掌握了飞行诀窍，便给自己在高处选了处新家，即窗户顶的帷幔。白天，尤利西斯在那里打瞌睡，眼睛紧闭，仿佛是根橄榄树桩子。如果你跟它说话，它也会稍稍睁开眼睛，竖起耳羽簇，挺起身体，让你想起造型古怪、面容枯槁的中式神像。如果它今天很在状态，愿意向你示好，那么就会向你咔哒咔哒地咂巴嘴，甚至给你一份无上恩宠——飞下来在你耳朵上轻啄一口。

斜阳西去，屋里阴暗下来的墙壁上开始有壁虎出没时，尤利西斯便会苏醒。它先优雅地打个哈欠，再舒展舒展翅膀，清理清理尾巴，然后猛烈地抖三抖，把浑身羽毛都支棱起来，恰似菊花在风中招展。尤利西斯会随口一吐，便将一团未消化的食物排到下方铺好的报纸上，至于它为什么要这么干，原因就多了去了。准备工作就绪后，它会试试音，发出“嘀呼——”一声，以确定嗓子状态还不错。然后便轻柔地拍动翅膀，一跃而起，像一片灰烬在房间里静静飘荡，最后落到我肩上。它会陪我坐一会儿，啄一下我的耳朵，然后摆一摆身体，就正式开工了。此刻起，它便将情感放在一边，转变为公事公办的冷酷。下一步它是飞到窗台上，再次“嘀呼——”一声，语气中满是疑问的意思，然后用它那蜜色的眼睛盯着我，这是想我帮忙打开窗户了。我乖乖照做，它潇洒飞出，掠过月亮的一瞬，化作一道漂亮的剪影，然后便猛地潜入漆黑的橄榄树中。不出片刻，“嘀呼——”“嘀呼——”的声音会再次响起，那是尤利西斯吹响了号角，向世界宣告，它的狩猎之战已拉开序幕。

尤利西斯狩猎的时间长短不一，有时只需一小时，有时则要通宵达旦。但九点到十点之间，它会风雨无阻地回到家中吃顿晚餐。如果我的研究室熄了灯，它就会飞到客厅外去，透过窗户看看我在不在。如果我不在，它便会绕去房子的另一侧，落在我卧室的窗台外，啪嗒啪嗒地敲击护窗板，直到我打开，端上一盘子肉馅，或剁碎了的鸡心，或当日限定的其他大餐。当最后一块血淋淋的肉都被吞下后，尤利西斯会发出一种温柔的唧唧叫声，可能是打了一个嗝。它稍事思索，便又起身了，一路越过被月亮擦亮的树冠，渐渐远去。

尤利西斯用实力证明了自己不好惹后，对罗格的态度反而友好起来。大家一起去游夜泳时，我也会邀请尤利西斯。它隔三岔五地也会赏个脸，骑在罗格背上一同前往，全程死死抓住狗身上黑色的卷毛。罗格偶尔粗心，忘了自己背上还有乘客，走得急了些，或是大大咧咧地跳过一块石头，尤利西斯的眼睛就会烧起怒火，翅膀还会一阵狂舞，力图保持平衡，稳住摇摇欲坠的身体，同时愤愤地咕咕大叫。非得我当面批评了罗格，告诫它不可莽撞，角鸮才会住嘴。到了岸边，尤利西斯会在我脱下来的衣服上休息，而罗格和我则去温暖的浅滩里玩耍。尤利西斯瞪圆了双眼，看着我们做出各种傻乎乎的动作，眼里是两分不解与三分不屑。角鸮的身体挺得板正，像个卫兵一样坐得威武庄重。偶尔它会飞离岗哨，在我们的头顶绕一圈，“咕咕”叫一声，再回到岸上。这是好心，在为我们的安全担忧呢？还是想加入游戏呢？我毫无头绪。有时我们游了太久，它无聊起来，便会先走一步，往山上花园而去，临走时会发出最后一声“嘀呼——”作为告别。

夏夜，银盘般的满月悬于空中时，我们几个孩子便开始了夜泳。白天是不敢下水的，因为太阳用力过猛，使得海水也发热，毫无清凉解热的功用。但只要月亮爬上来了，我们就会穿过树林，来到吱吱乱响的木制码头，爬上“海牛号”小船。拉里和彼得共执一桨，玛歌和莱斯利合作划另一支，罗格和我在船头当瞭望员。我们顺流而下，来到距码头半英里左右的一个小海湾，找到那片雪白的沙滩和几块排列得规规整整的圆滑巨石。石头表面仍带着阳光的余温，热烘烘的，最适合坐上去，舒缓一天的疲惫。我们会把“海牛号”锚在深水区，然后跳进海里，尽情畅游，欢腾跳跃，打碎海湾水面的月光，使其颤动不停。玩累了，我们便慢慢游上岸，躺在温暖的岩石上，仰望满天繁星。在这种场景下，我的聊天极限是半小时，无可聊了便悄悄滑进水中，慢慢游过湾区，躺在浅滩里，任由温暖的海水承托着我的背，仰望皓月皎洁。

那天又是一个如此的夜晚，又到了我忙着享受这份舒爽的时候。不同的是，我发现这个海湾其实还有别的主人。当时的我正四肢大展，躺在丝滑的水中欣赏遥遥夜空。只微微划动一下手脚，让自己能保持漂浮状态。银河浩瀚，似一条雪纺围巾般飘逸横亘于长空之中。我直愣愣地看着它，好奇里面到底住了多少星星。耳边传来沙滩上大家畅聊与欢闹的声音，声音悠悠回荡在浩瀚海面。只一抬头，便能看见他们手中明灭的香烟，指示着大家在岸上的准确位置。我沉下心来，兀自漂浮，让思绪随意奔走，让梦自由来去。突然，身边传来一缕轻柔的击水声与咕噜声，紧接着又是一声重重的叹息，一串涟漪轻轻晃动了我几下。我被吓了一大跳，匆忙挺直身子，踩着水，看自己离海有多远。然而我瞬间便恐慌起来，此处不仅离岸边有相当远的距离，离“海牛号”也不算近。脚下漆黑一团的水里到底是什么生物在游动？我一头雾水。我能听见其他人依然在岸上打闹，依然在讲着什么笑话，依然有人把烟蒂扔向天空，如一颗红星被发射出去，最后熄灭在海的边缘。我越发慌乱，六神无主起来。就在我要大声求救的前一秒，离我六七米远的地方，海水“哗啦”一声，便被轻柔地分开了。一个背影沐光而出，光滑闪亮。它长叹了一口气，听起来十分惬意，然后再次沉入了水下。一切发生在电光石火间，居然是一大群海豚，而我刚好处在它们正中央。海豚们围着我浮了上来，一口接一口地叹气，黑色的背部在月光中莹莹闪烁。它们约有八只，一只离我近在咫尺，我只需向前游三下，便能触摸到它黑乎乎的小脑袋。海豚们在海湾里畅快游弋，我也加入了它们的行列，看它们升出水面，使水面泛起一圈圈波纹，然后过瘾地吸气，又潜下身去，只留下一个氤氲开的泡沫圈，表明它们来过。我看得目不转睛，神思恍惚。

不久，仿佛是接到了什么信号，它们齐齐转身，朝遥远的阿尔巴尼亚海岸游了去。我踩着水，目送它们离开。只见海豚们沿着月光铺就的白色大道渐行渐远，每次出水时，背部都泛起莹润的光泽。海面丝滑温暖，如新鲜的牛奶一般，海豚们就在其中享受着独属于它们的欢乐与静好。它们身后浪花翻涌，浪头的泡沫画出一道宽阔的路，小水花们跳跃闪耀，仿佛是天上坠下的万千小月亮。那欢腾持续不断，直到所有涟漪都归于平静。

此后再去夜泳，我们便常能与这群海豚相遇了。有一天它们甚至还和岛上一种魅力无穷的昆虫携手，献上了一场星光灿烂的组合秀。炎热的月份里，海水会闪出磷光[①]。月色明朗时，磷光就稀疏些——只在船头拂过一道绿光，或有人跳入水时，溅起一缕似有非有的亮意罢了。赶上月色晦暗，磷光的效果就会出奇地好。此外，萤火虫也是为夏夜添光加彩的小能手。这些褐色的小甲虫身形细长，天光一暗，便集结出动，呼朋引伴地游荡于橄榄树间。它们的尾部时而亮起，时而熄灭，发出的光芒白中透着

① 磷光是某些物体受到光照或吸收能量后持续发光一段时间的现象。产生磷光的物质可在数秒、数分钟甚至更长的时间里持续反光。生活中很多物品的夜光功能都是基于此原理而设计的。——译者注

青，不同于海面那种泛着金光的绿。与海水的磷光类似，只有当月光羞涩时，萤火虫的表现才最是亮眼。我们有幸看到过一次夜间秀，由海豚、磷光、萤火虫联袂出演，其精彩令人见之忘俗。但要说这场秀的功臣，我们首先要感谢的，居然是妈妈的新泳衣。

我们能不分昼夜地去游海泳，让母亲羡慕已久。但每当大家邀请她也加入时，她又总说自己年事已高，不太适合这种玩法。于是我们锲而不舍地劝她，终于劝来了关键性的一天：母亲去城里带回了一包神秘的东西，脸色很是难为情。包裹一打开，满座皆惊。母亲举起了一件怪模怪样的黑衣服，上面密密麻麻地布满了褶皱、饰边。

“你们觉得怎么样？”母亲问。

我们盯着这件奇怪的衣服，对它的作用大感不解。

“先说它是什么吧？”拉里好歹问了出口。

“泳衣啊，看不出来吗？”母亲说，“否则呢？”

“难道不是一只皮开肉绽的鲸鱼？”拉里凑近衣服。

“妈妈，放弃吧！”玛歌惊恐地说，“这东西看起来是二十年代的作品。”

“这些褶皱和乱七八糟的东西是干什么用的？”拉里饶有趣味地问。

“当然是装饰嘛。”母亲的情绪上来了。

“漂亮！那请你在出水的时候好好抖一抖，把褶皱里藏的鱼都抖出来。”

“反正我喜欢，”母亲语气坚定，顺手将那件怪物又包了起来，“我就要穿。”

“你要小心，布料太多，你有溺水的危险。”莱斯利认真警告。

“妈妈，这款式太恐怖了，真的不行，”玛歌说，“明明就有更时尚些的啊，你怎么不买呢？”

“亲爱的，等你到了我这个年纪，也不能穿比基尼了……”

“那我还真就想知道了，这件衣服又是为什么样的身材设计的呢？”拉里说。

“妈妈，你没救了啊！”玛歌绝望地说。

“但我就是喜欢它……再说，我也没让你们一起穿啊！”母亲的语气有了几分怒意。

“没毛病，你的人生你做主，”拉里赞同道，“别为他人而活。你要是能再长出三四条腿来，它可就完美适配你的身材了。”

母亲不爽地“哼”了一声，一溜烟儿地冲上楼去试泳衣了。不一会儿，她叫我们上去看一下，于是大家纷纷走向卧室，鱼贯而入。罗格第一个到，它的眼前是一个诡异的幽灵，身着巨型黑泳衣，全身上下皱皱巴巴。它立刻后撤，屁滚尿流地退出了门外，嘴里发出一阵惊恐的狂吠。我们花了好半天劲儿才让它相信，那真的是母亲。但它还是从眼角缝里斜着打量她，眼里满是困惑与怀疑。然而纵有万般阻挠，母亲的心意也不容动摇，非要穿这个大帐篷去游泳，我们最终只得闭嘴投降。

我们在海湾举办了一次月光野餐会，为了庆祝母亲首次下海。外人只邀请了西奥多，因为在如此重要的时刻，他是唯一能被母亲接受的陌生人。正日子终于到来，餐食美酒皆已到位，船被打扫得一尘不染，舱内还堆满了坐垫。西奥多抵达时，已万事俱备，只欠起航了。他获邀时就提醒过，这天夜里其实没有月亮。于是全家陷入了相互指责的旋涡，每个人都在埋怨别人怎么不早做研究，一场恶战持续到了黄昏。最后的结论是既然一切筹备皆已到位，那么既来之则安之吧，计划不变。我们捎上食物、酒、毛巾和烟草，踉踉跄跄地上了船，起了锚，沿海岸线前行。

船头的瞭望员是我和西奥多；中部是动力组，由剩下的孩子们负责轮流划桨；尾部的掌舵手是母亲。起航伊始，母亲的眼睛还没来得及适应黑暗，她就用“精湛”的技巧使船原地打了转儿。动力组的选手们高度紧张，卖力地划了十分钟后，发现码头赫然重现在众人眼前。船还一意孤行，迎头向前撞去，发出一声“砰”的巨响。惊慌失措之际，母亲不管三七二十一，决定将船开往反方向再说，于是我们又朝着海洋深处而去。得亏莱斯利发现及时，否则我们最后可能要在阿尔巴尼亚海岸登陆。经此一役，玛歌决定由她掌舵。她大显身手，不负众望，只是遇到突发情况时会手忙脚乱，忘了我们的船要向右转时，舵手其实该把舵往左推。如此时刻，大家不得不齐心协力来帮忙，花上十分钟跟船死磕，玩命拉扯它。要不然船非但躲不开岩石，还可能被玛歌精准地开上去。总的来说，母亲的下水仪式一开始就有个好兆头。

一番艰辛后，我们终于抵达了海湾。大家在沙滩上铺开地垫，摆好食物，还将一排酒插在浅滩中，保持冰冷。激动人心的时刻终于来了，沸腾的欢呼声中，母亲脱下居家服，身着那套传奇泳衣出现在了众人面前。拉里评论说，母亲的形象堪称是海滩限量版的阿尔伯特纪念碑[①]。罗格一开始还颇为冷静，但后来母亲缓步走入水中时，它心里突然警钟大响——母亲身上那层层叠叠、奇奇怪怪的玩意儿是不是海妖附身？不好，母亲有危险！罗格誓要将母亲救回岸上。于是它怒吼着扑向海水，紧紧地拽住母亲泳衣上众多褶皱中的一条，然后竭尽其能地疯狂将母亲往岸上扯。母亲才刚感叹了一声水有些凉，便被一股疯了似的力量钳

① 阿尔伯特纪念碑是一座高达 54 米的大型大理石建筑，位于英国伦敦肯辛顿花园内，建于十九世纪末，是伦敦的重要地标之一。——译者注

住，使劲向后拖。她惊叫起来，失去平衡，重重地跌在少说也有半米的深水里。罗格的力气太大，以至于泳衣竟然顺势裂开了一大块。罗格看到“敌人”似乎招架不住了，斗志越发昂扬，整条狗也越发神勇。它低吼着给母亲鼓劲儿，同时还更加凶狠地拖拉起泳衣来。我们在沙滩上笑作一团，全部东倒西歪。母亲则喘着粗气，心如死灰地坐在水里，一边还想尽办法要站起来赶走罗格，至少给泳衣多留点尊严。然而局面是雪上加霜。泳衣材质厚实，吸满了空气，在浮力的作用下变得像气球般鼓鼓囊囊，成了件穿戴式的宇宙飞船。母亲委实能力有限，操控不了这艘大船。终于还得是西奥多出手，将罗格赶开，并扶起了母亲，闹剧才消停。拉里评价整场危机为珀尔修斯救安德罗墨达大捷[①]。故事的最后，我们为大捷畅饮了一杯庆功酒，然后集体下水，开始夜泳。母亲为保持姿态优雅，依然端坐在浅水区域里。罗格也依然趴在不远处，闷声号叫着。毕竟母亲腰间那鼓胀的泳衣还在招摇，它不得不警告一二。

那夜的磷光美得摄人心魄。用手轻撩水面，便能划出一条宽阔的火花带，金绿色的光芒跳动其中，寒光璀璨。纵身跳入海中，触及水面的瞬间溅起流光无数，似乎是跳入了一个明明火光四射，却又凉气爽人的大熔炉。倦了，我们走上岸来，水闪耀着光华，顺着身体流淌、滴落，每个人都仿佛燃烧着神焰。我们躺在沙滩上吃夜宵。开启餐后酒时，冥冥之中，橄榄树林里仿佛有

① 这是古希腊神话里一个经典的英雄救美人故事。珀尔修斯斩杀美杜莎，用其头颅为武器，石化了海怪，从而救出了被囚禁的公主安德罗墨达。——译者注

股神力如约而至，推来了几只萤火虫——真正的大戏终于拉开了序幕。

起初，仅三两个莹绿的小光点有节奏地明灭着，从林中滑翔而来。不经意间，萤火虫越来越多。树与树的间隙被刷上了魔幻的荧光，如绿雾降临。这是我们此生第一次邂逅如此澎湃壮丽的萤火虫群，惊艳于它们的闪熠，它们的浩荡，它们在草地、灌木、橄榄枝间攀缘时的潇洒与轻盈。头顶上，萤火虫自由集结，浪漫地翱翔；地垫上，它们静谧驻守，散发着柔柔的荧光，如未燃尽的木炭在沉着地等待。它们带着华光万丈奔流出海湾，飞旋于水面。恰在此时，海豚也来助兴了。它们列阵挺进海湾，踩着鼓点般左右摇摆身体，背部磷光闪烁。海湾的正中央，海豚们绕圈环游、潜水翻滚、跳跃腾空，后又击入艳光粼粼的水面。视野所及之处，上方有萤火虫的蹁跹，下方有海豚的粲然，无一不是流光的盛宴。我们甚至能亲眼看到海豚游过后，在沙底划出炽烈的轨迹，如火焰图腾。它们凌空腾起时，又在水面上抡出翡翠般的水珠，让磷光与萤火虫得以在空中交相辉映。而此刻，你已目眩神迷，无从细辨。表演持续了一小时之久。随后萤火虫平复了激情，与海岸告别，慢慢撤回岸上，往林中深处而去。海豚也排成一列，迅疾游向大海远处。只余身后一道火光闪烁的波浪翻涌，火光渐渐熄灭，缓缓消退，如落在海湾中余烬未了的薪段。

12 My Family and Other Animals

魔法群岛

酷暑已至，天气越发炎热。靠人力划着“海牛号”去游泳，家人们是越来越吃不消了。所以我们给它加装了一个外置发动机。这台机器厥功至伟，为我们开发出了大段大段的新海岸，现在全家可以去更远的地方探险了。我们沿锯齿状的海岸线出发，逐渐远离尘世的炊烟与喧嚣，来到了遥远的沙滩上。欣赏它们麦穗般金灿灿的肌体，看它们像坠入凡间的月亮，休憩于扭曲的岩石之间。借此我才发现，原来沿着海岸线出去几英里的地方，散落着一系列小岛。有些颇具规模；有些只是体型壮硕一点的岩石罢了，还顶着些许植被，仿佛戴着绿色的假发。虽然搞不懂缘由，但海洋生物们似乎对这些小岛情有独钟。在岛屿的边缘，岩石上的浅池，以及那些比大点的桌子大不了多少的沙湾中，生物种类丰富得令人眼花缭乱。我费尽心思，才成功邀家人们去了这些小岛几次。但这些地方委实不适合游泳，全家只能呆坐在烫手烫脚的岩石上，见证我毫无意义、无休无止的生物挖掘工程。那些在我看来灵气逼人的动物，对他们来说简直是反常又反胃。大家的忍耐很快就达到了极限。另外，这些岛屿都紧挨着海岸线，有些与陆地之间只隔着一条六七米宽的水道，水底还密布礁石和岩石。“海牛号”在其间穿梭时非常危险。我们要绞尽脑汁，确保螺旋桨不会被磕碰受损。为这些旅行掌舵导航，每一次都是一场噩梦。我煞费苦心，也无力回天，只能眼睁睁地看着大家出行的次数越来越少。一想到清澈见底的池子、沙湾里，还有无数奇妙动物在等我，我就百爪挠心。奈何我没有自己的船，只能干瞪眼。我曾提议自己开“海牛号”走，每个星期一次就好。不过家人找了万般理由反对。几乎要放弃时，突然灵光一闪：我的生日快到了，要点小心思说不准既能搞到一条船，还能得到很多装备。计谋算定，我便向家人提出，与其大家去给我挑生日礼物，不如让我公布自己最想要的东西。如此一来，每个人都可以送给我称心如意的礼物。家人有些愕然，但也同意了，然后略有疑虑地问我，到底想要什么。我无辜地说自己也没怎么想好，但稍后会为每个人列一份清单，大家可以从中选择一项或多项送给我。

列清单是个技术活儿，要运用到博大艰深的心理学，所以我花了不少时间去思考和准备。比如，母亲肯定会买全清单上的所有东西，所以我写的都是一些最必要、最昂贵的设备：五个木头箱子，带玻璃顶和软木内衬，用来存放我收集的昆虫；两打试管；五品脱[1]甲基化酒精，五品脱福尔马林和一台显微镜。玛歌

①容积单位。——译者注

的清单要动些脑筋，因为我必须精心安排物品，让她得以去到最喜欢的商店里采购。所以我要了十码[1]细棉布、十码白色粗棉布、六大包别针、两束棉花、两品脱乙醚、一双镊子和两个钢笔注墨器。向拉里要福尔马林或者别针什么的，是鸡同鸭讲，注定没有结果的。但如果我表现出一些文学倾向，成功的机会就大多了。因此，我列出了一份长得令人肃然起敬的书籍清单，全是我喜欢的自然史书籍，包括每本书的标题、作者名、出版社和定价。我还在那些最想收到的书旁打了星号，以表强调。最后只剩下一个要求了，我决定与莱斯利当面沟通，而不是列书面清单给他。但我也知道，必须小心选择沟通的时机。等了几天，我才终于抓到了一个天选的好机会。

我刚刚助他完成了一个弹道实验。实验步骤是，先把一支古旧的前膛装填枪绑在一棵树上，然后猛地一拽绑在扳机上的长绳，将枪引爆。实验进行到第四次时，我们大获成功，结果完美契合莱斯利的预期：枪管爆炸了，金属碎渣四处飞散。莱斯利欣喜若狂，在一个信封的背面写下了详细的笔记。我们一起收拾起枪支的残骸来，我随口问他想给我准备什么生日礼物。

“还没想，”他正心满意足地赏玩着一块变了形的金属，“我都行……看你喜欢什么吧……你说就是。”于是我说要一艘船。莱斯利恍然大悟，自己居然中了我下的套，于是愤然表示这个礼物太夸张了，他买不起。我同样愤然地说，这到底是让我挑，还

① 一码约为 0.9 米。——译者注

是不让我挑呢？莱斯利回道，他确实承诺过让我选，但并不能选出一艘船来啊，那也太贵了。我说，当一个人说了“我都行”，让别人随便挑的时候，当然就包括了船。不过呢，我并不指望他给我买一艘新的。我一直以为他很懂船，应该有能力为我造一艘。可惜是我高看他了，如果他觉得自己没那个本事……

“打住！我当然有那个本事。”莱斯利毫无防备地说，然后又忙补充，“嗯……反正问题应该不大吧。就是时间上紧了些，一时半会儿做不出来。要不这样，我每个星期带你坐‘海牛号’出游两次，你觉得好不好？”

我坚持原则，就要我的船。时间不是问题，多久我都能等。

“成吧，成吧。”莱斯利恼火地说，“我给你造一艘便是。但我造船的时候，你得离远点，别在我旁边晃。船完工了你才能看。做得到吗？”

我点头如捣蒜。于是接下来两个星期，斯皮罗开着车，满载着木板，来回了好几趟。后院游廊处不时传来锯木、敲击和咒骂的声音。房子里木屑乱飞，莱斯利的脚走到哪儿，就把木屑带到哪儿。造船期间，我正在忙另一件事，所以还算有耐力，扼制住了自己的好奇心。那时，工人们刚刚修好了房子的后墙，留下了三大袋漂亮的粉色水泥。我决定废物利用，建几个小池塘，给淡水生物们安个家。且未来驾新船出去时，肯定还要捕获更多美妙的海洋生灵，我也可一并养在小池子里。只是我低估了工程的难度，在盛夏挖池塘简直是对体力的大考验。但最终，我还是挖出了一些勉强算方正的坑。我又用了几天时间，将粉粉嫩嫩的水泥浆尽数敷于坑的表面。这个过程非常治愈，大大地帮助了我恢复元气。莱斯利依然带着木屑、刨花渣风风火火地走进家来。不同的是，现在他的脚印里都交织着粉色的水泥了。

我生日的前一天，全家齐齐去了城里。目的有三个。首先，大家要为我采买礼物。其次，家里的食品储备已不足，需要补充。在生日会的规模上，我们已全面达成一致意见。所有人都同意，无须大操大办，搞得人山人海。所以邀请客人贵精不贵多，十位就足矣。这将是一个小而美的聚会，只迎接我们最喜欢的人光临。不幸的是，大家在“只邀请十人”这个概念的理解上产生了小小偏差——每个人都去邀请了自己心目中最该来的十个人。各自的名单都不尽相同，西奥多是唯一的公约数，他一口气接到了五份邀请。到了聚会前夕，母亲才发现，要接待的客人不是十位，而是四十五位！进城的第三个目的是押着卢加蕾其娅去看牙。最近一段时间，她的牙齿一直不消停。安德鲁切利医生只朝她的嘴瞥了一眼，就发出了一连串惊惧的“噗噗”声。医生说她的牙全废了，必须拔光，一颗也不能留。这些烂牙就是她这段时间要死不活的根本原因。我们花了一个星期时间，苦劝甚至苦逼卢加蕾其娅听医生的话，她才终于首肯，但要求我们提供陪诊服务，权作精神支撑。于是大家带着脸色苍白、哭得梨花带雨的卢加蕾其娅，涌进了城区。

傍晚，我们终于收工，一车人疲惫又烦躁。车厢里堆满了食物，卢加蕾其娅横躺在我们腿上，凄凄惨惨地呻吟着。显然，她明天是无法干活了，烹饪和其他工作都指望不上她了。我们问斯皮罗有没有办法，他给出了标志性的答案。

“都别担心，”他皱眉沉思道，“一切交给我。”第二天早上发生的事可谓一波三折。卢加蕾其娅恢复得不错，可以干些不费力的活儿了。她亦步亦趋地跟在我们身后，自豪地展示着牙龈上的血窟窿，描述每一颗牙带来过的每一种痛苦。我收到了家人们的礼物，真诚致谢后，便和莱斯利来到了后院的游廊。那里有一座神秘的小山状物体，覆盖着一张防水布。莱斯利如魔术师般地拉开了布，那是我的船！我瞬间被狂喜冲击到不能自已，只能痴痴地盯着它，天底下最完美的一艘船。它崭新的漆面在阳光下流光溢彩。你好，我的坐骑，我们将一起奔赴魔法群岛！

这艘船长约两米，呈近乎圆形。为防我以为船长成这样，要怪莱斯利手艺不行，所以他掀开布后就赶忙解释，说这形状是受木料长度所限。这个解释完全站得住脚，毕竟是材料不争气，谁没遇到过这种烦心事？所以我非常理解。我甚至坚定地告诉他，这是艘可爱到没天理的船。我没骗人，此话真是发自肺腑。天底下大多数船都尖尖瘦瘦，过于灵活狡诈，仿佛是一头食肉猛兽。但是我的船就不落俗套。它圆润沉静，那胖乎乎的身体莫名地就给人一种踏实感、安定感。我觉得它像一只认真勤勉的屎壳郎，这可是我非常中意的昆虫。我的赞扬让莱斯利很是舒坦。他略带谦卑地解释道，这是一艘平底船，因为从技术上分析，这样反而最安全。我说我要的就是平底船，如此一来，标本瓶放置在船底后，就稳当多了，不太容易被打翻。莱斯利问我是否喜欢船的颜色，他对此很是忐忑。说到颜色，我不由地感到这才是最大的亮点啊！画龙点睛，锦上添花，说的就是这亮眼的色彩搭配了。莱斯利把船舱内部涂成了翠绿和雪白，而胖乎乎的外侧则被涂上了白、黑和艳橙色相间的条纹。这种颜色组合真是集艺术品位与亲和力为一体，我大呼满意。然后，莱斯利又向我展示了他切割好的长柏木桅杆，但解释说得等船下水后才能装。我按捺不住激动，希望立即就下水。莱斯利很重规矩，他问我有没有给船起好名字，总不能让船下水时名不正言不顺。这道题可太难了，我把全家人都叫了来，集思广益。大家围在船边，绞尽脑汁地思索，船仿佛是盛开在我们正中的一朵巨花。

“叫它‘开心罗格号’怎么样？”玛歌建议。

我完全没瞧上，拒绝了。我想要一个听上去就“肉乎乎、圆滚滚”的名字。

“阿尔巴克[①]？”母亲含糊地提议。

味道不对，我的船不像一艘“阿尔巴克”。

“可以叫它‘方舟’。”莱斯利提议，但我还是不满意。

---

① 罗塔尔·阿尔巴克是二十世纪早期无声电影巨星，以喜剧形象和滑稽的表演风格而广受欢迎，昵称是“胖胖阿尔巴克”（Fatty Arbuckle）。他体型肥胖，体重超过 100 千克。——译者注

大家都不说话了，默默看着船。突然，我想到了一个精彩绝伦的名字：胖胖瓶[①]。不错！我就要这么叫它。

“很好，亲爱的。”母亲赞同。

“我正想建议，叫它‘屁花[②]’呢。”拉里说。

“拉里，住嘴！”母亲指责，“别乱教小孩子。”

我在脑海中默默考虑了一遍拉里的建议。这名字确实不走寻常路，但“胖胖瓶”也同样不俗，它俩都能精准展现船的形状和个性。经过一番深思熟虑，我拿定了主意。大家给我找来一罐油漆，我在船侧磕磕绊绊地写下了它的官方名字：胖胖瓶 - 屁花。这名字简直完美，意蕴深远，不同凡响。而且还是个贵族名字。为了安抚母亲惊惶的心，我只好立下承诺，以后跟不认识的人聊起我的船时，我只叫它“胖胖瓶”。名字的问题解决了，我们准备正式送它下水。玛歌、彼得、莱斯利和拉里协同作战，一起把船抬到山下的码头去。母亲和我断后，抬着桅杆，还带了一小瓶庆祝用的酒。众人到了码头，抬船队伍停了下来，每个人都累得左摇右摆。酒瓶的软木塞卡死了，母亲和我正在跟塞子斗智

① 原文中杰瑞用的是bootle一词，可音译为“布特尔”。布特尔是英国的港口城市，位于英格兰西北部，用作船名很是合适。但考虑到杰瑞是个孩子，他可能更多的是喜欢这个单词的发音，在用一种可爱的长音发“瓶子”（bottle）的音，所以译者将此处的名字翻译为了“胖胖瓶”。——译者注

② 此处拉里用的单词是 bumtrinket，意思不雅。其中的 bum 指臀部，trinket 指装饰物，合起来指女性的隐私部位。——译者注

斗勇。

“你们还在搞什么？”拉里不耐烦地问，“求求两位神仙了，快点吧。我不是给船当支架的料。”

我们终于把塞子拔了出来。我高声宣布，这艘船是“胖胖瓶－屁花号”。接着我用瓶子拍了拍船胖乎乎的尾巴。倒霉的是，半品脱的白葡萄酒全给泼到了拉里的头上。

“当心点行不行？！”拉里抗议，“今儿你是要送谁下水啊？”

大家咬牙发力，一起使劲把“胖胖瓶－屁花号”推下了码头。船用平坦的大肚子在水面着了陆，发出炮轰般的巨响，飞溅起水花，然后在涟漪中优哉游哉地晃荡起来。它的整个身体略略向右舷倾斜，但我识趣地把原因推到刚才的酒上，而非莱斯利的手艺上。

“好了！”莱斯利开始运筹帷幄，“下一步咱们要把桅杆拧上……玛歌，你抓住船头……对对，这样就行了……彼得，你去船尾，拉里和我会把桅杆传给你……你只要把它插进那个座子里就好。”

玛歌在码头上趴下，死死拽住船头。彼得灵活地一跃，便跳到了船尾。他双腿分开，稳住身体，准备接住拉里和莱斯利要递过来的桅杆。

“我说，这桅杆也太长了吧。莱斯利？”拉里瞪着桅杆，迟疑地说。

“你懂什么？装上就好了，”莱斯利反驳道，“开动吧……准备好了吗，彼得？”

彼得点头，进一步稳住平衡，双手紧接住桅杆，然后将其插入了座子。完成后，他退了一步，掸了掸手上的灰。但大事不好！顷刻之间，“胖胖瓶－屁花号”就彻底倾覆，翻倒在了水面上。速度之快，令人来不及反应。彼得穿着他那身最体面的衣服——还是为了庆祝我的生日而穿——连水花都没溅起一滴，就消失了。水面上只剩他的帽子兀自飘零，做伴的唯余桅杆，以及“胖胖瓶－屁花号”亮橙色的大肚子。

“他会溺水，会淹死的！”玛歌尖叫起来。危机中的她，真是只会往坏处想。

“胡说！这里又不深。”莱斯利回道。

“我就说那个桅杆太长了吧。”拉里油腔滑调。

“不是长度的问题，”莱斯利暴躁回击，“那笨蛋没插对。”

“你凭什么叫人家笨蛋？！”玛歌吼道。

“你不能要求一个澡盆子撑起六米长的杆子，还得在水面上保持直立吧。”拉里说。

“你厉害，你去造船啊，你在等什么？”

“这不是没人请我出山嘛。再说了，您不是高手吗？但要依我看，您这位高手在克莱德河区[①]怕是找不到工作喽。”

“你这激灵抖得真棒！挑错能有多难，谁不会啊？……就因为那个傻瓜……”

“你叫谁傻瓜呢！再叫一次试试！”

“好好好，都别吵了，大家静一静。”母亲来劝架了。

“反正就是拉里太专横了……”

“谢天谢地！他浮上来了。”玛歌急切地说，她眼前是浑身湿透、剧烈咳嗽的彼得，正在往水面上漂。

我们把彼得拖上了岸。玛歌风急火燎地带他回家，看能不能在聚会前烘干他的衣服。我们其他人跟在后面，争吵仍在继续。

---

① 克莱德河区（Clydeside），即克莱德河沿岸地区，十九世纪、二十世纪英国最重要的造船工业区。——译者注

拉里的评论点燃了莱斯利，岂有此理！莱斯利换上短裤，手里拿着一本巨大的游艇建造手册和一把卷尺，便下水去救船了。接下来整个上午，莱斯利都在锯桅杆，小心翼翼地调整长度，直到船终于直立起来。但桅杆也只剩一米还不到了，莱斯利挠破脑袋也想不通这是为什么。但他承诺，一旦他算出了正确的长度，就会给我升级一根新桅杆。就这样，"胖胖瓶－屁花号"带着满身的荣耀与骄傲，被孤零零地拴在了码头上，宛如一只毛色漂亮，但体型超标的无尾猫。

午饭后不久，斯皮罗带来了一位高大威严的老人——前希腊国王的后勤大总管。大总管周身上下有种大使的风范，现已退休。这次能请动他出山，来帮我们操持筹备聚会，是莫大的荣幸。斯皮罗把所有人都赶出了厨房，只留他自己和大总管。我悄悄溜到厨房窗外，偷瞄了几眼。只见大总管身着马甲，细细擦拭着玻璃杯；斯皮罗依然皱眉沉思，一边哼着小曲儿，一边大力清洗着一大堆蔬菜。墙角生了足足七个炉子，齐齐一排。斯皮罗偶尔也会大大咧咧地走过去，对着炭火一通猛吹。火焰被撩得老高，如一列红宝石在璀璨闪耀。

第一个抵达的客人是西奥多。他笔挺地坐在马车里，仪态端庄。身上穿的是他最漂亮的正装，皮鞋也被擦得油光锃亮。为表对我生日的尊重与专注，他竟然一个采集工具都没带。西奥多一只手抓着拐棍，另一只手则握着一个精心捆扎过的包裹。"啊哈！祝你……呃……生日快乐。"他握着我的手说道，"我给你带来了一个……嗯……小纪念品……一份薄礼，用来……庆祝这个重要的日子……嗯。"

我打开了包裹，惊喜地发现，里面是一本厚厚的书，名为《池塘和溪流中的生活》。

"我觉得这本书对你的书籍收藏来说，是有用……呃……一种补充。"西奥多踮着脚，摇摇晃晃，"里面的内容很有意思，是关于……呃……常见的淡水生态的。"

宾客们陆续到达，别墅前熙熙攘攘，车流如织。主客厅和餐厅人头攒动，大家在谈论、争辩、打闹、谈笑。大总管已换上了燕尾服，在母亲看来有些不伦不类。他在人群中快速移动，像一只奔腾的老年企鹅，以极具皇家气概的方式呈上酒水和食物。那副样子让很多客人大惑不解，不确定他到底是个管家，还是个在我家借住的古怪亲戚。厨房里，斯皮罗在锅碗瓢盆的海洋里沉浮。火光映照中，豪饮红酒后的脸庞紧绷通红。低沉的歌声在空中飘荡。房间里充满了大蒜和香料的气味。卢加蕾其娅快步穿梭在厨房和客厅之间。偶尔，她也能成功地把某个倒霉蛋客人逼到角落里，塞一盘食物给人家，然后开始分享她在医生那里承受的悲惨折磨。你必须陪她一一回顾每颗牙齿从牙槽里被拔出的全过程，末了，还得瞻仰她张大了嘴，特意秀给你看的事发现场。

客人们络绎不绝，带来了如山的礼物。其中大多数都没有意义，因为对我研究自然史没有半点用。当然，这里面也有不错的，最棒的就是附近农家带来的两只小狗。一只小狗是猪肝色和白色，长着一对粗粗的姜黄色眉毛；另一只小狗像个黑煤球，也有一对粗粗大大的姜黄色眉毛。既然是礼物，家人当然要接受。看到小奶狗，罗格的反应是困惑又激动。为了让三只狗能相互熟悉，我把它们都锁在了餐厅里，中间放了一大盘为聚会准备的美食。事情的走向与我预期略有出入。当客人多到客厅装不下时，我们不得不打开餐厅的门，让一部分客人进入餐厅休息。门一打开，我们就发现罗格正满脸绝望且阴郁地坐在地板上，两只小狗在它身边没心没肺地嬉戏。整个房间已经变成了一塌糊涂，向我们清清楚楚地证明了一件事：两个新成员早已吃饱喝足，且排泄顺利。拉里提议给它俩取名叫“嘘嘘”和“呕呕”。母亲觉得这两个名字恶心得超过了底线，但它们却依然被选中并保留了下来。从此，我的小狗们就叫“嘘嘘”和“呕呕”了。

客人们纷纷抵达，从客厅溢到了餐厅，又从法式大窗户溢到了阳台。觥筹交错，酒流如水，空气中弥漫着香烟的烟雾。壁虎们被嘈杂和欢闹吓得畏畏缩缩，都不敢从天花板的裂缝里爬出来。房间一角，西奥多状态到了，居然麻溜儿地脱下了外套，和莱斯利及其他几位客人跳起了欢快的卡拉马塔舞[①]。他们在地板上留下利落的跳跃和踏步，发出响亮的震动声。总管喝了一点酒，看到众人大跳国舞的壮观场景，被深深折服，于是将托盘一放，便加入了舞者们的行列。尽管年事已高，但他跳跃和踩踏的力度却不逊于任何人。燕尾服在身后潇洒地扑扇飘

① 卡拉马塔舞是希腊地区广受欢迎的民间集体舞，常见于婚礼、庆典等场合。该舞节奏欢快，富有活力。——译者注

摇。母亲被英国牧师和比利时领事挤在正中间，正强颜欢笑，勉力社交。牧师对狂欢的反感越发明显了，眼里全是众人皆醉我独醒的鄙夷。而领事在母亲耳边喋喋不休，胡须上下乱飞。斯皮罗原本从厨房出来寻管家，随即就加入卡拉马塔舞的行列。气球在房间里胡乱飘动，碰到舞者的腿时，瞬间就炸掉，发出震天动地的一声“乓”。拉里在游廊对着几个本地人，努力地进行着英国打油诗的教学，想让代表性的作品能在科孚岛传承下去。嘘嘘和呕呕不知把谁的帽子占了来，正舒服地蜷在里面睡大觉。安德鲁切利医生姗姗来迟，正为自己的晚到在向母亲道歉。

“夫人，这主要是因为我太太。她刚生了宝宝。”医生很是骄傲。

“啊！热烈祝贺啊，医生，”母亲说，“来，让我们干一杯。”

由于跳舞过于投入，现在只剩半条命的斯皮罗就坐在近旁的沙发上，举了把扇子，正给自己猛扇风。“哈？！”斯皮罗对着医生咆哮，“你又生了一个？”

“是啊，我又得了个男孩。”安德鲁切利两眼放光。

“你有多少孩子了啊？”斯皮罗发问。

“就六个，不多嘛，”医生惊讶道，“怎么了？”

“你怎么好意思？”斯皮罗一脸鄙屑，“整整生了六个，你是猫还是狗？”

“我喜欢小孩。”医生回击。

“当年我结婚时，还特意问过妻子，问她想要几个孩子，”斯皮罗高声说，“妻子说两个最好。我们就只生了两个，然后我便让妻子去做了结扎手术，不必生了。你家居然生了六个……我的老天，我恶心得快有生理反应了……你这真是猫狗才能比。”

彼时，英国牧师尽管万分不愿意，但也只得先走一步了，因为他明天还有满坑满谷的事要忙。母亲和我送完牧师后，发现安德鲁切利和斯皮罗已经加入了舞者的行列。

长夜已至，我们站在大前门，不住地打着哈欠，目送最后一辆马车嘎达嘎达远去。海上明月高升，东方粉光闪烁。我躺在床上，罗格趴在我脚上，两侧各是一只小狗。尤利西斯蹲在窗户帷幔上，给自己理毛。我的视线穿过窗外，直抵天际。橄榄树头顶，那粉色的微光正慢慢漏开，四处蔓延，把一颗颗星星都哄睡了。综合看来，这个生日远超标准，太棒了。

翌日清晨，我打包采集设备和食物，带上罗格、嘘嘘和呕呕，开始了“胖胖瓶－屁花号”的首航。海面无风无浪，天空是一片纯净的蓝，太阳干净地闪耀着。空中偶有微风路过，但也放慢了脚步，徐徐吹来。一切完美得不真实。“胖胖瓶－屁花号”不慌不忙，稳重地挪动着身子，缓缓向前。船头的瞭望员是罗格，嘘嘘和呕呕则负责跑来跑去，互相打闹，时而探出边缘，想尝尝海水的味道。总的来说，就是陆地上来的两只憨乎乎的小家伙。

我有自己的船了！每次摇桨，都有一种冲锋的快感；小船割开水面，沙沙的浪声入耳，如一匹丝绸被温柔地撕开，传来的都是前进的喜悦。太阳轻抚我的背，体贴地递来阵阵暖意，并在海面点缀出无数光华，闪耀了无数色彩。小船在错综复杂的珊瑚迷宫中穿行，飘过阳光下熠熠生辉的海草，一切的一切，让我满怀激昂，情绪难以平复。卖力划了一阵桨，我的手被打出了好些水泡，疼痛又不适，但我甘之若饴。

“胖胖瓶－屁花号”陪我南征北战，历经的冒险数不胜数，但最为惊险的依然还是我们的首航。那一次的海水最有诚意，蓝得至纯至真，清澈透亮。那一次的岛屿最有诗意，远得若即若离，通身沐浴在烁烁艳阳中，魅惑更甚往昔。海洋生物似是收到了什么通知，全部聚集在清浅的小湾或水道里，不辞辛劳地来欢迎我和我的新船。在一座小岛的三十米开外，我停下桨，爬到了船头，和罗格一起趴着俯视一丈深的海水。晶莹澄澈的水面上，“胖胖瓶－屁花号”像塑料鸭一样悠然漂动，主动往岸边凑过去。海底有船的影子，形似乌龟，正缓慢爬过多彩的海底世界。精彩纷呈、生生不息的海底画卷就这样在我眼前舒展开去。

海底银光闪耀的沙滩上，蛤蜊们直愣愣地抱团站立，嘴巴大张。蛤蜊的硬壳边缘，有时会栖息着一只迷你螃蟹，名叫豆蟹。它们通体苍白，纤柔可怜，身披着弱不禁风的外壳，毫无战斗力可言。这种螃蟹只能唯唯诺诺地寄居在贝类的壳上，在人家波纹起伏的壳面安家。触发蛤蜊的警报系统很好玩。我漂着漂着，脚下正好就出现了一群蛤蜊，它们也张着大嘴朝我张望。我轻轻地把捕蝶网的手柄伸下去，对一只蛤蜊的壳敲了一下。它反应神速，以迅雷之势便将贝壳合拢。动作之快、狠、猛，在海底掀起了一股白沙形成的龙卷风，盘旋而起，气势惊人。龙卷风带着警示信息，随水流扩散开来。近旁的蛤蜊接到警报后，也立刻关门谢客。一个传一个，小漩涡接二连三，海底一片飞沙走石。每只蛤蜊的头顶都旋着一个小龙卷风。混乱终究还是平息下来，沙子又如银屑般沉回了海底。

蛤蜊与蛤蜊之间是龙介虫。它们长着漂亮的羽毛状花瓣。这些花瓣永远在旋转打圈，不知疲惫。它们身下是一根长而粗的灰色管子，那是茎。但这花瓣和茎实在不像一家人，彼此的风格相去甚远，仿佛是娇美的兰花开在了蘑菇杆子上。龙介虫也有自己的专属警报系统，比蛤蜊的更为敏感。我的手柄离招展的花瓣尚有一掌远，它们就会突然收束起花瓣，全部指向天空，聚集在一起。然后头朝下翻倒身体，插入沙子中，只留下一根根的茎伫立沙面，仿佛是小人国派人来插了一堆水管。

有些礁石埋得很浅，离水面不过两掌深，退潮时就会露出来。那里是海洋生命的大舞台，聚集着最丰富的物种。躲在岩洞里的鳚鱼，噘着厚厚的嘴唇，一边对着你拍鱼鳍，一边死死地盯着你看。那粗鲁无礼的模样，让人万分不爽。海草间阴暗处的裂缝里，海胆成群结队地聚在一起，像一群棕色的马栗壳闪着荧光在开会。海胆浑身的刺针轻轻摇曳，指向危险可能到来的方向。海胆周围的岩石上，攀附着丰满而晶亮的海葵。它们的手臂随波挥舞，想努力擒住路过的小虾。这些小虾扭着、弹跳着路过，炫耀着自己透明的身躯。海葵的捕捉动作可谓张牙舞爪，似乎是在跳一支古老的东方舞蹈。我在黑漆漆的洞穴里翻找了一会儿，收获了一只小章鱼。它趴在一块岩石上，造型如美杜莎[①]的头。看到我后，小章鱼的脸色沉了下来，化作了混浊的棕色。它光秃秃的脑袋下方有双眼睛，正噙着哀怨看向我。我只随便一动，它便喷出了一小团墨色的云。云在清澈的水中氤氲翻腾，小章鱼则从后方溜过，喷射般飞驰而去。丝绦状的手臂拖在它身后，像是一个仓皇出逃的气球，还不忘给自己绑上漂亮的彩带。这里栖息着不少螃蟹。它们身材圆胖，闪着绿光，正挥舞着蟹钳跟我打招呼。水底的海草中还生活着一种蜘蛛蟹，壳的边缘长了一圈古怪的尖刺。细细长长的腿从两侧伸出来，每条腿都穿着一条毛裤。毛裤的生产商是海草、海绵，或蜘蛛蟹养在自己背壳上的海葵。礁石上、海草中、沙地上，到处可见浩浩荡荡的壳在游行。这些壳点缀着调色盘般的纹路和斑点，有蓝色、银色、灰色、红色……壳的洞口处，寄居蟹探出头来，小脸涨得通红，看来正在闹情绪。它们是海底的流动小棚户，姿态笨拙，我顶你来你撞我，时而在海草丛中艰难穿行，时而又干脆、利索地从蛤蜊和海

① 美杜莎是古希腊神话里的女妖，满头毒蛇，凝视她眼睛的人会被石化。——译者注

扇间的沙地上滚过。

太阳困顿了，西沉而下。天空被刷上了一层烟灰色，海湾里、岩石下的水也薅下一把灰色来，抹在自己身上。“胖胖瓶－屁花号”返航了。我慢慢划着桨，桨板在水中吱嘎作响。嘘嘘和呕呕被阳光与海风榨干了能量，趴在船头酣睡，小爪子和姜黄色的眉毛不时抽动。两个小家伙肯定正在梦里追螃蟹吧。罗格陪一堆玻璃罐子、管子坐着，其中有小鱼悬浮，海葵挥手。蜘蛛蟹用纤细的小爪子触摸着瓶身，要好好了解一下这座透明的牢笼。罗格竖起耳朵，饶有兴致地盯着这些小动物，偶尔也转头看向我，摇一摇尾巴，再回过头去继续研究。它一向喜欢海洋生物，是个好学生。太阳已经滑到了橄榄树后，像天边一枚硕大的硬币，给海面描画上了金银相间的纹路。“胖胖瓶－屁花号”已进港，抵达时轻敲了一下码头。我饥渴难耐，累得快瘫倒了。这一天瞧见了太多色彩和形状，脑袋昏昏沉沉，有些承受不起了。我带着宝藏们慢悠悠地爬上山坡，往家的方向走去。三只狗哈欠连天，一边伸着懒腰，一边跟着我回家。

13 My Family and Other Animals

山鹬隆冬逢高手

夏天翻到了最后一页，落幕在即。我再次失去家教，又成了失学儿童——真是喜从天降。这多亏母亲发现玛歌和彼得（用她委婉的话来说是）两情相悦得“略略有些逾矩”。

要说挑女婿，我们全家都没瞧上彼得，所以只好先斩断这小情根了。莱斯利有且仅有一个法子：射杀彼得。他的方案引起了全家的嘲讽。拉里建议把这对鸳鸯送雅典去待一个月，他俩腻歪够了，也就烦了。母亲认为万万不可，不能如此伤风败俗。最终她也只是将彼得解雇而已。没想到他拔腿便跑，连招呼都没打，把玛歌伤得肝肠寸断。她在痛哭和暴怒之间反复，其他人不得不来善后。为扮演好凄苦悲愤的角色，玛歌换上了最轻盈飘逸又暗淡的服装。妈妈悉心安慰玛歌，但台词略略有些老套。拉里开始跟玛歌普及自由恋爱的思想。莱斯利也在努力尽到兄长的责任，一边表示同仇敌忾，一边挥舞着左轮手枪，说只要彼得再敢迈入我家一步，就会当场了结他。玛歌的表现更是不俗，配合着情绪的节奏，眼泪一滴滴地滑落，手也相应地做出悲剧中常见的各种手势。她说自己的生命已干涸，此生唯余心痛了。爱看戏的斯皮罗一边陪玛歌哭得泪流成河，一边在环岛的各处码头上设下天罗地网的人墙，叫彼得永世不得再登科孚岛。这个过程让每个人都乐在其中。但当事情消停了一下，我们以为玛歌终于能正常吃顿饭，而不会吃着吃着就落泪时，反转就发生了。彼得居然给玛歌写来了一封短信，说日后必将回来找她云云。玛歌读罢，惊恐大于感动，把信交给了母亲。于是全家又开启了第二轮闹剧。斯皮罗给码头防线加了一倍人手；莱斯利把枪擦亮，在房前装了个纸板人靶子，勤练射击；拉里则支持玛歌私奔，说她可以扮成农妇去找彼得，总之别在家里学“茶花女”就行。玛歌听后大感受辱，一怒之下把自己锁在了阁楼里，不见任何人。我是唯一的例外，因为全家只有我不选边站队。她一个人躺着，泪流满面地读丁尼生[①]的诗。偶尔停下来，吃一顿我送去的大餐。她的胃口倒是刀枪不入，情伤都不能奈何半分。

一个星期后，这场爱情悲剧迎来了最后的高潮，其精彩跌宕，堪称完美的落幕秀。起因是莱斯利发现“海牛号”上的小物件有所遗失，且夜间路过此处的渔民有重大嫌疑。他想教训一下小偷，于是在卧室窗户上装了三把长管猎枪，枪口直指码头。他

① 丁尼生是十九世纪英国桂冠诗人。他的作品题材广泛，文风华美。组诗《悼念》被视为英国文学史上最优秀的哀歌作品。——译者注

还琢磨出了精妙的遥控系统，躺在床上就能连续开枪。其实窗户离码头极远，子弹到达时已不可能伤人了。但莱斯利觉得子弹一路呼啸着穿过橄榄树，在海面上溅起巨响，这震慑力也够小偷喝一壶了。他陶醉于自己的巧思中，全然忘了跟大家提一声这个伟大的装置。

那是个燥热的夏夜，我们已各自回房。家里悄无声息，只有外面的蟋蟀不时低语。突然，伴随几声爆炸，房子晃了起来。楼下的狗也开始狂吠。我和小狗们齐齐往楼上冲，要去看个究竟。它们无比亢奋，跳来跳去。母亲以为玛歌自杀了，穿着宽大的睡衣便癫狂地奔出了卧室。拉里满脸不爽地跑出来，想搞清楚爆炸声的源头。而玛歌则以为是彼得回来找她，却马上就要被莱斯利枪杀，已命悬一线。她大叫着想打开阁楼门，却没打开。

“她一定做傻事……做傻事了！”母亲的哀号震穿天花板，同时她还得忙着挣脱嘘嘘和呕呕的纠缠。它们以为夜间游戏开始了，于是拽着母亲的睡衣嚷嚷。

“有完没完？还让不让人睡觉了……真要把我逼疯吗？”拉里怒吼。

“不要动他……放过他吧……你们这群懦夫！”玛歌的哭腔刺耳，她还在死命拖拉阁楼的门。

“小偷而已！……保持镇静！”莱斯利也打开了门。

“她还活着……活着呢……快帮我把狗赶开……”

“你们这些野人……还真敢开枪了！……有种放我出去，让我出去啊……”

“别大惊小怪，小偷而已……”

“这一天天的，不是动物袭击，就是突发爆炸，三更半夜还给你来场皇家礼炮十二响……这叫什么鬼日子啊？”

母亲终于到了阁楼门口，一路还拖着嘘嘘和呕呕。她面色如土，浑身颤抖。母亲打开门后，看到玛歌也是一样的脸色灰败，浑身颤抖。我们终于理清了整个事件，以及其每个环节的来龙去脉。母亲抖得停不下来，严厉叱责莱斯利太不像话。

“亲爱的，你怎么回事啊？”母亲说，“这也太愚蠢了。我都不知道该说什么。半夜开枪这种大事，必须得跟大家说一声的啊！”

“就是，”拉里痛苦地说，“好歹给个预警，比如喊声‘来了哦，注意！’也行啊！”

“给预警，还怎么吓小偷？”莱斯利也委屈。

“那我们也活该被吓？”拉里说。

“亲爱的，你哪怕敲个钟也行啊！以后别这么干了……我差点没挺过来。”

但这幕好戏把玛歌闹下了阁楼，母亲说也算功过相抵。

玛歌与家人们算是恢复了点头之交，但心伤仍未完全愈合，喜欢独处来疗伤。她时而会带着狗狗长时间地外出，但走了多次，也没找到个理想的疗愈地点。秋天的季风呜咽着从非洲袭来时，她才终于瞧上了海湾对面的一个小岛，离家约八百米远。有一天她心伤发作，急需小岛给予一场静谧的孤独、沉思和日光浴，于是不由分说便开走了“胖胖瓶－屁花号”，还带走了狗。

到了下午茶时间，我才在望远镜里找到船和玛歌的踪影。我一怒之下跟母亲汇报了玛歌的下落，并谴责她擅自开动我的船。万一“胖胖瓶－屁花号”有个三长两短，谁来赔我？当时，季风已围着房子鬼哭狼嚎了。妈妈急了，气喘吁吁地跑上楼，抓起望远镜便探出窗外，向海湾瞭望。最初我还以为她是在担心“胖胖瓶－屁花号”。卢加蕾其娅也拐上了楼，抹抹眼泪擦擦手，陪着母亲浑身直抖。母亲在窗户间往返，不停查看海面上的泡沫纹路。她很想找个人去救玛歌，但其他人都不在。母亲只能抱着望远镜死守窗前。卢加蕾其娅向圣斯皮里底翁虔诚祷告，还跟母亲讲了她叔叔如何在一场秋季季风中溺亡，故事着实冗长了些。好在两人语言不通，她每说七个词，妈妈顶多听得懂一个。

终于，玛歌似是意识到了要赶紧回家躲季风。我们看到她穿过树林，往“胖胖瓶－屁花号”方向去。浪涛已开始让小船颠簸，但玛歌还是走得极慢，路也选得极怪：她先是摔了两跤，然后又在离船四五十米外停了下来，原地兜了几圈，似是找不到船。在罗格叫声的指引下，她才跌跌撞撞地找到了船，挣扎着将嘘嘘和呕呕拽了上去。风平浪静时，小狗们上船都很干脆。但此刻的海面波涛汹涌，它们从没在这种情况下出过海，很是抗拒。玛歌得依次把小狗往船上塞。嘘嘘刚坐好，呕呕跑了；刚抓回呕呕，嘘嘘又跳走。这番拉扯持续了好一阵，玛歌才让所有乘客都上了船，划起了桨。但划了一会儿，就发现还有个问题：缆绳没解开。

母亲死死盯着海湾，心跳到了嗓子眼。“胖胖瓶－屁花号”的个头并不高，波翻浪涌中，它时隐时现。每当大浪卷来，我们看不到船时，母亲就觉得小船已倾覆，整个人完全僵住。然后，那个橙白两色的小点又会勇敢地爬出波谷，攀上浪尖，母亲才又恢复了呼吸。玛歌在海湾中胡乱画着“之”字形，来回漂移。冲出浪头时，偶尔还会调转船头，指向阿尔巴尼亚方向。有那么一两次，她颤颤巍巍地站了起来，环顾一圈后，又捂住眼睛坐下，再开划。小船终于晃到了近处，岸上人喊话她也能听见了。不过这显然是老天开恩，而非玛歌驾驶技术过硬。我们来到码头，迎着波涛与狂风的怒吼，向玛歌喊口令指方向。玛歌听着口令，竭力划来了岸边。最后，船猛地扎了过来，撞上码头，差点把母亲撞飞进海里。小狗们火速窜下船，玩命地往山上方向跑。它们受够了今天的船长，生怕还要被安排第二段航程。我们把玛歌扶上岸后，才搞清楚她刚才为什么在海上左右乱划。原来她一上岛，便在阳光下惬意地睡了过去，直到风起浪涌。烈日暴晒下，她睡了将近三个钟头，醒来时眼睛肿成大桃子，几乎睁不开了。呼啸的风、潮湿的浪接连扑来，令眼睛的情况不断恶化。熬到靠岸时，她近乎眼盲了。玛歌浑身上下都被晒得皮开肉绽，眼睛更是肿成了一条缝，仿佛是个凶神恶煞的冒牌海盗。

“玛歌啊玛歌，我有时都觉得你脑子是不是有毛病啊？”母亲用凉透的茶帮玛歌敷眼睛，“你就不能少做点蠢事吗？”

“别这么小题大做。”玛歌回道，“这种小事，谁都遇得到的。”

这次危机倒是无心插柳地治愈了玛歌的情伤。她再也没有独自去散步或出海了，似乎回到了——对她而言——最正常的状态。

冬天对小岛向来温柔，总会轻手轻脚地来。碧空万里，海水蔚蓝而宁静。阳光不吝啬温度，依然给人间送来大把大把暖意。但空气中泛起了一种焦灼感，似乎有什么东西将变又未变。乡野各处长出了成堆的落叶，金色和红色彼此堆叠，迎着风咯咯窃笑。叶子有时滚来滚去，看看自己能跑多远，宛如彩色圆圈在林间翻滚。你看到树叶抱团，围绕在树干旁，以沙沙的声音兴奋地讨论着什么，那就没错了。它们肯定在迎接一件大事，在做准备，在锻炼。鸟儿们也觉得时机差不多了，纷纷聚在一起，一边理着羽毛，一边交换意见，神情郑重。天地间洋溢着期待，就像大批观众在等待幕布拉开的那一瞬间。某天早上，你推开窗户，目光越过橄榄树，跨过蓝色海湾，直达远方陆地的赭色山脉。这一刻你猛然发现：冬天来了！每座山峰都在一夜之间找到了自己的雪帽，虽然破破烂烂，但是戴得规规矩矩。此时，期待的氛围一小时浓过一小时。

几天后，小小的白云们开始了冬日的迁徙，在天空中游走。它们各有特色，软绵绵、胖乎乎、细细长长、邋里邋遢、蓬松炸毛，又或是像羽毛一样小巧又挺拔。那是天国的羊群，自由散漫，不成队也不成列。赶羊往前走的不是牧羊人，而是风。起初，风还算客气，带着三分热度，轻柔地拂过橄榄树。吹一阵儿，歇一阵儿。叶子们被风摸得全身发酥，抖了起来。一开心，叶子就翻转过去。结果不经意间，把自己就给翻成了银色。风当然没忘了柏树，轻轻晃着柏树的枝叶，让它们也摇摆起来。落叶喜欢风，因为可以踏风而起，把胡旋舞跳个过瘾。只是风太忙了，来去匆匆，舞蹈随时得说停就停。风会去找麻雀玩，使坏撩乱它们背上的羽毛，让鸟儿打个寒战，把周身的毛都炸开。风还会对海鸥攻其不备。海鸥飞着飞着就觉得不对劲，自己怎么飞不动了？只好把雪白的翅膀张开到极限，迎战风势。窗和门都变得多嘴多舌起来，一个砰砰作响，一个吱嘎乱叫。但不要怕，太阳依然从容照耀，海面依然淡定呼吸，山脉也依然戴着破旧的雪帽，挺着被夏日晒成古铜色的肌肤，傲然端坐。

接下来的一个星期都是风和小岛的蜜月。风开心地与小岛打闹，不时轻拍、摩挲小岛，或在光秃秃的树枝间给自己哼支小曲。然后风会跑开好几天，留下一段莫名其妙的静默期。就在你最预料不到的时候，风突然回来了。但它彻底改了性子，不复往昔温柔，狂叫着、嘶吼着向小岛扑过来，恨不能将小岛一把推入大海。天空褪去蓝色的笑容，变成了一块灰扑扑的云团，趴在岛上。大海严肃起来，脸色换成了深不见底的蓝，几乎快黑了，并在水面翻涌出白色的浪花。柏树被风鞭子般地抽，站都站不住，只能发了疯似的钟摆般左右乱甩。橄榄树扭曲粗壮的树干上，所有叶片都在乱叫、疯舞，就像一片片珍珠母贝①，一会儿翻出绿色的一面，一会儿又翻回银色。对了，这就是那些枯叶在等的大事，是它们为之勤学苦练的一场大考。风起时，树叶旋转、跳跃、俯冲，好不痛快。风玩够了，厌倦了，要继续前行了，叶子才疲倦地落回大地。风走后，接班的是雨。这是一种优雅持重的雨，你可以行走其中，感受它的温暖与醇和。冬天让雨变得饱满，圆润丰腴的雨珠滴在护窗板上，一会儿又跑到葡萄叶上，嗒嗒地练习打鼓，一会儿甚至还去水槽中咕嘟咕嘟地唱民谣。阿尔巴尼亚山上的河流也因此发了福，冲向海洋时颇为汹涌，展示出狰狞的白色牙齿，撕裂着河岸。河流一边冲，一边抓起夏天的碎木、杂草，以及其他零零碎碎，不管不顾地吐到海湾里。海水只能眼睁睁地看着泥浆奔涌而来，把自己深蓝色的躯体画得乱七八糟。最后，这些泥浆的脉络都会融化进海水，大海也从蓝色变成了黄褐色。风来看热闹，将水揉成笨重的波浪。于是你看到海浪化身为一头巨大的棕黄色狮子，带着白色的鬃毛，在岸边潜伏和跳跃。

① 由软体动物所产生的有机及无机混合物，作为该动物贝壳的内层物质，也是构成珍珠表层亮丽的材料，具有多种鲜艳的色彩。——编者注

这是狩猎的黄金季节。科孚岛的主岛上有个布特林托大湖，湖岸一圈刚结出了薄冰，湖面上满是成群的野鸭。雨水浸湿了山丘，棕色的山体开始变得疏松柔软。这边的树林里，野兔、狍子和野猪聚集起来，一齐踩踏、啃咬着被冻硬的地面，挖出地下的球茎和树根。沼泽和水塘里常有鹬鸟[①]出没。它们长长的喙有橡皮般的质感，正啄着湿漉漉的土，认真翻找食物。偶有鹬鸟会突然从你脚下穿过，"嗡——"的一声射向远方。在橄榄树林和桃金娘树丛中，山鹬努力藏起肥胖而笨拙的身体。被惊吓时，它们会突然跳起，翅膀扑腾出巨大的噗噗声，仿佛一团秋叶被吹得落荒而逃。

这当然也是莱斯利大显身手的季节。两个星期一次，他与同好们前往主岛腹地狩猎，带回家刚毛矗立的野猪尸体、血迹斑斑的野兔，以及一篮子色彩斑斓的死鸭子。他满身污泥，胡子拉碴，带着一股刺鼻的枪油味和血腥味，巨细靡遗地跟我们讲述狩猎的情景，并不停地走动，以演示站位。你仿佛能听到了弹划过空旷的山野，野猪在石南丛中翻滚、逃走。一切细节栩栩如生，让我们身临其境。他先是扮演野猪，拱着鼻子试探风向，在甘蔗丛中忐忑地挪动身体，坚毅刚挺的眉毛下，一双眼睛散发出杀气来。猪耳朵在小心聆听着猎人和狗的声音。现在他又成了一个猎人，正蹑手蹑脚地穿过齐腰高的灌木丛，四处张望，嘴里发出奇特的咕噜声，欲把猎物从暗处引出来。千钧一发的时刻终于到了，野猪从藏身处中猛冲出来，呼哧呼哧地嘶叫着，沿山坡俯

---

① 中小型涉禽，是涉禽中种类最多、数量最大的一类。——编者注

冲。莱斯利比划出一把枪，利落地抡上肩，开火——砰！枪带来巨大的反坐力。房间一角里，野猪腾空一翻，滚了一阵后，终于断了气。

母亲对这些狩猎之旅本是持无所谓的态度。但当她第一眼看到莱斯利带回的野猪尸体时，被那发达的肌肉、顶上天的尖牙，吓得倒吸了一口凉气。

“天啊，竟然这么大！”母亲惊道，“你可得小心，亲爱的。”

“没什么好担心的，”莱斯利说，“除非野猪从你脚边冲出来，才有点麻烦。你必须一击即中，否则它们就会扑你。”

“这也太危险了，”母亲说，“谁能想到它们竟然这么大啊……这些野兽可能会伤到你，甚至要了你的命。”

“那有什么可怕的？要是真冲过来，你又没打中，就跳过去呗。”拉里说。

“瞎扯淡，”莱斯利笑道，“这些大块头站起来快一米高了，而且速度非常快，不是你想跳就能跳过去的。”

“怎么就跳不过去了？”拉里说，“不就跟跳把椅子似的吗？好，就算你不能凭空跳过去，找根撑杆辅助一下不就得了？”

“你就会胡说，都没亲眼见过这些动物跑起来的样子。见过了你就知道，直接跳、撑竿跳，都没戏。”

“你们这些猎人啊，就是思路打不开，”拉里批评道，“我都把伟大的创想喂到你嘴边了，你却只知道拒绝，连试一下都不肯。”

“说得轻巧！下次你也去，给我们演示一下。”莱斯利建议。

“我可不想当一个胸毛繁盛的体力劳动者，”拉里一脸严肃，“我只劳心，不劳力。我能提供的是智慧和眼界，你们这群四肢发达的人才该去实践。”

“谢谢你，但我拒绝实践。”莱斯利非常坚定。

“拉里的主意太莽撞了，”母亲说，“莱斯利，咱可不能干蠢事啊！拉里，你少跟他灌输些危险的想法。”

拉里好为人师，尤其擅长在自己不擅长的领域里指点前辈：他教我如何研究自然；给玛歌提穿搭方面的建议；帮母亲分析如何管家、理财、还债；甚至还想指导莱斯利射击。但他从不怕别人挑衅，因为他觉得在写作上，自己打遍全家无敌手。不论谁有了麻烦，拉里都能扔来最佳的解决方案。不论谁取得了什么成就，拉里也会立刻表示这没什么大不了——“只要你动动脑筋，就容易得很”。自命不凡的拉里，出手也是不凡，差一点把我们的家给烧了。

那天，莱斯利满载猎物凯旋，意气风发。他告诉我们这次终于实现了“左右连击”。不过他必须详细解释一番，才能让听众充分理解这个成就的非凡之处。“左右连击”是指用一支枪的左右枪管连续开枪，快速射杀两只鸟或动物。他站在厨房的石板地上，脸颊被炭火照得通红。在他的带领下，你看到鸭群铺天盖地地飞过冬日的晨曦，扑扇着翅膀尖叫，甚至从你头顶嚣张掠过。莱斯利选了只领头的，果断开火，一枪命中！然后立刻瞄准第二只，又开了火。当他放下冒烟的枪管时，两只鸭子几乎同时跌入了湖中。家人们听得如痴如醉。宽大的木桌上猎物堆积成山，母亲和玛歌正在为一对鸭子拔毛，那是今晚的晚餐。我仔细查看各种动物，并做好笔记（笔记本也因此变得血迹斑斑，还沾了不少羽毛）。拉里坐在椅子上，膝上放着一具干净的绿头鸭尸体。他抚摸着鸭子硬邦邦的翅膀，看向莱斯利。莱斯利已经第三次跨进了想象的沼泽中，正站在及腰深的水里，向我们展示他无与伦比的左右连击特技。

“亲爱的，很好，不错！”同样的描述听了四遍后，母亲依然给面子，“真是不简单啊！”

“我想不明白，这有什么不简单的？”拉里说。

莱斯利本来是要进行第五次描述的，听到此话，便瞪向拉里。

“居然还有你想不明白的呢？”莱斯利的语气阴阳怪气，“那你又能想明白些什么呢？嘻！叫你在三步外打棵橄榄树，怕都打不着，更别提飞翔中的鸟了。”

“哎哟！我的好弟兄，我的本意可不是贬低你，”拉里换上了他最招人烦的阴阳怪气的语调，“我是真不明白，我一下子就能做到的事，怎么在别人手里就那么难呢？”

“一下子就能做到？如果你真玩射击，就不会说这样的外行话了。”

“在这件事情上，经验并不重要。你需要的只是一个冷静的头脑，外加一次准确的瞄准。”

“少吹牛！”莱斯利厌烦了，“反正在你眼里，别人干的事就没一件难的。”

“唉，这就是我无所不能的代价啊，”拉里叹了口气，“任何事情，只要我肯试一下，都是小菜一碟。所以我才看不懂，你在骄傲个什么？在我眼里，这就是个小小的瞄准问题而已。求求你别再少见多怪了，好不？”

“你试了就都是小菜一碟？”莱斯利眉毛都飞起来了，“那我也从没见你真试过什么啊！”

“你诽谤我！”拉里被激怒了，“我随时可以接受验证，让大家看看我是多么正确。”

“好！那就让我们验证一下，看看你的左右连击吧。”

“没问题，你提供枪和猎物，然后我用行动告诉你：那些技术、规范什么的都没必要。这就是个简单的数学问题，关键是脑子得够聪明。”

“成，那就明天吧，一起去沼泽地里打山鹬。你带上那颗聪明的脑袋就行。”

“那些鸟一辈子都是副发育不良的模样，射杀它们，我没有任何快感，”拉里说，“但既然事关我的名誉，也不得不出手。只能让它们牺牲一下了。”

“你撑死能打下来一只，那还是走了大运。”莱斯利对事态的发展很满意。

“好了，你们这帮孩子啊，别老为这些傻事儿吵。”母亲一边擦着眼镜上的羽毛，一边高深地总结。

“我支持莱斯利，”玛歌居然插话进来，“拉里就喜欢教别人做事，自己却什么都不干。这次打猎能给他好好上一课。我很佩服莱斯利的那个什么……一石二鸟法！”

看来玛歌尚未把握“左右连击”的要义，莱斯利决定更详细地再讲一遍。

那天夜里大雨倾盆。第二天一早，我们出发去鉴证拉里的神功时，地面湿滑泥泞。土地散发出香醇的味道，仿佛是块大大的李子蛋糕。为表重视，拉里在自己的粗呢帽子上插了根火鸡毛，像个矮胖但庄严的罗宾汉。我们往山谷的沼泽地走，那里有很多山鹬聚集。一路上，拉里的嘴就没停过，他抱怨天气太冷、地上太滑、莱斯利太倔（怎么就信不过自家兄弟，非要折腾这一出呢？）、枪太沉、猎物太少（这种鬼天气，除精神有问题的企鹅以外，别的动物不会出来的）……大家通通不以为然，只催他快些，再快些，今天是非去不可的。

沼泽地位于一个小山谷的底部，才四公顷[①]大小，很是平坦。春夏两季都有人耕作，冬天则休耕，所以此时已是野竹和荒草密布了。地面有灌溉沟渠纵横交错，沟内盈满泥水。这些沟渠给我们的通行增加了不少难度。沟很宽，跳不过去；沟里是一米多深的浑水，水下还有近两米厚的泥浆，踏水而过也不可能。沟渠间散落着少量窄木板桥，那是跨越沟渠的唯一通道，但大部分木板都腐朽破败，摇摇晃晃。这里的猎人在找猎物和找路上，花的时间可能不相上下。

我们才刚过了一座小桥，便有三只鹬鸟从脚边飞驰而过，身体在空中左摇右摆。拉里激动地将枪搭上肩，一把扣动了扳机，撞针重重落下。奇怪的是，一声枪响也没有。

“咱要不先上个膛？”莱斯利眼底浮起一丝揶揄。

---

① 约 40 000 平方米。——译者注

“这不是该你做的吗？”拉里愤愤地说，“今天是你负责扛枪，这效率不合格啊！要不是被你拖了后腿，我都打下来一对儿了。”

拉里自己装上了子弹，我们继续在竹林中前行。前方有对喜鹊很是恼人，锲而不舍地飞在我们正前方。我们一动，它们就咯咯猛笑，语气是轻浮又轻蔑。笑声一起，其他猎物就纷纷逃走。拉里恶狠狠地威胁、诅咒，想赶跑喜鹊，但对方完全不当回事。拉里怒得崩溃了，在一座小桥的桥头停下了脚步。桥下是条相当宽阔的沟渠。

“想点办法，把那两只死鸟轰走啊！”拉里怒气冲冲，“它们会把方圆几里内的猎物全吓跑的。”

“山鹬不会，”莱斯利说，“这种鸟笨得很。下一步你就要踩到它们了，它们也不会动一下。”

“有这两只混蛋鸟在，咱们还走个什么劲儿啊？”拉里嘲讽道，“不如在前面开场管弦音乐会吧，更热闹了呢！”

拉里将枪夹在胳膊下，重重地跺着脚走上了小桥。小桥被踩得嘎吱作响，左摇右晃。拉里才刚走完一半，一场大危机就发生了。在桥另一头的野草丛里，突然窜出两只山鹬来，正展翅向空中飞去。拉里瞬间被兴奋冲昏了头，忘了小桥已不堪重负。他迅速将枪架到肩上，勉力保持住平衡，慌乱中连开两枪。砰！砰！枪声如雷，震动山间。山鹬毫发未伤，飞得从容潇洒。但拉里就不好了，他惊恐地大吼一声，向后一倾，跌进沟里了。

“把枪举过头！……赶紧举过头！”莱斯利咆哮。

“别站起来，你会沉下去的，”玛歌也在大叫，“坐着就好，别动！”

拉里摔得四仰八叉，只想尽快起身逃脱，于是坐了起来。他竟用枪筒作拐棍，试图撑起自己的身体，这让莱斯利心如刀割。泥浆不停地搅动、冒泡，瞬间便将枪吞没。拉里也快速下沉，眨眼间浑水已经没到了他的腰。

“我的枪！你搞什么呢？”莱斯利大怒，“天啊，你把枪管都堵了！”

“那你要我怎么办？”拉里也气得不行，“就这么沉下去吗？兄弟一场，好歹先救救我行不行？”

“你先把枪捞出来。”莱斯利愤怒地命令。

“你先救我，我才救你的枪，”拉里大声回应，“该死！我又不是头海豹，我快不行了，赶紧拉我出来啊！”

“你倒是把枪递给我一头啊，要不然怎么拉？”莱斯利喊道，“我又够不着你。”

拉里疯狂地在水下摸索，终于找到了那把裹满黑泥、恶臭熏天的枪。他一拔枪，身子又多陷进了黑泥几寸。

“天啊，我的枪！”莱斯利接过枪，抽泣起来。他一边用手帕擦去枪上的泥，一边说，“看啊，我的枪哎！”

“你能不能别忙着对这把没感情的武器诉衷肠？先把我拉出去！”拉里狠狠地说，“你是不是想让我像雪莱[①]一样，就在这烂泥里沉下去，永世长眠？”

莱斯利把枪管递了下去，让拉里抓住一头，我们抓住另一头使劲往上拽，但拽了许久也没有任何效果。大家累得人仰马翻，无奈停手。泥浆依然将拉里死死咬住，他陷得更深了。

“你们是要救我出来，”他喘着气，“还是要补上致命的一击？”

“闭嘴吧你，有种自己爬出来。”莱斯利说。

“我乐意这样啊？老天爷，我身上有三个地方已经疼得要炸裂了，肯定受重伤了。”

大家又面红耳赤地拉了半天，泥浆才终于打出了一个惊天大

① 雪莱是十九世纪初英国浪漫主义诗人，死于一场悲剧性的航海事故，享年二十九岁。——译者注

嗝，放了拉里一马。拉里猛地浮出水面，我们连忙拖他上了岸。他木然地站着，周身裹着乌黑又恶臭的泥浆，看起来像个巧克力雕像。但这雕像肯定遇上了锅炉，正在一点点融化。

“你没事吧？”玛歌问。

拉里狠狠地瞪着她。“我没事，这简直是人间至高体验，让我第一次看到了极乐世界。你看，不就是得点早期肺炎，背部扭伤，以及一只鞋子裹了满满的淤泥吗？我可真是玩得开心呢！”

他一瘸一拐地往家走，一路上都在发泄愤怒，表达鄙夷。等到了家，他已确信今天的危机是一场阴谋。他走进屋子，像一块行走的耕地般留下了一道道泥浆印记。母亲看到后惊恐万分。

“你这是去干什么了，亲爱的？”她问。

“还问我干了什么？打猎啊！”

“打猎怎么打得全身都湿透了，你是不是摔水里了？”

“恭喜你，完全正确！你和玛歌可谓是洞若观火，体察入微。有时我真纳闷，你们俩是怎么在这个世界存活下来的？”

“我就问一句嘛，亲爱的。”母亲说。

“我当然跌水里了啊，要不然你以为我干什么去了？”

“来，换身衣服吧，小心感冒。”

“你别管，我自己能应付，”拉里依然高傲，“今天已经有够多人想取我性命了，我受够了。”

他拒绝所有人的帮助，只从食品储藏间取了一瓶白兰地，便回了自己房间。依他指示，卢加蕾其娅在他房间里将火生得旺极了。拉里裹着被子坐在床上，一边猛打喷嚏，一边狂灌白兰地。到了午饭时间，他已干掉一瓶，又叫人再送了一瓶上去。下午茶时，家中响起了他激昂的歌声，夹杂着澎湃的喷嚏。晚餐时间，卢加蕾其娅带着第三瓶酒上了楼。母亲心忧起来，让玛歌也上去瞧瞧。一段长久的沉默后，突然传来拉里的怒吼，以及玛歌的哀求声。母亲皱着眉头，亲自上了楼，莱斯利和我也跟在后面。

拉里的房间炉火熊熊，层层叠叠的被子堆在床上，他本人则被淹没其中。玛歌紧握一杯药水，绝望地站在床边。

“他怎么了？”母亲下定决心要管管了，向床边走了去。

“他彻底醉了，”玛歌沮丧地说，“连句完整的话都说不出来。我想让他喝点硫酸镁，可以排便止痛，否则明天他会难受死。但他倔得厉害，偏不肯喝。他一直埋在被子下面，说我下了毒，要害他。”

母亲接过玛歌的杯子，大步走到床边。

“拉里，别闹了，”她毫不客气，“先喝药，快点！”

被子终于突然动了一下，一个乱蓬蓬的头冒了出来。拉里睡眼惺忪地看着母亲，眨了眨眼，陷入了沉思。

“你这个毒妇老太婆……我肯定在哪儿见过你！”他说罢，不等母亲从震惊中回过神来，便又睡了过去。

“嚯！”母亲终于反应过来，“他真喝了不少，但既然已经睡着了，那咱们添点火就走吧。明天他会好些的。”

第二天一早，玛歌发现大事不好。拉里炉子的热炭滑落出来，落在地板上，引燃了房间下方的木梁。她穿着睡衣便猛冲下楼，风急火燎地闯进母亲的房间，脸色苍白如纸。

“着火了……快跑……赶紧！”她声调高亢，语气夸张，颇有戏剧效果。

母亲从床上一跃而起，大喊道：“去叫杰瑞……把杰瑞叫起来！”千钧一发之际，母亲下意识的反应是在睡衣外再套一件紧身胸衣。

“大家醒醒啊！起火啦！”玛歌歇斯底里地尖叫。

莱斯利和我连滚带爬地冲到了走廊上。

“怎么了？”莱斯利问。

“火！”玛歌在他耳边尖叫，“拉里房间着火了！”

母亲也到了，她终于把紧身胸衣歪歪斜斜地套在了睡衣上，造型甚是奇特。

“拉里着火了？快去救他！”妈妈在惊惶中嘶吼着冲向楼梯，我们紧随在后。拉里房间已是烟雾弥漫，刺鼻的烟尘正从地板缝中奔涌而出。拉里本人依然在床上睡得安安稳稳。母亲冲到床边，抓着他就是一顿猛摇。

“拉里，醒醒！天啊，快醒醒！”

“怎么了？”拉里迷迷糊糊地坐起了身。

“你的房间着火了。”

“无所谓啊，”他说罢又躺下了，“叫莱斯利来灭了它。”

“找点东西泼上去！”莱斯利大叫，“先泼点什么上去。”

玛歌立刻操起半瓶白兰地，对着一块空地便倒了上去。火焰一下跃起三丈高，噼里啪啦吐出火舌无数。

“你脑子有病吗？白兰地肯定不行啊！”莱斯利大喊，“要水才行……找点水来！”

玛歌为自己刚才的壮举感到羞愧，痛哭起来。莱斯利愤怒地嘟囔着什么，一把扯下拉里身上的被子，朝火苗盖了下去。这下轮到拉里火冒三丈了，他坐起身来问道：“你们瞎折腾什么呢？”

“你房间着火了，亲爱的。”

“那就要抽我的被子，冻死我吗？一群人就会小题大做，灭个火这种小事也要闹腾。”

“闭嘴吧！”莱斯利打断他，在被子上跺着脚。

“你们这帮人啊，动不动就大惊小怪。我就没见过比你们更没出息的了，”拉里说，“其实只需要保持冷静就好。看，莱斯利已经基本控制住了火势，现在只要杰瑞拿把斧头，妈妈和玛歌取点水来，很快就能把火彻底扑灭。”

拉里继续躺在床上指点江山。我们其余的人想办法撬起了地板，扑灭了那根闷烧已久的木梁。想必它已默默地烧了一夜，因为这块三十厘米厚的橄榄木头已经被烧焦了一半。最后，卢加蕾其娅也上来了，开始清理这一地狼藉：烧焦的被子、木板、水、白兰地……拉里在床上舒了口气。

“看看，”他指出，“这就是沉住气的作用，保持冷静最重要。我头疼得紧，想喝杯茶，谁去帮我捎一杯来吧。”

“那是当然，昨晚你醉成了只猫头鹰，只知道神神道道地乱叫。”莱斯利说。

“你懂什么叫着了凉发烧吗？又知道什么才是酗酒上了头吗？搞不清楚的话，就别污蔑我。”拉里说。

“反正你就是发了酒疯。至于是烧醉的，还是喝醉的，就不重要了。”玛歌接过话头。

“这不是发酒疯，”拉里高傲地说，“只是压力所致——天刚蒙蒙亮，我就要被一群疯子吵醒，还不得不处理危机。”

“你全程躺床上，处理个鬼！”莱斯利哼了一声。

“重要的不是动作，而是思考，是临危不乱的机智，是周围的人慌作一团时，你还能保持理智。要不是我这个主心骨，你们早在床上被烧成灰了。”

对话

春天来了，岛上的花次第开放。橄榄树下，小羊羔尾巴甩来甩去，蹦跳间踩烂了几朵番红花。驴宝宝支着肥嘟嘟的小腿儿，在日光兰的花丛里晃晃悠悠地啃草。池塘、溪流和沟壑里，星罗棋布着癞蛤蟆的卵。乌龟们苏醒过来，掸着身上的叶子和土。早春的蝴蝶历经了冬日的萧瑟，有些褪色、柔弱，却依然翩跹。

此时最是天朗气清，我们大部分时间都在阳台上度过，吃饭、睡觉、阅读，或者干脆只是拌嘴。每个星期一次，我们会在这里集体阅读斯皮罗带来的信件。里面有莱斯利的枪械目录，玛歌的时尚杂志，以及我的动物期刊。拉里的邮件多为书籍，也有作家、画家和音乐家写来的长信。母亲的邮件量令人惊叹，都是来自八方亲友的书信，偶尔夹杂几本种子目录。读信时，我们常彼此讨论，也会朗读一些片段。朗读的目的不是交流（其他人又不会听），但似乎只有高声念出来，才能充分品味到每封信的独特滋味。当然，一条新闻足够劲爆时，还是能引起全家关注的。比如这个春日，碧空如洗，我们正坐在葡萄藤斑驳的阴影里读着各自的邮件——

“这件不错……带蓬蓬袖的纱裙……但质地上我更喜欢天鹅绒的……或者织锦缎上衣配喇叭裙也行……那件也好看！再来双长款白手套、一顶适合夏日氛围的帽子就完美了，是不是？”

没人接话。卢加蕾其娅的呻吟声从餐厅传来。纸张翻动时沙沙作响。罗格打了个大哈欠，嘘嘘和呕呕也被传染。

“啊，绝美！看这望远镜瞄准具、手动拉栓设计……帅！……一百五……其实还好，性价比挺高……我再看看啊……双筒……扼流板……也对……打鸭子的话，确实需要自重大一点的枪。”

罗格歪着头轮番挠两侧的耳朵，舒坦地哼哼着，一脸的岁月静好。嘘嘘躺在地上，闭目养神。呕呕想咬住一只苍蝇，但白费了半天力气。

“哦！安托万终于发表了一首诗！他是块材料，但还得好好雕琢才行。瓦莱因在马厩里架了台印刷机……哈哈，说要印自己的限量版作品呢！什么？乔治·布洛克想画肖像了……肖像？他连个烛台都画不好。妈妈，这本书你可以读：《伊丽莎白时代的剧作家们》。这是本好书，内容很精彩……”

罗格的找跳蚤工作已经到了尾声。它用前牙一下下地刮着臀部，鼻子卖力地嗅。嘘嘘的腿和尾巴微微抖动，姜黄色眉毛高高抬起又放下，想必是做了个惊奇的梦。呕呕躺下装睡，睁着一只眼睛，对苍蝇伺机而动。

“玛蓓姨妈搬到苏塞克斯去了……她说亨利通过了全部考试，要进一家银行工作了……这写的是银行吧……她的字真是不咋地，还老吹自己受过多么高端的教育……史蒂芬叔叔摔断了腿，老人家真可怜……还伤到了他的……膀胱[1]？……哦，是我看错了……这字迹也太恐怖了……他是从梯子上跌下来摔断了腿……这把年纪就不该上梯子了……汤姆结婚了……对象是加内特家的姑娘……”

---

① 英语里膀胱（bladder）和梯子（ladder）的写法相似。——译者注

每个月压轴出场的都是赫米奥娜姨婆写来的信，这一天也不例外。她信封上的字迹珠圆玉润，字字铿锵；正文长得让人难以卒读，且总能把大家惹得集体发飙。母亲如果叹了口气，换了个舒服的坐姿，展开了一封二十来页的信，那我们就要放下各自的邮件，准备迎战赫米奥娜姨婆了。

“信里说，医生们已经快要放弃她了。”妈妈说。

“整整四十年了，医生都放弃多少回了？她依然壮得像头牛。”拉里说。

“她说，之前理解不了我们移居希腊的行为。但现在想法变了，因为他们刚刚经历了一个严冬。她也赞同我们选择了一个温暖的气候，颐性养寿嘛。”

“颐性养寿！哟，还挺有文采。”

“哎呀……不会吧！……我的天啊！”

“她又说什么了？”

“她说想来咱家住……医生建议她去暖和的地方生活！”

“不行！我不同意！我绝对不接受！”拉里跳了起来，“每天早上被卢加蕾其娅逼着看她的牙龈，就够惨了吧。再来个赫米奥娜姨婆，天天呜呼哀哉、要死要活，我才会先走一步！妈妈，你可得找借口推掉……就说咱家没地方了。”

“亲爱的，晚了，我上封信都跟她说了，咱家是个大别墅。”

“她可能已经忘了。”莱斯利充满希望。

“人家没忘，这封信里还提到呢……我找找……喔，就是这儿：‘既然你现在住这么大的房子，那么亲爱的路易，你肯定能安排一个小角落，收留收留我这个活不久的老太太吧。’看看！这可怎么办？”

“你回信说这里闹天花呢。把玛歌的痤疮照片也寄过去。”拉里提议。

“别说傻话，亲爱的。况且我已经告诉她了，这儿很安全、卫生。”

“妈妈，你搞什么鬼啊？”拉里抱怨，“我本来期待一个宁静、美好的夏天，这次只邀请几位密友就行。现在却要接待一头变态的老骆驼，闻起来像个大号樟脑丸，还喜欢在卫生间里唱圣歌。”

“亲爱的，你太夸张了，还扯到卫生间去了。不论在哪儿，我都没听到过她唱圣歌。”

“她在哪儿都只会唱圣歌好不好？……‘引导我吧，慈爱的圣光’，其他人全得在走廊上排长队等着。”

“好嘛，拒绝也得有个拿得出手的理由吧，难道说嫌弃人家唱圣歌吗？”

“为什么不能？”

“给点面子，亲爱的，毕竟是亲戚。”

“亲戚怎么了？这老巫婆是个亲戚，我们就得磕头讨好她？我告诉你，最明智的做法就是把她烧死在火刑柱上。”

“也不至于那么罪大恶极吧。”妈妈无力地抗议。

“亲爱的妈妈，咱家所有可恶的亲戚来较量，她都一定是冠军。我打死都想不明白，你为什么就要跟她保持联系呢？”

“人家都来信了，我总得回吧。”

“有什么好回的？你在这信封上写‘查无此人’四个字，原路退回去就好。”

“不行的，亲爱的，他们认得我的笔迹，”妈妈含混地说，“再说了，这封信也打开了啊。”

“我们中谁来代个笔，回信说你病了，怎么样？”玛歌提议。

“没错。咱们告诉她，医生对你的病也无能为力了。”莱斯利说。

“我来写，”拉里兴致高涨，“我去找那种有一圈黑边的信封……做戏就要做全套。”

“别啊！”妈妈坚决地说，“这么说的话，她马上就会过来照顾我的。她的处世风格你懂的。”

“我很好奇，你为什么要跟这些人联系呢？”拉里沮丧道，“这能给你带来什么满足感吗？那群人不是老古董，就是疯子，你图什么？”

“人家不是疯子。”妈妈愤然反驳。

“睁眼说瞎话……看看贝莎姨妈，总幻想自己有一群猫……还有姨姥爷帕特里克，最爱外出，但问题是他不穿衣服就外出啊！还跟陌生人吹牛，说自己用一把小刀剁了条鲸鱼……简直是一群狂蜂（疯）！”

“哎，老人家上了年纪嘛，怪一点也难免。但人家不是疯子，”妈妈为亲戚们开脱，但又坦诚地补了一句，“至少还不需要精神病院来收治。”

“如果狂蜂真要扑过来，那我们也只有一个办法了。”拉里无奈地说。

“什么办法？”妈妈的视线越过鼻尖上的眼镜，语气里满是期待。

“搬家呗，否则呢？”

“搬家？搬到哪里去？”妈妈茫然地问。

“找个更小的别墅就行。然后你给这些僵尸们回信，说这里没多余的房间了。”

“拉里别闹！搬家不是儿戏。为了应付你的朋友们，我们刚搬了一次。”

“那为了应付亲戚们，再搬一次也不错啊！”

“搬来搬去的……别人会把我们看成一大家子神经病。”

“别人眼里，同意老巫婆住过来才更像神经病。妈妈，她来了之后，我的精神真的会先出问题。我可能要跟莱斯利借把枪，把她的胸衣炸出个洞来。”

“拉里！别当着杰瑞说这种话。”

“我只想给你个预警。”

众人沉默。妈妈心神不定地擦眼镜。

“但是反复搬家……有点……太不正常了，亲爱的。”她还是开了口。

“哪里不正常？”拉里惊讶，“合情合理，合法合规。”

“没毛病，”莱斯利赞同，“这好歹也算自卫吧。”

“妈妈，你要理智，”玛歌说，“记住，换口味不亚于吃大餐。”

我们一边牢记玛歌的原创谚语，一边搬了家。

14 My Family and Other Animals

白雪别墅

我们的新家坐落在一座四周橄榄树婆娑的山顶上。这座别墅外墙洁白胜雪，一侧环绕着轩敞的阳台。阳台上的葡萄藤交缠攀附，如厚实的帷幔四处垂挂。房前有个迷你花园，简直像是只有手绢大小，四周的一圈墙将它紧紧抱住。花园里生机盎然，野花开得如火如荼。整个花园都被一大棵玉兰树的阴影覆盖，绿油油的叶子投来浓重的阴影。坑坑洼洼的车道从别墅蜿蜒而下，穿过橄榄树林、葡萄园、果园，最后接入大道。斯皮罗带我们一来，大家立刻就为它倾心了。它矗立在东歪西倒的橄榄林间，破败但不失优雅，宛若一位十八世纪的淑女，正被一群慵懒的仆从簇拥着。对我来说，这座房子最大的亮点在于一只蝙蝠。初见面时，它正倒挂在我卧室的窗户上，叽叽歪歪地咒骂着什么。我非常希望它能留下来。但我们搬来后，房子拥挤不堪，它便跑去橄榄树林里找了个清静的树桩子安家。我为它的决定难过了一阵子，但情绪稍纵即逝，毕竟可以忙的事还有不少。

白雪别墅教我真正认识了螳螂。之前在桃金娘丛中，我也与它们偶遇过，但从未特别留心。现在，它们的存在感让我无法忽视了。这个山顶上可能生活着数百只螳螂，其中大多数都远大于我以前见过的。橄榄树、桃金娘、玉兰叶光滑翠绿的叶子上，处处可见它们倨傲的身影。夜晚降临，螳螂们在房子上空聚集，向着灯光方向扑腾，毫不客气地进入室内。嫩绿的翅膀快速翻动，如老式蒸汽船的桨轮。进来后，它们降落在桌子、椅子上，慵懒地漫步，一副故作斯文的派头。螳螂的脸小得连下巴都没有。为了搜寻猎物，它们的头会不时地东扭西扭，一对大眼睛鼓胀着凸出来，盯着人类看时一眨也不眨。这里的螳螂着实大得突破了我的认知，有些能长过十厘米。它们嚣张跋扈，几乎人挡杀人，佛挡杀佛，哪怕对方体型并不输自己。在螳螂眼里，整座房子，连同墙壁和天花板上的所有猎物，都是它们的私产。麻烦的是，花园墙壁的裂缝里住了些壁虎，也持同样的观点。所以两者间征战不断。但战斗多为一对一，且双方实力相当，所以大都持久不了。偶尔倒也有世纪大战发生，我曾非常走运，得以亲眼观战过一次。当时的核心战场就是我的床，战斗双方一路从床上空打到床面上，直至被窝里。

花园墙壁表面是起了皮的灰泥层。白天，壁虎就躲在这里的缝隙中。傍晚，西沉的落日照向玉兰树，树荫被拉得老长，包裹住整座房子和花园。于是缝隙中就会探出一个个小脑袋来，那是壁虎们正瞪着金色的眼睛，在好奇地张望。接下来它们会小心地溜出罅隙。暮色中，小家伙们通体灰白，扁平的身体后拖着粗短的尾巴，类似圆锥形。壁虎蹑手蹑脚地爬过满墙的青苔，目标瞄准阳台上的葡萄藤，那里是安全区域。抵达后就可以静静地等待夜幕降临，灯光亮起。然后它们会选定一个猎场，翻去卧室或厨房里，或干脆就留在葡萄的枝叶间。

有只壁虎与众不同，居然以一己之力霸占了我的卧室。后来我跟它成了朋友，还给它起名为杰罗尼莫①。因为它在猎食时有勇有谋，颇有那位印第安传奇将领的风范。杰罗尼莫比其他壁虎都技高一筹。首先，它是个独居者，就住在我窗下百日菊花坛里的一个大石块下面。任何壁虎都休想靠近它的家，或进入我的卧室。杰罗尼莫是壁虎界的早起冠军。每天傍晚，墙壁和房子都还沐浴在柔和的余晖中时，它已钻出石头，爬过起皮的白色石灰壁，来到了我的卧室窗台上。它先伸头进来，审视房内各处，然后轻点头两三次。我一直没弄明白，它点的这个头到底是在跟我打招呼，还是在表达满意——毕竟自上次它离开后，房里一切照旧，没人捣过乱。接下来它就坐在窗台上吞口水玩，直到天黑后灯亮起来。在金灿灿的灯光下，杰罗尼莫从灰白变成了清透的淡粉，表面疙疙瘩瘩的纹路也更显眼了。它的皮肤细腻薄透，几乎能让人透过皮肤看到它肚里的构造，看到那些蝴蝶口器般的内脏细密排布。它眼中闪着精光，沿墙壁爬到了最爱的角落——天花板近外侧的左角，此后便一直倒挂在那里，静待晚餐的闪亮登场。

① 杰罗尼莫（Geronimo）是十九世纪北美洲原住民领袖，属阿帕奇族，为守护阿帕奇人的自由与生存权，与美军进行了艰苦卓绝的斗争。他多打偷袭战和游击战，擅长利用地形和深入敌后作战。——译者注

晚餐上得很快，头盘是一大群小飞虫、蚊子、瓢虫，可惜完全不对杰罗尼莫的口味，它瞟都懒得瞟一眼。不一会儿，正餐来了，有长腿蚊、草蛉、飞蛾和大号甲壳虫。观摩杰罗尼莫伏击猎物，让我十分受教。草蛉和飞蛾在灯下绕了一圈又一圈，飞到头昏眼花，才去天花板上找个亮堂的地方休息。挂在角落里的杰罗尼莫身体一挺，快速轻点两次头，便开始小心翼翼地将身体挪动过去，一毫米、一毫米地前进，目光死死锁住猎物，来到它们身旁一掌远处才停下。一秒钟后，它再次启程了。这次更加谨慎，你能看到它慢慢移动着宽大如垫子般的脚趾，获取着最大的抓地力。它的双眼因为兴奋点燃，鼓出了脑袋表面。脸上的表情——在它自己看来——暴虐凶残，霸气十足。连尾巴尖都在微微地颤抖。刹那间，它像一滴水朝猎物滑去，没有半点犹豫，不留一丝痕迹。下一秒钟，你听到了若有若无的一点响动。而它已潇洒转身，一副志得意满的神情，嘴边有草蛉的腿和翅膀在抖个不停，颇有些像海象的胡子。杰罗尼莫开心地大摇尾巴，化作了一条欢快的小狗。它把晚餐叼回了角落，开始大快朵颐。它有无与伦比的强大视力，房间另一头的小蛾子都插翅难逃。我常能看到它绕过整块天花板，不远万里地赶往进攻点。

其他壁虎入侵自己领地时，杰罗尼莫的处理原则很简单——打就对了。有时，入侵者走过千山万水，翻越了整座别墅，才能到达我的窗台。人家刚在窗台边挂好，想喘口气，屋里就传来了一阵窸窸窣窣的响动。那是杰罗尼莫正以闪电般的速度穿过天花板，沿墙壁俯冲。最后它会轻轻落在窗台上。入侵者还没摸清情况，杰罗尼莫便已发起了总攻，向对方猛扑而去。其他壁虎一般都会打对手的头或身体，但杰罗尼莫不走寻常路，它只要对手的尾巴尖儿。它会一口咬住，如斗牛犬般死死不放，左右晃动。新来者都懵了，从没见过如此下流卑鄙、不讲规矩的打法。但也没有什么好办法应对，惊吓之中只得用祖宗们传下来的老套路自保了：弃尾保命。放弃尾巴后，它们会急匆匆地跳下窗台，沿墙壁疯跑，最后躲进百日菊里。杰罗尼莫虽因发动奇袭而略感疲惫，却依然意气风发地立于窗台，展示王者风范。此时，对手的尾巴还在他嘴里如蛇般拧转翻腾。确信对手已离开，杰罗尼莫就会卸下防备，吃掉那条尾巴。这个动作真的恶心到我了，但它偏就爱如此庆祝。只有让对手的尾巴落“腹”为安，他才能体会到完整的胜利与欢喜。

飞来我卧室的螳螂一般都很娇小。杰罗尼莫是见一个就想打一个，但无奈在速度上拼不过对方。螳螂不像其他昆虫那样喜欢亮光，从不跟个醉汉似的，围着灯光傻乎乎乱转。它们会找个进可攻、退可守的好地方，耐心潜伏。飞蛾们围着灯光跳圆圈舞，跳累了就要出来歇一脚，然后便会被螳螂逮个正着，一命呜呼。螳螂的眼力也不输杰罗尼莫，总能先一步发现这只壁虎，然后走为上计，一溜烟儿地跑掉。平时，杰罗尼莫连靠近对手的机会都没有，但它终于还是等来了一个决战之夜。那只螳螂见了杰罗尼莫非但不逃，甚至还主动迎战。一时间，杰罗尼莫差点没招架住。

之前我一直好奇螳螂的繁殖方式，还认真观察过那些可怜巴巴的雄螳螂“干活”。它们会趴在雌性背上辛勤劳作，雌性则会扭过头来，大方啃噬新郎的肩膀。有时，雄性连头部和胸部都已经被啃干净了，下半身却仍不忘任务，尽心履职。观察过它们野蛮暴虐的洞房花烛后，我很想再看看它们产卵和孵化的过程。那天，我正在山上，一只异常臃肿的雌性螳螂突然出现了在我眼前。它带着皇室气质，威严典雅地穿越着一片草地。她的肚子高高隆起，看来好事将近。雌螳螂晃了晃瘦长的腿，将身体重心移了移，冷冷地盯着我看，片刻后便在草茎中跳走了。

我迫切地想要抓住它，给它准备一个盒子当产房，好好看看它是怎么产卵的。但它发现我的意图后，猛地转过了身，后腿支撑着身体站了起来。翠绿纤薄的翅膀大大张开，布满锯齿的手臂向上弯折，它对我做了一个极具威胁意味的动作。我着实被这番“螳臂当车”给逗乐了，随便一捏，便抓住了它的胸部。但它岂肯就范，瞬间便将细长而锐利的两只手臂从背部抡过来，紧紧合拢，扣住了我的拇指。一阵刺痛袭来，那感觉是有人用六根针把我的皮肤给戳穿了。惊惶中，我松开了手，坐下来吮吸伤口。我在手指上找到了三个小孔，伤得很深，挤压时会渗出小血滴。

我对这只螳螂肃然起敬，它真是不容小觑。再次抓它时，我谨慎多了，一手抓它的胸部，另一只手钳住它凶残的前臂。螳螂徒劳地挣扎、扭动，带着邪恶的表情低下头，想咬我。但它的咬合力太弱，起不了什么作用。我把它带回了家，关在卧室的一个大笼子里。笼子外罩着细纱网，里面放了羊齿草、石南和石块作装饰。它在笼子里缓步走动，举止轻盈优雅。我给它取名为西西莉，这次的名字没什么由头。我不厌其烦地抓蝴蝶喂它，它胃口不错，大吃特吃，肚子也越来越鼓。就在我认定它预产期已到，随时可能产卵时，西西莉竟然在笼子上找到了个洞，逃掉了。

一天晚上，我正坐在床上读书，突然听到了昆虫翅膀的扑扇声，原来是西西莉飞过了房间。它重重地落在墙上，离杰罗尼莫约三米远。杰罗尼莫正忙着处理嘴里那只毛乎乎的飞蛾。它看到西西莉后便停了下来，目瞪口呆，嘴唇上还粘着些毛茸茸的飞蛾碎片。杰罗尼莫估计是见到了此生最大的一只螳螂——居然比自己还长了至少一厘米。杰罗尼莫的错愕，一半是出于对方惊人的尺寸，一半也是为这胆大包天的入侵行为而震怒。西西莉则不以为然，还带着一贯的阴冷与威严，打量起四周来，仿佛是个瘦削干瘪的老淑女在逛艺术画廊。

情绪稳定下来后，杰罗尼莫摩拳擦掌，誓要给这只不知天高地厚的虫子好好上一课。它挂在天花板上，擦了擦嘴，狠狠点了下头，再摆了摆尾巴，看来已做好了殊死搏斗的精神动员。西西莉对这一切完全不在乎，继续左顾右盼，细细长长的腿支撑着身体左右摆动。杰罗尼莫慢慢靠近墙壁，并滑了下来，咽口水的动作都冒着杀气。离螳螂不到一米远，它停了下来，依次抬起脚来，以获得最大的抓地力。西西莉终于看到了杰罗尼莫，摆出了一副故作惊讶的模样。螳螂依然站在原地，只是转过头，让视线越过肩膀，轻轻瞥了壁虎一眼。

杰罗尼莫瞪大眼睛，凶猛地吞咽着口水。西西莉淡淡地打量完杰罗尼莫后，又扭过头去看天花板玩了，完全把壁虎当空气。杰罗尼莫向前挺进了几步，脚趾再次挪动几下，以抓稳墙面，尾巴尖也震动了一下，随后它便发动了攻击！但怪事儿就来了：到目前为止，西西莉都在研究天花板上的一个裂缝，看得如痴如醉。但就是这个瞬间，它却利落地跳起、转身、落地，翅膀“唰”地一下如斗篷般展开来，后腿撑起身体，两个强大的前臂弯曲着展开——刹那便进入了战斗状态。这剽悍的反应让杰罗尼莫又是一通错愕，于是在离对手七八厘米远的地方刹了车，只直愣愣地看着螳螂。西西莉也回以蔑视的眼神。

杰罗尼莫懵了，根据以往经验，这只螳螂应该在自己接近时就仓皇出逃，穿过房间了啊，但今天这只怎么如此生猛，是真要硬碰硬了？螳螂站得笔直，前臂嚣张举起。那绿色的翅膀像斗篷一样摆动，随着身体的移动从一侧摇到另一侧。事已至此，无路可退了，杰罗尼莫还是鼓起了勇气，一跃而起，准备大杀特杀。

速度和体量的优势让杰罗尼莫首战告捷，撞得螳螂踉踉跄跄。壁虎趁机低头，一口咬住了螳螂的胸部下方。西西莉也不好惹，就势用前臂夹住了杰罗尼莫的后腿。然后它们在天花板和墙上打作一团，四处乱窜，你来我往几个回合，不分胜负。其间也有一段停顿，双方稍事休整，但没人松开过对方。我怕任何一方落了难，要受伤，所以犹豫了半天要不要插手劝个架。但战斗如此精彩，我又不舍得把它们分开。我还没来得及出手，两位斗士就又开战了。

不知为何，西西莉一心就想要将杰罗尼莫拉下墙壁，拖到地板上；而杰罗尼莫则要反着干，且态度是一样的坚定。两人彼此牵制了一段时间，轮番占着上风，谁都没能使出制胜一击来。然后，西西莉就犯了个致命的错误：在一个休战期内，它突然向空中一跃，试图用爪子抓起杰罗尼莫，像老鹰捉小鸡般带着它飞起来。可惜螳螂忘了考虑壁虎的体重。这猛然地一跃，的确把壁虎打了个措手不及，令其趾垫失去了抓地力，看上去是起飞成功了。不过一旦进入空中，壁虎就成了一大块不能承受之重，西西莉在飞行中根本无力抓握。它俩的尾巴和翅膀缠成一团，重重摔到了床上。

这一摔把双方都摔傻了，同时松了口，解开了纠缠。两位斗士坐在我的毛毯上，怒目相对，快把对方给瞪穿了。我觉得劝架时机已到，刚要去抓住它们，宣布今天打了个平手时，它俩就又向对方冲了去……这次杰罗尼莫学聪明了，一口咬住了西西莉的一只前臂。螳螂也以牙还牙，用剩下的一只前臂抓住了壁虎的脖子。因脚趾和爪子都会被毛毯纤维绊住，所以两人都释放不出全部武力来，谁也压不过谁。它们在床上纠缠挣扎，打斗翻滚，渐渐开始向枕头移去。战事进展到这里，双方都狼狈不堪：西西莉一只翅膀灰飞烟灭，一条腿武功尽失；杰罗尼莫的背部、颈部血痕遍布，体无完肤，这些伤痕都是西西莉前爪的战绩。现在我迫切想知道谁能获胜，所以放弃了劝架。当它们快打到枕头附近时，我翻身下了床。西西莉的爪子有多生猛，我无须再尝一次了。

螳螂似乎有些体力不支了，但当它站稳在光滑的床单上时，貌似又重获生机。可惜它将这股新力量又用错了地方，放开了壁虎的脖子，转而去攻它的尾巴。螳螂可能以为如此便能钳制住壁虎。我也不太确定西西莉的想法，但这番举动只起了反作用。螳螂的爪子刺入壁虎尾巴的一瞬，杰罗尼莫就决定了要弃尾求生。为了断尾，壁虎要把头剧烈地左右扭动。这倒无心插柳，让壁虎撕下了西西莉的前臂。所以现在的情况是，你单手攥着我已放弃掉的断尾，我死命咬着你还在抽搐的断臂。杰罗尼莫的尾部鲜血淋漓，此时如果西西莉能放弃断尾，先出击去抓住壁虎，可能还有一丝转机。但螳螂的注意力全放到了那截胡乱扭动的断尾上。西西莉可能以为自己抓住了对手最大的要害，所以才死不放手。杰罗尼莫见状，立刻吐出了断臂，向前一跃，嘴巴一张，再一合，西西莉的头和胸便悉数进了壁虎的嘴。

战斗终于迎来了尾声。接下来，只是需要杰罗尼莫坚持一下，等到西西莉死透而已。西西莉的腿还在哆嗦；翅膀像绿色的扇子般展开，微微震动着发出一声声脆响；宽大的腹部也还在战栗。螳螂濒死的条件反射让双方翻倒，齐齐跌进了床单的褶皱里，好一会儿都不见踪影。我只能听到螳螂翅膀隐约的扇动声，但不久后便彻底归于了平静，只余一片沉寂。然后，一个小小的头从床单边缘探了出来，伤痕累累，血迹斑斑。一双金色的眼睛得意扬扬地看着我，是杰罗尼莫出来了。它拖着疲惫的身躯，爬到了我的视野中。壁虎的肩部有大块皮肤被撕下，留下触目惊心的伤口。背部满是血点，都是被螳螂爪子刺出的痕迹。爬动时，鲜血淋漓的尾部在床单上画下一道红色的印迹。他被打得狼狈不堪，筋疲力尽，但它获得了最终的胜利。杰罗尼莫静静地坐着，咕噜咕噜地吞口水，允许我将一根火柴棒裹上棉球，给它擦拭背部的伤口。然后，我捉了五只肥苍蝇奖励他，看着它津津有味地吃光抹净。恢复了些许力气后，它慢慢爬过墙壁，翻过窗台，沿房子外墙下到了百日菊里的家。看得出来，它想在这场恶战后好好歇一晚。翌日夜里，它又回来了，还是去了常去的角落，还是一如往昔的生龙活虎。灯光下，它的晚餐们在愉快地飞舞，它的残尾也在开心地摇摆。

大战过去几个星期后的一天晚上，杰罗尼莫如期出现在了窗台上。但这次让我惊讶无比，它居然带来了另一只壁虎。新来的小家伙是真的小，只有杰罗尼莫一半大，颜色是可爱的珍珠粉色，眼睛炯炯有神，灵气逼人。杰罗尼莫占据着它的常规位置，新来者则选择了天花板的正中央。它俩都投入了狩猎的重大任务中，完全无视对方。新壁虎如此娇弱，一开始我还以为是杰罗尼莫的新娘。但我在百日菊下仔细搜查后发现，杰罗尼莫肯定还是孑然一身。否则不可能还如之前那样，孤零零地住在这儿。新壁虎睡在别的地方，只在晚上与杰罗尼莫一道攀上卧室的墙，一起出现。想想杰罗尼莫对其他壁虎的凶残与霸道，对新来者怎能容忍至此。我也曾想过，这搞不好是杰罗尼莫的子女。但我明白，壁虎是没有家庭生活的。妈妈只负责产卵，孵出来的小壁虎得自己求生，所以子女一说也站不住脚。我正在考虑给这个新朋友起个什么名字时，它就惨遭不测，命丧黄泉了。

别墅左边有一个大山谷，芳草如茵，仿佛是一个盛满绿草的碗，歪歪扭扭的橄榄树点缀其间。山谷被六米多高的黏土和砾石崖壁环绕，底部生长着一片繁茂的桃金娘，且有大量岩石散落其中。因为有大量动物在此区域及其周边生活，所以在我眼里，这片山谷丰饶肥美，简直是梦寐以求的探索地。一天，我正在这些岩石间寻找猎物，突然在一个灌木丛下，发现了一大段已腐烂了五成的橄榄树干。我猜这湿漉漉的树干下可能藏着些有趣的东西，于是奋力一推，让它滚到了一边。就在原地，我看到了两个令我无比震惊的生物。

它们应该就是普通的癞蛤蟆，但体型却是我见过的最大的两只。每一只的腹围都能大过常见的茶碟。身体是灰绿色的，长有许多肉疙瘩，各处还有奇特的白斑分布，白斑处光滑且白皙。看看它俩那造型，简直就是两个患了麻风病的胖陀螺，正在以标准的癞蛤蟆姿态，在羞赧地吞口水，一边还打量着我。我一只手捧起一只蛤蟆来，感觉像是拿着两个漏气的皮球。两个胖家伙的眼睛仿佛用金丝细细地镶过边，此时正目光炯炯地瞪着我。它们毫不见外，偎依着我的手指，舒舒服服地爬了下来，还信任地看着我。那宽而厚的嘴唇裂了开，似乎露出了一缕充满尴尬和忐忑的微笑。我对自己的发现满意极了，兴奋不已地想立刻跟人分享。于是我一手抱一只癞蛤蟆，急匆匆地往别墅赶，迫不及待地想要和家人们分享我的收获。

我闯入储藏室时，母亲和斯皮罗正在盘点存货。我高高举起手中的癞蛤蟆，请他们鉴赏这对漂亮的两栖动物。我离斯皮罗比较近，所以当他转身时，赫然发现自己正和一只癞蛤蟆四目相对。斯皮罗的眼睛一下子鼓了出来，万年紧皱的眉毛都被展开了，脸都绿得发青了——和他正前方的癞蛤蟆竟然十分相似。斯皮罗赶忙掏出手帕捂住嘴，蹒跚地走到阳台上，然后猛地呕吐起来。

“亲爱的，斯皮罗见不得这些东西，你不该给他看，”母亲批评我，“你知道的，他的胃不太好。”

我自然知道斯皮罗的胃不好，但想不通的是，这些癞蛤蟆可爱极了，怎会让他这么反胃呢？

“亲爱的，癞蛤蟆没有错，它们是很可爱，”母亲盯着癞蛤蟆，眼里浮起些许犹豫，“但不是每个人都喜欢它们的。”

斯皮罗踉踉跄跄地走了回来，脸色苍白，一边用手帕不停地擦着额头。我赶快把癞蛤蟆藏在了背后。

“天啊，杰瑞少爷，”他满脸苦涩，“你为什么给我看那些东西？对不起，我刚才必须得出去。德雷尔夫人，我发誓，每次我看到这种恶心玩意儿，我就要吐。刚才，我是觉得吐在外面总比家里好。杰瑞少爷，拜托了，以后请再也别让我看到那些东西了。”

家里其他人对癞蛤蟆的反应也不佳，与斯皮罗无二。所有人都兴致寥寥，我失望极了，只得垂头丧气地将癞蛤蟆们带回了卧室，小心安置在了床下。

夜色降临，灯光亮起，我放两只癞蛤蟆出来放风。灯旁照旧有昆虫成群起舞，我拍下来几只喂给癞蛤蟆们，权作娱乐。它们笨手笨脚地跳过去接食物，黏糊糊的舌头轻轻一卷，大大的嘴巴“吧唧”一声，嘴唇应声合拢盖紧，便把昆虫吞了进去。过了一会儿，有只特别大的蛾子闯进了房间，它四处扑腾，兴奋得仿佛脑子有毛病。这小东西肯定是世间美味，我得赶紧抓下来喂给癞蛤蟆。一番追逐后，它在天花板上停了下来，我的手臂够不到了。不过蛾子离杰罗尼莫的朋友倒不远。蛾子的体型比壁虎大了一倍还不止，所以这只壁虎明智地选择了放弃蛾子，盯着邻近的一只草蛉，伺机而动。我依然想把蛾子打下来给癞蛤蟆，于是抄起一本杂志就向它扔了去。这个蠢主意可是闯了大祸！蛾子没打中，却不偏不倚给了壁虎一记重击。书飞到了房间的另一角，壁虎被击落，雪上加霜的是，它偏跌在了较大的那只癞蛤蟆眼皮子底下。癞蛤蟆大喜过望，连气都没喘一口——也根本不给我营救的时间——便带着纯良忠厚的表情，倾身向壁虎一探，把那宽大的嘴巴一张，如一座放下的吊桥，再一甩舌头，又迅雷般地收回，合上了嘴。电光石火之间，杰罗尼莫的朋友已命丧黄泉。癞蛤蟆脸上是一如既往的羞涩与友善，杰罗尼莫也只倒挂在专属角落里，对同伴的死无动于衷。但我惊恐失措，也深深自责，迅速把癞蛤蟆放回了箱子里，生怕杰罗尼莫就是下一个惨遭毒手的可怜虫。

为什么这两只加大版的癞蛤蟆能让我兴致勃勃呢？首先，它们的形状平平无奇，但身上和腿上却有奇怪的白色斑块。而且，癞蛤蟆我见过，但大成这个样子的还是首次，它俩起码是常规款的三倍大。其次，我发现它们的过程很不寻常，能找到一只这样的怪物就是奇迹了，但我居然在那个树洞下一次性发现了排排坐的两只。我敢肯定这个发现非比寻常，甚至猜测自己可能发现了科学界尚未界定的新物种。于是我把它们关在床下，热切地期待下个星期四西奥多的到来。他到了后，我才上气不接下气地冲到卧室，把“新物种”取来给他看。

“啊哈！”西奥多认真观察着两只大癞蛤蟆，并用食指戳了戳其中一只，“没错，它们确实是非常大。”

他从盒子里取出一只来，放在了地板上。它就坐在那里，愣愣地看着西奥多，肚子一鼓一鼓的，像一团发了霉的面团一般膨胀下垂。

“嗯……是的，”西奥多说，“它们似乎是……呃……就是普通的癞蛤蟆，不过，我也觉得它们是绝佳的样本。这些奇特的白色斑块是由色素缺失造成的。我想可能是因为它们太老了，当然……呃……我可能是错的。只是它们体型如此之大，一定……呃……已经相当高龄了。”

这个信息惊到我了，我从未想到，癞蛤蟆居然还是长寿的物种。我问西奥多，它们的寿命通常有多长。

“嗯，这很难说……呃……暂时还没有数据可供参考，”他回答，眼里有亮晶晶的光芒，“但这两只大到这个地步了，我猜可能有十二甚至二十岁。它们的生命力可能非常强。之前我读到过一群癞蛤蟆的真实故事，它们被封闭在室内，困了好几年。有个案例中，我记得约有二十五年之久。”

他把另一只癞蛤蟆也取了出来，放在伙伴身旁。它们并排坐着，嘴里不停地吞咽口水，眼睛一直眨巴眨巴，呼吸时肥厚的下巴还摇来晃去。西奥多凝视一会儿，然后从马甲口袋里取出了一把镊子。他来到花园，翻开几块石头，找到了一条湿漉漉的猪肝色蚯蚓。他用镊子轻巧地夹起蚯蚓，大步走回了阳台，站在癞蛤蟆上方，松手让蠕动的蚯蚓落到地上。蚯蚓扭曲起来，把自己绕成了一个结，又慢慢解开。离蚯蚓最近的一只癞蛤蟆抬起头，快速地眨了眨眼，稍稍转过身来，让自己面对蚯蚓而坐。蚯蚓继续拧转、翻腾，像热炭上的一根羊毛。癞蛤蟆向前倾身，凝视着它，宽脸上表露出了极高的兴致。

“啊哈！”西奥多开心地一笑，笑意从胡须里往外渗。

蚯蚓还在地上跟自己死命较劲，把身体绕成了个“8”字形。癞蛤蟆兴致高涨，跃跃欲试地倾身向前。突然，它的大嘴一张，粉红色的舌头迅速一卷，蚯蚓的前半段便进了它宽大的喉咙。癞蛤蟆猛地合上嘴，蚯蚓的尾巴挂在唇边，依然疯狂扭动。坐定后，癞蛤蟆抬手，慢条斯理地将蚯蚓全部塞进嘴里。塞进去一段，它就用力吞咽一口，吞咽时双眼紧闭，脸上还做出一副痛苦的表情，仿佛在受刑。但是功夫不负有心人，蚯蚓最终几乎全部消失在了那厚厚的嘴唇中，只剩下一小段还在外面绝望地扭动。

“嗯，”西奥多的语气里充满愉悦，“我特别喜欢看癞蛤蟆们吞东西，我会联想起一个魔术招式来。你知道，就是那种从嘴里拉出长长的彩带或丝带的……呃……只不过癞蛤蟆的表演是反其道而行之。”

癞蛤蟆眨了眨眼，最后吞了一大口，眼睛再次紧闭。这顿蚯蚓饕餮大餐终于被它享用完毕。

“我在想，”西奥多陷入深思，双眼灵光闪烁，“是否可以教癞蛤蟆表演吞剑？肯定很好玩。”

他轻手轻脚地把癞蛤蟆捡起来，放回了盒子里。

“当然，我们不能用那种锋利的剑，”他又踮起了脚尖，眼中的光芒更亮了，“要是吞真剑，你的癞蛤蟆要被刺成肉串的。”

他捻着胡子暗自发笑，不发一声，但我知道他正笑得得意。

15

My Family and Other Animals

花中有密语者

没过多久，我就收到了一个噩耗，我的第三位家教已经定下了，是克拉莱夫斯基老师。这位老师血统复杂，祖上遍布世界，关系盘根错节，好在还算得上是英国人。家人们对老师可谓花式夸赞，关键是老师也喜欢鸟类，对鸟很有研究，我们肯定能合得来。这些话并没有在我心中点燃半分激情，叶公好龙式的鸟类爱好者何其多，我也不是第一次遇到了。仔细盘查后会发现，他们全都是装装样子而已，有些人连戴胜长什么样都不知道，还有些人居然分不清黑红尾鸲和普通红尾鸲。家人们说这位老师痴迷于鸟类研究，多半只是想哄我乖乖去上课罢了。可能老师在十四岁时养过一只金丝雀，就被大家包装成了鸟类学者。我万念俱灰，迈着沉重的步伐又一次踏上了求学之路。

克拉莱夫斯基老师住在一座方方正正、破破烂烂、四处发霉的老宅子里的最顶上的两层。我顺着宽大的楼梯爬到了他家门口，带着傲慢与不屑，狠狠地砸了两下门环。没人开门。我心里生出一股郁气，在门前酒红色的地毯上使劲跺了几脚。刚想再砸一下门时，屋里传来了轻柔的脚步声。门开了，新老师就站在眼前。

这位老师怕不是人类，倒像是一个侏儒地精，特意穿了一套非常考究的老式西服来假装我的同类。老师的头硕大无比，椭圆如鸡蛋，但两侧略扁平，与拱起的驼背流畅衔接。这个曲线让他看来仿佛永远都在耸肩和仰望天空。脸部中间翘出了一弯长长的鼻子，骨架纤细，鼻孔却大得出奇。一双巨型眼睛里水汽氤氲，瞳孔呈浅琥珀色，散发出一种缥缈、淡泊的气韵，仿佛这个人走神了许久，才刚把自己的魂儿拉回来。他的嘴很宽，但嘴唇极薄，完美地融合了庄重和幽默这两种矛盾的气质。为了表示对我的欢迎，这张嘴正在努力地咧出一个微笑，两排整齐但发黄的牙齿也出来打招呼了。

“杰瑞·德雷尔？”老师朝着我一个劲儿地点头，活像只求偶的麻雀，骨节粗壮的大手向我卖力挥舞，“杰瑞·德雷尔，对吧？快进来，我的好孩子，来吧。”

他伸出长长的食指，朝我勾了勾。我从他身旁经过，进入一个大客厅。这里虽宽敞，但着实阴暗。脏兮兮的毛毯下，木地板被踩得吱嘎作响。

“来，这边走。今后这儿就是我们的教室了。”克拉莱夫斯基说起话来语调优雅，节奏明快。他打开一扇门，引我进了一个小房间。房间里没什么家具，显得空荡。我将书放在房内的一张桌子上。他指了指一把椅子，于是我去上面坐好，准备上课。老师用手撑在桌沿上，指甲修剪得整齐干净。接下来，他只俯身对我一笑，那笑容意味不明，我搞不懂他什么意思，只得回以微笑。

“朋友！”他陶醉地喊道，“别的不说，我们一定要成为彼此的朋友。我也坚信我们一定会的，对不对？”

我郑重地点头，同时拼命咬住嘴里两侧的细肉，把狂笑的冲动憋了回去。

“友情啊！”他合上双眼，轻声嘟囔，再次陷入了陶醉，“友情！有了你，一切就稳了！”

他的声音低了下来，话虽未完，但已轻不可闻。我猜他是在祷告着什么，可能是为了我，或是他自己，抑或是我们双方？一只苍蝇围着他的头转了一圈后，嚣张地落在了他的鼻子上。克拉莱夫斯基被惊了一下，赶忙挥手扫过鼻尖，同时也睁开了眼睛，朝我眨了眨眼。

“没错，没错，就是的，”他坚定地说，“我们一定会成为好友的。你的母亲告诉我，你钟爱自然史。你看，我们之间已经有了一个共同点……呃，一条纽带了，对吧？”

他将食指和拇指插进马甲口袋，掏出一块大金表来看了一眼，脸上露出嗔怪的表情，叹了口气，又把表放了回去，然后摸了摸头顶光秃的地方。那里油光水亮，让他看起来像是顶了颗棕色的鹅卵石在脑门上。

“我可能只摸到了点皮毛，但勉强也算是会养鸟吧。”他谦虚地介绍，“要不要去看看我的宝贝们？正式上课之前，咱们花上半小时，和这些长满羽毛的朋友们玩一会儿，怎么样？我觉得这应该不会耽误课程。主要是今天早上我起得晚了些，有一两个鸟笼该换水了。”

他走在前面，带我爬了一段吱吱作响的楼梯，来到了房子的顶层。我们面前是一扇绿色的门，老师掏出一大串钥匙，从中翻找起来。钥匙串在他手中撞出叮叮当当的悦耳声响。他掏出了正确的一把，插入钥匙孔一旋，便打开了这扇厚实的门。炫目的阳光扑面而来，倾洒了一地，让我有一瞬的眩晕。随之而来的是群鸟的鸣唱，那声音可谓震耳欲聋。没想到这条破败不堪的走廊竟然通向一个天堂，仅一门之隔。阁楼面积不小，近乎宅子的整个顶层。这里的地板上未铺地毯，唯一一件家具就是正中央的一张大木头桌子。但墙壁上密密麻麻地挂满了大鸟笼，几十只小鸟扑腾着翅膀，叽叽喳喳。地板上铺着一层细碎的鸟食，踏上去会发出治愈的脆响，就像走在江边的鹅卵石滩上一样。我只觉得目眩神迷，内心狂喜涌动，只将鸟笼挨个儿观察一遍，细细打量每只小鸟，慢慢地在房间里转了一整圈。而克拉莱夫斯基（应该已全然忘记了我的存在）从桌子上拿起了一个大大的水罐，矫健地从一个笼子跳到另一个笼子，依次给小鸟们的水杯加水。

一开始，我以为这里都是金丝雀，但做此判断的我真是鲁莽了。这里小鸟品种颇丰：金翅雀像小丑般鲜艳惹眼，身上有艳红、亮黄、墨黑三种颜色；绿雀披着黄色和绿色的羽毛外衣，如盛夏时的柠檬叶；赤胸朱顶雀穿着规整的粗呢西服套装，配色是巧克力色加白色；红腹灰雀胸部呈玫瑰粉色，高高鼓起……还有数不胜数的其他鸟儿。房间拐角是一扇小小的落地窗。我推开窗走了出去，来到一个阳台上。阳台两侧各建有一个大大的鸟舍。其中一个住着一只雄性乌鸫，丝滑的黑色羽毛有天鹅绒的质感，搭配香蕉黄的喙，很是亮眼。另一边住着一只很像画眉的鸟，它的羽毛是丰富多彩的蓝，从海军蓝到蛋白石蓝，无所不有。

“它是一只矶鸫[①]，”克拉莱夫斯基的声音突然传来，他从窗台处探出头，手指着这只画眉般的小鸟说，“去年，我费了一般心思从阿尔巴尼亚把它运了来。当时它还只是一只小雏鸟呢。到现在，我也没给它解决好终身大事，雌鸟不好找啊！”

克拉莱夫斯基向矶鸫热情地挥了挥水壶，然后又进屋了。矶鸫看着我，眼神甚是娇俏，它挺起胸脯，将胸上的羽毛舒展开，

① 雀形目鸫亚科的遗属，体型似鸫属鸟类，主要以害虫的成虫和幼虫为食。全世界共有十种，分布于非洲、欧洲和亚洲。——编者注

又唱了一段轻快的小曲儿，看来心情不错。我痴痴地看着它，忘了时间。待我回到阁楼里，克拉莱夫斯基还没添完水。

“可以帮帮忙吗？”他转头看向我，似有些神思恍惚，手里的水壶倾斜下去，壶嘴里一股细水流了下来，刚巧滴在他的鞋尖上。他继续说道：“我一直觉得，加水时如果能有个人来搭把手就好了。来，你帮我拿着水壶往外倒……对，就是这样……我把小鸟们的水杯递过来，在你这儿接上水……好极了！一切稳了！我们很快就能完成喽！”

我负责给小水杯倒满水，克拉莱夫斯基则负责将水送入笼子。他用手指尖小心翼翼地夹着水杯，灵巧地穿过鸟笼的门，将杯子一一放入笼子，像在往小孩的嘴里塞糖果一样。他一边熟练地操作着，一边跟我和鸟儿聊天。不论是跟人，还是跟鸟，他的语调都一模一样。有时我很困惑，不知道哪句是说给我听的，哪句又是说给鸟儿听的。

“是啊，它们今天的状态真是不错。多亏了这大好的艳阳天，你懂的……只要太阳一照到这边来，它们就要开始唱歌了，对不对？哎，你下次可得多下几个蛋了……这次才两个，亲爱的，才两个啊！这两蛋都谈不上是一‘窝’蛋吧。你喜欢吃这种新的种子吗？你自己也养鸟吗？我这儿有好几种鸟都爱吃植物种子，它们很好玩的……别糟蹋你的清水……这屋里有些鸟啊，繁育起来真是不容易。但一旦成功，那成就感别提了，尤其是混种鸟。我在混种鸟的繁育上很少失手的……但你不能只下两个蛋啊，这样我还怎么繁育……你个小无赖，小无赖！”

加水的任务终于完成了，克拉莱夫斯基又欣赏了一会儿他的小鸟们，满脸欣喜，然后用一条小毛巾仔细擦干净了手。接下来他带我在房间里转了一圈，详细地介绍了每只鸟的来历、血统，以及他对鸟未来生活的规划。我们正愉快地观赏一只胖乎乎、红扑扑的红腹灰雀，一阵狂躁的铃声突然冒了出来，甚至盖过了鸟儿们的吟唱。我一时哑然，这声音居然是从克拉莱夫斯基的肚子里传来的。

“天啊！”他惊恐地大叫，转头看向我，眼里盈满哀痛，“天啊！”

他将食指和拇指插进马甲口袋，拽出一块大金表看了一眼，轻按了一下，铃声便戛然而止。了解了声音的来源，我很是失落，如果我的家庭教师的肚子会定时打鸣，那该是多么美妙的事情啊！对学习肯定也有极大的促进作用。克拉莱夫斯基看着手表，很是焦躁，眉毛都皱得乱七八糟了。

“天啊！”他又小声哀号了一次，“已经十二点了……时间不等人啊……孩子，你再过半个钟头就得走了，对吧？”

他把表塞回口袋，顺了顺自己光秃的脑袋。

“哎，”他接着说，“就算再给咱们半个钟头，也很难学完一条正经知识了。你要是不介意的话，咱们去下面花园里，摘些千里光[1]来喂小鸟吧。它们在下蛋的时候，吃点千里光很不错。”

于是，我们去了花园给小鸟们采千里光，一直到斯皮罗来接我。他的车像只受伤的鸭子，沙哑地嘎嘎叫着跑了来，老远就能听到。

“我猜是接你的车来了。”克拉莱夫斯基彬彬有礼，“我们在半小时里就采了如此多的菜，效率不错了。你是个很得力的助手。好，明天九点再见，你要准时过来，行吗？那样就稳了！今天上午过得很有意义，初次见面，先相互了解一下嘛。我们已经建立了那条友谊的纽带，这非常重要！好了，明天再见了。”

我关上吱嘎作响的锻铁大门，克拉莱夫斯基朝我优雅地挥手，然后转身漫步走回房子。他身后的千里光绽放着金黄的花朵，延绵一路。玫瑰花海中，他弯曲的驼背起起伏伏，渐行渐远。

回到家后，家人们问我是否喜欢这位新老师。我略去细节不表，只说他真的很好，我们将来一定会成为挚友。至于开学第一课都学了什么，我的回答也不算撒谎，主要是研究鸟类学和植物学。家人们很是满意。但没过多久我就发现，课堂上的克拉莱夫斯基老师其实极其古板教条。在教学的内容与方式上，他十分坚

① 多年生蔓性草本植物，属菊科，长 1 ～ 5 米。生于马路旁、旷野草丛中。夏末开花，花多为黄色。——编者注

守自己的原则，一概不管我的想法或诉求。单调枯燥的教学风格让我瞬间便回到了十八世纪中叶的课堂上。历史课上得记一大段、一大段的史料，还得把那些历史日期都背下来。我们面对面端坐着，念大神般翻来覆去地背啊背，直到它们变成被灵魂自动播放的咒语，因为双方的脑子里都在琢磨别的事儿。地理课上，我仿佛成了英伦三岛的囚徒，被无数张地图拖着拽着，记忆、寻找、填写那上面各个郡和郡府的名字。另外，各条重要的河流、各地的代表性物产、人口规模，以及其他成堆的乏味又无用的信息，亟待我一一记住。

“萨默塞特郡？”他尖声尖气地提问，似在拷问我。

我眉头紧皱，在脑子里翻箱倒柜，狠挖那个郡的蛛丝马迹。看我已经绞尽脑汁，也憋不出个答案来，克拉莱夫斯基愁得眼睛都快瞪炸了。

我脑子里的萨默塞特郡是一张白纸，他无奈地接受了这个事实。“算了，我们放过萨默塞特郡吧。来，试试华威郡，它的郡府在哪里？你说华威？对啦！这不就稳了吗！它的代表性物产是什么呢？”

这个问题又滑入了我的知识盲区。不过我还是斗胆猜了一下——煤炭！应付这种历史题，我的妙招便是，别管老师问的是哪里，都一股脑儿地瞎猜，只要坚持下去，搞不好就能蒙对一个。每每听到一个错误答案，克拉莱夫斯基就会真心实意地感到伤痛。犹记得那天，在我说出埃塞克斯郡盛产不锈钢时，他眼含泪水，几欲号啕。若我偶尔答对一个问题，就会收获他的绝顶狂喜，之前那些无休无止的哀痛通通都被即刻冲刷掉了。

每个星期一次的法语课是我们的行刑日。一整个上午，我们都要用法语来互虐。老师说得一口漂亮的法语，每每听到我将法语说得难听磨人时，他的精神世界都会崩塌。很快克拉莱夫斯基便领悟到，正经的法语教科书对我完全没有作用。于是那些传统教材被束之高阁，取而代之的是一套三卷本的鸟类书。即便换了新“教材”，法语课的进展也是举步维艰。有时，我们不得不第二十次重读一段关于知更鸟羽毛的描述。忍无可忍了，克拉莱夫斯基会一脸决绝地“砰”的一声合上书本，冲出教室。一分钟后再回来时，他的头上戴了一顶轻巧的巴拿马帽。

“我认为我们需要换换脑子……出去吹吹风吧……”他看着我们面前的《欧洲小鸟集》，百般不爽。“我们穿过小镇，再沿着海滨大道回来，怎么样？好嘞！不过我们也不能浪费教学时间，对吧？所以我们要一边走，一边练法语，好不好？出门后的每句话都要用法语来表达。这才是学外语的不二法门。”

于是我们几乎全程一言不发，默默地穿越了小镇。这些散步的体验很是魔幻。无论我们走向哪个方向，最后总会神奇地感叹：怎么又回到鸟市了？我们简直是在爱丽丝的镜中世界漫游：哪怕朝着鸟市的反方向走下去，哪怕坚定不移，死心塌地，下一秒钟的我们还是会回到那个小广场上。各家摊位上堆满了竹篾编织而成的鸟笼，空气中荡漾着鸟儿们的欢歌。这里是法语的豁免地，它会被彻底打入记忆的冷宫，伴随代数、几何、历史日期、郡府城市，以及其他类似的学科知识一起烟消云散。师徒二人从一个摊位逛到另一个摊位，细心观察每一只鸟，和卖家热火朝天地讨价还价。两人的胳膊渐渐被一个个鸟笼挂满。

克拉莱夫斯基的小怀表突然间就会叫起来，声音依然清脆悦耳，把我们拉回现实。他一阵手忙脚乱，才稳住了满胳膊的鸟笼，取出怀表并按停了铃声。

“天啊，已经中午了！谁能想到，时间居然过得这么快？可以帮我拿一下这只红雀吗？我按一下表……谢谢……我们得抓紧了，这么多东西，走回去怕是来不及了。唉，雇个马车吧。奢侈是奢侈了些，但事出紧急，雇车也是迫不得已，对吧？”

于是我们快步穿过广场，将欢闹扑腾的战利品们塞进马车里。伴随铃铛的丁零、马蹄的啪嗒，还有小鸟们的啾啾，我们回到了克拉莱夫斯基的家里。

上了好几个星期的课后，我才发现老师并非独居。我们正上着课，或正做着算术题，或正背诵各个郡府时，他会突然停下来，把头一歪，认真倾听着什么声音。

“不好意思，我得去看一下我的母亲，马上就回来。”我有点搞不懂，按理说克拉莱夫斯基也不年轻了，不太可能还有位母亲健在。一番分析后，我恍然大悟：他肯定是要去上厕所，只是说法比较委婉。这个世界上，也不是每个人在表达这种欲望时，都能像我的家人般口无遮拦，毫不忌讳。但我忽略了一点，倘若真是去上厕所，那么在我此生遇到的所有人中，克拉莱夫斯基的如厕频率是最高的那位。有一天吃早餐时，我吃了太多枇杷。结果历史课上，我感到肚子里翻江倒海，苦不堪言。想到克拉莱夫斯基对厕所二字如此讳莫如深，我认为自己也应该用礼貌的方法表达才好。我坚定地看着他，说自己想去看望他的母亲。

“我母亲？”他大惊，“现在？去看我母亲？”我不明白这有什么好大惊小怪的，只是淡淡地点了点头。

“呃，”他犹豫不决，“我相信她也会很高兴见到你，不过我最好还是先去确认一下。”

他带着一脸的困惑离开了房间，几分钟后便回来了。

“母亲说很高兴见到你，”他告诉我，“但她请你见谅，她现在有些许邋遢。”

克拉莱夫斯基把厕所描述得像个优雅的绅士，着实是给了它一番配不起的礼遇，我内心哭笑不得，但也决意配合。我说邋遢就邋遢吧，我家母亲也是一样的。

“啊！……呃……好吧，我想也有这个可能吧。”克拉莱夫斯基一边喃喃自语，一边给了我一个诧异的眼神。他带着我穿过走廊，打开了一扇门，里面居然是一个卧室，宽敞但阴暗。卧室里堆满了鲜花，让人如临鲜花森林。视野内，随处可见瓶子、碗碟、盆子，每一个都密密麻麻地塞满了花。昏暗的光影里，万千鲜花盈盈闪耀。整个房间宛若一个绿植遍布的藏宝洞，洞的墙壁上镶满了璀璨的珠宝。房间里有张硕大的床，床上堆了好些枕头，枕头山里倚着一位瘦削的老人，体型似孩童。我缓步上前。老夫人精致柔美的面容被岁月刻满了皱纹，皮肤娇嫩但沟壑纵横，让我想起嫩蘑菇表皮的质感。最让人惊讶的是她的头发，厚实浓密，瀑布般从肩上倾泻直下，延伸开来铺满了一半的床。头发的颜色是我此生里见过的最饱满又清丽的赤褐色，流淌着火焰般的华光，似秋叶，又似狐狸身上绚丽的冬装。

“亲爱的母亲，”克拉莱夫斯基一边轻声呼唤，一边穿过房间，在床边的一把椅子上坐了下来，“亲爱的母亲，这是杰瑞，他来看您了。”

床上娇弱的人儿睁开了纤细苍白的眼睑，露出一双灵气的明眸，如小鸟的眼睛。她看着我，从浓密的发梢里抬起一只戴满戒指的、纤柔而美丽的手，向我伸了过来。脸上是俏皮的笑容。

“你能主动来看我，我深感荣幸。”她的声音嘶哑但柔和，“大家都觉得我这把年纪的人太无聊了。”

我顿感尴尬，随便嘟囔几句，应付了过去。老夫人的眼睛闪闪发光，她看着我，随即发出了像乌鸫鸟般轻快的笑声，用手拍了拍床的一侧。

“来，过来坐坐。”她邀请道，“坐下来聊一会儿吧。”

我将那一摊赤褐色的头发轻轻拨到一边，空出一块地方来让我坐。头发柔软、丝滑、密实，像一波波焰火在我的指间流动。克拉莱夫斯基夫人对我微笑着，用手指挑起一绺头发，将它缠在指间轻轻绕动，头发闪耀着光泽。

“这是我唯一的荣耀了，”她说道，“是我最后残存的美。”

她凝视着那一瀑秀发，仿佛是在看一只宠物，或者其他什么生物，反正是独立于她自己的生命的存在，然后慈爱地轻拍起它们来。

“真是奇了怪了，”她又说道，“太怪了。我有一个见解，世间所有美丽的事物都是极度自恋的。就像纳西索斯①那样，它们会爱上自己，且只爱自己。自恋让他们不再需要任何外物，让他们沉醉于自己的美丽中，只为此而活。在它们眼里，自己的美真的可以当饭吃。吃起来是越吃越美，越美就越强大，如此便实现了一个自我哺育的循环系统。我的头发就是个典型。它自给自

① 纳西索斯是古希腊神话中的人物，是一个极度自恋的青年。他拒绝了所有爱慕者，于河边欣赏自己的倒影，沉浸在自己的美丽中不能自拔，最后溺水而亡。——译者注

足，只为自己而活，不管也不怕躯干的苍老和衰败。有一天，当我长眠于地下了，这些头发会在棺材里细密缠绕，塞满整个空间。很久以后，我已经彻底归于尘土，化为灰烬了，它们也还在茁壮成长。”

“母亲，这样说可不好。”克拉莱夫斯基温和地提醒道，“我不喜欢你的病态想法。”

她转过头，充满爱意地看着自己的儿子，轻轻笑了两声。

“约翰，这也谈不上什么病态，不过是我自己的一个理论罢了。”她解释，“再说，那将是件多么漂亮的寿衣啊！”

她低头看着满床头发，开心地笑起来。一阵沉默后，克拉莱夫斯基的手表响起，发出急促的丁零声。他被惊了一跳，忙从口袋里掏出表来看。

“天啊！”他跳了起来，“那些蛋应该已经出壳了。母亲，不好意思，稍等我一下好吗？我真的得去看一看。”

“去吧，去吧。”她说，“杰瑞和我聊天，等你回来……不要担心我们。”

“那就稳了！”克拉莱夫斯基喊道，他飞快地穿过满室花团，像一只在彩虹桥下挖隧道的鼹鼠。门被他轻轻关上后，老夫人转过头对我微笑。

“人们老说，等我们老了，身体的反应就变慢了。我不同意这个说法，他们错了，彻彻底底地错了。对衰老我也有一个见解，老后的我们并不会变得行动迟缓，而是整个世界为你放慢了速度。你能明白我的意思吗？你身边的一切都变得慢吞吞，任何移动的动作都变成了慢镜头。于是你像开了天眼般，一下子能看到好多细节了。你的视野大不相同，你发现身边的一切竟是如此玄妙，而之前的你居然从未好奇、起疑过。这真是一场快乐的冒险，很过瘾！”

她心满意足地叹了口气，环顾了一下房间。

“说起花，”她指着满室花朵，“你听到过花说话吗？”

我被这个问题深深吸引，花会说话是我闻所未闻的。

“我绝不是妄言，”她说，“花和花就是会聊天的，一聊就是好长时间……至少我猜它们是在跟彼此聊天，毕竟我还听不懂它们的语言。等你将来像我一样老了，自然就听得到了。当然有个前提，你必须有一个开放的心态来接纳这些事情。大多数人都觉得人越老就越无所谓什么信仰，越老就越淡定。所以老人很能接受新鲜事物。简直是胡说！我认识的所有老年人都闭塞、狭隘，心硬得像个老牡蛎，撬都撬不开。”

她怏怏地瞟了我一眼，神色颇锐利。

“你觉得我是个神经病吗？居然还聊什么会说话的花，我是不是很怪？”

我急忙否认，发自肺腑地告诉她，我真的相信花朵之间会彼此交谈，这极有可能。我说，蝙蝠就会发出尖叫声，但小到只有我自己才能听到。对于一个老人来说，这种声音可能频率太高了，所以听不到。

“没错，没错！”她高兴地叫道，“这就是声波长短的问题，我把这些都归咎于时间放缓，一切变慢。还有一件事情是年轻人很难注意到的，那就是花也有自己的性格，且各不相同，跟人一样。来，我给你展示一下。那边有朵玫瑰，你看到了吗？就在那个小碗里，独自待着的那朵。”

房间角落里的一张小几上摆着一个小小的银碗，里面插着一朵娇嫩的玫瑰。花瓣呈丝绒质地的深石榴色，近乎于黑了。这朵花美得摄人心魄，花瓣的弯曲度恰到好处，表面浮着柔嫩的花粉，如蝴蝶刚破茧时的翅膀般毛茸茸、软绵绵。

“它很漂亮，对吧？”克拉莱夫斯基夫人问我，“是不是特别美？我都养了它两个星期了。难以置信，是不是？它刚来的时候也不是含苞欲放的状态，那时就已经完全盛开了。但它来时正在大病中，我都担心它挺不过去了。负责采摘它的人实在是太粗心，竟然把它放在了一束米迦勒雏菊里。那简直是谋杀！雏菊科植物就没一个好东西，个个都凶残，你根本想象不到的。它们粗俗鲁莽，不拘小节。把玫瑰这样的贵族放在这些花里，纯属折磨。等到了我这儿，小家伙已经枯萎得快没形了，我都没看到它。幸运的是，我听到了这些菊花骂骂咧咧的声音。当时，我正在这里打盹，我觉得那些黄色的菊花尤为粗鲁，骂得特别难听。当然，我也不明白话里的具体意思，但我听得出来，那些话可不友善。我一开始也不明白它们在跟谁吵，还以为是菊花内部在冲着彼此嚷嚷。后来我下床去看了一眼，那朵可怜的玫瑰被菊花压在中间，已经奄奄一息了。我赶忙把它拔出来，给了它一个专属的空间，还有半片阿司匹林。阿司匹林对玫瑰特别好，就像铜板对菊花、白兰地对豌豆花、柠檬汁对肉质的花（如秋海棠）。我从菊花那儿把玫瑰解救出来，又给了它半片还魂药后，它很快就活过来了。这朵花很是知恩图报，在努力地保持美貌，尽可能地延长盛开的时间，以此来报答我。”

她望向银碗里闪耀绽放的玫瑰，眼里柔情万般。

“花儿们教会了我太多太多，让我感叹做花如做人。人多事就杂，花也一样。大家挤在一起就会互相叨扰，都容易紧张、萎靡。不同种类的花如果被混在一起，就会生出残酷的阶级来。还有，养花的水也很重要。你知道吗，有些人以为插花需要每天换水，真是罪该万死！你要是每天给花儿们换水，就会听到它们垂死的呻吟，亲手送它们一步步踏上不归路。所以我每个星期才换一次水，换水时加一把土壤进去，结果我的花个个都活得好好的。”

就在这时，门开了。克拉莱夫斯基蹦蹦跳跳地进来，得意扬扬。

“蛋全都孵化成功了！”他高声宣布，“四只小鸟都孵化出来了。我太高兴了。之前还担心过它们，这毕竟是鸟妈妈第一次孵蛋。”

“太棒了，亲爱的，我也为你开心。”老夫人也满脸喜色，“这真是个好消息。对了，我和杰瑞也聊得很痛快，至少我觉得很痛快。”

我站起身来，说自己完全同意。

“如果陪我聊天还不至于太无聊，真的希望你还能再来。”她说，“可能在你听来，我的想法全都稀奇古怪的，但它们其实值得一听。”

老夫人躺着，头发如同厚重的斗篷般覆盖在身上。她脸上绽放出微笑，伸出手优雅地示意我可以走了。我跟着克拉莱夫斯基穿过房间，在门口处再次回头，向她微笑告别。她仍是安静、从容地躺着，任由密实的头发压在身上。光影晦暗，恍然间我似乎看到满屋的花朵们正朝着老夫人拥过去，将她团团围住，迫不及待地要告诉老夫人很多话。而她像一位饱经沧桑的女王，安详地躺在那里，身边朝臣环绕，那都是忠诚于她的花界密语者。

16 My Family and Other Animals

仙客来密林

距家八百米开外处，傲然耸立着一座圆锥形的山丘，颇有体量，地表覆盖着葱郁的野草和石南。山顶托着三片不大的橄榄树林，彼此间是一簇簇的桃金娘。这三片林子被我称为“仙客来[①]密林”。因为花期一到，林中便会开满姹紫嫣红的仙客来，开得比周围乡野间更为茂密艳丽。仙客来的球茎形若牡蛎，表皮极易脱落。每个球茎都会喷出一团墨绿的叶子，上面爬着白色的纹路。叶子上招展着一大捧娇艳的花朵，仿佛一团雪花被漂染成了酒红色。

这里是我挚爱的午后乐园。我喜欢投入橄榄树荫的怀抱，躺

① 仙客来别名萝卜海棠、兔子花，是冬季开花的草本植物。花色鲜艳，花型像兔子耳朵，所以别名兔子花。——译者注

在地上远眺山谷。视野里，葡萄园、果园、田地各自缤纷，又组成一张马赛克画卷。透过橄榄树间的缝隙，海面闪烁的光与起伏的浪隐约可见。慵懒的潮轻抚海岸，捎来无数晶莹的水花，如点燃了一簇簇小火焰。山顶给自己偷偷留了一阵风，微弱但倔强。不论山谷里如何酷暑难熬，这股微风永远在我的仙客来密林里逡巡游荡。所以树叶才一直沙沙低语；仙客来的花朵才垂下头来，向同伴不停地鞠躬致意。每次我拼死拼活地逮了半天蜥蜴后，整个脑袋都会因为燥热而憋闷发疼。衣服被汗水浸湿透，变了色。三只狗也筋疲力尽，吐出粉色的小舌头，大喘特喘，听起来像三台微缩版的老火车引擎。此时来我的密林里歇息一下，真是人间至臻享受。在某次狩猎后，我照例来此休息并抓到了两个新宠物，还引发了一系列影响到拉里和克拉莱夫斯基老师的连锁反应。

那天，狗狗们照例耷拉着舌头，张开后腿，身体努力贴合地面，想多吸点凉气。它们的眼睛半开半合，下巴浸着一大摊口水。我背靠一根橄榄树干养神。这根树干天生就是做靠背的料，没一百年的修炼，怕是不可能如此服帖。远处田野上人影浮动，我想从这些彩色小点中认出相熟的农家朋友们。低处的玉米地里一片金灿灿，那是穗子在报告好收成。突然，穗子上空出现了一个黑白相间的小东西，像一个绣着花纹的马耳他十字。它迅疾地飞过平坦的耕地，毅然决然地朝我的山头冲了过来。这只喜鹊越靠越近，在我跟前急促地叫了三声。音色沉闷，喙里想必塞满了食物。它瞄准方向，箭一般地射入了橄榄树林的深处，四下得片刻静穆。接着，一阵尖锐的喘息声响起，逐渐高亢，然后再次归于沉寂。一会儿，喜鹊的叫声又传来，这次轻多了，还带着些警告的意味。那只喜鹊随即窜出了树叶，朝山下滑翔而去。终于，它在我的视野里变成了个小黑点，点在地平线处一个茂密的三角形葡萄园上空。我找到那棵不断传来怪叫声的树，围着树干慢慢转了一圈。它的高处挂着一个椭圆形的物件，由细枝编成，在绿色和银色的橄榄叶子中若隐若现，仿佛是个毛茸茸的大足球卡在了树枝上。我激动不已，立刻爬了上去。

三只小狗都在树下集合，兴致勃勃地看着我。快爬到了，我不禁低头望了一眼，胃部不由得一阵痉挛。狗狗们高高仰起头，热切地看向我，它们的脸小得像指甲盖大的花朵。这高度吓得我手心发潮。我在树枝间以龟速爬行，总算爬到了鸟巢边上。巢穴周围是被风卷动的树叶。这个巢是个巨大的筐子形建筑，由枝条精巧交织而成，内部敷有泥土，铺了细根，形成一个舒适的杯状小窝。鸟巢的设计师很用心，特意只留了个小小的入口，并在入口周围、巢的侧面和精致的圆顶上选了特殊的建筑材料，使之布满锐利的小刺。要说这个设计的初衷，那八成就是婉拒狂热的鸟类学者们吧。

我尽量避免向下看，身体紧贴着树枝，小心翼翼地把手伸进那团带刺的枝丫中，在泥杯里小心摸索。我摸到了战栗的皮肤和柔嫩的茸毛，听到了尖锐的喘息声。我用手指轻轻围住一个胖乎乎、暖融融的小宝宝，把它取了出来。饶是对动物爱得炽烈，我也不得不承认，这只雏鸟并不好看。它的喙很短，两边嘴角处都有一块黄色的褶皱区。脑袋光秃秃，眼睛也迷糊着，似乎睁不开。表情痴傻，像是喝醉了酒，反正一看就不太机灵。黑色的羽翮[①]（hé）乱钉一气，就将皮肤固定在了躯干上，所以浑身上下的皮肤都松松垮垮。瘦长的两腿间垂着一个松软的大肚子。腹部皮肤清透，让人隐约能看到内部的脏器。小鸟在我的手掌中蹲着，肚子鼓得像个气球，里面还装满了水。它喘了起来，眼巴巴地望着我。我又伸手进去摸了一会儿，发现里面还有三个小家伙。但每个都是一样的丑，寒碜得叫人心酸。经过慎重的思考和仔细查看后，我决定带走两只，留两只给喜鹊妈妈[②]。我相信自己把一碗水端得四平八稳了，喜鹊妈妈都找不到反对的理由。我选择了最大和最小的各一只（因为最大的长得最快，最小的又最可怜）。我小心地把它们包在衬衣里，慢慢爬回了狗狗们等我的地方，然后展示给大家看。嘘嘘和呕呕一看就觉得这是好吃的，并想当场验证一下。我严肃地批评了它俩，然后让罗格来瞧瞧新朋友。罗格照例凑上前来，温柔地嗅了嗅。小鸟们立刻支起细细长长的小脖子，努力抬起头，将鲜红的嘴巴张到最大，然后生龙活虎地喘叫起来。罗格被吓得仓皇后退。

给两只小鸟取什么名字好呢？我一路纠结着回了家。家人们正好从城里买东西归来，还在卸车。我把小鸟捧给大家看，希望集思广益，给它们找对好名字。看到两只小宝宝，家人们的态度是泾渭分明。

① 禽类羽毛基部无毛中空的部分。——编者注
② 主人公带走幼鸟的情节发生在二十世纪早期的希腊。但在我国，此举有违法嫌疑，读者们不应效仿。——译者注

“它们好可爱啊！”玛歌说。

“你打算怎么喂它们呢？”母亲问。

“什么恶心玩意儿！”莱斯利很嫌弃。

“这个家还得再塞新动物？”拉里满脸不爽。

“天啊，杰瑞少爷！”斯皮罗又被恶心坏了，“那是什么东西？”

我冷冷地回答说这是喜鹊的宝宝。我问的只是取名字的事，没打算让大家发表感想。话说回来，到底叫什么名字才好呢？

家人们都不愿伸出援手。

“这可怜的小东西，居然被你从母亲身边带走了。”玛歌心疼地说。

“我希望它们已经学会自己进食了。”母亲说。

“你得小心，它们可能会偷东西。”莱斯利提醒道。

“偷东西？”拉里惊讶地说，“偷东西的那种鸟不是寒鸦吗？”

“喜鹊也偷，”莱斯利说，“而且偷起来没有底线。”

拉里从口袋里拿出一张一百德拉克马的纸币，在小鸟们头上晃动。它们立刻把头昂起，脖子都开始颤抖，嘴巴张得老大，还疯狂地喘息和吐泡泡。拉里忙往后大跳一步，躲开了。

“老天！它们还真是你说得这么坏！”拉里激动地抗议，“你们都看到了吧，这两只鸟想打劫我的钱！”

“哪有！亲爱的，它们就是饿了。”母亲说。

“妈妈，你胡说……你刚才看到的，它们都朝我扑过来了。都是钱惹的祸……它们才这么小，就已经表现出罪犯的本能了。杰瑞，这两只笨鸟不能留。我们不能跟亚森·罗宾[①]住一块儿。你在哪儿捡的它们，给我放回哪儿去。”

我可怜兮兮地编了个谎，说不能把鸟宝宝放回去，因为喜鹊妈妈不会再接纳它们了，它俩只能被活活饿死。如我所料，母亲和玛歌一下子就站到了我这边。

“小家伙太可怜了，不能让它们挨饿。”玛歌抗争道。

“就把它们留下来吧，问题不大。”母亲同意了。

① 亚森·罗宾是法国作家莫理斯·卢布朗笔下的一个侠盗。罗宾狡黠精明，心思缜密，擅长易容术，能一人千面。常劫富济贫，有“怪盗绅士”之称。——译者注

“那你们就等着后悔吧。”拉里说，“现在引狼入室，以后就是家‘狼’难防了——每个房间都难逃它们的洗劫。大家快去把值钱的家当埋好，再雇个持枪护卫来看着。简直是发神经！”

“别说傻话，亲爱的。”母亲安抚拉里，“平时就把它们关笼子里。它们要锻炼身体时，再放出来就好。”

“好个‘锻炼’！”拉里大声说，“你觉得锻炼就是叼着一百德拉马克在家里飞来飞去？”

我庄严承诺，今后不论发生怎样的大事，都绝不会让我的喜鹊行窃。拉里向我翻了个夸张的大白眼。我又问了一次取名字的事儿，但大家还是没有灵感。一群人就这么傻站着，盯着两只颤抖的小鸟看。

“你打算怎么处理这两小笨蛋？”斯皮罗问。

我不快地说这是我的宠物，当然是养起来。而且它们不是笨蛋，是喜鹊。

“喜什么来着？再说一遍它的英语名字好吗？”斯皮罗皱起眉头。

“喜鹊，斯皮罗，喜——鹊——”母亲缓慢地、清楚地教斯皮罗。

斯皮罗的英语词汇又增加了一个。他想加强记忆，于是小声地练起发音来，念了好几遍。

“喜倔，”他最后终于念出了声，“喜倔？我说得对吗？”

“斯皮罗，是喜鹊。”玛歌帮他纠正。

“没错，我就是这么说的啊！”斯皮罗愤愤不平，“喜倔！”

喜倔就喜倔吧，我们懒得再想了。从此，两只小鸟就都被叫作“喜倔”了。

小喜倔们乖乖吃饭，健康成长，渐渐长出了正常的羽毛。拉里看着它们四处扑腾，早见惯不怪，视若无睹了，“犯罪本能说”也被他忘了个干净。兄弟俩生得丰腴肥胖，光鲜亮丽，整日叽叽喳喳。它们平日最爱坐在小篮子窝的边上，可劲儿挥舞翅膀，摆出一副人畜无害的可爱模样。在喜倔们开始学习飞翔之前，日子都还风平浪静。学飞的起步期，它们会从阳台桌子上起跳，然后在空中猛扇翅膀，一路滑翔开去四五米远，最后跌落在石板地上。随着翅膀越练越硬，它们的胆子也越来越大。没过多久，兄弟俩就完成了真正意义上的处女航——环绕别墅飞行。它们的飞行姿态极其可爱，长长的尾巴在阳光下闪闪发光。从低空穿越葡萄藤时，翅膀还会嗖嗖作响。我忍不住把家人们都叫了出来，一起欣赏。有了观众助阵，喜倔们更是意气风发。它们在空中不断加速，你追我赶，一路俯冲到离墙壁只有一个转身的距离时，才秀出一个漂亮的急转弯，飞上了玉兰树的枝丫间，开始表演其他特技。不过，其中一只喜倔迷失在了大家的掌声中，一时麻痹大意，误判了距离，一头撞上葡萄藤，跌落在阳台地上。小家伙不复空中的生猛与迅捷，在地上摔成了一个乱七八糟的羽毛团子。我赶忙把它捡起来，好生安抚。它也张大嘴巴，委屈巴巴地哀号起来。兄弟俩把翅膀玩明白后，很快也就摸清了别墅的房间布局，于是开始谋划起一桩惊天大案来。

它们知道厨房是个好地方，但只能在门口远观，不可踏入半步。客厅和餐厅但凡有人在，它们也会自觉回避。至于卧室，除了我的房间随时大门敞开，可自由进出外，其他人的态度都不太爽快。母亲和玛歌的卧室进倒是能进，但规矩特别多，着实无趣。莱斯利的卧室只对它们开放窗台区域，但这点优待它俩也主动放弃了。因为有一天莱斯利不小心走火开了一枪，喜倔兄弟俩吓得魂飞魄散，从此便觉得莱斯利对它们图谋不轨，靠近他有性命之虞。最让它俩垂涎的其实是拉里的卧室，对喜倔来说，那是一个未知的迷境。它俩只要靠近，连窗台都还没碰到，拉里的怒骂就已呼啸而来，辅以一长串投射物的连击。兄弟俩只能屁滚尿流地逃到玉兰树上自保。喜倔们搞不懂，拉里何苦要防两只鸟防到这步田地。但后来它俩开悟了：拉里心虚至此，其中必有蹊跷。兄弟俩自认责无旁贷，必须挖出真相来。它们韬光养晦，终于等来了天赐良机——那日下午，拉里出去游泳时竟忘了关窗。

拉里到家后，我才知道了喜倔们的“丰功伟绩”。之前一直找不到它们，我还以为哥俩下山偷葡萄去了。这对永不停歇的话痨机，唯独今天作案时，安静得像是断了电。拉里说它俩还打配合战，轮流上窗台放哨。他刚爬上山坡，便惊惧地发现，一只喜倔正坐在他的窗台上！拉里顿感大事不妙，冲着这只盯梢的就是一顿怒斥。那只喜倔立刻咯咯一叫，从房里唤出了另一只鸟。兄弟俩猖狂大笑着飞去了玉兰树，俨然一对想偷果子但被人抓了现行的调皮学生。拉里拔腿就往家里冲，直奔自己房间。半途还一把拽住我，要我同去指认现场。他打开卧室房门，发出了一声惨叫，仿佛灵魂被碾碎了。

在搜查房间这件事情上，喜倔们不遗余力，细致程度堪比特工。无数手稿、打印纸被秋风扫落叶般吹散一地，大部分都有画风清奇的孔洞图案。它俩向来无力抵抗纸张的魅力。打字机死无全尸，肚子里流出色带，键盘上盖着鸟屎。它颓然立于桌上，像一匹马被拖到斗牛场里，惨遭开腹挖肠。回形针撒得到处都是，在地毯、床、桌子上闪耀着光芒，仿佛给房间上了一层糖霜。两位大侦探看到小苏打罐子后，英勇地打开了盖子，把里面的白色粉末倒在了一排书的顶上，做出了一条自带雪顶的山脉。桌子、地板、稿子、床面（特别是枕头）无一角落例外，都得到了无数绿色和红色的小爪印，这就要感谢墨水瓶的大力支持了。两只鸟很有讲究，都只用自己喜欢的颜色生产独家小爪印。那姿色平平的蓝墨水就无鸟问津。

“欺人太甚！”拉里声音发抖，“无法无天！你要自己了结这些鸟，还是我给它们一个痛快？”

我反驳说这也不能怪喜倔。它们天性好奇。乌鸦类的鸟都是如此，本意不坏，只是不懂后果的严重性。

“我没有要你开乌鸦科普课。”拉里语气中有了杀气，“喜鹊是天生坏种，还是后天学歪了，我没有半点兴趣。对它们，你只有两个选择：一是彻底赶走；二是彻底锁起来。都不接受的话，我给你来一堂‘手撕喜鹊翅膀’课。”

正在午休的家人们被吵醒，纷纷聚了过来。

“天啊！亲爱的，你这是干了什么？”母亲看着一地狼藉。

“妈妈，我现在没心情理会这种蠢问题。”

“必然是喜倔们干的好事啊！”莱斯利兴高采烈，脸上带着先知预言成真般的骄傲，“丢东西了吗？”

“东西倒没丢，我真是谢鸟隆恩呢！”拉里恶狠狠地阴阳怪气起来。

“哎，它们把你的稿子弄乱了。”玛歌经过仔细的观察，得出了结论。

拉里睨了玛歌一眼，做了一个深呼吸。

“你是专门学过睁眼说瞎话吗？避重就轻被你玩透了啊！”拉里开了口，“你一如既往，将这种人间惨剧说得轻描淡写。面对命运，你的迟钝与笨拙让我无比嫉妒。”

“何必这么刻薄？”玛歌说。

“拉里不是故意的，”母亲勉为其难地劝解，“他有点失落，没控制好情绪。”

“失落？失落？！那些满身癞疮的秃鹫大摇大摆地冲进来，蹂躏我还没完成的手稿。怎么的，它们当自己是文学批评家呢？义‘粪’填‘鹰’地毁去我的稿子！你觉得我就配个‘失落’？”

“没错，亲爱的，这事儿太糟糕了！”母亲努力演出同仇敌忾，但又说道，“我敢打包票，它们真不是故意的。两只鸟嘛……能懂什么啊？”

“妈妈，你别来搞事情啊！”拉里彻底被激怒了，“我已经上过乌鸦价值观的科普课了。这个家庭对动物之纵容，简直变态。每个人都掏心挖肺地包装畜生们的无辜形象，为它们的恶劣行径开脱。你们干脆修个监狱吧，把你们自己都关起来，组团去崇拜喜鹊，向喜鹊祷告好不好？你们对受害者群起而攻之，好像今天的始作俑者是我自己，是我活该让房间被匈奴王阿提拉[①]洗

① 阿提拉是五世纪匈奴帝国的皇帝，将帝国发展成了当时欧洲最强大的国家之一。据记载，他的统治不乏暴力和恐怖，其军队破坏了大量城市和村庄。——译者注

劫一遍！我再警告你们一次：这些鸟必须处理掉，要不然我就亲自动手了。”

看拉里马上要大开杀戒，我决定即刻转移喜倔们去安全地带。我拿了个生鸡蛋引诱它们去我的卧室，并把它们暂时关在了鸟篮子里，再设法给它们安排个封闭的住处。建个大鸟舍不错，但凭我一己之力够呛，家人们估计也爱莫能助。所以我决定向克拉莱夫斯基老师求助，可以请他出来一趟，帮我建好鸟舍后还能教教我摔跤。我一直就想学摔跤，机会就来了。我其实早就发现老师多才多艺了，除了摔跤，他还有好多隐藏技能。

除了照顾母亲和鸟儿，克拉莱夫斯基的生活还有一项巨大的乐趣。那就是他脑子里有一个架空宇宙，里面充满了神奇的冒险故事，以及英雄救美的场景。登场人物不多，英雄就是老师自己，剩下的一个主角通常就被称为“女士”。克拉莱夫斯基发现我很是捧场，想象便愈加离奇。老师的精神乐园每天都对我开放，欢迎我逐渐深入地探索。这一切始于那个早上，我们正在喝咖啡吃饼干，享受课间休息，说着说着就聊到了狗的话题。我说自己渴求一只斗牛犬，这个欲望已经快要如浪涌般淹没我了——因为它们实在是丑得别具一格，让人欲罢不能。

“斗牛犬，不错不错！”克拉莱夫斯基感叹，“它们很棒，值得信赖又勇敢。但牛头梗就配不起这些词了。”

他嘬了一口咖啡，试探性地瞥了我一眼。我意识到他还意犹未尽，于是问他斗牛梗为什么不值得信赖。

“罪大恶极！”他擦了擦嘴，“罪无可赦！”

他闭眼斜倚在椅背上，双手指尖轻触在一起，像在祷告什么。

“很多年前我在英国时，曾跟一只斗牛梗搏斗，救出了一位女士。”

他睁眼，瞥见我正全神贯注地听着，便又放心地闭上眼，继续讲起来：“一个春天的清晨，我在海德公园里散步。时间尚早，公园四下无人，一片寂静，偶有鸟鸣。我走着走着，突然听到一阵低沉而暴躁的狗叫。”

他压低语调，紧闭眼睛，斜着脑袋，仿佛在用听觉搜寻着什么。这氛围烘托得十分到位，我都觉得有狗叫从水仙花丛处传来，瞬间毛骨悚然。

“我起初也没太在意，以为是哪只狗在追松鼠。但突然间，我从狂暴的犬吠中听到了人类的求救声！”他坐直了身体，眉头紧锁，鼻翼都翕动起来，“我急忙穿过树林，眼前出现了惊心动魄的一幕。”

他稍作停顿，手轻抚过额头。看来那场景的确可怖，时至今日他仍无法承受。

“一位女士背靠着一棵树，裙子已被撕裂，腿上鲜血淋漓。她手举一把折叠椅，在死命抵挡一只暴躁的斗牛梗。那畜生口吐白沫，狂叫乱跳，伺机而动。女士明显已无力支撑，危在旦夕了。留给我的时间不多了！”

老师依然紧闭眼睛。像这样做可能有助于他在记忆里搜寻出更多细节来。他挺直身体，表情里充满了“让你下辈子不敢再当狗”的威慑力，那是一张为牛头梗量身定制的地狱单程票——英雄救美前的豪迈神情。

“我一把举起厚重的手杖，向前一跃，大喊一声，给女士鼓劲儿。那条狗听到后浑身一震，转身便咆哮着扑向我。我竭力朝它的头打去，手杖都打断了。只这一招，便打得那畜生头昏脑胀。但它后劲了得，居然还能再发起进攻。我赤手空拳，只能眼睁睁地看着它重振雄风，张开大嘴向我的喉咙扑来！”

克拉莱夫斯基讲得满头大汗，拿手绢在眉头上来回轻点。我一脸急切地询问下文。于是他重新靠拢指尖，继续说道：“我只有一个险中求胜的方法了。成功概率虽微乎其微，但别无他路了。那头野兽离我近在咫尺时，我一把将手伸进它的嘴，抓住它的舌头，拼尽全力拧转起来。它也发了狠地咬我的手腕。我的血瞬间喷涌而出，但我半点不松手，这可是场性命攸关的对峙。狗就在我手上挣扎了一个世纪之久。有那么一瞬间，我真的筋疲力尽，挺不下去了。但突然，那只野兽猛地蹬了一下，全身瘫软下来。我成功了！这家伙被自己的舌头堵住气管，窒息而死了。”

我长长地叹了口气。这故事精彩得无与伦比，且有一定的真实性。就算它没发生过，也“值得”发生一次。如果生活没给老师安排过这个桥段，那么我支持他搞只斗牛梗来，成全这个故事。我盛赞了他的智勇双全。克拉莱夫斯基睁开眼睛，被我的热情羞得满脸通红，难为情地对我微笑起来。

“哪里哪里，谈不上多勇敢。”他纠正道，“女士陷入了困境，作为一个绅士，我必须冲上前去，别无选择，冲就对了！”

老师的每个故事都让我如痴如醉。他信心大涨，创作能力逐步提升，灵感源源不断，故事是一个比一个惊天骇地。后来我发现，只要前一天花点心思，在他脑子里植入一个点子、埋下一个钩子，第二天他就会以此为基础，回报我一个冒险故事。我就津津有味地听过一个海难求生的故事。有一次，他乘船前往摩尔曼斯克[①]（“有些事要去那里处理一下”），他和一位女士成了全船仅剩的幸存者。整整两个星期，他们漂浮在冰川上，衣服被冻得僵硬。两人偶尔才能吃到一条生鱼或海鸥，直到救援船赶来，但两人又差点被救援船错过。还好克拉莱夫斯基急中生智，用女士的毛皮大衣烧出了一堆信号火，才让两人成功脱险。

另一个故事也让我叹为观止，讲的是他在叙利亚沙漠被强盗劫持的事（“我是带一位女士去参观一些墓葬地”）。强盗要带走

① 摩尔曼斯克是北极圈内最大的城市，位于俄罗斯境内，北纬 69 度。——译者注

女士并勒索高额赎金。他主动献身，愿换下女士。但是强盗认为女士能要个更好的价钱，所以蛮横拒绝。老师固然厌恶暴力，但事已至此，一个绅士还能如何？他取出藏在防蚊靴中的小刀，一口气干掉了六个暴徒。还有一次，在第一次世界大战期间，他正在特工组织服役——这很正常。他贴上假胡须，被秘密送入敌后地区，要与另一个英国间谍接头，一同拿回情报。不出我所料，这个搭档也是一位女士。后来，他们居然在行刑队的眼皮子底下成功逃脱了（当然还带着情报），堪称高智商战斗的巅峰之作！话说他潜伏进了敌方军械库，将里面所有的步枪都装上了空壳弹。待到行刑日，他听到枪响，就立刻倒地装死，逃过一劫。如此智勇双全，敢问普天之下除了他，还有何人？

我听惯了克拉莱夫斯基吹牛，偶尔再听他讲个稍微有点真实性的故事，便会信以为真。哪料福兮祸所伏，这信任反而成了他的一道劫。有一天，他讲了一段年轻时在巴黎的经历：一个傍晚，他在街上散步，突然看到一个壮汉在欺负一位女士。出于绅士的本能，克拉莱夫斯基立刻用手杖击打壮汉的头。不想对方竟是法国摔跤冠军，提出要用摔跤来跟老师决斗。克拉莱夫斯基应允。双方定下比赛日期后，老师就开始训练自己（吃大量的蔬菜，进行大量的锻炼）。等到了比赛的日子，他自觉已达到了自己的巅峰状态。然而对手不论在体型还是智力上——据老师描述——都更接近于尼安德特人[①]。开打后，双方势均力敌，对手很是惊

① 尼安德特人是远古时期的一种原始人类，身高不如现代人，但身体和四肢粗壮，手掌脚掌宽大。——译者注

讶。他们在擂台上摔了整整一小时，也没决出胜负。克拉莱夫斯基突然灵光一现，想起曾在日本朋友那里学过一种摔法。于是他心生一计，先钳住对方，然后用力转腰，同时一甩手，便将庞大的对手举了起来。老师又转了个圈，将对手抛出了擂台。那个可怜蛋因伤势过重，住院都住了三个月。但正如克拉莱夫斯基所说，那卑鄙小人居然敢对女士动手，这记抱摔实属恶人有恶报。

我沉迷于这个故事中不能自拔，也想学摔跤。我问克拉莱夫斯基能否教我几招，万一以后遇到女士陷入困境，我也能出手相助。他踟蹰起来，只说将来有足够大的场地了再教也不迟，然后便忘了这事。我则一直记在心头。到了他来建鸟舍的那天，我一心想要抓住个机会，提醒他履行承诺。茶歇时，我等到了一个说话的间隙，便问起他与法国摔跤冠军的那场对决来。没想到老师低调至极，不愿在众人面前回顾壮举。他脸色煞白，只示意我安静。

“公开场合别炫耀这些事。”他低声说。

我说没问题，只要你教我几招，我就尊重你的低调。

“行吧，”他舔舔嘴唇，“我教你几个入门的小招式。但有个道理你得明白，练摔跤非一日之功，后期的勤学苦练才是关键。”

我忙开心地问他是想在阳台上摔，让家人们也来瞧瞧热闹，还是去客厅里进行私密教学。克拉莱夫斯基选择了客厅，说不希望教学被干扰。于是我们将客厅的家具都移开，准备开练。他扭扭捏捏地脱掉了外套，告诉我摔跤的诀窍就在于让对方失去平衡。我只要抓住对方的腰，然后快速地侧身一甩就好。作为演示，他把我抓起来，又轻轻地扔到了沙发上。

他竖起一根手指，问我："明白这个技巧了吗？"

我说完全领悟了。

"那就稳了！"克拉莱夫斯基说，"现在换你来摔我。"

我决心光耀师门，所以用尽全力狠狠地摔他一跤。我先是一阵助跑冲向克拉莱夫斯基，然后死命环抱住他的腰，让他无力逃脱。我的手腕猛地一扭，便把他朝最近的椅子摔了去。可惜我臂力有限，这一摔都不够老师摸到椅子边的。他结结实实地摔在了地上，发出惊天动地的一声号叫，把阳台上的家人们都引了过来。我们忙把这位脸色惨白、低声闷哼的摔跤大冠军抬上了沙发，玛歌跑去取白兰地。

"你把他怎么了？"母亲问我。

我说自己只是听老师的话，如此而已，我不觉得自己有什么错。

"亲爱的，你不知道自己到底有多少力气，"母亲说，"该小心些才好。”

“这是什么神经病玩法？”莱斯利说，“你差点杀了他。”

“我以前认识一个人，他摔跤时把自己摔成了残疾人。”拉里语气轻松。

克拉莱夫斯基呻吟得更大声了。

“杰瑞，你怎么这么蠢？”母亲焦虑起来。她显然已经断定，克拉莱夫斯基只能坐在轮椅上度过余生了。

我觉得这些指责很没道理，心中烦躁起来。我再次强调，这不是我的错。老师教了我摔跤的方法，于是我就上手实操，这完全合情合理。

“他不可能真让你这样摔他，”拉里说，“他的脊柱搞不好都被伤到了，跟我那个朋友似的。我朋友的脊柱断成了好几段，就像被揉碎了的香蕉，很神奇。他告诉我，有些骨头渣都刺出皮肤来了……”

克拉莱夫斯基睁眼看了拉里一下，满是痛苦与绝望。

“我能喝点水吗？”他虚弱地说。

玛歌正好带着白兰地回来了，我们就让克拉莱夫斯基喝了一些。他惨白的脸恢复了少许红润，喝罢便再次闭上眼睛躺下了。

“哟，你还能坐起来，不错嘛，”拉里欢快地说，“但不代表你就没事了。我认识的一个画家从梯子上跌下来，也是摔断了脊柱。他好手好脚地走了一个星期呢，然后才被人发现。”

“天啊，真的吗？”莱斯利深感兴趣，“那他后来怎么样了？”

“死啦。”拉里说。

克拉莱夫斯基坐起来，挤出了个微笑，但笑得万念俱灰。他说：“让斯皮罗送我去城里找个大夫瞧瞧吧。”

“没问题，斯皮罗会送你去的，”母亲说，“我们应该去西奥多的诊所，让他给你检查一下，这样你心里能安稳些。”

克拉莱夫斯基强装镇定，但脸上已血色全无。我们把他裹在好几层毯子里，小心翼翼地抬到了车后座上。

“你看完病，请叫西奥多把诊断意见写下来，让斯皮罗带回来给我，”母亲说，“衷心祝愿你尽早康复。我万分抱歉，杰瑞真是太不小心了。”

这是克拉莱夫斯基的高光时刻。他憋出一个强忍疼痛但依然大无畏的微笑，然后无力地挥了挥手。

“请别担心，这件事儿过去了，”他说，“千万不要责怪孩子，真不是他的错，都怪我荒废太久。”

夜已深，斯皮罗完成了使命，带回来西奥多写的一张纸条。

> 尊敬的德雷尔夫人，
>
> 我给克拉莱夫斯基先生照了 X 线片。从片子上看，他应该是断了两根肋骨，其中一根的伤势还很严重。他缄口不谈受伤的原因，但受伤时应该是遭到了猛烈的撞击。接下来他如果能够打好绷带，固定好伤处，坚持一个星期，肋骨就不太会留下永久性的损伤了。
>
> 祝阖家安康！
>
> 西奥多
>
> 另，上个星期去府上叨扰时，我可能不慎遗留了一个黑色的小盒子。里面有我收集到的一种疟蚊，颇有趣。我遍寻不到，不知失手丢到了何处。如果您碰巧看到，可否通知我一声？

17 My Family and Other Animals

云裳仙子的湖畔

喜倔们的铁窗生活开始了，兄弟俩怏怏不乐。牢房其实也不算小，但还是兜不住哥俩大得无边无际的好奇心。在它俩看来，置身这大千世界中，自己竟不能亲自去看，去研究，去指责、抱怨、点评、批判……真真是天底下最大的委屈！它俩现在只能看到房子正前方的风景了，后面彻底成了盲区。但凡后面传来什么响动，喜倔们就百爪挠心，在笼子里绕圈飞行，嘴里骂骂咧咧，还会尽力把头从铁丝网的缝隙中伸出来，想看得更远些。兄弟俩虽身陷囹圄，但在知识与能力上却取得了长足进步，比如学说希腊语、英语，以及模仿自然界的各种声音。它们悟性极高，很快便会叫所有家庭成员的名字了。两只鸟还会特意等斯皮罗发车，但没开出去太远时，跑到鸟舍角上大叫："斯皮罗！斯皮罗！斯皮罗——"斯皮罗忙刹车，然后调头回来看是谁在叫他。它们会对着三只狗，接连大喊："走开！""过来！"并在希腊语和英语中不停切换，让狗狗们手足无措。

它们还有个其乐无穷却丧尽天良的把戏，即欺负那群倒霉的母鸡。母鸡们每天都在橄榄树林里东挖挖、西啄啄。女仆会不时走到厨房门口，嘴里发出啧啧或咯咯的声音，召唤母鸡们过来吃大餐。声音一起，母鸡们就会着了魔般地蜂拥而至。喜倔们学会女仆的召唤声后，便开始欺负那些可怜的母鸡了。兄弟俩会挑一个最讨厌的时间点来恶作剧。通常，当母鸡们历经一番辛苦，吵嚷着钻进了小树林时；或一天中最热的时间到了，母鸡们在桃金娘树下安静下来，正打算美美地睡个午觉时，喜倔的模仿就开始了，一只负责啧啧，一只负责咯咯。母鸡们也拿不定主意，开始四处张望，都希望别人能领个头。喜倔们接着又叫了起来，但更加急切、魅惑了。总有一只自制力不达标的鸡会尖叫着跳起来，没头没脑地冲向喜倔们的笼子。其余的鸡也按捺不住了，便扑扇起翅膀，喳喳叫着全速跟上。鸡群来到了铁丝网前，推搡、尖叫、踩踏、互啄，乱成了一锅粥。最后，气喘吁吁的母鸡们会在混乱中抬起头来，眼巴巴地仰望着喜倔兄弟俩。此刻，这两只坏鸟堪称万众瞩目的“衣冠禽兽”，穿着光鲜的黑白两色西服，好似一对狡诈的城市骗子，愚弄了一群老实巴交的乡下人，还低头嘲笑受害者。

喜倔们虽然也不放过在狗身上找乐子的任何机会，但其实是喜欢这三只狗的，尤其是罗格。罗格也常去找它们玩。它会紧贴铁丝网趴好，竖起狗耳朵。喜倔们坐在另一边，离罗格的鼻子只有几厘米远。它们会跟罗格说悄悄话，语气轻柔但猥琐，偶尔还会发出刺耳的哄笑，八成是讲了什么上不得台面的笑话。两只鸟对嘘嘘和呕呕就大不相同了。我从没见过喜倔们温柔、亲切地将罗格引诱到铁丝网旁，然后攻其不备，飞扑下来，猛扯罗格的尾巴——这戏弄对嘘嘘和呕呕来说可是家常便饭。总体而言，兄弟俩对狗还算不错，但有个前提，狗得有狗样。所以第一次看到豆豆时，喜倔们目瞪口呆：这玩意儿也能算是一条狗？！从此，喜倔们给豆豆的就只是无端的讥讽与蔑视了。

豆豆的品种叫作“丹迪丁蒙梗”。它的身体长而胖，全身毛发茂盛，仿佛一个气球穿着毛大衣。再配以四条细细的小弯腿、一对鼓胀的大眼睛、两只长长的垂耳朵，造型堪称魔幻。这只魔幻小狗之所以能加入我们的大家庭，竟然还得感谢我的母亲。我们有位朋友养了两只丹迪丁蒙梗。那两只狗已不孕不育多年，最近却突然生出了六只小狗。可怜的狗主人拼命给小狗崽找新家。母亲的爱心再次泛滥，不假思索便决定要收养一只。那天下午，母亲去接小狗了。她一时脑热，居然挑了个小女孩，完全没意识到家里三只狗都是小伙子，此举无异于羊入虎口。小狗仿佛是一根香肠刚刚投胎成功，脑子还不大机灵。母亲把它夹在手臂下，爬上车便回了家，激动地想跟家人们好好介绍它。但小狗出师就不利，从上车的那一刻起，直到下车的那一刻止，一直都在呕吐，吐得天昏地暗。我们站在阳台上，迎接母亲的新宠儿。它在我们的注视下，就这么鼓着眼睛，倒腾着小短腿，扇着耳朵，拖着长长的身体，一路跌跌撞撞地走了过来。不时还得停一下，朝着花坛里再吐几口。

“真是个可爱的小弟弟！”玛歌喊道。

“天啊！它看起来像一只海参。”莱斯利说。

“妈妈，你又来？！”拉里厌恶地看着豆豆，“你是在哪儿找到这只狗版的弗兰肯斯坦[①]的？”

“它很可爱，”玛歌重复道，“这小男孩哪有什么不对劲的？”

“人家是个小姑娘，可不是小男孩，”母亲自豪地看着自己的新宠，“它叫豆豆。”

“好，现在至少就有两个地方不对劲了。首先，这个鬼名字用在任何动物身上都不行。其次，让一只母狗和三只大色狼同处一室，你是嫌自己麻烦还不够多吗？还有它的模样！它是先天性的丑，还是后天遭遇不测，死里逃生过？”

“别傻了，亲爱的，这个品种的狗就该长成这样。”

“妈妈，你胡说，它就是个怪物。谁会想繁育这样的狗啊？”

① 弗兰肯斯坦是玛丽·雪莱的小说《科学怪人》中的主要人物。他是一个不道德的科学家，从停尸房偷来人体部位，拼凑制作出了一个全新的生命体。但这个生命体是个怪物，因造型怪异、恐怖，被弗兰肯斯坦遗弃了。拉里在这里想用怪物来比喻小狗，但是误用了科学家本人的名字。——译者注

我解释说有种达克斯猎犬，身材跟豆豆很像，就是被特意繁育成这个形状的。人们想让它们钻进洞里追獾去。丹迪丁蒙梗的繁育可能也是同理。

“繁育它的人，应该是想训练它去钻下水道，进行排污操作吧？”拉里说。

“别净说恶心话，亲爱的。它们都是很棒的小狗，一看就很忠诚靠谱。”

“谁稍微给个好脸，它们都得掏心挖肺地报答吧：这个世界上，喜欢它们的人可不好找啊！”

“你太刻薄了。你又哪有资格评价别人的外表？说到底，美不美的话题都很肤浅。记住，乱丢石头前，先看看自己眼睛里有没有木头！”玛歌得意地说。

拉里大惑不解：“这也是句谚语？还是《建筑工人报》上的什么说法？”

“她是不是要说‘甲之蜜糖，乙之砒霜，坏风不生青苔’？”莱斯利戏谑道。

“看着你们我就想吐！”玛歌露出一脸的高傲与鄙夷。

“那赶紧去花园吧，豆豆陪你。”

“行了，行了，”母亲说，“为这事儿吵架就不值得了。反正这是我的狗，我喜欢就好。”

豆豆成功住进了家里，然后立马表现出了自己的先天缺陷，把所有人都折磨得痛不欲生。剩下三只狗加起来都抵不过它的神威。首先，它的一条腿天生不足，髋关节会随时脱臼，不论白天黑夜，不需任何理由。豆豆的意志力几乎为零，一脱臼便开始大哭。声调还逐渐高昂，最后能变成一种带着颤音的嘶吼，刺得你天灵盖都疼。神奇的是，你要是带它外出散步，或在阳台上让它笨手笨脚地追球玩，脱臼的问题就不治而愈了。然而等到夜幕降临，家人们都静静坐好，开始专心写作、阅读或编织时，豆豆的腿就要闹事了。它的髋关节一扭，整只狗便就地翻得肚皮朝天，还发出一声凄厉的惨叫。大家吓得一蹦三丈高，谁都无法再继续手里的活儿了，只得一起去给它揉腿。等到脱臼的关节被按摩复位后，豆豆已经叫得筋疲力尽，随即便进入了梦乡，睡得香甜。而我们却被折腾到神经衰弱，再也无法集中精力做任何事情。

我们不久就发现，豆豆的智商着实堪忧。它脑子里只有一根筋，一旦认定某样事情，就坚守到底，打死不改。比如它很快便认定，母亲应该完完全全地属于它。一开始，这占有欲还算有点分寸。直到一天下午，母亲去城里购物并留下了豆豆在家里。在它眼里，母亲这是诀别了。悲痛让豆豆坐立难安，动辄便号哭，一圈圈地走。哀伤至极时，它的腿还会脱臼。母亲回来时，豆豆简直重生了，欢腾雀跃着欢迎母亲。但也是从那一刻起，豆豆生怕母亲再逃脱，所以绝不让她再离开自己的视线。她像个顽强的帽贝，时刻依附在母亲身边，最远不过半步。母亲坐下，豆豆就躺在她脚边；母亲起身去书房拿本书或者一包烟，豆豆就会全程跟随，一起回来再坐下。每每回来，豆豆就很是自得。它会长舒一口气，庆幸又一次把逃亡的母亲拉回了身边。连母亲洗澡时，豆豆都会愁眉苦脸地坐在浴缸旁，眼睛都不眨地盯着母亲，让人好不尴尬。如果母亲想把它关在浴室门外，它就会呼天抢地，猛撞门板，直到把髋关节撞脱臼。豆豆绝不会让母亲独自进浴室，它自己守在门外也不行——万一母亲顺着下水道口爬走了可怎么办？

起初，罗格、嘘嘘和呕呕对豆豆的态度都是一种带着不屑的淡然。它们没觉得这只小狗有什么了不起的地方，毕竟豆豆又矮又胖，又不能跑。如果狗群想带它一起玩，她还会大惊小怪，像是被害妄想症发作般，跑回房子大声求救。所以在三只狗眼里，豆豆这家伙既无聊又无用。后来事态有了大逆转，狗狗们发现豆豆有一个美好且无敌的特性：它是只母狗，而且是只会有规律地发情的母狗！但豆豆在心理上依然情窦未开，这份纯真无瑕让人感慨万千。每当它的追随者垂涎欲滴地过来求爱时，它都不只是困惑，而是惊恐，以至于母亲得抓根大棒来应付这些流氓。豆豆极其单纯，宛若维多利亚时期[①]的少女。但也正因为这份单纯，呕呕才有机会用自己那双姜黄色的浓眉，轻易便将豆豆俘获，让豆豆遭遇了生不如死的劫难。那天，英国神父夫妇突然到访，母

① 英国的维多利亚时期，社会风气极度保守封建，未婚少女不得谈及两性话题，且必须与男性保持距离。——译者注

亲忙着去查看茶水的准备情况，在匆忙中不慎将呕呕和豆豆锁在了客厅里。当母亲带着神父夫妇走入客厅时，那对鸳鸯正翻云覆雨，好不快活。她只好一边忍受着两只狗带来的冲击，一边在客人面前竭力保持谈笑自若。但客人走后，母亲浑身发酸，头痛欲裂。

后来，豆豆还真生下了一只小狗，惊到了所有人（包括豆豆本人）。这个小不点是一个奇形怪状的肉团，还不停地咪咪乱叫。它继承了妈妈的身材、爸爸的颜色，身上兼具猪肝红和白色。升级当了妈妈，豆豆却十分沮丧，神经几欲崩溃。因为它既想留在孩子身边，又不愿放弃追随母亲。我们都没注意到豆豆的煎熬，最后还是她自己找到了办法：依然跟随我母亲四处移动，但把孩子叼在嘴里。它跑了整整一上午，我们才终于看懂它的意图。小狗崽的头被豆豆咬住，身体拖在豆豆脚边，一路左摇右摆。不论我们如何训斥和恳求，豆豆都不松口。母亲无奈，只好把自己困在卧室里，让豆豆和孩子能时刻相伴脚边。她连吃饭都得我们端上去。即便如此也不得安宁，母亲一起身，警惕的豆豆就会抓起小狗，用惊恐的眼神看向母亲，随时准备好跟随她冲出去。

“再这么下去，小狗要被拖成长颈鹿了。”莱斯利说。

“我知道，小家伙真是可怜，”母亲说，“但能怎么办呢？我就是起来点根烟，豆豆都要叼孩子。”

“简单啊，直接淹死得了。”拉里说，“反正它长大后也会变成个丑八怪。你瞧瞧它父母就明白了。”

“你休想！”母亲气鼓鼓地说。

“你别这么残忍，”玛歌说，“这小东西真是可怜。”

“我只是感到荒谬，你居然被一只狗困在了一把椅子上。”

“我的狗我自己管，我爱坐哪里就坐哪里。”母亲意志坚定。

“那什么时候才能坐到头啊？你搞不好要被困好几个月呢。”

“我自己想办法就是了。”母亲说得正气凛然。

母亲的方法很简单，雇了女佣的小女儿苏菲亚来帮豆豆抱小狗。豆豆很满意，母亲也重获自由。从此，母亲在家里走动时，就颇有东方帝王的架势了。她身后紧跟着豆豆，在后面是年轻的苏菲亚。苏菲亚抱着个大坐垫，上面趴着豆豆那长相惊人的小孩。苏菲亚行走时相当努力，伸着舌头，眼睛眯成了一条缝。如果母亲需要停一下，苏菲亚就会万分虔诚地降下坐垫，在地上放好。豆豆会立刻跳上垫子，长舒一口气。如果母亲起身，打算换个房间待，豆豆也会马上跳起来，抖抖身体，回到行列中的固定位置去。苏菲亚则高举坐垫跟上，仿佛捧着一顶王冠。母亲戴上眼镜，看看队伍是否准备就绪，再轻点一下头，一行人便蜿蜒去向下一个目的地了。

每天傍晚，母亲会带狗狗们外出散步。其他人也爱目送她们出发，因为能从中体会到巨大的乐趣。罗格是首领，在最前面开道，紧接着是嘘嘘和呕呕。然后是母亲，头戴一顶巨型草帽，仿佛是朵行走的超大号蘑菇。她手里握着把大铲子，遇到感兴趣的野生植物时，就用它挖出来带走。豆豆跟在母亲身后欢蹦乱跳，眼睛依然鼓出来，舌头也挂在嘴边乱甩。苏菲亚带着帝国仪仗——小宝贝狗及其坐垫，走在最后。拉里把这个队伍称为“母亲马戏团”。他会站在窗边，朝母亲大喊：“嘿！马戏团老板娘，你们什么时候支帐篷开演啊？”

拉里给母亲买了一瓶生发剂。他解释说，母亲可以拿来给苏菲亚用，看看能不能把苏菲亚变成一个长胡子的女人。

“老板娘，你们团需要这个节目，”拉里用低哑的声音跟母亲承诺，“表演要有亮点才好，懂不？长胡子的女人就是最好的创意，绝了！”

母亲不以为然，仍是在每天下午五点，带领她非凡的团队走进橄榄园，雷打不动地去散步。

科孚岛北部有个大湖。湖有个悦耳的名字，叫“安提尼欧提莎湖”。这个湖是我们全家最喜欢去玩的地方之一。湖岸线大约有 1.5 千米长，是一片狭长的浅水带，周围有茂密的甘蔗林和芦苇丛。湖的一头与海隔滩相望。滩是一片宽广、蜿蜒的沙滩，沙质细腻、洁白。我们每次去湖边游玩，都会邀上西奥多一起。因为湖边有各种池塘、沟壑、浅洼，我们能在这里尽情挖掘。芦苇丛里藏着数不尽的猎物，所以莱斯利会扛去一整套枪械。拉里喜欢带一把巨大的鱼叉，到了之后，花上几小时站在湖海相接的小溪口，目标是叉几条大肥鱼。母亲会带上大量的篮子和园艺工具。有些篮子装着食物，有些则是空的，回头能装她挖到的宝贝植物。玛歌最简单，就带一件泳衣、一条大毛巾、一瓶防晒霜去。这堆积如山的行李，让游湖成了一次大规模的远征。

不过去玩也要讲究时间，每年百合花盛开的季节都是大湖最美的时候。湖海相隔的那片沙丘，生长着科孚岛独一份的沙百合。那些奇形怪状的球茎平时就埋在沙地里。但每年一次，它们破沙而出，伸展开厚厚的绿叶和雪白的花朵。于是沙丘就成了花团锦簇的仙境，云裳仙子们在这里竞相争艳。我们每年都会挑这个时候到访，因为此时的体验最值得记忆。豆豆当妈妈后不久，西奥多告诉我们，百合花的花期快到了，于是我们开始为游湖做准备。但问题也随之而来，有了豆豆这位哺乳期的新妈妈，很多事情不好处理。

“这次我们得坐船去了。”母亲皱着眉，正在织一件复杂的拼图花纹毛衣。

“坐船？那速度要慢一倍的。”拉里不解。

“不能坐车，亲爱的，豆豆会晕车的，再说车里位子也不够。”

“不是吧！你要带上那个妖孽？”拉里惊恐地问。

“当然啊，亲爱的……针法是：两针平针，挑一针……我不能把豆豆留在家里不管……三针平针……你知道它的反应的。”

“那就为她另租一辆车吧！我不想坐一辆打劫过巴特西犬舍[①]的车，在乡下乱逛。”

“豆豆坐不了车，我说过了啊，她要晕车……亲爱的，先别说了，我正在数针数。”

“凭什么啊？！”拉里烦躁起来。

“十七、十八、十九、二十。”母亲的音量也高了几分，分明带着火气。

“大家都得绕最远的路，就因为有只狗见车便吐。凭什么？”

“哎呀！”母亲也心烦起来，“你把我数的针数都打乱了。

① 巴特西犬舍（Battersea Dog's Home）是英国最古老、著名的流浪动物关爱机构，总部坐落于伦敦的巴特西地区。该机构创建于1860年，至今仍在运营。2002年，为了表示对流浪猫的关怀，巴特西犬舍更名为“巴特西猫狗之家”（Battersea Dogs & Cats Home）。——译者注

我在织东西的时候，不希望你嚷嚷。”

“你怎么就知道豆豆不晕船呢？”莱斯利好奇。

“因为车和船之间，你最多只会晕一样。”母亲解释。

“那我可不信了，”拉里说，“无稽之谈！是不是啊，西奥多？”

“嗯，我也不太肯定，”西奥多不偏不倚，“之前我也听过这个说法，但不知道其中有多少……嗯……可信度。只是迄今为止，我自己还没晕过车。”

拉里茫然地看着西奥多：“你没晕过车，那又如何？”

“我晕船很厉害。”西奥多答得简单直白。

“漂亮！”拉里说，“坐车去，豆豆会晕；坐船去，西奥多会晕。咱们选一个吧。”

“我不知道你会晕船，西奥多。”母亲说。

“噢，是的，很不幸，我确实晕船。我也觉得这很麻烦。”

“像这样的天气，海面会很平静的，我觉得你应该没事。”玛歌说。

“不幸的是，”西奥多不停地踮起脚又落下，“我晕不晕船跟天气关系不大。我连……嗯……最轻微的船体晃动都受不了。之前有好几次，我在电影院里看到了船在怒涛中行驶的画面，我都必须……嗯……离开座位。”

“有个办法很简单，”莱斯利说，“一半人坐船，另一半人坐车。”

“这主意好！”母亲说，“问题不就解决了吗？”

问题根本没解决。我们发现，因大规模塌方，通往湖的道路被封锁了。坐车已不可能，我们想去就只能坐船了。

那是一个温暖的黎明，天际是淡淡的珍珠白，我们启程了。这样的黎明预告着一个热得让人窒息的白天，以及一方波澜不惊的海面。因为队伍规模庞大，我们必须同时启用“海牛号”和“胖胖瓶－屁花号”。“海牛号”在前，“胖胖瓶－屁花号”拴在后面，如此操作会让速度减慢不少，但也没有别的好办法了。拉里分配好了人员，狗、苏菲亚、母亲、西奥多乘坐“胖胖瓶－屁花号”，其他人在“海牛号”里挤一挤就行。悲惨的是，有一个重要的因素被拉里忽略了——“海牛号”尾浪的威力。“海牛号”会从尾部射出一条宽大的蓝色尾浪，如一堵玻璃幕墙般，向“胖胖瓶－屁花号”袭来。撞到船身的一瞬间，尾浪也刚好达到最大的高度，于是就将“胖胖瓶－屁花号”高高地掀上了天，又重重地落回来，如此循环往复。由于引擎声音太吵，我们一直没能听到母亲急迫的呼救声。当我们终于停下引擎，让“胖胖瓶－屁花号”借惯性跳到“海牛号”身边时，西奥多和豆豆自不必说，其他乘客也都只剩半条命了。连罗格这样的航海老手也未能幸免。我们只得将“胖胖瓶－屁花号”的乘客尽数转移来“海牛号”上，让他们全部躺下休整。斯皮罗、拉里、玛歌和我则挪去了“胖胖瓶－屁花号”。当我们快到时，西奥多仍在拼命往船边上靠，死盯着自己的靴子，只能用单音节词回答我们的问题。幸而其他人都好转了。这里是抵达前要绕过去的最后一个岬角了。红色、金色的岩石层层叠叠，像是无数化石被做成了报纸，又堆成了山，抑或是一个巨人国的特大号图书馆。“海牛号”带着“胖胖瓶－屁花号”驶入了一个蔚蓝色的宽阔海湾，再往里就是安提尼欧提莎湖了。珍珠白的沙滩背后，大沙丘蜿蜒舒展，被百合温柔覆盖。阳光下，千万朵雪白的百合花如象牙色的号角，向天空大张着嘴，盛情高歌。但它们发出的不是音乐，而是浓缩的夏季精华，是温香玉暖、带着甜味的芬芳。你忍不住，必须一次次地深呼吸，以大口大口地吸收这夏日的精髓。引擎最后一次发出喷溅声，声音在岩石间回响了片刻，彻底消散开。两只船静静地朝岸边划去。百合十分热情，早早就让香气涉水而至，专程来迎接我们。

我们将所有行李在沙滩上安置妥当，然后便各自逍遥去了。拉里和玛歌躺在浅滩里，享受海水温驯的摇摆，下一秒就要进入梦乡。母亲拿着铲子和篮子，带领她的散步大军出发去散个小步。斯皮罗脱得浑身上下就剩条裤衩，乍一看仿佛是个黑黢黢、毛乎乎的原始人。他迈入湖与海衔接的一条小溪中，溪水深至膝，清澈见底。这位原始人手持三叉戟，怒目圆瞪地看着水面，很想把脚边游来游去的小鱼叉出几条来。我和西奥多一组，莱斯利自己一组。我们以组为单位，给湖畔区域划分了地盘。那棵歪来扭去的橄榄树就是边界，每组各分得它的一边，双方见到这棵树就必须折返，绝不可过界。否则我和西奥多怕是要在茂密的甘蔗林中，魂消于莱斯利的枪下。然后我和西奥多便开始在水塘和溪流间跳跃、穿行，像一对饥渴的苍鹭在觅食；莱斯利则在另一边的甘蔗林、芦苇丛中沉着潜行，偶尔传来几声枪响，标记着他的工作进度。

午餐时间到，我们都已饥肠辘辘，纷纷回到了沙滩上。莱斯利收获颇丰，带回了一大包血淋淋的兔子、山鹑、鹌鹑、丘鹬，还有斑鸠。我和西奥多的试管里收集着无数闪亮的小生灵。篝火旺盛，熊熊燃烧。野餐垫上铺好了各种食物，一直放在海水里降温的酒也被取了过来。拉里把垫子的一角拽到沙丘上，原地躺下，便投入了百合花的怀抱。西奥多坐得笔直，胡须随着咀嚼动作而缓慢起伏。玛歌姿态优雅地趴在地上，在一堆水果和蔬菜中仔细挑选着自己中意的。母亲和豆豆的头顶是把大阳伞，她俩被安置在了这片凉爽的阴影之中。莱斯利跪坐在沙滩上，枪就横在自己大腿处。他一只手抓着已放凉的熟肉，一口一口往嘴里送，另一只手轻缓地抚摸着枪筒，若有所思。斯皮罗蹲在不远处的篝火旁，汗水沿着他刻满皱纹的脸一路流下，最后落在了漆黑浓密的胸毛上。他用一根橄榄枝作烤串签子，穿了七只肥硕的丘鹬，正把它们架在火上转着烤。

“天堂就在我眼前！”拉里躺在光芒万丈的花海里，嘴里塞满食物，嘟嘟囔囔地说，“这里就是为我而生的。我可以一辈子躺在这里，让一群不着寸缕、丰满妖娆的树精呈上美食与好酒。历经几百年深入骨髓的呼吸后，我定将与这芬芳化为一体。我让它们缠绕、守护我的肉身，令我不腐不朽，最后羽化成仙。终于有一天，我忠诚的树精们找不到我了，只能闻到那抹幽幽的香气……咦，那无花果看着还不错，谁给我扔一个呗？”

“我读过一本关于尸体防腐技术的书，很好玩，”西奥多来劲儿了，“埃及人保存尸体时，特别舍得花心思。他们会通过尸体的鼻孔……呃……取出脑仁来，真是妙极了！”

“他们是用一种什么钩子，从鼻孔穿过，再把脑子拉出来吗？”拉里好奇。

“拉里，大家在吃饭呢，别聊这个话题了。”

饭后，我们漫步去不远处的橄榄树荫，在午后的暖意中打个盹。蝉高声送来催眠曲，柔柔盖住我们的梦。不时有人站起来，缓缓走去海边，往浅水里一躺，浸凉后再回来继续睡。下午四点，睡得四肢大展、鼾声震天的斯皮罗鼻子里一哼，醒了过来。他晃去沙滩，重新点起火，为我们泡下午茶。半梦半醒间，其他人伸伸懒腰，缓缓地舒一口气，也慢慢走向了咕咚咕咚沸腾着的水壶。我们围坐成一圈，端着杯子，眼皮偶尔还得打两架，脑子昏昏沉沉，梦境还在流连纠缠。就在这时，百合花丛中飞出了一只知更鸟，径直向我们蹦过来。它胸前的羽毛流光溢彩，眼神清亮干净。离我们只有三米远时，小鸟停下来认真打量了我们一番，随即灵机一动，决定来点才艺表演，蹦去了一对百合花绕成的小拱门下。它起范儿起得颇具戏剧效果，先是胸脯高高鼓起，然后才放声高歌。声音婉转动听，堪比山间的流水淙淙。表演结束，它猛地低了一下头，仿佛是鞠了个躬，那动作滑稽又自恋。我们爆发出一阵哄笑，小鸟惊得一跃而起，躲进了百合花海。

“知更鸟真是可爱的小精灵，”母亲说，“在英国时，曾有一只知更鸟喜欢陪我做园艺，可以陪上好几小时。它们挺起胸脯的样子太可爱了，我好喜欢。”

“刚才它点头的时候，确实像鞠了个躬，”西奥多说，“当它……嗯……鼓起胸膛时，看起来确实像一个……你懂的……就是那种体型壮硕的歌剧演员。”

“没错，它应该唱了些轻松愉快的作品……我猜是施特劳斯[①]。”拉里表示同意。

“说到歌剧，”西奥多眼睛发亮，“我讲过科孚岛最近一次演歌剧的故事吗？”

① 拉里指的可能是奥地利的小约翰·施特劳斯。这位作曲家在十九世纪创作了大量舞曲和轻歌剧，音乐欢快、幽默，代表作是《蓝色多瑙河》。——译者注

大家都说还没听过，纷纷找了个舒服的姿势坐好，期待西奥多开讲。西奥多讲故事的派头和故事本身一样精彩。

“那是……嗯……一家巡回歌剧团，不知是雅典还是意大利的。他们第一场要演的是《托斯卡》。扮演女主角的演员特别……嗯……丰满，就是歌剧演员很典型的那种身材。你们知道的，这部歌剧的最后一幕是女主角自尽，从一座军事堡垒上跳下来——应该说是一座城堡。首演之夜，女主角最后爬上了城墙，唱完最后一首歌，然后舍身赴……你知道的……跳下去。不幸的是，舞美人员可能粗心了，居然忘了在城墙下方放缓冲垫。女主角“砰”的一声砸在地上，随后……嗯……痛得一声声惨叫。这两个声音让氛围多少打了点折扣，观众无法专心联想她血溅四野的画面了。还有一位演员正在给她唱哀歌，这位演员就必须唱得……嗯……足够洪亮，才能掩盖女主角的尖叫声。女主角当然很不满。所以第二天晚上，舞美团队怀着饱满的工作激情，誓要让女主角完美地落地。女主角扛着昨夜的旧伤，敬业地演完了全部戏份，直到……嗯……迎来了最后的高潮。她再次爬上城墙，再次唱完最后一首歌，又再次纵身一跃。不幸的是，昨晚她跌得太惨，但今晚又走了另一个极端。舞美团队这一次过于用心了，所以床垫和……嗯……你知道的，就是那些缓冲物都太厚、太有弹性了。女主角撞上去后，居然又弹飞起来。当时歌剧还没结束，剩余的角色都在那个……嗯……那个什么来着？……哦，对！在那个脚灯的照射下向他人告知女主角的死讯，但女主角的上半身却在后面弹出来了两三次，观众们大惑不解。”

西奥多讲故事时，那只知更鸟又靠了过来。但最后，我们爆发出了一阵狂笑，把小家伙又给吓跑了。

“西奥多，你肯定是没事做时，编了这些故事。”拉里戏谑道。

“没有！我没有！”西奥多高兴极了，胡须里都闪着笑意，“要是在别的什么地方，我可能还需要编一编。但在科孚岛，人们就是会……嗯……开创和引领艺术潮流。”

喝过了下午茶，西奥多和我继续在湖岸探索，直到天色已黑，我们都看不清周遭了，才慢慢走回海滩去。斯皮罗生的篝火在欢腾跳跃，仿佛一朵硕大的菊花，正在幽寂而莹白的百合花丛中放肆盛开。斯皮罗又钓到了三条大鱼，正在烤架旁专心致志地烤着鱼。鱼皮被火舌滋溜溜地舔着，四处裂开来。他在开裂的地方不时放上一片蒜片，挤上几滴柠檬汁，或撒上些许胡椒粉。山脊处，明月高升。夜色清朗，月光如银，染得百合花也泛起了银辉，唯余篝火旁的几簇还浮着些许粉色。小小的海浪努力卷过被月光轻抚的海面，终于上了岸，轻轻地舒了口气。林中传来猫头鹰今晚的第一声鸣叫。暗影浮动中，萤火虫翩飞而来，翡翠般的绿色华光连成了雾，在林间缥缈明灭。

时候不早了，我们打着哈欠、伸着懒腰把东西搬回了船上。船划到海湾口，然后停下来，等莱斯利调试和启动发动机。等待的间隙，我们回望大湖。盈盈清辉下，百合花一路铺陈，似雪般蔓延。后方浓密的橄榄树林乌黑一片，萤火虫出没其中，间或点亮几个莹亮闪耀的小洞。我们走前已把篝火堆踩灭，但仍有余热氲出红色光芒，如花丛边缘出现了一块莹亮的石榴石。

“这个地方真的……嗯……太美了。”西奥多心满意足。

“美得不可方物，”母亲称许，又补了一句她能给的顶级赞美，“百年后，我愿安息在此。”

引擎踟蹰着发出了“咕咚”的一声，接着是一阵轰鸣。“海牛号”逐渐加速，拖着“胖胖瓶－屁花号”沿海岸线前进。海水已如墨一般黑，我们的尾浪在上面翻着白色的泡沫，渐次散开，像是给海面编织了一张精致的蜘蛛网。网面上不时还有磷光闪起，虽稍纵即逝，但也闪亮耀眼。

18 My Family and Other Animals

田野偶遇记

家门口的小山坡与大海之间，有一片棋盘格状的田野。海岸线在这里弯成了一个大半圆，海被陆地团团锁住，形成一个开阔敞亮的大海湾。海湾的水清浅，水岸边是一大片平坦的土地，地上有错综复杂的狭窄水渠。渠与渠之间是威尼斯时代①曾启用过的老盐田，但现在都已被一一耕种，田里有玉米、土豆、无花果和葡萄。每种作物色彩各异，每个地块都被晶莹闪耀的水渠环绕。放眼望去，海湾畔的这块小平地仿佛是天地间的一个大棋盘，且每个棋格都缤纷绚烂。农民们在这里化身为一个个彩色的小点，移动于田间地头。

这里是我最爱探索的乐园之一。狭窄的水道中、繁茂的植被

① 威尼斯时代是指威尼斯共和国存在的时期，为公元七世纪至十八世纪。——译者注

下，无数生物在栖息繁衍。这里的路况复杂，你追蝴蝶时要小心。若无意间跨错了一座小桥，便会来到错误的地点。接下来你便只能在无花果树、芦苇丛和玉米秆组成的迷魂阵中原地打转，寻不得出口。大部分农田的主人都是我的朋友。他们住在山上，看到我路过便会热心挽留。我通常都能讨到一串葡萄、一段乡亲们的家长里短，甚至还有一些重要的“情报”，比如农民乔治奥家的西瓜地里有个云雀窝。行走在棋盘格上，会有各种诱惑让你分心：朋友热情地来打招呼；乌龟滑下泥巴田坎，“扑通”一声落进水里；蜻蜓从身边飞过，留下嗡嗡的扇翅膀声……如果你能心无旁骛地走到尽头，就会看到水渠变得宽阔、平坦，丝滑地融进了一大片沙地中。昨夜的潮汐在这里刻下满地的褶皱，残留了一道又一道的漂浮物。于是你知道了退潮时的海有多不舍，它每走一步，都比上一步更犹豫。每一道漂浮物都是一个小世界，里面聚集着五彩斑斓的海草、死透了的管鱼、看起来很好吃的渔网浮子——乍一看像鲜美的水果蛋糕。玻璃瓶的碎片被潮水和海沙精心打磨成了半透明的宝石。贝壳多姿多彩，有的像刺猬，浑身长刺；有的又圆润光滑，呈娇嫩的淡粉色，仿佛是哪位女神香消玉殒后，留下了半截指甲。这里也是海鸟们的天堂，丘鹬、蛎鹬、滨鹬[①]和燕鸥在岸边组队聊天，叽叽喳喳聊个没完。海浪以千军万马之势冲上岸来，被隆起的沙包截成一小段、一小段，每一段都化作了沙包的脖圈。你要是饿了，就去浅水区里抓些小虾。它们通体透明，肉质肥美，一口咬下去，比葡萄还甜。你也可以用脚趾四处挖挖，如果踢到个带着纹路的坚果，就挖出来

① 蛎鹬、滨鹬均属鹬科。原文如此。——编者注

吃。那是一种叫作鸟蛤的小贝壳。你可以让两个鸟蛤互相咬合，然后两只手各握一个，朝相反方向一拧，就能将它们打开。鸟蛤的肉嚼起来有点橡胶的口感，但有一股奶乎乎的香气，好吃到你无法抗拒。

一天下午，我闲来无事，便带狗去田间闲逛。我想再去试着抓一下“老滑头”；然后穿过田野去海边吃鸟蛤、游海泳；回家时顺道去皮特罗家坐坐，跟他聊聊天，吃点西瓜或熟透的石榴。“老滑头”是一只乌龟，生活在田间的水渠里。它是龟如其名，又老又滑头。我常趁老滑头在泥巴坎上睡觉时去抓它，但它每次都会在最后关头神奇地醒来，四肢一通狂摆，冲下田坎，“扑通”一声滑入水中，像只胖乎乎的救生艇下了水。任我再是小心、耐心，也从未得手过。捉乌龟我可是很在行的，之前捉到过黑壳带金斑的，也捉到过细长、灰色带浅黄条纹的。但让我一直心心念念却求而不得的，还得算“老滑头”。它是我见过的最大的龟，那破败的壳、起皱的皮都被岁月磨成了焦黑色，青葱岁月曾有过的印记已悉数褪去。算来我也有一个星期没去打扰过它了，此时若去奇袭，胜算极大。

我带上瓶子、盒子、网子，还有一个篮子——用来装“老滑头”回家，万一这次真逮到它了呢？一人三狗启程了，身后是喜倔们心如刀割的呼唤：“杰瑞！杰瑞！杰瑞！”见我毫不心软，两只鸟立马换了副面孔，粗鲁地嘲讽我。我头也不回地迈入橄榄树林，兄弟俩的聒噪渐渐淡去，取而代之的是蝉嘹亮的嘶鸣，空气都被震得不断颤抖。路面暖烘烘的，脚下是一片白沙茫茫，走起来像踩在粉扑上。路过雅尼家的井时，我停下来喝了口水。井旁有个猪圈，是用橄榄树枝随便围出来的。我倚在猪圈边上，看里面的两头猪在泥坑里打滚，听它们开心地哼哼，嗅闻它们身上鲜活的味道。然后我抬手挥向更肥的那一头，拍了一把它抖来抖去的大脏屁股，便继续上路了。下一个转弯处，我遇到两个背着水果的胖姑娘，和她们发生了一点小摩擦。起因是她俩聊得太投入，没注意到嘘嘘已经遛了过来，还闻了两人的味道，并朝她们的裤子和腿撒了一泡尿。这到底是谁的错？我们的意见截然相反，于是兴致勃勃地吵了十分钟。双方都分开了，还在隔空对吼，直到距离将彼此的辱骂声熄灭在烟尘中。

穿过了三块田后，我在塔奇的地里小停了一会儿，帮他抽样检查了一下葡萄的口感。他虽不在，但肯定不会介意。葡萄的品质果真不错，形状玲珑又饱满，口感软嫩且无籽，带着一股甘甜的麝香味。你只需捏住葡萄皮，轻轻一挤，果肉就会完整地喷射到你嘴里，而软软的葡萄皮还留在指间。我和几只狗共吃了四串，我又另放了两串葡萄进收集袋，以备后用。我们沿着水渠继续走，目的地是“老滑头”的御用田坎。马上快到了，我想提醒一下狗狗们要保持绝对安静。就在此时，一只绿色的大蜥蜴从玉米地里冲了出来，又仓皇逃走。狗瞬间兴奋起来，大叫着追逐蜥蜴而去。等我赶到“老滑头”的田坎时，那里已空空如也，只剩水面的一串涟漪在告诉我：你看，又让它跑了！我颓然坐下，等狗回来。稍后必须好好“教育”一下这帮闯祸精，台词我都准备好了，保证“文采斐然”。但闯祸精大队竟迟迟未归。一阵沉寂后，我听到了它们单调、重复、间隔均匀的叫声，这意味着那里有蹊跷。我迫切想知道是什么，便立刻循声而去。

水边有一丛草，三只狗本来围成半圆阵型，正在观察草里的情况。一看到我，便狂摇着尾巴蹦过来，嘴里还呜呜咽咽。罗格翘起上嘴唇，给了我一个灿烂的笑容，很开心我能来看它们的大发现。但草里只有一段树根罢了，我很是不解。我又仔细看看，这才发现，这树根竟然是两条交缠着的棕色水蛇！水蛇体型肥胖，顶着个铲子形状的头，一双银色的眼睛正木然地看着我。这真是天赐珍宝，没能抓住乌龟带来的不甘、不快都烟消云散了。我馋这样的水蛇已久，老想抓一条。但它们在水中翩若游龙，我稍微靠近，它们就会受惊游走。哪想今天狗狗们竟然助了我一臂之力！此刻，水蛇就躺在阳光下，如瓮中的鳖一般，只等我上手了。

任务已完成，三只狗退了几步，与蛇保持着安全距离（它们对爬行动物很戒备），然后坐下，饶有兴致地看着我。我慢慢拧下捕蝶网的手柄，相当于有了根棍子。但棍子只有一根，怎么才能抓起两条蛇来呢？我还没想明白，一条蛇已帮我做了决断。它慢慢舒展开身体，然后像一道利刃般飞速滑进了水里。看着它的身影在水中游弋起伏，我以为自己彻底失手了，懊恼不已。好在下一刻就峰回路转，一根泥柱从水底缓缓升起，来到水面上，如蔷薇绽放般扩散开来。看来那条蛇钻进淤泥里了，那它肯定会乖乖藏在那里，直到料定我已走远为止。于是我把注意力转向了地上这条，用棍子把它压在绿油油的草丛中。它七扭八扭，大大张开淡红色的嘴，冲着我嘶嘶叫唤。我用手指紧扣住它的脖子，它瘫软下来，无力地挂在我手上。我摸了摸它漂亮的白肚子，以及像松果般鳞片密布的棕色背部，把它轻轻放进了篮子，准备再接再厉去逮水里那条。我沿着河岸走了一段距离，把棍子插进水底试深度。水深约半米多一点，水底软烂的淤泥有将近一米厚。水质太浑浊，蛇又把自己埋在淤泥里，我干脆用脚指头在水底四处摸索好了（跟找鸟蛤一个原理），摸到后再一把抓住。

我脱下凉鞋，踩入水里。温暖的水瞬间包裹住我的腿，水底的烂泥在脚趾间流动，柔若细沙。淤泥向上腾涌，在我脚边形成两朵巨大的黑云，然后悠悠地飘去了远处。我慢慢走向水蛇的藏匿处。泥浆翻涌中，我的脚突然触碰到了一个滑溜溜的躯体，我伸手就去抓，但又扑了个空。手指间只有翻涌的泥浆，泥浆像是缓慢移动的涌动的乌云般散开了。我正哀叹流年不利，却见那蛇在一米处探出了水面，欲向前游走。还有机会！我大呼着全力向它扑去。

水混浊不见五指，坠入水底的一瞬间，我只觉一片茫然。泥浆狰狞地翻腾，大肆涌入我的眼、耳、嘴。但我分明能感觉到，左手已经抓住了蛇，此刻它就在我手心里疯狂挣扎，甩动！我精神大振，嘴里吐着泡泡，气喘吁吁地在水渠中坐住了，死死地抓住蛇的脖子，一点反击的机会都不给它——否则它回过神来就要给我一口。我不停地啐，想把牙齿、嘴唇上附着的污泥细沙都吐出来。最后总算是可以上岸了，起身后我惊讶地发现，岸上的“狗狗观众团”里多了一名男子的身影。他一言不发，好整以暇地蹲在那里，眼里满是打探和玩味。

男人个子矮壮，棕色面颊，头顶一簇烟草般金黄的短发。双眼大而蓝，眼神亲和，散发着愉悦的光，眼角已爬上了乌鸦脚般的细纹。在他短短的鹰钩鼻下，是张滑稽感十足的大宽嘴。他身着褪了色的蓝色棉衬衫，像勿忘我干花的颜色，腿上是条灰色的法兰绒旧长裤。我不认识这个人，或许他是更远处村寨的渔民吧。他一脸认真地看着我从水里爬上岸，然后对我微笑起来。

他的声音深沉且富有磁性："祝你万安！"

我礼貌地回应他，然后手忙脚乱地把第二条蛇塞进篮子里，同时还得防止第一条蛇趁乱逃脱。我心知他肯定要唠叨一番，把没有毒性的水蛇也说成是凶残的猛兽，让我知道今天的行为是多么危险。没想到他却沉默不语，静静地看着我把疯狂摆动的蛇塞进篮子里。完事后，我洗了洗手，拿出刚才从塔奇家薅来的葡萄。男人接过一半，跟我一起滋溜滋溜地吸起葡萄来，默默享受着果肉给味蕾带来的甘甜冲击。最后一片葡萄皮落入水渠后，男人掏出了烟。卷烟纸在他粗糙的棕色手指间轻巧地翻动。

"你不是本地人吧？"他深吸了一口烟，脸上浮出满足的神色。

我说自己是英国人，家住在山上的一座别墅里，然后开始等待那些必然会登场的问题：我家人的人数、性别、年龄、工作、人生目标。接下来还有一连串机敏的盘问，抽丝剥茧地问清楚我们移居科孚岛的原因。这没有恶意，是他们表达友好的方式而已。因为他们也会跟你坦诚地讲述自家家事，如果你不想伤害大家的感情，就该拿出对等的诚意来。然而我再次惊住了，这个男人似乎已得到了满意的回答，不再发问。他抬头吐出烟圈，用蓝色的眼睛打量周围，沉默不语。我大腿上的泥浆已经硬成了壳，我用指甲在上面一阵刮，刮出来了个好玩的图案。接下来得去海边一趟，把身体和衣服涮一涮才能回家。于是我背起包和网子站了起来，狗也打着哈欠摇摇晃晃地跟上。我问他接下来要去哪儿，但只是出于礼貌随口一问而已。毕竟多关心他人是农民们朴素的修养，所以问题是多多益善的。但到目前为止，我都还没有问过他任何问题。

“我要去海边，”他用烟指了指海的方向，“去我自己的船那边……你去哪儿？”

我说我也有此意，一是去洗洗自己，二是想挖点鸟蛤吃。

“我跟你一块儿去吧，”他站起身来，伸了个懒腰，“我船上有一篮子鸟蛤，可以给你一些。”

我们依旧是沉默着穿过了田地，来到了沙滩上。有一艘船横躺在远处海岸，船尾被一圈波纹柔柔地簇拥着。他指了指那艘船，带我过去。路上我问他是不是一个渔民，如果是的话，来自哪里。

“我也是本地人……来自山上，”他回答，“至少我在那儿确实有个家，但现在我住在维多岛。”

我很是不解。维多岛是科孚岛外的一个小岛，在我的印象里，那一整座岛都是个监狱，除了囚犯和看守，不可能有其他人住。于是我问他怎么会住那里。

“没错，”男人点头。罗格正慢悠悠地经过，他俯身拍了拍罗格，“你说得很对，我就是个囚犯。”

我以为他在开玩笑，瞪了他一眼，但他的表情却很是认真。于是我猜他是刚刑满释放。

“不，比这可倒霉多了，”他微笑着说，“我还有两年才能出来。但我是个好囚犯，从不惹是生非，值得信赖。像我这样的犯人，如果家住得不远，会被监狱特许造艘船，周末可以回家一趟。但星期一一早必须返回监狱。”

原来如此，我解开了谜题。至于这个程序是否非同寻常，我就完全没去想了。我知道，英国的犯人绝无可能在周末回趟家。但这里是科孚岛，一切皆有可能。我想知道他犯了什么罪，但又不好直接问，于是在心里思索着得体的问法，一直走到了男人的船边。船里面有个尤物，看到它的瞬间，我的视线与心智便被它占满了：一只黑背海鸥！它体型巨大，一只黄色的大爪子被绑在了座位上。它正用一双黄色的眼睛不屑地打量着我。我大步流星地走上前去，伸手便去摸它那乌黑宽大的背。

“别摸……小心！那玩意儿是个恶魔！”男人急得大叫。

但他叫晚了，我的手已搭上了鸟背，抚摸起海鸥丝滑光洁的羽毛来。海鸥蹲下身，微微张开嘴，瞳孔里的深色虹膜因为惊讶而剧烈收缩。还好我的胆大妄为让它惊呆了，所以没有攻击我。

“圣斯皮里底翁！”男人诧异万分，“它一定很喜欢你。它从不让别人摸，一摸就咬。”

鸟脖上的白色羽毛十分硬挺，我伸手进去，给它轻轻挠痒。海鸥垂下头，一对黄眼睛开始变得迷离。我问男人是在哪儿抓到它的。

“春天时，我开船去阿尔巴尼亚抓野兔，在一个巢里发现了它。那时它还小，全身毛茸茸，像一只小羊羔。但现在你看看，它整个儿就是一只大鸭子。”男人看着海鸥，似乎心事重重，“你就是只大肥鸭，对不对啊？我的丑大鸭，咬人鸭！”

听到男人如此称呼，海鸥睁开一只眼睛，吼了一声。声音短促尖锐，不知是否认还是赞同。男人弯腰从座位下拉出一个大篮子。里面是肥美的鸟蛤，彼此碰撞，哐当作响。我们坐下来剥鸟蛤吃。我一直痴痴地注视着海鸥，它的头和胸洁白胜雪，长长的喙弯成一个钩子，一双利眼黄得如报春花盛开，宽阔的背部和强壮的翅膀黑如煤炭。它周身上下没有缺陷，从尖尖的喙到宽大的蹼，无一不美。我吞下最后一个鸟蛤，在船沿蹭了蹭手，问男人明年春天能否也帮我找一只海鸥宝宝。

“你想要一只？”他惊讶地说，“你喜欢？”

我岂止是想要一只，我简直能用命去换一只！

“好，你想要的话，就把这只带走吧。”男人伸出大拇指，无所谓地点了一下鸟。

我难以置信。这个男人有一只如此美妙的生物，但又如此不知珍惜，轻易便将它送与别人，怎么可能呢？我问他怎么舍得给我。

“我不舍得，”男人凝视着鸟沉思片刻，“但它太能吃了，我捕的鱼根本不够。而且它太暴躁，见人就咬，其他犯人和看守都不喜欢它。我试过放他走，但它偏不肯——放一次就回来一次。我本来都想好了，找个周末把它带到阿尔巴尼亚去放生。但你要是真喜欢，想留下它，那就带走吧。”

居然问我想不想留下它？这简直是老天爷赐了我一个天使啊！哪怕这天使有点拽，但翅膀又大又美啊！我怎会不想留下它？我立刻狂点头，根本没去想家人们能否接受这只大鸟，它可是体型大如鹅、嘴巴锋利如剃刀啊！我生怕男人会反悔，立刻脱下衣服，使劲拍掉上面的干泥巴，跳下水去胡乱游了一圈，便上岸穿好了衣服。我吹了声口哨，唤回小狗们，准备带着这举世无双的好宝贝回家。男人解开绳子，把海鸥递给了我。我单手就抱住了它，没想到这只大鸟竟如此轻盈。我诚挚感谢他将这份珍宝送与我。

“它听得懂自己的名字，”男人用手指抓住海鸥的喙，轻摇了几下，“我叫它阿磊。你一叫，它就会过来。”

阿磊听到自己的名字，脚疯狂地蹬起来，一双黄眼睛疑惑地望着我。

“你需要捕点鱼喂它，”男人继续说，“明早八点左右，我要出海。如果你愿意一块儿来，我们可以为它多弄点鱼。”

我同意，阿磊也“嘎”了一声，表示批准。男人斜身支在船头上，准备推船入海，看来是要走了。我突然想起自己还有问题，于是故作不经意地问他叫什么名字，以及当年干了什么，怎么就进了牢里。他扭过头来看着我，顽皮地一笑。

“我叫科斯蒂，”他说，“科斯蒂·帕诺普洛斯。我杀了我的妻子。”

他斜身一靠，双手用力将船头一推，船便滑过沙滩入了水。小小的浪花兴奋起来，蹦着跳着要去亲船尾。科斯蒂爬进船，抄起了桨。

“祝你万安，”他喊道，“明天见。”

桨一下下击打着清澈的水面，划出一首首吱嘎吱嘎的歌。我转过身来，把宝贝大海鸥紧紧抱住，往棋盘格田野方向走去。

回家这段路，我走了很长时间。我着实低估了阿磊的体重。把它抱在怀里走，是越走越沉，越走越往下坠。我常常得使把子力气，把它往上抬一下才行。每每此时，阿磊就会“嘎”的一声表示不爽。我在田野中心处看到了一棵无花果树，遂决定稍事休息，在树下乘个凉、吃点东西。我在高高的野草丛中躺下来，吃起了无花果。阿磊静静地等在一旁，像一尊木雕，一动也不动，只一双眼睛在认真地观察狗狗们。全身上下，它就剩眼里的一对虹膜还在动，证明这是一个活物——狗一动，阿磊的虹膜便剧烈地扩张或收缩。

稍事休息后我恢复了精力，向小伙伴们建议，干脆一口气走回家，中途不再歇息了。狗狗们很配合，纷纷起了身。但阿磊却支棱起了浑身的羽毛。羽毛刷刷作响，像无数干叶片在彼此摩挲。它的整个身体都在颤抖和抗拒。它是在表达强烈的反对，不希望再像个破布袋一样，被我夹在腋下赶路了。它的造型都乱了。在它看来，此地很是舒坦，甚宜久留。而且，它既然已经凭本事让我放它下来了，那就断无可能再继续赶这破路。我不听，依然俯下身去抱它。阿磊反应激烈，“咔嚓”一声张开喙，“嘎”地叫出了声，音量刺耳。它还大大张开翅膀，高高举在身后，那造型宛若墓碑上常见的小天使雕塑。阿磊直直地瞪着我，仿佛在问：“走什么走？这么好的阴凉地，这么舒服的野草丛，这么充足的水源，还不够你享受吗？为什么非要去乡间野外暴走？又苦又累又难看，你图什么？”我苦劝良久，它才稍微平静一点，于是我又去抱它。没想到它再次明确表示了打死不走的意思，飞快地伸出喙来，在我手上狠狠地啄了一口。我躲闪不及，只觉得有人用锐利的冰凿子给我的手来了一凿。指关节处传来剧痛，一个五厘米宽的伤口汩汩地向外冒血。阿磊对这次突袭的效果很是满意，但我已经被激到极限了，耐心全无。我抄起捕蝶网，对准阿磊就扣了下去。它惊讶地发现自己被困在了网里。趁它还没反应过来，我跳到它身上，一把抓住它的喙，用手帕缠了好几圈，然后用一根绳子将手帕扎紧。我又脱下衬衣，把阿磊包裹起来。如此，它就无法再挥动翅膀耀武扬威了。五花大绑的阿磊活像只菜场上的大肉鸭，正凶巴巴地瞪着我，想要愤怒地朝我尖叫，可声音又被闷在嘴里。我冷冷地捡起其他东西，将这只大肉鸭夹在胳膊下，朝家的方向走去。好不容易得到它，今天就是下刀子我也得带这只海鸥回家。接下来的途中，阿磊全程哽咽着大叫，刺耳又扎心。到家时，我已经气得快炸裂了。

我把阿磊放到客厅地上，准备给它松绑。它依然号啕大叫，把母亲和玛歌都从厨房里叫了出来。它从我衬衫里脱身出来，嘴上绑着块手帕，站在客厅正中央怒吼。

“这是什么？”母亲喘着粗气问。

“好大的鸟！”玛歌惊叫道，“它是老鹰吗？”

家人们在鸟类学方面的不学无术真是让人恼火。我七窍生烟地说，这不是老鹰，而是一只黑背海鸥，然后又说了一下是怎么得到它的。

“亲爱的，它要吃什么啊？鱼？”母亲问。

我满怀希望地说，它应该什么都吃吧。我想帮阿磊把手帕也解开，但它以为我要伤它，于是又闷声闷气地大叫，把拉里和莱斯利也引了过来。

“哪个神经病在吹风笛吗？”拉里走进来。

阿磊住了嘴，冷冷地打量着这个陌生人，然后“嘎嘎”地嘲笑他。

“天啊！”拉里赶紧后退，撞到了身后的莱斯利，“这是个什么玩意儿？”

“杰瑞带回来的鸟，”玛歌说，“很猛吧？”

“这是海鸥，”莱斯利越过拉里的肩膀，看着阿磊，“这只可真大啊！”

“瞎说！”拉里说，“这是只信天翁。”

“不，就是海鸥。”

“真没常识！世上哪有这么大的海鸥？这就是只加大号的信天翁。”

阿磊向拉里走了几步，再次尖叫起来。

“让它闭嘴！”拉里命令道，“杰瑞，管好这只畜生。它要伤我！”

“你站好别动，它就伤不着你。”莱斯利说道。

“你说得倒轻巧，有种别躲我后面啊！杰瑞，马上给我抓住它，否则我会伤得很严重。”

“小声点，亲爱的，你会吓到它的。”

“谁吓谁啊？！一只大鸟怪要无差别攻击人类了，你还怕我吓到它？”

我悄悄地从后面一把抓住阿磊，然后在它狂放的叫嚷中摘下了手帕。我放开手，它气急败坏地砸巴了两三次嘴，噼里啪啦得像在放鞭炮。

“听它这咬牙切齿的声音！”拉里惊叫。

“它们没有牙齿的。”莱斯利说。

“反正它没安好心。妈，你不会让杰瑞把这怪物留下来的，对吧？这玩意儿太危险了，你看看它的眼睛！而且，这种鸟不吉利啊！”

“不吉利？怎么讲？”说到怪力乱神的话题，母亲就来了劲儿。

“这是常识啊！你在家里放几根它的羽毛，每个人都要遭殃：不是瘟疫就是发疯，或其他什么的。”

“亲爱的，孔雀毛才有这个效果。”

“不，绝对就是信天翁，所有人都知道。”

“亲爱的，不可能的。带厄运的是孔雀，大家都这么说。”

“好好好，无所谓了，反正这只鸟肯定不能留。除非我们疯了，想经历一下《老水手》[①] 中的情节。以后咱们睡觉时，记得在枕头下放把十字弩。”

“好了，拉里，别总这么夸张，”母亲说，“我觉得它还挺温顺的。”

---

① 《老水手》是一首十八世纪末期的英国叙事诗，作者是英国诗人塞缪尔·泰勒·柯尔律治。诗歌里的老年水手射杀了一只带来好运的信天翁，因此经历了一系列报应。——译者注

“那你就等着吧！迟早有一天，你醒来时会发现，自己眼珠子都被它挖出来了。”

“别说胡话，亲爱的，它看起来真没什么危险。”

就在这时，反射弧一向长得令人叹为观止的豆豆也终于注意到了阿磊。它喘着粗气，眼睛因兴奋而凸出来，走过去闻了闻阿磊。阿磊的喙快速劈下来，得亏我及时大叫一声，让豆豆扭回了头，否则它的鼻子都要被阿磊整个儿切掉。但豆豆的头未能幸免，侧面被狠狠擦伤了。瞬间它便被吓得腿都脱臼了，向后一仰头，发出了声震四野的惨叫。阿磊也加入了这场嘶吼大对决，叫得比豆豆还响，翅膀扇得气势汹汹，把最近的一盏油灯都扇灭了。

“怎么样？”拉里得意，“我没错吧！这大鸟才来五分钟，就废了一条狗。”

母亲和玛歌给豆豆按摩，让它平静下来。阿磊看得津津有味，还猛地咂巴了一下嘴，好像对狗的脆弱感到无比惊讶。然后它在地板上喷下“黄金”万两，尾巴摆得老高，整只鸟都意气风发。

“太爽了！”拉里说，“我们可以蹚着齐腰深的鸟粪走路喽！”

“还是把它带到外面去吧，亲爱的，”母亲对我说，“你打算养在哪儿？”

我说想把喜倔们的笼子一分为二，拿一半来养阿磊。母亲也觉得不错。在隔出笼子前，我暂时把阿磊拴在阳台上，并向家人们报备了它的位置。

“行吧，”晚饭时拉里说道，“哪天咱们家被飓风一锅端了，可别来怨我。我丑话说在前面。”

“亲爱的，哪来什么飓风啊？”

“信天翁总是带来坏天气。”

“嚯！飓风只是个坏天气而已？我真是开了眼界了。”莱斯利说。

“亲爱的，带来霉运的是孔雀，我都讲多少次了啊！”母亲哀婉地说，“我一个姨妈家里放了些孔雀毛，结果她家的厨师就被克死了。”

“亲爱的母亲，信天翁是享誉世界的凶兆王者。老水手们看它都会脸色苍白，直接晕倒。我告诉你，将来有一天，咱家的烟囱可能突然就起了火，又或者我们还来不及反应呢，就在床上被海啸淹死了。”

“你刚刚还说是飓风。”玛歌说。

“飓风加海啸嘛，”拉里说，“可能还会有点地震，外加一两次火山喷发什么的。留这只凶兆在家里，就是在跟老天爷斗气。”

“你在哪里逮到它的？”莱斯利问我。

我向大家讲述了与科斯蒂的相遇（抓水蛇那一段略去不表，任何与蛇相关的话题都是莱斯利的禁区），以及他如何把阿磊送给了我。

“哪个正常人会把这玩意儿当礼物啊？”拉里问，“这个科斯蒂是个什么人物？”

我也没多想，冲口而出说他是个囚犯。

“囚犯？！”母亲的声音在颤抖，“什么意思？”

于是我又解释了科斯蒂周末可以回家的缘由，告诉大家他在监狱里表现良好，受人信赖。还说我跟他约好了，明早要一起去捕鱼。

“亲爱的，你缓缓，这么做不行，”母亲疑惑地说，“我不想你跟一个囚犯出去，你哪儿知道他犯过什么事？”

我愤愤地说自己当然知道，杀妻之罪嘛。

“杀人犯？”母亲惊讶，“那他还能出来闲逛？怎么没被绞死啊？”

“除了对强盗，这里不判死刑，”莱斯利解释，“杀人判三年。用炸药炸鱼的话，反倒要判五年。”

“荒谬！”母亲说，“这真是科孚岛的耻辱。”

“人家很会分轻重嘛，”拉里说，“小鲱鱼的地位都高过了女人呢。”

“不管怎么说，你不能跟个杀人犯混在一起，”母亲对我说，“他搞不好会把你的脖子也抹了。”

我抗争加哀求了一小时，总算让母亲松了口，同意我和科斯蒂去钓鱼了。但有个前提，莱斯利得先去看看他安不安全。第二天我如愿以偿，钓到了阿磊两天的口粮。回家时还带上了科斯蒂，以便能让母亲亲自审查。

来到科孚岛后，母亲竭尽心智，也只记住了两三个希腊语单词。有限的词汇量严重限制了她的交流——状态最好的时候也达不成什么实质性的交流，更别说现在她还得跟一个杀人犯唠家常。她一个词都想不起来了，只能局促地坐在阳台上，绷出一个微笑瞎应付。科斯蒂依旧是穿着褪了色的衬衫和破旧的裤子，手里捧着杯啤酒。我在中间当翻译。

“他看起来还不错，”科斯蒂离开后，母亲如是说，“一点也不像个杀人犯。”

“什么人才该‘像个杀人犯’呢？”拉里问，“长个兔唇，加一双畸形的内翻脚，手里还握着个瓶子，上书‘毒药’二字？”

“又说傻话了，亲爱的，当然不是。但我觉得吧，杀人犯应该还得再……凶残些。”

“别光看外表，”拉里说，“要从行为中观察一个人的本质。而我从一开始就知道，这个人绝对是个杀人犯。”

“哦？为什么啊？”母亲好奇地问。

“很简单，”拉里故作谦虚地笑了笑，“他就必须是个杀人犯，否则为什么要把这货送给杰瑞？目的何在？”

19 My Family and Other Animals

适逢其会，八方来朝

家里要翻天了。农民们聚集在后门处，背上是满满的食材和咯咯叫的鸡。斯皮罗每天要来两三次，带来整箱整箱的酒和大量桌椅、食物。喜倔们也深受感染，欢欣“鹊”跃，不时从铁丝网里伸出头，声嘶力竭地评论一下周遭情况。玛歌在餐厅地板上铺开大张大张的牛皮纸，开始创作起缤纷的粉笔壁画。莱斯利被客厅的家具围得严严实实，但仍在努力计算这房子最多能容下多少桌椅，且不会让人觉得窘迫。妈妈在厨房里（由两位动辄便要尖叫的农家女孩协助着）挥斥方遒，被蒸汽、火光、锅里的咕噜声环绕，仿佛置身于一座活火山里。我和狗狗军团东奔西走，帮点力所能及的小忙。拉里在卧室里鼾声大作。我们都在为一个盛大的宴会做着最后的准备。

这场宴会是我们的突发奇想，一如既往地只需要一个理由就好：我们乐意。每个家人都与人为善，所以邀请了认识的所有熟人，包括讨厌的熟人。大家一致认为应该在九月办圣诞派对，为了不显仓促，我们精心准备了午餐、下午茶，以及晚餐。母亲在厨房里生了根，手里永远有一摞菜谱，每本都被折了无数个书角。即使她戴着雾蒙蒙的眼镜走出了厨房，你也休想拿餐食以外的事情去烦她。

我家的传统亘古不变。全体成员决定要大办宴会时，总是雄心勃勃地早早动手。但这一鼓作气往往坚持不了多久，还未到宴会当天，就已有气无力、满腹牢骚了。总结起来就是八个字：兵荒马乱，状况频出。努力的尽头总是事故，精心计划的结果就是脱轨。还好，岁月已经教会了我们坦然地接受宿命。这点笑看风云的本事都没有的话，那我们的九月圣诞派对一开场就得散场。因为派对才刚拉开序幕，就完全被动物们主宰了。故事的开端平平无奇，一切都始于那几条金鱼。

最近，在科斯蒂的大力帮助下，我成功捕获了“老滑头”。为了欢迎这位重量级嘉宾，我认为最好莫过于给我的养龟池升一下级。所谓养龟池，其实就是一个锡制的洗衣盆，但这未免太过于寒酸，配不起“老滑头”的身份，于是找来了一个方形的石质大水池（曾用来储存橄榄油）。我在里面放上岩石、水生植物、沙砾和鹅卵石。完工后，池子充满自然的野趣，乌龟和水蛇都非常喜欢。虽然整个池子已经相当出彩了，但似乎又缺了点儿什么。思来想去，我发现了水池真正的点睛之笔——几条金鱼。问题是去哪儿能搞到金鱼呢？能买到金鱼最近的地方都是雅典了，麻烦且耗时，而我希望龟池能在派对当天完工。家人们太忙，于是我打算向斯皮罗求助。他听了我对金鱼的详细描述后，认为我的计划可能没戏，毕竟他从没在科孚岛上见过这种鱼，只能尽力想想办法。此后许久都没有回音，我默认他已忘了这件事。但就在派对的前一天，斯皮罗把我叫到了一个安静的角落。他先是环顾四周，确保没人偷听。

“杰瑞少爷，我有办法搞到那种金色的鱼了，”他放低声音，“今晚我送你母亲去城里做头发时，你也来，记得带上装鱼的东西。千万保密，谁也别说。”

斯皮罗这故弄玄虚的语气，让金鱼捕获之旅更显悬疑和刺激。我花了整个下午来准备装鱼的铁罐子。晚上，我和母亲在阳台上等了好一阵子，斯皮罗的车才吵吵嚷嚷地开进车道来，姗姗来迟的尖锐的刹车声在别墅前方响起。

“天啊！德雷尔夫人，真对不起，我迟到了。”斯皮罗扶母亲上车时诚恳地道歉。

“没关系，我们只是担心你，怕你在路上出了事故。”

“事故？”斯皮罗很不屑，“我可从来不出事故。不，是那堆‘痔疮’又出来了。”

“痔疮？”母亲不解。

“是的，我总在这个时候遇到痔疮。”斯皮罗闷闷不乐。

“如果它们很严重了，你要不要让医生看看？”母亲建议道。

“医生？”斯皮罗很是困惑，“这有什么好让医生看的？”

“痔疮可能很危险的，你要重视。”母亲指出。

“危险？”

“如果你不管的话，确实危险哦。”

斯皮罗皱眉，沉思了一分钟。

“我说的是那些飞机的痔疮。”他说。

“飞机的痔疮？”

“是的，他们可能是从法国来的。”

“你是不是想说开飞机的人啊？人家是机长啦，不是‘痔疮’[①]。”

---

① 因为斯皮罗发音不准，让其他人将痔疮（piles）和机长（pilets）弄混了。——译者注

“我就是这么说的嘛，痔——疮——”斯皮罗愤愤不平。

当我们把母亲送到美发店时，天色已暗。斯皮罗带我去了城市的另一头，车停在了一扇巨大的铁艺大门外。他从车里下来，鬼鬼祟祟地四下张望，然后走到大门处吹了声口哨。不一会儿，一个白胡子老头从灌木丛中钻了出来。两人低声交谈一阵后，斯皮罗回到了车里。

“杰瑞少爷，请把罐子给我，然后在这里稍等，”他低声说，“我马上就回来。”

白胡子老头打开一个门缝，斯皮罗费力地挤了进去，两人蹑手蹑脚地钻进了灌木丛深处。半小时后，斯皮罗出来了。罐子被他紧紧地抱在壮硕的胸前。他的裤腿滴着水，鞋子踩在地上，发出吱嘎吱嘎的声音。

“杰瑞少爷，看！”他把罐子递给我，里面是五条胖乎乎、亮晶晶的金鱼。

我乐不可支，对斯皮罗连连道谢。

“别客气！”他启动发动机，“绝对不能告诉任何人，好吗？”

我问他是在哪里找到的金鱼，以及这个花园是谁的。

“你别管了，”他眉头皱起，“把它们藏好，跟谁都别说就行。”

几个星期后，我和西奥多一起路过了那扇铁艺大门。西奥多告诉我这是希腊王室在科孚岛的行宫。那一瞬，我对斯皮罗的钦佩之情如海啸般汹涌澎湃：他竟敢擅闯王宫，去国王的池塘里给我偷金鱼，真乃豪杰也！有了这尊贵的出身，这些鱼在我心中的地位水涨船高。当它们扭着肥硕的身体，在乌龟群里悠闲游弋时，也更显雍容华贵了。

宴会当天一早，所有的幺蛾子齐齐开闹。首先是母亲发现，豆豆偏偏选在了今天发情。于是她让一个农家女孩拿着扫帚驻守后门，喝退外来的追求者，如此才能让母亲专心烹饪。即便设下坚固的防线，个别狗中罗密欧还是曲线进攻，从前门打入厨房来，引发了短暂的骚乱。

吃罢早餐，我立刻奔去看金鱼们，却心碎地发现有两条已命丧龟池，被啃得尸首不全了。得到金鱼让我开心得忘乎所以，居然忘了乌龟和水蛇偶尔也爱吃这些大肥鱼。没别的办法，我只好把爬行动物们移出来，搬到煤油罐子里暂存。后来我去清理鸟舍，给喜倔们和阿磊喂食。我想破头也没想明白，如何才能让鱼和爬行动物和平共处。已接近午餐时间，第一批客人马上就会到了，我的心情很是沉重。回到升级后的龟池旁，我惊恐地看到，装水蛇的那个罐子被人移去了阳光直射的地方。两条蛇正无力地漂在水面上，被晒得奄奄一息。我一度觉得它俩也要魂归天国了。必须立刻抢救，争分夺秒！我抱起罐子便冲进了家里。厨房正被豆豆的追求者搞得鸡犬不宁，母亲为此心烦意乱。

我跟母亲说蛇病危，唯一的抢救方法是放它们进浴缸，慢慢凉下来。我就放一小时，希望母亲能批准。

“好的，亲爱的，我觉得没问题。但你要确保所有人都洗过澡了再放，而且最后别忘了消毒，好吗？”她说。

我给浴缸倒满凉水，轻轻地放蛇进去。不出几分钟，它们便恢复了一些精气神。我很是满意，便让它们在这里泡个够，自己上楼去换衣服。再次下楼后，我慢悠悠地逛到了阳台，看了一眼葡萄树荫下的餐桌，它应该已经布置妥当了。但就是这一眼，让我几乎心搏骤停。餐桌正中央是华丽的花卉摆盘，但花饰中心却站着喜倔哥俩，两只鸟正在惬意地摇摆！我万念俱灰地看着眼前的惨状：餐具被肆意乱扔；用来装面包、小菜的侧边盘上已被涂上了一层黄油；桌布上到处都是用黄油印出的鸟爪印；一碗果酱被打翻在桌，上面还精心地用盐和胡椒粉做了点缀；水壶里的水被泼洒在了所有物品上，成了喜倔最后独具风格的一笔。

然后我就发现，这两罪犯的行为很是反常。我都鸟赃俱获了，它们居然不跑，还赖在残花败叶中跳摇摆舞，发出极度舒爽的哼哼声，眼神都迷离了。其中一只看了我一会儿，叼起一朵花，踉踉跄跄地迈过桌子，一股脑来到了桌边。然后又失去平衡，重重地砸在了地上。另一只喜倔顿时猖狂大笑，但笑了几声便垂下头去，用翅膀遮住眼睛，睡着了。在看到地板上一个破碎的啤酒瓶时，我才恍然大悟。原来是喜倔们给自己开了个预热派对，喝得上了头。我伸手去抓它们。尽管桌上那只想把自己藏进满是黄油污渍的餐巾下，表演隐身术，但我还是轻松就握住了两只。我正打算把它们偷偷放回笼子里，然后装作对这场惨剧毫不知情时，母亲端着一罐调料过来了。鸟证物证俱在，只能任由母亲发落。

“亲爱的，你真得把笼子关好。它俩有多调皮，你是知道的，”妈妈哀叹道，“算了，都是意外嘛。毕竟它们喝醉了，也不能对自己的行为负责。”

我将醉眼蒙眬、不省鸟事的喜倔们带到笼子边。不出所料，阿磊也趁乱逃掉了，我又是一阵胆战。喜倔们回到了隔间，被我严厉地谴责了一通。此时，它们已发展到了见人就打的阶段，开始猛啄我的鞋。为决定谁才有资格咬烂我的鞋带，它们又内斗起来，你一嘴、我一爪。我干脆让它们斗个痛快、在笼子里没头没脑地转圈、用喙胡戳乱刺，我自己则去找阿磊。但我把房子和花园翻了个遍也找不着，心想它该是飞到大海边游泳去了。阿磊不在身边反倒是好事，我松了口气。

第一拨客人已经到了，聚在门廊上喝酒聊天。我也加入大家，正跟西奥多聊得兴高采烈时，我突然看到莱斯利远远地从橄榄树林中走了出来，胳膊下夹着枪，手里拎着一网兜的山鹬和一只大野兔。

莱斯利一跃跳过门廊的栏杆，向我们展示今天的收成。“啊哈！”西奥多打趣道，“那是你的野兔，还是……嗯……假发[①]？”

“西奥多，这个双关语是你从兰姆[②]那儿偷来的！”拉里批评道。

“呃……没错……确实是我偷的，但它真的很应景。”西奥多坦承。

莱斯利进屋去换衣服，西奥多继续和我聊天。母亲也出来了，带着豆豆坐在花园的墙边，竭力保持着女主人的端庄与优雅。但天不遂人愿，向豆豆求爱的狗狗军团来势汹汹，母亲不得不时而挥舞大棒，英勇应战，让她的形象多少减了点分。豆豆今日的男朋友中，偶见脾气暴虐者，彼此之间要武斗一番。为制止喧嚣，我们全家都得扭头大喊一声：“别闹！”这时就有可能把几位胆小的客人惊得一抖，酒都洒了出来。母亲会挤出一个微笑，再努力把大家的话题扯回正轨。某次她刚成功把话题扭回正轨时，众人的声音就被屋里的一声惨叫打断了，你会觉得那是牛魔王在我家拔了颗牙。

① 野兔（hare）和头发（hair）发音相同，西奥多在此处说了个双关语。——译者注

② 查尔斯·兰姆（Charles Lamb）是英国散文家、诗人，活跃于十九世纪早期。文风亦庄亦谐，喜用典故和双关语。代表作是《伊利亚散文集》，以及与姐姐合著的《莎士比亚故事集》。——译者注

“是莱斯利在叫，怎么了？”母亲问。

没过多久她就得到了答案，莱斯利赤裸裸地出现了在门廊上，全身上下只裹了一条小毛巾。

“杰瑞——！”莱斯利咆哮如雷，脸上是沸腾的杀气，“那个臭小子在哪儿？”

“亲爱的，别激动，”母亲试图安慰，“你遇到什么问题了吗？”

“蛇！”莱斯利怒吼，双手在空中比画，示意蛇的长度，又急忙抓住滑落的毛巾，“我遇到了蛇！这就是问题！”

他的行为让大家纷纷侧目，熟悉我们的人已经开始饶有兴致地看起戏来。

“亲爱的，你说什么呢？”

“那个王八崽子把那些蛇放在浴缸里了！”莱斯利口齿还算清楚。

“亲爱的，注意你的言辞，”母亲条件反射般地提醒莱斯利，然后随口补充了一句，“去加点衣服，别着凉了啊！”

“那几条大混蛋粗得跟水管似的……我居然没被咬，也是命大！”

“亲爱的，别生气了，都是我的错，是我让杰瑞把它们放在浴缸里的，”母亲向莱斯利道歉，突然觉得有必要跟客人们也解释一下，“我们的蛇中暑了，特别可怜。”

“什么鬼啊，妈妈！”拉里惊讶地叫道，“这玩儿得也太大了吧！”

“亲爱的，你可不许闹啊，”母亲态度坚决，“跟蛇泡一个澡盆的人是莱斯利。”

“我不明白，拉里怎么这么爱管闲事，事不关己也要插一嘴。”玛歌嘟囔。

“事不关己？好一个事不关己！母亲和杰瑞密谋在浴缸里塞满了蛇，这事儿我不指责一下还像话吗？！”

“行了，你闭嘴，”莱斯利说，“我只想知道，他什么时候能把这些要命的玩意儿挪走？”

“你真是小题大做。”玛歌说。

“以后我们都得与蛇共浴了是吧？好，这个家我是待不下去了。”拉里警告说。

“我还能不能洗个澡了？”莱斯利声音都哑了。

“你自己把蛇拿出来就行了啊！”

“这个家厉害了，简直是为圣方济[①]量身定制的。除了他，没别人能住得舒服。”

“全都给我闭嘴！”

“凭什么不让我发表意见？”

“我想洗个澡，只想洗个澡，这个要求不过分吧——”

“好了，大家都安静，”母亲发了话，“杰瑞，你去把那些蛇取出来，暂时挪到洗手池里或别的什么地方去。”

“不！必须把蛇扔出家外去！”

“好了，亲爱的，别嚷嚷了。”

我从厨房里找来个锅，把蛇挪了进去。它们已经完全恢复了元气，从浴缸里出来时还发出嘶嘶的声音，让我很是高兴。当我

① 圣方济全名为“阿西西的圣方济”，是天主教的圣人之一，喜亲近自然，关爱动物。——译者注

回到阳台时，正好看到拉里在眉飞色舞地向客人们发表演讲。

“我一点不夸张啊，这个家就是个连环夺命阵。你要是敢走进来，就能体会到什么是步步惊心，哪儿都有可能窜出个怪物来。我居然还没残，也是个奇迹，我都不知道自己是怎么做到的。像点烟这么寻常无害的举动都差点要命。自己卧室里也是危机四伏。我先是被一只蝎子给袭击了，太恐怖了，满地都是它的毒液和孩子。后来我的房间又惨遭喜鹊的蹂躏。现在更棒，浴缸里出现了蛇，房子周围还有信天翁呢！你听听，它们叫起来像不像水管炸裂？”

“拉里，亲爱的，你就是喜欢夸大其词。”母亲微笑着对客人们说。

“亲爱的母亲，如果我有什么说得不对的地方，那就是我还太客气了，没把现场的凄惨程度描述到位。你还记得那晚吗，卡西莫多想睡在我房间的那次？”

“那晚也没怎么样啊！”

“你很喜欢那种体验对吧？凌晨三点半，被一只鸽子吵醒，它一门心思就想干一件事：把它的屁股连同整条直肠，都怼进你的眼睛里……”

“够了够了，动物的事情就聊到这里吧，”母亲连忙说，“午餐已经准备妥当了，我们都去餐桌坐下可好？”

“不管怎么说，”拉里边往餐桌走边说，“我家那小子是个祸害……他的钟楼里住满了野兽。”

大家各就各位，椅子移动时发出“嚓嚓”的刮地声。每个人都面带微笑，慢慢就座。突然，两位客人齐齐发出了痛苦的嚎叫，火箭发射般地从座位上弹射开去。

“哎，这又是怎么了？”母亲焦虑地问。

“可能是蝎子杀了个回马枪。”拉里赶忙离开座位。

“有东西咬我……我腿被咬了！”

“我就说了吧！”拉里得意扬扬地环顾四周，“一点没错！你可能会在桌子底下找到两头熊。”

只有一个人没被桌下的怪兽吓傻。西奥多一脸严肃地弓下腰，掀开桌布，把头伸到桌子下面张望。

“啊哈！”他兴趣盎然。

“是什么东西？”母亲问。

西奥多从桌子底下钻了出来。

“看起来是某种……嗯……鸟。它很大，身体是黑加白色。”

“就是那只信天翁！”拉里兴奋地说。

“不，不是的，”西奥多纠正道，“我觉得应该是某种海鸥。”

“别动……大家都保持静止，除非你膝盖以下的部位不想要了！”拉里告诫众人。

这话本是为了平息骚动，可起到的效果恰恰相反。所有人都忙不迭地起身，离开了餐桌。

阿磊长长地叫了一声，充满警示意味。不知是在对失去猎物表示失落，或是在对噪声表示不满。

“杰瑞，立刻把那只鸟抓起来！”拉里在安全的距离外命令道。

“没错，亲爱的，”母亲也同意，“把它放回笼子里吧，它不能待在这儿啊！”

我轻轻地掀起桌布一角，看到阿磊威猛地蹲在桌子下，一双黄眼睛怒气冲冲地打量着我。我向它伸出一只手去。它立刻张开翅膀，猛地咬紧了喙。显然，它的情绪也是一触即发。我拿起一块餐巾，试图向他的喙靠近。

“亲爱的，你需要帮助吗？”克拉莱夫斯基询问道。鸟类专家的身份与荣耀，让他觉得自己不能再袖手旁观了。

我婉拒了他的帮助，明显感到他松了一大口气。我说阿磊状态不佳，需要好些时间才抓得住。

“天啊，你加快动作行不行？汤都凉了。”拉里的耐心已经消失殆尽，“这个野兽喜欢吃什么？你找点它爱吃的来，勾引它一下。”

“水手啊！乖乖海鸥们的最爱。”西奥多戏谑道，对自己的玩笑很满意。

“求求你了，西奥多！”拉里抗议道，痛苦地说，“现在这种危急时刻，还是严肃一点吧。”

“天啊！它真的很凶！”克拉莱夫斯基看着我和阿磊你来我往，打得不可开交。

“它可能真是饿了，”西奥多开心地说，“还看到一群人类大张旗鼓地开吃。它可能觉得我们是在给它的伤口上撒盐，真是‘鸥’落平阳被人欺啊！”

“西奥多，你又来！”

我终于成功抓住了阿磊的喙，并把它拖了出来。它全程尖声尖叫，翅膀乱挥。我直接捆住它的翅膀，将它抱回了笼子里。此时，我已满头大汗，疲惫不堪。我转身回去继续吃我的午饭，任由阿磊在身后骂骂咧咧。

“我有个很好的朋友，就曾被一只大海鸥无端骚扰过。”克拉莱夫斯基一边嘬着汤，一边回忆起往事来。

“真的？”拉里说，“这鸟居然这么下作？”

“他正在悬崖边，和一位女士散步，”克拉莱夫斯基没理拉里，只继续说道，“当时，那只鸟从空中猛扑下来，攻击他们。我朋友说他费了九牛二虎之力，才用雨伞把那只海鸥赶走。老天啊，这经历可没人会羡慕的，对吧？”

“难得一遇！”拉里说。

“其实正确的做法是，”西奥多严肃地说，“用伞指着海鸥大喊：‘后退，否则我要开火了！’”

“为什么？”克拉莱夫斯基非常困惑。

“因为海鸥会信了他的话，然后在恐惧中撤退啊！”西奥多平静地解释。

“为什么呢？我不明白……”克拉莱夫斯基皱眉。

“嗐！海鸥嘛，不就是笨[①]吗？”西奥多得意地说。

“真受不了你了！西奥多，你就像一本八百年前的讽刺幽默杂志。”拉里痛苦地呻吟。

大家把酒言欢，觥筹交错。每上一道大菜，客人们便赞赏一番，母亲也笑着自谦。桌上的话题自然全不离动物。

“我们小时候有一次，被送到了一个特别古怪的老姨妈家。她是个养蜂癖，花园里有好几百个蜂箱，每时每刻都吵得像无数根电报信号杆子。一天下午，姨妈想去采蜜。为保安全，她把我们反锁在屋里，自己戴上纱质面罩和手套就去了。显然，她不懂正确的取蜜方法。蜂箱盖子一打开，蜜蜂就像汹涌的潮水般喷了出来，围着她攻击。我们虽然通过窗户看到了这个过程，但因为我们也不太懂采蜜，所以都以为这情况是正常的。但后来我们看到她狂奔乱撞，死活躲不开蜜蜂，面纱都被蔷薇丛勾住了，才知道大事不妙。姨妈终于跑到了门口，扑倒在地。但我们开不了门，只能大声提醒她拿出钥匙来。可是她的尖叫声，混杂着蜜蜂

① 原文此处，西奥多的意思是：海鸥（gull）当然是蠢笨（gullish）的动物。他在这里又说了一个双关语。——译者注

的号叫声，完全淹没了我们的声音。记得是莱斯利灵机一动，说可以从卧室的窗户给她倒一桶水去。惨的是，他太过激动，失手把桶也扔了下去。姨妈被从天而降的水淋成了落汤鸡，紧接着又被一个大桶砸得眼冒金星，同时还得与一群蜜蜂鏖战，境遇之惨，不堪回首。等我们终于将她弄进屋来时，她已肿得亲娘都认不出了。”

“好恐怖，天啊！”克拉莱夫斯基惊叫道，眼睛都瞪圆了，“她可能会死在蜜蜂手里的。”

“是的，当然可能，”拉里同意，“这事儿闹得哟，把我的假期都整废了。”

“她后来康复了吗？”克拉莱夫斯基问。很明显，他正在为自己和“女士”策划一个险象环生的蜂群大冒险。

“哦，是的，住了几个星期的院，”拉里漫不经心地回答，“但这也没让她放弃对蜜蜂的爱。不久之后，一大群蜜蜂又突然出现在了她的烟囱里，她想用烟把它们熏出去，结果却把自己的小屋给烧了。消防队到达的时候，那房子只剩下一个被烧焦的框架了，周围还围着一群蜜蜂。”

“太可怕了，太可怕了。”克拉莱夫斯基喃喃自语。

西奥多慢条斯理地给一片面包抹黄油，开心地笑了一声。他把面包塞进嘴里，慢慢咀嚼了一分钟左右才吞下，然后用餐巾将胡须仔细地擦干净。

“既然聊到了火灾，”他开口说，眼里闪烁着顽皮的小光芒，“我讲过咱们消防队进行装备的现代化升级时的那个故事吗？消防队的队长去了次雅典，对那里的新型消防设备心生憧憬。当时，科孚岛的消防车还要用马来拉。队长觉得是时候升级换代了，最好换成那种闪闪发光的、红色的款式。他还带着几个别的改进队伍的点子，意气风发地回来了。回来后做的第一件事就是挖洞，在消防站的天花板上挖了一个圆形的洞，以便消防员们能直接从杆子上滑下来。但队长急于现代化，竟百密一疏，挖完洞后忘了把杆子装上。所以第一次演习时，就有两名消防员被摔断了腿。”

“不可能！西奥多，这事也太离谱了，我没法信。”

“不，不，我百分之百保证，这是真事。消防队把伤员带到了我的诊室来拍 X 线片。事情是这样发生的，队长一开始没跟大家讲明白，洞的下面应该还有根杆子。所以队员们一看到那个洞，就默认自己应该跳下去。这还没完呢，消防队又斥巨资买了一辆非常……嗯……大型的消防车。队长坚持说要买就买最大、最好的。不幸的是，这辆消防车实在是太大，咱们城里的街道有多窄你们都知道的。要是消防车想去城镇的另一头，就只有一种方法了。于是你常能看到它像疯了一样狂奔，铃声玩命地响，行驶方向却与火源是相反的。一切只因出城后的道路……呃……会宽一点，唯有这样，他们才能绕过去救火。但消防队还有一个东西，其奇异程度可以说是碾压了之前的一切，那就是队长要求安装的现代化报警装置：你知道的，就是那种玻璃小盒子，里面有个小……嗯……电话。消防队内部起了很大的争议，不知道该把这个报警装备装在哪里才好。队长说大家很头疼，没人能预测得了火灾的发生地点。为了终结这场纷扰，大家干脆把这个报警电话装在了消防站的大门上。”

西奥多停顿片刻，用大拇指捻了捻胡子，然后喝了一口酒。

“所有设备刚刚到位，消防队就迎来了升级后的第一场火灾。我碰巧在现场目睹了全过程。起火点是一个车库。车库主人历经千辛万苦，才终于跑到消防站，打破了报警器，而此时火势已经很凶猛了。队长跟车库主人起了纷争，心疼这全新的报警器被打破，并抱怨换新玻璃还得等上好几个星期。最终，消防车被开到了街上，消防员们也集结完毕。队长又发表了简短的动员讲话，敦促所有队员……嗯……好好灭火。终于各就各位了，队员们又开始争敲警铃的殊荣，最后还是队长亲自担此重任。实话实说，消防车抵达现场时非常震撼。消防员齐齐跳下车，跑前跑后，精诚协作。他们扯开了一条很大的消防水管，然后问题就又来了：水管的连接口在消防车的后部，但后部被锁住了，没人有钥匙。队长说他把钥匙交给了雅尼保管，但那天雅尼在休息，没上班。一番争论后，有一个人被派去雅尼家取钥匙，还好……嗯……幸运的是雅尼家倒不远。等待钥匙时，消防员们都对凶猛的火势啧啧称奇。取钥匙的人回来了，说雅尼不在家，但雅尼妻子说他是来火场看热闹了。大家在人群中一通搜寻，最后发现雅尼果然就在围观群众中，钥匙也就在他衣服口袋里。队长气急败坏，大骂说就是这种破事损害了消防队的名望。大家终于打开了车子后部，接上了水。但这个时候，现场其实也不剩什么车库……可以救了。”

午饭后，客人们因为吃太撑，基本没心思再干别的了，只想在阳台上睡个午觉。克拉莱夫斯基本想组织一场板球赛，但这个提议无人应和。我们几个精力尚存的人，让斯皮罗开车带着下海去游泳了，在海里泡到下午茶时间才回家。下午茶是母亲在烹饪方面的又一荣耀时刻。你看到桌上食物满满当当，堆得摇摇欲坠的司康饼在散发热气；薄饼轻薄如纸，酥脆爽口；雪一般疏松绵软的白蛋糕还淌着果酱；黑蛋糕饱满、浓郁，肚子里塞满了水果；白兰地脆饼有珊瑚的质感，里面裹满蜂蜜。大家专心享用美食，无人再说话。现场只余杯盘碗碟发出叮当声。有的人虽已经饱胀，却依然接过了下一块蛋糕，并发出了舒坦的叹气声。之后我们在阳台上躺下，三三两两梦呓般地闲聊起来。暮色如潮，带着墨绿的阴影涌进了橄榄树林，藤蔓下的黑影也沉了几分，让我们的面孔变得晦暗起来。

斯皮罗先前驾车离开了，说是要去执行一项秘密任务。此刻树林里，他的喇叭声大响起来，这是在昭告天下，他已归来。

“斯皮罗就非得用这种最聒噪的方法，毁掉一个宁静的夜晚吗？”拉里很是痛苦。

“完全同意！”克拉莱夫斯基困顿地咕哝道，“这个时候应该有夜莺的歌唱，而不是汽车的喇叭声。”

“我还记得第一次坐斯皮罗车的场景，当时我困惑极了，”西奥多的声音从阴影中响起，带着一丝笑意，“我记不清楚我们具体聊了什么，但他突然对我说：‘是的，医生，当我驾车经过那个村庄的时候，人全都不见了。’于是我脑海中出现了一个……呃……诡异的画面，村庄里空无一人，路边堆满了尸体。斯皮罗还对我说：‘是的，当我经过那个村庄的时候，我会按响我的喇叭，用大到见鬼的响声把人全都吓死。’”

汽车绕到了房子的前方，车灯沿着阳台短暂扫过，照亮了爬满葡萄藤的天花板。它们枝繁叶茂，如一片绿雾萦绕上空。客人四散坐着，谈笑风生。两个农家女戴着鲜红的头巾、光着脚来回走动，布置餐桌。汽车停了下来，引擎声渐渐消失，斯皮罗手里捧着个巨大且沉重的棕色纸包，缓步走上小径。

“天啊！看！”拉里叫起来，手颤抖着指向斯皮罗，“我的稿子又被出版社拒绝了。”

正要走进房子的斯皮罗停下脚步，皱着眉转过头来。

“哎呀！不是的，拉里少爷，”他认真地解释道，“这就是我妻子为你母亲烤的三只火鸡。”

“嚯！那我还有希望，”拉里夸张地松了一口气，“我吓得都站不住了，咱们进去喝一杯吧。”

房间里灯光温柔，玛歌创作的缤纷壁画在晚风中轻轻摇曳。杯子碰撞时叮当作响，瓶塞被“砰”的一声弹出，仿佛石头落入井中。汽水瓶也如一辆辆行至终点疲惫的火车般叹息不断。客人们再次活跃起来，眼睛闪着光，谈话声也越来越高。

在宴会里待得百无聊赖的豆豆，看自己怎么都引不起母亲的注意，便独自去了花园里散心。它在月光下慢悠悠地闲逛，在木兰树下歇住了脚，打算亲近亲近大自然。但它突然惊呆了，眼前出现了一群毛发倒竖、粗鄙凶猛的狗。那些狗已经把那下流的目的写在脸上了。豆豆大叫一声，冲回了屋里。箭在弦上的追求者们哪肯放弃。它们已经花了一整个下午，顶着燥热，满腹焦虑，费尽心思地接近豆豆，此时不冲，更待何时？于是豆豆被一群气喘吁吁、胡冲乱撞的狗追着冲进了客厅。家里的二只狗跑去厨房偷吃的了，听到动静后快速折返，被眼前壮观的场景惊呆。它们觉得肥水即使要流，也不能流去外人田，豆豆岂容外来野狗染指？于是罗格、嘘嘘和呕呕对外来狗群展开了攻击，家里瞬间便成了混战的战场。狗群在咆哮、打斗，客人们则哭天抢地，左躲右闪，只求保命。

“狼群来啦！这个冬天咱们不好过啦！”拉里矫捷地跳上了一把椅子。

“保持镇定！别慌！”莱斯利大喊，操起一个抱枕就砸向最近的几只狗。枕头一落地，便被五只狗撕成了碎片。羽毛扶摇直上，又四处飘零。

“豆豆呢？”母亲颤抖着问，“快去找豆豆，它们会弄伤豆豆的。”

“让这些狗住口，停下！有些狗已经快不行了！”玛歌大叫，不管三七二十一，用一瓶苏打水对着宾客与狗群就是一通狂喷。

“我觉得帮狗劝架的话，可以试试撒胡椒粉，”西奥多一边说，一边看着自己胡子上雪花般的羽毛，“当然，我还从没亲自试过。”

“天啊！”克拉莱夫斯基大叫，“小心……保护女士们！”

说完他便将离自己最近的一位女士扶上了沙发，随后自己也爬了上去。

“好像说洒水也是可以的。”西奥多沉思着继续说道。为了测试准确性，他把手中的一杯酒倒在了路过的一只狗身上。

斯皮罗接受了西奥多的建议，冲到厨房，用粗壮的手捧起满满一油罐的水回来了。他在门口停下，将水桶高举过头。

“大家小心！”他高喊，“我来解决这帮混蛋。”

客人们虽立刻就四下逃开，但速度还是不够快。那一大片光滑闪耀的水在空中划出一道圆润的弧线，撞到地板上，又飞溅起来，然后像海潮般蜿蜒、延展、破碎，最后横扫了整个房间。离得近的客人遭了大灾，但对狗来说，这招确实立竿见影。它们被水的飞溅和隆隆声吓到了，立刻松口又松爪，落荒而逃，只留下一片狼藉，宛若大屠杀现场。房间简直成了个刚被飓风袭击过的大鸡窝。落汤鸡朋友们茫然行走，浑身湿透，身上还沾满了羽毛。有些羽毛落到了油灯里，被烧出刺鼻的焦味来。

母亲怀里抱着豆豆，环顾四周后说道：“莱斯利，亲爱的，帮我取些毛巾来，让大家擦干身体。房间乱得一团糟，但没关系，我们都去阳台上吧，好吗？”她点了点头，又用甜甜的语调补充道，“真抱歉发生这样的事，都是因为豆豆。你看，这个季节里，它对那些狗就是格外有魅力。”

大家终于擦干身体，清理干净了羽毛，又倒满酒杯，来到了阳台上。月光将葡萄藤黑色的影子刻在石板地面上。拉里满嘴都是食物，还轻轻弹着吉他，含糊地哼着歌谣。透过落地窗，我们看到莱斯利和斯皮罗双双皱着眉，专心致志地肢解那只棕色的大火鸡。月影婆娑中，母亲来回游荡，关切地询问每个人是不是都拿到了足够的食物。克拉莱夫斯基坐在阳台的矮墙上，身体的剪影看起来像一只螃蟹，月亮从他的驼背上探出头来。他正在向玛歌讲述一个冗长而跌宕的故事。西奥多在向安德鲁切利医生讲解有关星星的知识，用一根被啃了一半的火鸡腿，遥指天上的万千星座。

屋外，月色给小岛染上银或黑的条纹、斑块。遥远的柏树林中，猫头鹰们用治愈的声音呼唤彼此。天空黝黑无垠，温柔静谧，那质感像鼹鼠的皮毛，还缀有纤弱的星辰。木兰树的阴影将整座房子覆盖，枝头像是躺着无数月亮缩小版的倒影，那是它缀满枝头的白色花朵。馥郁甘甜的花香慵懒地抱住整个阳台，蛊惑着你的心，要你大胆迈入这个良夜，与这片月色撩人的神秘乡野融为一体。

20 My Family and Other Animals

归去

克拉莱夫斯基跟母亲坦白，自己已毫不保留地将满门绝学全部传授给了我，所以是时候带我去英国或瑞士继续深造了。我执意不从，说自己喜欢这种半罐水的状态，毕竟懂得越少，这个世界就越是神奇和精彩。但母亲心意已决，我们必须回到英国，先待上一个月，站稳脚跟（主要是跟银行周旋），然后再决定我去哪里继续学业。为了安稳人心，让民怨沸腾的孩子们少安毋躁，母亲说这就是度一个假期、一场旅行罢了，我们很快就会回到科孚岛。

于是我们收拾好了行李，搞出了无数的盒子，包裹箱子。鸟和乌龟有了专属的笼子，狗也有了新的项圈，但它们戴起来别别扭扭，像在受罚。我们去橄榄树林里享受了最后几次散步，跟众多农家好友们挥泪道别。然后一长列车载着我们的行李，沿着车道浩荡而下。用拉里的话来说，那场面简直是在给收破烂界的大佬办葬礼。

我们的行李堆在科孚岛海关的仓库里，母亲站在一旁，手里晃着一大串钥匙。外面阳光灿烂，家里其他人正在和西奥多、克拉莱夫斯基聊天，他们来给我们送别。海关官员来了，看了一眼我们堆积如山的行李，最上面的笼子里，喜倔们正贼眉鼠眼地向外张望，官员瞬间便蔫了。母亲紧张地微笑，晃着她的钥匙，看起来活像个钻石走私犯。官员审视了母亲和行李，拉了一下他的腰带，皱起了眉头。

“这些全都是你的？”他问道。

“没错，是的，都是我的，”母亲颤声说道，手疯狂地摆弄着钥匙，“需要我打开哪一箱来看看吗？”

官员陷入了沉思。“你有星一壶吗？”他问。

“什么？”母亲说。

“星一壶，你有没有？”

母亲急忙张望起来，想找斯皮罗来救场，嘴里说道：“抱歉。我没有听明白您的意思……”

“你有星一壶……就是星一壶吗？”

母亲脸上露出绝望而动人的微笑：“我真的很抱歉，还是没听清楚……”

官员用愤怒的眼神看着她。“夫人，”他俯身越过柜台，对母亲低声说道，“您会说英语吗？”

“哦！我会！”母亲好歹听懂了一句，开心地回答，“我会，一点儿吧。”

斯皮罗的及时现身拯救了母亲。他慢慢走进来，浑身是汗。他先是安抚了母亲，又摆平了官员，说我们已经很多年没有买过新衣服了。然后他以迅雷之势将所有行李直接搬出仓库，放到了码头上。又借来官员的那只粉笔，给我们的行李都做上了标记，如此便不会有人再来叨扰。

“好了，我不愿说再见，只想说 au revoir[①]。”西奥多小声地说，一一与我们每个人握手，“我衷心希望你们能很快……嗯……很快就回来。”

“再见，再见，”克拉莱夫斯基从一个人面前跳去另一个，轻声道，“热切期待你们的回归。哎，老天啊！愿你们在英国幸

① 法语，意为稍后见、再会。——译者注

福平安，好好享受那边的时光，就把它真当成一段假期来过，好吗？嗯！那就稳了！”

斯皮罗默默地与我们每个人握手，脸上是我们熟悉的皱眉表情，一双大手不停地拧着他的帽子。

“好吧，我也该说再见了，”他声音颤抖，断断续续，豆大的眼泪从眼里喷涌出来，顺着他刻满皱纹的脸颊流下来，“我发誓，我本来不想哭的，”他呜咽着，大大的肚子上下起伏，“但这就像是在跟我自己的亲人说再见一样。在我心中，你们就是家人。”

船只好耐心地等待我们安慰斯皮罗，然后才在轰鸣的引擎声中，载着我们缓缓驶向蔚蓝的大海。三位挚友依然伫立在岸上，他们身后有色彩斑斓的背景，摇摇欲坠的房屋沿山势排布而上。西奥多站得优雅挺拔。他举起了手杖，向我们庄重地致意，胡须在阳光下闪闪发亮。克拉莱夫斯基努力挥着手。斯皮罗挺着酒桶一样壮硕的身材，脸上愁云密布，一会儿用手帕擦泪，一会儿将它高高挥起，向我们道别。

船驶过大海，科孚岛在地平线上珍珠白的热雾中莹莹闪耀。一股阴霾笼罩在大家心头，久未消散。从布林迪西开往瑞士的火车脏兮兮的，我们静静坐在车厢里，谁都不愿意说话。头顶上，鸟笼里有雀鸟在歌唱，喜倔们嘎嘎地笑，阿磊不时发出哀嚎。双脚边，狗狗们鼾声四起。到了瑞士边境，一个效率高到让人瞠目结舌的官员查看了我们的护照。他把护照连同一张小纸条一起归还给母亲，面无表情地鞠了个躬，任由我们继续沉浸在忧郁之中。过了一会儿，母亲拿起那个官员填写的表格，读了起来。读到一半时，她僵住了。

“你们看看他写了什么，”她愤怒地说，“真是没有教养。”

拉里朝那张小纸条盯了一眼，然后从鼻子里哼了一声。

“这就是你非要离开科孚岛的代价。”他说。

小卡片上有一栏为“旅客描述”，里面用工整的大写字母写道：一个巡回马戏团及其员工。

“怎么能这么写我们？！”母亲依然气呼呼的，“真是的，有些人也太怪了点。”

朝着英国方向，火车轰鸣前行。

给未来人类的一封信

我们希望未来会有萤火虫在夜晚指引你，
会有蝴蝶在灌木丛及森林里迎接你。
我们希望你的黎明会有鸟类歌唱的交响乐，
而它们拍击翅膀的声音……会让你感到振奋。
我们希望仍然会有许许多多不同种类的生物
跟你一起共享地球，
它们会让你欢喜高兴，并且丰富你的生命，
就好像它们曾经为我们所做的一样。
我们希望你会感恩于出生在这个神奇的世界。

没有你，万般精彩皆枉然

（杰拉尔德·德雷尔写给妻子李·麦乔治的情诗）

我见过千种日出日落，
在大地上森林与高山都被笼罩在蜜色光泽之中，
在海里为一团五彩云朵平添上一道殷红，
在广阔的大洋之中潮起潮落。

我见过千般的月亮，
满月如金币，
寒月苍白如冰屑，
新月宛如雏天鹅的绒毛。

我见过的海平静如止，颜色如缎，
蓝如翠鸟或者通透如玻璃，
抑或乌黑褶皱地泛起泡沫，
沉重又危险地翻动着。

我感受过来自南极的烈风，寒冷呼啸着像一个走失的儿童，
感受过如爱人呼吸般的柔风。
我听过夏日蝉鸣如芒在骨，
我听过树蛙在无数萤火虫点亮的森林中，
演奏着如巴赫管弦乐般美妙复杂的旋律。
我听过狼群在冬夜对月长嚎，
我听过珊瑚群中异彩斑斓的鱼群发出的呢喃。

我见过蜂鸟如同宝石一般围绕着开红花的树在闪烁，
如陀螺一般哼鸣作响。
我见过飞鱼如水银一般穿越蓝色海浪，
用他们的尾翼在海面上划下银色痕迹。

我遇到过千种不同的动物，
目睹过千般绝妙的事物……

然而——
没有你，我做了什么都是失落。
有了你，我做什么都是收获。
为了有你一分钟的相伴，
我愿把这一切都放弃，
为你的笑语，你的声音，你的眼睛……

（中文版权方请联系湛庐文化）

未来，属于终身学习者

我们正在亲历前所未有的变革——互联网改变了信息传递的方式，指数级技术快速发展并颠覆商业世界，人工智能正在侵占越来越多的人类领地。

面对这些变化，我们需要问自己：未来需要什么样的人才？

答案是，成为终身学习者。终身学习意味着永不停歇地追求全面的知识结构、强大的逻辑思考能力和敏锐的感知力。这是一种能够在不断变化中随时重建、更新认知体系的能力。阅读，无疑是帮助我们提高这种能力的最佳途径。

在充满不确定性的时代，答案并不总是简单地出现在书本之中。“读万卷书”不仅要亲自阅读、广泛阅读，也需要我们深入探索好书的内部世界，让知识不再局限于书本之中。

湛庐阅读 App：与最聪明的人共同进化

我们现在推出全新的湛庐阅读 App，它将成为您在书本之外，践行终身学习的场所。

- 不用考虑“读什么”。这里汇集了湛庐所有纸质书、电子书、有声书和各种阅读服务。
- 可以学习“怎么读”。我们提供包括课程、精读班和讲书在内的全方位阅读解决方案。
- 谁来领读？您能最先了解到作者、译者、专家等大咖的前沿洞见，他们是高质量思想的源泉。
- 与谁共读？您将加入优秀的读者和终身学习者的行列，他们对阅读和学习具有持久的热情和源源不断的动力。

在湛庐阅读 App 首页，编辑为您精选了经典书目和优质音视频内容，每天早、中、晚更新，满足您不间断的阅读需求。

【特别专题】【主题书单】【人物特写】等原创专栏，提供专业、深度的解读和选书参考，回应社会议题，是您了解湛庐近千位重要作者思想的独家渠道。

在每本图书的详情页，您将通过深度导读栏目【专家视点】【深度访谈】和【书评】读懂、读透一本好书。

通过这个不设限的学习平台，您在任何时间、任何地点都能获得有价值的思想，并通过阅读实现终身学习。我们邀您共建一个与最聪明的人共同进化的社区，使其成为先进思想交汇的聚集地，这正是我们的使命和价值所在。

浙江省版权局图字：11-2024-116

图书在版编目（CIP）数据

追逐阳光之岛 /（英）杰拉尔德·德雷尔著；赵学坤译 . — 杭州：浙江科学技术出版社，2024.4（2025.9 重印）
（德雷尔一家）
ISBN 978-7-5739-1166-7

Ⅰ. ①追… Ⅱ. ①杰… ②赵… Ⅲ. ①儿童小说—长篇小说—英国—现代 Ⅳ. ① I561.84

中国国家版本馆 CIP 数据核字（2024）第 066332 号

书　　名　**德雷尔一家**
著　　者　［英］杰拉尔德·德雷尔
译　　者　赵学坤

出版发行　**浙江科学技术出版社**
地址：杭州市环城北路177号　　邮政编码：310006
办公室电话：0571-85176593
销售部电话：0571-85062597
E-mail:zkpress@zkpress.com
印　　刷　唐山富达印务有限公司

开　　本	880mm×1230mm　1/32	**印　　张**	32.875（全三册）
字　　数	1008 千字（全三册）	**插　　页**	3
版　　次	2024 年 4 月第 1 版	**印　　次**	2025 年 9 月第 6 次印刷
书　　号	ISBN 978-7-5739-1166-7	**定　　价**	229.90 元（全三册）

责任编辑　陈　岚　余春亚　　　**责任美编**　金　晖
责任校对　赵　艳　　　　　　　**责任印务**　田　文

湛庐CHEERS

与最聪明的人共同进化

HERE COMES EVERYBODY

CHEERS
湛庐

德雷尔一家

②

桃金娘森林宝藏

Birds, Beasts and Relatives

[英]杰拉尔德·德雷尔 Gerald Durrell 著
赵学坤 译

浙江科学技术出版社·杭州

测一测

你对德雷尔的“动物王国”了解多少？

扫码加入书架
领取阅读激励

- 根据德雷尔的观察，蜘蛛蟹如何伪装自己？（　　）

  A. 装死

  B. 变颜色

  C. 变体型

  D. 在壳上“装修”

扫码获取
全部测试题及答案，
一起了解享誉全球的
“大自然作家”是如何成长的

- 背上生长着毒刺的鲉鱼常在热带暖水域出没，德雷尔在朋友的帮助下，捕捞鲉鱼后吃了吗？（　　）

  A. 是

  B. 否

- 德雷尔曾经动作非常（　　）地捕捉过海星。

  A. 迅猛

  B. 轻柔

扫描左侧二维码查看本书更多测试题

德雷尔临终遗言

就我个人来说，一个没有鸟，没有森林，没有各式各样、大大小小动物的世界，我宁愿不要活在其中。

如果你喜欢这本书（或我其他的书），请记得是动物赋予这本书生命，让这本书妙趣横生。动物是没有声音、没有投票权的大多数。没有我们的帮助，它们不可能生存下去。

我们每个人都有责任，要努力遏制人类对地球的可怕亵渎，我在用我仅知的方法，尽力在做，但我需要你的支持。

我的自辩词

> 天哪！有时候，连早饭都还没吃，我就相信了六件奇异的事。

白皇后，《爱丽丝镜中奇遇记》

本书故事发生在希腊的科孚岛，你将看到我们一家人在此共度的五年时光。我的初衷本是追忆岛上的自然环境与动物生态，却犯了一个致命错误：开篇即安排了家人们登场。他们让故事热闹非凡，且引来了更多朋友，但也令篇幅愈发紧张。我卖力删减，才能穿插进一两个段落，给动物们“专段专用”。

描写家人时，我杜绝夸张，力求所写即所见，还原大家的真实形象。但后面的部分情节还是太过疯狂，所以我想先解释一下。科孚岛时期的我们都相当年轻：大哥拉里不过二十三岁；二哥莱斯利十九岁；姐姐玛歌十八岁；我最小，才十岁，处在这个稚嫩的年龄，很容易受外界影响。因为母亲总说记不住自己的出生日期，所以请恕我无法考证她的准确年龄。我只能告诉你，她成功养育了四个孩子，应该算得成熟老练了吧。母亲提醒我，一定要把她的寡妇身份写清楚，因为她向来洞察世事，深知“飞短流长不得不防”。

这五年赐予了我太多奇遇与美好，要把它们浓缩进一本书里，篇幅还得控制在《大英百科全书》之下，着实有些难度。我只得全力删改、拼接，被迫牺牲了不少流畅性。好些妙趣横生的情节与人物，也因此无缘登场。

本书能够付梓，离不开以下诸位的大力支持。当然，万一读者们对本书有不满意之处，那么哪些骂该谁来挨，咱们心里也能有个数。

我要在此感谢：

西奥多·斯迪凡尼德医生。他素来慷慨，允许我使用他著作中的材料。他的著作也以科孚岛为主题，但尚未发表。西奥多还贡献了不少妙事，后文中我们就能见到。

我的家人们。虽然无心插柳，但他们确实提供了大量素材。在本书的创作过程中，他们的支持掷地有声：但凡我问起某段过往，大家就会争得脸红耳赤。至于赞同，那几乎不存在。

我的太太。读初稿时她经常笑出号叫声来，让我十分受用。可惜后来她说，令人捧腹的其实是我的满篇拼写错误。

苏菲，我的秘书。自觉对全书逗号身负重任，该加的地方通通加上，但她貌似与分离不定式[①]势不两立，见一个便要删一个。

我的母亲，绝对当得起一段特别的赞颂，这本书是献给她的。母亲张弛有度，刚柔并济，对世间一切都洞若观火，能泰然处之，像是所向披靡的诺亚。人生如海，这位诺亚驾驶着小船，保护着孩子们，小心穿过尘世的风浪与雷电，英勇面对人员的叛乱、财务的危机。旅程艰险，一路上稍有不慎就会触礁。况且，这帮乘客会不会领情还得两说，一旦出了问题，倒霉的倒必定是她。母亲最后能活着上岸，真是个奇迹。厉害的是，她不仅成就了这个奇迹，还保住了自己的心气与风骨。而这一切居然被大哥拉里解读为：妈妈多亏有我们的培养，她的成就都是大家的杰作。没关系，母亲早已达到超然境界，能宠辱不惊，笑看一切了。不信你再看看这个故事：最近的一个周末，母亲独自在家时，一大堆箱子突然寄达了。箱里的“货物”包括两只鹈鹕（tí hú）、一只朱鹭、一只秃鹫，以及八只猴子。普通人多半当场就吓晕了，但我的母亲岂是凡人能比？星期一早上，当我赶到时，母亲正在车库里跟一只气到炸毛的鹈鹕周旋，手里还拿着个

① 分离不定式是一个英语语法概念，指在普通的动词不定式中加入副词，以更生动地表意。——译者注

沙丁鱼罐头想喂给它。

“亲爱的，你终于来了，太好了！”母亲上气不接下气，“这只鹈鹕稍微有点难伺候。”

我问她为何如此笃定，知道这些动物必然是我的。她回答：“孩子，我当然知道。除了你，还有谁会给我寄鹈鹕？”

我很欣慰，如此看来，母亲少说也了解透了一个孩子。

最后，我要强调一下，本书从头到尾都是真人真事真场景。活在科孚岛，就是活在精彩纷呈的滑稽剧中。下面这个细节就能充分说明它的特点和亮点了：我们曾有一张海军地图，上面精确地描绘着科孚岛的地貌以及周边海岸线，但你敢想象，地图下沿竟印着这样一条警告语吗？

> 注意！浅滩的警示浮标常偏离正确位置，船只进入本区域后，须自行判断路线，保障航行安全。

目 录

开篇 Birds, Beasts and Relatives

上岛之前

这个冬天着实心狠手辣。开春的时间到了，但春意迟迟攻不进来，只有报春花钻破细碎的薄冰，不管不顾地探出头来。这花真倔强，到点儿就要破土，根本不顾天气冷暖。白云发乌，沉得快垂到地面上来了，仿佛怀里抱着一场大雪，随时都会砸下来。寒风贴着我家的房子嘶吼咆哮。这天气绝对不是为阖家团圆准备的，尤其是我家。

这是第二次世界大战以来我们全家在英格兰的首次团聚。可惜的是，暴风雪一点儿面子也不给。大家的情绪都不怎么样，每个人的易怒值都达到了顶点，动辄便要反驳争辩，谁都懒得管彼此，更听不进去别人说了什么。

家人们围炉而坐，像群阴郁的狮子。炉中一团巨大的火焰烧得明艳又嚣张，仿佛下一秒就要把烟道点燃。姐姐玛歌粗暴地加了点儿柴——从花园拖来一棵尸骨尚全的小树，往炉子里一塞完事。但树只塞进去了一半，还有一半大大咧咧地躺在炉前的地毯上。母亲在织毛衣，眼神空洞，嘴里念念有词，似在默默祷告。她的心思八成已飘到明天的午餐上了，正在思考做什么菜好。二哥莱斯利沉浸在一大本弹道学手册中。大哥拉里罩着一件渔民经常穿的巨型套头衫（尺码大了好几个号），站在窗边，用一块猩红色的手绢捂着鼻子，一会儿打一个喷嚏。

“这个国家真是要命了！”他转过身来，完全一副要干架的语气，搞得我们就该对这天气负责似的，“你的脚一踏上多佛[①]的海滩，感冒细菌就会铺天盖地地过来围殴你……谁敢想，我之前整整十二年都没感冒过！这多亏我脑子够聪明，知道躲开英国这地方。这下好了，回来后遇到的人全是感冒的。英国人一年到头只会干一件事——组团打喷嚏，而且是对着别人的脸玩命打……就非得这么传来传去吗？谁能绝地求生？”

“你就是患了感冒而已，别搞得像世界末日来了一样，”玛歌说，“男人怎么老是这么大惊小怪的？”

拉里抬起眼泪汪汪的眼睛，鄙夷地看了玛歌一眼：“你们不得了，个个都视死如归。难以想象，除了受虐狂，还有谁会待在这个……这个病毒乐园里！你们是真享受在传染病的海洋里徜徉

① 多佛（Dover）是英国东南部肯特郡的重要港口。——译者注

啊，朽木难雕！别人也就算了，毕竟眼界还没打开，但你们是去过希腊见过阳光的，怎么还这么蠢？”

“没错，亲爱的，”母亲安慰他，“但你没挑对点儿回来。你知道的，这里也有漂亮的时候啊，比如春天。”

拉里瞪着母亲说：“不是我故意打扰你的黄粱美梦，此刻已经是你口中的春天了。来来来，你自己看看！你想去寄封信，都得让哈士奇拉雪橇才行。”

“也就是一层薄薄的雪，还不到两厘米厚，”玛歌不屑，“你又在这儿夸张。”

“我同意拉里说的，”莱斯利突然从书里抬起头来，“外面冷得要死，我什么都不想干，连打猎都打不了。”

“没错！”拉里一脸得意，“如果在希腊，我们此刻应该在外面享受阳光下的早餐了，吃完还能去游个海泳。现在呢？我牙齿冻得直打战，想吃口早餐都难。”

“别再提希腊了行不行？”莱斯利说，“你一提，我就想起杰瑞写的那本惹人厌的书。太尴尬了，我花了好多年才走出来。”

“你还觉得尴尬？！”拉里尖酸地说，“那我呢！瞧他那翻版狄更斯[1]风格的描述，都夸张成什么样了？在文学界给我的形象带来了多大的伤害，你根本想象不到。”

“我也一样啊！看看这本书里的我，脑子里除了船就是枪。”莱斯利说。

“但你那脑子里还真是除了船就是枪。”

“我才受伤最深，”玛歌说，“他就只会盯着我的青春痘。”

“你们的形象还是挺靠谱的，”母亲说，“我才真的被写得傻到家了。”

“要真是一篇有点水平的文章讽刺了我，也就罢了，”拉里一边说，一边拼命擤鼻涕，“但这本书的水平之烂，我委实忍受不了！”

“他连书名都取得很冒犯，”玛歌抱怨，“《我的家人与其他动物们》[2]。大家老是问我：‘那你是哪种动物啊？’我真的被问崩溃了。你说烦不烦？”

“我觉得书名还是挺逗的，亲爱的，”母亲说道，“只是杰瑞

① 狄更斯是 19 世纪英国批判现实主义作家，作品幽默泼辣，又充满感伤情调。——译者注

② 《德雷尔一家：追逐阳光之岛》的英文名为 *My Family and Other Animals*，直译书名为“我的家人与其他动物们”。——译者注

漏掉了好些精彩的故事。”

“没错。”莱斯利说。

“什么精彩故事被漏掉了？”拉里满眼困惑。

“你驾麦克斯的游艇环岛兜圈儿的事儿怎么样？那才好玩呢！”

“杰瑞要是敢写，就等着上被告席吧。”拉里急了。

“干吗要告杰瑞？那个故事真的很好玩。”玛歌说。

“那你苦心钻研通灵术的事呢？他要是也写进书里了，你是什么滋味？大喜过望？”拉里尖刻地问。

“我喜个鬼啊——不行，他绝对不能写。”玛歌恐慌起来。

“那不就得了，”拉里乐了，“别忘了还有莱斯利的诉讼案！”

“我惹你了吗？干吗提我？”莱斯利问。

“因为是你说的啊，杰瑞还没把精彩的故事写进去嘛。”拉里回答。

“呵！我都忘了还有这些过往呢，”母亲止不住地笑，“杰瑞，这些可都比你上本书里写的有意思多了。”

“妈妈，还好你也这么觉得，那我就开心了。”我沉思着回应道。

“你开心什么？”拉里盯着我。

“开心下一本写科孚岛的书有好的素材啊，我正打算动笔呢。”我回答道，语气真诚且无辜。话音刚落，众人的怒吼已排山倒海。

“你做梦！”拉里打了个大喷嚏，吼道，“我拼了这条命也不会让你写的！”

“你休想碰那个通灵术的事儿！”玛歌带着哭腔，“妈妈，你让他放过那件事吧！”

“还有我的诉讼案，也不许写，”莱斯利咆哮，“绝对没门儿！”

“关于游艇，你要是敢提半个字……”拉里眼里满是火气。

“拉里，亲爱的，小声点儿嘛。”母亲劝道。

“那你倒是管管他啊，叫他住手！”拉里嘶吼。

“亲爱的，我哪儿管得住他？”母亲说。

“你希望那些噩梦原封不动再来一遍吗？”拉里嗓子都哑了，“银行来信，委婉地请你把透支账户关了；店主用狐疑的眼神瞄着你；家门口出现一个个匿名包裹，里面全是对付精神病患者时才会用的东西；每个亲戚都跟咱们形同陌路。这个家里，你是主人，赶紧阻止杰瑞呀！”

“你太夸张了，亲爱的，”母亲说，“他要真拿定主意写了，我是劝不住的。我不觉得这是个多大的问题，最精彩的故事确实就是刚才这几个，我没理由阻拦他写呀！”

全家齐刷刷地站了起来，嚷嚷声如潮水般涌向母亲，每个人都在痛诉我要写续集的狼心狗肺与大逆不道。我耐心地等待喧嚣散去。

“除了你们提到的这些，还有很多故事可以写。”我说。

“还有哪些啊，亲爱的？”母亲问道。

“比如说，”我思索着，“你和克里克船长的罗曼史。”

“什么？！”母亲惊呼，“你绝对不可以写那桩惨剧……那是人类和怪物之间的孽缘。我不可能同意你动笔！”

“哎哟，那个故事可是精彩中的精彩啊！”拉里油腔滑调地说道。

“拉里，你住嘴！”母亲已经愤愤然，“你每次这么阴阳怪气地说话，我就气得脑门儿和心都是疼的。杰瑞，我也不同意你写续集了。”

“百分之百支持母亲！”拉里说，“杰瑞，你敢出任何续集，我们就给你来一场集体诉讼！”

在阻止我创作续集这件事上，全家怒发冲冠，表现出前所未有的团结与坚定。我在如此境遇下别无他法，只有一个选择——赶紧坐到桌前，完成此书。

创作这样一本续集很是两难：情节如果太跳跃，且时不时还提起第一部的内容，那么新读者就会一头雾水；但情节进展要是慢下来，穿插大量的“前情提要”，老读者们又会觉得拖沓无聊。只能衷心祈祷我的取舍还算平衡，两边都能照顾到吧！

01 Birds, Beasts and Relatives

洗礼仪式

在阿尔巴尼亚和希腊的海岸线外，游离着一座岛屿。岛身狭长，形如一把锈透了的弯刀。刀柄处，山峦起伏，放眼一望尽是荒芜。这里岩石嶙峋，峭壁高耸，岩鸫和游隼盘旋翱翔。在山谷地带，小河从红色、金色的岩石间奔涌而下。两岸有杏树和核桃树延绵，洒下树荫。站在树荫下，体感凉爽，不亚于浸入井水中。柏树挺拔似长矛；无花果树的树干晶莹璀璨，闪着银光，叶面硕大如托盘。从地图上看，岛的刀刃地带里满是魁梧的橄榄树。枝叶招展，连绵不绝，仿佛是一大床绿色中透着银色的鸭绒被。据说这其中有些树已跨过五百年风雨，它们佝偻蜷曲，树干上孔洞密布，乍一看像火山岩的表面。岛的刀尖位置是一个叫作莱夫基米的地方。那里的沙丘在阳光的照耀下光彩夺目，盐沼地[①]

① 盐沼地是一种地貌，也称滨海盐碱滩，位于沿海潮间带和陆地之间，海水会有规律地涌入并流出。此地区也有植物生长，且植物极耐盐碱。——译者注

浩荡延绵，上面点缀着大片大片的竹林。竹子在风中或嘎吱作响，或淅淅飒飒，或窃窃私语。这座岛名叫科孚岛。

那是八月的一天，我们抵达了科孚岛。科孚岛正被夏日骄阳烘得昏昏欲睡，被温热的孔雀蓝色海洋轻拥在怀，被炙烤成了淡淡粉蓝色的天空柔柔笼罩。我们一鼓作气，收拾行囊，离开阴雨缠绵的英国海岸来到这里。是为了什么呢？其实我们也找不到明确的原因，想来多半是彻底厌倦了英国死气沉沉的郊区生活，及其凄冷料峭的气候风土。之前挨了许多年，每个人都身心俱疲，几近槁木死灰的状态。所以我们决定逃遁出去，投奔科孚岛而来，祈祷希腊的阳光能治愈大家的身体和灵魂。登岛后不久，我们就挑中了自己的第一个家，并邂逅了第一位挚友。

这位挚友就是斯皮罗。他走起路来摇摇摆摆，有双孔武有力的大手和一张粗糙阴沉的棕色脸庞。他会说英语，且语法自成一派，不拘一格，词汇量虽有限但足够用。斯皮罗是个出租车司机，有辆年纪不轻的道奇车。很快我们便明白，斯皮罗绝不是普通角色——当然了，科孚岛上本就没有普通角色。他认识岛上的每一个人，搞得到任何他想入手的东西，能摆平所有的问题。我们的需求即使天马行空，他听后也能大手一挥：“你们放一百个心，这事儿我搞得定。”然后便妥妥当当地搞定。他帮我们搞定的第一件事就是找到我们的第一个家。此事的难点在于，母亲要找一个带浴室的房子，在这一点上尤为执着，寸步不让。虽说浴室的确是保持健康生活的必需品，但在科孚岛，这也真是个稀罕物。不消多说，斯皮罗心中自然是门儿清，但他立马便带我们找到了房子，然后雷厉风行地帮我们搬了家。其中免不了他对外人的数次咆哮与争吵，几番指手画脚，以及挥汗如雨地亲自拎进拎出无数行李。总之，在他的运筹帷幄下，我们顺利地搬进了新家。此后对我们来说，斯皮罗不再只是个接送我们的出租车司机，而是整个家庭的引路人、导师和挚友。

斯皮罗找的这座房子方方正正，通体是鲜亮的嫩草莓粉色，配以绿色的护窗板。它坐落在一个山坡上，周围是一大片恢宏的橄榄树林，庄严而静穆，让人犹如置身于大教堂中。顺坡而下，走到尽头就能看到大海。房子被一个小得如手帕般的迷你小花园环抱。花园里面有零星的小花池，形状虽各不相同，但都很规整，散发着维多利亚时期的可爱气息。外侧是一圈倒挂金钟篱笆，高大而繁茂，总在窸窣作响，与小鸟一唱一和。英国向来阴郁暗淡，记忆中唯余一片铅灰色罢了。在其中浸淫多年，我们已疲乏倦怠，所以科孚岛的绚烂日光、明媚色彩与扑鼻香气，如一杯炽烈醇厚的美酒倒进了我们的心中。

每个人都在蜕变，在用自己的方式享受着这场新生。拉里在家中神思恍惚，四处踱步，时不时地给母亲吟诵一段诗篇。而母亲要么是懒得听，要么是轻飘飘地回一句：“亲爱的，你真棒！”没办法，科孚岛的蔬菜和水果种类堪称洋洋大观，母亲沉浸其中，已自顾不暇。她的大部分时间都花在了厨房里，她把每一顿饭都安排得丰盛无比。玛歌相信，烁烁的阳光对治疗青春痘定有奇效，是之前的任何药片与汤剂都不可比的。她抱着十二万分的虔诚去橄榄林里享受日光浴，结果把自己严重晒伤。莱斯利发现，科孚岛的枪支竟然能自由买卖，而无须向政府申请许可证。这让他喜出望外，三天两头便往城里跑，带回各式各样的打鸟枪：从老款的土耳其式前装枪到左轮手枪，再到霰弹枪，不一而足。莱斯利每得一件新宝贝，就必须好好练习一番，把家人们折磨得生不如死。拉里愤怒抗议，说这房子简直是被革命军包围了。

花园荒置已久，里面杂草丛生，植物肆意地拔节蔓延。这里也是昆虫的乐园，它们畅快地飞旋嗡鸣、吱吱叫嚷、欢蹦乱跳，把日子过得风生水起。见到花园的那一刻，我的心智与注意力就缴械投降，全然臣服并投入于它。

我们在英国也有过不少花园，但它们无论多么奢靡豪华，都从未为我提供过这么多的动物。现在我如坠幻境，沉迷沉沦，不能自拔。这时，我的灵魂才真正苏醒，我的生命才真正诞生，而此前经年，皆为序章。这里的阳光遒劲有力，让我在一只瓢虫的翅膀上领悟了什么才是正版的朱红色，在一只蠼螋（qú sōu）身上见识到了瑰丽的巧克力棕与琥珀色，并为蚂蚁身上金碧辉煌的玛瑙红而折服。陌生的动物在我的人生舞台上你方唱罢我登场，看得我眼花缭乱：大木蜂拖着丰腴的身体，好像一头头电光蓝色的小毛熊，在花朵间哼唱着徘徊；燕尾蝶的身体呈琉璃黄色，夹杂着墨黑色的条状斑纹，它身穿剪裁得体的燕尾服，轻盈翩跹于倒挂金钟篱笆间，仿佛在和同伴们共跳一支极有技术含量的小步舞曲；小豆长喙天蛾靠拼命扑扇翅膀，在空中悬浮着，它不时把自己修长精巧的口器插入一朵美丽的花中，大快朵颐。

彼时我对昆虫知之甚少，连基本的常识都没有，手边也缺乏相关书籍。我只能在花园里观察它们的一举一动，见证它们的辛勤与匆忙；或把它们带回房间，以进行更深入、细致的研究。没过多久，我的卧室就被果酱罐子、饼干盒子占满了，里面都是我从迷你花园里捉来的小生灵。把它们带进家时，我得蹑手蹑脚，尽量低调，因为全家人都觉得，我把虫子带回家就等于把祸患引回来，会惊恐万状。能理解我的，只有母亲一个人。

每天，昆虫们都会大方地给我展示一些新鲜事，让我对自己的无知与浅薄又多了一分认知。这其中，让我最好奇和挫败的非屎壳郎莫属了。我趴在地上，和我的狗罗格一起认真观察过两只屎壳郎推粪球。罗格周身都是黑色的卷毛，在地上一卧，活像一座毛茸茸的小山。屎壳郎头顶上有一对犀牛角形状的角，小巧玲珑。这两只屎壳郎正在齐心协力地推一个圆润而大小标准的粪球。我有很多疑问。第一个问题是，它们是怎么把粪球滚成正圆形的？我亲自用黏土和橡皮泥做过试验，深知搓出或揉出一个圆球的难度简直超乎你的想象。无论你是如何用心或有耐心，都很难让球看上去很圆。但屎壳郎们只用两条长满毛刺的前腿，不借助任何工具，如卡钳等，就能滚出浑圆可爱的小粪球，一个个精致得像小月亮似的。第二个问题是，它们为什么要滚这些粪球，会把粪球带到哪里去？

有一天上午，我终于解决了第二个问题，至少发现了些许端倪。那一整个上午，我都在心无旁骛地观察两只屎壳郎，对其他昆虫视而不见。罗格在一旁显得无聊而抱怨，时而轻叹、呻吟、打哈欠，我一律装聋，当作没听见。我匍匐在地，紧跟着屎壳郎们的脚步横穿了整个花园。对我来说，这一距离不过是数步之遥，但在屎壳郎的世界里，却是天涯海角。它们来到倒挂金钟篱笆下方，打算将粪球滚上一个小小的、软软的土坡。但对它俩而言，这可是个开天辟地级的大工程。好几次，它们乱了步伐，粪球仓皇滚落下坡，于是它们赶忙去追。我猜它们追时一定无比愤慨，免不了彼此埋怨喝骂。终于，它们还是爬到了坡顶，继续前行，随后滚下坡去。土坡另一侧的脚下，竟然有一个洞，仿佛一口小水井，这就是屎壳郎们的终极目的地，但也是我之前走过的。它们离洞口只有一指远了，其中一只加快脚步冲上前去，然后屁股朝下，倒退着进了洞。它在洞里夸张地挥舞着前肢，招呼着外面的那只要铆足劲儿把粪球推过来（外面的那只尤为辛苦，我都感觉到它在喘气了）。粪球被推进了洞，它俩一个拽，一个拱，慢慢地消失在了洞的深处。我的心像被抽空了般失魂落魄——它们在洞里肯定还会再干些其他的事，但我如何看得到？午饭时，我跟家人们聊了今天的发现，希望有人能帮我分析一下屎壳郎后来的行动。没想到，众人却只拿一阵沉默回应我。

“好吧，但愿粪球在下面能起到点儿什么作用。”母亲含混地说。

“别让我失望，你不会把它们偷偷带到家里来的，对不对？”拉里问我，“我绝对不希望家里满地都是粪球。你要敢这么干，那我就住不下去了。”

“不，不可能。亲爱的，我肯定他不会的。”母亲赶忙安抚拉里，但语气里满是心虚。

“算了，我就是警告他一下，也没别的意思，”拉里说，“但他确实会把花园里那些要人命的虫子搞回家来，悄悄关到他自己的房间里。”

“屎壳郎可能要用粪球取暖，”莱斯利开了口，看来他还真在帮我思考问题，“屎团子很暖和的，毕竟含有酵素。”

“如果将来，咱们竟然也需要中央供暖系统了，那么我会好好记下你今天这条建议的。”拉里说。

“它们或者也会吃掉粪球吧。”玛歌猜测。

“玛歌，亲爱的，我们还在吃饭呢，别说这种话。”母亲慌张制止。

家人们在自然知识方面的匮乏真是一如既往，再次让我大失所望。

“我建议你读一本书。”拉里又盛了一盘牛肉（但刚刚还在挑毛病，说今天的牛肉炖得不入味），一边大吃特吃，一边心不在焉地对我说，“是法布尔写的。”

作为捧场，我随口问他法布尔是谁，或者说是什么东西。根据我的过往经验，但凡是被拉里推荐的作者，大概率都会是中世纪的诗人，作品晦涩艰深，非常人能读。法布尔自然也不例外。

“博物学家。”拉里嘴里含着一大口牛肉，对我挥着叉子，“他那本书写的就是昆虫之类的东西。我会帮你弄一本来的。”

万万没想到，我的大哥居然还有这么无私体贴的一面，我深为感动。接下来两三天，在他面前我都夹着尾巴做人，坚决不去做任何可能惹毛他的事。但匆匆数日如白驹过隙，传说中的书连个影子也见不着。我终于放下了执念，将它抛之脑后，全身心地回归花园，沉浸在了对其他昆虫的探秘中。

但在我心中，一个个问号以排山倒海之势向我袭来。“为什么”这三个字如影随形，简直成了咒语：为什么木蜂要咬下一块玫瑰叶子带走，在叶面上留下一个圆形的小孔？为什么蚂蚁要跟汹涌的苍蝇群亲密纠缠，两个组群仿佛陷入了一场跨越种族的绝恋？关键苍蝇还是害虫，把花园里的花弄病了不少！为什么草秆子和橄榄树上会出现那些透明的昆虫尸体，或者说身体的外壳？它们形状怪异，呈琥珀棕色，它们到底是什么东西？那些壳子内部已空空如也，壳子本身轻薄酥脆。看形状，想必其主人定有个丰满的躯干、一对鼓胀的大眼睛，以及一双强健且长满倒刺的前腿。为什么壳子的背部都有一道裂缝？是不是它们被狠狠地攻击过，或者被什么怪物彻底吸干了体液？如果是，那么始作俑者是谁？壳子的主人又是哪种动物？我就是一台行走的提问机，永远问着让家人们招架不住的问题，让大家很是头疼。

那天早上，我在厨房给母亲展示自己新得到的宝贝—— 一条细细长长的驼色蜈蚣。我说它能在夜晚发出一丝白色的光芒，虽然微弱，但可以看得到。正当母亲表示怀疑时，斯皮罗摇摇晃晃地迈着步子走了进来。他走得大汗淋漓，脸上是惯常的表情，不怒自威，阴沉焦虑。

“德雷尔夫人，我给您送信件来了，”他对母亲说罢，扭头看了我一眼，“早安，杰瑞少爷。”

我满心天真地以为他也会喜欢我的新宠，于是举起装蜈蚣的罐子，把它凑到了斯皮罗的鼻尖下，想让他也好好欣赏一下。但斯皮罗只瞄了蜈蚣一眼，就吓得魂飞魄散。他扔下包裹，三步并作两步，逃命般地闪去了餐桌后面。

“我的个老天爷哟！”他问，“杰瑞少爷玩的是什么东西啊？”

我介绍了一下这个小家伙，不过是条蜈蚣而已。真搞不懂斯皮罗在怕什么。

“这些玩意儿有毒的，德雷尔夫人，”斯皮罗焦急地劝母亲，“天哟，杰瑞少爷可千万不能玩哪！”

“呃，它们应该还好吧，”母亲也稀里糊涂，“反正他就是喜欢这些东西。亲爱的，好了，你把蜈蚣拿去外面，别让斯皮罗再瞧见就行。”

“太可怕了！”我走出房间后，听到斯皮罗如是说，“我的天哟，德雷尔夫人，那孩子找来的东西差点儿把我吓死。”

我机敏地躲过其他家人，悄悄把蜈蚣带回了自己的房间。我把它安置在一个小碟子里，并精心装点了些许苔藓和几块树皮，看上去极富审美情趣。以我所见，大家一定会对我抓的夜光蜈蚣啧啧称奇。所以我拿定主意，要在晚饭后安排个时间，让蜈蚣闪亮登场，让它惊艳四座。但后来发生了一件事，让这个主意在我脑海里烟消云散。午饭时，拉里给我扔过来了一包棕色的东西，相当有分量。

“法布尔。”他说得很简略。

什么？还需要吃什么饭？！我立刻将包裹撕开。眼前是一本沉甸甸的书，绿色封面，书名是《神圣的甲虫及其他》（*The Sacred Beetle and Others*），作者是亨利·法布尔。翻开封面，我便被扉页的插图彻底惊艳。那里竟然画着一对屎壳郎，它们的外表看上去是如此熟悉，搞不好跟我的那两只是很近的表兄弟关系。画里的屎壳郎们也在滚粪球，粪球也是一样地圆润漂亮。激动与狂喜将我淹没，书里的每一页、每一个细节都值得细细品味。我慢慢翻动着书页，被它的妙趣横生与平实亲切征服。所有的文字都是如此地简明利落，连我都可以顺畅地读下来。

“亲爱的，待会儿再看吧，先把饭吃了，要不然都凉了。”母亲说。

我虽然万般不情愿，但还是乖乖地把书放到了腿上，然后风卷残云般吃起饭来。结果那一整个下午，我的肚子都在闹别扭，但这丝毫没有打扰到我和法布尔的第一次亲密接触：家人们午睡时，我坐在院子里的橘树下，捧着他的书，读得如饥似渴。一页接着一页，一口气读到了下午茶时间，把整本书都读完了——读完了？！那一瞬间，我感觉心被重重地击了一下。但整个人又被狂喜填满，因为此刻的我已焕然新生，用知识武装了我的头脑。对于屎壳郎，我已无所不知（至少当时的我是这么觉得的）。曾经，它们是谜一般的小虫子，只会在橄榄树林中笨拙地乱爬；现在，它们是我的铁哥们儿。

与此同时，还发生了一件事情，也在自然生态知识上拓宽了我的视野，激发了我的探索热情。不过当时的我很惘然，并没有意识到这一点。这件事就是我有了第一位家庭教师——乔治。他是拉里的朋友，高挑、清瘦，戴眼镜，蓄着棕色的胡子，喜欢嘲讽他人，而每每讽刺他人时，极易冷场和伤人。有我这种学生，基本上就是师门不幸，我在学习中的叛逆和抗拒“罄竹难书”。在我看来，任何与自然无关的知识都是废话，学起来就是浪费时间。你可以想象，这场师生缘在一开始是多么坎坷，教学进度是何等的举步维艰。幸亏后来乔治开了窍，将历史、地理、数学与动物学结合起来教学，才在传道授业解惑之路上杀出一条血路来。但不论其他课程如何使劲儿地向动物学靠拢，在我心目中，最精彩的课依然是每周一次的户外自然课。一整个上午，我们都在大自然里上课，乔治和我一起激动地观察我抓到的新动物，确定它们的种类和学名，研究它们的成长经历。我还有一本洋洋洒洒事无巨细的笔记本，里面有许多花里胡哨但贴得并不牢实的图片，上面画着我们正在研究的各种动物。图片的作者就是我本人，绘图的材料就是各种彩色墨水和水彩颜料。

回首往昔，我总暗戳戳地觉得，乔治对户外课的喜欢并不亚于我。举个例子，每当上户外课时，我都会主动出去迎接乔治（其他课乔治可没有这个待遇）。我带着罗格信步穿过橄榄树林，在我家和乔治家的正中间处停下，然后躲在桃金娘丛后，等待他过来。等不了多久，乔治便出现了。他只穿着一双拖鞋、一条褪了色的短裤，脑袋上戴着那顶破破烂烂的超大号草帽。他一只胳膊下夹着一摞书，另一只手则晃着一根长而细的手杖。我得说实话，之所以要去接老师，并不是出于礼貌，而是为了好玩。我和罗格会蹲在香气缭绕的桃金娘丛后，打赌今天乔治是不是也要跟橄榄树干一架。

乔治是个击剑高手，战果累累，赢了许多奖杯和奖牌。他击剑很厉害，也喜欢击剑，动辄就要找个对手切磋一番。林中小径上，他大步流星地走着，眼镜反射出光芒，手杖在空中左摇右摆。他可能会突然看某棵橄榄树不顺眼，觉得它形象猥琐，气质邪恶，不给它点儿厉害瞧瞧就不行。于是他将书和帽子放到路边，小心地逼近那棵不可一世的“坏树”。此时手杖已不是手杖，而是勇士的利剑。他右手持剑，左手在身后抬起，姿态优雅极了。乔治先稳住脚步，慢慢前行，如同一只小猎犬在靠近一头大獒犬。然后他半眯着眼睛，慢慢绕树一周，等着对手的第一次出击。说时迟那时快，乔治先出了招儿，根本不给对方机会。他一剑刺入橄榄树的身体，手杖的尖端没进了树干上的洞里，然后发出一声得意的叫嚷："啊！"再立刻回撤，退出一个安全距离，防止橄榄树反击。我发现，如果他击中的是树干上的一个小孔，那就不太可能一招致命。且这么个小擦伤反而会激起他的斗志，让战斗更加热血澎湃。因为下一秒，你就会看到乔治精神大振，进入你死我活的大决战模式。他的脚步移动得快如闪电，跃进步、躲避步交替而行，甚至一边往后跳，一边向下猛劈狂砍，还要及时拨开对方刺来的剑。刀光火影中，我看得目不暇接，根本追不上他的动作。有些树能死得痛快些，因为乔治一剑便击中了它们的命门：树干上比较大的洞。此时，剑几乎要没进洞去一大半，只能露出个柄在外面了。当然，还有些树实力不容小觑，甚至已非乔治能敌。跟这种对手交锋，乔治要打上一刻钟，且要使出浑身解数与毕生绝学，打得不顾风度，打到面色铁青，才可能突破对方防线，取其性命，姑且赢得胜利。每每收拾完敌人，乔治都会仔细擦去剑上的"血迹"，戴上草帽，拾起书本，然后兀自哼起歌谣，开心地继续上路。我一般会等他走远了，再追上去与他会合。不能让他知道，那一幕幕精彩的人树大战其实都被我看了个遍，否则人家得多尴尬啊。

那时，乔治还给我引荐了另外一个人。这个人刚登场，便成为我此生最重要的人——西奥多·斯特凡尼季斯医生。在我认识的所有人中，西奥多永远是那几个最出类拔萃、超凡脱俗的人之一（三十三年过去了，这个结论依然成立）。他有着淡褐色的头发与胡须，英挺的鹰钩鼻，看上去很帅，宛若一尊希腊神明。当然，以他渊博的知识来看，他本该位列仙尊的。他既是一名持证医生，也是一个生物学家（研究的重点是淡水生物）、作者、翻译家、天文学家、史学家。百忙之中，他还拨冗创建了一个X线片检查室，在科孚岛上是独一家。第一次见到西奥多时，我正为刚发现的一种蜘蛛——活板门蜘蛛而困惑。他耐心地为我解惑，语气诚恳，面色羞赧。我对他顿生好感，不仅因为他告诉我的这些信息很珍贵，更因为他给我的尊重让我觉得自己是一个大人，而不是孩子。

见完第一次面后我便知道，今后怕是再难与他相会了。毕竟这么个博学多才的大人物，是不可能花时间陪一个十岁小孩玩的。但不想第二天，我就收到了他的礼物—— 一台便携式的小显微镜。他还给我写了张便条，邀我去他家共进下午茶。他住在主城区的一套公寓里，我每次去都会带一箩筐的问题，向他问个不停。他的书房汗牛充栋，我常爱在里面徜徉，沉醉于知识的海洋。我们会花上几小时的时间，透过光洁锃亮的显微镜，欣赏他四处收集而来的水生动物标本。他简直是个魔术师，不论一个池子或水沟有多贫瘠，或多污浊，他都能从中掘出宝来。第一次跟他喝完下午茶回到家后，我忐忑地问母亲能否回请西奥多，让他也来我们家喝下午茶。

“我觉得可以啊，亲爱的，”母亲说，“他要是会说英语就更好了。”

母亲的语言学习能力被希腊语打趴在了地板上，输得丢盔弃甲。就在前一天，她终于耗费了一早上的心血，熬出了一锅好汤，打算留作午饭用。作为收尾的动作，她把汤倒进了一个大碗里，然后递给了女佣。母亲用希腊语说："Exo（倒掉吧）。"她的希腊语词汇量捉襟见肘，"Exo"则是她掌握的少数词汇之一。但这个词让女佣很是不解，她只能呆呆地看着母亲。但母亲大手一挥，坚定地又说了一次："Exo。"然后便转身忙着做别的菜去了。而等她再回身时，只能看到女佣在倒最后一滴汤了，碗里的汤如颗粒归仓般被倒进了水池里。这个悲剧给母亲的语言学习带来了巨大的心理阴影，让她产生了极大的不自信。

我有些生气，说西奥多的英语棒极了，甚至比我们说的都好。母亲听罢，松了口气，告诉我说可以给他写张便条，邀请他下周四来我家做客。等待他来的那两小时我痛苦得如钝刀割肉，在花园里干瞪眼，每隔几分钟便望向倒挂金钟篱笆外，等得心神交瘁。我的便条是不是寄丢了？他是不是把便条随手塞进哪个口袋里，然后就忘了？他现在是不是已经去了岛的最南边，正兴高采烈地游玩呢？有没有一种可能，他听闻了有关我家人的不良风评，被吓得不敢来了？要真是这样，那我永远都不会原谅这帮爱评论别人的人，绝不！但不久后，西奥多的身影出现了，他穿着粗花呢西服套装，规规矩矩地戴着一顶洪堡帽，挥舞着手杖大跨步地穿行在橄榄树林里，向上走来，嘴里还哼着歌。他的肩头背着采集包。这个包可谓是他身体的一部分，重要性不亚于胳膊和腿，你很难看到它独立于他的身体而存在。

情节的后续发展让我十分开心，西奥多很快便与我的家人打成一片。他带着自己惯常的羞涩与文雅，跟拉里讨论神话、希腊诗歌和威尼斯王国的历史；跟莱斯利聊弹道学，探讨岛上最佳的狩猎地点；跟玛歌聊有效的节食减肥方法、青春痘治疗方案；跟母亲分享农家菜肴的做法和各种侦探故事。家人们对西奥多的印象，与我第一次见到他时如出一辙。西奥多是一本活字典和行走的百科全书，脑子里装着天文地理与古往今来。家人们连珠炮似地向他提问，而他不费吹灰之力就能解释得明明白白、透透彻彻。他还喜欢锦上添花，一边回答问题，一边加入一些通俗而有趣的双关语，并穿插一些科孚岛和岛民的奇闻趣事。

拉里一度提了个让我很火大的建议，说西奥多不能再鼓励我继续钻研自然生态知识了。我们的别墅并不大，现在已经堆满了各种恶心的虫子。只要我下得去手捉的虫子，都一个不落地全部带回了家。

“这倒没什么。”母亲说，“就是他老把自己弄得一身污泥，真是不对。西奥多，他每回跟罗格外出回来，都得把衣服从头换到脚。我就不明白了，他是怎么把自己搞得这么脏的？”

西奥多轻声笑了一下。

“我记得有那么一次啊，”他往嘴里放了块蛋糕，嚼得很温柔，胡子根根竖起，双眼闪闪发亮，“我要来佩拉玛找几个……

呃……你知道的，就是找几个朋友喝茶。当时我还在部队服役，刚被提拔为上尉，心里还有点儿小得意。所以……嗯……为了显摆显摆，我特意穿了军装来赴约，包括那双擦得油亮的长马靴，还带上了那根马鞭。我先是坐渡轮来到佩拉玛，下船后穿过了一小块盐沼地，然后就看到了一株之前没见过的植物。我走了过去，想去摘它。脚下的地看上去……你懂的……明明很结实啊，但我整个人突然就陷下去了，恶臭熏天的污泥瞬间便埋了我大半个身子，直达我的腋下。还好，我身旁正好有棵小树，我赶紧抓住它，用力把自己拽了出来。但我的下半身没法看了，全是污泥，黑漆漆、臭烘烘的。我离海边……呃……也不远，所以……就想去海里泡泡澡，满身海水总比一身臭泥好，毕竟海水是相对干净的。于是我踩进海水中，不停地下蹲、起立，以冲走污泥。一辆公共汽车正好经过，乘客们都看到了我戴着军帽、穿着军外套，在海里起伏的狼狈模样。司机立刻停了车，让所有乘客……呃……都看个够。他们已经满脑问号了，根本看不懂我在干什么。但当我走上岸时，大家更震惊了，因为我竟然穿着长马靴，还拿着马鞭[①]。”

说完，西奥多淡定地等待着大家的笑声。

“我想，你们知道的，”他沉思着说，神色相当严肃，“车上

① 骑马时，人要在马背上反复起立、坐下，以保持身体平衡和稳定，这个动作名叫“起坐”。西奥多在海里边走边起伏，很像在起坐。加上他下半身还穿着长马靴，手执马鞭，就更容易让车上乘客误解为他在海里假装骑马了。——译者注

的人一定对我们部队的战斗力产生了很大的疑虑。”

此后，每周至少一次，西奥多会来我家做客。他的邀约和事务总是林林总总没完没了，每当我们设法让他推掉其中一二时，便能邀请他多来几次，大家常因此喜出望外。

我们和周边各家农户也亲近起来，他们的热情发自肺腑，如熊熊烈火。我们一出门便挪不动脚步，再短的路都要走到天荒地老。因为每经过一家朋友，我们就要坐下来接受他们的盛情款待，喝杯葡萄酒，吃点儿水果，闲聊小半天。这些天可都没白聊，我们惨不忍睹的希腊语因此而有了极大的进步。大家很快便能与农户朋友们就复杂的问题展开深入的讨论了。

然后我们迎来了一个光耀门楣的时刻，标志着科孚岛已经完全接纳了我们一家——有当地人邀请我们参加婚礼了！新娘子名叫卡特莉娜，是我家女仆玛利亚的姐姐。卡特莉娜是个风情万种的姑娘，眉眼间的欢愉能点亮你的世界，一双棕色的大眼睛脉脉含情，似紫罗兰般娇媚。她曼妙的风情与夜莺般婉转的歌喉斩获了无数追随者，二十年来，这十里八村的男孩无力抵抗，但他们多半折戟沉沙，心碎如渣。现在，尘埃终于落定了，她将芳心许给了史蒂夫诺。新郎高大俊朗，当初只看了卡特莉娜一眼，便连话都说不清了，脸红得仿佛燃烧了起来。

我们很快就明白，科孚岛如果举行婚礼，便是要办到极致的。第一个环节是订婚礼。宾客们要把礼物拎去新娘娘家，接受新娘诚挚的感谢，并被她灌酒灌到不省人事。把客人们招待舒服后，新人们便要出发去未来的新家了。在队伍最前方带路的是一支本土乐队（乐器有两把小提琴、一支长笛、一把吉他），演奏的曲子欢快轻盈。新人紧随其后，然后是拿着礼物的客人们。

卡特莉娜收到的礼物蔚为大观。打头阵的那一份礼物最有气势，是一张黄铜架子双人床，由新郎的四个朋友抬着。其他宾客跟在后面，鱼贯而行，手里拿着床单枕套、枕芯坐垫、实木椅子、平底煎锅、大瓶的油等礼物。到了新家后，大家先把礼物摆好，一起祝愿新人今后平安健康，然后再开一个庆贺新居落成的派对。喧嚣过后，宾客尽散，各回各家，每个人都喝得有些上头。下一步就是等待真正的大日子——婚礼当天到来了。

我们试探着询问新娘，婚礼那天我家能否携西奥多一同出席。新娘和父母大喜过望，激动地告诉我们，这可是极大的荣光。因为附近没有哪家人办婚礼时，可以吹牛说自己请得动一整家英国人，外加一个颇有名望的医生。

婚礼的日子终于到来了。我们每个人都穿上了自己最上得了台面的衣服，接上西奥多，出发去往卡特莉娜父母的家。他们家坐落在一片橄榄树林里，能俯瞰到大海，婚礼将在这里举行。到了新娘父母家，迎接我们的是一派繁荣景象，那里人声鼎沸，热闹非凡。

有亲戚从十几里外的村子骑驴赶来。屋里到处都坐着老得快成古董的爷爷、奶奶，他们一群群地聚在一起，大口喝酒，大声八卦，说起话来眉飞色舞，仿佛是群喜鹊在开大会。对他们来说，这的确是个难得的大日子。婚礼只是其一，关键他们跋山涉水走了十几里地，才得以与各位老兄弟、老姐妹们见面，终于能东家长西家短地好好聊一番了——二十年来这怕还是头一回呢！本土乐队再次登场，表演时全情投入，火力全开：小提琴如歌如泣；吉他轰鸣鼓噪；长笛不时插进来嚷嚷一下，像只小狗在尽力引人注意。大树下，年轻人踩着节奏欢快起舞。不远处，四只羊正被烤得滋滋冒油。它们身下，炭火飞扬，像一朵正在肆意绽放的大菊花。

“啊哈！”西奥多来了劲儿，眼睛都亮了，“他们正在跳科孚岛的舞。这种舞连同它的……呃……曲调都起源于这里。当然了，也有些专家声称，这些舞步……来自克里特岛。但我不信，我觉得它……嗯……完完全全属于科孚岛血统。”

女孩儿们盛装出席，衣服艳丽得好似金翅雀的羽毛。她们围成一个规整的半圆形，前面站着个皮肤黝黑的小伙子。小伙子挥着一块猩红色的手绢，蹦跳、拧身，时而还弯腰鞠躬，精神抖擞，正在向追随自己的女孩儿们致意。卡特莉娜和她的家人们非常给我们面子，把我们迎到主桌就座。主桌是一个摇摇晃晃的实木桌子，铺着雪白的桌布。桌边坐着一位牧师，年纪稍长，衣着雍容华丽，稍后将为新人主持婚礼仪式。牧师的腰围粗得极有气势，堪比一头鲸鱼。脸上挺着两道白眉毛，铺着一片厚实的络腮胡。胡子郁郁葱葱，占了大半张脸，旁人从这张脸上，就只能看到一双漆黑闪亮如橄榄果般大小的眼睛，和一个大大的红鼻头。

牧师知道西奥多是位医生后，开始事无巨细地描述起自己身上的各种病症。这当然没有恶意，只是想展示一下上天恩赐给他的考验而已。西奥多给出的处方也很简单：少喝酒，多运动。牧师听后，发出了雷鸣般的爆笑。

拉里看向新娘。她穿着白色婚纱，也去树下跟朋友们跳起了舞。绸缎做的礼服紧紧包裹着她的肚子，任谁看后都觉得，这腰围是大了些。

“这个婚礼啊，”拉里说，“是一天都拖不得了，不办不行。”

“亲爱的，别说了，”母亲小声提醒，“万一有人听得懂英语呢。”

“有个现象很好玩，”西奥多完全没理会母亲的提醒，“科孚岛的新娘，很多都是……呃……嗯……以这个形象办婚礼的。这里的农民们非常保守，如果一个小伙子动了真心，要……呃……好好追一个姑娘，那么双方家庭都会默认，他必须有始有终，追到了就得娶。如果小伙子想……嗯……不负责任，那么他自己的家庭，连同女方的家庭都会好好收拾他的。这就造成了现在的恋爱风气，一旦一个男孩开始追女孩了，他……就会被其他男孩开玩笑。反正最后两人一定会结婚的，女孩迟迟没能怀孕的话，别人就会……怀疑这个男孩的……嗯……生育能力。男孩没办法，只能选择……嗯……你懂的……自证实力。”

“我觉得这一点儿也不聪明。”母亲说。

“不，不是的，”西奥多想从科学角度纠正一下母亲的思想，“其实新娘怀着孕参加自己的婚礼也挺好，能证明她……嗯……生育能力不错。”

稍后牧师站了起来，挺起自己壮硕的身体，迈开患有痛风的双腿，去了房子的主屋，那是将要举行仪式的地方。牧师已经就位。史蒂夫诺满头大汗，穿着小了半号的西服，脸上带着被幸福砸晕后的痴傻表情，由一群嘻嘻哈哈的小伙子推着进了屋。新娘那边也是一样，被一群高声说笑的姑娘“赶”了进来。

这里虽是主屋，其实并不大，塞下一位丰润富态的牧师，及其举办仪式用的东西后，也就没剩多少空间了，只容两位新人和牧师而已。客人们都待在外面，隔着门或窗观礼。对我们一家人来说，仪式冗长又费解。西奥多不时给拉里翻译一下，但我还是搞不明白里面到底在做什么。我只听到了无休无止的吟诵与唱诗，伴随循环往复的画十字手势，还有洒了一波又一波的圣水。然后，有人在新娘和新郎的头顶上各举了一个花环，仿佛是给两人装上了一对光环。随着牧师咕咕哝哝的念叨，花环在新人头上不停地交换着位置。但举花环的人可能许久没参加过婚礼了，手艺有些生疏，偶尔会误解牧师的指令，让花环在新人头上打起了架。我们仿佛等到了山穷水尽，才迎来了交换戒指的环节，见证着两根因辛勤劳作而长满老茧的棕色手指的主人，得到了此生的羁绊与牵挂。这对伴侣已经礼成，正式迈入了婚姻的殿堂，此刻我们真诚祝愿他们一直幸福下去。

举行仪式时，人们鸦雀无声。我们只听得到母鸡偶尔懒懒地叫两下，或小婴儿的呜咽声，但立刻就被大人制止。现在，庄严肃穆的环节已结束，喧嚷热闹的派对便复活了。乐队使出看家本领，奏出了更加喜气洋洋、欢快明亮的曲子。说笑声与打闹声四起，葡萄酒恣意倾倒进各个杯子里。宾客们的舞步开始飞旋，一圈又一圈，如钟面上的指针，张扬热烈，不知疲惫。

派对持续到午夜十二点后。年老的客人走得早些，骑上慵懒的毛驴回了家。院里的火堆上还挂着羊的骨架，但火已熄灭，铅色的灰烬中偶尔闪出一两块石榴石般的红色余烬。我们跟两位新人喝完了最后一杯酒，也踏上回家的路了。大家昏昏沉沉地穿过橄榄树林，头顶上是一盘大而圆的清月，一尘不染，似一朵硕大的木兰绽放于夜空，为树林洒下朗朗银辉。角鸮啼鸣，彼此呼应，音色甚是哀婉。奇特的萤火虫闪着绿光在我们身边翩跹。空气中有沁人心脾的味道，融合了日间暖阳和夜露的气息，以及千万枝叶散发出的馥郁香气。我们已微醺，但尚能穿行于魁梧的橄榄树林。每个人胸中都感慨万千，被甜蜜的成就感包围，因为我们已融入了科孚岛，被它彻底接纳。月光温润皎洁，见证了一场属于我们自己的洗礼仪式——我们终于被正式授予了“科孚人”的身份。我们知道，此刻夜色中的科孚岛虽无比撩人，但明早太阳升起，为它镶上虎斑似的金色纹路后，这座岛还能更美。对我们来说，在英国的种种过往，已渐渐离我们远去了。

02 Birds, Beasts and Relatives

橄榄湾

从我家的房子出发，一路向下走，穿过一片橄榄树林，就会走上一条白沙铺就的路。路面的沙子厚实而洁白，丝绸般柔软。沿路继续走不到一里地，你会看到一条羊肠小道。顺道而下，经过一个陡坡，就能穿出橄榄树林，来到一个小海湾。海湾呈半月形，地面有绵白的海沙，以及大捆大捆被晒干了的海神草。冬季的暴风雨把这些草从海里卷上岸来，胡乱一铺便不管了，搞得海滩上到处都是烂鸟巢般的海草团子，个儿大得惊人。海湾的两个尖角处，各自耸立着一座小小的海角峭壁。峭壁的底部岩石嶙峋，形成了大量的浅坑，里面有无数海洋生物闪耀着光芒，争奇斗艳。

乔治发现，室内的教学效果简直微乎其微，根本吸引不了我的注意力。于是他创造性地开发出了“户外课堂”。我们让沙滩成了烈日灼烧的沙漠，乱蓬蓬的海草团子成了危机重重的雨林，还邀请了客串演员——百般不情愿的螃蟹或沙蚤，出演科尔特斯[①]或马可·波罗的角色。有了它们的大力相助，我们才得以对相关史实进行深入的研究。这样的地理课我上得津津有味。有一次，我们还打算用石头在海边铺张世界地图，让其中的大洋流动起真正的海水来。但这项工作难度堪比补天。首先，找石头就很不容易，不能要求石头们天生呈美洲、印度或非洲大陆的形状，所以我们有时要用两三块小石头去拼一个大陆。其次，当我们小心地掀开一块石头时，常能发现它的下面生机盎然，住着许多海洋生物。师徒二人忘乎所以，开心地观察起来。一眨眼十五分钟就过去了，直到乔治意识到这么观察下去，地图永世都不得完工，我们才赶紧回到正事上。

这个小海湾成了我的秘密基地。几乎每个中午，我都会趁家人们午睡时，带着罗格去玩。伴着喧嚣的蝉鸣，我们穿过闷热无风的橄榄树林，啪嗒啪嗒地走在白沙路上。罗格的大脚掌在上面跑起来时尘沙飞扬，沙土打在鼻子上，有鼻烟的效果，让它的喷嚏一个接一个。我们来到海边，静谧的海水在阳光下波澜不惊，清澈透底，仿佛不存在。一人一狗先在浅滩处泡个海澡，然后便各自行动，各找乐子去了。

罗格誓要逮住在浅滩里跳跃摆动的小鱼，屡战屡败，屡败屡

① 埃尔南·科尔特斯（Hernán Cortés）是16世纪西班牙的殖民者，他入侵墨西哥，导致了阿兹特克帝国的灭亡。他的征服行动对整个墨西哥乃至美洲大陆的历史都产生了深远的影响。——译者注

战。它缓缓靠近浅滩，低声哼着，竖着耳朵死盯水面，然后猛地把头扎进水里，使劲儿一咬再抬起头来，打个大大的喷嚏，甩甩身上的水。但被它瞄准的虾虎鱼或鲇鱼早已跳到了几米开外，正靠在一块礁石上，摇着尾巴噘着嘴，撩拨着罗格的征服欲。

对我来说，海湾的动物数不胜数，根本抓不过来，不知道该从何处下手才好。在岩石的下方和表面，白色的石灰质小隧道交错缠绕，像蛋糕表面的糖霜花纹般精巧而复杂，那都是管虫的作品。在水稍微深些的地方，一些小软管正插在海底的沙子里。你要是进一步观察，就能看到每根软管的顶部其实有一团毛茸茸的小触角，像花朵般娇嫩，颜色或红或蓝或棕，明艳缤纷，还会慢慢地旋转招摇。这种动物叫作“钢毛虫”。我搞不懂，这么好看的生物，名字怎么如此难听？它们聚在一起时那个海湾很像个花池，只是里面的花朵是可以移动的。若想靠近它们，必须蹑手蹑脚。否则走动时掀起的水流会给虫子们发去警报，令它们收起小触角，迅速撤回管子里去。

海底各处都生长着半月形的海神草，一簇簇地集结着，叶片乌黑闪亮，像一条条用羽毛织成的围巾扎根在沙子里。你可能会在草里找到管鱼。它们的头看起来像拉长版的海马，挂在细细长长的身体上。管鱼不但长得像海神草，还喜欢直立着悬浮于这些草中，所以翻找时要格外留心，一眼看去很难发现。

沿着海岸线走，翻找一下脚边的石头，就能见到小螃蟹和等指海葵。这种海葵色彩鲜亮，仿佛是刺绣用的插针小垫子，有大红的，也有靛蓝的，上面还镶了珠宝做装饰。你也可能看到蛇锁海葵。它们有咖啡色的主干，腰身纤细，还顶着一堆不停扭动的触手，美杜莎看了这发型都要大为嫉妒。每块石头都披着粉色、白色、绿色的珊瑚，长着葱郁的小海草，仿佛是一片片袖珍森林。还有小巧玲珑的地中海伞藻立在上面，它们的茎干纤细如丝，头上顶了一把太阳伞般的冠，但这把伞仿佛被海底的风吹翻了，伞边通通向上翘起。有时候，石头还会被一块黑色的海绵盖住，海绵上布满了凸起的孔洞，活像驮着无数袖珍火山。你可以扯下海绵，用剃须刀割开它的表面，运气好的话，就能看到里面藏着的稀奇的小生灵。但海绵也不是好惹的，它会立马在你手心淌出一摊黏液来，散发出大蒜坏掉后的恶臭，要洗好几个小时才能洗掉。

我在海边沙滩上、岩石的浅坑里找到过许多贝壳和海螺，每一种都是之前没见过的。收集贝壳的乐趣一半来自方便观察它们的形状，另一半则来自赏玩它们匠心独具的名字。有一种尖尖的贝壳，长得像大号的玉黍螺，壳口部仿佛被人一下一下地拉长，形成了几个长了一半蹼的手指头。它的名字把我乐坏了，居然是“鹈鹕爪子”。有种圆锥形的贝壳，底面近乎正圆形，通体白色，跟帽贝略形似，名字就叫“斗笠贝”。“舟贝”的身体方正，像合二为一的两个小盒子。你要是把它掰开，就能发现（并稍微运用一下想象力），它真的很像两艘小船。“塔螺”的身体拧转，尖如独角鲸的角。“马蹄螺”身披五彩锯齿形纹路，集猩红、墨黑、宝蓝为一体。翻开大一点儿的石头，可能会发现一种“钥孔贝”。贝如其名，这种贝壳的头上真的有一个钥匙孔一样的洞，那是它们呼吸的通道。要是真的走大运了，还能碰到扁鲍鱼。它们灰色的身体坑坑洼洼，脏兮兮的，一侧还有一排小洞。但如果把它翻转过来，挖空肚里的内脏，就会被它周身剔透莹亮的光芒惊艳，它宛如乳白色的晚霞。那时，我还没有水族箱，只好在海湾一角用石头搭了个坑。坑两米多长，一米多宽，算是个简易版的水族箱。我每次把各个宝贝动物放在这里才能安心，因为不怕第二天找不到。

这个海湾让我抓到了人生中的第一只蜘蛛蟹。起初我以为它只是块石头，上面盖了些海草罢了。我马上就要走过它，它却不小心动了一下，暴露了自己。这只蜘蛛蟹的大小、形状跟一个被压扁后的小梨子差不多。躯干部比较尖的地方长着刺，仿佛是一排伸出了体外的小钉子。到了身体的最尖处，这些钉子变长了，最长的那一对形成了两个尖角般的凸起物，那下面正好是它的眼睛。它的腿和钳子都又细又长。最让我不可思议的是，它好像穿着一件华丽的外套。外套由海草制成，披在它的后背和腿上，与它的身体浑然一体，简直是从它身体里长出来的一样。得此宝物，我大喜过望，忙把它带到了我的简易版水族缸里。一路上，我把它拽得死死的（因为它刚才暴露身份后，曾拼命想要逃遁）。但也正因为这一拽，蜘蛛蟹的海草外套被拽下来了不少。到了石头池子，我把它放在浅水区后，趴在一旁，透过清亮的水观察它的反应。蜘蛛蟹踮起脚，化身为一只抱头鼠窜的大蜘蛛，仓皇跑开了。但它只跑了约三分米远，便呆立住，一动不动地蹲了许久，以至于我以为这一上午它都不会再动弹了。八成是这场抓捕给它带来了极大的冲击，它要静一静，好好平复一下。突然，它伸出了一条细长的爪子，优雅甚至略带羞赧地靠向一块石头，在上面猛地扯下了一小丛海草。它把海草凑到自己嘴边，仿佛嘟嘟囔囔地说着什么。我猜它是要吃一顿了，但立刻发现自己猜错了。因为紧接着，它便把海草抡上了后背，摸索着画圈，似乎在找什么位置，动作里充满了不紧不慢又笨手笨脚的优雅味道。在壳上找定了位置，它把海草稳稳地“种”了上去。于是我又猜测，刚才海草在它嘴边时，一定是沾了些唾液或其他液体，以帮助海草粘在壳上。我目不转睛地观察着它，看它在池子里转来转去，仔细考察各丛海草，以挑选心仪的来用。它干活干得专心致志，勤勤恳恳，像一个植物学家在探索一片人类未知的丛林。一小时后，大功告成，它整个背壳都被一层厚厚的海草盖住了。如果它静坐不动时我移开了视线，那么等我再回过头时，便很难再找到它。

这种伪装方式让我兴致大起。我在海湾里仔细搜寻，又找到了一只蜘蛛蟹。我给这一只蜘蛛蟹修了个小一些的池子，用石头垒成池壁，底部铺上沙子，确保池内一点儿海草也没有。把它放进去后，它很愉快地适应了。第二天，我给它带来了一把指甲刷（后来很不幸，我发现这居然是拉里的）。我拎起这只可怜的蜘蛛蟹，用指甲刷给它来了场彻彻底底的大清洁，让它整个背部和腿部干净到绝对没有一丝海草纤维，连个海草的原子都不给它留。接着我给池子里添了不少东西：一群小塔螺、一堆珊瑚碎渣、几只海葵，还有一捧玻璃碎片，但它们并不尖锐，已被海水打磨得圆润而富有光泽，如珠宝一般。完成这些动作后，我坐了下来，看这只蜘蛛蟹如何应对。

这场刷洗让蜘蛛蟹感到了奇耻大辱，它完全僵住了，傻傻地坐了半晌，想好好消化一下。最终，蜘蛛蟹还是无法接受这场冲击，随后，它将钳子绕过脑袋，小心翼翼地探向后背，似乎想找一找，有没有哪一丛幸运的海草被留了下来。但这是徒劳的，因为我把活儿干得不留死角。它踉跄了几步，一屁股蹲下来，吹胡子瞪眼地气了半小时。稍后，它终于消了点儿气，踱到池子边缘，卖力地把自己塞进了石头下的阴影里。没了伪装如何是好？它一脸苦相地坐着，为自己做下一步打算。过了许久，也没见它有什么行动，而我该回家了。

第二天我来得很早，一到便欣喜地发现，我走后它一直在忙活。哪怕没有条件，它也会创造条件，给自己打造出一身全新的外套，用的都是我前一天留下来的材料。成衣的效果很浮夸，有点儿嘉年华大游行的味道。带条纹图案的塔螺都被粘上了背，其间穿插着珊瑚的碎渣，靠近头的地方耸立着一对等指海葵，整体看上去像顶彩带飘飘的帽子，堪称艳压群芳。看着它现在的造型，我不禁怀疑起它的伪装能力，毕竟它在池子里爬动时，太过亮眼了，你不想看都不行。但当它爬回自己最喜欢的角落，在那块凸起的石头下方蹲好后，整只蟹的形象和气场就瞬间突变，分明就是堆贝壳和珊瑚的碎渣罢了，顶上还插着一对海葵。

从海湾左侧出去约半里处，坐落着一座小岛，叫作庞迪可西尼岛，也被称为耗子岛。岛的形状像一个等腰三角形，岛上长满了苍老古朴的柏树和夹竹桃。树木环绕着一座白色的小教堂，旁边还有一处不大的宿舍。岛上只住了一个人，是个极其年老且举止可憎的修道士。他长年穿着件黑色袍子，戴着一顶高耸入云的大礼帽，终日只干两件事：一是给这个火柴盒子大小的教堂敲钟，每隔一阵儿就敲几下。二是在傍晚时分划条小船，慢悠悠地到附近的一个海岬处。那里有个不大的修道院，住着三个老修女。他们四人会一起喝上几杯茴香酒，品品咖啡，然后抨击、抱怨一下山河日下的世风与世道。夕阳西沉，耗子岛周围的海水都被染成了五彩绸缎，修道士才会荡起那艘嘎吱作响的小船，摇摇晃晃地回到自己的家去，仿佛一只驼背的老乌鸦归了巢。

为了治青春痘，玛歌尝试了一段时间的日光浴，没想到非但没有效果，反而还让痘痘愈发红肿了。于是她又开始尝试一种新的自然疗法——海水浴。每天清晨五点半，玛歌就会把我从床上抓起来，一路来到海湾，跳进被月光照得清冷发寒的海水中，然后一起慢吞吞地游去庞迪可西尼岛。玛歌一般会找块石头趴好，泡她的海水浴，而我则在岩石坑里开心地探索。但是，我们的到来让老修道士百般看不惯。玛歌刚在岩石上摆出个漂亮的造型，他就从教堂里出来，胡子又长又乱，走下一条长长的台阶，对着玛歌挥舞拳头，还骂骂咧咧的，喷出一串串含混的希腊语，搞得我们一头雾水，完全不明白他在嚷什么。玛歌总是回给他一个灿烂的微笑，辅以热情的招手致意，但也只起到了火上浇油的作用，往往把他气得更想跳脚了。他来回踱步，袍子呼呼作响，一只脏兮兮的手颤抖着指向天空，另一只手则指向玛歌。经历了数次之后，我好歹记下了几个他最爱说的词组。反正他的词汇量并不大，好像翻来覆去能骂的也就那几个。我跟朋友费尔曼说了这几个词，问他是什么意思。费尔曼笑得直不起身来，连跟我好好解释一下的力气都没有。我最后才明白，老修道士原来是用了一连串贬义词来辱骂玛歌，这其中最温和的一个是“正直的白女巫”。

我把这件事告诉了母亲，没想到她被吓了一大跳。

“岂有此理！”母亲说，“我们应该向法律机构投诉他。要是在英国，修道士绝对不能这么骂人的。”

不过最后，这件事还是被我们摆平了。我们再去小岛时，会给修道士带上几支烟。修道士看到我们后，依然会冲下台阶，挥舞着拳头，传达一下上帝的震怒。完成教导的职责后，他掀起大袍子，蹲在墙头，开始抽我们递过去的烟，场面滑稽极了。有时，老修道士还会快步走回教堂，把自己种的无花果树结的果子给我们拿下来一把。有时候是一把新鲜的杏仁，还泛着奶香，我们得找两块光滑的石头把它砸开，才吃得到里面的果仁。

庞迪可西尼岛和我最爱的海湾之间，有一长溜礁石。礁石顶部多是平坦的，有些小的礁石像一张张桌子，大点儿的不输一座小型花园。大多数石头离水面也就一指深，人站上去后，从远处看就像在走凌波微步。我对这些礁石眼馋已久，早就想去一探究竟了，那里面一定藏着在普通浅水区难得一见的动物。但这件事难乎其难，因为我连设备都带不过去。记得有一次，我用绳子把两个果酱瓶绑在一起，挂在了脖子上，又握了个网子，便向礁石游去。才游了一半，瓶子就开始使坏，突然间灌满了水，扯着我往海底沉。我手忙脚乱，挣扎了好一会儿才浮出水面。我大口大口地喘着粗气，低头再一看，瓶子正闪着亮光，在海底翻滚着，距离我已有好几米远。在这么深的海水中寻捞瓶子，其难度不亚于登月，捞是捞不着了。

一个炎热的下午，我正在海湾翻石头，想找点海神草。这种草修长，色彩多变，通常就长在石头底下。一艘小船从海上开了过来，船头已经触到沙滩了，而我却太过投入，全程没听到一丁点儿响动。一个皮肤黝黑的年轻男子站在船尾，靠在一个桨上。这里的渔夫划船都用单桨，划起来如大鱼甩尾一般。他有一头深色的卷发，双眼明亮，漆黑如桑葚，深棕色的脸庞把牙齿衬得雪白闪亮。

“祝你万安！”他向我打招呼。

我也回了声“好”。他随即矫健地跳下了船，手里握着个锈迹斑斑的锚。锚不大，被他钉在了一片干掉的海草后面。这片海草真是壮观，面积足足有一张双人床大小。他只穿了一件汗衫和一条裤子，汗衫破破烂烂，裤子原本是蓝色，但现在差不多被晒成了白色。男人走了过来，蹲在我身边，从兜里掏出一盒烟草，几张烟纸。

“今天可真够热的。”他做了个鬼脸，用粗糙笨重的手指给自己卷起了香烟，动作倒非常麻利。他把卷好的烟塞进嘴里，找出一个锡制打火机点燃，深吸了一下，又吐出一口气来。男人望向我，抬起一边的眉毛，眼睛亮得像知更鸟的眼睛。

“你是住在山坡上的外国人？”他问。

我已经能说一口流利的希腊语了，于是跟他点头承认，自己就是那家外国人之一。

“其他人呢？”他继续问，“你家里还有哪些人？”

搬来后不久，我就明白了科孚岛人的习俗。他们——尤其是农民们，喜欢打探个人信息，作为礼尚往来，他们也会跟你透露自家秘密与隐私。我回答他说，家里还有母亲、两个哥哥、一个姐姐。他神色凝重地点了点头，仿佛听到了一条惊天的消息。

“你父亲呢？”他继续问，“他去哪儿了？”

我说，父亲已经过世了。

“可怜的小家伙，”他的语气突然变得怜悯起来，“你的母亲居然要养四个孩子，真是不容易。”

他哀痛地叹了一口气，然后又打起了精神。

“算了，”他说得很有哲理意味，“这就是生活嘛。你刚才在翻石头，想找什么？”

我竭尽全力跟他解释我在干什么。但要让农民们明白我为什么喜欢这些动物，难于上青天。在他们眼里，这些东西只有“招人烦”和“不招人烦”的区别，但不论招还是不招人烦，它们都不能吃。

我说自己叫杰拉·西莫斯，这是希腊语里最接近于我真名的发音了。紧接着我又告诉他可以叫我杰瑞，朋友们都是这么叫我的。

“我叫塔奇，”他说，“塔奇·塔纳托斯。我住在贝尼特斯。”

我问他怎么跑这么远，是不是要来办什么事。他耸了耸肩。

“我从贝尼特斯出发，”他说，“一路捕鱼、吃饭、睡觉、划船，到了晚上，我点上灯，又划回去，一边划一边继续捕鱼。”

这个消息让我振奋起来。不久前的一天晚上，我们从城里回家，刚要踏上通往家门口的那条小路时，恰巧一艘小船从下方海面划了过去。它移动得很缓慢，船头挂了一盏大大的炭精灯。船开过处，海底被它的灯照亮了一大片。海水清浅，露出五彩斑斓的海底世界来，礁石颜色各异，绿的、粉的、黄的、棕的……当时，我看得目眩神迷，却苦于不认识任何渔民，无法亲身前往。此刻的我看向塔奇的眼神都炽热了起来。

我急不可耐地问他今晚什么时候开始捕鱼，以及会不会路过海湾和小岛之间的礁石。

“晚上十点吧，”他说，“我先绕小岛一周，然后回贝尼特斯。”

我问他能否也把我捎上。因为那片礁石里有好多我没见过的动物，但我没有船，一个人去不了。

“好得很啊！”他回答，“我在梅内罗斯等你，你十点来就好。我先带你绕礁石走一圈，然后把你放回梅内罗斯，最后我再回贝尼特斯去。”

我保证晚上十点时将准时赴约，然后赶忙收拾好网子、瓶子等家伙，吹口哨唤回罗格，便风一般地跑走了。我得趁塔奇反悔前赶快消失。等跑得足够远了，我才停下来，开始思考一个重要的问题：到时候我要怎么说服家人，尤其是母亲，允许我在晚上十点出海呢？

我知道母亲有个心结，即一直不能让我养成睡午觉的习惯。我也跟她解释过，午饭后是捉昆虫的最佳时机，怎么能用来睡觉呢！可母亲听不进去。结果就是，每当晚上有什么大戏要开始时（比如拉里跟莱斯利开始打嘴仗），母亲就会赶我去睡觉：“你该去休息了，毕竟白天你没睡过午觉。”

睡午觉这个点我可以好好利用一下，说不定就能换得母亲同意我夜间捕鱼。此时刚过三点，全家人一定正在睡午觉，每个人都在护窗板后躺得四仰八叉。直到五点半，他们才会昏昏沉沉地醒来，跟彼此咕哝点儿什么，活像一群被太阳晒晕了的苍蝇。

我一路狂奔，以最快的速度往家里赶。离家还有不到百米时，我脱下上衣，用它包好装满了动物的罐子，以防叮叮当当的声音吵醒了家人。然后警告罗格要保持绝对的安静，否则它可能小命不保。我们轻轻走进了家，鬼鬼祟祟地溜进了我的卧室。罗格蹲在房间正中央喘气，不可思议地看着我脱光了衣服爬上床。它也不确定是不是该纵容我做这样的蠢事：还有那么悠长的午后时光等着我们去玩耍、探索、猎奇，结果我现在居然要去睡觉？！它小心翼翼地哼了一声，想试试我的反应，没想到被我凶狠狠地嘘了一下。罗格无奈，只好耷拉下耳朵，夹起小尾巴，爬到床下蜷成了一团，还凄婉地叹了一声。我抓起一本书，想认真读进去。阳光透过半开半闭的护窗板射进来，让整个房间绿莹莹、凉丝丝的，有种水族馆的氛围。而其实整个屋子都憋闷燥热，一丝风都没有。我身上汗涔涔的了，被单都被弄得湿透了。我在床上一边扭一边琢磨："家人们怎么就这么喜欢午睡？图个什么？在这种环境下，他们是怎么让自己睡着的呢？简直是个谜……"刚想到这儿，我整个人便沉沉睡去。

下午五点半，我醒了过来。半醒半梦中，我歪歪扭扭地走到前廊处，家人们正聚在一起喝茶。

"我的天哪，"母亲说，"你这是睡了个午觉吗？"

我调整语气，尽量云淡风轻地回答，今天下午的状态还挺适合睡个午觉的。

“你是不是有什么不舒服的地方，亲爱的？”母亲反而紧张起来。

我说自己一切都好，只是想睡个午觉攒攒精力，以应对晚上的安排。

“什么安排？亲爱的，你晚上有事吗？”母亲问。

我尽量控制住语气，用最放松平和的语气说，晚上十点要跟一个渔夫出海捕鱼。我进一步解释说，必须那个时候去，因为很多生物只在那时才出来，要抓它们就别无选择。

“我希望这不意味着，”拉里大感不妙，“咱家的地上会出现章鱼、海鳗，到处活蹦乱跳。妈妈，赶紧制止他啊！回头等你反应过来时，咱家不论外观还是气味，都跟格林斯比[①]没差别了！”

我拍着胸脯保证，绝不会将海里的动物带回家来，最多也就是放进我在海湾垒的那个石头池子里。

“十点确实太晚了些，亲爱的，”母亲说，“你什么时候才能回来啊？”

我壮起胆子撒了个大谎，说大概十一点吧。

① 格林斯比是英国东部的一座海港。——译者注

“好吧，那你记得多穿点。”母亲叮嘱道。在她的认知里，尽管这里的夜晚温暖宜人，但只要我忘了穿毛衣，就一定会得肺炎。我义正词严地承诺，今晚不把自己穿暖和了就绝不出门，然后大口喝完茶，开开心心地做准备去了。我花了将近一小时，才备齐了今晚要用的工具：一个长柄捕捞网；一支末端带有三个大钩子的竹竿，如果近船处的海草看起来有点儿意思，便可用这个工具来捞；八个广口果酱瓶；好几个锡罐、盒子，用来收集螃蟹和贝壳等。趁母亲不在时，我在短裤下面穿了条泳裤，还在采集包的底部藏了一条毛巾，因为有些动物必须下水才捞得着。但母亲如果知道了我要在夜晚下海，那么在她心中，我得肺炎的概率非成百倍地激增不可。

差一刻到十点时，我把包抡到背后，点燃一支火把，走入了橄榄树林，向山下走去。月光朦胧，一道镰刀状的月亮挂在天空，洒下苍白暗淡的光。树林深处一片幽暗，只有萤火虫隐约发出翡翠绿的零星光芒，耳边不时传来角鸮在暗处彼此呼唤的声音：“咚——咚——”

我刚到海滩，就看到了塔奇，他正蹲在船里抽烟。船头的灯已被点亮，嘶嘶地鸣叫着，发出一股浓烈的大蒜味，似乎在发脾气。船停在浅水区，灯照得船头处的海面明晃晃的，一大群动物被光线吸引了来。虾虎鱼和鲇鱼从各自的洞里钻了出来，齐齐地坐在盖满海草的礁石上，噘着嘴，大口吞吐呼吸，仿佛是剧院里等待开场的观众。滨蟹张牙舞爪地爬来爬去，不时停下来，轻手轻脚地扯一把海草，小心地塞进嘴里品尝一番。塔螺滚得一地都是，只不过是被肚子里的小寄居蟹拱着在动。这些寄居蟹明明强取民宅，偏偏还一脸怒气，一副横行霸道的模样。

我把自己的装备放在船舱底部，坐了下来，舒坦地呼了一口气。塔奇推动船，用桨拨开海草，让船迎着海草发出的摩擦声、喧嚣声，在浅水区里开动起来。一到深水区，他便将两块桨板固定好，整个人站起来划。我们行进得非常慢，塔奇集中注意力，认真地盯着灯照出的大光圈——海底的一个直径约四米的圆形光亮区。船桨打出韵律感，塔奇跟着哼起了歌。船的一侧挂着根鱼叉，头部分了五支小叉，每支上面都有凶残的倒刺。船头放着一瓶橄榄油，那可是渔夫们应对风浪的秘诀。如果一阵小风撩起了些许风浪，只需朝浪头洒上少许橄榄油，就能安抚住它们，让大海归于平静。我们慢慢划向庞迪可西尼岛方向，离它在夜色中的三角形侧影越来越近了，也逐渐接近那一串暗礁。离暗礁只有一步之遥了，塔奇停下桨，看向我。

“我们先花上五分钟，转几圈，让我看看能不能抓到点儿什么。”他说，“然后我再带你去捞你想要的东西。”

我自然是卖力地点头，因为我也想看他是怎么用大鱼叉捕鱼的。我们围着最大的几块礁石慢慢移动，灯光照亮了海底崎岖的峭壁，壁上挂满了粉色和紫色的海神草，看起来像葱郁的橡树。俯视水底时，你感觉自己已化身为一只红隼，正展开了双翅，翱翔在秋季的苍穹中，脚下是斑斓起伏的森林。

突然，塔奇静了下来，把桨板轻插入水中，不再划动，像是刹车般地给船减了速。等船几乎不动了，他才拿起了鱼叉。

“看！”他指向海底一处沙地，上面凸起很大一块岩壁，“那是鲉（yóu）鱼。”

乍一看，我什么都没看见。但仔细一瞧，我瞧出了端倪。沙子上果然趴着一条半米多长的大鱼，它的脊梁高高耸起，仿佛是龙身上的一排尖刺。巨大的胸鳍铺开在沙地上，大得令人叹为观止的头上有一对金色的眼睛，嘴巴气鼓鼓地噘着。真正让我大开眼界的是它的颜色，区区一条鱼，竟然集合了无数种红色，从猩红到酒红，“色色”俱到，周身各处还点缀了些白色，以凸显红色的鲜亮。它就这么花里胡哨地趴在水底，堂而皇之地宣示着自己的存在，警告着这个世界：“我很危险。”

“这鱼味道不错。”塔奇悄声跟我说。这话把我吓得不轻，毕竟这鱼不像善茬儿，一看就知道能毒死人。

塔奇把鱼叉伸进水里，极其小心地靠近鲉鱼，一点儿一点儿地慢慢往下探。除了灯在烦躁地嘶叫，四下寂静无声。鱼叉在缓缓地、阴险地朝鲉鱼逼近。我屏息凝视，心里在打鼓：这条大鱼长着一对带金斑的眼睛，怎么可能看不到鱼叉来了呢？八成会忽然甩一下尾，搅起一团沙子，然后趁乱逃走吧。但我错了。它就这么大大咧咧地趴着，不紧不慢地吞吐着水流，完全不为所动。鱼叉离它只剩三十厘米远了，塔奇再次停住了手。我看到他在轻轻地调整抓握杆子的手势，然后又顿了一秒钟——对于我来说是度秒如年的一秒钟，然后以迅雷之势将鱼叉刺入了鲉鱼的脑袋，动作干净利落，迅疾无影，我甚至都没有看清楚。一时间，尘沙乱飞，血气喷涌，鲉鱼在叉子上拼命地扭动挣扎，蜷起身子，尖锐的背脊一下下地猛撞向鱼叉。塔奇的收叉技术十分到位，根本不给它逃脱的机会。只见他双手交替，一把接着一把，便将鱼叉顺滑地拽了回来。鲉鱼也随即越过船沿，落到了船舱底部，摆动翻转着。我上前一步，想帮忙把鱼从叉子上卸下来，没想到塔奇大力一推，将我猛地推开了。

“小心！”他说，“鲉鱼可是坏家伙。”

塔奇用桨将鱼从叉子上拔了下来。尽管它已必死无疑，但身体还在扑腾、翻打，背上的尖刺拍着船身侧板。

“瞧瞧，瞧瞧！”塔奇说，“现在你明白了吗，为什么鲉鱼又叫‘蝎子鱼’？你要是被它刺一下，圣斯皮里底翁？[①]啊！那不得痛死？不赶紧去医院都不行！”

他像耍杂技一样，用精湛的技艺让船桨和鱼叉巧妙配合，将鲉鱼抬起来，扔进了一个锡制煤油罐里。这下它就绝对无法再伤害任何人了。我问塔奇，为什么这鱼明明有毒，还说它好吃？

① 圣斯皮里底翁（Saint Spirodon，约 270—348）是基督教中的圣徒。——编者注

“哦！”他回答，“有毒的只是背脊上的尖刺，你把这些刺削掉，吃肉就好。肉是甜的，跟蜂蜜一样甜。这条我送你了，你带回家吃吧。”

说罢，他便弓身划起了桨。船沿着礁石，嘎吱嘎吱地前进。不一会儿，他又停住了。海底只是一片空白的沙地，间或长着几簇海神草而已。但塔奇再次停住了船，拿起了鱼叉。

“看！”他说，“是章鱼。”

一股兴奋劲儿涌上我的心头，连同我的肚子都起了反应。截至此刻，我见过的章鱼无一例外都是市场上售卖的死物，我深知那和活着的章鱼肯定天差地别。但任我把眼睛瞪圆，把这块沙地看穿，也瞧不到任何一丝活物的踪影。

“那儿，在那儿呢！”塔奇说着，便将鱼叉缓缓插入水中，指给我看，“你看不到吗？眼睛丢到哪儿了？不就在那儿吗！那里啊！看看，我都快挨着它了！”

我还是看不见，塔奇只好把鱼叉又向下伸了大约三分米。

“这回能看到了吧，小笨蛋？”他低声笑了起来，“就在鱼叉尖儿前面。”

猛然间，我看到了。其实它一直就在我的视线里，但它太灰暗，太像沙地了，以至于我完全把它当成了沙地的一部分。这条章鱼盘着错综复杂的触手，身体就坐在那团触手上。光秃秃、圆溜溜的大脑门儿下，是一双跟人类极其相似的眼睛，它们正楚楚可怜地盯着我们。

“这只很大。”塔奇说道。

塔奇调整了一下抓握的姿势，但这次的动作大了些。章鱼警觉起来，瞬间便由土土的灰褐色变成了显眼的迷彩绿，还从自己的喷水孔里射出一股水流，搅起了一大团沙子，然后敏捷地逃走了。它在水中快速向前冲，一团触手就在身后拖着，仿佛是一个落荒而逃的气球。

“嘿，好家伙！”塔奇感叹。

他立刻扔下鱼叉，拼命划着桨，沿着章鱼的尾浪一路追了去。章鱼对自己的伪装水平极有把握，自信到让老天都瞠目结舌。它跑了十米后，便又停住了，趴在沙地上休息起来。

塔奇再一次把船在章鱼上方停稳，慢慢把鱼叉伸入海水中，但这一次小心多了，没有任何失手。叉子尖端离章鱼的圆脑袋不到三十厘米，塔奇攥紧鱼叉，一把刺入，正中要害！电光石火间，沙子升腾出银色的烟雾。章鱼的触手剧烈地扭动缠绕，在鱼叉上缠得难舍难分。墨汁喷薄而出，在水中结成了一团飘摇的黑色蕾丝，又如旋动的烟盘，飞舞于沙地上空。塔奇满意地咯咯笑着，赶紧将鱼叉拉了上来。章鱼上船时还用两条触手拽住了船沿，把自己挂了上去。塔奇使劲儿一扯，便将两条触手拽了下来，传出一种撕裂的声音，让人毛骨悚然。这声音类似于猛地撕下一张膏药，但音量要大上一千倍。塔奇利落地把章鱼从鱼叉上卸了下来，随即又做了个动作，令我目瞪口呆：将这颗美杜莎的头举到了自己的脸前，章鱼的触手纷纷出动，缠上了塔奇的额头、脸颊和脖子，小吸盘一一吮吸过他棕色的皮肤，留下了海量的白色印记。塔奇在章鱼身体的中央选定一个位置，一口便咬了下去，手向外一拉，便扯开了章鱼的身体，仿佛是一条㹴犬在撕一只老鼠的脊椎。这一口咬得相当准，章鱼体内某条重要的中枢神经被破坏殆尽。它的触手立刻泄了气，无力地从塔奇头上垂了下来，只有触手的尖端还在略微卷曲拧转。塔奇将章鱼扔进了锡罐里，让它和鲉鱼做伴。他朝船外唾了一口唾沫，然后探出身，用手捧了一捧海水，好好漱了漱口。

“你真是我的福星，”塔奇抹了一把嘴，给了我一个灿烂的笑，“一晚上就捉到了一条鲉鱼和一只章鱼，太难得了！”

但我这个福星的有效期真短，抓到章鱼后没多久便失效了，后来我们一无所获。我们虽一度在礁石上看到一条海鳝，它刚好钻出自己的洞口，露出一个硕大无比的头，头的尺寸跟一条小狗有一拼，但塔奇刚放入鱼叉，海鳝便迅速后撤。它虽全身散发着愤怒的气息，但竟以一种优雅顺滑的体态遁进了岩石深处。那就是它留给我们的最后一个身影。我暗暗松了一口气。这家伙的身长将近两米，要跟这种级别的大海鳝纠缠，而且作战空间只是一条昏暗的小船——即使我这种资深的博物爱好者，也觉得太过惊险，着实没必要自取其辱。

“好了！”塔奇意味深长地说，“是时候轮到你捕鱼了。”

他把船划到最大的几块礁石处，帮我取出捕捞装备，放在了礁石上相对平坦的地方。我抓着网子，轻手轻脚地潜行在石头边缘。塔奇划着船，在我身后两米处跟着，给我照亮，让我能看清石头上潜藏的奇观与盛景。动物种类之丰盛，看得我应接不暇，一想到不能全部打包带走，我就心生绝望。

柔嫩的鲇鱼穿着显眼的外衣，上面金色和猩红色交杂。有一种小鱼，小得只有半个火柴盒大小，却有一对硕大的黑眼睛，身体红得像个邮筒。还有一些鱼，体型差不多，身上却汇聚了深邃的普鲁士蓝和淡淡的粉蓝色。海星的颜色有血红色和紫色，后一种颜色的海星明显娇弱些。它们的腿细细长长，布满凸起物，永远在不停地蜷缩和伸展。抓这些海星时，我的动作必须极度轻柔，因为它们太敏感又太奔放，一受惊吓便大方地卸下胳膊，逃之夭夭，全然无所谓浪费与否。我还看到了指甲履螺，把它们翻过来，就会看到肚子那一侧长着一块边缘圆润的壳，整体看上去真的很像只松松垮垮的拖鞋，很适合痛风病人穿。除此之外，还有很多种贝壳，有些白得典雅高贵、带着精致的棱纹；有些则淡淡发黄，身上带着一点点、一块块的污迹，这些看上去脏兮兮的地方紫得发黑。我还看到了鳞侧石鳖，也叫鳖甲，有些身长可达七厘米左右，始终紧紧地抠着岩石缝，看着像加大号的木虱。有一只小墨鱼宝宝，才火柴盒大小。我抓它的时候，整个人差点儿从岩壁边儿上跌下去，但最终也没抓住，气馁至极。才抓了半小时，我的瓶子、罐子、盒子就满了，里面净是各种各样的小生灵。我知道自己虽有万般不舍，但也不得不收手回家了。

塔奇热心地把我送到了最爱的海湾，看戏似地看着我把各种动物倒进简易水族缸，又把我送回梅内罗斯下的码头。他拿出已经彻底死透的鲉鱼，找了根绳子穿过它的鳃，递给了我。

“跟你妈妈说，煮它的时候放点儿辣椒粉、油，搁点儿土豆进去，再加点儿骨髓。这鱼的肉特别甜。”

我感谢他送我的鱼，也感谢他今晚全程耐心地陪我。

“一起再去啊！”他说，“下个星期我还会来，星期三或者星期四吧。我来了后给你捎个信儿。”

我再次感谢他，说非常期待下一次相聚。接下来，他推动船，撑着桨渐渐划出浅水区，往贝尼特斯方向去了。

我对着他的背影大喊：“祝你快乐！”

“你也是！”他回应道，“祝你一切都好！”

我转身上山，带着满身的疲惫准备回家去，却惊恐地发现，时间已是凌晨两点半。母亲肯定以为我已经被淹死了，或者被鲨鱼吃掉了，或者遭遇了类似的不幸。但愿我手里的鲉鱼能出奇制胜，让她紧张的心情平复下来。

03 Birds, Beasts and Relatives

桃金娘圣境

从别墅出去一直向北，到了约莫二公里处，橄榄树林就会变得稀疏。这里有个宽阔的盆地，面积达二十余公顷。盆地里没有橄榄树的踪影，取而代之的是一大片油绿的桃金娘丛。丛中穿插着数块干燥的小草皮，草皮里偶尔还会露出石头地面。蓟和海葱混杂其中。蓟大方地向上伸出茎秆，仿佛是一只只奇形怪状的高脚烛台，顶端的花朵闪耀出艳丽的电光蓝色。海葱则让自己大大的鳞茎随意铺散，点缀四野。这里的昆虫种类极其丰富，是我常来“捕猎”的圣地之一。罗格和我喜欢蹲在桃金娘的绿荫中，观察一队队路过的虫子军团。一天中某些时刻，枝条上的交通会格外繁忙，完全不输城中心的主干道。

桃金娘丛中不缺大螳螂，它们个个体长将近八厘米，披着一双碧绿的翅膀。腿虽然看着细，却十分有力，能让它们在叶子上摇来摆去。长满倒刺的前臂时时高举，好似个装模作样的祈祷者。脸小而尖，上面鼓着一对草黄色的大眼睛，东张西望着，仿佛什么都要瞧瞧，活像个瘦削又尖刻的老淑女在参加鸡尾酒会。若一只菜粉蝶或豹纹蝶落到叶子上，螳螂便会以接近于零的速度小心地靠近。它不时停下来，摆动一下腿，调整一下姿势，热切希望蝴蝶能把这些响动都当作风的声响。

我曾亲眼看到过一只螳螂鬼鬼祟祟地去捕杀一只燕尾蝶。刚开始，那只蝴蝶在日光下轻颤翅膀，享受着当下的静谧，但突然间就被螳螂伏击了。在最后关头，螳螂倒乱了步伐，扑向蝴蝶的身体时却扑偏了，只咬到它的一个翅膀。燕尾蝶倏地惊醒过来，展开双翅起飞，力量之大，带得螳螂的小半个身体都离开了地面。一阵惊心动魄的振翅后，蝴蝶成功逃脱，虽然翅膀残了一块，飞得歪歪扭扭，但好歹捡回了一条命。螳螂气得七窍生烟，也不再傻追了，乖乖地坐下来，吃起了嘴里叼着的半截儿蝴蝶翅膀。

蓟与蓟之间的土地上遍布着石头。石头下面和周遭的土地被太阳烘得干燥而坚硬，那质感跟石头不相上下，打个鸡蛋上去都能被烤熟。但就在这些石头下面，动物的种类五花八门，令人叹为观止。里面有一种蜈蚣，我一看就头皮发麻。它身体扁平，体长约五厘米，身体两侧各伸出一排令人毛骨悚然的小细腿。它的身体真是奇扁无比，任何裂缝只要它想钻，都能钻进去。它动作轻巧迅猛，与其说是在跑，不如说是在滑，有小鹅卵石溜过冰面的效果。它的学名叫作蚰蜒（yóu yán），真是个好名字！我再难找到一个更好的词语来形容它们油滑、阴险的姿态了。

石头表面散见着一些小洞穴，显然是被刻意凿出来的。洞口至少有半块硬币那么大，内部有细丝缠绕，洞口外有张七八厘米宽的圆形蛛网。这些洞是狼蛛的巢穴。狼蛛体形硕大而丰腴，体表呈深棕色，点缀着黄褐色和肉桂色的斑纹。它们要是把脚彻底张开，身体大小差不多能赶上一个咖啡杯的碟子了，光是躯干就有一个核桃大小。狼蛛是一种力大无穷的蜘蛛，捕食时迅捷而暴虐，充满了凶残的智慧与手段。它们通常只在夜里出没，但偶尔也会为了觅食，在白天出没。它们疾驰于蓟的枝叶上，大长腿风驰电掣，虎虎生威。它们看到人就会一溜烟儿躲进桃金娘丛里去。但那天，有只狼蛛太过专注，竟然没留意到我的出现。于是我得以靠近它，好好观察了一番。

当时，它离自己的洞穴有一掌远，已经爬上了一枝蓝色的蓟，正攀在枝干的半高处，挥舞着前肢四下打量。我不由得联想起猎人的形象——刚爬上树梢，正在仔细寻找目标。我跪坐在一旁，陪它张望了五分钟。少顷，它缓缓爬下蓟，稳稳地落到地面。那一刻，它周身布满了冷冷的杀气。是不是它刚才在高处瞭望到了什么？但环顾四周，我全然没发现一点儿生气。狼蛛的视力有这么好吗？我拿不准。不过，那只狼蛛毫不犹豫地向前挺进着，走到一大丛薏仁草里。这些草随风轻摇，它们的种子长得像小小的白色面包卷。凑近后，我才恍然大悟，知晓了狼蛛刚才瞄准的是什么：纤柔细腻的白色草丛下，竟藏着个云雀巢。巢里有四个蛋，其中一个刚巧破了壳，粉嫩嫩、毛茸茸的小家伙正在费力地挣脱掉身上剩余的壳。

我来不及出手救鸟，狼蛛已冲到巢边，俯身而立，气氛阴森恐怖。刹那间，它把小鸟拽了过来，伸出长而弯的毒刺，一下扎入小鸟的背部。鸟宝宝被钳在狼蛛毛乎乎的怀里，惨烈地挣扎了两分钟之久，全程虚张着嘴，想大喊却发不出声音。毒液的毒性终于发作，小鸟的身体僵了片刻，便软绵绵地瘫作一团。狼蛛一动不动，等到小鸟已被彻底毒死，才将它衔起来，转身跑开，如同一只巡回猎犬——但腿长得有点多，叼回了狩猎季的第一只松鸡。它就这样带着可怜的小鸟径直跑回了巢穴，不见了踪影。

我看得意兴盎然，发现两点很不一般：首先，狼蛛竟能捕获幼鸟这么大的猎物；其次，它居然能精准地找到云雀的巢。但它到底是如何定位的呢？它去捕猎时走得如此胸有成竹，定是摸清了猎物的位置。一开始的那根蓟，离云雀巢已经有十米之远了，这是我一路跟过去时亲自估算的距离。而云雀巢藏得很深，我非常肯定，没有哪种蜘蛛有如此无敌的视力，能把巢和里面的小鸟看真切。那么，它只可能靠嗅觉了。我知道，动物们能闻到极其微弱的气味，那绝顶灵敏的嗅觉是我们人类的笨鼻子难以望其项背的。但那一天，地面上一点儿风也没有，要在十米开外闻到小鸟的味道，嗅觉估计得猛到生物界的天花板了。我唯一还能想到的是，狼蛛可能提前踩过点儿，持续观察过云雀蛋的孵化进度，以把握住最佳的狩猎时机。但一只昆虫哪有这么厉害的逻辑思维能力？踩点儿一说也被我否定了。对这个谜题，我的终极“师尊”——西奥多，都无法给出一个站得住脚的答案。我只知道在那一年里，那对云雀父母连一只小鸟都没保住。

桃金娘丛里还有一种动物也让我很着迷，那就是蚁狮的幼虫。成年后，它们的体型有大有小，但颜色十有八九都土里土气，看上去像邋遢又疯癫的蜻蜓。它们的翅膀大得出奇，挥舞时不遗余力，仿佛稍一松懈就会撞倒在地上。长大后，它们性情温和，对谁都没有攻击性，但小时候非常喜欢大开杀戒。你可以想象一下蜻蜓幼虫在池塘里的贪婪和嚣张，在桃金娘丛下的沙地里，这帮小蚁狮可不遑多让。要找蚁狮，你只有一个线索，即地上那些奇怪的圆锥形小沙坑。沙子要足够细软，它们才能挖出这些坑来。但我第一次见到那些坑时，很疑惑，怎么都想不明白坑是谁刨的。我本来猜是老鼠在这里挖过植物的根，或是其他动物挖的。但我万万没想到，挖坑大师其实就躲在最底部，它们正悬着一颗心，苦苦等待猎物落网。这个坑无比凶险，与人类设计的圈套不相上下。有一天，我在现场看过坑的用法后才明白，原来这不仅是蚁狮的窝，更是它们的巨型捕猎陷阱。

一只蚂蚁开心地走过来（我总觉得，它们会一边干活，一边哼唱小曲）。它有可能是只永远忙不停的小黑蚂蚁，也可能是只特立独行的大红蚂蚁，在乡间走得大大咧咧，且不知为何，红色的腹部总高高抬起，仿佛一尊高射炮。无论它是哪种蚂蚁，只要它经过小坑的边缘，就会发现脚下的沙子开始下陷，身体也会不由自主地向坑底滑去。它当然会转身，想玩命地爬出去，但地面越来越滑，仿佛赶上了一场小雪崩。雪崩过后，蚁狮就开始行动了。突然间，蚂蚁发现自己被一挺机枪瞄准了，子弹是沙子或泥土，从坑底呼啸而来，力度和速度都令人叹为观止。而枪手就是蚁狮，扣响扳机的是它的头。蚂蚁脚下打滑，头顶挨打，顿时阵脚大乱，狼狈地滚落到坑底，引得蚁狮快速将头探出沙子。蚁狮的头扁平，跟蚂蚁无异，但多了对弯曲的下颚，形似镰刀，大得与身体不成比例。可怜的蚂蚁就要被这对镰刀狠狠砍杀。蚁狮会沉回沙里，并将拼命挣扎的蚂蚁拖进去，了结对方的“蚁”生。蚂蚁蠢笨，心思特别单纯，衬得蚁狮极为龌龊，那手段真是脏得上不得台面。所以我每次都义不容辞，必将蚁狮挖出来带回家，放进细纱小笼子里孵化[①]。万一遇到了陌生的品种，便又能为我的动物宝库添砖加瓦了。

记得那一天，一场暴风雨霸道地席卷了科孚岛。天空先是阴成了黑色，只略微透出些蓝。雷电四处张牙舞爪，织出了一张银丝大网。随即便雨水倾盆。雨滴硕大，肆无忌惮，带着潮热的气息于天地间泛滥。雨停后，苍穹如洗，蓝得如玻璃一般，吹弹即破，像篱雀的卵。此时，土地散发出馥郁的香气，用美食一样的味道挑逗你的嗅觉，让你想起水果蛋糕或李子布丁。在阳光的烘烤下，橄榄树树干蒸腾起水汽，看上去云雾缭绕，仿佛集体着了火。罗格和我都喜欢这样的天气，无论是在水坑里嬉戏打闹，还是故意让温暖的雨沾湿身上的衣物，都好玩极了。罗格还喜欢追着雷狂吠，乐此不疲。雨一停，我们就去桃金娘丛中挖宝，因为我相信——即使概率极小，那些平时被热得东躲西藏的小动物们，也会在一场大风雨后出来透透气。天遂人愿，我们还真在一

① 蚁狮是蚁蛉的幼虫阶段。幼虫经过孵化后才会长出大翅膀，成为一只蚁蛉。——译者注

根桃金娘枝上发现了两只蜗牛。它们都胖乎乎的，身体呈蜜色夹杂琥珀色，正在坚定地向对方蠕动，步履顺滑，触角摇曳。我之前了解过，在炎热的夏日里，这种蜗牛按理是要进行夏眠的。它们会找个适宜的树枝，把身体稳稳地挂在上面，然后在壳的洞口处安排一张薄如纸的“小门板”，最后努力地缩到壳深处去，以尽量减少体内水分的消耗，与夏日的燥热做殊死搏斗。刚才的暴风雨成功唤醒了它俩。我看着它俩渐渐靠近，直到彼此的触角点到了一起。那一瞬间，它们的目光凝固了，在彼此的眼睛里越扎越深。其中一只调整了一下位置，爬过去与另一只并排而立。接下来，它们的举动魔幻至极，我看着都觉得自己的眼睛可能出了问题。刚刚调整了位置的那只蜗牛，连同它的伴侣，从各自体内射出了两个白色的迷你小“飞镖”，“飞镖”和蜗牛身体之间还连着一根白色的细线。一只飞镖完全扎进了另一只体内，另一只也做出了同样的动作。现在，它们通过两条白色的细线彼此联结起来，像两条奇异的船被绳索捆到了一起。这场面已经够刺激的了，但接下来还有更精彩的。两条细线逐渐缩短，把两只蜗牛越拉越近。我凑到了它们跟前仔细观察，鼻子都快贴上去了。虽难以置信，但我不得不信，这两只蜗牛拥有神奇的身体构造，能用“锁链”绑住对方，并拉紧锁链以拉近彼此的距离，最后让自己和伴侣的身体对接得滴水不漏。这两个身体之间连束光都透不过，所以我完全看不到内部的运转情况。约一刻钟的工夫后，它们决绝地分开了，连个头都懒得点，连句“谢谢”都懒得客套，便凉薄地转身，奔向了相反的方向。双方的身体再看不到半点儿“飞镖”和“细线”的踪迹，刚才发生的一切如幻觉，未曾留下半点儿情绪或痕迹。

这场戏看得我心神荡漾。西奥多星期四要来喝下午茶，我巴不得下一秒就是星期四，能赶紧告诉他我看到的一切。我等得心都焦了。星期四终于到了，我眉飞色舞地描述着这一幕，西奥多聚精会神地听我说，不时轻轻踮起脚来。

“啊哈！就是的，”我说完后他感叹道，“你真是……呃……太幸运了，能看到这个过程。我看了这么多蜗牛，都没遇到过。”

我问：小“飞镖”和细线是不是我的幻觉？

“不，当然不！”西奥多说，“那些都非常真实。小‘飞镖’的成分可能是钙或类似的物质，它一旦钩住了对方的身体，就会……你知道的，消失掉……就是溶解掉。有研究说，小‘飞镖’能给对方带来一种刺痛的酥麻感……嗯……蜗牛们很享受的。”

我又问：蜗牛真的可以通过拉紧锁链，缩短双方的距离吗？

“没错，你说得很对，”西奥多说，“它们身体里确实有些……呃……构造，可以让它们拉回细线。”

我说这真是我此生见过的事情里，最惊艳的之一了。

“是的，这太神奇了，”西奥多说道，然后又给我说了一个奇上加奇的事情，让我惊诧到连呼吸都顾不上了，“它们并排坐好后，一只蜗牛的……嗯……雄性部分，会和另一只蜗牛的……

嗯……雌性部分结合。另一只也一样。”

这个信息简直石破天惊，我花了一小会儿时间才消化。然后问他，难道说每一只蜗牛都既是雄性，也是雌性？

“呃，是这样的，”西奥多说，“这叫作雌雄同体。”

他看向我，眼里闪着莹莹光华，拇指摩挲着一侧的胡须。拉里平时听我和西奥多聊自然知识时，总是一副百无聊赖、痛不欲生的表情，但此刻他也被蜗牛的故事惊呆了。

“西奥多，你在开玩笑吧？”他表示反对，“你居然说每只蜗牛都既是男性又是女性，怎么可能？！”

“但确实可能，”西奥多说得云淡风轻，“也确实奇特。”

“我的老天爷啊，”拉里大叫道，“这也太不公平了。这帮黏糊糊的恶心玩意儿在树丛里乱逛时，只要玩了命地勾引一下对方，就能收获双份的快乐！为什么人类没有这种天赋？我想知道问题出在哪里。”

“啊哈，没错。但你要是真有这种天赋，那么‘下蛋’的责任也躲不掉哟！”西奥多想点醒拉里。

“好吧，”拉里说，“不过以后，谁要是不想参加鸡尾酒会的话，就能有个无敌的借口了——‘真是不好意思，我来不了。我得去孵蛋。’”

西奥多轻轻地哼笑了一声。

“可蜗牛是不需要孵蛋的，”他解释道，“它们找块湿润的土地，把蛋埋在地里就好。”

“这是组建家庭的好方法！”母亲突然插了进来，语气里满是艳羡与渴望，“我也希望能把你们埋到一块湿润的土里，然后就不用管了。”

“这话说得也太冷酷，太不知轻重了！”拉里紧接着说，“你可能会给杰瑞带来一辈子的心结。”

如果非要说这场对话给我留下了什么心结，那也是对蜗牛的情结：我心中已宏图大展，誓要与罗格一起搜刮尽十里八荒的蜗牛，带几十只回家，放进罐子里，把它们以“飞镖”为主题的大戏看个够。但现实太骨感，一连几周，我捉了有近百只蜗牛，把它们封锁在了罐子里，事无巨细地照顾它们，可谓无微不至（我甚至用洒水壶模拟暴风雨给它们助兴），它们却只是组团玩耍，六根清净，没有一只蜗牛起色心。

后来我终于又逮住了一个机会，也是此后唯一的一次机会，再次观摩到了蜗牛的互动。这次的主角是一对罗马蜗牛，也可能是苹果蜗牛，登场于十圣山一处岩石嶙峋的地方。我当时能爬那么高，得以捕获此奇景，还得感谢母亲。因为她为我的生日准备了一份大礼：一头我心心念念已久的健壮小驴。

来到科孚岛后，我一直都知道，这里驴子的数量庞大，因为农业生产中的每个环节、每种作业都离不开它们。但参加了卡特莉娜的婚礼后，我才真的注意到它们的可爱之处。那天，很多驴子都是带着孩子来的，有些驴宝宝甚至才几天大。它们用圆滚滚的膝盖、大大的耳朵、踉踉跄跄的步伐征服了我。于是我下定决心，要得到一只属于自己的驴子，山河无阻，不惜代价！

为争取母亲的同意，我告诉她一头驴子对我的探险事业可能厥功至伟，有它帮忙驮我本人以及我的装备，我就能到更远的地方。要不就送我一头驴子当作圣诞礼物吧？我问母亲。母亲回答说不妥。首先，驴子太贵了。其次，圣诞节期间是没有小驴的。我说第一个问题好解决，干脆把圣诞礼物和生日礼物合二为一吧，送一头驴子即可，如何？而且我只要一头驴子就好，我可以放弃其他所有礼物。母亲的回答是“我再想想吧”，这句话从她嘴里说出来，就等于“我马上就会忘”，以及“你彻底没戏了”。我的生日正步步逼近，我再次重申，我心中所盼唯一头驴子而已，此外别无所求。但母亲的回答依然是：“我再想想吧。”

之后的一天，我们家女佣的哥哥科斯塔来了。他站在小花园外侧紧邻的橄榄树林里，肩头扛着一大捆竹竿，每根都不短。随后，他开心地吹着口哨开始干活。先是挖了一圈洞，形成一个正方形，然后把竹子插进了这些洞里。隔着倒挂金钟篱笆，我远远地看见了他，却搞不懂他在干什么。我也吹了声口哨，唤来罗格，然后一起跑了过去，打算看个明白。

“我帮你妈妈建个屋子。”科斯塔说。

我被吓了一跳，母亲建这竹屋干什么？是打算把卧室换到这里来，睡外面了？可能性不大啊。于是我问科斯塔，为什么母亲让他建这个小屋。

他木然地看着我。

“那就不知道了，”他耸了耸肩，“可能要放点儿植物吧，或者储存点儿过冬的红薯。”

这个答案也不能让我信服。但看科斯塔干活看了半小时后，我也看腻了，于是决定带着罗格出去逛逛。

第二天，小竹屋已现雏形，框架基本完工。科斯塔在用芦苇把相邻的竹子两两缠在一起，进一步加固墙面和屋顶。又过了一天，小竹屋正式竣工，稚嫩又纯朴，颇像鲁滨孙早期的作品。我问母亲这是用来做什么的，她说她也没拿定主意，但感觉将来肯定能派上用场。这个答案虽稀里糊涂，但这是我能问出来的全部信息了，我只得姑且一听。

时间来到了我生日的前一天，家人们的举止变得怪异起来。拉里不知道是中了什么邪，非要在家里四处走动，边走还边嚷着人们打猎时喜欢喊的号子，比如“跑起来！”“目标出现！”等。考虑到他发这种疯不是一次两次了，我也就没当一回事儿。

玛歌夹着一堆莫名其妙的东西，在家里东躲西藏。我们一度在大厅里狭路相逢，当时我错愕地发现，她要藏的竟然就是一堆彩带罢了，而且还是去年圣诞节用剩的那些。看到我的瞬间，她甚是难过，尖叫了一声，便心虚地冲进了自己的卧室。我呆呆地看着她，完全无法理解她这番鬼鬼祟祟是在干什么。

莱斯利和斯皮罗也中招了，他俩时不时就故弄玄虚，并结伴去了花园里，不知道在聊什么。从他们嘀嘀咕咕的只言片语中，我半点儿头绪都理不出来。

“放在后座就可以，”斯皮罗一本正经，“我向上天起誓，莱斯利少爷，我真这么干过。”

“行吧，斯皮罗，就算你说你真干过，”莱斯利有点儿犹豫，“但我们不希望最后搞得断胳膊折腿的。”

莱斯利一扭头，看到我居然堂而皇之地在一旁偷听，一下子暴跳如雷，连珠炮般问我怎么好意思偷听别人的私密对话。我发现所有家人都灵魂出窍，不在状态，于是带上罗格去了橄榄树林，开心但徒劳地捉绿蜥蜴去了，一捉就是一整天。

那天夜里，我刚熄了灯，钻进被窝里趴好，就听到橄榄树林里传来了喧闹的声音，有歌声，也有奔放的狂笑声。吵闹声近了，我听出这里面有莱斯利和拉里的声音，还有斯皮罗的声音，每个人唱得各有曲调，兴致高昂。他们应该是去参加了什么活动，玩得很尽兴，开心得有些过了头。走廊上传来愤愤的低语与怨气冲冲的脚步声，这是在告诉我，母亲和玛歌对这场喧嚣的态度跟我一样。

外面的三个人进了家里，大家被拉里说的俏皮话逗得哄然大笑，母亲和玛歌用夸张的嘘声制止了他们。

“你们小声点儿，”母亲说，“这样会吵醒杰瑞的。你们喝了什么？”

“葡萄酒。”拉里用傲慢的语气回答，并顺势打了个嗝儿。

“就是葡萄酒，”莱斯利说，“然后我们就跳舞了。斯皮罗跳了，我也跳了，拉里也跳了。斯皮罗跳了，然后拉里跳了，再然后我也跳了。”

“你们都赶紧上床去。”母亲说。

“然后斯皮罗又跳了，”莱斯利继续说，“再然后是拉里跳。”

“行了，亲爱的，够了够了，”妈妈说，“看在上天的分儿上，赶紧去睡吧。斯皮罗，你也真是的，怎么能让他们喝这么多？”

“斯皮罗跳了。”莱斯利不依不饶，非要再次表达观点。

“我带他去睡觉吧，”拉里说，“我是今晚唯一有自制力的人，我没喝多。”

他俩彼此搀扶着走过前廊，瓷砖铺就的地板上传来混乱的脚步声，一听就知道，走路的人把路走得东倒西歪。

拉里把莱斯利拽回了房间，推到了床上去。路上，莱斯利还不忘对拉里说：“我现在是跟你在跳了。”

“对不起，德雷尔夫人，”斯皮罗说，他的声音被葡萄酒泡过后更显醇厚了，“但我劝不住他们啊！”

“东西搞到手了吗？”玛歌问。

“搞到了，玛歌小姐，您放心吧，”斯皮罗说，“在外面，跟科斯塔在一块儿呢。”

终于，我听到母亲和玛歌也回房睡觉了。这一天我过得满脑问号，最后还能由这场奇幻的混乱做点睛之笔，真是有始有终，天衣无缝。但我很快便将这些困惑抛到了一边，在黑暗里思索起明天可能会收到什么礼物，没过多久，便睡着了。

第二天清晨，我迷糊着睁开眼睛，意识到今天好像有点儿什么特殊的意义，然后便豁然开朗了：今天是我的生日啊！我赖在床上，想着自己将迎接一整天的美好与欢畅，家人们会成群结队地送来礼物，内心不情愿地给予我极致的关照（但凡我别太过分），真是想想就舒坦啊！我正打算起身，下去看看大家都准备了什么礼物，就听到大厅里爆发出一阵奇怪的吼叫声。

“你稳住它的头，稳住它的头啊！”是莱斯利的声音。

“小心点儿，你把彩带都弄乱了！”玛歌着急了。

“还管什么彩带！”莱斯利说，“赶紧稳住它的头！”

“好了，亲爱的，”母亲说，“大家都别吵。”

“我的天啊！”拉里无比嫌弃，“瞧瞧这满地的大粪！”

在这一串没头没脑的对话中，还夹杂着些乒乒乓乓的声音，令人费解，仿佛有人在大厅的瓷砖地板上扔了一堆乒乓球。大家这是在干什么？我彻底晕了。平时这个时间，他们都应该躺在床上，脑子一片混沌，眼睛似睁未睁，侧身伸着手费力地去端起清晨的第一杯茶。我坐起身来，打算赶紧下楼去加入这场神奇的活动。就在这时，我的门被猛地撞开了，一头身披五彩绸缎的驴子蹦了进来！它身上捆着圣诞节的彩带，两只大耳朵中间的脑门儿上粘着三片巨大的羽毛，看出来是花了一番心思的。一脸不爽的莱斯利拽着驴子的尾巴大喊：“哎哎哎——你个王八蛋！”

“文明用词，亲爱的。”母亲站在门口，神色慌张。

“你把彩带全弄乱了！”玛歌悲痛地大喊。

“快点儿把这动物弄出家去，越快越好！”拉里说，“整个大厅都被它拉满了！”

“这都怪你，谁让你吓着它了呢！”玛歌说。

“我哪儿吓着它了？”拉里火气也上来了，“我就是轻轻推了它一下。”

小驴一个滑步来到我床前，并敏捷地刹住了脚步，瞪着一对硕大无比的棕色眼睛，呆呆地看着我。然后，它才缓过神儿来，吓了一跳，使劲儿抖了抖身体，脑门儿上粘的羽毛掉落下来。紧接着，它灵巧地一抬后腿，不偏不倚，狠狠地给莱斯利的大腿来了一脚旋风踢。

“上天啊！”莱斯利单脚起跳，“这家伙简直踢断我的腿了。”

“莱斯利，亲爱的，没必要这么粗鲁呀，”母亲说，“杰瑞还在呢。”

“你们赶紧行动起来，把它赶出卧室吧，”拉里说，“要不然整个家都是粪坑的味道了。”

“你就这么随便一抖，便破坏了我辛辛苦苦做好的装饰，”玛歌说，“那是我几小时的心血啊！”

我已经顾不得家人们在说什么了。小驴已经来到了我的床边，用好奇的眼光打量着我。我向它伸出手，大大地张开手指，它乖顺地拱了过来，把灰色的鼻子放在我掌心。它的鼻头柔软至极，让我联想起世间所有轻柔曼妙的事物：蚕茧、刚出生的小奶狗、海底的鹅卵石、树蛙天鹅绒般致密丝滑的皮肤……莱斯利骂骂咧咧地脱下了裤子，检查伤处。

“亲爱的，喜欢它吗？”母亲问我。

怎么可能不喜欢？！这问题让我哭笑不得。

驴子的身体是一种饱满的深棕色，近于紫色。两只大耳朵形似天南星，四只脚雪白无瑕，像穿着袜子一样。小巧的蹄子被修得规规整整，油光锃亮，仿佛是踢踏舞演员的舞鞋。一个硕大的黑色十字纹路纵跨它的背部，昭示着它的祖先曾驮着耶稣进入耶路撒冷城（也是从此受到最多诽谤的家畜）。两只大眼睛明亮有神，每一只周围都有一圈白色的毛，很圆很齐整，证明它来自加斯图里村。

“还记得卡特莉娜的驴子吗？你当时喜欢得不得了，”玛歌问，“哈哈，这是那头驴子的宝宝。”

这样的血统自然给我的小驴又加了分。此刻，它像刚从马戏团里逃难出来的动物演员，正若有所思地嚼着一块金箔。我飞身下床，胡乱地套上衣服，气喘吁吁地问母亲，该把它养在哪里才好。室内肯定是不行的。拉里刚刚还在跟母亲发牢骚，说如果她想种土豆，随时可以种，因为大厅的地面已经肥沃到万事俱备，只差播种了。

“这就是科斯塔盖小屋的原因啦！”母亲说。

欢乐，感动，冲击，我的胸中起伏万千。我何其有幸，能拥有如此善良、体贴、慈爱的家人！他们居然会绞尽脑汁地瞒住我，让我收获一份惊喜！会排除万难地给毛驴打扮，让它登场时如此明媚可爱！我像捧着一尊娇弱的瓷器似的，万分小心地牵着小驴走过花园，来到橄榄树林，为它打开门，引导它进入小竹屋。我本来只是想让它进去试试小屋的大小，因为科斯塔一直以其拙劣的建筑技艺而名扬四方。但没想到的是，小屋一点儿毛病都没有，大小合适，无懈可击。我把毛驴牵了出来，用一根长长的绳子把它拴在一棵橄榄树上。接下来的半小时，它一直在优哉游哉地吃草，而我则迷离着双眼，仿佛在梦境中，痴痴傻傻地欣赏着它的一举一动。直到母亲大喊着让我回去吃早饭，我才舒坦地吐了口气，回到现实。我在内心已认定，我的小驴是科孚岛上最完美、最突出的那头——不接受也不在乎任何质疑，更无所谓别人的评论是否有失偏颇。不知为何，我特别想喊它“莎莉”，所以就给它取名莎莉了。我对着它娇柔的小鼻头轻轻一吻，然后才转身去餐桌处。

吃罢早餐，拉里破天荒地对我大施恩惠，表示如果我需要的话，他能教我骑毛驴。我说万万没想到，他竟然还会这个技能。

“那是当然，”拉里面带愠色，“想当年咱们在印度时，我经常骑马，也骑一些别的动物。我还会给马梳毛、喂食等。没有金刚钻，哪敢揽瓷器活儿？”

于是我们拿了一张垫子和一大卷带子进了橄榄树林，把垫子铺在莎莉背上，并用带子把垫子固定好。莎莉看得倒是很认真，但并没显示出多大的兴奋劲儿。我打算骑上去时就遇到了第一个困难，因为它老是喜欢在原地转圈儿，拉里费了好大劲儿才把我推上去。我坐好后，他卸下了绑莎莉的绳子，换成了笼头和缰绳。

“好了，现在呢，你把它想象成一艘船，像操控一艘船一样控制它就行。想加速时，就用脚后跟儿踢它的肚子。”

我暗想，倘若骑术真的就这么简单，那它绝对是“容易”二字的最佳写照。我拉紧缰绳，对着莎莉的肚子踹了一脚。从它身上跌落的过程真是不够漂亮，因为我一头就扎进了一堆气势恢宏的大荆棘丛里。我手脚并用地爬出来时，正好看到莎莉瞠目结舌的眼神。

“或许呢，”拉里说，“你得找根棍子来当马鞭，这样你就可以用腿夹紧它的肚子，不至于摔下来了。”

拉里给我折了根小树枝，我再次爬上了莎莉的背。这一次，我的腿紧紧地夹住它圆滚滚的肚子，并用马鞭轻轻地打了它一下。它怨气冲天，拱着背跳了好几下，但我像个帽贝[①]似的死死地附着在它身上，坚决不松手。后续发展令我很满意，不出半小时，莎莉已经习惯了我对缰绳的控制，服从性有了极大的进步，可以驮着我在橄榄树林里小跑着溜达了。看我已经掌握了骑乘技能，拉里就站了起来，从口袋里掏出了一把折叠小刀。

我从莎莉背上下来，拉里对我说：“现在呢，我要教你怎么保养它。首先，每天早上你都要帮它梳毛，下次进城时我们会帮你买把刷子。其次，你要给它的蹄子做好清洁工作，每天都要坚持做，不能偷懒。”

我不解，忙问该怎么给蹄子做卫生清洁工作。

“我这不就要教你了嘛。”拉里淡淡地说。

他走上前去，弓下腰，抬起了莎莉的一只后蹄。

① 帽贝是一种软体动物，与蜗牛、海螺属于同一类，经常出现在地礁石海岸的潮间带。——编者注

“看这里。”他把刀刃靠向莎莉的蹄子，“这个地方藏污纳垢很厉害，不管的话，后果相当严重，可能会引起脚腐病。所以一定要给它处理干净。”

说完，他把刀刃插进了蹄子里。但他忽略了一点，科孚岛的驴子是不会在蹄子上钉蹄铁的，况且莎莉还是小宝宝，蹄子更是娇嫩敏感。所以依莎莉看来，拉里是用一根烧得通红的铁钉扎了一下它的脚，于是它用力抽回了脚。拉里刚在一片诧异中站直了身体，莎莉便使出一个完美的双腿回旋踢，正中拉里的肚子，踢在了他的胃部。拉里重重地跌在地上，脸色煞白。他弓腰抱着自己的肚子，嘴里不知道在咕哝着什么，不时发出怪异的呻吟声。我心中警铃大作，不是为拉里，而是为莎莉。以拉里的为人来看，等他稍微恢复了精神，不知道将用怎样惨绝人寰的手段来报复莎莉。说时迟、那时快，我迅速解开莎莉的绳子，在它屁股上一拍，它便跑了起来，看着它跑进了橄榄树林深处后，我赶紧跑回家，告诉母亲拉里受伤了。斯皮罗刚好也来了，于是全家人和斯皮罗一起匆匆赶到了拉里那里，他还在原地蜷曲扭动着，嘴里呜呜咽咽，气喘如牛。

“拉里，亲爱的！”母亲六神无主，“你干什么了？”

“被踢了啊！”拉里急促地说，“莫名其妙……没有征兆……它疯了……可能得了狂犬病……我感觉自己的阑尾破了……”

莱斯利和斯皮罗把拉里架回了家，每一步都走得小心翼翼。

母亲和玛歌在一旁跳来跳去，想帮忙，但又帮不上什么忙。当我的家庭遇到这种天崩地裂级的危机时，至少得有一个人保持理智，否则局面将不可收拾。所以我赶紧先行跑回家，一路直奔厨房，一脸真诚地喘着气跟家里的女佣说，今天我要外出大半天，想带点儿吃的。她给我准备了半根面包、一些洋葱和橄榄，还有一大块凉拌肉，把这些东西都装进了一个纸袋里。

最后，我一直走到了距家八百米开外的地方，才在一处牧草丰美的地方发现了莎莉，它正在专心地啃草。我试了好几次，才成功爬上了它的背。我用小棍猛击它的屁股，让它跑起来，跑得离我家越远越好。

下午茶时间到了，我不得不回家，因为今天西奥多会来找我。到家后，我看到拉里正裹着一条毯子躺在沙发上，绘声绘色地跟西奥多描述今天的惨剧。

“然后，毫无缘由地，它转身朝向我，嘴边还吊着口水，拿出了轻骑兵大冲锋[①]的决心……”看到我进门，拉里顿了一下，“哎哟，你还知道回来呢！我能冒昧地请教一下吗？你是怎么处理那头罪魁祸驴的呢？”

① 1854年，在克里米亚战争的巴拉克拉瓦战役中，一队英军轻骑兵本该去袭击撤退中的敌方俄国军队，但由于英方通信兵传达指令时出现失误，轻骑兵误以为自己需要去袭击装备齐全的俄军。轻骑兵依然服从了命令，向人数更多、装备更强的俄军发起了进攻，结果大败，损伤严重。“轻骑兵大冲锋”就是指这次以少战多的军事行动。——译者注

我回复他说，莎莉已经回到了自己的圈里，现在已经歇下了。万幸，莎莉从今天的事故中全身而退，没有受伤。拉里看向我，眼睛里几乎要喷出火来。

“真棒！它没事就好，我也放心了，”他皮笑肉不笑地说，“而我只能躺在这里，忍受脾脏被踢裂了三处的痛——这事儿大家就别太担心了，不不不，是完全不值得一提嘛。”

“我给你准备了一个……呃……一个小小的，你知道的……那个……礼物。”西奥多给了我一个和他自己一模一样的标本盒子，里面已经插好了试管，装好了纱网。这件礼物真是让我惊艳，我一个劲儿地对他说“谢谢”。

“你以后最好也当面去感谢一下卡特莉娜，亲爱的，”母亲说，“她其实很舍不得莎莉的。”

“那就稀奇了啊！”拉里说，“我还以为她摆脱了这个祸患，正高兴得合不拢嘴呢！”

“但现在不方便，你最好别去，”玛歌说，“她的日子快到了。”

“日子快到了”这个说法相当独特，我起了兴致，问玛歌是什么意思。

“就是说她要生宝宝了，亲爱的！”母亲解释道。

“真是怪了！”拉里说，“参加她的婚礼时，我还以为她要把孩子生在婚礼现场呢。”

“拉里，亲爱的，”母亲说，“别当着杰瑞讲这些话。”

“哎，我也没撒谎啊，”拉里说，“她的确是我人生中见过的肚子最大的新娘嘛。”

我说最好还是趁她没生孩子前去感谢她，否则等她生了之后，她一定会非常忙。左右为难中，母亲还是批准了我的意见。第二天一早，我便骑上莎莉，带着罗格，走进橄榄树林，向着加斯图里村的方向进军了。罗格跟在我们后面，边跑边跟莎莉玩它俩发明的小游戏。规则是罗格每隔一会儿就冲上来，轻轻咬一下莎莉的后蹄，再狂叫两声。莎莉则轻快地跳一步，然后尽力往罗格肋骨的方向踢一脚。

不一会儿，我们便走到了一座白色的矮房子前。房前有块平地，上面摆着花卉植物，围成漂亮的马蹄形，花盆用的都是生了锈的铁罐子，属于二次利用。今天客人不少，把我吓了一跳。门前有张小桌子，几位老者围坐在一起，端着酒杯弯着腰，尽情地聊着天。他们的下巴处垂着茂密的大胡子，它们被香烟熏得变了色，说话时还会起伏开合，特别配合节奏。房子开了一扇小窗，能略微看到室内的光景。窗前人头攒动，女性亲属会聚在这里，好多双眼睛正饥渴地盯着里面的动向，好多张嘴在嘀咕和唠叨，好多双手对着里面指指戳戳。

房间里人声鼎沸，站在外面就能听到刺耳的尖叫，辅以向各方神灵祈祷和求助的声音，比如全能的上帝、圣母玛利亚、圣斯皮里底翁，等等。场面如此混乱嘈杂，我综合各种信息，一番分析后，立刻明白了：这里发生了一场宗族大纠纷。这种性质的吵架在科孚岛的农村稀松平常，每每赶上一轮，都能让我看得其乐无穷。不论最初的由头是多么微不足道，只要吵起来了，大家就一定竭尽所能，不使出毕生绝学决不轻言放弃。观战观到最后，我常能看到双方隔着橄榄树林，声嘶力竭地咒骂，或者男人们手持竹竿，一圈接一圈，矢志不渝地追着对方满山撵。

我赶紧下来，拴好莎莉，然后来到正门前。我好奇今天这场大战的宣战理由是什么，想尽快搞明白。依据我的记忆力，上一次这种大吵堪称旷日持久（持续了整整三周）。导火索是一个小孩儿对自己的表兄说，对方爷爷玩牌时会出老千。我坚定信念，左突右冲，总算杀出了一条血路，成功劈开了门前的人山人海，走进屋里。但我又傻眼了，整个房间已经被卡特莉娜的亲戚围了个密不透风。人们你贴我、我贴你，用人肉铸成了铜墙铁壁，好像一群看球赛的热心球迷。应对这种局面，我早已开了窍，明白必须四肢着地爬过去，才能挤到前排观战。于是我驾轻就熟地通了关，成功得到一个最近的席位。我紧贴着那张大大的双人床站好，身旁挤满了卡特莉娜的亲戚。

我今天可是赚大了，眼下这场喧闹的精彩度远非一场家族争吵可以比拟。床上躺着卡特莉娜，她双手紧抓着黄铜床架的柱头，身上那件廉价的印花连衣裙被高高卷起。高高耸起的肚子不住地颤抖又收缩，仿佛已经具备了独立的意识。她的双腿向上蜷，惨叫声催人泪下，头则左右乱甩，脸上的汗水纵横流淌。她的床边站着个矮小干瘪的老太婆，她显然是这场分娩的总指导，全身上下散发着一股巫师的气质。老太婆一只手拎着一桶井水，规律性地扔进去一坨脏兮兮的抹布，沾湿水后用来给卡特莉娜擦脸和大腿。床旁边还有一张桌子，上面放着满满一壶葡萄酒和一个酒杯。老太婆每次擦拭完产妇的身体，都会往酒杯里倒一小口酒，强行一股脑儿地灌给产妇喝，再倒上满满一杯，自己一口干掉。这大概是因为，在分娩这件事上，接生婆消耗的能量不输产妇吧。

我暗自庆幸，今天在过来的路上，自己一心赶路，没被其他诱惑耽误。比如我一度看到了一个喜鹊巢，并非常肯定自己没看走眼。当时如果停下来，真爬上树去仔细看它，我可能就看不到眼前这惊心动魄的一幕了。神奇的是，我对当地人鬼哭狼嚎般的怒吼似乎免疫了，反正芝麻大小的事情也能让他们大喊大闹一场。尽管卡特莉娜的惨叫已经达到了假声的境界，但我听后也没怎么往疼痛的方向去想。但她一定在经历疼痛。她的脸上没有一丝血色，扭曲到变形，一瞬间老态尽出，不过我还是把她的九成叫声都归咎为一种夸张的表达。她会时不时地突然爆发出非常大的一声惨叫，同时乞求圣斯皮里底翁赐力相助。每到此时，其他人也会生出无限同情，齐齐高喊着向圣斯皮里底翁求助。人多但空间小，声音杂且声调乱。音效之炸裂，若人不在现场，根本无法想象。

突然，卡特莉娜抓着床架的手使出了更大的力气，棕色的手臂上肌肉紧绷，挣扎着把双腿抬得更高。

“出来了，孩子要出来了，赞美圣斯皮里底翁！”亲戚们齐声高喊。我注意到卡特莉娜的身下，露出了一个圆形的白色物体，像是一个鸡蛋的顶部。她的呼叫与挣扎瞬间暂停了，紧接着便又发了狠地使了一股劲儿，凄厉地喘息了一大口气。我欣喜若狂地看到宝宝的头弹了出来，活像一只兔子跳出了魔术师的帽子。很快，孩子的身体也滑了出来，粉粉嫩嫩，不停地扭动着。小宝宝的脸和四肢都皱巴巴的，纤细精致得跟玫瑰花瓣一样。他是如此小巧玲珑，却又五脏俱全，四肢完整，我被惊艳、震撼得不知所措。接生婆还在高声说着祷告语，或对卡特莉娜指示着什么，然后一把从她血淋淋的大腿中间将孩子抓了起来。这时，人群突然聚拢，所有人都上前了一步，争先恐后地看孩子是男是女。这让我眼睁睁地错过了分娩工程的最后一个环节，把我气得够呛。从那些人聚拢的一刻起，我的视野就很单一了：只有卡特莉娜两位姨妈的肥屁股。

我穿过重重大腿和一堆鼓鼓囊囊的裙子，重得首排座席后，接生婆正迎着排山倒海的欢呼声宣布孩子的性别——是个男孩！然后她从自己裙子的口袋里掏出来一把老旧的大号折叠刀，手起刀落，割断了孩子的脐带。一个姨妈级的人物凑上前来，与接生婆配合着给脐带打了结。姨妈顺势抱起宝宝，小家伙大声啼哭，使劲儿扭动着身体，全身粉红粉红的。接生婆将刚才的脏抹布再次浸湿，给孩子擦了擦身体。她又倒了满满一杯酒，喂了卡特莉娜两口后，自己也含了一大口，然后用她那张掉光了牙的嘴一喷，喷在了新生儿的头上，并在小家伙的身上画了个十字。最后，她把孩子抱在怀里，转身望向一众亲戚，不苟言笑，甚至略带威严和狰狞。“得了，得了，”她厉声说，“都结束了，孩子已经生完了。都走开，走开！”

众人嬉笑着拥了出去，开始大口喝酒，大声向彼此庆贺。仿佛刚才这场分娩的大获成功，离不开每个人的伟大贡献。憋闷的房间里充斥着汗臭味和大蒜味，卡特莉娜筋疲力尽，虚弱地伸出手，想把裙子拉下去，遮住自己裸露的身体。我来到床边，低头看向她。

“你好啊，杰瑞。”她努力地挤出了一个灿烂的标志性的微笑，却是徒劳。此刻的她瘫在床上，显得格外苍老。我很有礼貌地祝贺她迎来了自己的第一个孩子，又感谢她割爱，把小毛驴让给我。她再次笑了。“你也出去吧，”她说，“他们会给你倒酒的。”

我离开这间小小的卧室，赶忙去找接生婆了，我很好奇她下一步会怎么处理小宝宝。房子后面支了张小桌子，她在上面铺了一块白色的亚麻布，然后把孩子放在了布中间。她拿出几大卷事先准备好的布匹，看上去像宽绷带。一个手脚麻利且尚未喝醉的姨妈过来，协助接生婆包孩子。布料围着孩子的身体缠了一圈又一圈，接生婆不时停下来，确认婴儿的手臂紧贴着身体两侧，且双腿也合拢了。仔仔细细、层层叠叠地一番包裹后，孩子被裹成了直挺挺的一个包，跟个近卫兵似的。在这个蚕茧般的包被里，他只能探出个头。我忍不住好奇，问接生婆为什么要把孩子绑得这么严实。

“为什么？还用问为什么？”她花白的眉毛几乎遮住了双眼，眼眸因为白内障而显得混浊不堪，她严厉地盯着我，“为了让他们的手臂和腿长得直直的啊。他们的小骨头这么嫩，跟鸡蛋一样，要是不绑，不就全长歪了吗？再说了，他们乱踢乱打、乱挥胳膊时，骨头会折断的，就像那些木炭棍子似的。”

但我知道，英国人没有这种绑婴儿的习惯。难道我们天生骨骼强健，否则英国诸岛上该畸形儿遍布才对啊。我提醒自己记下这个医学问题，下次好好问问西奥多。

为表对新生儿的庆贺之情，我喝了几杯葡萄酒，吃了一大串葡萄，然后才骑上莎莉，慢悠悠地晃回了家。这个早上的所见所闻弥足珍贵，在我心里，它千金不换。我穿行在树影斑驳的橄榄树林中，默默思考这次经历触动我的原因。我发现在这个过程中，最让自己目眩神迷的一点是，如此尽善尽美、美轮美奂的一件小“东西”，竟然是由这样一个——在我看来，苍老的女性体内被孕育并分娩出来的。

04 Birds, Beasts and Relatives

小小丛林中的伟大探索

那天，春日暖煦，天空湛蓝得如松鸦的翅膀。我在等西奥多，等得焦躁难耐。我们约好今天带上午餐去三四里外的老地方探险，那是一个小湖，一个让我们流连忘返的捕猎圣地。于我而言，这些探险之旅——用西奥多的话来说是“远足”，其乐无穷，摄人心魄，但对他来说多半是项苦差，因为我会向他提问，一刻也不停，那些问题能填满从“你好”到“再见”的所有时间。

终于，马儿的踢踏声和叮当的铃声爬上车道，来到了家门口。西奥多从马车上下来，形象一如既往的体面优雅，跟“远足”的装束完全不搭边儿：粗花呢西服精致体面，皮靴油光锃亮，灰色的洪堡帽戴得端端正正，一丝不苟。周身气派宛若大城市里的绅士，只有两处地方算得上是扣分项：一是肩头的采集箱，里面满是试管和瓶子；二是手杖上挂着的小网子，小网子一端还连接着个瓶子。

“啊……呃……”西奥多郑重其事地握住我的手，“你最近还好吗？今天天气不赖，很适合我们的……嗯……远足活动。”

这个季节，哪怕遇到一连几周的阳光明媚与云淡风轻，都算不得稀罕事。但西奥多总爱提这么一句，仿佛这好天气是“捕捞大神”给我俩的独家恩赐。食物已经打包好，妈妈还专门为我们灌了几个粗陶瓶的姜汁啤酒。我们立刻把这些吃的、喝的抡上肩，与捕捞工具放在一起。我的装备略多于西奥多，因为我相信万物皆有价值，暂要考虑各种可能性。

吹声口哨唤来罗格后，我们便走进了被阳光轻抚的橄榄树林，踏过一道道斑驳的树影。春天让整座岛屿焕然一新，在我们眼前明媚而清爽地伸展开去。这是姹紫嫣红的季节，橄榄树林里，群芳竞相绽放。洁白的银莲花只在花瓣尖儿上薄薄地晕了一抹绯色，仿佛刚浅尝过些许红酒；金字塔兰花看上去像是用粉嫩的糖霜熬制而成；番红花托出黄色的花朵，花形饱满，质感光滑，让人觉得这是用蜡做成的，只要擦亮一根火柴，点燃它的雄蕊，即可照亮一方天地。我们跋涉在橄榄树林里一条粗糙的石头路上，随后又拐入另一条路。这条路两侧古柏参天，每棵都盖着一层白色的烟尘，仿佛是一大把黑色的画笔刷，都蘸了点儿粉笔灰。走了不到两里地，我们又爬上路边的一座小山丘。那个可爱的小湖，此刻就静静地躺在山丘另一侧的脚下。湖不到两公顷大，边缘围上了一圈毛茸茸的芦苇丛。水里植物葱茏，湖水清幽碧绿。

我们走下坡，继续朝湖边去。我正在前面开路，突然间愣住了，急刹车般停下，望向路的前方，简直不敢相信自己的眼睛。一条溪流紧贴着道路蜿蜒向前，一路奔向小湖的怀抱。但它太过稚嫩，连春日晨间的阳光都扛不住。水分蒸发散逸，溪水已所剩无几。在这细流之中，一道白色的粗绳伸了出来，形似电缆。它起头的一段浸在细流里，中间一段已攀上了路面，但末端又落回到溪水中。这根电缆似乎是个活物，竟会蠕动和爬行。我凑近一看，才发现它由无数条脏兮兮的小蛇组合而成。我一时间按捺不住心中的激动，连忙喊西奥多来看。

“啊哈！”他的胡子随笑容咧开了花，眼睛里闪着亮光，“嗯，没错，很有意思。他们都是幼鳗。”

我不解，问幼鳗是种什么蛇，为什么要排成一大队向前游。

“不，不是的，”西奥多解释，“这并不是蛇，是还在幼年的小鳗鱼，现在应该是要去……呃……去下面那个小湖。”

这可真好玩，我不禁蹲下身，观察起这支幼鳗大军来。它们风尘仆仆，皮肤干燥粗糙。但每一条都在锲而不舍地向前蠕动，无论面对石块、野草，还是长满刺的蓟，都无所畏惧。幼鳗的数量不可胜数，令人叹为观止。在这么个干燥又尘土四扬的地方，竟能碰到一支如此努力赶路的幼鳗大军，真是稀奇！

"鳗鱼的一生呢，嗯……"西奥多把采集箱放到地上，找了块石头坐下，"很奇幻。成年鳗鱼一般是生活在池塘或河流里的，但不是永久性的……嗯……时间到了，它们就要拼命游到海里去。欧洲和北美洲的鳗鱼都会这样迁徙。它们到底迁到哪里去了，之前一直是个谜。我们……呃……应该说是科学家们只知道，它们一旦上路，就一去不返，但是它们的孩子是一定会回来的，且会回到父母生活过的那条河流或小溪去。过了好多好多年，人们才终于搞清楚这一长途迁徙到底是怎么回事。"

他顿了一下，沉思着抚了抚胡子。

"迁徙时间一到，鳗鱼们就义无反顾地朝大海奔去，游过地中海和大西洋，直达马尾藻海①。你知道的，马尾藻海在南美洲的东北方向，所以……呃……北美洲的鳗鱼不用跑太远，但它们肯定也是要回来的。到达后，鳗鱼们会交配、产卵，然后就死亡了。小鳗鱼刚被孵化出来时，长得很奇怪，嗯……就像透明的小叶子一样，跟大鳗鱼简直不像一家人。所以在历史上，科学家们曾一度误把小鳗鱼认定为另一种动物。随后，小鳗鱼踏上了回乡之旅，坚定地回到父母当初出发的地方。等它们万里跋涉抵达老家，回到地中海海域或北美洲时，便是现在这个模样了。"

西奥多再次停了下来，摸了一把胡子，将手杖轻轻地插入幼

① 马尾藻海（Sargasso Sea）不是一个独立的海洋，而是大西洋的一片海域，在北美洲的东部、加勒比海东北部。马尾藻海水质清澈，终年风平浪静。——译者注

鳗的队伍中。小家伙们很不爽，剧烈地缠绕、扭动。

“这些小东西无论如何都要回到老家，应该算是一种非常强的……嗯……寻根本能了。”西奥多接着说，“这里到湖还有差不多三公里远呢。但它们意志坚定，一定会跨过村庄和田野，回到父母生活过的地方去。”

他歇了口气，四处观望一圈，用手杖尖指着一处地方对我说：“这段回乡之旅艰难重重。”顺着他指的方向，我看到了一只红隼。它正张开双翼，翱翔在幼鳗们的头顶，仿佛天空中出现了一个黑色的小十字架。就在我们看它的当口，它已俯冲下来，又快速拉高飞走了，爪子里多了一大团挣扎的小鳗鱼。

我们和幼鳗的方向一致，所以这一路上见到了不少掠食者。一群喜鹊、寒鸦，还有一对松鸦，大张旗鼓地在低空飞行，离我们只有咫尺之遥。我们一度还瞟到了一只狐狸。它轻盈一跳，便钻进了桃金娘丛中，只留下一道红色的身影。

到达湖边后，我们有一套雷打不动的流程。第一步，展开一场旷日持久的讨论。我们要把装备、午餐等放到一棵橄榄树下——哪棵树的树冠最能干，能在正午时分投下最大的树荫，哪棵树就是今天的胜出者。讨论的目的就是要从芸芸众树中把它选出来。第二步，我们把东西堆成一堆，放在冠军树的脚下，然后便可以带上打捞网和采集盒，朝湖岸走去。这套流程完成后，我们会自由探险，全程步履缓慢，注意力高度集中，仿佛是一对在水边捕食的鹭。打捞网不时伸入水中，看看有没有什么收获。在这里，西奥多会进入一种入定般的状态，投入最大的专注与激情。他站在湖水深处，任由一群火红色的大蜻蜓围着自己恣意飞舞，仿佛被无数飞箭环绕。他的手如有神力，施展出的魔法让梅林[①]都自愧弗如。

湖水静谧，呈香槟金色，水中有一座迷你小森林。水底潜伏着蜻蜓的幼虫，它们凶残成性，堪称水中的百兽之王。去年的落叶已化成了渣，在水底铺得厚实浩荡。蜻蜓幼虫就在上面缓慢爬过，姿态霸道而威严。小蝌蚪们浑身光滑闪亮，活像一群游动中的干草糖。它们惬意舒爽的模样，又像一群圆滚滚的大河马，正在非洲的河流里撒欢。还有无数微生物也十分招摇，披着绚烂的色彩，轻颤着、扑扇着翅膀，在海草小森林里游弋穿行，仿佛是一群群充满异国风情的鸟儿。小森林的底部，蝾螈（róng yuán）和水蛭伸展开身体，如树荫里盘着的巨蛇，不断地舒展拉伸，仿佛在虔诚地祈求食物，永远都吃不饱。石蛾的幼虫身上总是缀满小棍子和小碎片，仿佛穿着一件乱七八糟的花哨外套。它们动起来时看上去晕头晕脑，像只刚从冬眠中醒过来的熊，正在爬过满是黑泥但阳光普照的山峰与山谷。

“啊哈，这个东西好玩！快看，能看到这个像……呃……蛆一样的小虫子吗？它其实是一种水飞蛾的幼虫，叫作瓷纹水螟。

① 梅林（Merlin）是英国古代神话故事《亚瑟王传奇》中的人物，是一个睿智且有魔力的巫师，具备预言未来和变形等能力，是亚瑟王的顾问和导师。——译者注

我想，你已经抓到过它了，还放入了收集本里。嗯？哦！它们之所以叫瓷纹水螟，是因为它们翅膀上的这种花纹。据说上等的瓷器底部——比如斯波德瓷器等，就会被制陶工描上类似的花纹。这种蛾子太神奇了，因为它们的幼虫会在水里生活，这在全世界的蛾子里都是极其罕见的。幼虫会一直在水里活动，直到……嗯……化蛹的时候。它们还有个独特的地方，就是……呃……有两种雌性形态。雄性的形态当然就是一只完整的蛾子样子，刚孵出来就有翅膀，可以到处飞……跟其中一种雌性一样。但另一种雌性破蛹而出时，嗯……就没有翅膀，只能一直生活在水里，用腿来游动。”

西奥多沿着湖岸继续走，岸上的泥巴已被阳春日光烤皲裂了，干渴地张着锯齿状的裂缝。翠鸟在柳树上休息，仿佛是朵蓝色的烟花，在细软的枝头艳丽绽放。湖中央有只燕鸥俯冲下来，展着形如镰刀的双翅，恣意滑翔。西奥多将打捞网伸入水中，在茂密的水草里来回轻摆，仿佛在抚摩一只小猫。片刻后，他提起网子，拿出一个放大镜，仔细观察网子后面连接着的小瓶子。

“嗯，对的，这里有几只剑水蚤、两只蚊子幼虫。啊哈，好玩的东西来了。你看这只石蛾，它搞了只小羊角螺的壳，然后把这当作自己的壳。这真是……你懂的……太漂亮了。哎呀！这一网的收获可真不小，我们抓到轮虫喽！一定没错的！”

他介绍起来滔滔不绝，我勉强能跟上节奏，听得晕头晕脑。我见缝插针地问他轮虫是种什么虫。通过放大镜，我能看到这种小生灵正在瓶子里不停地抽搐和扭动。

“早期的博物学家管它们叫‘轮状微生物’，因为它们的足很奇特，可以那样挥舞，就像……你懂的……钟表的齿轮一样。下次去我家，我带你在显微镜下观察一下就明白了。它们真是好看啊！这几只呢，肯定都是雌性的。”

我问他是如何分辨雌雄的，怎么就能这么肯定呢？

“哦！这就是轮虫有意思的地方了。雌性轮虫会排出未受精的卵，嗯，就是说……不需要雄性参与，它们也能排卵，跟母鸡下蛋一个原理。但跟母鸡又有一点不同，轮虫的卵哪怕未受精，也是可以孵化出幼虫的。而且这些幼虫具备繁殖能力，可以继续排未受精的卵，并生出新的……嗯……雌性幼虫来。但在某些时候，雌性轮虫会生出相对较小的卵，这些卵就能孵出雄性幼虫来。关于雌性的身体构造，咱们回头去显微镜下好好看看，你就能明白了。现在先大致了解一下，你看，它非常地……嗯……怎么说呢……复杂，里面还有消化系统的管道，等等。雄性的身体就什么都没有，它们真的就是……呃……一袋子会游泳的精子。”

我瞠目结舌，没想到轮虫的私生活竟能如此缤纷。

“轮虫还有个好玩的地方，”西奥多的知识宝库敞开了大门，一个接一个地往外发射惊喜，“有些时候，呃……比如说在特别热的夏天，或者其他季节较热的天气，池塘只剩一片干涸了，轮虫就会钻到地底下，调整一下身体构造，生出一个类似于壳的东西，包裹住自己。接下来它们会进入‘假死’状态，只要池塘还在干旱，它们就会耐心地睡在土里……嗯……睡上七八年都没关系。而一旦下雨，池塘的水又满了，轮虫们就会立刻恢复生机。”

我们继续下网捕捞。网子在水里摆动，经过一堆堆气球般的青蛙卵，以及一串串项链般的蟾蜍卵。

“这儿，呃……注意看，通过放大镜……有一只非常漂亮的水蛭。”

放大镜后面是一小段水草，扭动着身体，活力无限。水草的一端附着了一截儿小枝条状的物体，呈咖啡色，很纤细，顶端有一大堆形态优雅的触角，正在摇摆扭动。一只胖乎乎的剑水蚤朝水蛭游了过去。剑水蚤背着满满一袋子卵鞘，里面是粉色的卵。它一连蹬了好几下，结果却跑到了水蛭的触角前，猛然间被水蛭的触角彻底包裹住。剑水蚤疯狂挣扎了两下，但已无力回天，只能在毒刺的折磨下无奈受死。如果我耐心看下去，就能看到剑水蚤被渐渐吞没，在水蛭体表鼓出一个小包，一点一点地滑向那根小枝条的底端。

不知不觉已近中午，太阳用自己的高度和热度提醒我们，该去吃午餐了。我们回到最初选中的树下，坐好后开始吃饭，喝姜汁啤酒。身后的树林里，今年的第一批蝉已孵化出来，正慵懒惬意地哼着歌，给我们的午餐助兴。斑鸠懵懂的咕咕声时而响起，好像在问什么问题。

“在希腊语里，”西奥多大口嚼着三明治，“斑鸠可以被叫作dekaocto（希腊语）——‘十八块’。这个名字来源于耶稣……嗯……背着十字架上骷髅山的故事。当时，耶稣已经走得筋疲力尽了，一名罗马士兵非常心疼。路边刚好有个老太婆在卖……嗯……杯装牛奶。士兵去问价格，想买一杯给耶稣。摊主要价十八块钱，但士兵只有十七块钱，于是……嗯……他恳求老太婆便宜一块钱，好让他送杯牛奶给耶稣。而老太婆眼里只有钱，坚决不让。耶稣受难后，老太婆就被变成了一只斑鸠，从此以后必须一边飞一边叫嚷‘dekaocto dekaocto!’——‘十八块，十八块！’但凡她说一句 dekaepta，即‘十七块’，就能恢复人形；但只要她来一句 dekaennaea，即‘十九块’，世界就将毁灭。”

橄榄树下阴凉宜人，小蚂蚁们也来捡漏，小小的黑色身体宛若鱼子酱。地上有早先的落叶，呈栗子棕色或香蕉黄色。叶子们趴在地上不动弹，早已被去年夏天的太阳烤得轻薄酥脆，微微卷曲，好像一地的白兰地薄脆饼。小蚂蚁们穿梭其中，四处找寻我们落下的食物残渣。一群山羊正在经过我们身后的小山坡。领头的那只羊戴着羊铃，一路丁零当啷，听上去幽怨凄婉。山羊啃草时会发出清晰的咀嚼声，吃起饭来风卷残云，只要是够得着的草、叶，就不分青红皂白，通通吃下。过了一会儿，那只领头羊凑了过来，瞪起黄色的眼睛，凶巴巴地瞅了我们好长时间，一口一口地向我们吐来带着百里香味道的气体。

“主人不该对这些羊……嗯……放任不管的。”西奥多抬起手杖，温柔地戳了戳山羊，“在农村地区，山羊造成的破坏比其他任何动物都严重。”

闻罢此言，领头羊轻蔑地“咩”了一声，扭头走开了。它的破坏大军也亦步亦趋地跟着。

我们就这样静静地在树下躺了约一小时，半睡半醒，慢慢消化午餐。我的视线透过层层叠叠的橄榄枝，直达正上方的天空。空中有着丝丝缕缕的云朵，但不成规模，看上去像是冬季起了雾的蓝色玻璃，被小孩用手指点出了些许印记。

“好了，”西奥多终于开了口，站起身来，“我觉得咱们可以……嗯……到湖对岸去，看看那边有什么好东西。”

于是我们又动身了，沿着湖岸缓慢行进，带来的试管、瓶子、玻璃罐子渐次被亮晶晶的微生物们占满。我的纸盒、罐头盒、布包也塞满了青蛙、小水龟，以及一大群甲虫。

大功告成，我们把满满当当的采集箱用力一甩抡上肩，拖着疲惫的步伐一路跋涉回家。罗格小步快跑着，面色庄严地在前方开路，舌头耷拉在嘴边，仿佛是一面粉红色的旗子。到家后，我们先把远道而来的动物们移去宽敞的住处，然后坐下来一边回顾今天的见闻，一边牛饮热茶，提振精神，大吃母亲烤的司康饼。这些饼金黄焦香，热气腾腾，与黄油交相辉映。

有一次我没等西奥多，独自去了湖边。但正是那一次，我被幸运砸中，捕到了自己朝思暮想的一种动物。当时，我已经把网子从水中拎了起来，正在观察里面的一团水草。突然间，一种绝对不可能登场的动物登场了，竟然有只水蜘蛛蜷在里面！我的惊喜难以言喻。我之前就在书中读到过这种水蜘蛛，它们很奇特，居然是水生的，在蜘蛛这个门类里，算得上是不走寻常路了。这只水蜘蛛的体长约一厘米，身上隐约有些银色和棕色的纹路。我喜不自胜，将它装入一个罐子里，小心地带回了家。

我准备了一个鱼缸，里面用沙子铺底，配以几段小枯枝作为装饰，还加了几片水草叶子。我将水蜘蛛放在伸出水面外的一段枯枝上，观察它的反应。它着急忙慌地顺着枝条往下跑，扎入水中。在水中，它浑身泛起了银光，惊艳万状。这是因为它的体表有层绒毛，空气形成的小气泡会附着在这层绒毛上，被它带到水下。蜘蛛在水里兜圈儿查看，足足花费了五分钟。仔细考察过各段枯枝和每片叶子后，它为自己选定了一个筑巢宝地。

潜水钟这种东西其实就是被水蜘蛛发明的。我欣喜地守在鱼缸前，期待着我家的潜水钟工程正式开工。水蜘蛛先是吐出了几段长长的丝，连接起了一些水草叶子和数段小树枝。这几段丝将起到主要的支撑作用，是整个潜水钟的核心框架。然后，它来到整个框架的中心处，开始绕圈儿吐丝，走过的路线组成一个不太规范的椭圆。结出的网子形似一张普通的蜘蛛网，但尤为致密，更像一个立体的陷阱。这道工序花了它将近两小时的时间。外部构造已达标，水蜘蛛很满意，下一步就是往钟内注入空气了。这个环节需要它往返水面无数次，每次回来时，它的全身都附着满了气泡，看上去熠熠生辉。它会钻进钟里，用腿在身体上轻轻摩擦，把气泡都拨到水里。气泡迅速上升，但又被网子截获，挂在了钟壁内部。重复五到六次后，几个气泡会合并成一个大气泡。新来的气泡也会加入，以不断增加大气泡的体量。浮力托着大气泡，逐渐向上拱，也带着网子鼓了起来，终于，潜水钟宣告竣工了。它整个形态呈漂亮的钟形，被最初的几根蛛丝固定在水草和小枝之间，十分牢固。钟体内部则是一个中空的气囊，注满空气。水蜘蛛的新家落成了！从此，它可以在里面快乐地生活，不需要再频繁往返水面就能呼吸换气了。因为水草排出的氧气会不断进入气泡内，而蜘蛛自己呼出的二氧化碳则会通过蛛网泄到钟外去。

我坐在一旁，全程见证了这一传奇之作的诞生，心中不禁好奇：史上第一只水蜘蛛（古往今来第一只想去水下生活的蜘蛛）到底是怎么产生这番巧思的？它们能亲自设计出这么一座潜水艇，委实已经够厉害了，但绝活儿却不止这一个。跟世上绝大多数蜘蛛不同，水蜘蛛的雄性在体型上要比雌性大一倍，且交配后不会被雌性囫囵吞掉，但其他雄蜘蛛大多都逃不掉为爱献身的宿命。从体型上看，我这只应该是雌性的，且腹部已经明显隆起，估计好事将近。所以，我不遗余力地保障它的餐食供应。它喜欢肥硕的绿蚤，任何绿蚤游到它身边时，它都能手到擒来，一把抓住。不过它最爱的应该还是刚孵化出的小蝾螈。对它来说，这种食物虽然块头太大了些，但一点儿不影响它的兴致，看见就要抓，从不迟疑。无论搞到了什么珍馐，它都会拽去潜水钟里再大快朵颐。

一个非同凡响的日子终于到了，我看到水蜘蛛正在给潜水钟加盖新的空间。加建工程开展得慢条斯理，持续了整整两天。接下来的一天早上，潜水钟里出现了一堆卵，它们聚集成一个球状。时间一到，卵里的小蜘蛛便孵化出来，仿佛妈妈的小分身们来到这个世界。但突然涌出这么多水蜘蛛，我反而手足无措，不知如何照顾。它们的妈妈竟然毫无母性，把孩子们抓来填饱肚子，吃得不亦乐乎，把我气得够呛。没办法，我只好把宝宝们挪去另一个鱼缸。不过小水蜘蛛们也不省心，长大一点儿后居然开始彼此啃食。无奈之下，我只得留下两只看上去最机灵的，将其他悉数放归湖里。

正当我沉浸在水蜘蛛的世界里不能自拔时，斯文・欧尔森终于现身了。那时拉里有个习惯，让母亲时常心惊胆战。他喜欢不声不响地邀请一大群朋友，让他们突然来家里做客，包括画家、诗人、作家等。斯文・欧尔森是一位雕塑家。他倒是在来之前跟我们发过数次“预警”，但每一次都不能确定做客的时间。因为一连几周，他发来的每一封电报，在到访时间上都跟上一封有所出入，到底来不来始终成谜。母亲只好把床铺准备好、又撤掉，被折腾得焦躁难安。那天，周遭一片安宁，母亲和我正在前廊处喝下午茶。一辆马车沿着车道一直开到我家正门口。后座上坐着个虎背熊腰的壮汉，那张脸简直是尼安德特人①的完美复制品。他身着一件白色的汗衫，腿上穿条肥大的灯笼裤，上面有鲜艳的格子花纹，脚上穿着一双凉鞋。一颗硕大的脑袋顶着个宽阔的草

① 尼安德特人是12万年前至3万年前的古人类。他们前额低而倾斜，眉骨突出，形象粗犷。——译者注

帽，帽身两侧各有一个洞，设计师的初衷多半是想给马做一顶帽子。男人缓慢挪下车，拎着一个超大号的手提旅行包，还有一把手风琴。母亲和我走下去迎接。他摘下帽子来，弯腰致意。这一鞠躬倒让我们看清楚了，原来那颗大脑袋顶上寸草不生，秃得坦坦荡荡、光明磊落。只有后脖根儿处残存了一撮白发，但也捉襟见肘，不成形状，姑且算作鸭尾状的发型吧。

“您是德雷尔夫人？”他蔚蓝色的大眼睛里荡漾着纯真的孩子气，目不转睛地盯着母亲，“见到您，我真是无上欣喜。我叫斯文。”

他的英语纯正，没有一丝瑕疵或口音。但他说话时的音色却很怪异，总在一种浑厚的男中音和尖利的假声男高音中摇摆，仿佛是个刚开始变声的少年——但他的年纪又着实支撑不了这个猜测。他向母亲伸出手，并再次鞠躬。他的手宽大白皙，呈铲子形状。

“好啊，你终于来了，很高兴见到你，”母亲很友好，但听起来却言不由衷，“快进来喝点儿茶。”

我接过他的包和手风琴，大家齐齐在前廊处坐定。接下来便是相顾无言，好一阵沉默。斯文默默地往嘴里塞司康饼，偶尔向母亲咧开一个灿烂的微笑。每每如此，母亲便如芒在背，挣扎着想要找个有水平的话题打破尴尬的局面，却死活找不到。斯文吞了一大口司康饼，突然剧烈地咳嗽起来，一双眼睛被咳得眼泪汪汪。

“我喜欢司康饼，”他喘着气，“很爱吃，但它动不动便会给我这样来一下。”

我们让斯文又喝了些茶，他的一顿猛咳才终于消停。他坐在椅子上，身体微微前倾，两只大手交叉放在膝盖上。腿上那条灯笼裤的花纹真是丑得让人不忍细看，倒是衬得他的一双手白净得像块大理石。

“您会不会，”他一脸渴切地问，“有可能喜欢音乐呢？”

“这……”母亲吓了一跳，心中百转千回，若答一句“对啊”，搞不好将引来一场惨剧。万一斯文请她唱两句，该如何是好？于是母亲说：“我喜欢音乐，当然喜欢。但是我……什么才艺都不会的。”

“我猜，”斯文怯生生地说，“您可能没什么兴致听我演奏一下，对吧？”

“哦，呃，可以啊，当然没问题，”母亲说，“我非常乐意。”

斯文脸上绽放出甜甜的笑意，把手风琴拿了起来。他解开带子，先横着拉了拉琴，让琴如蝴蝶展翅般拉伸开来，随即爆发出一个声音，如一头驴扯着脖子号了一嗓子时的尾音。

“这把琴，”斯文温柔地轻拍琴身，“被灌了不少海风。”

他把琴架在胸前，调整了一下位置，好让自己握得舒服些，然后将香肠般粗壮的手指放到琴键上，闭上眼睛，开始弹奏。这首曲子出奇地抑扬顿挫，曲风相当地不拘一格。斯文那张脸向来致力于跟美唱反调，此刻却浮现出深深的陶醉与迷恋。这让我看得很是煎熬，必须用力咬住口腔里的侧肉，才能憋住，不至于让自己爆笑出来。母亲坐得板正，全身上下流淌着尴尬的端庄和礼貌，好像一个世界级的指挥家正在听一场简易竖笛独奏会。出其不意间，曲子居然收了尾，最后几声简直是耳膜撕裂般难听闹心。斯文悠悠地吐出一口气，很是享受，随后睁开眼睛，笑盈盈地看向母亲。

“巴赫的作品真给人带来美的享受。”他说道。

“啊，是啊！”母亲满脸热情，装得很辛苦。

“您能喜欢的话，我就太高兴了，”斯文说，“那我再演奏几支曲子啊。”

我们被困在斯文的音乐里整整一小时，叫天天不应，叫地地不灵。母亲屡次起身，打算找个借口逃掉。但斯文都会及时举起一只大手来，横在空中，仿佛在给一条幻想中的马路进行交通管控，促狭地说：“再来一首就好。”母亲虽然还能保持微笑，但唇角却已发颤，最终只得无奈坐下。

所以你可以想象，当我和母亲看到家里其他人从城里回来时，顿感解脱，心里是多么舒畅。拉里和斯文一见面，就高兴得手舞足蹈，彼此绕着圈儿地跳舞，兴奋地咆哮着，宛若两头情深义重的公牛。俩人深深拥抱，上演了一场激情重逢。随后拉里将斯文拉去了卧室，两个人一待就是几小时，时不时传来一阵阵声震山河的大笑。

“这人怎么样啊？”玛歌问。

“哎，我也说不准，亲爱的，”母亲说，“他到了之后，只在演奏音乐。”

“演奏？”莱斯利问，“演奏什么东西？”

“就是那个大大的器械，不知道叫什么名字。”母亲说。

“老天！”莱斯利说，“我可忍不了，他千万别走到哪儿弹到哪儿。”

“不会的，亲爱的，我肯定。”母亲连忙应声，但底气明显不足。

拉里刚好也来到了前廊处。

“斯文的手风琴在哪儿？”他问，“他要给我演奏一下。”

“苍天啊！”莱斯利说，“这不就来了吗？我刚才说什么了！”

“亲爱的，希望斯文稍微演奏一下就好，行吗？”母亲说，“我们已经听了一小时，我的头都痛到快炸裂了。”

“当然不会，”拉里拎起了手风琴，相当不爽，“他就想给我弹一首曲子而已。他刚才弹了些什么？”

“就弹了些怪腔怪调的东西，”母亲说，“是那个谁写的，你知道的，跟树[①]有点儿关系的那个人。”

那天剩余的时光该怎么形容呢？说得文雅些叫磨炼灵魂。斯文才华横溢，曲目弹之不尽、奏之不竭。晚餐时间到了，他非要给我们模拟在苏格兰城堡里用餐的盛景，庄严地绕着餐桌踏步走，还演奏着世间最荒腔走板的苏格兰舞曲。我分明感到全家人的精神防线都在寸寸坍塌，已溃不成军。连拉里也无力招架，脸色凄苦。罗格向来不被人类的礼法约束，擅长直抒胸臆，于是坦荡地表达了对这场城堡音乐秀的态度：抬头望天，沉闷地哀号。

不过三天后，情况有所改观，我们多少能与手风琴的声音相处得井水不犯河水了，且斯文的个人魅力也逐渐征服了大家。他有一种孩童般的纯真与良善，以至于他身上的任何毛病，无论多么讨人烦，都能被接受。这就跟一个小宝宝尿湿了尿布时，大家

① 巴赫（Bach）的发音跟树皮（Bark）类似。——译者注

也不会生气一样。来到家后没多久，斯文就赢得了母亲的好感。母亲发现斯文对烹饪颇有热情，而且他有本笔记本，皮质封面，特别厚实，里面是他摘抄下来的各种菜谱。他俩能在厨房里泡上几小时，分享各自拿手菜的做法，接连端出堆成小山状的美味。一次次饕餮般地进食下来，大家纷纷积食，大喊不适。

斯文到我家已经一周了。一天，他来到了我的“书房”。当时我们住在一个大别墅里，房间尤多，所以我才有可能让母亲安排出一个专属空间，让我收藏动物和标本。

斯文来时，我的动物园已有模有样，堪称五脏俱全。这里住着我的角鸮——尤利西斯。它一天到晚坐在窗帘帷幔上，仿佛在扮演一段枯死的橄榄桩子。偶尔也摆出一副目空一切的傲慢表情，反刍出一小坨丸子，吐在下方铺好的报纸上。我的狗狗军团已经壮大到三只之多。增加的两只是一对混种狗，一位相熟的农民送给我当生日礼物。这两只小狗不学无术，教养堪忧，所以被取名为“嘘嘘”和“呕呕”。房间里浩浩荡荡地排布着玻璃罐子，有些装着标本，泡在甲基化酒精里，有些则养着活的微生物。六个鱼缸里住着品类繁多的水生动物，如水螈、青蛙、蛇和蟾蜍。那些带玻璃盖子的盒子是昆虫展示区，堆得满坑满谷，里面有我收集的各种蝴蝶、甲虫、蜻蜓等。斯文进来后，对我的收藏展示出了极大的热情，甚至还带着一丝虔诚与敬意。我的宝藏小动物园居然得到了认可。欣喜之余，我带他好好参观了一圈，把每个角落都看了个遍。在他指日发誓绝对要保密后，我才把棕色的小蝎子们都展示给他看。这些宝贝可是我费尽心机偷带回来的，家人们无一知晓。水蜘蛛做的潜水钟让斯文尤其着迷。他在鱼缸呆立良久，大大的蓝眼睛像被水蜘蛛锁死了似的，一眨不眨地盯着它抓猎物并把猎物拽回小小的钟罩里。看他如此有兴致，我便问他要不要一起去橄榄树里逛逛，我可以在现场给他展示动物们的生活实况。

“你真是太好了！”斯文那张大脸固然与美男子背道而驰，此刻却被欣喜点亮，熠熠生辉，“但我怕跟着去了，会打扰到你，没问题吗？”

我表示完全没关系，这根本不是打扰。

“那我太高兴了，”斯文说，“高兴到了极点！”

第二天起，我们每天一吃完早餐，就钻到橄榄树林里去，一待就是两小时。

斯文离开的日子到了，他将乘坐晚班航船出发。于是我们在午餐时给他办了一场欢送会，还邀请西奥多出席。看到新观众，斯文很开心，立刻给西奥多来了场半小时的手风琴独奏。

“嗯，”西奥多听完后说道，“你还会……呃……其他曲子吗？”

“您说名字就好，”斯文朝西奥多摊开大手，“我给您弹。”

西奥多踮起脚，陷入沉思。

“我想，您不太可能……呃……知道一首歌，好像叫作‘小镇酒馆’，对不对？”他羞涩地问。

“当然知道！”斯文说罢便弹起了开头的几个小节。

西奥多一展歌喉，随着斯文的伴奏激情开唱，唱得胡须根根绽放。一首刚收尾，斯文又直接弹起了《克莱门汀》。妈妈看到西奥多点曲子时如此随意，她也深受鼓舞，于是大胆点歌，点了《如果我是一只黑鸟》和《车轮转啊转》。斯文悉数落实，演奏起来游刃有余，颇具大师派头。

分别的时刻到了，接他的马车已来。斯文与每个人拥抱道别，满目含情，泪眼盈盈。他爬上马车后座，身旁放着手提包，腿上放着视若珍宝的手风琴。马车渐渐消失不见，他在里面一直对着我们大力挥手。

“斯文真是有气概，男人味儿十足，”大家都进了屋，母亲开始点评，看来对斯文印象不错，“完全就是老派绅士。”

“那您该当面说给他听啊，”拉里在沙发上伸展一下身体，瘫坐开来，又抓起了自己的书，他这样的人最喜欢被人夸威猛雄壮、有男人味儿了。

“这是什么意思？”妈妈戴上眼镜，警惕地盯着拉里。

拉里放下书，看向母亲，一脸困惑。

“他这样的人喜欢被别人夸威猛雄壮、有男人味儿。”他又耐心地回答了一遍，仿佛是在给一个笨小孩解释一个极其简单的问题。

母亲依然只是瞪着拉里，心里正在努力判断，拉里是不是又在捉弄她。

“你不会是在告诉我，”母亲终于发问，“他也是……是……那种人吧？”

“我的苍天啊，妈妈，他当然是，”拉里来了脾气，“为什么他要这么着急赶回雅典去？因为他有个男友，斯文不放心他一个人在那里。”

“你的意思是，”玛歌瞪大眼睛，“他们这种人也会彼此吃醋？”

“这不是废话吗？！”拉里回到了书的世界里，懒得再聊这个话题了。

“这也太酷了吧！”玛歌说，“妈妈，你听到了吗？他们其实也会吃醋——”

“玛歌！”母亲赶紧摁住玛歌的话头，“这个话题到此为止了。拉里，你告诉我，你明明知道他……呃……有那种倾向，为什么还要邀请他来咱家做客？”

“怎么就不能了呢？”拉里问。

“你好歹替杰瑞考虑一下啊。”母亲的火气也上来了。

“杰瑞？”拉里惊了一跳，“杰瑞怎么了？跟他有什么关系？”

“你还问跟他有什么关系！拉里，你是要气死我吗？如果这种人跟杰瑞相处太久，那肯定有不良影响啊。”

拉里往后一靠，看着母亲，重重地叹口气，把书放了下来。

“过去三天，”他说，“杰瑞一直在橄榄树林里给斯文上自然生态的课。他们中没有任何一方因此遭到了不可挽回的伤害。”

“什么？！”母亲惊叫，“你说什么？”

我想自己必须出马调停了，毕竟我很喜欢斯文。于是我跟母亲介绍了和斯文的相处过程，包括他是如何在到达后不久便进入了我的书房，又是多么迅速地成为我动物园的爱好者，以及我认为，帮助一个新人皈依正道，价值胜过帮助六个已得道的老圣徒，所以亲自带他去橄榄树林里，针对我最爱的动物们进行现场介绍。于是每天早上我们都会去林子里。斯文可以在地上趴好几小时，观察繁忙的蚂蚁运输队搬草籽；或者见证肚子高高耸起的母螳螂在石头上产下泡沫般的卵鞘；抑或是看着活板门蜘蛛的巢穴，低声惊叹："厉害！太厉害了！"他的声音被喜悦填满，我听得心里暖暖的。

"好吧，亲爱的，"母亲说，"我只是觉得以后呢，如果你再想和拉里的朋友单独外出，一定要先跟我说一声。"

05 Birds, Beasts and Relatives

墨鱼绝恋与火鸡惊情

每日清晨时分，我睁开眼睛，就能看到太阳穿透护窗板，给整个房间温柔地描上了虎皮状的纹路。小狗们从来懒得跟我打招呼，总是趁我熟睡时悄悄爬上床，各分地盘，酣然入梦。尤利西斯已经醒来，正倚窗而坐，认真地打量着光线的斑纹。它把一双眼睛眯成两条细缝儿，那不屑的小模样颇有点儿邪恶的派头。窗外的小公鸡在声嘶力竭地打鸣，声音沙哑而嚣张。母鸡们在橘树和柠檬树下翻找食物，咯咯低语（声音很有治愈效果，让人想起一锅锅刚沸的浓粥）。远处飘来羊铃声，屋檐下缀满了麻雀的嘈杂叫嚷。窗台下，间或会传来数声带着喘息与恳求意味的鸟鸣，那意味着燕子家长给巢里的宝宝们叼回了早餐。我一把撩开被单，将小狗们掀翻在地，让它们抖抖身体、拉伸一下，再打个大哈欠。它们嘴里的粉色小舌头卷成可爱的形状，像一片片异国树木的叶子。我来到窗前，用力推开护窗板，靠着窗台探出身去。

朝日暖阳烘着我裸露的肌肤，我半闭着眼睛，慢慢适应光线。小狗身上的跳蚤在我身上叮出了好多小红印，我得好好挠挠。我低下头，让视线拂过山脚的橄榄树顶，再一路滑向半里外的湛蓝海面。此处的沙滩常有渔民按时到访，他们会向海面甩开渔网。渔网一撒，就到了我的激情时刻，因为他们收网时，能从深海处拽出无数奇珍异宝来，那可都是我平日里难得寻见的海洋生物。

海面上已有小小的渔船在上下悠晃了。我见状便胡乱穿上衣服，抓起采集工具，撒开脚丫子朝橄榄树林一阵狂奔。穿过橄榄树林后，我来到大路上，继续跑了一会，便抵达沙滩。大多数渔民都跟我相熟，我也能喊出他们的名字。其中有一位尤为特别，他年纪不大，长得高大威猛，顶着一头乱糟糟的褐色头发。因为岛民们爱戴圣斯皮里底翁，所以生在科孚岛的他也躲不开宿命，被取了“斯皮罗”这个名字。为了和数不胜数的斯皮罗区分开，我称他为“克基诺”或“红小伙”。克基诺喜欢帮我收集海洋生物。他对这些东西兴致索然，但每每看到我手舞足蹈的样子，他也会被莫大的喜悦包围。

那天当我赶到时，渔民们已经在收网了。他们一个个皮肤发棕，如胡桃颜色。脚趾大张，死死抠住沙子。双臂正用力拽着湿漉漉的网，要把满满当当的收获一寸一寸地拖上岸来。

“万安，杰瑞少爷。”克基诺挥舞着自己长满雀斑的大手，高声跟我打招呼。阳光下，他的头发烁亮，如一团熊熊的篝火。“今天肯定能给你找到点儿好东西，因为我们选了个新地方撒网。”

我蹲在沙滩上，耐心等大家干活。渔民们一边说笑，一边把网子往后拽，不一会儿，便能在浅水区看到网子的另一头了。渔网彻底离开水面后，你能看到里面的鱼晶莹闪耀。上了岸，这个装满鱼的胖家伙像个大活物一样，肚子一鼓一鼓地呼吸着。肚子里的鱼，用尾巴你拍我、我打你，不时传来结实的敲打声。渔民们取来篮子，将鱼通通倒进去，有红鱼、白鱼、长着酒红色斑纹的鱼、披着五彩织锦缎的蝎子鱼等。有时还能收获一只章鱼或墨鱼，它们会通过网子斜着眼睛向上瞟你。那眼睛的形状颇像人类的眼睛，眼神里满是警告的意味。具备食用价值的生物都进了篮子后，网子里剩下的生物就全归我了。

渔网底部布满石头和海草，我在其中往往能翻出不俗的收获来。比如那块又圆又扁的石头上，挺立着一棵珊瑚树。这棵树通体洁白，美得没有死角。它的外形像一棵稚嫩的山毛榉树，不过是棵正在过冬的山毛榉，枝丫光秃秃的，覆着一层薄薄的雪。我也收获过粒皮瘤海星[①]。它的体形胖乎乎、圆滚滚，像块海绵蛋糕；手腕呈现出圆润的扇形，不像其他海星那样又尖又细；身体由浅黄褐色打底，配以亮眼的猩红色斑块。我还找到过两只很奇特的螃蟹。它们把爪子和腿紧紧收起来，与椭圆形的身体严丝合缝。螃蟹周身都是白色，背部顶了个铁锈红的花纹，像一张脸。我判断它们在海底世界里一定所向披靡，少有天敌，否则哪敢携着如此惹人注目的印记招摇过市？

① 瘤海星科一种大型的海星，有五个独特的大、短、厚的锥形臂；总体通常呈粉红色，在身体中心部位有小的棕色乳头。——编者注

那天早上，我正在一堆海草里淘宝贝。克基诺打包好了所有的鱼后，过来帮我挖宝。海草里照例是各种小鱼的大集合，如火柴盒大的小鱿鱼、小管鱼、蜘蛛蟹等。它们虽身体娇小，却穿不过渔网的孔洞。突然，克基诺咕哝了一声，语气里满是惊讶和惊喜。他从纠缠的海草中掏出一个小东西，捧在自己布满老茧的手心里，向我递了过来。我喜得不敢相信自己的眼睛，是一只海马！它的身体呈棕色，其中还透着绿色，构造极其精巧细致，仿佛是颗怪异版的国际象棋。海马躺在克基诺的掌心里，奇形怪状的嘴巴朝前凸着，喘着粗气。尾巴在不停地卷曲、张开，幅度很大。我立刻抓起小海马，塞进一个放好海水的罐子。我向圣斯皮里底翁默默祈祷，但愿刚才的动作够快，海马还有得救。万幸它活了过来，悬浮在罐子里，头两侧的小鳍扑扇成了一团迷雾。我稍作停留，确认海马是否真的安好，然后便兴冲冲地继续去海草里挖宝了。我仿佛是一个河床里的淘金汉，得手一次便忘乎所以，非要再试试运气。功夫不负有心人，几分钟后我就收获了六只海马。它们大小各异，乖乖地在罐子里悬浮着。冲顶的好运气让我顿觉飘飘然，我一刻也不想耽误，跟克基诺等渔民们匆匆说了声再见，便飞速跑回了别墅。

我有个水族缸，里面住着十四条蛇蜥。此刻的我毫不留情，把蛇蜥们驱逐了出去，将这个大豪宅送给海马。罐子里的氧气坚持不了多久，为了保住海马的命，我得赶紧把它们转移到缸里才行。我奔去海边，仔细清洗了缸的内部，又在底部铺了层沙子，才抱着它跑回了家里。然后又拎着水桶往返海边三个来回，打了足量的海水。我汗如雨下，在心里嘀咕：为几只海马受这一大通劳苦，到底值不值？但当把海马们倒入缸里时，我大悟：值，太值了！我在沙子里插了根小小的橄榄枯枝。海马们欢腾地奔入水族缸，直立起身体，绕着缸壁，如脱缰的马群般欢腾雀跃，驰骋往复。它们的鳍疯狂扑扇，叫人眼花缭乱，仿佛它们都被装上了一个小马达。蹦跶够了，它们来到橄榄枝旁，将尾巴挂在枝丫上，一动不动，看上去很肃穆，可爱极了。

海马算是"登场即爆火"的典范。我往家里折腾了这么多动物，只有海马赢得了全家人的一致首肯。连拉里都会偷偷潜入我的研究室，只为欣赏海马们在缸子里上下升腾、前后跳跃的模样。养海马极其费时。缸里的海水很快就会浑浊腐化，所以我每天得带着桶去海边四五次，给它们换新鲜海水。我叫苦不迭，但还好坚持了下来，否则就无缘见证那玄妙无穷的一幕奇景了。

其中一只海马年纪已不小——一看就知道，因为它的身体几乎呈黑色。这位老人家有个大大的肚子，开始我以为是因为它年龄大。但有天早上，一道线条出现在它的肚皮表面，仿佛是被人用激光扫出来的。看到这个印记，我猜它们是打了一大场架，但又想不通武器是什么（毕竟海马的身体看上去毫无攻击性）。但下一秒，我就瞠目结舌了。只见那印记裂开，从中游出了一只娇弱的迷你小海马。我觉得这是幻觉，但第一只宝宝成功娩出并在水中悬浮后，第二只也出来了，接着还有一只，再有一只，一只接一只……整整二十只小海马！它们正围绕在妈妈的庞大身躯旁，像一团烟雾般细密、梦幻。我怕其他海马会吃掉小海马，便赶紧准备了一个新的水族缸，把宝宝们和我自作多情认定的——

妈妈转移走了。现在可好，两个大水族缸都得换水，我累得如一匹呕心沥血的小马驹。但就算天上下刀子，我也要坚持到星期四。因为那是西奥多来喝下午茶的日子，我想亲自给他看这批新成果。

“啊哈！”西奥多望向水族缸，那是行家才有的犀利眼神，“这些家伙非常好玩。海马呢，据书里记载，当然可能出现在科孚岛，不过我自己……你知道的……还从没见过。”

我给西奥多看了海马妈妈和它的一大群宝宝。

“不，不是的，”西奥多说，“那不是海马妈妈，而是海马爸爸哟！”

我料定西奥多在逗我玩。但紧接着他解释道，雌海马负责排卵，但受精卵会进入一个特殊的育儿袋，即海马爸爸身上的育儿袋，宝宝们在那里成长并孵化成形。所以我心目中的海马妈妈，其实是个伟大的海马爸爸。

给这群海马提供海洋微生物和新鲜海水，着实是项劳力劳心的大工程。没过多久，我就力不从心了。带着百般不舍，我将它们带到海边放生。

克基诺平时就帮我收获了不少动物样本。在捕鱼方式上，他更是别出心裁，带我领略了世间最出奇制胜的垂钓手段。

那天，我在沙滩上跟他会合。他端着个装满海水的煤油罐子，正要放入自己摇来晃去的小船里。罐子底安静地趴着一只墨鱼，体型硕大，外表柔美，温情脉脉，大脑袋和腿的交界处被克基诺绑了根绳子。我问这是要干什么，他说是去捕墨鱼。我满脑问号，船上连鱼线、渔网、鱼叉都见不着，要怎么捕？

“用爱的魔法。”克基诺神神道道。

我心中的责任感被点燃了。作为一个自然学者，我必须搞清楚捕猎动物的所有技巧，于是让克基诺带我同去见证这“爱的魔法”。稍后，小船划进了一个澄蓝的海湾，海水清澈，有三四米深，我们停住了桨。克基诺扯出绑墨鱼的绳子，将另一头紧紧地拴在自己的一个大脚趾上，然后沿着船边把墨鱼放进了海水里。墨鱼感到不可思议，怔怔地看向我们片刻，然后猛地喷出水来，拼命蠕动身体，拽着身后的绳子，一拱一拱地往深水处冲了过去。绳子越绷越直，渐渐到了极限，扯着克基诺的脚趾。但他只是点了根烟，胡乱拨弄着满头红发。

“时候到了，”他狡黠地对我笑，“注意看，爱的魔法来了。”

他弯腰开始划桨，小船缓缓移动起来。克基诺不时暂停，极其认真地观察脚趾上绑着的绳子。突然，他轻哼了一声，把桨靠向船身，如飞蛾收起双翼，再伸手抓住绳子，往上拉了起来。我也探出身体，努力看向水中那绷得笔直的黑色绳子。克基诺加快速度，不一会儿，深水区就搅起了一阵混浊，墨鱼的身影重新出现在了我们眼前，且越来越近。我一下子目瞪口呆：绳子吊起来的不是一只墨鱼，而是两只！它们彼此缠绕。克基诺径直把这对鸳鸯提了起来，拎着绳子轻轻一甩，便将它们抛到了船里。这位墨鱼界的罗密欧正深陷爱河不能自拔，一瞬间被人从海洋里的温柔乡甩到了空气里，它也丝毫没有分心或动摇。它把爱人紧紧拥入怀中，以至于克基诺费了半天劲儿才将它俩撬开，然后把罗密欧扔进海水罐子里。

他捞墨鱼的手法真是不同凡响，我看得兴奋极了，但也隐隐觉得有些胜之不武。一小时不到，我们就在一小处水域里逮到了五只雄性墨鱼，于是我料定这下面还有一大群。这些家伙平时神出鬼没，除非夜钓，否则根本见不着，但今天我倒是看过瘾了。雌性墨鱼全程公事公办，甚少投入情感。不过我觉得它毕竟立下了奇功，还是值得表彰，于是央求克基诺放它一马，还它自由。虽然他不情不愿，但最终还是同意了。

我向克基诺请教，该如何判断雌性墨鱼是否在状态、能否拿下雄性。他轻轻耸了耸肩。“现在就是它们发情的季节。”他说。

我继续问，那随便放条雌性墨鱼下去，都有这个效果吗？

“没错，”克基诺答道，“不过当然了，挑对了的话，收获也就多一些。”

任意两只雌性墨鱼中，哪只可能更楚楚动“鱼”？这个问题着实很难，我的脑子都转不动了。可惜这捕捞思路并不能用在别的动物上，真是一大憾事。想想看，如果我能用棉布带子绑只母海马，把它放到海里再拉起来，就能收获一大团缠绵悱恻的公海马，那该多旖旎壮观啊！在我的认知里，克基诺的吊墨鱼神技天下第一，其他人都无法相比。一些人听到我形容克基诺的技艺时甚至会表示怀疑，说对这个招数闻所未闻，质疑和反驳的声音震天响。

这个荒芜的海湾距离我家很近，里面众生云集，生机蓬勃，水相对较浅，是我捕捉海洋生物的天选之地。我曾使了个巧计，让莱斯利为我造了一艘船，于是我进行这些探险行动时更是如虎添翼了。小船巧夺天工，几乎是正圆形，底部平坦，时刻向右舷严重倾斜，名字是“胖胖瓶－屁花号”。要给我的宝贝们排序，得第一的还得是驴子，但小船的地位堪称“一驴之下万物之上”了。我会在船底放满瓶瓶罐罐和一大包吃的，招呼船员们：嘘嘘、呕呕、罗格，偶尔也有猫头鹰尤利西斯（如果它愿赏脸同行），然后便开船出发了。在那些热得窒息的日子里，我们去了好些遥远的小海湾，以及野草繁茂的礁石小群岛。探索之行源源不绝，奇幻跌宕，收获了惊喜和无数刺激。有一次，我们发现了一大群海兔，在海底浩浩荡荡地铺开，足有六亩地大小。它们的身体呈紫色的鸡蛋形状，四周围着一圈精致的褶皱边，头顶立着一对突兀的触角。不夸张地说，这形象真的跟地上的野兔一模一样。它们滑过礁石、沙地，向海岛南部拥去，彼此间没有交流，也没有交流的欲望，于是我猜这不是一场集体相亲会，而是一次轰轰烈烈的大迁徙。

有一天，我们停泊在一个小海湾里，碰巧被一群无所事事、圆圆胖胖的海豚发现了。它们的性情本就温顺和善，外加“胖胖瓶－屁花号”的颜色也讨喜，那橙色加白色的搭配让海豚们一看就喜欢。海豚们兴致勃发，围着小船腾空跳跃、甩尾击水，在船沿儿露出开怀的笑脸，还用气孔向我们呼呼吐气，音色深沉又炽烈。其中一只小海豚格外大胆，竟然潜到船的正下方，用自己的背摩挲“胖胖瓶－屁花号”的船底。我虽然也不亦乐乎，但还得分出一半的精力来平息船员们的“暴动”。这群家伙正各显神通，激烈地表达着自己对海豚的态度。嘘嘘向来是不愿当也当不了勇士的，今天的行为倒是符合它一贯的特征：蜷成一团，吓得直哆嗦，哼哼唧唧个没完。呕呕审时度势，分析出了逃命的不二法门：弃船，游到岸边去！我必须对它进行暴力镇压才行。还有个对象则不屑一顾——罗格觉得只要我放手让它跳进海里，它就能以一己之力，在弹指之间，灭掉所有海豚。

在某次旅程中，我斩获了一个无敌的大珍宝。只是彼时的我尚不知，这将间接地把莱斯利送上法庭。那天，全家人都进城去了，唯独莱斯利苦于痢疾未愈而被独自留在了家里。其实当天他已开始好转，但尚未痊愈，所以只得躺在客厅的沙发上休息，像只虚弱的小猫。他一边喝着冰茶，一边读着一本厚厚的弹道学手册。他郑重其事地警告我，不得在他身边瞎晃，惹他心烦。而我又不愿意跟其他人一起进城，于是带上小狗们，驾船出海去了。

船在海湾里划了一会儿，平静的水面上便出现了一大丛黄色漂浮物，我起初还以为那是堆海草。但海草可是个宝，值得探一探。里面通常都藏着海量的小动物，要是走运，甚至能捡到大型海洋生物。靠近后我才知道，我刚才的判断失误了，那只是一块发黄的石头而已。等等！这里的水近六米之深，哪有石头能浮起来啊？我定睛一看，立马欣喜若狂——那居然是只巨大无比的海龟！我一边划桨，一边让小狗们安静下来。我弓着背，强忍住激动，耐心等待“胖胖瓶 - 屁花号”步步逼近大海龟。此刻，它正舒展着四肢，优哉游哉地漂在海面上，想必睡得正沉。我头疼的是，要在它醒来前抓住它可不简单。这只大海龟将近一米长，船上虽有网子等工具，但面对这么个庞然大物怕是也没什么用了。我唯一能想到的办法就是游过去，扑向它，抓住它，然后因地制宜地腾挪一番，总之趁它还没醒，把它扛上船去。我心潮澎湃，不知天高地厚，竟没有思考过，这种吨位的海龟得是多么威猛强壮，如何能乖乖就范，让我得手？船离海龟已不到两米远了，我屏住呼吸跳入海中，潜泳着靠了过去。我的策略是先潜到它的正下方，第一时间阻断它的撤退之路。跳入温热的水中时，我暗暗祈祷，希望自己溅起的水花不要惊动了海龟，或者说即使搅醒了它的美梦，也让它继续困顿，而不至于立刻飞速逃走。我尽量潜得深一些，游了一会儿后便转过身来，面朝上。我的正上方浮着一块超级大的金币——就是那只海龟。它的两条前腿仿佛是一对角质做的大镰刀，正从身体里伸出来，我猛地向上冲去，一把便拽住了这两把镰刀。这居然都没弄醒它，我很是不解。我抓着它的前腿浮出水面，又喘着粗气、摇着头甩去眼睛里的海水，这才明白它怎么能睡得这么死。原来它早就魂归天国了，我用鼻子就闻得出来，更何况它布满鳞片的腿上有很多小鱼正在大快朵颐，它们也在告诉我这个事实。

失望在所难免，但我好歹还是收获了一只死海龟，总强过什么都没有。我使出吃奶的力气，把它拽到了小船旁边，把它的一只脚拴在了船身外。小狗们欢欣雀跃，以为海龟是一道充满异域风情的大餐，是我今天要给它们的特别奖赏。小船向来就因体型浑圆不好操作。现在，它的一侧还挂上了只大海龟，有如歪拖着千钧重负在航行，于是越发笨拙起来，动辄便原地打转。我们艰苦卓绝地划了一小时之后，总算安然抵达了码头。拴好了船，我把海龟尸体拖上岸，打算仔细看看它。这是一只玳瑁海龟。这种龟的壳常被用来制作眼镜架，偶尔能在眼镜店里看到它们的尸体标本。它有一颗硕大的脑袋，垂着个皱皱巴巴的黄色下巴。鼻子下弯得厉害，让它看上去格外像一只鹰。它的背壳上有斑驳的伤痕和未愈合的伤口，想必是受过海洋风暴或哪只鲨鱼的暴击。此外，壳的各处还挂着一丛丛雪白的小藤壶。海龟的肚皮是淡淡的水仙黄色，柔软而有弹性，仿佛是块厚厚的瓦楞纸板被泡了水。

我最近刚好解剖过一只淡水龟，过程漫长而奇妙。现在正好可以解剖一下这只海龟，看看它的身体构造和淡水界的兄弟有什么异同。我朝山上跑去，向园丁借来独轮车，用它装好海龟尸体，一路推了回去。回到家后，我郑重其事地将海龟放在了前廊地上。

我心里跟明镜似的，深知如果在室内做解剖，定会引来全家山崩海啸般的声讨。不过要是在前廊做的话，不论是谁，但凡他心智正常，就不可能提得出反对意见来。我准备好笔记本，整整齐齐地码好了一系列工具：锯子、手术刀、剃刀片……俨然有了手术室的仪式感后，便开工了。

我给海龟剥离浅黄色的胸甲时势如破竹，与淡水龟相比，这实在是谈不上什么难度。记得当时为了剥掉淡水龟的腹壳，我锯了四十五分钟才锯穿。现在，海龟胸甲已被彻底切开，我像给一盘菜掀盖子似的，就打开了这一整块甲壳。此刻它的腹腔一览无余，各种内脏精彩纷呈，却恶臭连连。但好奇心已占据了我全部的神志，所以我一点儿也没注意到这销魂的味道。小狗们的味觉向来剑走偏锋，闻到牛粪都能意乱神迷，但对我此刻的解剖工作却唯恐避之不及，狂打着喷嚏狼奔鼠窜。这次收获的居然还是只怀孕的雌龟，肚子里藏着好些个即将成形的龟蛋，我大喜过望。龟蛋约有乒乓球般大小，表壳柔软，呈正圆形，颜色是旱金莲[①]样的浅橙色，共有十四枚。我把它们放在地板地上，整齐地排成一行，那软乎乎又亮晶晶的模样真是娇俏。肠子百转千回，似乎能延绵万里。我来了兴致，决定测出它的准确长度，并在我的笔记本上记清楚。我先用手术刀将肠子末端和肛门切断，然后把肠子往外拉。这一拉就没完没了，但没过太久便完整地拽了出来。我把肠子小心地铺在地上，搞得整个前廊都是它弯曲拧转、婀娜多姿的倩影。其中一段其实是胃，长得跟个灌满水的灰色气球似的，真是不好看。但里面鼓鼓囊囊，肯定还装着海龟此生享用的最后一顿美味。我觉得有必要从科学角度出发，去探个究竟，瞧

① 旱金莲科、旱金莲属植物。原产南美，一年生或多年生蔓性草本。——编者注

瞧它给自己准备了什么上路饭。于是我把手术刀插入这个摇来晃去的小包袱，并轻轻划了一下，整个胃瘫软了下来，发出一声阴森的叹息，随即便泄了气。一股恶臭立刻喷涌而来，冲击力之大，让天下臭味都失了颜色。即使我正如痴如醉地沉迷于科学研究，也不得不连连后退，一边咳嗽，一边等待气味消散。

我的本意是赶在家人们回来前把战场打扫干净，但兴奋之余，我忘了莱斯利还在客厅的沙发上休息。海龟内脏的味道简直销魂蚀骨，它穿过落地窗，飘到了沙发区域，把他团团围住。他的雷霆震怒给了我当头一棒，只听一声撼天动地的咆哮，从客厅里径直炸到了我的耳膜。我来不及思考任何自卫的方法或策略，就看到莱斯利气势汹汹地站到了落地窗前，身上裹着一条毯子。

“什么王八蛋味道？”他声嘶力竭地问。他的视线落在地板上，看到死无全尸的海龟及其百转千回的肠子，他顿时气得双眼鼓胀，脸红筋暴：“这是在搞什么鬼东西？”

我畏畏缩缩地回答他，说自己正在解剖一只海龟，然后立刻补充了很多细节，寄希望于这些信息能转移他的关注点。我介绍说这是一只雌龟，地上那些漂亮的蛋都是刚从它的肚子里挖出来的。

“滚蛋！”莱斯利骂道，瞧那狠劲儿，仿佛是骂了句中世纪的恶毒咒语，“赶紧把你这摊恶心玩意儿扔远点儿！整个家都要被熏臭了。”

我说解剖已近尾声，很快就能把脏器收拾走并埋好，只留下骨架和龟壳做收藏就行。

“那不行！”莱斯利大吼，“地上的所有东西，你一个不落地全带走，找地方埋严实。什么都不许留！然后再回来，仔细把前廊地板擦干净。”

卢加蕾其娅（我家的帮厨）闻声而来，站在莱斯利的身边。她张嘴想问问我们在吵什么，但立刻便陷入了海龟的气味攻击中。任何时刻，她都需要同时承受十五六种疾病的折磨。她爱这些病症，享受与之精心周旋的过程，乐此不疲，就像正常人照顾窗台上的娇花或京巴狗一样。那个时刻，最让卢加蕾其娅挂心的当数胃病。她倒抽几口气，嘴巴一张一合，活像一条鱼，然后梗着脖子呜咽了声“圣斯皮里底翁！”，便晕倒在了莱斯利怀里。

雪上加霜的是家人们刚好乘车回来。车刚爬上坡，停在前廊跟前，把我的心都拽到了嗓子眼儿。

“亲爱的，你怎么样？”母亲走下车，边上台阶边跟我打招呼，“早上玩得开心吗？”

还没等到我开口，海龟便抢先一步吸走了母亲的注意力。母亲爆发出两声惨叫，像打了两个怪异的嗝似的，随后立刻掏出手帕捂住了鼻子。

“怎么回事？”她满脸困惑，“怎么这么臭？”

“当然是那个小王八蛋干的好事！”落地窗里传来莱斯利的吼叫，他正努力摆脱卢加蕾其娅，想把这个呻吟得起劲儿的女人往门框上放，但一切只是徒劳。

拉里和玛歌随母亲上了台阶，看到了被我大卸八块的海龟。

“什么……”拉里刚说两个字，便陷入了一阵风暴级的咳嗽中。

“坏崽子杰瑞，是他干的！”他剧烈地喘息着。

“嗯，亲爱的，没错，”母亲依然用手帕捂着嘴，“莱斯利刚才就告诉我了。”

“太恶心了！”玛歌哀号，用手帕给自己扇风，“看着像个铁路事故现场。”

“亲爱的，这是个什么？”母亲问我。

我回答说这是一只好玩得不得了的玳瑁海龟，雌性，肚子里还有蛋。

“那你也不该把它带到前廊来解剖啊。”母亲说。

“这孩子疯了，”拉里语气坚定，“咱家闻起来像个捕鲸船。”

“亲爱的，你必须赶紧把这摊东西挪走，”母亲说，“前廊不该有这种味道。”

“你让他把这摊臭玩意儿全埋了。”莱斯利拽了拽毛毯，把自己又裹紧了些。

“你干脆去找个因纽特家庭来领养他吧，好不好？”拉里问，“他们爱吃鲸脂和蛆虫之类的东西。”

“拉里，你别恶心人！”玛歌说，“因纽特人也不可能吃那些东西。瞧你说的，我光想一下就要吐了。”

“大家要不都进屋去吧，”母亲无力地说，“或许室内没有这么刺鼻。”

“你想多了，家里只可能更臭。”莱斯利在落地窗后大叫。

“杰瑞，亲爱的，你真得把这里打扫干净，”母亲万般小心地跨过海龟的肠子，“然后给前廊的石板地好好消一下毒。”

家人们都进了屋，我开始清理前廊的一地狼藉，不时听到他们在里面吵吵嚷嚷。

“今天简直要命了！”莱斯利说，“我本来躺沙发上看书呢，嗓子眼儿突然被那臭味儿给堵死了。”

“真恶心，”玛歌说，“难怪卢加蕾其娅会晕过去。”

“给杰瑞找个新老师吧，刻不容缓！”拉里说，“否则你只要离开家五分钟，回来时就能看到他在前廊挖一头白鲸的肠子。”

“我敢保证，杰瑞没有恶意，”母亲说，“只是他不该在前廊做这件事。”

“这个大笨蛋哟！”拉里讥笑，“这下好了，接下来六个月，咱们都得戴着防毒面具在家里走动了。”

我用独轮车把海龟推到了家后面的山顶上，挖了个大洞，先把内脏等柔软的部分埋了，然后将背壳和骨架放到了一个蚂蚁窝附近。这是一窝热心肠的蚂蚁，曾经帮我清理过不少骨架，只是承接过的业务规模都很小，最大的业务也不过是只绿蜥蜴而已。这次我倒要看看，它们拿不拿得下海龟。蚂蚁们很快便赶了过来，对着海龟骨架跃跃欲试，触角疯狂挥舞。不一会儿，它们停了下来，犹豫片刻，又彼此探讨了一番，最后竟然集体撂挑子撤离了。连蚂蚁都不待见我的海龟，我很无奈，只得垂头丧气地回了家。

刚到家门口，我就看到了一个矮小清瘦的男人，他站在依旧臭气熏天的前廊里，正跟卢加蕾其娅争吵着什么。他显然喝得上了头，情绪已经失控了。我好奇他是来干什么的，为何而吵，便问卢加蕾其娅。

她一脸鄙夷地说："这男的说罗格弄死了他家的鸡。"

"火鸡！"男人纠正道，"是火鸡。"

"行行行，他说的是火鸡。"卢加蕾其娅不以为然。

我如坠冰窟，感叹祸不单行。我们心里清楚得很，罗格的确喜欢杀鸡，这恶习肯定罪无可赦。一切都源于春天和夏天它撵燕子的经历，罗格从中获得了单纯而极致的乐趣。燕子通常先发制狗，会猛地从罗格鼻子前掠过，然后贴地飞行，引着罗格一路追逐。跑着跑着，罗格急躁起来，号叫声响彻天地。不巧，农夫们养的鸡常常躲在桃金娘丛后，罗格经过时，它们便会扑腾着翅膀跳出来。这些鸡会张扬地挡在罗格正前方，咯咯大叫。我很肯定，在罗格眼里，这些鸡就是群难看版的燕子——那当然也可以抓啊！我们会大喊着制止它，但罗格只会不管不顾地向前一跃，一口便咬死一只。动作之干脆，瞬间便发泄出对燕子的深仇大恨，谁让燕子在夏天如此嚣张狂妄招人厌呢？在杀鸡这件事上，一向乖顺的罗格愣是油盐不进，无所谓人类的任何惩罚。我们只好给它兜底，一一赔偿各位鸡主人。但赔偿也得有个前提，即他们能拿出鸡的尸体来，作为罗格的罪证。

我万分纠结地走进家中，跟大家通报罗格又闯祸了。

“我的天哪！”莱斯利艰难地站起身来，“你！还有你的那群动物又搞事儿了？！”

“好了，好了，亲爱的，”母亲安抚道，“罗格要杀鸡，杰瑞也管不住哇。”

“这次是火鸡，”莱斯利说，“完了，肯定要讹笔大的了。”

“前廊打扫干净了吗？亲爱的。”妈妈问。

拉里把盖在脸上的大手帕扯了下来，帕子上浸满了香水，然后问：“你闻闻看呢，这算打扫干净了吗？”

我说了句“马上就好”，便匆匆走了出去，想去看看莱斯利跟火鸡主人谈的结果。

“行吧，”莱斯利一脸怒气，跨进了前廊，“你想怎么着？”

那个男人一脸唯唯诺诺的表情，故作卑微，但有些过分了，反而让人生厌。

“万安啊，少爷，您万安。”他低声下气地跟莱斯利打招呼。

“你也万安，”莱斯利的语气冷到了冰点，但一听就明白，他的本意绝对是话语的反方向，“找我有什么事？”

“少爷，是火鸡的事儿，”男人解释，“冒昧打扰您，对不起。但您家的狗杀了我好几只火鸡。”

“嗯，”莱斯利说，“多少只？”

“整整五只呢，少爷，”男人悲悲切切地摇头，“我最大的五只火鸡死了。我本来就不富裕，这下子更……要不然我也不敢来叨扰您啊，少爷。”

“五只？！”莱斯利大吃一惊，转头看向我，眼里满是怀疑。

我说这还真有可能。要是五只火鸡都发神经，从桃金娘丛后跳出来挑衅罗格，搞不好就是会齐齐送命的。别看罗格平时人畜无害，真要被惹急了，也下得去狠手。

“罗格是条好狗。”卢加蕾其娅也生气了。

她显然和我一样，横竖看不惯这个火鸡主人，于是也来前廊加入了战斗。况且在她眼里，罗格就不可能干任何坏事。

“算了，”莱斯利在尽力把事情处理好，“如果它真杀了五只火鸡，我们也只能接受事实了。过日子嘛，这都难免的。尸体在哪里？”

沉默，四下只余一阵沉默。

“少爷，什么尸体？”男人语气发虚。

“尸体！尸体！”莱斯利愈发没有耐心了，“你明白着呢，就是火鸡的尸体。见不着的话，我们不可能赔钱。”

“但我不可能给您看尸体啊。”男人紧张起来。

“不可能？什么意思？”莱斯利问。

“真的不可能，少爷，”男人眼里闪过一道狡黠的光，看来是有了什么好主意，“因为您家的狗把它们都吃到肚里去了啊。”

这句话真是一石激起了千层浪。我们都知道，罗格平时根本不缺吃喝，我们对它简直是喂得太多了。所以罗格在吃食上相当挑嘴，杀鸡是干得出来的，但吃鸡绝无可能。

“骗人！骗人！”卢加蕾其娅大叫，眼里泪光盈盈，“它明明是只好狗！”

“我家狗自己杀掉的东西，它是绝对不吃的，”莱斯利也咆哮起来，“一次都没有过！”

“但这次它就是吃了我的五只火鸡！”这个小个子男人说，“整整五只啊，都被它吃了。”

“什么时候的事？”莱斯利嚷道。

“就是今天早上的事儿，少爷，今早啊，”男人双手抱胸，“我亲眼看见的，它全吃掉了。”

我插话道，今天上午罗格跟我乘“胖胖瓶－屁花号”出海了。它平时再聪慧过人，也不可能一边跟我坐船，一边跑去吃掉整整五只大火鸡吧？

对莱斯利来说，这个早上真是命运多舛。他本来只想舒坦地躺在沙发上，好好研读自己的弹道学手册，却赶上了我的解剖工程，差点儿被海龟肚里的臭气熏到窒息。现在还来了个喝得上头的小矮子，妄图凭空勒索我们五只火鸡的钱。莱斯利的脾气本来就一点就着，现在更是几近爆发的边缘。

“你个混账东西，敢跟我玩想一套说一套呢！”莱斯利声震四野，男人步步后退，脸色煞白。

“你才是骗子，你才说谎！”男人也开始发酒疯，“你才哄人，说假话呢。你叫自己的狗把大家的鸡和火鸡都杀了。人们来找你赔钱时，你就不认了。你是骗子，你才撒谎！”

直到这一刻我都觉得，局面还能靠理智扭转一下。但这个小矮子犯了个大错，竟把唾沫一口唾在了莱斯利的脚上，黏糊糊、湿答答的一大摊。卢加蕾其娅惊叫了一声，随即挽住了莱斯利的一只胳膊。接下来莱斯利可能有什么反应，我也很清楚，于是赶紧拽住了他的另一只胳膊。男人瞬间被激得清醒了，赶紧后退。莱斯利浑身剧烈颤抖，似一座即将喷发的火山。卢加蕾其娅和我则使出了全身的力气，暂要拽住他。

“你个王八羔子！”莱斯利的咆哮气吞山河，“笨蛋……”

此刻是希腊语的骂人盛典。莱斯利文思泉涌，出口成章，字字铿锵澎湃，句句不离人身攻击。小矮子的脸由白变粉，由粉变红。他显然想不到莱斯利竟有此般才艺，居然还是位希腊语下流话的集大成者。

“你会后悔的，”男人声音都发抖了，“你一定会后悔的。”

他又唾了一口，吐过来一摊懦弱的顽强，然后转身沿车道跑远了。

全家人（加上卢加蕾其娅）绞尽脑汁，用尽了安抚方法，终于在一小时后让莱斯利平静了下来，当然也多亏了几大杯白兰地的助力。

“莱斯利少爷，这个人你不怕吗？”最后，卢加蕾其娅问出了终极问题，“他在村子里可是出了名的难伺候，你可要防备一下啊！”

而后来我们别无选择，不得不防了，因为这个男人紧接着把莱斯利告了。控诉的罪名是欠钱不还以及人格侮辱。

斯皮罗知道此事后，勃然大怒。

“我的老天爷，德雷尔夫人，”他满脸怒色，“您干脆让莱斯利少爷揍那个混蛋一顿得了。”

“斯皮罗，那也不能解决问题啊，”母亲说，“我们现在就想了解一下，那个男人在诉讼案上有多大胜算。”

“胜算？！”斯皮罗轻蔑地说，“那个混账东西想得美！他连个屁都赢不了。交给我来处理就好，太太。”

“斯皮罗，你要冷静，不能鲁莽行事啊，”母亲说，“要不只会激化矛盾。”

“我心里有数，太太，我会摆平那个混账的。”

接下来好些天，斯皮罗脸上都带着一股阴郁的狡谲，两道茂密的大眉毛时常锁成一团，显然心中挂着件大事。我们问他话，从来只能听到他单音节词的回答。后来到了全家人进城大肆购物的日子，彼时离开庭还有两周左右。完成采购任务后，我们被大包小包的东西压得透不过气来，就去了一个绿树环绕的大广场休息。大家点了饮料，边喝边和路过的无数熟人、朋友打招呼。斯皮罗瞪着眼睛，凶巴巴地四下张望，但动作很是小心，仿佛树敌太多，不得不低调似的。突然间他直起身，挺起大肚子，靠在了桌边上，整个人朝前探过身去。

“莱斯利少爷，你看那个人，顶着头白发的那个。”

他伸出香肠般粗壮的手指，指向树底下的一个男人。那个男人个头不高，衣着体面，正在安静地喝咖啡。

“嗯，怎么了？”莱斯利问。

“他就是法官。”斯皮罗答道。

“什么法官？”莱斯利很困惑。

“他就是你要应诉的那桩案子的法官，”斯皮罗说，“你过去跟他聊聊。”

“这合适吗？”莱斯利说，“搞不好他会觉得我干扰法庭正义，直接给我判个十年八年的。”

“那不可能！”斯皮罗听后惊住了，“他绝不可能给莱斯利少爷判刑。只要我还在这里，他就不敢。”

“即便如此，斯皮罗，你不觉得突然过去搭讪有点唐突吗？人家不会介意吗？”

“别怕，”斯皮罗环顾四周，生怕有人偷听，然后弓下腰低声说，“他喜欢搞邮票收着玩。”

全家人更不解了。

“你的意思是，他是个资深的集邮玩家？”最终拉里开了口。

“不不不，拉里少爷，”斯皮罗应道，“他可不是什么集邮玩家。他结婚了，有两个孩子。”

听到此话，大家还是很懵，不知所措。平时跟斯皮罗交流起来，明明没这么费劲儿的。

“那么，”莱斯利耐心地问，“他的集邮爱好和我的案子之间有什么关系吗？”

“你听我说嘛，”斯皮罗说道，看来他终于要把这些天憋的大招儿使出来了，“你去告诉他，你可以帮他搞来英国的邮票。”

“这不是行贿吗？”玛歌大惊失色。

“玛歌小姐，这算什么行贿？”斯皮罗反驳道，“只是他喜欢玩邮票，想多收集些邮票嘛。”

“我跟你说，你要是敢用邮票去贿赂法官，他就敢给你判个五百年劳役，信不信？”拉里对莱斯利说，语气甚是阴邪。

我兴致大起，赶忙问如果莱斯利真被判了刑，是不是就要去维多岛坐牢了。维多岛是个监狱岛，专门关犯人，距离科孚岛主岛约一公里远。

“不，不会的，亲爱的，”母亲越来越慌了，“莱斯利绝对不会去维多岛的。”

“我去聊聊吧，单纯地说说话而已，不可能有什么后果吧。”莱斯利说。

“当然可能了，”玛歌说，“记住，不是每条缝儿都能补的。”

“亲爱的，我觉得你还是谨慎点儿好。”母亲也说。

“我给大家算一卦啊，”拉里一本正经地说，“莱斯利将戴上镣铐，被铁链绑着，脚上还拴着大铁球；斯皮罗也进去了，应该是以从犯的身份；玛歌帮他俩织冬天用的厚袜子；妈妈送去一包包食物，还有防虱子的药膏。”

“哎，别说了，拉里，”妈妈不快，“这可不是件开玩笑的事。”

“你过去跟他聊两句就好，莱斯利少爷，”斯皮罗急切地催促，“只要搭个讪就好，否则我没法儿解决这个事啊，老天爷哟！”

斯皮罗帮我们办事，从未失过手。他的招数向来管用，哪怕在合法性上有点儿问题，但从效果上看绝对瑕不掩瑜。

“好！”莱斯利说，“我就去试一下。”

莱斯利和斯皮罗起身，向法官走去。离开前，妈妈叮嘱道：“亲爱的，谨慎行事啊！”

法官亲切地招呼了他俩。接下来半小时，两个人都没回来，一直留在那边喝着咖啡。莱斯利跟法官相谈甚欢，二哥那口希腊语虽在语法上惨不忍闻，但在流利度上无懈可击。不久，法官站了起来，热情地跟两人握手、点头致意后，告别离开。莱斯利和斯皮罗终于回到了我们身边。大家已望穿秋水，心急如焚。

“他真是个可爱的老顽童，”莱斯利说，“顺利极了。我答应帮他弄点儿邮票。咱们在英国还认识什么人，喜欢集邮的？”

“你们父亲当年就喜欢集邮，”母亲说，“他在世时特别迷恋邮票。”

“天哪，别这么形容德雷尔先生！”斯皮罗一脸苦楚。

于是大家花了点儿时间，告诉他此集邮非彼集邮，解释清楚了集邮的真正含意。

“我还是不明白，这对你的案子有什么用呢？”拉里说，“你就算是拿黑便士[①]淹死他，又能如何？”

“那就不用您操心了，拉里少爷，”斯皮罗沉下声音，“我说过这事儿我来办，交给我就是了。”

莱斯利对此深信不疑。接连数日，为了索要邮票，他疯狂写信，联系了每一个他认识且还在英国的人。然后家里的信件就增加了三倍之多，邮票也泛滥成灾，层层叠叠地堆满了别墅的所有角落。但凡吹来一阵风，邮票们就如秋天的落叶般四处飘舞，飞过房间，让小狗们喧嚷尖叫，欢欣雀跃，好些邮票也因此变得略显狼狈。

“这些东西送不出手了，对吧？”拉里看着一沓邮票，嫌弃

① 黑便士邮票（Penny Black）是世界上的第一枚邮票，诞生于 1840 年的英国。黑便士现已非常稀少，具有不菲的收藏价值。——译者注

不已。它们已被咬得尸骨不全，半小时前才被莱斯利从罗格嘴里抢救下来。

“邮票本来就是旧的啊，不是吗？”莱斯利火气十足。

“只是旧点儿的话，也罢，”拉里说，“但好歹别沾满口水，让人家传染狂犬病啊！”

“行，你有更好的办法吗？别藏着了，说啊！”莱斯利气不打一处来。

“啧啧！我的好兄弟哟，没事，我不介意的，”拉里说，“只是将来，当法官追着同事们咬的时候，你在监狱里感叹度日如年且生不如死的时候，可别怨我没提醒过啊！”

“你管好自己就行了，少废话！”莱斯利崩溃了。

“行了，亲爱的，拉里也是想帮你一把。”母亲说。

“帮我一把？”莱斯利一边厉声吼道，一边还抓住了一沓被吹下桌的邮票，“他就是像之前那样，硬要干涉别人的事。”

“好好好，亲爱的，”母亲扶了扶眼镜，“但我觉得，他也有点儿道理。有些邮票看起来真的是……你懂的……旧得有点儿过分了。”

“他要邮票，老子给他搞到邮票就是了。”莱斯利回道。

可怜的法官终于将邮票拿到了手，但这些邮票眼花缭乱，令人困惑，各有各的尺寸、形状、颜色，以及破损级别。

后来真是天助莱斯利，发生了一件事，令他信心大增。火鸡男（莱斯利给原告克里皮诺普洛斯取的外号）犯了个大错，居然要卢加蕾其娅出庭，做上诉方证人。卢加蕾其娅气急攻心，直接拒绝做证。但我们告诉她，事到如今，必须出庭，她才消停。

“那个男人还敢要我当证人，去法庭上帮他说话！”卢加蕾其娅说，“莱斯利少爷，你别担心。我得当着法庭上的人说清楚，他是如何逼得你破口大骂，说他是——”

全家齐齐起身，吵着嚷着告诉她绝不能这么说，半个字都不要提。我们花了半小时，一点一点地教她哪些话是该说的，而哪些话又是必须烂在肚子里的。但卢加蕾其娅是个典型的科孚人，说话有逻辑着实不是她的特长。说到最后，我们都崩溃了。

“真棒！她给原告当证人的话，你的死刑就稳了。”拉里说。

“拉里，亲爱的，不许这么说，”母亲无奈，“用这种话开玩笑一点儿都不好笑。”

“我也不是在开玩笑哇。”拉里说。

“什么混账话！”莱斯利显然很紧张，“我觉得她没问题的。”

“听我的，有个办法好得多：让玛歌假扮卢加蕾其娅出庭吧，”拉里故作庄重，“想想玛歌天怨人怒的希腊语水平，她去出庭，带给你的伤害要小得多呀。”

“有道理呀！”玛歌兴奋了，人生第一次为拉里的睿智折服，“我去当证人呗，哪里不可以了？”

“你清醒点儿好不好？”莱斯利说，“我骂他时你都不在现场，要怎么当这个证人哪？”

“我也算在现场啊，”玛歌说，“当时我在厨房里。”

“漂亮！”拉里对莱斯利说，“玛歌和卢加蕾其娅一站上证人席，你就圆满了，连法官都不需要了——信不信法庭但凡有个暴徒，人家都会看不下去，直接用死刑了结你？”

开庭的日子终于到了。母亲召集齐了全家人，准备去旁听。

“我们这是发了什么疯？干吗要一起去？”拉里说，“莱斯利要把自己搞到牢里去，那也是他自己的事儿，与我何干？我们没必要都被卷进去吧。而且，今天上午我是有写作计划的。”

“我们一起去，”母亲坚定不移，“我们必须一起把腰杆挺直喽！我可不希望别人觉得我养了一帮罪犯，全在牢里关着。”

于是全家人穿戴整齐，打扮出了最佳的精神头，坐等斯皮罗来接。

“莱斯利少爷，您只管把心放回肚子里去，”斯皮罗脸色阴沉，威严得像个管死囚犯的看守，“我都打点好了，妥当得很。”

尽管斯皮罗已经给了定心丸，但在去的路上，拉里非要朗读诗歌《瑞丁监狱之歌》[1]，一路上听得莱斯利如坐针毡，肝肠寸断。

审判庭混乱嘈杂：有人端着小杯子啜着咖啡；有人在如山般的文件堆里穿来穿去，表情集茫然和专注于一体；还有很多人在说笑、闲聊，欢声笑语此起彼伏。克里皮诺普洛斯已经到了，穿着自己最体面的西服，却在拼命躲开我们的目光。卢加蕾其娅不知怎么想的，居然穿了一身黑色衣服出庭。拉里点评说这个打扮也太着急了些，好歹该等到审判之后再换丧服的。

“好了，莱斯利少爷，”斯皮罗说，“你站那儿，我站这儿，我给你当翻译。”

“翻译？为什么？”莱斯利不解。

---

① 《瑞丁监狱之歌》（*The Ballad of Reading Gaol*）是英国诗人奥斯卡·王尔德的作品，发表于 1898 年。诗歌借一个杀妻犯的故事，揭露了英国监狱反人道的野蛮化管理体制。——译者注

“因为你不会说希腊语。”斯皮罗回答。

“什么？斯皮罗，”拉里反驳，“我承认，跟荷马比，他的希腊语尚有很大的进步空间，但基本的听说肯定没问题啊！”

“拉里少爷，”斯皮罗脸色阴了下来，语气也变得焦急，“莱斯利少爷绝对不能张口说一句希腊语。”

我们还来不及细问，就听见了一阵窸窣的脚步声，法官进来了。他在座位上坐定，视线扫过四周，看到莱斯利时，微微笑着点了个头。

“给人判绞刑的法官就喜欢那样笑。”拉里说。

“拉里，别说了，”母亲说，“你把我搞得好紧张。”

接下来是一场漫长的沉默，想来这个环节该由书记员朗读诉状。然后，克里皮诺普洛斯被传上原告席，展示他的证据。他的演技相当到位，分寸拿捏得恰到好处，卑微中透着愤怒，温和又不失原则性。法官看了很受用，我也看得兴致盎然，搞不好老天爷就是要赐给我一个犯人哥哥呢。接下来该莱斯利上场了。

“你被控诉，”法官说，“用粗俗的语言对这位男士进行诽谤和人格羞辱。你的狗还杀害了对方五只火鸡，但你拒不赔偿。”

莱斯利只是呆呆地望着法官。

斯皮罗挺直身子，肚子仿佛被人抬了起来。

“莱斯利少爷，法官说，”他的声音雄壮洪亮，如一阵震天动地的雷鸣响彻法庭，“你羞辱了这个男人，还赖账，不想赔他火鸡钱。”

“无稽之谈。”莱斯利回复。

莱斯利本想继续说下去，但斯皮罗抬起胳膊阻拦了下来，那胳膊简直粗得如一条火腿。斯皮罗转身面向法官。

“我们少爷否认，”他说道，“他不可能犯下这些罪行，因为他都不会说希腊语。”

“我的个天哪，”拉里压着嗓子感叹，“斯皮罗知道自己在犯什么傻吗？”

“他这么说是什么意思啊？要干什么？”母亲也慌了。

“以我所见，他正在把绞刑绳子往莱斯利脖子上套呢。”拉里说。

法官冷冷地看着莱斯利，被告席上这个男子跟自己喝过好多杯咖啡、送来了无数张邮票，两人还用希腊语交流过不少话题。哪怕这些事都不存在，法官也肯定能知道，莱斯利的希腊语很是了得。因为科孚岛向来不是个尊重隐私的地方，任何人做的任何事都会被他人打探到，成为街头巷尾的谈资与笑料。你若是个外国人，那就更逃不掉了。我们屏息凝神，等待法官做出反应。斯皮罗稍稍垂下头去，仿佛是一头蓄好了力的公牛，随时准备进攻。

“我清楚了。”法官的语气冷若冰霜。

他胡乱翻弄了几下手里的文件，然后抬起头来。

“我记得，”法官说，“原告方还有位证人，让我们来听听她的证词吧。”

卢加蕾其娅的高光时刻到来了。她站起身，双臂合抱在胸前，目光炯炯地盯着法官。因为激动，她平日里苍白的脸庞此刻泛着红晕，那双向来充满乞怜的眼睛也闪耀着光芒。

“你叫卢加蕾其娅·康多斯，受雇于这家人，为他们做饭，对吗？”法官问。

“是的，”她回答，“这真是天底下最善良、最慷慨的一家人了，你想都不敢想的那种。为什么这么说呢？因为就在前两天，他们还给我和我的女儿一条连衣裙。还有，一个月或两个月前吧，我还央求少爷……”

“好了，”法官打断了她，“我知道了，不必说了，这些细节和木案没有关联。据我所知，那位男士来交涉火鸡一事时，你也在现场。现在请你诚实地描述一下当时发生了什么。”

拉里沉声叹了口气。

“如果她真的诚实描述，那莱斯利就没跑了，绝对要被逮捕。”拉里说。

“好吧，”卢加蕾其娅环视一圈，确定了所有人的注意力都在自己身上，“少爷病了，很严重。我们甚至都担心过，这次他可能扛不过来了。我一直跟太太建议用拔罐治疗，但她非是不听呢……”

“请你回到案子本身好吗？”法官提醒。

“好的，”卢加蕾其娅不情不愿地终止了她最爱的疾病话题，“那天是少爷开始好转的第一天，但整个人还是很虚弱。然后，这个男人就来了。”她抬起手来，轻蔑地指向克里皮诺普洛斯，“他喝得烂醉，硬说主人家里的狗杀死了他的五只火鸡。但我们的狗不可能干这种事，法官大人。科乎岛从来没有哪条狗像我们的狗这么和善、温顺、优雅。”

“行了，今天要审判的也不是那条狗。”法官说。

“也对，”卢加蕾其娅说，“少爷向这个男人要火鸡的尸体，见着尸体才能赔钱，这很有道理啊。但这个男人说不行，说尸体都被狗吃掉了。这不是胡说吗？法官大人，您肯定一想就明白，没有哪条狗吃得下五只火鸡啊。”

“等等，你不是原告方的证人吗？”法官问，“我这么问是因为你说的话和原告的控诉词很矛盾啊。”

“这个男的，”卢加蕾其娅说，“您可一点儿也不能信。他就是个酒鬼、骗子，全村人都知道他娶了两个老婆。”

“那么你的意思是，”法官努力想厘清卢加蕾其娅的逻辑，“你家少爷没有辱骂过这个男人，也没有赖过账？”

“没错，少爷完全没做过这些事，”她回答，“他是天底下最善良、体面、正直……”

“好了，够了。”法官说。

他沉思许久，我们提心吊胆地等着。然后他的视线向前一扫，便盯住了克里皮诺普洛斯。

“没有任何证据能证明，”法官说，“这位英国男士犯下你控诉的罪行。首先，他不会说希腊语。”

“他会说！”男人急了，“他把我叫作——”

“请你肃静，”法官说道，语气冰冷到了极点，“首先，如我刚才所说，被告不懂希腊语。其次，你自己的证人全盘推翻了你的控诉。事实已经非常清楚，你谎称火鸡被狗吃掉，试图以此勒索被告。不过今天你不是被审判的一方，所以我的判决是被告无罪，而且你须承担诉讼费用。”

全场顿时哗然，陷入一场大乱。克里皮诺普洛斯站起身来，暴跳如雷，脸涨得发紫，声嘶力竭地大吼着，希望圣斯皮里底翁来救救他。斯皮罗如公牛般咆哮，一把抱住莱斯利，亲吻他的脸颊，亲完一边再亲另一边。卢加蕾其娅紧随其后，依葫芦画瓢地也来了一轮。我们花了好些时间，才走出审判室，喜气洋洋地来到广场上，在树下找了张桌子，坐下来庆贺一番。不久，法官刚好路过我们。大家一齐起立向他表达谢意，并邀他一起喝一杯。他婉拒了邀请，但死死地盯着莱斯利，目光如炬。

“我不希望你觉得，”法官说，“科孚岛的正义向来可以如此操作。但关于这个案子，我和斯皮罗有过一场长谈。经过慎重的思考，我认为你的过错小于那个男人。但愿他能从中学到教训，今后不要再欺诈外国人了。”

“我衷心感谢您的帮助。”莱斯利说。

法官轻轻鞠了一躬，然后瞄了一眼自己的手表。

“好了，我得走了，”他说，“顺便谢谢你昨天给我的那些邮票。里面有两张可是稀罕货，是我之前没有的。”

他挥舞着帽子，一路小跑地穿过了广场。

06 Birds, Beasts and Relatives

一抹灵异色彩

莱斯利的庭审结束后不久，玛歌又多了一重困扰，让青春痘的问题都不再是一枝独秀了。她发现自己在急速地增重，很快便胖成了一个球，于是吓得半死。我们请了安德鲁切利医生来诊断这谜一般的症状。医生看到玛歌的体型后很是苦恼，嘴里发出了一连串“噗——噗——噗——”的声音。药片、药水开了好几种，节食减肥法也试了好几轮，但都无济于事。

一日吃午饭时，玛歌双眼噙着泪，悲伤地对我们说：“医生说我可能是内分泌出了问题。”

“内分泌？”妈妈紧张起来，“他说你的内分泌怎么了？”

“我也不知道。”玛歌痛哭。

“怎么一吃饭就得讨论你的病啊？”拉里不满。

“亲爱的，安德鲁切利医生说玛歌的内分泌不正常。”母亲解释。

“胡说，”拉里轻描淡写，“这就是婴儿肥。”

“婴儿肥？！”玛歌尖叫，“你知不知道我最近胖了多少哇？”

“你需要加大运动量，”莱斯利说，“要不考虑练一下驾船吧。”

“她这个体重，船扛得住吗？”拉里说。

“没人性的家伙！”玛歌泪如雨下，“你要是能明白我的感受，就说不出这种话来。”

“拉里，亲爱的，”母亲劝解道，“你刚才的话太伤人了。”

“得了吧，谁让她像个大西瓜一样，四处游荡，我有什么办法？”拉里烦躁地说，“你们搞得我像个罪魁祸首。”

“这事儿必须得解决，”母亲说，“明天我要亲自会会安德鲁切利医生。”

但第二天，安德鲁切利医生立场不改，依然认为玛歌的内分泌出了问题，并建议她去伦敦治疗。经过一轮轮电报和书信往来，玛歌终于被送去了伦敦。尚未跟我们断交的亲戚只剩两位：妈妈的表姐普罗登斯，以及表姐的母亲、我们的范姨婆。这众亲戚中仅存的两个亲戚将在伦敦照应玛歌。

玛歌到伦敦后，我们收到了一封短信。上面写着她已顺利抵达，与姨妈、姨婆一起住在诺丁山门附近的一家旅馆，并且已经找到一位很不错的医生在就诊治疗了。但接下来很长一段时间，她音信全无。

“真希望她能给我写封信来。”母亲说。

“别太焦虑，妈妈，”拉里说，“除了围度又变大了，她也没什么好写的。”

“我就是想知道她的情况，毕竟她远在伦敦。”

“伦敦怎么了？”拉里问。

“那种灯红酒绿的大城市，什么事情都可能发生啊！”母亲很是担忧，“很多女孩子都是在那种地方遭遇不测的。”

“妈妈，你就是喜欢瞎操心，”拉里的语气变得很欠揍，“你仔细想想，玛歌有可能出什么事吗？难道有什么不良场所要引诱她去学坏吗？她都穿不过去人家的大门。”

“别拿这件事情开玩笑，拉里。”母亲面色严肃。

“但你确实就是在庸人自扰，”拉里继续说，“我问问你，哪个认知正常的人贩子会想去掳走玛歌？人家但凡看了她一眼，就不会再看第二眼的，扛都扛不动她啊。”

“不行，我放心不下，”母亲说，“我得发个电报过去。”

妈妈给普罗登斯表姐发去了电报，表姐在回复中详细描述了玛歌的现状，说玛歌交往了一群不三不四的人，母亲最好能亲自来管管。一石激起千层浪，母亲阵脚大乱，立刻便遣斯皮罗去买票，并开始疯狂打包行李。后来她突然意识到了我的存在，觉得与其把我留给两个哥哥照顾，不如带去伦敦。于是斯皮罗又去补了我的票，行李也添了不少。这个决定让我从头爽到脚。因为我刚拜了一位新家教——理查德·克拉莱夫斯基老师。他非要矢志不渝地完全不顾我的意愿，带我领略法语不规则动词变形时的魅力。我被各种变形腹背夹击，已生不如死，此次英国之行无疑是救我于水火之中。

坐火车去伦敦的路上还算安宁。只是母亲全程都在担心，觉得意大利的法西斯部队随时可能抓捕我们。她的恐惧在米兰达到了顶点，因为我在起雾的玻璃上画了个墨索里尼的漫画像。母亲掏出手绢，拼死拼活地擦起来，仿佛是个参加技能大赛的洗衣工。狠狠擦了十分钟后，一点儿痕迹也没有了，她才松了口气。

告别了科孚岛的静谧悠然与阳光灿烂，我们在深夜抵达了伦敦，我一下车就被眼前的场景震撼得头皮发麻。车站居然有这么多陌生人，我们一个都不认识；他们居然这么急躁忙乱；脸上的神色居然可以这么冰冷暗淡，阴郁焦虑。我们听不懂行李员嘴里在嘟囔什么。大街上灯火辉煌，熙熙攘攘。出租车一路鸣笛，聒噪地穿过皮卡迪利大街，像一只甲壳虫从花火秀的正中央爬过。我一说话，嘴边就有一大团冷雾。想象一下卡通书里的人物，每个人说话时，嘴边都有个语言框——我们说话时就是一模一样的效果。

我们终于抵达了巴拉克拉瓦公寓。门口有仿制的柯林斯风格大柱子，已被煤灰熏得焦黑。一位年老又长着罗圈腿的爱尔兰行李员帮我们搬行李，除他以外，再无别人相迎了。我们发过电报告知到达时间，如今看来电报是被弄丢了。行李员说，我们要找的那位年轻小姐在开会，另外两位年长的女士则去给狗喂食了。

“他说什么？”行李员出去后，母亲问我。这位老先生的口音实在是太重了，听上去如同外语。我告诉母亲，玛歌在开会，普罗姨妈和范姨婆在喂狗。

“这都什么跟什么啊？”母亲丈二和尚摸不着头脑，“玛歌要开什么会？狗又是怎么回事？”

我说我也不明白，但依我观察，伦敦这个地方确实得多来些狗才好。

“行吧，”母亲试探着把一先令[①]塞进计费表里，接着点燃了炉火，“我们就在这儿少安毋躁，等她们回来吧。”

一小时后，门“砰”的一声被推开了。普罗姨妈冲了进来，胳膊大大展开，大呼着：“露易丝！露易丝！露易丝！”那亢奋劲儿，活像一只沼泽地里的鸟。她一把抱住了我和母亲，墨黑的眼眸里闪烁起爱的光芒，激动万分。为表礼貌，我亲吻了她的脸颊。她的脸柔嫩并带有香气，有蝴蝶花的质感。

“我还以为你们来不了呢，”她说道，“我妈在后面跟着呢，这可怜的老人家，爬楼梯可费劲儿了。哎哟哟，瞧瞧你们，都棒极了！我什么都想知道，一定要和你们好好聊聊。露易丝，你觉得这家旅馆怎么样？位置方便，价格也实惠。就是有一点儿不好，太多怪人住在这里。”

房门开着，门外传来一声轻微的喘息。

“哦！我妈也到了，”普罗姨妈大喊，“妈！妈！露易丝在这儿呢。”

范姨婆出现在了门口，乍一看仿佛是个行走的大帐篷——我的这一形容着实恶毒了些。她身着一套粗花呢铁锈红套装，款式和尺寸都让人瞠目结舌。穿上这身衣服，姨婆俨然成了一座金字

① 英国旧辅币名。一先令等于一镑的二十分之一。——译者注

塔，只是这塔也是粗花呢质地、铁锈红的。她头上有顶略显破旧的天鹅绒帽子，在常人的认知里，小精灵才会戴。姨婆的目光似猫头鹰般炯炯有神，穿过镜片，向我们直直地射过来。

“露易丝！”她高声叫起来，张开双臂，抬头仰视母亲，好像在迎接神灵显形，“露易丝，杰瑞！你们可算是到了！”

母亲和我受到了姨婆热情的亲吻和拥抱。被姨妈拥抱，是一种被羽毛包裹般柔软的体验。但姨婆的拥抱截然不同，那是一个炽烈的、几欲碾碎我肋骨的拥抱。在这之上，还有一个差点儿让我的嘴唇伤筋动骨的极致之吻。

“亲爱的，不好意思，没能在这儿亲自迎接你们，”姨妈说，“我们不知道你们什么时候到，有那么多条狗要喂。”

“什么狗？”母亲问道。

“当然是我的贝德灵顿幼崽啊！”姨妈回答，“你们还不知道？现在我和妈妈在繁育小狗出售呢。”说罢，她害羞地笑了起来。

“哦？我上次来时你们养的还不是狗，”母亲说，“是羊还是什么来着？”

“就是羊，我们还在养，”姨婆开了口，“我的蜜蜂和鸡也在。不过后来，普罗登斯又看上小狗的买卖了，她真的很有生意头脑！”

“亲爱的露易丝，繁育小狗真的是有得赚，”姨妈热切地说，“我先是买了一条狗，叫‘丁可贝尔’，然后又买了一条，叫‘露西贝尔’……”

“后来还买了‘泰尼贝尔’。”姨婆插话道。

“对，泰尼贝尔。”姨妈强调。

“然后又买了露西贝尔。”姨婆补充。

“好了，妈妈，不用再讲了。我一开始就说过露西贝尔了。”

“我们还有丁可贝尔。”姨婆再次补充。

“我妈有点耳背了，”姨妈的解释其实没有必要，“这些狗都生了小狗，我把它们带到伦敦来出售，同时也关照玛歌。”

“对了，玛歌在哪儿？”母亲问道。

姨妈蹑手蹑脚地走到大门处，并轻轻地关上了门。

“她去参加一个聚会了，亲爱的。”

“我知道，但这是个什么会啊？”

姨妈四顾一圈，神色紧张。

“是一个通灵会。”她生气地说。

“然后我们买了露西贝尔。”姨婆还在说。

“行了，妈，你先静一静。”

“通灵会？”母亲问，“她去通灵会是要干什么？”

“为了减肥和治疗青春痘，”姨妈回答，“但我非常肯定，这些通灵会一点儿用都没有。那会上就是一群神棍，坏得很。”

我明显感觉，母亲全身的汗毛已经竖起来了。

“不，这我就不明白了，”母亲说，“我明明是要她去瞧一位大夫的，他叫什么来着？”

“亲爱的，我知道的，”姨妈说，“不过她住进这个旅馆后，就被一个邪恶的女人骗住了。”

“哪个邪恶的女人？”母亲问，她全身的汗毛都快竖起来了。

“羊也都很好，”姨婆说，“不过，今年它们的奶产得少了。”

“哎呀，妈妈，你闭嘴！”姨妈嘘了一声，轻吼道，“我说的就是那个邪恶的女人，哈多克夫人。”

“哈多克……黑线鳕鱼[①]……”母亲的眼里起了雾气，整个人茫然起来。她的思维系统抵挡不住烹饪信息的诱惑，一听到食材的名字便要走神儿。

“她是个通灵者，亲爱的，”姨妈继续说道，“她把玛歌完全控制住了，还跟玛歌说自己有个向导。”

“向导？”母亲无力地问，“向导又是怎么回事？”

我看得出来，母亲的脑子已经被搅成一锅糨糊了。她现在肯定以为玛歌在练习登山，或者在做类似的事情。

“就是精神导引师，”姨妈答道，“他的名字是‘魅威克’，说是个北美的原住民。”

“蜂箱已经有十个了，”姨婆无比骄傲，“采来的蜂蜜都翻了一番。”

① 哈多克的名字是 Haddock。这个单词同时也表示黑线鳕鱼，是一种食材。——译者注

“妈，安静一会儿！”姨妈阻止道。

“我搞不懂，”母亲神色忧虑，“她没去医生那里打针吗？”

“因为魅威克不让她去了，”姨妈脸上一副“一切尽在把握”的表情，“他告诫玛歌不能再接受任何身体穿刺了。当然，我是听玛歌转述的，不过玛歌也是听哈多克夫人讲的。毕竟向导也要通过哈多克夫人才能显灵嘛。所以说啊，这就是瞎胡闹，绝对信不得。”

“身体穿刺？”母亲问。

“嗯，原住民可能管注射叫身体穿刺吧。”

“见到你真高兴，露易丝，”姨婆又插了进来，“咱们来喝杯茶吧。”

“好的，不错。”母亲神情恍惚。

“妈，我可不要下去点茶水，”姨妈疑神疑鬼地瞟了一眼大门，仿佛门后就聚集着一群邪灵妖怪，“他们正在开通灵会呢，我不敢下去。”

“为什么不敢？”母亲问。

“再来点儿烤面包片吧。”姨婆说。

“妈，你先别说了，”姨妈说，“露易丝，你真的很难想象人们在通灵会上会做什么。哈多克夫人先是会被催眠。然后，她全身都会被灵介质包裹住。”

“灵介质？”母亲不解，“这又是个什么？”

“我自己有一罐蜂蜜，就在我房里放着，”姨婆还在说，“露易丝肯定也会喜欢的，我的蜜比外面那些人造的东西纯太多了。”

“灵介质就是通灵的人会散发出来的一种东西，”姨妈解释，“那玩意儿就像……呃，就是，有点儿像……其实你不可能真的看见灵介质，但他们跟我说很像脑花。然后这群人还会让小号飞来飞去的。亲爱的，只要他们搞这个通灵会，我就决不会下去。”

这对话着实好玩，我听得津津有味。但一想到楼下还有位哈多克夫人，正全身冒着脑花，被几个飞着的小号环绕着，我的心更痒了，非得一睹究竟不可。于是我主动请缨，说自己可以下楼去点茶水。

下楼后，我大失所望，姨妈说的奇景，这里半点儿也没有。但我好歹还是不负所托，让那位爱尔兰行李员送了茶水上去。大家喝起了茶，我绞尽脑汁给姨婆解释灵介质是个什么东西。茶过半盏，玛歌回来了。她一只胳膊下夹了棵白菜，身边站着位矮而胖的女士。这位女士有双鼓胀的蓝眼睛，一头纤细稀疏的头发。

“妈妈！”玛歌的惊叫很有戏剧效果，“你来了啊？”

“嗯，是的，”妈妈冷冷地说，“来得太晚了。”

“这位是哈多克夫人，”玛歌介绍道，“她厉害到无敌！”

我们马上就发现，哈多克夫人肯定身患奇病。不知为何，同一时间内，她无法兼顾说话和呼吸。说起话来，所有单词一股脑儿地往外蹿，词与词紧密相连，仿佛是一串雏菊花。句中完全没有断句，发音含混。这一口气到头了，她才停下来，狠狠地再吸一口气，发出“哼——哈！”的声音。

她对母亲说：“很高兴见到你德雷尔太太我的精神导引师早就跟我预告了你的到来但愿你一路上很顺利哼——哈！”

母亲本想给她打个不冷不热的招呼，以示端庄和自持，但被这奇异的开场白打破了节奏。

“哦，是啊，我们顺利吗？”母亲局促地回应，努力想听清哈多克夫人的话。

“妈妈，哈多克夫人是通灵者。”玛歌一脸骄傲，仿佛介绍的是达·芬奇或飞机发明家级别的伟人。

“是吗？女儿，”母亲皮笑肉不笑，“挺有意思的。”

“当一个人知道先人们其实依然陪伴在自己身边时会感到非常幸福哼——哈！”哈多克夫人满腔热忱，“但有很多人根本不知道哼——哈！灵异世界是存在的而且和我们紧密相连。”

“玛歌，你今晚真该去看看那些小奶狗的，”姨婆说，“丁可贝尔的小宝贝们特别淘气，把它们的床单全都扯破了。”

“妈，你消停会儿吧。”姨妈再次阻止道，并把目光瞟向哈多克夫人，一副疑心生鬼的模样，仿佛这位通灵者随时可能长出顶角和尾巴来。

“你的女儿太幸运了因为哼——哈！她争取到了一位特别厉害的导引师。”听哈多克夫人的形容，你会以为玛歌是先翻烂了《德布雷特名人录》①，然后才小心审慎地选定了自己的导引师。

“他叫魅威克。”玛歌介绍道，“他厉害到无敌！”

“截至此刻，我真看不出来他的帮助起了多大的效果。”妈妈语气尖酸。

---

①《德布雷特名人录》（*Debrett's*），也被称为《德倍礼贵族年鉴》，首次发行于18世纪后半叶，是一本记录英国贵族名流及其逸事、礼仪的年刊。——译者注

“当然有效果！”玛歌愤愤然，“我已经掉了快 0.09 千克了。”

“亲爱的德雷尔夫人，我们需要付出时间、耐心，以及对未来的坚定信念才行哼——哈！”哈多克夫人笑着看向母亲，那笑声里溢满了做作而油腻的温存。

“没问题，我同意，”母亲说，“但当下我希望她能接受有效的医治，有效到我们能用肉眼看到。”

“我不觉得小狗们在故意捣乱，”姨婆孜孜不倦，“它们肯定是在长牙，牙龈很不舒服，你懂的。”

“妈，够了，我们没在聊小狗了，”姨妈说，“我们现在说的是玛歌的导引师。”

“好好好，那对她来说很不错。”姨婆向玛歌投去慈爱的微笑。

“灵介的智慧体绝对远超地球上的任何生物哼——哈！”哈多克夫人说，“你女儿现在就在接受最好的治疗因为魅威克在他们部落就是个出类拔萃的医圣而且他在整个北美洲都是最博学广知的人哼——哈！”

“妈妈，魅威克给了我特别好的建议，”玛歌说，“对吧，哈多克夫人？”

“告诉那个白人女孩她不能再进行身体穿刺了哼——哈！”哈多克夫人吟诵着说。

“看看，是不是跟我说的一样？”姨妈很是自满，“我早就告诉你了嘛。”

“来点儿我的蜂蜜吧，”姨婆和善地说，“你在外面商店买，只能买到人造货，跟我的不是一回事儿。”

“妈！你停一下。”

“哈多克夫人，我还是觉得孩子应该接受正规的治疗，而不是请这位魅威克帮忙。”

“妈妈，你真是狭隘加老土。”玛歌愤愤然。

“德雷尔夫人，请相信灵介的力量是伟大的而且他们的本意是来帮助和引导我们哼——哈！”哈多克夫人说，“我觉得你要是也来参加一次我们的通灵会就能相信我们的导引师是多么强大哼——哈！”

“谢了，但我更愿意听从自己内心的召唤。”母亲一副屈高就下的语气。

“现在的蜂蜜跟过去不一样了。”姨婆迟迟不能从蜂蜜的话题中脱身。

“妈妈，你的成见太重了，”玛歌说，“通灵这件事，你试都不试一下便断然否定。”

“我觉得你要是能劝你妈妈也来参加一次通灵会的话事情肯定就能有改观哼——哈！”哈多克夫人，“她将看到新世界的大门在你眼前打开。”

“妈妈，没错，”玛歌说，“你应该来参加一次，体验过就绝对能明白了。那些场景太神奇！”

我能感受到，母亲的脑子里此刻正狼烟四起，兵荒马乱。多年来，她一直醉心于研究各种奇幻现象与超能力、民间偏方、巫术等，所以哈多克夫人的邀请其实极有诱惑力。我屏息等待，默默祈祷母亲接受。观看哈多克夫人全身冒脑花，还被小号围着飞的场景，是我此刻最大的心愿。我愿赴汤蹈火以换亲眼一睹。

“这……”母亲犹豫了，“先等等看吧，明天再说。”

“我很肯定只要我们帮你突破了自己的局限就能给你带来极大的帮助与启示哼——哈！”哈多克夫人说。

“嗯！没错的，”玛歌说，“魅威克就是无敌！”

那语气仿佛是在讨论她最爱的电影明星。

“明天晚上在这个旅馆我们会举办一个通灵会哼——哈！”哈多克夫人说，“我万分期待你和玛歌都能出席哼——哈！”

说罢，她的脸上浮出一个无奈的微笑，勉为其难地宽恕了我们的浅薄与闭塞，又拍了拍玛歌的脸颊，便离开了。

“玛歌，你——”房门被关严实后，母亲说，“非要把我气炸了才好吗？”

“哎呀，妈妈，你太跟不上时代了，”玛歌回道，“那个医生是给我打针了，但一点儿用都没有哇！魅威克却是真的为我创造了奇迹！”

“奇迹？！”母亲不屑地哼了一声，“瞧你的身材，我是一点儿变化也没看出来。”

“三叶草，”姨婆嘴里塞满了烤面包片，“大家都说它最好，但我还是喜欢石楠。”

“亲爱的，我跟你说，”姨妈说，“那个女人在操控你的心智，她太恶毒了。咱们趁早回到正道上来吧。”

“我只是希望你们都去参加一次通灵会，一次就好，自己去体验一下。”玛歌说。

“那是不可能的，”姨妈不寒而栗，“我的神经可受不了那个场面。”

“还有哇，他们得用大黄蜂给三叶草授粉，好玩极了。”姨婆继续发表意见。

“算了，”母亲说，“今天我太累了，就聊到这里吧。明早起来我们再商量。”

“妈妈，能帮我一下吗？”玛歌拿着一棵白菜问道。

“这白菜要怎么用？”母亲不解。

“就是用它的叶子来帮我一个忙。”玛歌回答。

“我一直很好奇，不知道人有没有办法驯养大黄蜂。”姨婆深思着说。

“你具体是要用它干什么？”母亲问。

“她要把白菜搁自己脸上，”姨妈低声说，“荒唐！”

“哪里荒唐了？”玛歌怨怒，“它对我的青春痘有奇效，可管用了。”

“什么意思？你是需要煮一下还是怎么用？”母亲再次发问。

“不是，”玛歌回答，“我要把菜叶子铺在脸上，然后你帮我把它们绑在脸上。魅威克让我这么做的，效果出奇地好。”

“这还不够荒唐吗？露易丝，亲爱的，你得劝住玛歌，”姨妈焦躁得如一只炸毛的小奶猫，“这完完全全就是邪术啊！”

“罢了罢了，我已经没有力气再说了，”母亲说，“反正这也不可能伤害你什么，那就这么着吧。”

于是玛歌在椅子上坐定，捧起一大片皱巴巴的白菜叶子，并放在自己脸上。母亲也像模像样地拿一条红绳子，把白菜叶和玛歌的头绑在一起。在我眼里，玛歌俨然成了一具蔬菜版的木乃伊，真是一绝。

“邪教，这就是个邪教。”姨妈哀叹。

“瞎说！姨妈你真是动不动就发狂。”玛歌的声音穿透白菜叶子，闷声闷气地传出来。

“我有时候忍不住怀疑，”母亲打着最后一个结，“我们这个家到底正不正常？”

“玛歌要去参加化装舞会吗？”姨婆饶有兴致地观看了白菜疗法。

“不是的，妈妈，”姨妈开始吼了，“她在治青春痘！”

玛歌站了起来，摸索着走向大门：“好了，我要去睡觉了。”

“万一你在楼梯拐角处碰见其他客人，肯定会吓他们一大跳。”姨妈提醒。

“玩得开心！”姨婆说，“但别待到最后才走。你们这些年轻人的玩法呀，我懂得很。”

玛歌走后，姨妈转向母亲。

“亲爱的，看到了吗？是不是跟我说的一样，一点儿没夸张吧？”姨妈说，“那个女人就是个妖孽。玛歌变得神神道道的，跟个疯子似的。”

“嗐！”母亲说，她的人生座右铭就是誓死维护自己的孩子，而无论孩子们在人生路上跑得多偏，“她不过是这会儿有点儿犯迷糊罢了。”

“玛歌今晚如果得了最佳装扮奖，那我是一点儿也不吃惊的，”姨婆咯咯笑着说，“毕竟再没别人会装成一棵白菜了。”

讨论白热化起来，历经了一番你来我往的胶着——中间还穿插着姨婆当年在印度参加化装舞会的回忆，姨婆和姨妈终于走了。妈妈和我也能上床休息了。

“有时候我觉得，”母亲一边把衣服掀开，一边关上了灯，“我是整个家里唯一心智正常的人。”

第二天早上，母亲决定去购物，因为有些东西科孚岛上没有，她要在伦敦买了带回去。姨妈很是赞同，打算一同前往，顺便把贝灵顿小狗给买家送去。

上午九点整，大家在巴拉克拉瓦公寓门前集合完毕，我们的形象一定让路人们见之忘俗。姨婆戴了顶尖角帽，上面还插着根大羽毛，多半是想好好表达一下对我们的热烈欢迎。她站在人行道上，仿佛是一根五月节[①]的花柱。手里牵着八条贝灵顿小狗，小狗们正围着她不停地嬉戏、打闹、撒尿。

“咱们是不是打个车啊？”妈妈看着这一地欢蹦乱跳的小狗，头疼不已。

“不用，露易丝，”姨妈说，“打车太贵了！坐地铁就行。”

① 五月节（May Day）是欧洲传统民间节日，为喜迎春季到来和农业丰收，于每年5月1日举办。过节时，人们会用花卉等物装饰出一棵小树或柱子来，并围着它载歌载舞。——译者注

“带着这些小狗坐地铁？”母亲大觉不妙。

“是的，亲爱的，”姨妈回答道，“我妈绝对管得住它们。”

姨婆已经被小狗的牵引绳缠出了五花大绑的效果。我们得先给她松绑，才能让她恢复行走能力，去地铁站坐地铁。

“我需要酵母和枫糖浆，”玛歌说，“妈妈，你提醒我买这两样东西啊。魅威克说了，它们对青春痘的疗效特别好。”

“那个男人的名字不许再提了，我再听一次就要发脾气了啊。”母亲说。

去往地铁站的这段路，我们走得举步维艰。在绕过障碍物这件事上，小狗们各持己见。我们一路上走走停停，要无数次地把姨婆从灯柱、邮筒，以及倒霉的行人身上解开，才能继续前行。

“小淘气们！”每次解救后，姨婆都上气不接下气地喊，“不过它们不是故意要添乱的。”

终于，我们挨到了售票处。就小狗们的票价一事，姨妈跟售票员展开了一场旷日持久、轰轰烈烈的讨论。

“它们才八个星期大，”姨妈不肯妥协，“按规定，三周岁以内的孩子都是免票的。”

不过最后，我们还是给狗买了票，然后向自动扶梯走去。一股股热风从地心方向涌上来，把小狗们吹得玩心大起。它们叫着吼着胡冲乱撞，牵引绳乱成一团麻，整个狗队仓皇又笨拙地往前挪动。姨婆在它们后面被拽着走，仿佛是一艘宽体大帆船航行在地铁站里。到了扶梯口，小狗们才发现这场地心冒险有些恐怖，便停了下来。面对活动的物件，它们的立场非常一致：不敢迈上前半步。很快，我们便在扶梯口挤作一团，一边还得拼命控制住这群疯吼着的小狗。

身后，其他乘客已排起了长队。

“这也太不对了，”一个戴着圆顶硬礼帽的乘客抱怨，他的脸色比寒冬腊月的雪还冷，“地铁就不该允许狗进来。”

“我给它们都买了票的，”姨妈大喘粗气，“在坐地铁这件事上，它们和你地位平等。”

“行行行，”另一位乘客说，“但我要赶时间，能不能让我过去啊？”

“小乖乖们！”姨婆笑起来，“它们在这个年龄啊，就是调皮好动的。”

“要不我们每个人都抱起一只狗，依次下去？”后方人群的嘟囔声愈发吵闹了，母亲忧心忡忡，提出了建议。

就在此时，姨婆倒着退了几步，刚好踏上了扶梯的第一个台阶。她整个人滑倒了，如一座粗花呢瀑布倾倒在扶梯上，还扯着一群尖叫的小狗一同奔泻而下。

“真是谢天谢地啊！”戴礼帽的乘客感叹，“好了，现在我们能上扶梯了吧？”

姨妈稳稳地站在扶梯口，向下张望。姨婆已滚落半程，一直被小狗们拖拽着，迟迟站不起身来。

“妈，妈！你怎么样？”姨妈大叫。

“别怕，她没事的。”母亲安慰道。

“丁可小宝贝儿们！”姨婆一边被小狗们拽着往下滚，一边无力地感叹。

“夫人，既然你们的狗已经下去了，”戴礼帽的乘客再次开了口，“可否恩准我们这些乘客也用一下站内设施呢？”

姨妈转过身来，气得炸了毛，眼看就要战争大爆发。玛歌和母亲用力拉住姨妈，三人一起迈上电梯，滑向了下方那堆粗花呢大山与狗狗堡垒。

我们扶起姨婆，帮她掸去身上的灰，解开了缠在她身上的乱七八糟的狗绳，然后向站台进军。狗狗们的形象一塌糊涂，完全可以给“反虐待动物协会”做海报模特。贝灵顿犬从来就跟漂亮可爱不搭边儿，现在历经了重重危机，就更显得无辜可怜了，堪称狗中第一惨。它们浑身战栗，凄惶尖叫，声音高亢发抖，如一大群缩小版的海鸥在哀嚎。狗狗们不时弯下腿蹲下，仿佛在将内心的恐惧排泄给站台，装点一下地面。

“可怜的小东西们，”一位胖胖的女士路过我们，心疼地哀叹道，“有些人对待动物的方式真是变态！”

“嘿，你们听到她说的话了吗？”姨妈的战斗欲又被点燃了，“我很乐意跟上去，让她了解了解我的想法。”

谢天谢地，列车刚好进站了。一股热风伴随着车辆的呼啸声冲出隧道，成功转移了所有人的注意力。但对小狗们来说，这个场面的刺激力度在瞬间就达到了极限值——前一分钟它们还在浑身战栗地嚷嚷，如同一群饿得半死的灰羊羔在哀号；下一分钟就精神大振，纷纷逃开站台，仿佛是一队哈士奇公狗，拽着姨婆四下狂奔起来。

我们立刻去追，姨妈大喊：“妈，妈！快回来。”

但她忽略了一点，姨婆在遛狗牵绳方面有着独特的见解。姨婆曾花了好长时间跟我细细介绍过她的遛狗逻辑，总结起来就是：不要给狗绳施加任何牵拉的力量，否则会伤到狗脖子。在这种划时代的牵狗思路指导下，姨婆一路小跳着，被小狗们拖离了站台。我们最后总算是追上姨婆，抓住了狗，但车门也在一声窃喜的嘶叫声中合上了。列车轰鸣着驶出了站台，而我们被一堆贝灵顿犬簇拥着，呆立原处，等下一班车。上车后，狗狗们便又恢复了大战三百回合的精力，彼此推搡抓挠、咆哮尖叫、钻来钻去，把牵引绳捆在乘客的腿上。其中一只被兴奋冲昏了头，高高跳起来，瞄准了一位有英国银行行长派头的男乘客，直接扯破了人家手里的报纸。

到了下车时，我们都已生不如死。但姨婆除外，小狗们的活泼与刚强让她喜不自胜。依妈妈的建议，我们在扶梯口等了一会儿，抓住了一个人流的间隙，迈上扶梯。但令大家惊讶的是，小狗们这次表现得非常得体，几乎——甚至可以说是完全没出什么岔子。看来在坐扶梯方面，它们已十分熟练。

“感谢老天，一切算是结束了！”扶梯运行到顶端时，母亲说道。

“小狗怕是给大家添麻烦了，”姨妈不安地说，“但你也懂的，它们习惯在乡下生活，一来到大城市，碰到什么都觉得看不惯。”

“啊？”姨婆没听清。

“看不惯！”姨妈大叫，“小狗们看什么都看不惯！”

“那真是可惜啊。”姨婆回道。但紧接着她就带着小狗们拥入了旁边的扶梯口。我们根本来不及抓住她，只能眼睁睁地看着他们又下到了地心方向。

一行人虽已身心俱疲，但送完小狗后，在上午剩下的时间里还是很开心地去购物了。母亲买到了采购清单上的全部物品，玛歌的酵母和枫糖浆也被成功收入囊中。但在我看来，这些东西没有半点儿意义。趁她们大买特买时，我也给自己买了一只漂亮的红衣凤头鸟、一只黑斑点蝾螈（它肥硕而光洁，有羽绒被的质感），以及一个鳄鱼布娃娃。

购物之行圆满结束，大家心满意足地回到了巴拉克拉瓦公寓。

在玛歌的不懈劝说下，母亲终于同意参加当晚的通灵会了。

“亲爱的，不要啊，”姨妈说，“你这是去未知的世界里玩火。”

为了给自己辩护，母亲找到了一条精彩绝伦的理由。

“我有必要去会一会这位魅威克，”她对姨妈说，“毕竟他正在给玛歌看病呢。”

“哎，行吧，亲爱的，”看到母亲义无反顾的模样，姨妈说道，“我也发个疯，陪你一起去。那种地方，我可不放心让你自己去。”

我自然苦求着母亲也带上我，我给出的理由是：前段时间，西奥多借给了我一本揭露通灵骗局的书，我从中学到了不少知识，定能助大家战胜愚昧。

“我妈就别去了，”姨妈说，“她要是参加，怕不会有什么好结果的。”

哈多克夫人的通灵会场在地下室。晚上六点一到，我们便出发前往。姨妈夹在我们中间，吓得直哆嗦，仿佛是只刚被人逮住的小鸟。会场里的人各式各样，有酒店经理格鲁特女士；一个面色阴沉、个子高挑的俄罗斯男人，他的英语带着浓重的口音，说起话来嘴里像是塞满了奶酪；一个年轻的金发女孩，姿态很是虔诚热切；一个呆板的小伙子，据说在学习表演，立志要当演员。不过据我们观察，呆板小伙做过的最刺激的事，就是在棕榈树环绕的大厅里打盹儿。通灵会开始前，我本想搜查一下现场，看能不能找到些隐藏的绳索或道具脑花之类的东西，但扫兴的是，妈妈不许我这么干。还好我找到机会跟哈多克夫人说了一番我正在读的那本书。我琢磨，只要她的通灵术没骗人，那她肯定也会对这本书感兴趣，没想到她投向我的眼神简直能杀人。

通灵会正式开始，但刚开始就出了意外。我们先是手牵手地围坐成一圈，然后灯光熄灭，姨妈莫名地大叫出声，猛地从座位上弹跳了出去。后来我们破了案，原来是她把自己的包靠着椅子，腿放好后，包滑动了一下，碰到了她自己的腿。于是她突然感受到了一种动物皮质的触感，这就是她恐惧的源头。大家纷纷起身安抚姨妈，向她保证那绝不是邪灵来袭，然后才各自归位，重新牵好了手。此刻，室内光线全仰仗一个小夜灯，它在一个碟子里不安地明灭着。四面墙壁上挂着幢幢的人影，我们每个人的脸都无比阴森。

“现在起谁都不许再说话了而且你们必须紧紧地牵好手让我们不错过任何一丝精华哼——哈！”哈多克夫人说道，“我知道有些人疑心很重但希望你也保持安静并敞开胸怀哼——哈！”

“她这是什么意思？！”姨妈向母亲嘟囔，“我哪算什么疑心重？我的问题就是太容易轻信别人了。”

向我们叮嘱完毕后，哈多克夫人也在扶手椅上坐定，不一会儿便进入了一种恍恍惚惚的状态。我死死地盯着她，生怕错过半点儿灵介质。起初，她只是闭眼静坐。房间里静悄悄的，所有人里只有姨妈坐立不安，不时发出些窸窸窣窣的声响。哈多克夫人的呼吸愈发悠长缓慢起来，很快就变成了澎湃的鼾声，仿佛一大袋土豆被人倒在了地上。但我没觉得这有多了不得，毕竟装睡和打鼾谁都会。姨妈抓着我，她的手已被汗湿透，给我传来一阵阵恐惧的战栗。

“啊哈！”哈多克夫人突然开始说话。姨妈吓得从椅子上跳了起来，发出一声短暂而绝望的尖叫，仿佛被人刺了一剑。

“啊哈——”哈多克夫人又叹了一句，那情绪堪称意蕴深远，跌宕起伏。这句开场白真是简短但不简单。

“我不想待在这儿,”姨妈用颤抖的、生气的语气向母亲说,“露易丝，亲爱的，我不喜欢这个地方。”

“安静安静，要不然氛围都被破坏掉了,”玛歌低声回道,“你放松就好，要努力去接受它。”

“我看到了几位陌生人,”哈多克夫人突然又说了起来，这次她还带上了浓重的印第安口音，我忍不住想笑，“对今天的几位新朋友，我要说一句‘欢迎你们’。”

要说稀奇事，我只观察到了一件，即哈多克夫人终于学会了断句，而且句尾不再有那种诡异的哼哈声了。夫人又嘟囔了一下，突然口齿清晰地说:“魅威克驾到。”

“哇！”玛歌激动起来，“他来了，就在这里了！妈妈，是魅威克！”

“我马上就要晕过去了。”姨妈说。

光线微弱且摇曳，任我再死盯着哈多克夫人，也看不到一星半点的脑花或小号。

“魅威克发话了,”哈多克夫人高声说道，“他说这个白人姑娘不得再接受任何身体穿刺。”

“对吧！”玛歌得意极了。

“白人姑娘一定要顺从于魅威克的旨意，莫受质疑者的影响。”

一片昏暗中，我听到母亲不屑地哼了一声。

“魅威克说，只要姑娘听他的话，那么在双月到来之前，姑娘的病症就能痊愈。魅威克的意思是……”

可惜魅威克的旨意戛然而止，且再无登场的机会。房间里躲了只小猫，它本来只是偷摸着四周闲逛，此刻却突然跳上了姨妈的腿。姨妈的哀号刺破了云霄，她一蹦三丈高，围着大家疯跑，碰到什么东西时便发出凄厉的惨叫。

幸亏有人反应快，赶紧开了大灯，胡冲乱跑的姨妈才没有摔倒或受伤。

“这过分了吧？搞什么呢？”那个在平日里表现得乏善可陈的小伙子说。

“你这么胡来，可能会重重伤到哈多克夫人的。”另一个年轻女孩一边瞪着姨妈，一边用手绢给哈多克夫人扇风。

“我被什么东西碰到了。它挨到了我，还跳上了我的腿。”姨妈眼泪汪汪地说，“是灵介质。”

“你把场子全搞砸了，”玛歌怒火中烧，“魅威克正在降临呢。”

“魅威克就到此为止了，”母亲说，“现在起，你不许再跟这帮神棍搅在一起。”

在此之前，哈多克夫人一直在酣睡，鼾声雍容典雅。但母亲话音刚落，她立刻便醒了。

“神棍？！”哈多克夫人鼓胀的蓝眼睛向母亲射去发烫的目光，“你竟敢称我们是神棍？！……哼——哈！”

母亲的怒火已喷薄欲出，那场景我此生没见过几次。她站了起来，把自己一米三的身体挺直到了极限。

“江湖骗子！”母亲的怒火烧向哈多克夫人，“我说这是一场骗局，还真就说到点儿上了！你休想用这些乱七八糟的玩法在我家搞事情。玛歌、杰瑞、姐，咱们走！”

一向自持的妈妈此刻爆发出了滔天的决绝与霸气。我们看得目瞪口呆，乖乖地跟她走出了门，将一身火气的哈多克夫人及其信徒们留在了身后。

回到我们的房间，玛歌的精神一下子彻底崩溃了，哭得涕泗横流。

“都怪你，是你毁了今天的通灵会！”玛歌搓着手，“哈多克夫人再也不会理我们了。”

“毁得好！”妈妈语气阴冷。她倒了杯白兰地递给姨妈。姨妈依然止不住地颤抖，神色惊惶。

“大家今天玩得开心吗？”姨婆突然来了精神，笑眯眯地看着大家。

“不开心，”母亲答得利落，“一点儿也不。”

“那个灵介质一直在我脑子里飘啊飘，”姨妈大口喝着白兰地，“它的触感是那种……你懂的……就是黏黏糊糊的感觉。”

“那是魅威克正在显形的时候哇！”玛歌大叫，“马上就有关键的信息要告诉我们了。”

“你们早早地便回来了，很聪明，”姨婆说，“哪怕是现在这个季节，到了晚上也还是会冷的。”

“那东西是冲着我的喉咙来的，”姨妈惊魂甫定，“它当时就在往上爬，那种质感……就像一只……湿湿黏黏的手。”

“魅威克是唯一帮到过我的人。”

“我父亲就告诉过我，一年里这个时候的天气最多变，可得注意。”姨婆说。

“玛歌，你就别再发傻了。”母亲嗔怪道。

“露易丝，亲爱的，我真的感觉到了。那只手就在我身上摸索着，要来抠我的喉咙。”姨妈完全顾不上听玛歌说了什么，一心都扑在了渲染自己的恐怖经历上。

“无论冬天还是夏天，我父亲永远会记得带把伞再出门，”姨婆继续说，“其他人老爱拿这事打趣他，但其实在很多时候，哪怕是炎热的日子里，那把伞都是派上了用场的。”

“你总是来搅乱事情，”玛歌抱怨母亲，“你太爱干扰别人了。”

“问题就是我干扰得还不够，”母亲回答，“我告诉你，你必须立刻跟这帮神棍切断联系，也不许再哭了。我们马上动身，回科孚岛去。”

“当时要不是我果断跳了起来，”姨妈说，“那个东西一定会紧紧抠住我的喉咙。”

“要说下雨天最实用的东西嘛，那还得是防雨鞋罩。这是我父亲告诉我的。”姨婆还没完。

“我不要回科孚岛。不要，不要！”

“我说的话，你必须听！”

“那只手就这么缠上了我的喉咙，特别恐怖邪恶。”

“他从来就不喜欢橡胶雨靴，因为那种靴子会让血都挤向脑子去。”

我的心思也不在这些对话上了。一阵狂喜将我淹没，我们要回科孚岛了，要离开这尘沙四起、冷漠阴暗的伦敦了！奇幻的橄榄树林、蔚蓝的海天一色，还有朋友们脸上温暖的笑意，悠长而闪亮的美好时光，都张开了双臂，就等我回去了。

07 Birds, Beasts and Relatives

橄榄林里的旋转木马

五月，橄榄的采摘渐入高潮。夏日炎炎中，橄榄果子不断膨胀，四散掉落在草地上，闪闪发亮，仿佛是一堆堆黑珍珠。农家妇人们头顶铁罐或篮子，成群结队来到林中，围着橄榄树，蹲在地上采集果子。她们嬉笑聊天，声音如麻雀般尖锐嘈杂。有些橄榄树已跨越了五百年的冬夏，在岁月中结果、成熟、掉落，如此轮回。农民们亦欢聚、喧闹、采集，孜孜不倦，年复一年。

这是大家分享信息与欢笑的乐园。我在树与树之间来来往往，加入不同的小团队，跪坐在地上帮着捡亮晶晶的果子，听他们聊东家长西家短。到了吃饭的时间，偶尔也和大家一起坐在树下，拿起发酸的黑面包，一阵狼吞虎咽。有时我也吃一种扁扁的小饼，是用去年的无花果干制成的，外面还包着橄榄叶。林中有农民们的歌声朗朗回荡。他们的声音很神奇，说话时明明沙哑发涩，而齐声高歌时却又饱含一种带着忧伤的甜蜜感。这个时节，番红花正蠢蠢欲动，含苞待放，在橄榄树脚下招摇着自己蜡一般的花瓣。风铃草把山坡染成紫色，农民们在此间移动时，形成了一个个行走的小花池。歌声在古老的橄榄树林间逡巡飘摇，似羊铃般怨而不伤，清甜可人。

采集容器装满果实后，就又会被农民们顶到头上。大家排成长队，齐齐走向榨油房，一路上依然叽叽喳喳聊个没完。榨油房是一个破败又昏暗的房子，建在山谷里，旁边有条细细的小溪蜿蜒流过。榨油房的主人是迪米垂斯老伯，为人固执，体态佝偻，堪比橄榄树。他的头顶一片荒芜，但嘴唇上的胡子却长得气势恢宏。胡子洁白如雪，只是个别地方被烟草熏成了土黄色。相传，这把胡子以其浩瀚的体量，被誉为整个科孚岛上的“第一大胡”。老伯是个倔强又暴躁的老头儿，但机缘巧合，他居然与我相处愉快。他甚至批准我进入古往今来的第一圣殿：榨油房内。

榨油房里面有个硕大无比的圆形槽，类似于观赏鱼池。槽中悬着一个巨型磨石，石上连着一根木杆子，木杆子又通过绳索跟老伯养的一匹老马拴在了一起。马头上套着个布袋子，以防它在走动中感到晕眩。老马会绕着大槽一圈接着一圈地走，通过木杆转动磨石。橄榄被不断倾倒进槽内，形成华光闪耀的瀑布，随着磨石转动，被压得粉碎。随着这道工序的进行，一股刺鼻的酸味儿会升腾而起。房里只闻沉重的马步声、磨石的轰隆声，以及滴答滴答的声音——那是榨出的橄榄油汇成了一股细流，正从槽底的孔洞里滴落出来的声音。油色金黄，宛若被精炼提纯后的阳光。

房中一角堆着个摇摇欲坠的土墩子，里面是榨油后剩下的残渣：被碾得粉碎的橄榄种子、果肉和果皮。它们层叠堆积，好像一块块黑色的脆皮蛋糕，质地跟粗泥巴炭类似。这个土墩子散发出馥郁的酸甜味道，闻起来就让人食欲大开。其实在冬季，这些东西会被混在饲料中，喂给牛和马吃。如果你扛得住那种刺鼻的味道，还可以把它们当作燃料用，燃烧效率极高。

迪米垂斯老伯的性格实在是不敢恭维，农民们唯恐避之不及。大家来榨油时，都是放下橄榄后便一溜烟跑掉，一秒钟也不多待，生怕老伯这样的人，搞不好有一只邪恶之眼，能给人下蛊。老伯长期游离于人群之外，不免孤独，于是对我格外欢迎，榨油房我随时都能长驱直入。通过我，他对周边八卦尽在把握：谁家生孩子了，是男孩还是女孩；谁在追求谁；甚至是更刺激的新闻，比如佩佩·康多斯因为走私烟草被逮捕了。为了表彰我这个小话筒，老伯会帮我收集动物。有时是一只大口喘气的嫩粉色的壁虎；有时是一只高举前臂疑似在祷告的螳螂；还有时是一条夹竹桃天蛾的幼虫。他给我抓到过当时我最爱的宠物之一——一只锄足蟾蜍，我叫它“奥古斯都[①]·肚子痒痒”。

那是风和日丽的一天，我在橄榄树林里帮农民们收果子，忙了好一阵子后，有些饿了。我知道迪米垂斯老伯那儿总有好吃的，于是便去榨油房找他。清风快步穿过橄榄树林，留下呼哧呼

① 奥古斯都（Augustus）是罗马帝国的第一位皇帝，极具政治智慧和军事才能，其在位期间被公认为是罗马历史上的一段和平繁荣的时期。——译者注

哧的笑声，听起来像有人在演奏竖琴。空气中有一丝清冷，于是我小跑前进。狗狗们也陪伴在我身边，一路蹦蹦跳跳，吵吵嚷嚷。赶到榨油房时，我跑得满面通红，气喘吁吁。老伯正弯着腰待在一堆火旁边，火的燃料就是那些由橄榄渣子压成的“切片蛋糕”。

“哟！”老伯用力瞪着我，“可算等来你了！你这段时间都去哪儿了？整整两天不来找我。看来是春天到了，你没空搭理我这个老头喽。”

我跟他解释，说自己有好几摊事儿要忙，比如要给家里的喜鹊做一个新笼子。它俩在拉里的房间整出了一场惊天地泣鬼神的大劫难，不赶紧把它们关起来的话，这两只鸟怕是性命难保。

“哦，”老伯说，“好吧。来点儿玉米？”

我尽量让自己看起来心平气和，说当然好，这是我此刻最想要的东西。

他起身，甩着罗圈腿儿大步向榨油机走去，回来时手里多了一个平底锅、一张锡纸、一瓶橄榄油，以及五根金黄闪亮的干玉米棒子，简直像拿了五根大金条。老伯把平底锅架在火堆上，往里面洒了少许油。等了一会儿，油热了，在锅里咕嘟直响，闪烁着晶莹的光芒，发出丝丝缕缕的烟气。他拿起一个玉米棒子，鼓鼓囊囊的两只大手抓住两头，拧转揉搓。金灿灿的玉米粒便被剥脱下来，纷纷跳进了锅里，噼里啪啦作响，如雨滴打在屋顶上。他又将锡纸盖在锅上，低声咕哝了一下，便向后一靠，坐了回来，点了一支烟。

“你听说安得里斯·帕波亚基斯的事儿了吗？”他的手指拂过嘴边澎湃的大胡子。

我说还没听谁讲过。

“啊！”他神色欣喜，“这家伙进医院了，真是个蠢东西。”

我表示遗憾。其实我还挺喜欢他的，他是个永远无忧无虑、善良纯真，又生气勃勃的男孩，只是爱闯祸，从来管不住自己的手。大家评论他时都说，这个人是个真敢倒骑驴的角色。我问老伯，他是怎么进的医院。

“玩炸弹！”老伯饶有兴致地等着看我的反应。

我惊恐万状，沉沉地呼了一声，缓缓点了点头。看已经调动起了我所有的注意力，他便调整了一个舒服的坐姿，讲了起来。

“你知道的，安得里斯是个笨小伙。他那颗脑子啊，空得跟个冬天的燕子窝一样。不过他本性不坏，从不伤害别人。你知道贝尼特斯那边的小海湾吧？有一天，安得里斯听说这个片区的警察正在出外勤，去远处的海岸了。这个笨孩子就趁机驾船，去了那个小海湾。他是真的笨啊，都不知道亲自确认一下，看看警察是不是走远了。”

我啧啧哀叹，炸鱼可是重罪，要被判五年刑期，外加一大笔罚金。

“他跳上了船，慢慢悠悠地划着走。划着划着就看到前方的浅水区里出现了一群红鲻鲈鱼。安得里斯停住了船，点燃了炸药棒的引线。”

老伯突然闭上了嘴，直愣愣地望向锅中，检查了一下玉米的熟度，然后又点了支烟。

“到此为止都还算好。”他继续说，“不过正当他要甩出炸药时，鱼一下子全跑了。你猜猜看，这个傻瓜干了件什么事？他居然就这么攥着炸药棒，划着船去追鱼。”“砰！”

我说，安得里斯估计难得全尸了。

“嗯，没错。”老伯不屑地说，“可是他啊，连玩炸药都玩不转。那根炸药棒根本不顶用，就那么小小的一支，炸倒是炸了，但也就炸烂了他的右手罢了。就算是这样，他也得好好感激一下那位警察，人家当天压根儿没去远处的海岸。爆炸后，安得里斯还是玩命把船划上了岸，然后因为失血过多，晕了过去。要是警察没有听到爆炸声及时赶过去查看情况，那他就死定了。这家伙走大运呀，居然又碰到了一辆巴士刚好路过。警察拦住了巴士，把安得里斯送去了医院。”

我说，安得里斯这样的好人居然赶上如此惨剧，真是可惜。但能死里逃生，也算不幸中的万幸了。接下来怕活罪难逃，等他康复了，八成还是被逮捕，再去维多岛坐个五年大牢。

“不，不会了，”老伯回答，“警察认为安得里斯已经受到了足够的惩罚，所以告诉医院，他的手是被机器绞坏的。”

锅里的玉米粒开始炸裂，冲起来，打到锡纸上，像无数个小火炮集中开火。老伯把锅从火上提起来，揭开锡纸盖子。每一颗玉米粒都炸成了一朵黄白相间的小云朵，酥脆喷香。他从口袋里掏出来一团纸，展开后，里面是一撮灰色的粗粒海盐。我们将一朵朵爆米花小云朵蘸上海盐，美滋滋地嚼起来。

“我有个东西给你，”老伯拿起一块红白两色的手绢，仔细地抹着胡子，“又是一个看着就吓人的动物，你对这种东西喜欢得很。”

我把剩下的爆米花通通塞进嘴里，在草上蹭了蹭手，迫不及待地问他这次是什么。

“我去给你拿来，”他站起了身，“这玩意儿长得怪，我以前还从没见过呢。”

我等得心急如焚。当他从榨油机后回来时，手里拿了个铁罐子。罐子破旧，罐口处被塞满了叶子。

“来，拿着，”他说，“小心点儿，这东西有臭味。”

我把罐口处的叶子拨出来，凑近了往里面瞧。老伯说得真不错，瓶子里面果然臭烘烘的。你想象一下赶集日的巴士，以及那上面的大蒜味道——就是那个效果。瓶子底部蜷着一只蟾蜍，中等大小，皮肤光滑，颜色是一种发绿的棕色。那双琥珀色的眼睛大得不成比例，嘴巴咧得很开，仿佛永远都在笑，但这笑容夸张得有些瘆人。我伸手进去想捞它出来，它赶紧把头缩到两条前腿中间，刚才还高高鼓起的大眼睛也陷回了头盖骨里（这怪异的技术是所有蟾蜍的看家本领），然后发出了一声尖利的“咩”叫，仿佛是只微缩版的小绵羊。它还是被我掏了出来，拼命挣扎，散发出令人作呕的大蒜味儿。在它的两条后腿处，各有一块黑色的凸起物，角质质地，刀刃形状，跟犁铧很像。我开心极了，之前花了这么多时间和精力，就想找只锄足蟾蜍，却一直没找着。我感谢老伯，欢欣雀跃地带着蟾蜍回了家，把它安排在卧室的一个鱼缸里。

我先在鱼缸的底部铺了一层土壤和沙子，五到七厘米厚，然后放奥古斯都（我给它起的名字）进去。一到鱼缸里，它便马不停蹄地开工，给自己建造新窝。它的动作很奇特，后腿不断地向后蹬，让刀刃状的凸起物持续向后方刨土，仿佛挥舞着两把小铲子。不一会儿，他便给自己挖出了一个坑，藏了进去，只露出一双“鼓泡眼”和那张咧嘴大笑的脸。

我很快就发现，奥古斯都十分聪慧，能通过很多小动作、小心机让我感受到它的忠诚与驯良。我每每走进房间，它就会从坑里蹦出来，不顾一切地向我靠近，哪怕明知有玻璃阻隔，也在所不惜。如果我把它取出来，放在地上，那么它就会跟在我身后，我去哪儿，它就蹦去哪儿。若我坐下，它就会顺着我的小腿拼命往上爬，直到爬上我的大腿。然后毫不顾及形象，在我温热的怀里舒服地躺下，并随意变换姿势，还会慢慢眨眼睛，一边抬头对我笑，一边大口大口地呼吸。后来我发现，它格外喜欢仰面朝天躺在我腿上，让我用食指在它肚子上轻柔抚摩。这个癖好让它获得了一个姓氏：肚子痒痒。它还会为食物而放声高歌。当我把一条肥嘟嘟的蚯蚓举到鱼缸上空，让它不停扭动时，奥古斯都就会被一阵突如其来的狂喜点燃。它的眼睛在兴奋中越睁越大，越发鼓胀，喉咙里会嘟囔着，如猪叫般的闷响，或者那种尖利的羊叫声——第一次把它从罐子中掏出时它这么叫过。我放手，蚯蚓终于坠落在了它面前。它会疯狂地点头，感激之情俨然溢于言表，然后伸手抓住蚯蚓的一头，用大拇指把蚯蚓整个儿塞进自己嘴里。只要家里来了客人，我们就会请奥古斯都表演一次，让客人品鉴一下它的歌声。所有人都坚定地表示，奥古斯都无论是歌喉还是食欲——都是他们见过的癞蛤蟆里最拔尖的那一个。

也是在那段时期，拉里把唐纳德和麦克斯介绍给了我们。麦克斯是奥地利人，个子简直高耸入云，有一头卷曲的金发。金色的胡须弯出漂亮的弧度，宛若一只蝴蝶正在他的唇上展翅。一双眼睛蓝得没有一丝杂质，投射出极度和善的眼神。唐纳德则走了另一个极端，个子矮小，脸色苍白。他是一类英国人的典型代表，一看就知道这人岂止不善言辞，简直毫无个性，寡淡无聊。

拉里在城里邂逅了这对奇葩组合后，一发不可收，当即便大方邀请二人来我家喝酒。他俩在一天凌晨两点到达我家，且到达时已醉得不知今夕是何夕了。不过我们都很淡定，觉得这事儿委实不值得大惊小怪，因为那时候的我们已经彻底，至少是几乎习惯了拉里那些神奇的朋友。

那天晚上，母亲患了重感冒，早早就休息了。奇葩组合驾到时，其他人也已各回各屋就寝，全家只有一个人还醒着，那就是我。我准备好了肉和猪肝碎，在等尤利西斯夜游回来，好给它喂饭，让它在睡前吃顿大餐。我正躺在床上看书，突然听到橄榄树林里传来一阵含混的声音，想必是一群农民刚从一场婚礼上回来，兴致未尽。接着，这通鬼哭狼嚎声竟然越唱越近了，伴随着细碎的马蹄声和马铃声。仔细聆听，他们唱的歌不太像希腊语，我开始琢磨到底是群什么人。我翻身下床，来到窗户前，探出身子望向橄榄树林。刚好看到马车从大路上拐了过来，径直走上了来我家的车道。我看得分毫不差，因为马车后座上的人举起了一个小火把。视野里，马车上的火光正穿越树林，一路摇曳着直奔我家而来，让我在困惑中又生出了些许激动与好奇。

就在此时，静谧的夜空中出现了尤利西斯的身影，看上去仿佛是一个默默飞舞的蒲公英毛球。它努力降落在我光着的肩膀上，我一抖，便把它甩了下去，然后去取来了它的餐食。尤利西斯张嘴就开吃，吃得发出轻柔的吞咽声，那双清亮的眼睛向我不停地眨着。

刚才那辆马车已经快走到我家大门前了，此刻正在减速，方向非常明确。这景象让我的心跳得更快了。

我想错了，后座燃烧的可不是火把，那里坐着两个人，每个人都抱着一座烛台，烛台造型复杂，插着数根巨大的白蜡烛。蜡烛之大，完全可以买来供奉到圣斯皮里底翁大教堂去。他们正在唱一首《山上的少女》，无比聒噪，跑调跑得毫无边际，唱风极尽浮夸之能事，但二人也在尽力地合拍、合调了。

马车在前廊下面的台阶前稳稳停住了。

“十七岁时——”一个男中音带着英国口音咏叹道。

“十七岁时！”另一个歌手适时应和，带着浓烈的中欧口音。

“小伙子坠入情网，不能自拔，”男中音举着烛台，夸张地挥舞，“姑娘的眼睛蓝得如此温柔。”

“如此温柔！”中欧口音又加了进来，他居然给如此简单的一句歌词罩上了一层分外撩拨、放荡的气韵。你若不亲耳听到，绝对难以相信。

“二十五岁，”男中音继续，“他深陷情海，彻底沉沦。”

“彻底沉沦！”中欧口音这次有点儿忧伤。

“现在他游弋于不同的眼睛中。”男中音一边咏唱，一边慷慨奔放地抡了一下烛台。由于动作幅度过大，一支蜡烛竟被甩了出去，如火箭发射般起飞，最后落在了草地上，烧得刺刺作响。

我卧室的门被人打开了，门口站着玛歌。她走了进来，身上裹着无边无涯的蕾丝，以及那种叫作细纱棉布的东西。

“那是什么乱七八糟的声音？”她声音沙哑低沉，语气里不乏责怪，“你知道的，妈妈病了。”

我解释说，那声音跟我一点儿关系也没有，不过咱家肯定是来客人了。玛歌把头探到窗外，往下看着马车。两位引吭高歌的艺术家正唱到了第二段。

“听我说，”她沉声呼唤，“能不能请你们稍微安静些。我妈妈病了。”

马车上的人立刻消停了。只见一个瘦瘦高高，细弱得像竹竿一样的身影颤巍巍地站了起来。他努力举高手中的烛台，认真地打量起玛歌来。

“那当然是不对的，小姐，”他阴沉地说，“绝对不能打扰母亲。”

“天哪，不可以！”车里的英国口音也附和道。

“杰瑞，你觉得这帮人是干什么的？”玛歌小声问我，她已经开始焦虑了。

我说答案一目了然，他们只可能是拉里的朋友。

“你们是我哥的朋友吗？”玛歌高声问窗外的人。

“一位体面的贵人，”高个子举起烛台，挥向玛歌，“请我们俩来喝杯酒。”

“呃……稍等一下，我下来说话。”玛歌回道。

“如果我能靠近望你一眼，我此生就圆满了，彻底无憾了。”高个子摇摇晃晃地鞠了一躬。

“应该说靠近‘看’你一眼。”车厢里的人纠正道。

“我下去处理一下，”玛歌对我说，“我把他俩带进屋里，让他们别闹了。你去叫拉里来。”

我套上一条短裤，胡乱抓起正半眯着眼睛、消化着晚餐的尤利西斯，将它扔出窗外去。

“太神奇了！”高个子惊叹道，尤利西斯正丝滑地掠过被月光染白的橄榄树梢，场面很是惊艳，“这是吸血鬼伯爵出动了吗？你看看是不是啊，唐纳德？”

“我的天，没错！”唐纳德应和。

我一路小跑过走廊，冲进了拉里的房间，费了老半天劲儿才把他叫醒。拉里坚信母亲把感冒病菌呼到了他身上，所以他在睡前喝了半瓶威士忌，以做预防性消毒。他终于被我弄醒了，坐起来睡眼蒙眬地看着我。

“你在闹什么鬼啊？”他问。

我跟他说了马车里的两个人，以及他俩声称是应拉里之邀来喝酒的事。

“苍天哪！”拉里说，“你就跟他们说我不在，去杜布罗夫尼克[①]了。”

我说这个方案行不通，玛歌已经把他们引到家里来了，毕竟母亲身体虚弱，不能被打扰。拉里只得发着牢骚下了床，披上睡

① 杜布罗夫尼克（Dubrovnik）是克罗地亚的旅游胜地，位于亚得里亚海岸。——译者注

袍，穿上拖鞋，跟我一起走下嘎吱作响的楼梯，来到了客厅。客厅椅子上摊着一个人，正是高挑俊美、脾性温顺的麦克斯。他朝玛歌挥舞着烛台，但上面的蜡烛一根都不亮了。唐纳德则佝着背，满脸阴沉地坐在另一张椅子上，周身的气质宛若一个殡仪馆的小助理。

“你的眼睛，就有那种温柔如水的蓝色，”麦克斯修长的手朝玛歌指去，“我们刚才就要唱蓝眼睛的歌呢，是不是呀，唐纳德？”

“应该说我们刚才就‘在’唱蓝眼睛的歌。”

“我说的就是‘在’。”麦克斯不紧不慢地说。

“你说的明明是‘要’。”唐纳德说。

麦克斯没接话，停了片刻。

“无所谓的，”他又说了起来，“反正这只眼睛是真美呀！”

“应该说这‘双’眼睛。”唐纳德再次纠正。

“啊，你终于来了！”看到我们走进客厅，玛歌喘着气说，“我猜，这二位是你的朋友？”

“拉里！”麦克斯一边激动地大叫，一边摇摇晃晃地站起来，姿态集狼狈和优雅于一体，颇有长颈鹿的风范，“你请我们来，我们就来了。”

“荣幸之至！”拉里的脸已经睡得皱成了一团，此刻他正努力地挤出一个笑容，表情都有点儿谄媚，“今天我妈妈不太舒服，能请你们稍微安静些吗？”

“妈妈，母亲！”麦克斯的咏叹不容置疑，“是天底下最伟大的人！”

他转身朝向唐纳德，抬起手来，在自己的胡子前竖起一根长长的手指，然后以雷霆万钧的气势喊了一声：“嘘！”酣睡中的罗格被这当头一“嘘”惊醒，吓得弹飞了起来，止不住地大叫。嘘嘘和呕呕也不甘落后，立刻应声狂吠。

“不懂礼数，”狗叫声中传来唐纳德的声音，“你一个做客的，怎么能把主人家的狗激成这个样子呀？”

麦克斯跪下身来，用双臂环抱住罗格，但它还在发癫式地叫嚷。看他此番举动，我心中大喊不妙。罗格时常误读他人的肢体语言，麦克斯是凶多吉少了。

“嘘，汪，汪！”麦克斯看向罗格，笑意盈盈。但罗格此时已经全身炸毛，一脸凶相了。

就在这命悬一线之际，罗格却突然止住了叫声，甚至还舔起了麦克斯的脸。一时间，我瞠目结舌。

“你们还要不要……呃……喝一杯？”拉里说，“但我没法久留你们，不好意思，我妈妈确实是病了。”

“你真有修养，”唐纳德说，“你的修养太棒了。我得先替他道个歉，外国人嘛，你懂的。”

“好了，我先去休息了。”玛歌试探性地挪向门边。

“等等，你别走，”拉里叫道，“好歹留个人帮我们倒酒哇。”

“你别走，”麦克斯依然弯着腰，双手环抱着罗格，眼睛可怜巴巴地瞄着玛歌，“别带走这双眼睛，让它留下来，与我同行。”

“行吧，那我去倒酒。”玛歌不爽地接过话。

“我来帮你。”麦克斯一把甩开罗格，整个人蹦了起来。

罗格误以为麦克斯今夜都会陪着它，它能在渐渐熄灭的炉火前独享这个温暖的怀抱。但不想此人竟如此凉薄，这么快就甩开了它，它自然怒从心起，又大叫起来。

客厅门被猛地撞开，莱斯利出现在了门前。他全身赤裸，只在腋下夹了把猎枪。

“他妈的这是怎么回事儿？”他问道。

“莱斯利，赶紧回去把衣服穿上！”玛歌提醒，“这二位是拉里的朋友。”

“我的个老天！”莱斯利哀叹，“有完没完？！”

说罢转身上了楼。

“喝起来！”麦克斯已兴奋得不知天高地厚，抓住玛歌便开始跳华尔兹，一圈接一圈。罗格也在一旁助兴，狂叫不止，吵得令人肝胆俱裂。

“你真的要控制一下自己，”拉里说，“麦克斯，看在苍天的分儿上，安静一下。”

“教养全无的家伙！”唐纳德说。

“想想我的妈妈吧！”拉里提醒道，这个事实好歹还是在麦克斯心中激起过一丝涟漪的。

此言一出，麦克斯果然停下了脚步，气喘吁吁的玛歌也被放了一马。

“你母亲在哪里？”他问道，“她病了。你带我去看看她，我能解除她。”

“应该说‘解救’她。”唐纳德说。

“我就在这里，”门口传来了母亲的声音，带着些许鼻音，“你们这是在干什么？”

她穿着睡衣，因为感冒了，睡衣上面还罩着一张无比宽大的披肩。一只胳膊下夹着豆豆，一只没精打采、气喘吁吁的小狗——她的丹迪丁蒙梗犬。

“妈妈，你来得正是时候，”拉里说，“我来介绍一下，这是唐纳德和麦克斯。”

唐纳德终于展现出了一丝热情。他起身快步穿过房间，来到母亲跟前，握起她的一只手，微微鞠了一躬。

“不胜荣幸，”他说，“我为今晚的叨扰表示诚挚的歉意。”

“很高兴见到你。”母亲强打起所有精神。

母亲一进门，麦克斯就展开双臂，静静站立。

“母亲！”他声情并茂地朗诵，“你，就是那位母亲！”

“幸会，幸会啊。”母亲忐忑地说。

“你？”麦克斯又单刀直入地问了起来，“就是那个生了病的妈妈？”

“没事没事，就是个小感冒。”母亲轻描淡写地说道。

“我们说醒了你。”麦克斯攥着胸前的衣服，眼里噙满泪水。

“不对，应该说‘吵醒’或‘闹醒’。”唐纳德继续纠正。

“请进来。”麦克斯张开长长的双臂，拥着母亲进了客厅，又小心翼翼地把她扶在一把椅子上坐好，紧邻着炉火。他脱下外套，轻轻盖在母亲的腿上，然后蹲在母亲身边，握着她的手，热切地望向她的脸。

他问母亲：“你现在最想要什么？”

“睡个好觉，不被人打扰。”莱斯利回来了，这次好歹穿上了睡裤和拖鞋。

“麦克斯！”唐纳德严肃起来，“就你爱丢人现眼！别忘了咱们今天来，是有正经事儿的。”

“哦！当然啦！”麦克斯喜上眉梢，“拉里，我们有个好消息要宣布，唐纳德决定要当作家了。”

“我不得不试，”唐纳德嘟囔道，语气十分谦和，“毕竟看着你们把日子过得风生水起，版税滚滚而来，我也心痒痒，觉得好歹该给自己一个机会。”

“不错啊，很好。”拉里淡淡地说。

“我刚写完了第一章，”唐纳德说，“我们马不停蹄地赶来，就是为了在第一时间读给你听。”

“苍天哪！”拉里惨叫，“别别别，唐纳德。现在是凌晨两点半，我的文学批评细胞都脱水了、干涸了。要不你把作品留下，我明天再读？”

唐纳德对此是左耳进、右耳出。他从衣服兜里掏出了一小张纸，说：“它虽然不长，但我相信你一定会喜欢这个风格的。”

一声火气冲天的叹息从拉里的喉咙里炸了出来。大家纷纷坐好，满怀期待地等待唐纳德清完嗓子，开始朗读大作。

“突然间，”他的嗓音低沉而又富有活力，“突然、突然、突然——他来了；又是一个突然间，突然、突然、突然——她也来了。突然间，突然、突然、突然——他看向了她；而突然间，突然、突然、突然——她也看向了他。她突然向他张开了双臂，是那么地突然、突然；而他也张开了双臂，也是同样地突然。然后再是突然间，他们彼此相依了。突然、突然、突然——他感受到了她的体温；突然、突然、突然——她的唇感受到了他的唇的温热。”

客厅里的沉默似乎没有尽头，我们都在耐心等待唐纳德继续。他哽咽了两下，仿佛在努力消化着这作品迸发出的力量与激情，然后竟然把纸片叠了起来，装回了口袋里。

“你觉得怎么样？”他问拉里。

“嗯，的确是不长。”拉里审慎地回答。

“我的文风怎么样？”唐纳德继续问。

“呃……那个……还挺有意思的，”拉里说，“但你回头就知道，这种行文方式已有前人用过了。”

“不可能的呀，”唐纳德辩解道，“明明是我今晚才想出来。”

“这人真不能再喝了。”莱斯利大声说。

“小声点儿，亲爱的，”母亲说，“唐纳德，你打算给它起个什么书名呢？”

“我觉得，”唐纳德神色儒雅地说，“我要叫它《突然之书》。”

“这个名字相当切题了，”拉里评论道，“只是我觉得呢，两位主角的形象还可以再丰满立体一些，最好给他们加点儿深度。”

“嗯！”唐纳德说，“此言有理。”

“好了，这非常有趣，”母亲打了一个大喷嚏，“不过现在，我们都得好好喝杯茶才是。”

“我来给您泡茶，母亲。”麦克斯一跳三丈高，把狗狗们激得大叫不已。

“我来给你搭把手。”唐纳德说。

“玛歌，亲爱的，你还是跟着去吧，帮他们找找东西。”母亲说。

三人走出去后，母亲盯向拉里。

“你曾告诉我，”母亲冷冷地说，“这些人都正常极了。”

“嗐，唐纳德也不是变态，”拉里说，“他就是多贪了几杯。”

“然后，突然、突然、突然——他就醉了！”莱斯利一边吟诵，一边往炉火里加了几根木柴，并用脚踢了几下，搞出一撮火苗。

“他俩都是厉害角色，”拉里说，“科孚岛上，一半的人都被唐纳德撩得心神荡漾。”

“这是什么意思？”母亲问。

“你懂的，科孚岛人就喜欢探听他人的隐私，什么都不放过。”拉里说，“在他们眼中，唐纳德一看就家底雄厚，还满身地道的英伦做派，这人肯定不得了，背景必是不同凡响。唐纳德顺坡下驴，在自己身上编了无数故事，哄得大家团团转，他更是乐在其中。我听到的版本可谓五彩缤纷，且个个都言之凿凿。人们说他是公爵家的长子，是伦敦大主教的表兄，是柴斯特菲尔德伯爵的私生子。他曾就读于伊顿公学、哈罗公学、牛津大学、剑桥大学。我今早还从帕诺普洛斯太太那里听到了一条有‘十足把握’的信息：唐纳德毕业于格顿学院[①]。这个消息很让我欣慰。”

玛歌刚好回到了客厅，脸色不悦。

“拉里，你去管管那两个人吧，”她说，“麦克斯用一张五英镑的钞票点燃了灶火。唐纳德不知道躲在哪里，一个劲儿地冲我

① 格顿学院（Girton College）隶属于剑桥大学，在当时还是一所女子学院。——译者注

们喊‘咕咕——’，但没人找得着他。”

于是我们一行人浩浩荡荡地拥入厨房。厨房很宽敞，铺着石板地板，炭火灶台上，一个水壶开始咕噜噜地鸣叫。麦克斯手里攥着一张烧得稀烂的五英镑钞票，正悲伤地凝视着钞票的遗骸。

“哎，麦克斯啊，”母亲说，“这可不是聪明人该干的事儿啊！”

麦克斯抬头，向母亲微笑。

“为母亲花的钱，就没有一分是冤枉的。”他把这张烧毁的钞票塞到母亲手心里，“母亲，请您收下它，这是我给您的一份留念。”

“咕咕——”一声幽怨的鸣叫飘荡而来。

“是唐纳德的声音。”麦克斯很得意。

“他在哪里？”母亲问。

“我也不知道。”麦克斯说，“如果他找地方藏起来了，那就说明他想把自己藏起来。”

莱斯利向厨房后门走去，一把推开了门。

"唐纳德，"他喊道，"你是不是在这里？"

"咕咕——"唐纳德声音颤抖，似有什么难言之隐。

"苍天啊！"莱斯利说，"那个笨蛋跌到井里去了。"

厨房后门连着个花园，那里有个很大的井，足有十五米深。一根粗壮的水管从井口一直延伸到井底。唐纳德的叫声回响很大，莱斯利的判断极有道理。我们赶忙拎来一盏灯，在井口围成一圈，纷纷向下望去，想在黑咕隆咚的井底找到唐纳德。还好，他挂在了一半深的地方，正手脚并用地抱着水管，抬头望向我们。

"咕咕——"他的叫声变得羞涩起来。

"唐纳德，别再犯傻了！"拉里怒不可遏，"快爬出来啊。那下面有水，你掉下去的话，真会被淹死的。这个我都无所谓，只是你死在里面，会污染我家的水源啊！"

"没事的。"唐纳德说。

"唐纳德，"麦克斯说，"我们都需要你，出来吧！那下面多冷啊。你上来，跟母亲一起好好喝杯茶。我们还想继续跟你聊你的作品呢。"

"真的？"唐纳德问。

“对，对，一言为定。”拉里已经不耐烦了。

唐纳德终于开始往上爬，爬得心力交瘁，举步维艰。众人屏息盯着他的进度，等够得着他了，便纷纷探下身去，各自抓住他身上的一个地方，七手八脚地往上拽。成功营救后，我们再次带客人们回到了屋里，给他俩都倒上了大杯的热茶。两位客人终于恢复了些神志，脑子虽然没有百分之百清醒，但毕竟大半夜了，有些晕乎也正常。

“好了，你们该回家了，”拉里的语气不容置疑，“明天咱们城里见。”

我们把他俩送到了前廊外。马车还在原处，马已经困顿乏力，垂着头，呆呆地站着。马车夫却不见了踪影。

“他们来时有车夫驾车吗？”拉里问我。

我只能有一说一，说当时完全被后座上的蜡烛吸引了，没注意看其他地方。

“我来驾车就好，”麦克斯说，“唐纳德可以给我唱歌助兴。”

唐纳德手举烛台，小心地在后座上坐好。麦克斯则进入了驾驶座，有模有样地挥了一下马鞭。马一个激灵，瞬间清醒过来，无奈地叹了口气，沿车道走了起来，步履蹒跚。

“各位晚安啦！”麦克斯挥舞着马鞭大喊。

等马车消失在橄榄树林，彻底看不见了，我们才转身进屋。大家长长地舒了口气，关好了大门。

“拉里，你请人做客多少得看看时间嘛。这三更半夜的，不像话啊。”母亲说。

“又不是我专门挑三更半夜请他们来的，”拉里面带愠色，“我只说了以后可以来喝一杯，谁知道他们今晚说来就来啊。”

话音刚落，大门处传来了战鼓般轰隆的敲门声。

“算了，我不管了。”母亲身手矫捷地跑上了楼。

拉里前去开了门。马车夫站在门口，一脸的焦躁与困惑。

“我的车呢？”车夫大吼。

“刚才你人呢？”拉里驳斥道，“少爷们自己驾车走了。”

“他们把我的车偷了？！”车夫的怒气难以平息。

“人家会稀罕偷你的车吗？笨蛋！”拉里的神经已经快崩坏了，“谁让你不老老实实在门口等着呢？他们找不到你，就自己驾车回城了啊。你赶紧去追吧，动作快点儿，搞不好还能追上呢。”

车夫向圣斯皮里底翁祈祷，希望获得神力相助，然后便撒开脚丫子奔向橄榄树林，一路往下追。

这场收官大戏不容错过，我赶紧找了个最佳的观察位置继续看戏。门口的车道被月光照得清清楚楚，进城大路也能尽收眼底。此时，马车刚拐出车道，轻快敏捷地上了大路。麦克斯和唐纳德在高声歌唱。车夫也冲出了橄榄树林，骂骂咧咧地向着车的方向跑去。

麦克斯一惊，回头望了一眼。

“后面有狼，唐纳德！”他大叫，“你抓紧扶手啊！”随即便挥鞭抽向可怜的马。马被抽得一愣，惊吓之余，快步起跑，速度又上了一个台阶。但毕竟是科孚岛的马，再快也快不到哪儿去，也就是刚好能让主人在十步开外想追却追不上罢了。车夫绝望地大喊，苦苦哀求，已几近号啕。不过麦克斯无比英勇，誓要不惜一切代价，保唐纳德安全。麦克斯大力挥鞭，动作粗鲁，马被打得苦不堪言。唐纳德则整个人向后倾斜，几乎是挂在靠背上了，不时便大吼一声：“砰！”就这样，不一会儿，马车连同车夫都消失在了我的视野中。

翌日清晨早餐时，全家都晕晕乎乎的，每个人都尚未从昨晚发生的事情中走出来。妈妈声色严厉地批评拉里，说他不该在凌晨两点请人过来喝酒。就在此时，斯皮罗的车开到了前廊门口，他摇摇晃晃地走到我们跟前，胳膊下夹着一个扁平但硕大的牛皮纸包裹。

“这是给您的包裹，德雷尔夫人。”他说。

“给我的？”妈妈扶了扶眼镜，“怎么会呢？”

她小心翼翼地拆开了牛皮纸，里面是一盒巧克力，反射着五彩光芒，如彩虹般美轮美奂。这真是我此生见过的最大的一盒巧克力。盒子上还附了一张白色的小字条，送巧克力的人肯定是在颤抖中写下这句话的：“我们为昨晚的行为深表歉意。唐纳德、麦克斯敬上。”

08 Birds, Beasts and Relatives

豪门猫头鹰

冬季降临，岛上各处都弥漫着橄榄树枝燃烧时散发出的香气。在寒风的推搡下，百叶窗板吱嘎叫嚷，不断拍打着房屋。天空阴沉，小鸟跌跌撞撞地乱飞，树叶簌簌落下。大陆上，棕色的山峰戴上了雪做的帽子，但雪尚且斑驳稀疏。雨水冲刷着破败嶙峋的山谷，形成湍急的小河，披着周身的泡沫，步履匆忙地奔向大海。小河一路带去泥沙和垃圾，抵达海岸时，如一束束黄色血管汇入了蓝色的肌体。河水表面各式杂物星罗棋布，如海葱的球茎、木头段、扭曲的树枝、死掉的甲虫和蝴蝶、枯草丛与植物的茎的碎片。暴风雨气势汹汹，扫过阿尔巴尼亚山脉的一座座雪峰顶，直逼我们而来。乌云排山倒海，为人间倒下刺骨的瓢泼大雨。空中不时闪亮一片，如深绿色的蕨叶铺满天际，那是电闪雷鸣在绽放力量与激情。

初冬时节，我收到了一封信。

> 亲爱的杰拉尔德·德雷尔：
>
> 我们共同的好友斯迪凡尼德博士告诉我，您热衷研究自然科学，还养了不少宠物。请问您是否愿意再收留一只白色的猫头鹰呢？我的工人们在拆除一间旧棚屋时发现了它。不幸的是，它有一只翅膀受伤了，但其他方面完全没问题，食欲也不错。
>
> 如果您有兴趣，诚邀您星期五来寒舍共进午餐，回家时可将它带走。静候您的回复。当天下午一点或一点钟差一刻到达都可以。
>
> 真诚的，
>
> 玛弗罗达基伯爵夫人

这封信真是天降大喜，让我兴奋不已。原因有二：其一，我一直都想要一只仓鸮，而信中讲的猫头鹰显然正是它；其二，科孚岛人多年来日思夜想、殚精竭虑，就希望能接近伯爵夫人，但这些努力都是枉费心机。伯爵夫人隐居隐得不留死角，独自坐拥一座豪华大宅，深居简出。那是一座威尼斯式的别墅，位于乡村深处，除了为她服务的仆从和工人，没有人能靠近它半步。西奥多是伯爵夫人的医疗顾问，多亏了这重身份我才能结识她。坊间盛传，夫人家里有一座图书馆，里面的书籍汗牛充栋，且不乏稀有的绝版好书。拉里为此绞尽了脑汁，只求亲自拜访一次，但始终未能如愿。

“我的老天爷哟！”看到我的邀请信，拉里满脸苦涩，“一连几个月，我费了多少心思啊，就想去那个老巫婆的书房里看看书。但现在她居然主动邀请你去吃午饭——老天爷，你看看你干的好事，这公平吗？”

我说吃完午饭后，我或许能帮他求个人情，搞不好伯爵夫人能够通融一下，允许他去看书。

拉里嘲讽道：“她要是跟你吃了一顿饭，恐怕连《泰晤士报》都不想借我瞄一眼了。我还想进人家图书馆？做什么美梦呢？”

尽管我的社交能力不被大哥青睐，但只要时机得当，我依然会替他美言几句。此次会面在我心中重若千钧，所以我使出了最大的诚意和心意来捯饬自己。衬衣和短裤被洗得一丝不苟，并说服妈妈买来了新的凉鞋和草帽。由于距离较远，我将骑莎莉前往伯爵夫人的庄园。为表尊重，也给莎莉换上了一条新毯子，给我当鞍具。

赴约当日，天空阴沉，地面泥泞，一场暴雨正蠢蠢欲动。我在心中恳切祈祷，这雨可千万别在我走在路上时降落，否则我白得耀眼的衬衫将毁于一旦。我骑着莎莉在橄榄树林里小步快跑，偶有山鹬从前方的桃金娘丛中蹿出来。行进过半，我的不安加剧，神经越发紧绷。我觉得自己对这场会面做的准备还是不够到位，居然忘了带上泡在标本瓶里的鸡。那只鸡长了四只脚，伯爵夫人多半儿会对这种稀奇玩意儿感兴趣。万一开场时我们找不到话题，这个东西肯定能助我打破僵局。我也没有做好称谓方面的功课，不知道该怎么称呼伯爵夫人。“女王陛下”绝对是过于隆重了，人家不过是要送我只猫头鹰，我无须如此夸张吧？不如就叫“殿下”，或者“夫人”是不是更自然些？

我深陷礼仪问题的泥潭不得解脱，便让莎莉信“驴”由缰。但悲惨的是，它没一会儿便打起了瞌睡。纵观天下能干活的家畜，怕是只有驴子有此绝技，能边走边睡。结果莎莉一步步踱到了路旁的水沟旁，猛然间摔了一跤。我正忙着思考，根本无暇应对，直接被掀翻，飞进了十几厘米深的泥沟里。莎莉直愣愣地看向我，眼睛里满是责难和惊讶。它老玩这套，明明是自己闯了祸，却拿这种眼神瞅我。我肺都气炸了，恨不得一把掐死它。新凉鞋里灌满了泥浆，上一秒还体面又板正的短裤和衬衫，此刻已满是泥巴和烂掉的水草渣。一时间，懊恼、怨愤、失落、挫败涌上心头，我几欲失声痛哭。此处离家太远，来不及原路返回换衣服了。我只能硬着头皮继续走，周身湿透，满心苦楚。现在好了，不用担心自己在称呼方面出丑了——人家看到我这个邋遢样子，立刻就会轰我走的。猫头鹰没戏了，拉里的图书馆也泡汤了。我暗暗骂自己蠢，刚才该专心赶路的，竟敢信任这么一头什么事都指望不上的傻驴子！此刻，它正在努力小跑，耳朵高高竖起，像一对毛乎乎的海芋百合。

我们终于抵达了目的地。伯爵夫人的别墅坐落在橄榄树林的深处，正门前方有一条车道，两侧巍然挺立着一排桉树，树干呈粉绿夹杂的颜色。车道口两边各立着一根高大气派的柱子，每根上面都有一座狮子雕塑镇守。这两头狮子背着雪白的翅膀，不屑一顾地看着莎莉和我跑入车道。房子华美壮观，主体呈“凹”字形，方正雄伟。看得出，它的外墙曾经是富丽堂皇的威尼斯式正红色，只是现在已褪成了玫瑰粉。墙面有数处返潮，均有鼓包和皲裂。屋顶的棕色瓦片也缺失了好几片。房檐下挂着蔚为大观的燕子窝，但全部空空如也，活像一排棕色的小烤炉被人遗忘在了这里。窝的密度之大，突破了我的认知，我从未在同一个地点里见过这么多的燕子窝。

我就近找了棵树，拴好莎莉，走向一个拱门，门后能通向别墅的中央庭院。拱门上垂着一根生锈的铁链子，我轻轻拉动，便听得房子深处传来一阵似有若无的铃声。我耐心等候良久，见无人应答，想再拉一次。正在此时，厚重的木门被人打开了。开门的人乍一看简直像个土匪。他高大壮实，脸上的鹰钩鼻高耸入云，一抹奇伟的八字胡已全白，满头的卷发也都白了。头上是顶猩红色的塔布什帽，身上穿着件宽大的白色衬衣，衣服上有精美的刺绣花纹，由红色和金色的丝线绣成。腿上是条打着褶子的黑色裤子，松松垮垮。脚上蹬着双翘头鞋，鞋头各有一个红白两色的毛绒球，那对绒球大得离奇。他棕色的脸庞绽放出大大的笑容，一张嘴便咧出了气势恢宏的效果，让我清楚地看到，里面的每颗牙都是金色的。一瞬间，我仿佛置身于铸币厂里。

"德雷尔少爷？"他问我，"欢迎您。"

我跟在他身后，漫步穿过了满是玉兰树的中央庭院，百花凋零的花坛。随后我们便走进了房子内部，先是穿过一条长长的走廊，地面铺着猩红色和蓝色的地砖。推开一扇门后，他领着我进入了一个轩敞但幽暗的房间。靠墙处是高大的书架，从天铺到地。房间一侧设置了一个硕大的壁炉，木柴噼里啪啦燃烧，火苗刺刺作响。壁炉上方挂着一面巨型金边镜子，铸造的年代已久远，如今已褪了色，金边快成黑边了。壁炉旁的一个长沙发上坐着伯爵夫人，她裹着色彩明艳的披风，靠着一堆厚实的靠垫，整个人都快陷进去了。

夫人的形象与我的预期相去甚远，我原以为她一定高挑纤瘦，冷漠倨傲。但此刻她一骨碌弹了起来，欢蹦乱跳着向我走来。她娇小而丰腴，笑容亲切，面庞娇嫩似玫瑰花蕾。浅棕色的头发朝天盘起，梳成蓬巴杜式的宫廷发髻。一双弯眉雪峰般高高耸立，仿佛永远都处在惊讶的表情中。眉下是一对剪水绿眸，清辉闪耀，似稚嫩的橄榄果子。夫人伸出温暖又肉乎乎的双手，一把握住我的手。

"你来了，太棒了！"夫人的嗓音甜美动听，宛若小女孩，周身散发出浓烈的紫罗兰和白兰地气味，"谢谢你过来一趟，你真是个好人啊。我可以叫你杰瑞吗？那我就叫了啊。我的朋友都叫我玛蒂尔达……这也不是我的真名，我的真名是斯底弗尼·兹尼亚……难听极了，像个什么专利药品的名字。所以我对'玛蒂尔达’的喜爱远超自己的真名，你觉得呢？”

我小心地回答说，玛蒂尔达的确是个不错的名字。

“就是！这个名字多经典，多复古啊。一个人的名字是绝顶重要的，你说是不是？比如这个人吧——”夫人手指向领我进来的人，“他说自己叫迪米垂斯，但我称他为‘穆斯塔法’。”

她瞄了一眼这个男人，然后倾身靠向我。一阵醉人的白兰地气息，伴随着紫罗兰的浓香向我袭来，悉数浸入我的呼吸。夫人突然改用希腊语，并用气声说道：“他是一个土耳其人的私生子。”

男人的脸顿时从头顶红到了下巴尖，胡须根根立起，这让他的强盗气质瞬间达到了顶峰。“我不是土耳其人，”他大呼，“你瞎说！”

“你就是，你的名字都叫‘穆斯塔法’。”夫人反驳。

“我不叫……我不是……这不是我的名……不是不是。”男人已经气得吹鼻子瞪眼，连话都说不清楚了，“你这个大骗子。”

“我不是个骗子。”

“你就是个骗子！”

“我不是！”

“你就是！”

“我就不是！”

“你这个老骗子！”

“老？！”夫人惊叫起来，血直冲脑门儿，满脸通红，“你居然敢说我老……你……你这个土耳其骗子！”

“你不仅老，你还胖。”迪米垂斯-穆斯塔法平静了下来，慢悠悠地说。

“行了！”她尖声叫起来，“老？胖？你今天是彻底反了吗？你被开除了，我会给你一个月交接期。不！你现在就得滚出这个房间，土耳其人的私生子。”

迪米垂斯-穆斯塔法神色庄严地挺直了身体。“没问题，”他说，“那我离开之前，还需要给你们倒杯酒、伺候你们吃午餐吗？”

“那当然了。”夫人回道。

他默默走过房间，来到沙发后面，从一个冰桶中取了瓶香槟出来，随即摆好三个大酒杯，按一比一的比例，给每个杯子都倒入了白兰地和香槟。他给夫人和我各递上一杯，自己举起了最后一杯。

“让我们举杯，”他一本正经地对我说，“为一位又老又胖的骗子祝福，愿她未来平安健康。”

我左右为难。喝了吧，像是我赞同这祝酒词似的，也太不尊重伯爵夫人了；不喝吧，又不给他面子，瞧他这体型和气质，搞不好我是要挨一顿揍的。正当我手足无措时，夫人爆发出一阵欢笑，光洁饱满的脸颊上绽出一对迷人的小酒窝。

“穆斯塔法，别捉弄客人了，但祝酒词的创意确实不错。”她开始大口喝起酒来。

迪米垂斯－穆斯塔法冲着我咧嘴笑，满口金牙光焰万丈。

“来，少爷，喝一杯吧，”他说，“别介意这些玩笑。她啊，就喜欢三样东西：吃的、喝的，还有吵架。我的工作就是满足她的这三个诉求。”

“别胡乱说。”夫人抓起我的手往沙发边走去。我觉得自己的手在被一朵肉乎乎、粉嘟嘟的小云朵牵着。夫人说：“他瞎说，我喜欢的东西多着呢。穆斯塔法，你别光站着喝我的酒，赶紧去看看午餐准备得怎么样了。”

迪米垂斯－穆斯塔法一口干了杯中的酒，转身离开了。夫人则坐在沙发上，牵着我的手，笑盈盈地看着我。

“现在舒服了，”她满面春风，“只剩咱俩了。你跟我说说，你平时都是这么满身泥巴的吗？”

我窘迫极了，赶紧解释了一番在路上和莎莉的遭遇。

“哇，你居然是骑驴过来的！”夫人的赞叹让人顿感骑驴这件事是十分稀罕的，“你太明智了。我也不喜欢汽车，这些东西吵死了，而且不好控制，实在是靠不住啊。”

“我丈夫还在世时，我们也有过一辆黄色的大汽车。哎哟，那东西可不好伺候。我丈夫还算能管得住它，但我的话它是一句也听不进去的。那天，我们的车发疯了，非要倒进一个商店，里面装满了水果和蔬菜，我怎么搞都没法让它停下来。最后它冲出了码头边缘，一头扎到海里去了。我出院时，对丈夫说：‘亨利，’——这是不是一个很有腔调的名字？哎，我说到哪儿了？哦，对，我当时说：‘亨利，这辆车真是坏透了。它没安好心，不能要了，我们卖掉它吧。’然后我丈夫就把它卖掉了。”

刚才空腹喝了些白兰地和香槟，此刻又被融融炉火烤着，我已有些上头，脑子里晕晕乎乎。这种微醺的感觉很是美妙，我笑着点了点头，于是夫人又开始聊了。

“我丈夫特别有文化，品位非常高。他喜欢收集书籍，还有绘画、邮票、啤酒瓶子……不论什么东西，只要雅致又讨他喜欢，那他就会收集一堆。就在他过世前不久，他又开始收集起拿破仑的半身塑像来了。那个恐怖的小个子科西嘉人居然有这么多半身像，真是吓死人！光我丈夫就收了五百八十二座。我跟他说：‘亨利，你得住手了。否则我就离开你，一个人去圣赫勒拿岛[①]。’我不过是说笑罢了，但你知道他当时是什么反应吗？他说自己这段时间还真动了心思，想去圣赫勒拿岛度个假呢，而且得带上所有的拿破仑半身像。我的天哪，他这是走火入魔了吧，我肯定忍不了啊！文化是个好东西，这我承认，但太过沉迷就不好了。”

迪米垂斯-穆斯塔法又走了进来，给我们满上酒，说：“午餐还有五分钟就好。”说罢便又离开了。

“我丈夫可以算是个收集狂。有一次，在一个大型展览会上，他看到一台农用联合收割机，它大得像个怪物。我捕捉到了他眼里闪过的光，吓得我直发抖，于是立刻就扑灭了它：‘亨利，别动这门儿心思，家里可不能到处摆这种收割机。你要真是喜欢收集东西，那就收集点儿珠宝、皮草什么的吧。’这话听起来有点儿伤人，但我实在是没办法了。只要我一不留神，他就会把整个家都塞满这种农用机器的。”

① 圣赫勒拿岛（Saint Helena）是大西洋上的一个与世隔绝的英属岛屿，拿破仑在滑铁卢战败后曾被流放至此。——译者注

迪米垂斯－穆斯塔法走了进来，说："午餐已准备妥当，可以开餐了吗？"

夫人牵着我的手，有说有笑地领我出了门，穿过铺着地砖的走廊，又走下一段嘎吱作响的木制楼梯，来到了地下室。这里是一个巨大的厨房。我家的厨房已经不算小了，但跟这个相比，完全不值一提。厨房铺着石板地板，一侧墙边，整齐地排着一列炭火炉子，火苗跳动翻飞，眨着眼睛。炉子上放着锅具，里面咕嘟着不同的美味。墙壁上挂满了各式厨具，有铜锅、壶、盘、咖啡壶、巨大的盛菜碟、汤盘，等等。炉火映照下，它们闪出金色的微光，晶莹闪烁，如虎甲虫的身体。厨房正中央放着一张三四米长的餐桌，由胡桃木制成，表面漆得油光锃亮。餐桌上精心布置了两个就餐位，分别放置着洁白的餐巾和光可鉴人的餐具。餐桌中心有两架巨型烛台，每架都插满了白色的蜡烛，宛若两座蜡烛做的森林。巨无霸厨房兼庄重的宴会厅，这组合真是不一般。厨房里热气腾腾，美食气味四处撩人，让夫人的香水味都黯然失色。

"咱们得在厨房里吃饭了，希望你不会介意。"在夫人口中，这个用餐环境仿佛极其不合规矩。

我回答说，在厨房里吃饭合情又合理，尤其是在冬季，这里多暖和啊。

"没错，没错！"夫人一边说，一边由迪米垂斯－穆斯塔法拉开了椅子，坐了下来，“再说了，如果我们去楼上吃饭，这个土耳其老家伙肯定要啰唆，一个劲儿地抱怨路有多远，端菜有多辛苦。”

“我抱怨的不是路程太远，而是食物太沉。”迪米垂斯－穆斯塔法给我们倒酒，泛着金光的浅绿色香槟缓缓注入杯中，“要不是你的食量太大，这段路也算不得什么。”

“好好好，别埋怨了，赶紧上菜吧。”夫人一边哀怨地说道，一边将餐巾慢慢塞进下巴处的领口里，脸上一对小酒窝盈盈欲笑。

我肚子里满是白兰地和香槟，除此以外别无他物，晕乎乎地饿。低头一看，餐盘两侧布置着种类繁复的刀叉，该从哪把用起，我毫无头绪。我心中顿时警铃大作，暗呼不妙，待会儿可如何是好？依稀记得母亲说过一条绝招儿，遇到这种情况，一律从最外侧开始用。但眼前的刀叉堪称鳞次栉比，外侧在哪里我都拿不准，整个人如芒在背。我决定“敌不动则我不动”，每次都等伯爵夫人挑餐具，然后再依葫芦画瓢。事实证明，我的心理战全是自作多情。伯爵夫人根本不在乎什么逻辑和规矩，无论是刀叉还是勺子，什么顺手就使什么。没过多久，我也客随主便，一派轻松自在。

迪米垂斯－穆斯塔法给我们上了第一道菜。这是一盘细腻而清透的汤羹，表面点缀着金色的油脂泡，撒着蚕豆大小的烤面包碎块，仿佛是一群酥脆的皮划艇正悠荡在琥珀色的海面。汤汁鲜浓开胃，夫人连喝了两大盘。面包碎被她嚼得咕哧作响，仿佛有人正信步踏过满地的枯叶。迪米垂斯－穆斯塔法给我们又倒满了刚才喝的葡萄酒，杯中散发出馥郁的麝香味道。第二道菜是酥炸小鱼苗，每一条小鱼都被炸得金黄鲜脆，辅以一大碟黄绿色的柠檬片和满满一碗飘着异国风味的酱汁，这酱汁我还是第一次见。夫人盘子里的鱼苗堆积如山，她浇起酱汁来豪放自如，恨不得每条鱼都雨露均沾，挤柠檬时也气势不俗——洒了一满盘、一满桌，以及自己一满身。她抬头对我温柔一笑，脸庞已绯红，额头上也起了一层细密的汗珠。夫人在惊人的食欲和澎湃的倾诉欲之间取得了完美的平衡，哪边儿都不耽误，菜没少吃，话更是没停过。

“这盘小鱼还合你胃口吗？好吃是吧？可惜了，这些小鱼还没长大就被下了锅。但它们也算死得其所，毕竟咱们吃起来就不用怕鱼刺扎喉咙了嘛，真是一种享受啊！对了，我丈夫还一度收集过人体骨架呢。我的天哪，那时候我家简直成了一个太平间，味道根本没法闻。我跟他说：‘亨利，你必须收手了。这个爱好太变态，真会要命的。你得找个精神科医生看看才是。’”

“这世上居然还有素食主义者，我完全不能理解这种行为。”夫人把叉子悬在手上，“亨利曾经也试过吃素，你敢信？反正我是绝对受不了的。我跟他讲：‘亨利，这样下去可不行。咱家储藏间的食物都能给一支军队做供给了，你不能指望我一个人全吃掉吧。’可怜我当时刚刚下了订单，买了整整两箱兔子，我说：

‘亨利，赶紧停掉你的傻习惯，不许再吃素了啊。’”

我猛然意识到，亨利当丈夫的确是当出了一大堆麻烦，但他本人估计也没觉得这日子有多逍遥自在。

迪米垂斯－穆斯塔法为我们撤下了残渣，又满上了葡萄酒。我已经吃到十成饱，暗自祈祷今天的硬菜就到此为止吧。但考验远未结束，因为餐盘旁边的刀叉勺子依然呈错综复杂之势。看到他端着个气势恢宏的大盘子又走了过来，我心中的警铃声震云霄。

“哎哟！”夫人激动万分，挥起圆乎乎的小手嚷道，“今天的主菜来喽！是什么呀，穆斯塔法，我们吃什么主菜啊？”

“主菜是乳猪。”

“哇，乳猪！”夫人尖声高叫，双手轻拍着肉嘟嘟的脸颊，“真不错！我差点儿都忘了这茬儿了。希望你也爱吃乳猪肉，你喜欢吗？”

我回答说乳猪在我的美食榜单上名列前茅。这绝不是客套话，但今天稍微意思一下就好，可以给我一小份吗？

“当然没问题。”夫人俯身靠向焦棕色的大肥猪，在它油光闪亮的臀尖处切下了几片粉嫩的厚块。她把其中的三大片肉放入一个盘子中。在她的认知里，这毋庸置疑就是一小份而已。然后她围着肉开始摆配菜，首先安排了一堆小巧玲珑的金色野蘑菇，这种蘑菇叫作鸡油菌，味道鲜美浓郁，几乎带着一股酒香；然后是切成小段的节瓜，中间被挖空，灌满了酸奶油和刺山柑花蕾；接着是带皮烤的小土豆，表皮被齐整地剖开，涂上了黄油；还有淡橘色的胡萝卜，颜色似冬日暖阳，以及浸在奶油里的韭葱，又粗又壮。我叹为观止，默默解开了短裤最上面的三颗扣子。

“以前我家可不缺乳猪。那时候亨利还在。哎，现在不一样了。但今天咱们有口福！要不要再来点儿蘑菇？真不要了？吃蘑菇对身体是很好的。这道菜后，咱们得休息一下。吃一会儿，就必须要休息一会儿，有利于消化。”末了，夫人又一脸纯真地补充道，“休息好了，你才有力气继续吃嘛。”

乳猪的肉质柔嫩多汁，预先用带着草本香气的葡萄酒浸泡过，肚子里更是塞满了蒜瓣。整道菜味道浓郁，香气袭人。饶是如此，我的战斗力也所剩无几。夫人依然生猛，一口气两大盘就下了肚。她向后一靠，脸颊涨成淡紫色，开始用力擦起眉心的汗来。但她用的居然是一张小小的蕾丝手帕，精致纤细，看上去完全不能担此重任。

“休息休息，好不好？”她咕哝着对我说，脸上笑容可掬，“咱们缓口气，恢复一下体力。”

我觉得我的体力已消耗殆尽，再无恢复的可能了。但又不好意思驳她的面子，只得强打精神，笑着点点头，默默解开了短裤上的所有扣子。

休息时，夫人的嘴也没停。她点了一只细长的雪茄，一边抽，一边吃盐花生，一边接着大聊特聊她丈夫的过往传奇。休息的效果倒真不错，我肚子里的饱胀感、脑子里的昏沉感好歹消退了一小半。稍后，夫人判断我们的五脏六腑已重振雄风了，便宣布休息期结束，令迪米垂斯－穆斯塔法继续上菜。谢天谢地，他只端来了两份还算小巧的煎蛋饼。蛋饼外皮焦脆，内里则饱满多汁，还被塞进了不少粉嫩的小虾仁。

“你给我们做了什么甜品呀？”夫人嘴里满是蛋饼，但已开始询问起收官菜的内容了。

“我没准备甜品。”迪米垂斯－穆斯塔法答道。

夫人的眼睛都瞪圆了，惊恐万状。

“没准备？！”看她的反应，仿佛迪米垂斯－穆斯塔法刚才是在谢罪，坦白承认自己触犯了“天条”。

“我真忙不过来。我不可能干了全部的家务后，还能再做这么多道菜吧？”

“没有甜点的话，”夫人语气哀婉，几近绝望，“午餐就不完整了啊。”

“好吧，我其实买了些蛋白酥皮卷，”穆斯塔法说，“你就将就着吃点儿吧。”

“哈哈，太棒了！”夫人脸上再次光芒万丈，“酥皮卷好吃得要命！”

酥皮卷真的能要了我的命。每一个都硕大无比，雪白无瑕，酥脆如珊瑚，里面灌满了奶油，呈喷薄欲出之势。我的内心也波澜起伏，对罗格的思念如滔滔江水，它要是在该多好啊！起码能在桌下帮我吃掉一半的食物。反正夫人的注意力只够应付她自己盘子里的食物，以及回忆中的喜乐甘苦，根本顾不上管我吃了多少。

“好了，”夫人一边吞下嘴里最后一口酥皮卷，一边拂着下巴上的碎渣，“你吃饱了吗？要不要再来点儿什么？水果怎么样？可惜了，现在还不到水果大量上市的季节，咱们的选择不多。”

我说万分感谢，但真的不需要了，我的肚子已经完全“吃无余力”了。

夫人叹了口气，饱含深情地看着我。我懂，此刻最能让她开怀的事情，莫过于再喂我吃两三盘硬菜了。

“孩子，你吃得不够多啊，”她说，“发育期的小男孩怎么能就吃这么点儿？处在这个年龄，你不该这么瘦的。平时你妈妈给你做的饭够吃吗？”

这句挑衅的话若被母亲听到了，她估计得当场发飙。我回答说母亲做得一手好饭，我们家在吃食上不输豪门。

“那我就放心了，”夫人说，“但我还是觉得你不够精神。”

我不够精神的真正原因是，刚才吃下肚的那些美味佳肴现在已经开始造反了。但我没法直说，所以只能尽量礼貌地表示，时间已不早，我不敢再打扰了。

“啊，没错没错，亲爱的，”夫人说，“我的天哪，居然已经四点过一刻了，真是时光飞逝啊！”

她叹了口气，但随即又精神抖擞起来。

“反正都到这个点儿了，也该喝下午茶了。你要不要再待一会儿，跟我喝点儿什么？”

我婉拒，说母亲可能已经在担心我了。

“咦，等等！”夫人反应过来，“你来这一趟是为了什么来着？哦，对了，为了那只猫头鹰。穆斯塔法，请把猫头鹰取来。然后帮我在大厅里安排一下茶点，我要咖啡和那种好吃的土耳其甜品。”

穆斯塔法抱着一个硬纸盒走了进来。纸盒被绳子紧紧绑住，随即递到了我手中。

“你先别拆，带回家后再解开。”他说，“这动物有点儿野，不好管。”

我心里非常恐慌，生怕再晚一步走，就要被夫人留下来吃茶点。于是赶紧真诚谢过他们主仆二人，转身走向大门。

“跟你吃饭真是太愉快了，”伯爵夫人说，“真的是一种享受，绝佳的享受。等到了明年春天或夏天，你一定要再来啊，那时候的蔬菜和水果就丰富多了。穆斯塔法做的章鱼也是一绝，他能让你体会到章鱼在嘴里融化的感觉。”

我说我也非常期待再次重逢，但在心里默默提醒自己，下次真要来的话，可一定得提前空腹三天。

“拿着这个，”夫人往我衣服兜里塞了个橙子，“带着在路上吃，万一途中你又饿了呢。”

夫人目送我爬上莎莉的背，看着我们一路小跑着沿车道越走越远，在我身后大喊：“路上小心啊！”

我面色铁青，紧紧抱着猫头鹰，许久才离开大别墅的地界。此刻，驴背上的颠簸对我的消化系统有了化神奇为腐朽的魔力。

没走几步我就坚持不住了，翻身下来找了棵橄榄树，溜到它后面大吐了一场。

回到家后，我把盒子解开，将猫头鹰放在地上。它拼命挣扎，四处乱啄。小狗们本来围过来看热闹，想认识一下新朋友，但都被它吓得仓皇逃遁。它们已经领教过尤利西斯发怒时的威仪了，眼前这只猫头鹰的体型更胜尤利西斯两倍，哪只狗还敢造次？但这只猫头鹰真是美得不可方物，胜过我此生邂逅过的所有鸟。它背上和双翅的羽毛是蜂巢般的金棕色，间或夹杂有灰色的斑点；胸前是一片奶白色，一尘不染，如无瑕白玉；一双黑得不见底的眼睛，仿佛来自东方国度，周围还带一圈白色羽毛围成的眼罩，硬邦邦、直挺挺，宛若伊丽莎白时代的大褶皱立领。

万幸，它翅膀受的伤比我预料的要轻很多。虽然有骨折，但程度不是很严重，且未到粉碎级的程度。我费尽全力地跟它周旋了半小时，搞得自己全身上下四处挂彩，总算帮它把夹板固定妥当了。我给它取名为“兰帕杜沙”，没什么理由，纯属突发奇想，就是喜欢这个名字。兰帕杜沙行事孤傲不群，对狗充满恐慌和戒备，唯恐避之不及，也完全不愿亲近尤利西斯，更是半点儿不把奥古斯都·肚子痒痒放在眼里，鄙夷之情溢于言表。我猜它初来乍到，还没适应环境。现在给它安排个独立而幽暗的空间，或许还能让它放松点儿，舒坦些。于是，我将它带去了顶层的阁楼里。阁楼里有个房间很合我意，面积不大，只有一小扇窗户，上面蛛网和灰尘密布，仿佛光线穿进来也得颇费一番工夫。此处僻静清幽，昏暗如山洞，让兰帕杜沙暂时在这与世隔绝的地方安家，应该有助于它恢复元气。我留下满满一盘碎肉，蹑手蹑脚地关好了房间的门才离去，全程不敢惊动它。当天晚上，我带了只死老鼠作为礼物，上阁楼去看它。它的状态已有了极大的好转。下午留给它的肉已所剩无几，它朝着我咝咝地喘叫，一下下地咂巴着嘴，同时双翅大展，威风凛凛地在地板上走来走去，发出吧嗒吧嗒的脚步声。见状，我悬了半天的心可算是踏实了。我将老鼠放在地上，安心地下楼睡觉去了。

过了几小时，我被母亲房里传来的喧闹声吵醒了。半梦半醒间，我好奇家人们为何要在这个时间生出事端来。于是我下了床，将头探出门外，认真听了起来。

“我告诉你，”这是拉里的声音，“我房顶上有邪灵，专门吵人清闲的那种。”

“不可能的，那种邪灵要乱扔东西才对。”母亲说。

“无所谓是哪一种邪灵了，反正它在我天花板上甩链子，噼里哐啷直响。我要求你们赶紧去驱邪，你和玛歌不是这方面的行家吗？不是对往生的世界了若指掌吗？现在就上去发个威，把问题解决了吧。”

“我才不要上去，”玛歌眉头紧锁，浑身发抖，“它可能是个很恐怖的东西，万一是个恶灵怎么办？”

“不用万一，那玩意儿肯定就是个恶灵啊！它吵了我整整一小时呢！”拉里说。

“亲爱的，你听清楚了吗，会不会是风吹的声音？”母亲问。

“那玩意儿到底是风吹出来的效果，还是一个王八蛋拖着镣铐、铁球到处乱跑的声音——我分得清楚。”

“搞不好是强盗，”玛歌说，那语气听起来更像是在自我安慰，遭贼好歹胜过闹鬼，“有可能是强盗啊，咱们去叫莱斯利吧。”

我本来就没睡醒，加上白天喝的酒此刻还在起作用，所以根本没有精力去分析大家在聊的可能是个什么鬼。但瞧这局面，家人们八成又要闹场大戏了。他们最擅长在一些莫名其妙的时刻——不分白天黑夜，说干就干，掀起波澜，乱斗一通。于是我来到了母亲的房门外，准备看好戏。拉里正焦躁不安地走动着，身上穿的长睡袍随着脚步在地上拖行，看上去很是威严。

“这样下去肯定不行，问题必须解决，”拉里说，“头顶上哐啷哐啷响个不停，我根本睡不着；我睡不好，作品就写不好。”

“亲爱的，我们真没法帮你啊，”母亲说，“肯定就是风吹的声音。”

“没错！再说了，你凭什么要我们上去？”玛歌说，“你一个大男人，最该自己上去看看啊。”

“来来来，”拉里说，“咱们好好看看，披着一身灵介质从伦敦回来的人是你吧？满嘴说着什么无限永生的人也是你吧？所以这邪灵还真就有可能是被你带回来的。你把人家从哪个通灵会上招了来，然后一路拖着它带回了家。现在它是你的灵宠了，你有义务处理好它。”

“灵宠”这个词给了我一激灵。该不会是兰帕杜沙吵着拉里了吧？但猫头鹰的翅膀柔软顺滑，挥动时不会发出一丝声响，能如蒲公英般安静飞行，仓鸮当然也不例外。那些铁链、铁球的哐啷声怎么可能是它发出的呢？

我走进母亲的卧室，问大家在聊什么。

“我们就是在谈一个鬼，”母亲说，“拉里遇到的。”

“那个鬼在阁楼里，”玛歌很激动，“拉里怀疑它是从伦敦跟着我回来的邪灵。会不会是魅威克呢？”

“够了，别再提那个人的名字，我不想再发一次脾气。”母亲语气坚定。

“我懒得管他是谁，”拉里说，“就算他是你的那位见首不见尾的灵界朋友，也必须给我消失掉！”

我插话道，这个鬼大概……也许……有那么一丝微妙的可能……是兰帕杜沙。

“这又是个什么？”母亲问。

我说是伯爵夫人送给我的猫头鹰。

“我早就该料到的啊！”拉里说，“要不然还能是什么？我怎么能忘了你这茬儿呢？真想不通！”

“好了，亲爱的，”母亲说，“现在明白了吧，不就是只猫头鹰嘛。”

“这叫‘就是只猫头鹰’？”拉里说，“这简直是一整支坦克部队在我脑门儿上碾过来碾过去。告诉杰瑞，立刻把它挪走！”

我说我也很震惊，想不明白兰帕杜沙怎么能搞出这么大的动静，猫头鹰在夜间飞行时，安静得就像一片烟尘拂过，振翅时绝对悄无声息……

“但你这只猫头鹰振翅时地动山摇，”拉里说，“它以一己之力，发挥出了一个乐队的实力。立刻去给我处理它！”

我忙带上一盏灯，往阁楼爬去。打开房门的一瞬间，我便明白了问题的所在。兰帕杜沙吃干净了老鼠后，发现早先的盘子里还剩了一条生肉。但历经了漫长时间，肉条已被烘干，凝固在了盘子上。兰帕杜沙觉得这肉条好歹也能解个馋，至少让漫漫长夜不那么难熬，于是决定剥下来吃掉。它把棕色的喙插入了肉条，却死活无法剥离肉条和盘子。这下好了，非但没吃着肉，嘴还被卡死在了盘子上。兰帕杜沙只得慌乱地四处走动，拖着盘子拍打木地板，想把盘子甩掉。我把它从此绝境中解救出来，带回了卧室，重新关到了纸板盒子中，希望这样能让它安全了吧！

09 Birds, Beasts and Relatives

小刺猬诀别，老浪子归来

春回大地，我们又搬了一次家。这次是一座外观洁白胜雪的别墅，被一棵魁伟的玉兰树笼罩着，四周有橄榄树林环抱，离我们的第一个家并不远。它伫立在一个山坡上，俯瞰下去，远处有一大片平坦的开阔地，沃野数里。这片平地上，灌溉渠纵横交错，纹路规整，远看似棋盘，规模宏大，浩浩荡荡延展于天地间。我称这里为“田野”。威尼斯时代，这里曾是盐田，旁边紧靠着一个大盐湖，湖里的盐水会冲进渠中，其中的盐分会被人收集起来。盐湖早已因淤塞而停用，但沟渠依然在发挥功用，能将山上的水引到田野来，形成一大片肥沃的土地，令各种农作物茁壮成长。这里的动物种类繁多，生机蓬勃，是我最爱探索的乐园之一。

科孚岛的春天向来豪气冲天，说来就来。一夜之间，春风横扫天际，将漫天浮云一一吹去，给苍穹涂上了清亮的孔雀蓝色。春雨拂过山谷，把遍地花朵悉数唤醒，让你惊觉漫山遍野都是鲜花的笑靥：意大利红门兰、番红花艳黄，长春花集挺拔和秀美于一身，葡萄风信子睁着蓝色眼眸从草丛中抬头看向你，娇弱而不胜风力的银莲花在花瓣尖染了一抹酒红……橄榄树的枝丫间热闹非凡，应季归来的小鸟窸窸窣窣。戴胜披着肉粉色加黑色的羽毛，头上顶着一个常年绽放的羽冠，仿佛一天到晚都处于震惊状态。它们的喙长而弯，在草丛间的软土上啄来啄去。金翅雀叽叽喳喳聊个不停，娇叫连连，一会儿跳到这个树丫，一会儿又蹦去那个树梢，身上的羽毛熠熠生辉，闪耀着灿金、猩红、墨黑多种色彩。沟渠里水草丰茂，显得尤为碧绿，其间挂着一串串蟾蜍卵，如四处遗落的黑珍珠项链。翠绿色的青蛙扯着嗓子呼朋引伴。淡水龟驮着乌木般的黑色背壳，缓缓攀上岸，不急不慢地挖出大坑，产下一窝新的希望。亮蓝色的蜻蜓已成功孵化成形，身材纤美，瘦若细丝，动如游龙，翩飞于灌木丛中。美中不足是拐弯时总拐得有些猝不及防，动作略显生硬了些。夜晚降临，岸上萤火虫成群飞舞，萤光闪烁，绿中泛着白。白天，野草莓的果实鲜艳欲滴，如一个个大红色的小灯笼挂在树影下、阴凉中，闪烁出一束束明媚娇俏的光芒。这是探索的黄金时段，你可以去邂逅、见证一切美好，可以随便翻开一段木头，便收获满满的新奇。你可能会发现一个田鼠窝，也可能会看到无足蜥蜴小宝宝正在蠕动。它们周身光洁闪亮，仿佛是用青铜铸造而成。

那天，我正在沟渠里努力翻找，想抓一条棕色的水蛇回去养，我知道它们就住在这里。正在兴头时，我忽然听见一个老婆婆唤我。我跟她算是略打过照面，但不太熟。她正站在六块田外的一处地点，急切地召唤我。老婆婆应该是在锄地，手里握着一个手柄短、铲面大的锄头，双腿站在足踝深的淤泥里，脚上是一双绵羊毛织的袜子。袜子真是丑得毫无亮点，但农民们锄地时就爱穿这款。

“我发现了个好东西，你肯定喜欢！”她大声喊，“快来看！”

但我实在是快不起来，因为每块田的四周都有水渠包围，只有少部分渠上架着小桥，能让人通行。要跨越农田去那儿，无异于在迷宫里找路。

“赶紧！赶紧哪！”老婆婆的声音愈发响亮了，“它们在逃了，你快点儿！”

我连滚带爬，一路狂奔，几次都差点儿摔到沟里去。跨过好几座摇摇欲坠的木板桥后，终于气喘吁吁地赶到了老婆婆身边。

“就在那里，”她指向地面，“小心，别让它们咬着你了。”

老婆婆从地里挖出一堆叶子，叶子里有四个白色的小东西正在蠕动。我不敢轻举妄动，小心地用捕蝶网的手柄拨开叶子。刹那间，一股狂喜涌上心头，我眼前竟然出现了四只新生的小刺猬！它们周身粉粉嫩嫩，宛若仙客来的花朵，身上的刺雪白而柔软。它们还没睁眼，只能胡乱蠕动，彼此乱拱，像一窝白胖的小猪。我将它们轻轻放入衬衫中，谢过老婆婆，便往家赶。我的心激动得似有千重巨浪翻涌，这可是四只新生的小刺猬啊！成年刺猬我倒是有两只，分别叫“痒痒”和“挠挠”。这俩名字绝对实至名归，这源于它们身上蔚为大观的虱子群落。成年刺猬的驯化的确不容乐观，服从性很差。但这几只小的刺猬肯定不一样，它们或许能把我视作亲生母亲。将来，我会风光无限地徜徉在橄榄树林中，身后跟着狗狗天团、尤利西斯、喜鹊兄弟俩，脚边还跟着四只温顺忠诚的小刺猬，对我亦步亦趋。在我的悉心训练下，每只小动物都将身怀绝技，能表演不同的节目。

回到家时，家人们刚好都在。他们正聚在前廊的葡萄藤下，各忙各的一摊事。母亲织着毛衣，嘴里念念有词地数着针数，间或大喊一声：“糟糕！”你就知道这编织大业中又出了点儿小错。拉里沉浸在一个大部头著作中，但时不时焦躁地看看玛歌。玛歌把缝纫机踩得吧嗒吧嗒直响，做着一些薄而透的衣服。这些作品非常神奇，穿了跟没穿差不多是一个效果。玛歌哼着小曲儿，可惜没一个音在调上。虽说是小曲儿，但歌词只有一句，因为她只记得这一句。

“姑娘穿着件蓝色的小夹克，”玛歌的声音轻柔，略带颤音，“姑娘穿着件蓝色的小夹克……姑娘穿着件蓝色的小夹克……姑娘穿着件蓝色的小夹克。”

“你的歌唱体现且仅体现出了一个优点，就是你百折不挠的耐性，”拉里说道，“我们正常人，但凡发现自己五音不全，知道自己连最简单、最直白的歌词都记不住，就会在第一时间闭嘴，会懂得品味挫败和遗憾。”说罢，他随手把烟头扔在地上。

“差点儿扔到我身上！”莱斯利大喊。

“莱斯利，亲爱的，”母亲说，“别喊那么大声嘛，你打断我的思路了，针数又错了。”

我朝母亲举起了小刺猬，满脸荣耀。

“多可爱的小家伙们！”母亲温柔的视线透过镜片投射到我手中。

“不会吧！他又搞回来了什么新玩意儿，是不是？”拉里无比鄙夷地看着这四只背部雪白、肚子粉嫩的小幼崽。

“这是什么东西啊？”拉里问道。

我回答说是刺猬的小宝宝。

“不可能啊。”他说，“刺猬不都是棕色的吗？”

家人们在自然知识上的匮乏愁煞我也，人对自己栖息的世界竟能如此无知。不过没关系，我每次都会尽力给大家做科普工作。我解释说刺猬妈妈不可能直接分娩出带硬刺的小刺猬，否则它得被最惨烈的剧痛撕碎。小刺猬刚出生时，刺都是白色的，柔软又有弹性。在成长过程中，这些刺会慢慢变成深色，最终转为硬刺。

“亲爱的，你要怎么喂它们吃东西啊？”母亲问，“它们的嘴真小，是不是还得喝奶？”

我告诉母亲曾在城里的商店中看到过一个洋娃娃组装套装。套装里面的零件多是多，但无用，如洋娃娃、尿布、便壶，等等。不过那里面有一样东西倒是入了我的眼：一个微型喂奶瓶，配有数个红色的小奶嘴。我可以用这个奶瓶给小刺猬们喂奶，其他东西可以送给某个农户家的小孩儿，满足她对玩具的渴望。整个计划就差临门一脚了：我囊中羞涩，买不起。这段时间，我的支出着实凶猛了些（比如买铁丝制作喜鹊的新笼子），自己的零用钱余额已日薄西山，可以说一无所有了。

“我明白了，亲爱的，”母亲试探着说，“如果那个套装不太贵的话，我也许能赞助你。”

我说咱们要用投资的眼光来评价这笔支出，认真分析一下就知道，它绝对不贵。首先，这个奶瓶本身就意义非凡，不仅能解决我此次的燃眉之急，以后养别的动物时还可以二次利用。其次，你将收获四只乖顺的小刺猬。最后，你将得到一个农家小孩儿最诚挚的感激。敢问天底下还有比这更划算的买卖吗？于是我成功入手了这个套装。一个我非常喜欢的农家小女孩心花怒放地收下了娃娃、便壶等其他零件。接下来，我正式开始了抚养小刺猬的艰巨工程。

它们被我养在床底下的一个硬纸板盒子里，底部铺满了棉絮。为了在夜间给它们保暖，我还会在盒子下面放一个灌了热水的瓶子。我本想亲自带它们睡觉，但妈妈说这样太不卫生了，关键是还危险，搞不好我一个翻身就会压死它们。它们最爱喝加了水的牛奶，于是我兢兢业业，每日喂三次，其中一次的时间还在凌晨时分，尤为艰难。我跟斯皮罗借了一个锡制大闹钟，让它用步兵连练兵般的吵闹声炸醒我。这个闹钟着实称职，每次都超额完成任务，除了我，全家都得在它的号令下起来才行。所有人都把压力给了母亲，她不堪其扰，只得建议我在睡前给刺猬们加一餐，以取消凌晨两点的那一顿，否则全家上下谁都睡不了整觉。我虚心接受建议，刺猬们茁壮成长。它们渐渐睁开了眼睛，刺从纯白变为了灰色，愈发坚硬起来。如我所愿，它们果真把我当作了母亲。每每当我打开箱子，它们便挤破头地往前冲，你推我搡地要抢第一口奶吃，发出奶乎乎的咕哝声。我得意万分，开始幻想起今后在橄榄树林里招摇过市的场景。

那天，有一群朋友邀请母亲带我去科孚岛最南端玩。去的话，我们就要在那里过一个周末，这让我不知如何是好。我当然是想去的，我对那片浅滩魂牵梦萦已久，滩里藏着可爱的心形海胆，看上去有几分像刺猬宝宝。这种海胆真的是桃心形状，全身长满软刺，一端有个簇状的毛尾巴，背脊处有一串凸起的大刺贯穿首尾，仿佛是印第安人戴的头饰。我曾经找到过一个心形海胆，但已被海水冲得不成样子了。西奥多跟我说，在岛最南端的沙滩上，我只要往地下挖几厘米，就能找到无数心形海胆。但问题也随之而来，我的小刺猬们该怎么办？我没法带着它们远行，而且这次母亲也要走，家里没人能帮我照顾它们。

“我可以帮你照顾，”玛歌主动请缨，“多可爱的小东西啊！”

我深感不妥，问她是否对这件事的复杂性与艰巨性有正确的认知。比如盒子里的棉絮一天要换三次，她怕不怕麻烦。再比如牛奶必须稀释后才能喂，她记不记得住。还有，牛奶要温到体温的热度，但不能超过这个标准，她做不做得到。最重要的是，每只刺猬每顿只能喝半瓶奶，她能不能控制好。这可容不得半点儿闪失，要是让它们敞开肚皮随便喝，它们能喝到昏死过去为止，而下场就是要比平时多换很多次棉絮。

“别这么看不起人，”玛歌说，“交给我你就放心吧，照顾小小动物我最在行。你去找张纸，把喂养的注意事项列清楚就行。我保证它们平平安安，健健康康。”

我心中依然煎熬。心形海胆藏在金色的沙地底下，隔着浅浅的海水撩拨我，把我的魂儿都勾去了；但玛歌的育儿风格成谜，水平堪忧，把我的魂儿又给按回去了。得不到我的信任，玛歌震怒了。我无奈松口，答应把刺猬托付给她照顾，但忧心如焚，内心深处鼓声震天。还好，我赶上拉里心情不错，成功求得他用打字机打印了一篇“喂养注意事项书”，将各项要点一一列明，交代给了玛歌。我还给她示范了如何温奶和换棉絮。

玛歌尝试着进行实践，依次掏出小刺猬，让它们在手心蠕动、尖叫。她一边将奶嘴伸入一张张饥渴的小嘴中，一边说："它们真是饿惨了呢！"

我说它们向来贪吃，喜欢这种夸张的表演，无须在意。

"哎呀，那也太可怜了啊！"玛歌哀叹。

我有罪，为什么没在这个时刻警觉起来？！

那个周末真是痛快淋漓。我被严重晒伤，只怪春日暖阳太迷惑，威力巨大却不显山不露水。这都无妨，随着我的凯旋，带回了六只心形海胆、四个首次捕获到的贝壳，以及一只不慎从窝中跌落的小麻雀。我一回到家，狗狗军团就集结起来，向我表达铺天盖地的思念之苦与重逢的喜悦，吠、舔、啃，无所不用其极。我只要离开它们超过两小时，就能享受到这种款待。我迫不及待地问玛歌，小刺猬们是否一切安好？

"它们好着呢，"玛歌回答，"但是我得说啊，你对它们实在是太苛刻了。按你的标准，就给这么点儿奶的话，这群小家伙非得饿死。它们太惨了，惨不忍睹哪。"

我的心被重击了一下，瞬间沉到了深渊。

“这些小家伙都饿疯了，吃起来跟发了狂似的。其实每顿饭，每只刺猬都能喝两瓶奶的，你都不知道，对吧？”

我心惊胆战，忙冲回卧室，从床下拉出盒子。小刺猬们已浮肿如球，肚子鼓胀得几欲炸裂了。四只小爪子无力摆动，身体沉重，无法移动分毫。每一只都变成了一个粉色的大牛奶袋子，袋子表面还覆盖着小刺。它们当晚就与我诀别了。玛歌趴在球状的小尸体旁，哭得惊天动地、气贯长虹，但丝毫不能缓解我的苦痛。因为我的橄榄树林招摇行动出师未捷便已错失四员大将，永远无法成行了。为了让玛歌深刻反省自己的恣意妄为，我在花园里挖了四座小坟，分别插上小十字架，用以警示和敲打她，永以为戒。并在随后的四天内，拒绝跟她说一句话。

不过，我对小刺猬们的哀思其实也谈不上旷日持久。就在那段时间，唐纳德和麦克斯又回到了科孚岛，还得意地带回一艘足有九米长的帆船。拉里给我们介绍了一个新人物，克里克船长。

一天下午，我和母亲在橄榄树林里玩了小半天。她采到了心仪的野花和香草，我收集到了刚蜕变成形的蝴蝶。回家喝下午茶的途中，我们虽疲惫，但都兴高采烈。快走到家时，母亲猛然刹住了脚。

“前廊里坐了个人，是谁？”她问我。

此前我一直在和小狗们抛树枝玩，根本没往前看。此刻我才发现前廊里确实有人，他穿着条皱皱巴巴的白色帆布裤子，四仰八叉地坐着，行状诡异。

“那个人是谁，你认得出吗？”母亲焦虑起来。

那段时间母亲正在头疼我们账户的超支问题，以至于产生了一种错觉，总觉得我们在英国的银行经理随时可能冲来科孚岛，跟她进行一番说道和拉扯。眼前这个陌生人显然有此嫌疑，所以她才毛骨悚然。

我把那个人从头到脚打量了一番。他面容苍老，脑袋瓜儿很秃，只有一缕稀稀拉拉的头发，却被梳到了后脑勺儿，发色花白，长度倒不短，宛若一条跨年老蓟的枝丫，光秃秃、惨兮兮。嘴巴周围的胡子和络腮胡也全白了，乱蓬蓬的，完全不修边幅。我跟母亲汇报，基于我对银行经理的了解，前廊的人应该可以排除嫌疑。

“完了，亲爱的，”母亲火冒三丈，“他今天也不是不能来嘛，可咱们连个茶点都没有。那眼下这个人又是谁呢？”

那位陌生人本来打鼾打得正香，听到我们的声响，一下子惊醒了，迷迷瞪瞪地看向我们。

“啊喂！”他开口大喊，声音洪亮如雷，把母亲吓得一个趔趄，差点儿跌倒在地，“啊喂！你肯定是德雷尔家的母亲啦，还有你小子，拉里跟我说过你的。欢迎欢迎！”

“我的天，”母亲向我轻声感叹，“又是拉里的团伙。”

待我们走得更近了些，我才彻底看清这位客人，他真是长了张不同凡响的脸。脸色绯红，脸庞坑坑洼洼，似核桃皮。鼻梁骨也许被人暴击了很多次，已严重弯曲变形，像一条蛇似的扭在脸中央。下巴定是同样的身经百战，且“一折就挠”，现已“百战百挠”，还挠向了同一个方向，仿佛是被一条线拽着扯向了右耳垂处。

“见到你们，我很高兴，”他说得堂而皇之，仿佛自己才是这座别墅的主人，一双眼睛水汪汪的，盈满了笑意，“我的个乖乖哟！你比你儿子说的漂亮多了，真是个俏丫头。”

母亲整个人僵了一下，怀里的银莲花束一松，落了一枝出来。

“我是德雷尔夫人，这是我的儿子杰拉尔德。”母亲说的每个字都冷若冰霜。

“我叫克里克，”老头儿说道，“帕德里克·克里克船长。”说罢他停了一下，行云流水地啧出一口老痰。痰利落地飞过栏杆，正中一个正在盛开的百合花的花池，那是母亲的最爱。他继续说：“很高兴认识你啊！”

母亲已六神无主，慌乱间清了清嗓子："我儿子劳伦斯没在这儿吗？"说这句话时她用上了一种贵族语调，只要她一紧张，就会自动换上这种拿腔拿调的声音。

"没有，他不在，"克里克船长说，"我跟他在城里就分开了。但他请我先来这儿喝茶，说自己很快就会归队。"

"行吧，"母亲力挽狂澜，尽力保持风度，"你先坐。我失陪一下，去准备点儿司康饼来。"

"哎哟喂，还有司康饼呢！"克里克船长说道，吓得母亲又弄掉了两枝野花，"我喜欢司康饼。"

"杰瑞，"母亲绷着脸对我说，"你陪一下克里克船长，我去准备茶点。"

母亲说罢便落荒而逃，我则留下来跟船长周旋。

他一屁股跌坐回椅子，水汪汪的眼睛透过稀疏的眉毛看着我。那目光烁烁如炬，不一会儿便盯得我后背发毛。我好歹代表着主人家，所以主动示好，递过去一盒烟。他直直地盯着烟盒看，仿佛在凝视一口深井，嘴巴一张一合，有点儿像杂耍艺人手里的木偶。

"这玩意儿能杀人！"他突然大喊，我惊得手一滑，差点儿把烟盒丢在了地上。他靠着靠背，蓝眼睛打量着我。

“小子，卷烟不是好东西，能要人命的。”他随即把手伸进裤子口袋里，掏出来一个又粗又短的烟斗，黑黢黢，质地粗糙，活像一块黑煤炭。他把烟斗叼在齿间，这个动作让他的下巴歪出了新境界。

“永远记住，”他说，“烟斗才是真爷们儿的好伴侣。”

他觉得这个玩笑开得极有水平，笑声嘹亮，我自然也捧场，敬业地赔笑。他起身，朝栏外再次吐出了一口大气磅礴的痰。我开始搜肠刮肚地找话题，但一个顶用的灵感都没有。恐怕他不想知道今天是个好日子，我听到了今年的第一声蝉鸣；也无所谓阿加莎家的鸡下了六个蛋，但都跟榛子一样小。既然船长热爱航海事业，那会不会对塔奇出海捕鱼的经历感兴趣呢？塔奇很穷，连一艘船都买不起，夜间捕鱼时只能一手高举着灯，一手拿着鱼叉往水里戳。结果有一次就戳到了自己的脚，当时他误以为那是一条长相怪异的鱼。船长的目光透过烟斗上方的油烟直奔我而来，我还没开口，他已率先打破了沉默。

“小子，你是不是在想，我这张脸怎么长这样？”他的语气明显带着一丝嗔怪，脸颊也更红润、更油光闪亮了，宛若一匹缎子。我还没来得及解释，他已开了口。

“大帆船。当时我们正绕过好望角。风太猛了，帆布乱扑腾，噼啪直响。天空打着雷。绳索从我的指缝间滑了过去，甩到了甲板上，跟条上过油的蛇似的。船员们尽力救我了……但没办法，船上没有医生。”他若有所思地摸着下巴，不再发一语，我听得津津有味，随后他又说，“等我们到了智利，我的下巴已经完全康复了，硬得像石头。”他抚摩着下巴，“那时候，我才十六岁。”

我踟蹰起来，不知此时是否需要表达一下对他的同情。但他的神思已然飞到了九霄云外，一双湛蓝的眼睛空洞地望着前方。母亲回来了，看到我们如木头人般的造型，吃了一惊。

妈妈使劲儿清了清嗓子。

“杰瑞，你过来一下，帮我端茶。”

我把茶壶、奶盅、杯子取了来，还摆上了几盘金灿灿的司康饼和吐司，都是母亲现准备的。

“食物，”船长大口大口地咬着司康饼，“能让你咕咕乱叫的肚子住嘴。”

“你会不会……呃……在这里待很久？”母亲问他，但明显在渴求一个否定的答案。

“搞不好啊，我就在这里养老了，”船长一边含混地说，一边把胡子上的碎渣儿拍掉，“这小地方真是漂亮！我就在这里下锚也不错。”

因为下巴变了形，不太方便，所以船长只能吸溜着喝茶，边咂巴嘴边发出呼哧呼哧的声音。母亲的神经几近崩溃，想来心里已万分煎熬。

“你应该是……呃……有条船的吧？”她再次问。

“没有的事儿，但不怕，”船长一把又抓起了一块司康饼，“我已经退休了，现在有大把时间乐活喽！”

他若有所思地盯着母亲，嘴里大嚼特嚼。

万幸的是，汽车这时刚好驶到大门处，把母亲解救了出来，让她无须对此做出任何反馈。家人们连同唐纳德、麦克斯一起下了车。

“亲爱的母亲，我们回来了。”麦克斯微笑着，温柔地抱住了母亲，“我们是不是碰巧赶上了下午茶？

“这个恶心的老家伙是谁？”母亲抓住机会，迅速将拉里堵到墙角，远离了热闹非凡的茶桌。

“他是克里克。”拉里回答。

“我知道他的名字，”母亲说，“但为什么要带他来咱们家？”

“他很好玩啊，”拉里回答，“他已经退休了，但退休金少得可怜，所以穷得叮当响，养老是个问题。”

“无所谓，反正他别指着让我们养老就行，”母亲义正词严，“不许让他来第二次了。”

“我还以为你能和他合得来呢，”拉里继续说，“他阅历很广，几乎周游过全世界，还去过印度。他能给你讲半辈子的精彩故事。”

“依我看，他就该继续周游下去，”母亲说，“他已经讲过的故事，跟精彩完全不沾边儿。”

克里克船长把我们家定为了自己的“下锚点”，从此常不请自来，还专挑吃饭的时间点，毫不见外。他会先大嚷一声：“啊喂！能让我登船，一起聊聊吗？”他赶了四公里远的路，在橄榄树林辛苦奔波，好不容易才走到了我家，我们不忍心也不可能拂他面子。母亲会低声抱怨着走向厨房，在汤里加点水，把香肠对半分，好让克里克船长有吃食。餐桌上，船长谈笑风生，一段接一段地回顾当年在海上的峥嵘岁月。他支离的下巴在张合间不断蹦出陌生的地名，我只在地图上见过，如亭可马里、达尔文与德班、布宜诺斯艾利斯、惠灵顿、加尔各答、科隆群岛、塞舌尔、汤加群岛……普天之下，仿佛所有角落都被他探索过。讲解之中还会插入冗长的船歌和打油诗，粗俗下流，令举座哗然。内容里有太多高深的生理知识与隐喻，还好母亲见识有限，不得其解。

精彩到可以载入史册的一天终于到了。那天，克里克船长如既往地说来就来，正好遇到我们在招待客人——驻扎科孚岛的英国牧师夫妇。虽然宾主尽欢，但我们的招待更多的是出于礼仪与规矩，而非宗教信仰。那天，克里克船长的表现令人刮目相看。他有礼有节，不卑不亢，和牧师交流了对海怪的见解，聊了潮汐波的高度问题，还向牧师夫人解释了经度和纬度的区别。看他突然有了副体面典雅的做派，我们甚是欣慰。下午茶接近尾声时，牧师夫人颇费了番心思，终于将话题不动声色地拉到了她的孩子们身上。这个话题是她的灵魂引线，能瞬间点燃她的激情。听她聊一会儿后，你便会相信，眼前这位女士是古往今来唯一一位会生孩子的人，而且她孕育出了世间最完美无瑕的人类后代。夫人用了十分钟的时间，向我们翔实地论证了她的孩子们是何其聪明绝顶、出类拔萃，然后低头嘬了一口茶，终于停了片刻。

“说起生孩子啊，我太老了点儿，不中用喽。”就在这片刻间，船长发话了。

一口茶刚入嘴，夫人便猛地呛住了。

下午茶惨淡收场。

没过几天，唐纳德和麦克斯也来了。

“母亲，”麦克斯说，“我们要带你去远方。”

“我们要搞一个帆船派对，”唐纳德说，“这主意不错哟！当然了，是麦克斯想出来的。”

“在哪里举行派对？”母亲不解。

“我们会环岛一周。”麦克斯回答，同时将长长的双臂围成了一个圈。

“你们不会驾船吧？”莱斯利说。

“这不是问题，我们不开船，掌舵的是拉里。”麦克斯答。

“拉里掌舵？”莱斯利不可置信，“他在驾船方面就是个纯外行啊。”

“不不不，”唐纳德迫切地解释道，“今时不同往昔，他可有长进了，堪称专家。克里克船长一直在培训他，且船长也会一起来，给拉里当船员。”

“既然如此，那我就有决断了，”母亲说，“我不可能跟那个糟老头子一起登上任何船。况且拉里驾船，水平不好说，风险倒一定会有。”

大家花了好一番工夫劝说母亲，但她主意已定，最终只同意拉里去船上。我家其他人加上西奥多，只能坐车穿过科孚岛，去另一头的海湾处与驾船而来的拉里等人会合。而且我们只能在岸上野餐，如果天气不错，顶多还能再下海游个泳。

派对当天一早，我们便坐上车出发了。彼时天光爽朗，碧空万里，真是出海和野餐的理想天气。到达了岛屿另一头的海湾后，我们刚从车里取出了野餐装备，天色却突然大变。天气看上去很不稳，八成要起季候型热风了。西奥多和我穿过橄榄树林，来到了海边。海水已变成铅灰色，风刮来大朵大朵的云，又任性地扯散，铺在了天空各处。刹那间，远处的海平面出现了三条顶天立地的龙吸水大水柱，呈龙卷风状轻盈地跳动，仿佛是三条史前巨兽的长脖子。水柱不时拧绕摇摆，颇有几分天鹅般的优雅，摇摆着渐次远去，彻底消失在了海平线处。

“啊哈，”西奥多饶有兴致，“这还是我第一次亲眼见到三条龙吸水呢。太神奇了！你注意到它们移动时的姿态了吗？看着就像……嗯……一群有生命的活物。”

我说，真希望它们刚才能向我走得再近点儿。

“呃……”西奥多用大拇指搓着胡子，“龙吸水很危险的，可不能……嗯……跟它们交往过密。有一次，我在马其顿也见到了一个，它……呃……居然登陆了，毁了一大块宽约两百米、长近四百米的地。那可是岸上的陆地啊。粗壮些的橄榄树……

呃……你知道的，被打得不成样子。细弱的橄榄树如小火柴棍一般，被拦腰折断。最后，在水柱解体的地方，陆地被瓢泼的海水灌满，盐度完全饱和。所以……你懂的……那里再也不能种庄稼了。”

“你们俩看到刚才的龙吸水了吗？”莱斯利走了过来。

“看到了，非常奇幻。”西奥多答。

“妈妈快被吓疯了，”莱斯利说，“她非常确定，那些水柱会直奔拉里而去。”

“我觉得不必担心，”西奥多说，“它们离这里相当远。”

我们在岸边的橄榄树林里安顿好后，天色已是风雨欲来状。毋庸置疑，一场突发的大热风即将袭来。但在眼下这个季节，倒也常见。橄榄树林中狂风呜咽，海湾里波翻浪涌，波峰处尽是白沫。

“要不咱们还是回家吧，”莱斯利说，“这种鬼天气还野个什么餐？”

“我们不能走，亲爱的，”母亲说，“我们跟拉里约好了，要在这里会合。”

“他们也不傻，肯定不会来的啊。”莱斯利。

“这种天气出海的话，很难说是什么幸事啊。”西奥多看着海浪席卷而来，一波一波疯狂地拍打着岸边的岩石。

“天哪，他们千万别出事，”母亲说，“拉里真是太蠢了。”

我们苦等了一小时，母亲惊惶不安，一秒比一秒难熬。莱斯利爬上旁边的高地，一直瞭望着远处的海面，后来回到我们身边，说终于看到帆船了。

“他们居然真的开了这么远过来，我太震惊了，”莱斯利说，“但风这么大，他们船的主帆桁[①]左右乱晃，整条船几乎就在原地打转。”

船终于挤进了狭窄的海湾入口。我们能看到唐纳德和麦克斯在甲板上四处乱跑，上蹿下跳，一会儿扯扯这根绳索，一会儿拉拉那面船帆。拉里和克里克船长死守船舵，迎着风浪，努力喊着指令。我们在岸上目不转睛地欣赏着这场繁忙又混乱的驾船表演。

“但愿它们能避开那块暗礁。”莱斯利说。

“什么暗礁？”母亲警觉起来。

① 主帆桁指帆船主帆最下方的一条横向支撑杆，这条杆可调整和控制帆面的方向。——译者注

“看到那片翻白泡的水了吗？那下面藏着一块很大的礁石。”莱斯利解释。

斯皮罗面色阴沉，目光凝重，仔细关注着小船的一举一动，仿佛是教堂屋檐上端坐着的棕色滴水兽。

“我开始担心了，莱斯利少爷，”他悄声对莱斯利说，“他们看上去不太懂驾船。”

“我的天啊！”母亲哀呼，“我是造了什么孽，居然同意了这件事？”

那时船上盛况空前，好几件大事正齐头并进（后来我们才知道，唐纳德和麦克斯误解了拉里给出的指令。他们高高地拉起了一面帆，但正确的操作应该是把它降下来）。一阵胡吹乱打的风突然拍在船帆上，让船帆鼓胀到了极点。主帆桁的杆子不堪重负，“咔嚓”一声折断，声音很大，我们在岸上都能听得一清二楚。杆子断后，狠狠地抡在了麦克斯的头上，将他一下子拍下了船。船彻底失衡，歪向一边，几近侧翻，全靠风力推动着往前漂，吱吱嘎嘎地叫着，直奔暗礁而去。触礁前，船还一度正过身子来，但这莫名其妙的精神抖擞稍纵即逝。船似乎对自己的船员很失望，很快便失了斗志，懒懒地斜下去，彻底倾覆了，徒留一阵骚乱。

母亲惊叫：“苍天啊！我的苍天啊！”然后身体便瘫软下来，

跌坐到了一段橄榄树根上。玛歌的眼泪决堤而出，双手使劲儿挥舞，喉咙里爆发出尖叫：“他们会溺死的！会沉下去的！”斯皮罗、莱斯利和我赶紧朝海边跑去，但我们也无能为力，毕竟身边没有可以用来当救生艇用的小船。不一会儿，我们看到四位艺高人胆大的水手从帆船的残骸处游了出来。拉里和唐纳德显然是搀着克里克船长在游。我们三人连忙脱去衣物，一头扎入水中，与他们相向游去。海水冰冷得刺骨，浪花的阻力之大，远超我的想象。

海难生还者大队离我们很近了，莱斯利大喊：“你们怎么样？”

“还行，”麦克斯说，“一切良好。”

但麦克斯的额头上分明有道触目惊心的伤口，长达一分米，正汩汩地往外冒血，血顺着脸庞淌到了胡子里。拉里的一只眼睛中了彩，应该是被重击过，此刻已肿胀不堪。克里克船长的脸在这二人中间起起伏伏，已变成了淡紫色，仿佛是一大颗熟透了的李子。

“帮我们拉一下船长，”拉里说，“这老混蛋居然不会游泳，还不告诉我们。直到快落水了才说！”

斯皮罗、莱斯利和我接过克里克船长。唐纳德和拉里已经快喘不上气了，终于可以稍微轻松点。我们踉踉跄跄地回到浅滩处，大喘着粗气，一行人东倒西歪地往岸上爬。那场面看上去悲壮得不同寻常。莱斯利和斯皮罗架着克里克船长往前挪，船长的腿似乎随时都有骨折的可能。

“啊喂！”船长向母亲高喊，“嘿，我的小美人儿！”

“快看麦克斯的头。”玛歌惨叫起来，“血流成这个样子，会要命的。”

我们终于连滚带爬地来到了橄榄树下。母亲、西奥多、玛歌开始给麦克斯的头以及拉里的眼睛进行急救处理。其他人则让船长在树下躺平，他仿佛已经站不起来了。

“到岸喽！终于到岸啦。”他竟然用心满意足的语气说，“可算是靠了岸。你们这帮毛头小子还得再练练啊。”

这时候我们才发现，船长醉得快不省人事了。

“拉里，你真是的，非要气死我才好吗？”母亲说，“你们差点儿就死在海上了。”

“又不是我的错，”拉里愤愤不平，“大家都很听船长的话啊。是唐纳德和麦克斯拉错了帆。”

“听他的话？你有毛病吗？”母亲说，“他是个醉鬼啊。”

“登船时他还好好的呢，”拉里说，“看来他在船上偷藏了酒。

现在想想，他确实老是往船舱里遛，果然有鬼！”

“我温柔的小姑娘哟，别信他的话！”船长低沉的男中音又响了起来，他开唱道，“他的心确实真挚，但今夜之后会一走了之……”

“老不正经！”母亲说，“拉里，你真的突破我的底线了。”

“小子，给爷拿酒来，”克里克船长声音沙哑地命令道，眼睛看向狼狈不堪的麦克斯与唐纳德，“出海就得喝，喝了才能出。”

我们花了好长时间才拧干衣服上的水，尽可能地弄干自己的身体。然后哆哆嗦嗦地爬上山坡，走向汽车。

“那艘帆船怎么办？”莱斯利问道。作为它的主人，麦克斯和唐纳德好像已不想再搭理它了。

“到了前面那个村子，咱们可以停一下，”斯皮罗说，“我认识那里的一个渔民，他会修船。”

“我觉得，”西奥多说，“咱们如果有酒的话，最好拿来给麦克斯喝一点儿。他的头挨了这么一棍子，很可能会脑震荡。”

“好的，我们的车里就有点儿白兰地。”母亲应声，随即便开始翻找起来。

过了一会儿，她拿出了一瓶酒和一个杯子。

“亲爱的小妞，”船长的眼睛都不能对焦了，却还在努力瞄准酒瓶子，“这就是医生要我喝的，一点儿没错。”

“你想都别想，”母亲坚定地说，“这是给麦克斯的。”

我们在车里叠罗汉般地坐着，尽量把空间留给麦克斯。他现在面无血色，浑身发抖，虽说是喝了点儿酒，但作用不太明显。母亲发现，不知怎的，自己居然被挤到了克里克身边。她心生嫌弃，焦躁不安。

“来吧，坐我腿上，”船长热情地邀请母亲。

“休想，”母亲正色道，“我情愿坐唐纳德腿上，都不会坐你腿上。”

车飞驰在路上，穿过岛屿，往城中心方向开去。船长歌瘾大发，又开始高唱起经他“升华”过的船歌来。家人们因此唇枪舌剑。

“拉里，你去叫他闭嘴。”母亲说。

“我怎么叫？你不是坐在后面吗？你自己叫呗。”

“但他是你的朋友啊。”母亲说，“这老流氓差点儿害死了你们。”

“这场海难能发生，其实拉里要负主要责任。”莱斯利插嘴道。

“怎么可能？！”拉里气冲冲地反驳，“你又不在现场，有什么发言权？当时大风呼啸，我耳边尽是些‘顺风向转舵’之类的鬼话。在这种环境里，谁能反应过来？”

“奇切斯特真不错，那个姑娘好可爱。”船长依然兴致盎然。

“我就担心可怜的麦克斯。”玛歌怜悯地看向他。

“他有什么好可怜的？”拉里说，他受伤的那只眼睛已经完全睁不开了，肿成了一个黑乎乎的大包，“他是这一切的罪魁祸首。我本来完全控制住了船，就是他亲手升起了那面帆，才闯了大祸。”

“那你也不配当个水手，”玛歌说，“你要是称职，就不可能下达这个错误的指令。”

“唉！你讲到点子上了，”拉里咆哮，“我没让他升帆，他是自作主张升起来的。”

“威尼斯号小船啊，它真棒！”船长一曲接一曲，曲目源源不断。

“行了，亲爱的，都别吵了，”母亲说，“我头疼得厉害。赶紧到城里吧，越快越好。”

我们总算驶进了城区，把唐纳德和麦克斯送回了酒店，将没完没了引吭高歌的船长也扔回了他住的旅馆。车终于可以往家的方向开了，我们已浑身湿透，但依然争辩不休。

翌日清晨，我们萎靡不堪地坐在前廊，吃着早餐。拉里的眼睛稍微恢复了些血色，已经变成落日金色了，那颜色美得只有画家透纳才能调出来。斯皮罗的车来了，按着喇叭爬上车道，惹得小狗们吠叫不止，纷纷拥上去啃咬轮胎。

“斯皮罗能不能改一改这个习惯，不要再按着喇叭开过来了？”拉里说。

斯皮罗迈着掷地有声的脚步跨上了前廊。

“早上好，德雷尔夫人。早上好，玛歌小姐。早上好，拉里少爷。早上好，莱斯利少爷。早上好，杰瑞少爷。您的眼睛怎么样了，拉里少爷？”他眉头皱了起来，神色再次凝重。

“我觉得此后余生，自己都要拄一根白色拐棍，就是那种导盲棍，才能走路了。”拉里说。

“我送来了一封您的信。”斯皮罗对母亲说。

母亲戴上眼镜，撕开了信封。我们也在一旁期待着她读信。但浏览完后，她的脸变得通红。

“岂有此理！下流龌龊！不堪入目！我从来没见过这么不要脸的东西！”

“这里面写什么了？”拉里问。

“就是那个老混账克里克！”母亲朝拉里挥舞着信，“都怪你，是你把他介绍进来的。”

“我现在没干什么啊。”拉里困惑。

“那个变态居然向我表白求爱。”母亲说。

空气凝固，时间停止，我们全部怔住了。每个人都在消化这条天打雷劈的信息。

“表什么白？”拉里小心地确认，“求什么爱？我猜他是提了个很下流的要求，对吗？”

“神经病！”母亲说，“他在跟我求婚，要跟我结婚！还说我是个多么美好的矮女人，以及一大堆虚情假意的奉承话。”

全家人在此刻实现了心灵层面上的共振，齐齐向后一靠，爆发出了开天辟地般的笑声。

“这不是什么好笑的事情，”母亲在前廊走来走去，步伐沉重，“你们给我想点儿办法来。”

“哎哟！”拉里揉着眼睛，“多少年了，终于等来了一件天大的妙事！

“不许笑了，”母亲气得吹鼻子瞪眼，“这不是个笑话。”

“我脑子里已经有那个画面了，”拉里说得油腔滑调，“你身着白裙，款款而行；莱斯利和我戴着礼帽，牵你走过红毯，交给新郎；玛歌当伴娘；杰瑞是花童。场面温馨动人。台下坐满了面色憔悴的女子，她们都在等待仪式进行。到了神父问‘有人反对这桩婚事吗’的时候，这群女子愤然起身，集体反对。”

母亲怒视着拉里：“真正的危机发生了，你们没一个顶用的。”

“我真的觉得你穿白纱会很好看啊。”玛歌咯咯笑着说。

“度蜜月的地方挑好了吗？”拉里问，“听说卡普里岛在这个季节很漂亮，要不要考虑一下？”

母亲没在听了，转身走向斯皮罗，浑身上下流淌着“逆我者亡”的霸气与坚决。

“斯皮罗，你帮我给那个船长传个话，我的回答是：绝对不可能！而且，不许他今后再踏进我家半步。”

“哎呀，妈妈，你嘴下留情，”拉里不满，“看看你的孩子们，他们需要一个父亲啊！”

“你们给我听好了，”母亲眼里火光冲天，环视了我们一圈，“今天的事情必须严格保密，半个字都不许说给外人听。我的名字不可以再跟那个恶心的……老混账发生任何关联！”

从那以后，我们再无船长的音信。我们眼中，这当然算母亲的一段罗曼史，且给新的一年开了个好头。

10 Birds, Beasts and Relatives

神奇脑袋会说话

夏天化身为一个巨型烤炉，张开大嘴，一口便将科孚岛咬住。躲到橄榄树下也没用，因为树荫里也没有凉意。蝉扯着嗓子狂叫，尖利的声波似乎围成一个大罩子，鼓胀起来，罩住了树林，让每个晴空万里的午后都愈发燥热、憋闷。水塘干枯，泥巴的水分被阳光抽干，皲裂成一小块一小块的方形与圆形，边缘微微翘起，整体看上去似一张破破烂烂的拼图。海面鸦雀无声，波澜偃旗息鼓，大海像一幅绸缎，静谧地铺展在天地间。清浅处的水没法帮人降温，得划着船，一口气划到深水区，直到自己和船成为苍穹下唯一的移动点，然后一股脑儿跳进海里，仿佛一头跳进了蓝天里，享受清凉惬意。

这是蝴蝶和蛾子眉飞色舞的时节。白日的山坡，地表被太阳蒸干了每一滴水分。燕尾蝶懒散地挥动翅膀，在枝头间随意飞舞，自带一股松弛的风情。豹纹蝶通体闪耀着明艳的赤橙色，如一块翩飞的火炭，倏地一下便从一朵花闪去了另一朵花。菜粉蝶、菊黄花粉蝶、黄橙相间的钩粉蝶只胡乱扑扇着翅膀，飞行路线杂乱无章。草丛里，毛乎乎的弄蝶像棕色的小飞机，呼噜噜地从低空掠过。优红蛱蝶趴在光滑闪亮的岩石上，周身披着花里胡哨的纹路，仿佛是一件卖不上价的便宜珠宝。它们的翅膀一张一合，似乎快被这逼人的暑气击败，命不久矣了。夜晚降临，荧荧灯光为蛾子们打造出现实版的天堂。美中不足的是，天花板上的粉红色壁虎摩拳擦掌，瞪着大眼睛，随时准备对猎物出击，且总是要吃到走不动路才住手。夹竹桃天蛾的身体呈绿色和银色，它们急不可耐地冲进屋来，撞向灯具，粉身碎骨也甘之若饴——但碎掉的往往都是灯罩上的玻璃。赭带鬼脸天蛾身上带有浅棕色和黑色的花纹。它的胸毛极其茂盛，关键是上面绣着个惟妙惟肖的骷髅头，甚至连下方的交叉骨头图案都很逼真，的确巧夺天工。这种蛾子性格莽撞，你会看到它们从烟囱里仓皇滚落，扎到壁炉里拼命扑腾翅膀，挣扎着发出小老鼠般的尖叫。

山坡高处长着大片大片的石楠，枝叶却早已被太阳烤得焦脆温热。乌龟、蜥蜴、蛇潜行其中。螳螂虔诚地举起双臂，挂在桃金娘枝条上，左右悠荡，散发出阴险的气息。下午是探险的黄金时段，但也是暑气最盛的时段。太阳光毒辣得像在人的头顶上刺青一般，凉鞋踩到的每一片土地都滚烫如平底锅。嘘嘘和呕呕信奉“敌强则我灰”的方针，拒绝跟太阳近身肉搏，下午从不陪我出门。罗格就不同了，在自然探索方面它求知心切，面对我的召唤永远不退缩闪躲，总是喘着粗气，大口吞着口水，陪我穿越烈日与酷暑。

罗格和我一起有过许多新奇体验。有一次我们居然看到了两只喝醉的小刺猬，真是让人大开眼界。有几颗葡萄熟透了，落到地上，随着时间的流逝而产生了些许发酵反应。小刺猬不明所以，依旧把葡萄吞下了肚，于是上了头，开始歪歪扭扭地兜圈子，并发出尖声尖气的叫声和嗝声，仿佛在骂骂咧咧地说着这件事。有一次，我们看到了一只小狐狸。它全身火红，与秋天的红叶不相上下。小家伙在石楠丛里发现了一只慢吞吞、懒洋洋的乌龟（当然，乌龟都是这副做派）。乌龟一直缩在壳里，像一个被紧紧拉上的手提箱，毫无破绽。小狐狸还是敏锐地发现了乌龟的一个小动作，于是竖起耳朵，围着龟壳慢慢转起圈来。毕竟还是一只小狐狸，斗争经验有限，它等了一会儿，自觉无趣，便伸出爪子撩了一下乌龟的背壳，又噌的一下往远处一蹦，期待乌龟伸出头来找它。如此这般重复了几次，还是未果。小狐狸乖乖趴在地上，两只小前爪抱着脑袋，若有所思。它改变了策略，蹑手蹑脚地走上前去，经过几次失手后，终于成功叼起了乌龟，然后便踩着唯我独尊的步伐跳进了石楠丛中。在这片山坡上，我们见证了小乌龟的出生，看着它们顶破纸皮般的蛋壳，来到了这个世界。每只小乌龟都干瘪瘦弱，皮肤皱皱巴巴，仿佛一出生便有了千年的修为。也是在这里，我第一次目睹了蛇的求爱之舞。

当时，我和罗格正趴在一小丛桃金娘下，权作遮盖，耐心等待一只鹰回来。刚才它就在一棵柏树上，但我们不慎惊动了它，它立刻一飞了之。我们希望能把它等回来，辨认一下它是哪种鹰。突然，我看到三米开外有两条蛇，它们正扭着身子从一丛棕色的石楠中蹿出来。不知为何，罗格生来就怕蛇，见状立刻发出了一声哀鸣，两只耳朵也不争气地垂了下来。我赶忙“嘘”了一下，叫它不要作声，然后静静地观察两条蛇的动向。一条蛇鬼鬼祟祟地跟在另一条蛇身后，是不是想吃掉它？它俩彻底爬出了石楠，跑到了一个被太阳晒得褪了色的草丛里，然后便消失了。我怎么就在关键时刻掉链子了呢？我正想换个地方继续寻找它们，它们却主动现了身，双双来到了一块开阔地上。

前面那条蛇停住了脚步，后面那条蛇立刻跟上，与对方平行而立。就这么僵持了一会儿，后面那条蛇试探着伸出头，拱了拱前面那条蛇的头。依我判断，前面那条蛇应该是个姑娘，追随者是个小伙子。小伙子矢志不渝，坚持用自己的头顶起对方的头，最后终于成功，将雌性的头拱离了地面，但高度很有限。姑娘抬着头，一动不动，小伙子退步向后，举头相望。两条蛇就这么含情脉脉地看了许久，仿佛是看不够一般。然后，小伙子再次上前，用自己的身体裹住姑娘，交缠盘旋、拧绕相拥。两个脑袋高高抬起，它们的身体支棱起来，离开了地面，达到了一个极限高度，宛若两朵旋花。它俩保持这个姿势又是好一阵，然后开始一起摇摆，像竞技台上的两位摔跤手。两条尾巴各自卷曲起来，紧紧抓住草茎，以最大限度维持平衡。突然，它们歪向一边，倒在了地上，尾部靠在了一起。烁烁阳光下，它们彼此相交，仿佛是狂欢节上缠在一起的长条旗。

我兴致逐渐高涨，罗格却深感不安，于是站起来抖动身体。它这是在告诉我，咱见好就收吧，不能再看了。我根本来不及拉住它，正在郎情妾意中不能自拔的蛇当然也发现了我们。它们尚堆成一团，蛇皮闪闪发亮，但此刻猛烈地抽搐了一下。雌性随即卸掉力量，转身离去，向石楠丛狂奔猛冲。可怜的雄性根本没工夫做出反应，自己的身体还挂在情人身上，就这么被拽着傻乎乎地一路拖行而去。罗格看向我，打了一个开心的小喷嚏，粗短的尾巴甩得飞快。我勃然大怒，刚正不阿地指出了它的错误。我告诉它凡事要将心比心。想想看，要是求爱时突然遭遇不测，然后被对方拖着屈辱离场，那滋味能好受吗？

跟随夏天一起到来的，还有吉卜赛人的群落。他们来科孚岛上为农民收割玉米，同时抓住机会顺手牵羊。他们的眼眸像黑李子一般漆黑深邃，皮肤因经年久晒，快变成了黑色。每个人都顶着一窝乱蓬蓬的头发，穿着一身破烂的衣服。

吉卜赛人通常以家庭为单位行动，你能看到他们在白沙飞扬的路上行进，胯下骑着驴子，或皮毛柔顺的小马驹，马毛光亮得如栗子壳。他们的露营地总有一种脏兮兮的和谐与愉悦：十几口锅里咕嘟咕嘟地翻滚着不同的菜肴；老妇人蹲在油腻发亮的帐篷布下，两膝间冒出小孩儿的脑袋，她就耐心地给孩子捉虱子；再大点儿的孩子也同样的衣衫褴褛，他们在一旁的沙地里欢腾地翻滚、玩耍、尖叫；有些男人会搞点儿副业，增加收入，所以可能会看到一个人在摆弄一堆彩色气球，气球嘎吱嘎吱地抗议着，但还是被拧成了奇形怪状的动物形象；有一个男人会演希腊的传统皮影戏，非常得意，他一边擦拭着五颜六色的皮影人物，一边念着戏中的台词，专挑粗俗的、出格的讲，逗得附近正在煮饭或编织的漂亮姑娘眉开眼笑。

我一直想跟吉卜赛人交朋友，但他们生性羞涩，戒备心很强，对希腊人都不通融，更何况一头金发（还被太阳晒褪了色）、眼珠湛蓝的我？他们倒是允许我进帐篷玩，但从来不会如科孚岛民般跟我畅聊家事与心愿。尽管如此，吉卜赛人还是非常间接地给我家送来了一场骚乱。但这次的故事，我真的毫无责任。

又是一个燥热难耐的下午，日头终于开始西沉。我和罗格累得浑身酸软，刚花了半天时间沿一堵石墙追一条王蛇，现在体力和心力已同时告急。那条蛇实在狡猾，我们好不容易发现了它所处的位置，刚拆掉一块砖，它便嗖地溜走了，不知道躲到了哪块砖下。我们费时费力地把拆掉的砖块复原，又得再花半小时重新寻找。砖垒得如迷宫，找到蛇无异于大海捞针。最终我们还是败下阵来，决定放它一马，往家的方向走去，回去好好喝杯茶。一番艰辛下来，我们是臭汗涔涔，尘埃满身，干渴又疲惫。走到一个拐弯处时，我朝山坡下望了一眼，那里是一片橄榄树林，直通到山谷里。乍一看，林子里有一个人，带了一条壮得出奇的大狗。仔细一瞅，我才意识到那是一个人和一头熊！我瞠目结舌，整个人都看傻了，不禁尖叫起来。熊和它的主人也直起身子，抬头看向我。片刻后，主人朝我挥了挥手，然后转身继续去忙了。他正在一棵橄榄树下收拾行李，把各种物品排布开。熊也乖顺地蹲下，饶有兴味地看主人忙活。我心中小鹿乱撞，手忙脚乱地向坡下狂奔。之前的确听说过，希腊有一种熊会跳舞，但我从未在现实生活中见到过任何一头活的熊。这机会千载难逢，打死也不能错过。跑近后，我向他俩打了声招呼，男人从一堆乱七八糟的行李中转身，春风满面地回应我。他是个典型的吉卜赛人，眼珠墨黑，目光深邃而锐利，带着一股野性，头发乌黑。相比其他吉卜赛人，这个人的经济条件还算不错，因为他的衣服干净完整，脚上甚至还穿了一双鞋。在那个年代，鞋可是身份的象征，岛上的农民都穿不起的。

我问他能否让我们靠近这头熊。熊虽带着皮制的嘴套，但身上毕竟没有拴链条或绳索，不敢贸然接近。

“可以的，”男人回答，“帕洛很乖，没有攻击性，但别让你的狗过来。”

罗格虽然骁勇，但现在已经被吓尿了。看得出来，它对熊的外形还是非常忌惮的，之所以还留在我身边，多半是在逼自己履行护主的职责。我告诉它可以先回家去，它立刻给了我一个感激涕零的眼神，小跑着上了山，仿佛压根儿对熊不感兴趣。尽管男人保证帕洛是头好熊，但我还是很小心，只敢慢慢接近。它看上去就是一头小熊，但站起来后，还是能高出我近三十厘米。毛茸茸的大熊掌上，尖锐凶狠的熊爪子一字排开。熊蹲坐在地上，用一双滴溜溜的小黑眼睛瞟着我，嘴里轻轻喘着气，看上去像一大堆水草，虽然乱蓬蓬，但俨然有灵性。这是我打出生以来见过的最可爱、最美好、最喜欢的动物。我围着它一圈圈地走，从每一个可能的角度去发掘它的亮点。

我迫不及待地问了男人一堆问题：熊多大了？是从哪儿抓到或得到的？他为什么要养这头熊？

“这是一头跳舞熊，它会用跳舞挣钱，养活它自己以及我。”男人看我对熊如此疯狂，来了兴致，“来，我们给你演一段。”

男人抓起一根小棍子，棍子一端有个钩子。熊的嘴套上开了一个圆形小孔，男人把棍子从这个小孔里伸了进去。

“跟爸爸跳舞喽！”

熊噌的一下就站了起来。男人打着响指，吹着口哨，用一段舒缓沉郁的音乐伴奏，脚跟随音乐节奏踩出步伐，熊也依样照做，亦步亦趋。身边电光蓝色的蓟、干掉的长春花就是他们的舞台背景，一人一熊在其中跳了一段慢悠悠的小步舞曲。我根本看不够，希望这个场景能持续到海枯石烂。曲子结束，熊轻车熟路地往地上一趴，打了个喷嚏。

“漂亮！”男人温柔地说，“干得好。”

我使出全力鼓掌，说他们的舞蹈无与伦比，帕洛绝对是开天辟地以来的最佳舞者。我还说自己非常希望能摸摸它，不知可不可以。

“没问题，你怎么摸都行，干什么都不用怕，”男人笑着将小棍从熊的嘴套里抽出来，“它是头小笨熊，呆得很。就算有人要生抢它的食物，它都不会反抗的。”

为了证明小熊的温顺，男人开始给它挠后背。熊舒坦地抬起头，发出畅快的呢喃，渐渐舒展开身体，脸上浮现出如痴如醉的表情。最后整头熊完全放松下来，瘫成了一张熊皮地毯。

“它特别喜欢人给它挠痒痒。”男人说，“来吧，你来给它挠挠看。”

接下来的半小时我享受到了无上的幸福与满足。小熊被我挠得飘飘欲仙，不停呻吟，我借机观察了它的熊掌、耳朵，还有清亮的小眼睛。它乖乖地趴着，任由我的手随意游走，之后更是任由我靠在它温暖、壮硕的身体旁，和男人聊天。我心中有个欲望缓缓升起：不行，我离不开它，它得是我的，我必须得到它！家里的其他动物很快就会接受这头熊的，我们可以一起去山顶跳华尔兹。家人们更不是问题了，家里如果多了这么一头聪明的宠物，谁还不心花怒放？现在的关键是要让这个男人愿意跟我做交易。跟科孚岛的农民讲价，无外乎就是多费点儿口舌和时间，过程比较辛苦罢了。但眼前这个人是吉卜赛人，他们走南闯北，满身江湖智慧，讲价的手段和智慧绝对登峰造极，我不可能是他的对手。好在男人看上去还挺友好，愿意与我交流，想来该比之前的吉卜赛人好说话。我决定先问问他来自哪里。

“很远的地方，很远很远。”他展开一张破旧的柏油帆布，又把一块已被磨成薄薄一层的毯子抖了出来，这毯子多半就是他今晚要睡的床了，“昨晚我们是从莱夫基米登上科孚岛的。但从那之后，帕洛、我、神奇脑袋，我们三个就一直在走路。这里的人害怕帕洛，不许它坐巴士，所以我们仨走了整整一夜，完全没有睡觉。今天晚上我们可以在这里歇个脚，睡一觉，明天再走一段，就能到城中心了。”

帕洛、我、神奇脑袋？我听得一头雾水，忙问他是什么意思。

“我的神奇脑袋啊，”他说，“那是一个会说话的人头。”他抓起了驯熊的棍子，在盖行李的柏油帆布上用力一点。

我将兜里仅剩的一点儿巧克力残渣全搜刮出来，喂了熊。它每吃一口都要哼哼唧唧地不停咂巴嘴。我一边手忙脚乱地伺候熊，一边问男人这话到底是什么意思。他在我面前蹲下来，点了一支烟，用一双黑得似乎不见底的眼睛盯着我，有股高深莫测的氛围。我感觉仿佛有一只蜥蜴正在盯着我。

“我有一个神奇脑袋，”他伸出大拇指，朝行李堆的方向点了点，“它有生命，会说话，能回答你的问题。这绝对是全世界最厉害的东西。”

我更晕了，问他：这个脑袋难道没有身体吗？

“没错，没有身体。它就是一个人头。”他十指大大张开，手背微微拱起，在胸前围出一个球的形状，就像抱了个椰子。

“我的聪明脑袋立在一根棍子上，真能跟你对话。除了我这儿，你在哪儿都看不到。”

我追问，一个没有身体的脑袋怎么可能独立存活？

“这是魔法，”男人非常认真，“这是从我祖上一代代传下来的，一开始是我太太、爷爷的宝物。”

我知道他在逗我玩，不过确实很好玩。话说回来，我们偏题偏得太厉害了，我得赶紧跟他聊聊帕洛的交易才好。帕洛正隔着嘴套享受着我的投喂，美滋滋地哼唧呢喃，每舔一下貌似都离天堂更近了一步。男人蹲在地上，眼神迷离，香烟的雾气在他的头顶缭绕。我干脆单刀直入吧，要其他花招儿，胜算好像也不大。我豁出去直接问他是否考虑把帕洛卖掉，以及想卖多少钱。

“卖掉帕洛？”他说，“不可能！它是我的孩子哪！”

我说：“好，我懂了，但如果帕洛找到了个好人家，从此它可以深受宠爱尽情跳舞呢，你也不愿意卖掉它吗？”男人看向我，眼里仿佛有一层迷雾，深不可测，手里的香烟一明一灭。

“那就两千万德拉马克吧，你给得起吗？”他问我，我差点儿被吓趴下，男人一下子笑起来，“种地的农民必须养驴来干活，不可能轻易放走自己的驴。帕洛就是我的驴，它靠跳舞给我干活，养活我们俩。除非有一天，它老得跳不动了，否则我不会让它离开。”

我失望至极，心里一阵阵地发痛，但他立场坚定，不容动摇。我从帕洛宽广温暖、轻缓起伏着的背上爬起来，掸掸身上的灰，说自己彻底明白他的意思了，不会勉强。但也告诉他，如果哪天改了主意，请一定联系我。他认真地点了点头。我又问他，他俩到城里后将在什么时候、什么地点表演节目，我可不可以去现场欣赏。

“当然没问题，”他说，“到时候很多人都会告诉你的，因为我的神奇脑袋肯定能轰动科孚岛。”

我点头，跟他握手道别。帕洛站起身来，我拍了拍它的头。

稍后，我爬到山坡顶，再次回头看向那边。一人一熊正并肩而立，男人朝我挥了一下手，帕洛则眼巴巴地望向我，身体急切地左右扭动，鼻子使劲儿地拱向我的方向。它一定也是在跟我告别吧。

我慢慢向家的方向挪动步子，满脑子想的都是刚才那个男人、他的神奇脑袋，还有可爱的帕洛。我能不能也去哪儿找只小熊崽，亲自把它养大呢？或许可以去雅典发个报纸广告，征集一下有关小熊的信息？

总算走到家了，家人们正在客厅里喝茶，我想问问他们有没有办法。但我一走进屋子，氛围就瞬间逆转，刚才的岁月静好陡然化作满室惊恐。玛歌的尖叫声刺破天花板；拉里手一抖，把一整杯热茶倒在了自己腿上，然后仓皇逃窜到桌子后面，躲了起来；莱斯利抡起了一把椅子；母亲目瞪口呆地盯着我，满脸恐惧与惊惶。我的登场能让家人们如此震撼？看来今天真是不同凡响。

“把那个家伙赶走！”拉里大嚷。

“赶紧的，叫它滚！”莱斯利也一样。

“它会杀掉我们所有人的！”玛歌尖叫。

“快去拿枪，”母亲已经气若游丝了，“快打死它，救杰瑞。”

这是什么乱七八糟的场面？大家何以怕我怕得如此荒唐？我完全晕了头。不过家人们好像都在往我身后看，于是我也回头，居然是帕洛！它就站在门外，正兴致勃勃地循着气味向茶桌靠拢。我忙走过去，一把拽住了它的嘴套，它也立刻凑过来，贴上了我，满眼都是依恋和欣喜。我告诉大家别怕，这头熊是帕洛。

“不许带它回家，”拉里的嗓子都哑了，“绝对不许。这个家里到处都是动物，已经有鸟、狗、刺猬了，还不够？还得再来头熊？这小子脑子有毛病吧？老天爷啊，咱家是罗马斗兽场吗？！”

“杰瑞，亲爱的，你小心，”母亲颤抖着说，“它看起来很凶猛啊。”

“它会杀掉我们的！”玛歌已如惊弓之鸟，但这句话说得无比肯定。

“我绕不过去，就拿不到枪啊。”莱斯利说。

“你不许养它，我严禁你动这个心思！”拉里说，“我的家不能变成一个熊窝！”

“亲爱的，你是从哪儿弄来它的？”母亲问。

“管他从哪儿搞的，”拉里说，“反正现在就得给我送走，立刻走！别等到它把我们都撕成了碎片才后悔。这小子是一点儿责任感都没有啊，我可不想这么年轻就当殉道者！”

帕洛站了起来，发出一声悠长而低沉的喘息。我猜它是被桌上的茶点馋慌了，想立刻加入下午茶会，跟在座的诸位一起分享美味。但家人们对这声低吼显然有不同的解读。

“嗷！”玛歌发出一声痛彻心扉的惨叫，仿佛是挨了一拳，“它要进攻了。”

“杰瑞，你小心些！”母亲说。

“它接下来怎么收拾这臭小子，我都不会负责的！”拉里说。

“先看看你还能不能保住这条命吧，”莱斯利说，“玛歌，给我闭嘴！你越嚷嚷，就越刺激它，你快把它惹毛了！”

“我想叫就叫，你管不着。”玛歌气冲冲地说。

家人们一直沸反盈天，我连个解释的空隙都抓不到。此刻已迫在眉睫，于是我直接说：“首先，帕洛不是我的熊；其次，它乖得跟条狗一样，连个苍蝇都不会伤害的。”

“鬼才信你这两点，”拉里说，“这肯定是你从哪家马戏团偷来的熊。我们不仅要被它的爪子生生扯碎，还要因为窝藏赃物被警察逮捕。”

“停，停一下，亲爱的，”母亲说，“我们让杰瑞来解释吧。”

“解释？”拉里说，“解释什么？解释客厅里为什么就该有一头天杀的大毛熊吗？”

我说这头熊是一个吉卜赛人的，他手里还有一个神奇脑袋，会讲人话。

“这是什么意思，会讲话的神奇脑袋？”

我说那是一个没有身体的人头，但会说话。

“这孩子疯了，”拉里说得掷地有声，“我们必须赶快带他去看医生。”

家人们在最远的角落挤成了一团，每个人都颤抖不止。我的火气也上来了。我告诉大家，刚才的话没一句是假话，现在我来证明一下，帕洛真是头跳舞熊。我抓起块蛋糕，同时用手拽住它嘴套上的圆孔，模仿它的主人给了一声口令。帕洛盯着蛋糕，垂涎欲滴，听到口令便急急站了起来，开始跳舞。

“哇，快看，”玛歌说，“看啊，它在跳舞呢！”

“它就是有专业芭蕾舞团的水平也没用！”拉里说，“快点儿给我赶出去！”

我把蛋糕塞进了帕洛的嘴套，它立刻开始狼吞虎咽。

“它看上去确实很乖，”母亲扶了扶眼镜，开始饶有兴致地观察起帕洛来，“我记得当年在印度时，我哥养过一头熊，那头熊也是个很不错的宠物呢。”

“想都别想！”拉里和莱斯利异口同声，“绝对不能让他养！”

我说这就是多虑了，我本来就养不了它，因为吉普赛男人压根儿没同意卖。

“那倒是做了件好事。”拉里说。

“你的人熊之舞结束了，现在该去还了它。还等什么呢？”

我又给帕洛喂了一块蛋糕，算是贿赂一下，请它接下来也配合我。然后我用手指钩住它嘴套的孔，牵着它去找主人。刚走了一半路，我们就在橄榄树林里与吉卜赛男人相遇，他已气得青筋暴起。

“可算是找着了！可算是找着了！你这头没良心的坏熊！我刚才怎么都想不出来，它能上哪儿去。平时它跟我是寸步不离的，所以我也不拴它。它肯定特别喜欢你。”

我实话实说，帕洛之所以去找我，只是因为在它看来，我是个主管巧克力的天使。

“哎哟！”男人说，“我真是松了口气。我还担心它跑去了村子里，那警察就决不会轻饶我了。”

我不情不愿地把帕洛递到了男人手上，目送他们穿过橄榄树林，一步步走向帐篷的方向，然后才心惊胆战地回了家，不得不再次直面家人们的质疑。这次的闹剧固然不是我的错，但我之前的表现也着实增加了他们的疑虑。我费了好一番口舌，才让家人们相信，今天的我确实无责。

第二天早上，我满心想的都是帕洛，却不得不进城——每天都是如此，去找我的老师克拉莱夫斯基上课。老师个头儿袖珍，微微驼背，一双棕色的大眼睛永远燃烧着炯炯的热情。老师的教学事业在我身上折戟沉沙，一败涂地，他本人也深受煎熬。不过他身上有两个可爱的闪光点，一是对自然科学浓厚的爱（他家的顶楼阁楼就是一个鸟类天堂，养着种类繁多的金丝雀和其他小鸟）；二是他给自己创造出的一个幻想世界，每每进入这个世界，他就会化身为一个无敌大英雄。他总爱跟我吹这些英雄救美的故事，所以每个故事里都必然有一位女士登场。但这位女主角从来没有姓名，永远只能以“一位女士”的身份出镜。

那天早上首先被牺牲的是数学课。我的整个脑子都被帕洛填满，其他事情一件也装不进去，所以呆傻迟钝到了一个新的高度。老师惊愕不已，他自认为对我的无知已有了全面的认知，没想到还是不够全面。

“亲爱的孩子，你今天早上注意力一点儿都集中不了啊，”他恳切地说，“题目里最基本的条件你都没抓住。是不是有点儿累了？咱们稍微休息一下吧，好不好？”

老师很喜欢这些可以“稍微休息一下”的时光，我也一样。他去厨房里忙活了一小会儿，端出两杯咖啡、两块饼干。然后师徒俩惬意地坐下来，老师绘声绘色地讲述他幻想世界里的奇闻逸事。不过今天早上被我抢了先。咖啡时间才刚开始，我便说起了帕洛的故事，还有它的主人以及神奇脑袋。

“不得了！”他说，“这可不是普通人天天都能在橄榄树林遇得到的。我敢肯定，你大吃了一惊。”

随后，老师的目光变得迷离了。他抬起头，恍恍惚惚地望向天花板，陷入了沉思，手里的咖啡杯一斜，咖啡都被洒进了碟子里。显然，帕洛激发了老师的灵感，他此刻正在“回忆”一个宏大的故事。我已经好几天没听到他的丰功伟绩了，所以对今天的传奇翘首以待。

“我还年轻时，”老师热切地看了我一眼，确认我在认真听，“有点儿莽撞，老是惹出事端来。”

陈年旧事引得他微微笑了一下，他伸手拂去了马甲上的饼干碎渣儿。看着他那双被精心修剪过的手，以及温良的大眼睛，我很难把他想象成一个莽撞的人。但我还是很尽力地去想象了。

“我曾经竟然想过去马戏团工作。”他的话里有一丝惭愧，仿佛是在坦白自己曾犯了一个不可饶恕的错误，“当年曾有一个马戏团来我们村子表演，我一场不落地去看了。我跟马戏团的演员们处得特别好，他们还教了我几个驯动物的绝招儿。他们都夸我在高空秋千方面极有天赋。”他羞涩地瞄了我一眼，想看看我对这个情节有什么反应。我郑重其事地点了点头，仿佛克拉莱夫斯基身穿亮片紧身衣，在秋千上激昂飘荡，是一件再正常不过的事情。

“要不要再来块饼干？”老师问我，“你想要，对吧？那就稳了！我刚好也想再来一块。”

我嚼着饼干，等他回到故事中去。

“然后呢，”他继续说，“一周的时间匆匆而逝，很快就到了马戏团的终场演出了，这绝对不容错过。当时同去的还有一位女士，小丑把她逗得前仰后合，马术表演让她大呼过瘾。但她对即将到来的惨剧却毫无意识。”

他掏出一块被香熏过的帕子，擦去额头上的汗水。在马上要进入故事的高潮时，他总是容易沉不住气。

“压轴的节目来了，是驯狮表演。”他停顿了一下，好让我的耳朵准确无误地感受到这句话的分量，“驯兽员领了五只威风凛凛的努比亚大狮子上台，每一头都长着黑色的鬃毛。他跟我说过，这些都是刚从丛林里捕获到的。女士和我坐在第一排最中间的座位，有最好的视角和视野。你知道那种驯狮用的大笼子吗，就是通常会支在马戏台中央的那种？那天的笼子有一个地方没有固定好，表演正在进行中，竟然朝下一陷，垮了下去，刚好砸中驯兽员，把他砸得不省人事，全场观众都被吓傻了。”他又嘬了口咖啡，擦了一把汗。

“危难在即，可有别的选择？”他文绉绉地反问我，“眼前是五头咆哮的猛兽，身边坐着一位女士。我的大脑飞速运转起来，此时要救女士，我只有一个选择，别无他法。于是我抄起手杖，跳上舞台，大义凛然地走进了狮笼中。”

我轻叹了一声，以示五体投地。

“之前那一周，我老去马戏团玩，跟驯狮员学了不少本事。真是谢天谢地啊！怒发冲冠的五头狮子端坐在各自的基座上，齐齐向我咆哮。但我抬起头来，直直地看向它们的眼睛。你知道吗，人类的眼睛对动物来说是有神力的。我就这么死盯着它们，举起了手杖，慢慢地征服了它们，让它们都臣服于我的威严。然后我步步紧逼，让它们乖乖离开舞台，回到原本的笼子里去。一场本该血雨腥风的惨剧就这样被我逆转了。”

我说那位女士一定对老师感激涕零。

“没错，没错，”克拉莱夫斯基满面春风，“她甚至说我的表现比那位驯兽员更出色。”

我接着问：他之前跟马戏团学本事时，有没有碰巧驯过会跳舞的熊呢?

“所有动物我都驯过，”克拉莱夫斯基春风得意，“大象、海豹、狗、熊，等等。那儿什么都有，我什么都学。”

我试着问他，有没有兴趣现在就去见一头会跳舞的熊，它离咱们不远，虽说不属于马戏团，但老师应该会喜欢的。

“那可太棒了！”老师掏出怀表，看了一下时间，“十分钟够吗？出去散个心也不错。”

他拿上帽子和手杖，我们怀着激动的心情出发了。一路兴冲冲地穿过狭窄拥挤的城镇街道，水果蔬菜、新鲜面包的馥郁香气，混和着下水道气味的生活气息扑面而来。向几个小孩儿打听了一下，我们便顺利找到了帕洛主人的演出地点，那是城中心一家商店后面的谷仓，内部宽大但很昏暗。我还找老师借了点儿钱，在路上买了一个牛轧糖，否则以我的“身份”，如何好意思空手见帕洛？

一到谷仓门口，就听见了吉卜赛男人的声音：“哦！帕洛的朋友来了，欢迎欢迎！”

帕洛居然立刻便认出了我，这让我喜不自胜。它哼哼唧唧地靠上前来，在我面前站起了身子。克拉莱夫斯基连连后退，紧紧地抓住了他的手杖。我猜这反应多半来源于他受过的马戏训练吧。

“孩子，你小心些。”老师提醒道。

帕洛沉浸在牛轧糖的幸福中，嚼着满嘴的甘甜与喜悦，直到最后一口都被后槽牙嚼透了，才彻底咽下去。它随即吐出一口舒缓的气，心满意足地躺了下去，两只大熊掌还抱着自己的头，很是享受。

“你想看神奇脑袋说话吗？”吉卜赛男人指向谷仓后方的一张桌子。它看上去就是一张平平无奇的松木桌，桌面上有个方盒子，盒子四面都被布围了起来。

“稍等我一下，”男人说，“我先去点蜡烛。”

一个盒盖上立着十几支蜡烛，蜡烛脚下踩着的是先前熔化的蜡。男人将蜡烛一一点亮，房间内火苗颤悠，烛光迷乱，整个谷仓都化作了光影的舞池，任由它们跳跃翻飞。接下来，男人走到刚才那张松木桌正前方，用驯熊的棍子点了点桌面。

“神奇脑袋，你准备好了吗？”他问。

我等着盒子里的反应，但我的后背发寒，体内涌起了一股微妙的不安感。盒子内部传来了一个声调高亮又清澈的声音：“我准备好了。”

男人掀开了盒子一侧的布，我才看清了盒子的构造。它的框架由细细的木条做成，每面外侧都钉了一层薄布。整个盒子约一米见方，正中间有个不大的底座，底座上居然放了一个七岁小男孩的头！摇曳的烛光下，氛围诡异阴森，让人不禁寒毛倒竖。

“我的天哪！”老师惊赞，“这也太厉害了！”

我万万没想到神奇脑袋竟然是条鲜活的生命。它一看就是个吉卜赛小孩的头，却被人用黑色油彩胡乱地刷成了黑人模样。神奇脑袋盯着我们看，轻轻眨着眼睛。

“你现在可以回答问题了吗？”吉卜赛人看着老师大为震撼的模样，很是满足。神奇脑袋舔了一下自己的嘴唇：“嗯，可以的。”

“你几岁了？”男人问。

“一千多岁了。”脑袋回答。

“你从哪里来？”

“我来自非洲，我叫恩戈。”

问答继续，不过我对这些内容没什么兴趣，我就想搞明白这个魔术的原理是什么。一开始我听到神奇脑袋时，还以为它是用木料或石膏雕出来的一个物件，腹语表演者可以给它配音，让它看起来会说话。但是现在我知道了，它是一个有生命的脑袋，被摆在一个小小的基座上，这基座比一根蜡烛粗不了多少。毋庸置疑，这个脑袋肯定是有生命的，它回答问题时眼睛会滴溜溜地转。其间，帕洛站起来一次，抖了抖自己的身子，神奇脑袋分明被这个动作吓了一跳，面露惧色。

“怎么样？”男人已经问完了问题，转向了我，“跟我说的一样吧，这颗脑袋是不是全天下最神奇的东西啊？”

我问他可否让我凑近桌子，好好检查一番。因为我突然想起西奥多介绍过一个类似的魔术，要用镜子做辅助。神奇脑袋肯定是有身体的，但我不知道它到底藏哪儿了，于是想亲自看看桌子和盒子到底有什么秘密。

“没问题，”吉卜赛人竟然一口答应下来，“拿着我的棍子去检查吧。但有一点你得注意，就是千万不能碰触到神奇脑袋。”

我用棍子仔仔细细地把基座四周戳了一遍，想找找有没有隐藏的镜子或者绳索。神奇脑袋玩味地看着我的动作，黑眼睛骨碌碌地跟着我转。盒子的侧面的确就是些布，底面是镂空的，直接放在桌面上而已。我还转到盒子后方去看了一下，但那里也空空如也。我甚至爬进了桌子底部去找玄机，但依然一无所获。身体去哪儿了？我毫无头绪。

“哈哈，”男人有一丝得意，“很失望吧？你觉得我肯定是在哪儿藏了一个小男孩儿，对不对？”

我心服口服，坦诚承认，并央求他帮我揭秘。

“哦，那可不行，我没法告诉你，”他回答，“天机不可泄露，否则神奇脑袋要化作一阵烟，彻底消散的。”

我又展开了一次详细的搜查，这次还拿了根蜡烛，但仍然毫无收获。

“好了，”男人说，“别再跟神奇脑袋纠缠了，来跟帕洛跳一支舞吧。”

他用棍子钩住帕洛的嘴套，帕洛应势站了起来。男人将棍子交给我，自己则拿起一根木笛吹了起来。帕洛和我开始联袂跳舞，姿态端庄，煞有其事。

“太震撼了！太神奇了！”老师激动万分地鼓掌。我邀请他也来跳一曲，毕竟他有丰富的马戏经验。

“呃，那个，”老师踟蹰，“我不太确定这合不合适。这头熊跟我好像还不太熟……”

“没关系的，别怕，”男人说，“它对谁都很友好。”

“好吧，”老师扭扭捏捏地说，“如果你确定的话，那我试一试也不是不行。”

老师从我手中接过了棍子，与帕洛面对面站好。他浑身上下写满了恐惧，仿佛下一秒就要崩溃了。

“好了吗？”吉卜赛人问，“该你跳舞喽！”

一首轻快的小曲从笛子中流淌而出。

画面浪漫唯美，暖黄色的烛光温柔摇曳，墙面上映着一人一熊的影子，人矮小，微微驼背；熊则高大，毛茸茸的。他们徜徉在轻柔的光影中，旋转游走，翩翩起舞。神奇脑袋依然立在盒子里的基座上，笑盈盈地看着他们，不时咯咯发笑。

11 Birds, Beasts and Relatives

暴怒的酒桶

夏天即将挥手告别，我们也迎来了葡萄丰收的时节。斗转星移间，早已习惯了视野里的葡萄园，它们的存在是如此天经地义。但只有到了现在，才恍然想起，自这轮寒暑以来，它们要奔赴的终极目标是什么。犹记得冬季里，园里一片萧瑟，了无生气。土表上是一壑一壑的枯枝败藤，如浮木般随意四散。然后春天驱散了寒冬，蔓藤上开始有点点新绿闪耀。那是第一批叶芽终于苏醒，舒展开了娇嫩的身躯。它们蓬勃伸展，逐渐形成手掌大的叶片，畅快地吞吐着阳光的力量与奥秘。再后来小葡萄出生了，它们呈小球状，挂在各条分枝上。每一颗都铆足了劲儿地生长，向阳光要能量、要热度，但眼大肚小，直到把自己鼓成一串绿色的蛋，看上去像传说中的大海怪产的卵。接下来，葡萄园就要好好进行一次消毒了。吃苦耐劳的驴子们上场，一趟趟地拉着木板车，将装在大木桶里的农药拖到地里。农药由石灰和硫酸铜调配而成。洒农药的人穿着特制的工作服，乍一看仿佛是外星人现身：脸上戴着护目镜和面罩，背上驮着一个硕大的罐子，罐子底部连着根橡皮管子，管子柔软而灵活，像大象的鼻子，农药最终从它的鼻孔里喷出来。农药的颜色蓝得纯粹，仿佛浓缩了天地间所有碧色、绀色、青色的精华，让天空和海洋都俯首称臣。喷药人行走在一排排葡萄藤间，不停地给罐子补满农药，然后用农药给每片叶子、每串葡萄都包上宝蓝色的网。有了这层致密的网的保护，葡萄就可以放心大胆地继续鼓胀，奔向极致的成熟。在一个酷热到极点的日子，它们终于迎来了采摘的时刻，可以释放自己体内滔滔的果汁了。

葡萄的丰收季意义非凡，人们忙得热火朝天，也是天然的社交季：人们彼此串门儿、相约野餐、举办各种庆典，抑或是拿出去年就珍藏好的葡萄酒，享受一段静谧的个人时光。

一位斯塔弗洛达吉斯先生给我家寄了一张邀请函。他是一位个头儿不高，消瘦、和善的酒庄主，长了一张老乌龟般的仙人脸，永远是一副没吃饱的表情。他在岛北部有一座别墅以及好几个葡萄园。在先生看来，葡萄酒就是他的命，是人世间最重要的东西。所以这封邀请函也以最庄重典雅的姿态送到了我们手里；我们自然不敢怠慢，以接圣旨般的庄严态度迎接它。邀请函上是大号的铜版字体，工整而醒目，文字各处还点缀着繁复的花边儿和装饰，颇有雕花窗格的精致感与仪式感，上书云：“请不吝携诸位亲人及朋友莅临寒舍，但凡有意参观者，皆欢迎。”

“不错啊！”拉里说，“这个人的酒窖在科孚岛首屈一指。”

“好吧，你要是真特别想去的话，咱们去也行。”母亲还不太确定。

“我当然想去啊，”拉里应道，“你想想那些极品好酒。我跟你说，咱们得这么办：租一辆游艇，把这次参观办成一次聚会。”

“没错，就这么办！”玛歌激动了，“他家的地界内有一块特别棒的海滩。咱们要趁夏天还没过完，赶紧多游几次泳。”

“我们再叫上斯文吧，”拉里继续建议，“到时候他肯定已经回来了。唐纳德和麦克斯也可以一起去。”

“别忘了西奥多。”莱斯利说。

“拉里，亲爱的，”母亲说，“人家只是邀请咱们一家人去看看怎么采葡萄，或者是现在人们在葡萄园中干什么。你不能呼朋引伴地带一个马戏团过去啊。”

“信里说可以请朋友的，有意者皆欢迎嘛。”拉里说。

“这不假，但你也不能带一个马戏团啊，”母亲说，“人家怎么可能做得过来这么多人的饭？”

“饭的问题没难度，”拉里说，“你给他回信，说我们自备餐食就好。”

“这个‘自备’不就是我来备吗？”母亲说。

“不至于，别怕，”拉里含混地说，“我们带点儿排骨什么的，找块儿开阔地，随便烤烤不就得了？”

“这事儿难不难，我心里明白着呢。”母亲说。

“无所谓形式的，反正你肯定能解决好，”拉里说，“至少我觉得，这没什么难的。”

“行吧，”母亲踟蹰地说，“我明早跟斯皮罗商量一下，看怎么处理比较好。”

母亲亲笔给斯塔弗洛达吉斯先生回了信，表示我们受宠若惊，将接受他的邀请，并携几位挚友同往。另外，如果可以的话，请允许我们自备餐食，在他的海滩上用午餐。先生也给我们回了信，依然郑重其事地用了雕花式铜版字体，表达了他的喜出望外和无限期待。信末写道：“与我家人不必见外，大家赤身裸体相会最妙。”这句话让我们一头雾水，他不是一直都单身吗？后来我们才意识到，他是把一句法语原封不动地翻译了过来。

我们的参观队伍非常壮观，除了全家人，还有唐纳德和麦克斯、西奥多、克拉莱夫斯基、斯文（他是掐着点儿在最后一刻从雅典赶来的），以及斯皮罗。早上六点半，我们在城里集合，地点是皇宫后面通向登船处的下沉式台阶。水面上有丝丝缕缕的涟漪，上面荡着一艘短而胖的游艇，新近被涂过漆，看起来很精神。登船耗时良久，要把这么多篮食物、酒、烹饪器具，还有母亲在夏天离不开的巨型阳伞运上去，着实是个挑战。克拉莱夫斯基还非要展示绅士风度，坚持在一旁微笑弯腰，扶母亲和玛歌上去。

“请留意脚下，别绊倒了。这下就稳了！”克拉莱夫斯基小心护着她二人登船，打勤献趣，好不忙碌。那殷勤的派头活像一位总督，正在扶最新的女友登上威尼斯的小船。

“还好，”西奥多的视线从他的洪堡帽檐下一路射向天尽头，天空蔚蓝，一尘不染，“今天这天儿看着……嗯……应该还不错。我踏实多了，要不然，你们懂的，稍微一点儿浪都会让我晕船。”

斯文上船时脚下突然打滑，奉若珍宝的手风琴差点儿掉到了海里。但在手风琴落水惨剧发生的前一秒，麦克斯一马当先，伸出长长的手臂，将它捞了回来。一场喧闹后，我们终于全员登船完毕。游艇被推出码头，引擎发动起来，葡萄庄园之旅正式启程。天光熹微，苍穹间一片乳白，有珍珠的莹莹色泽。城镇区域好像突然变成了玩具景观，由稚嫩的砖块垒起，但垒得摇摇欲坠。那些高大威猛的威尼斯式建筑，外墙已略显斑驳，颜色也轻轻褪去，留给每双看向它的眼睛以淡淡的奶白、浅棕、雪白和肉粉。夏季的热气温柔驻留，把建筑的外墙烘得几近融化，远看像一幅被抹脏了的蜡笔画。

“啊！这海浪上的生活啊！”克拉莱夫斯基品尝着温暖而宁静的空气，表情沉醉，“这下舒坦了！”

“看着的确波澜不惊，”西奥多评论道，“但我觉得，还是有一点儿、几乎微不可察的小浪。”

“你瞎说，西奥多，”拉里说，“你可以在水面上放一个水平仪，里面的小气泡绝对一动不动。”

“母亲，您感觉还好吗？”麦克斯体贴地询问母亲。

“啊，没事，亲爱的，谢谢，我很好，”母亲说，“我只是有点儿担心，不知道斯皮罗有没有准备大蒜。”

斯皮罗听到了这句话，赶忙说：“德雷尔夫人，您不用担心，单子上的所有东西我全都备好了。”

斯文刚才认认真真地检查了一遍手风琴，目测宝贝确实无恙，便将它挂在身上。手指从键盘滑过，滑出一串音符，权作音色检查。

“来首能调动气氛的船歌吧，”唐纳德说，“眼下就差这个了。

哈哈哈，还得再来瓶朗姆酒。”

我独自来到船头，趴在甲板上，俯视水面，看船身劈波斩浪，在清亮而湛蓝的海上给自己划出一条路来。偶尔有飞鱼跃出，沿水面滑翔片刻，然后溅起瓦蓝的水花，在阳光下绽出月白色的光芒，仿佛一只燕子要发动攻势，正贴地掠过葱郁的草地，直奔一条小虫子而去。

早上八点，我们抵达了潘多克拉特山侧一处八百米长的海滩。这里的橄榄树林大大方方地延伸到了海边，与浪花仅有一条鹅卵石滩之隔。船的引擎已熄灭，惯性推着我们慢悠悠地往岸边漂。少了电机的吵闹，林中的蝉高声呼唤着欢迎我们的到来。游艇发出一声震耳欲聋的叹息，船头插进了鹅卵石滩里。船主是个身手矫捷、皮肤黝黑的男孩儿，他从船尾的引擎处大步流星跨到船头，抓起锚便跳了下去，将锚牢牢地定在了鹅卵石滩里。他又用几个盒子在船头拼出了一串台阶，虽摇摇晃晃，但好歹有了下脚处，母亲和玛歌在克拉莱夫斯基的搀扶下成功登岸。老师对每个人都微微颔首、弯腰，姿态优雅，自己却不慎踩空了一步，退到了十几厘米深的水里，熨得笔直挺拔的裤子瞬间被打回原形，着实令英雄扼腕。我们又是一番辛劳，才将所有行李都卸下了船，胡乱摆在一棵橄榄树下。那场景仿佛是某艘船遇到了海难，将所有行李吐在了这里。接下来我们朝山上出发，向斯塔弗洛达吉斯先生的别墅走去。

先生的别墅高大方正，外墙是褪了点儿色的红色，配以绿色的护窗板。整个建筑被高高架起，以便给地窖留下足够的空间。农家姑娘们络绎不绝地从车道上走来，头顶着丰收的果篮，里面装满了葡萄。她们身形婀娜娇俏，脚步如猫一般轻盈。人群中一个人急急跑出来迎接我们，不是别人，正是斯塔弗洛达吉斯先生。

“你太好了，好极了，真是好人啊！”初次见面，不论我们介绍的是谁，他都激动地重复着这句话。

他先带我们去前廊处坐了一会儿。一棵三角梅洋洋洒洒地笼罩了整个前廊，树冠被炽烈的花朵点燃，像一顶狂欢节用的红色假发，只是尺寸大得超凡脱俗。先生备了几瓶顶级的红酒，酒色殷红，质感丝滑浓郁，酒杯里被注入的仿佛是醇香的石榴石。好酒一下肚，我们就有些微醺了。斯塔弗洛达吉斯先生在前面迈着欢快的步子，似一只和蔼的大甲虫，领着众人走向酒窖。

酒窖规模惊人，最暗处甚至得点灯照明才行。幽微的火苗浮在琥珀色的灯油上，若隐若现，虚实相应。地窖被分成了两大区域，我们首先参观的是榨汁区。这里的灯光同样暗淡昏沉，有三个庞然大物高耸眼前，令人不由得一惊。原来是三个硕大无比的木桶，其中一个正在接待川流不息的姑娘们，让她们给自己倒入一篮篮的新鲜葡萄。另外两个木桶已经开始榨汁了，有榨汁的工人在里面忙活。房间一角有个倒放的木桶，桶上坐着个面色苍白、身体虚弱的老者，居然在拉小提琴，还拉得一本正经，有模有样。

“这两个人一个是塔奇，一个是雅尼。”斯塔弗洛达吉斯先生介绍两位榨汁的工人。

塔奇整个人都陷在了桶里，我们只能越过桶沿儿，看到一点儿他的头顶。雅尼还不错，好歹头部和肩膀都能露出来。

“塔奇从昨晚就开始踩葡萄了，”斯塔弗洛达吉斯先生瞟了母亲和玛歌一眼，神色略带不安，“请见谅，恐怕他已经有点儿上头了，状态不太对劲儿。”

此话绝对有道理。我们距离桶姑且还有段距离，都能闻到浓烈的酒味儿。而他在桶里坚守了如此之久，里面的温度定能让酒气比外边浓烈三倍，难以想象塔奇已醉成了什么样子。木桶下方，葡萄的汁水源源不断地滴落，跌入一条水槽中。水槽里是醇厚的葡萄汁，表面拱起一簇簇粉色泡沫，娇美如群芳争艳。一条虹吸管伸入槽中，将汁水转入下一个木桶。

“现在大家看到的，差不多是今年最后一批葡萄了，”斯塔弗洛达吉斯先生介绍道，“至少是最后一批红葡萄了。它们产自山坡高处的一个葡萄园，园子的面积不大，但酿出的葡萄酒——应该在科孚岛名列前茅。”

塔奇停下了踩踏的节奏，伸出胳膊，靠在桶沿儿上，像只喝醉了的燕子趴在自己的巢边。胳膊和手上，全是星星点点的葡萄皮和葡萄籽。

“我得出来了，”他嘴巴干涩，“要不然我要醉死在这里了。”

“好的，没问题，塔奇，再坚持一分钟就好，”斯塔弗洛达吉斯先生说，他的脸上再次不安起来，“不过好歹等到克斯托斯来嘛，他马上就能接你的班了。”

“你得让人撒尿吧，”塔奇憋屈极了，“连尿都不让撒，怎么工作啊？”

一旁拉小提琴的老者停下了，给塔奇递去了一块粗面包，权作补偿。塔奇接了过去，狼吞虎咽地吃起来。

西奥多正在给斯文上专业级的制酒课。他举着手杖东指指西点点，一会儿介绍一下榨汁的人，一会儿讲解一下酒桶的知识。两人俨然置身于一座博物馆中，眼见之处皆为展品。

“那个人物是谁来着？”麦克斯问拉里，“他被活活淹死在了马姆齐酒的酒桶里，是谁来着？”

“是莎士比亚作品里的一个男主角。在莎翁笔下，他的神志已经算正常的了。”

“我记得曾经有一次啊，”克拉莱夫斯基对麦克斯说，“我带一位女士去参观法国最大的酒窖之一。半途中，我突然有了一种非常不祥的预感。我大觉不妙，于是赶忙带着女士转身，往外面走去。就在我们走出酒窖的那一瞬间，里面有整整十四个酒桶爆炸了，声音响得不输加农炮……”

“好，咱们已经看到了榨汁的过程，”斯塔弗洛达吉斯先生说，“接下来请跟我继续走，咱们去参观储酒的地方。”

他引导我们穿过一个拱门，来到了酒窖的另一个区域。这里横放着数排酒桶，耳边是轰隆隆的吵闹声。一开始我以为是外面传来的，后来才意识到这是酒桶自己在咆哮。棕色的桶身内，葡萄酒躁动不定，搅得酒桶汩汩地直叫嚷。一时间，酒桶的尖叫声、低吼声彼此应和，如潮水般铺卷而来，宛若千万怒发冲冠的士兵，正在向敌人发动总攻。声音的效果不俗，但着实恐怖。听起来，酒桶里似乎囚禁了无数个凶残的恶魔，正咬着后槽牙，含混地谩骂着什么。

“我听农民们说过，”西奥多带着一股邪恶的兴奋劲儿，抬起手杖点了点面前的一个酒桶，“这种声音很像是人在溺亡前发出的……”

“马姆齐酒！”麦克斯也来劲儿了，“看啊，这气势恢宏的马姆齐酒大阵列！拉里，我们也将在这里立亡！”

“应该是‘溺亡’。”唐纳德依然在纠正。

“太有趣了，”母亲诚恳地向斯塔弗洛达吉斯先生赞叹，“但请您谅解，我和玛歌要先走一步了。我们得去海边准备午餐。”

“我想知道这里面是一种什么样的力，”莱斯利沉着脸环视了一圈，“如果这里面的压强足够大，把木塞都能推动，那这股力得多厉害啊！”

“的确非常凶猛，”西奥多说，“我真的见过一个男人，被喷出来的木桶塞子击中，被伤得奄奄一息。”说罢，他仿佛想现场演示一下，抬起手杖来，使劲儿敲了敲酒桶。我们所有人都应声弹跳而起。

“好了，请您谅解，”母亲已经很紧张了，“我和玛歌先行一步了。”

“那你们剩下的每一位，都要跟我上去再喝一杯，好吗？”斯塔弗洛达吉斯先生恳求道。

“没问题，我们可以的。”拉里回道，那语气俨然自己在帮斯塔弗洛达吉斯先生一个大忙。

“马姆齐酒！”麦克斯激动得翻白眼，“我们喝马姆齐酒喽！”

于是母亲和玛歌去了海滩，跟斯皮罗一起准备午餐。斯塔弗洛达吉斯先生手舞足蹈地催着我们回到前廊，给大家疯狂灌酒。到了午餐时间，每个人都已经神志不清，浑身滚烫，面色潮红。

我们邀请斯塔弗洛达吉斯先生一起穿过橄榄树林，共赴海边享用午餐，他甚是欢喜。与此同时，麦克斯的歌瘾也犯了：“‘我曾在梦境中，在那梦里住进了大理石的宫殿。’我的身边有船舶和青草地。”

“他老这么胡唱，就是为了气死我。”唐纳德跟西奥多抱怨，“这首歌该怎么唱，他清楚得很。”

海边的橄榄树下，三堆由木炭烧起的火燃得正旺，火苗蹿跳，轻烟缭绕。每一堆上都噼噼啪啪地烤着食物，菜品各不相同。玛歌在树荫下铺了张宽大的野餐毯，正在上面摆放餐具，嘴里哼着小曲。每个音都很有主见，各跑各的调。母亲和斯皮罗守着灶台，弓着腰，宛若巫师在熬药。一只小山羊被烤得外皮焦脆，滋滋冒油。但烹饪工序仍在继续，两人一丝不苟地将油和蒜泥往羊身上刷。一条大肥鱼在火上完美地成熟了，表皮扑哧扑哧地鼓着小泡泡，吃起来肯定香而酥，真是销魂蚀骨，而母亲和斯皮罗还在精益求精地给它抹柠檬汁。

今天的午餐礼仪就是不讲究任何礼仪，越放松越好，爱在毯子上怎么坐就怎么坐。酒杯里红光闪耀，沁人心脾。羊肉的汁水在嘴里炸裂式喷发，在香料的助攻下，香气铺满了口鼻的每个角落。鱼肉鲜嫩爽滑，每一口都在舌尖如雪花般娇弱温柔地融化。话题东奔西跑，时而振奋激荡，时而归于平静，恰似这几堆炭火。

“爱情就是你与一块石头的纠缠，”斯文正襟危坐，“你会遇到很多石头，但你根本瞧不上：‘哼，没一块好的！’然后你的天选之石就来了，它美妙绝伦，典雅高贵。你迷醉了，继而沉沦其中——这不就是女人带给你的感觉吗？但好景不长，因为你让自己走入了一个凄凉的绝境：婚姻。你拼命抗争，想力挽狂澜，但都没用。这次你的女人是真的坚若磐石、狠若磐石了，任你怎么敲打都不会改变半分。你无力为继，放弃了对抗，而奇迹却发生了！石头像蜡一样在你手心里融化，任你搓圆捏扁，于是你又缔造出了属于你的新石头。”

“我记得，”西奥多说，“贝林柯尔特曾邀请我去他家，欣赏他的画作，你知道的吧，就是那位住在帕利奥卡斯特里察的法国作家。他邀请的话说得干净利落：‘来啊，来看我的画。’于是我找了天下午就去了。他非常热情，给我准备了小蛋糕和茶。我说我想看看他的画，他便给我指了一块巨大的画布。画布挂在那个——什么来着？啊！对了！画布架上。那幅画真漂亮，画的就是帕利奥卡斯特里察海湾的景色。笔触细腻极了，连岸上的修道院都一清二楚。我赞叹他的画功了得后，便问起了他其他的作品，毕竟我环顾一周也没见着其他的画。没想到贝林柯尔特说：‘都在这幅画的下面了。’原来他囊中羞涩，买不起画布，只好在这张唯一的画布上反复画，用新画去覆盖旧画。”

“磨难是每位大家的宿命啊。”斯文哀怨地说。

“等到了冬天，跟我去布特林托的沼泽吧，”莱斯利两眼放光，“野鸭多得打不过来，山上还有大野猪。”

“打鸭子我还行，但野猪太大了，我打不到的。”麦克斯有一说一，不夸口。

“别信麦克斯的话，”唐纳德说，“到了关键时刻，他就会落荒而逃。外国人嘛，你懂的。”

“然后呢，”母亲对克拉莱夫斯基说，“你看到锅中的水马上要开时，就放入月桂叶和酸模。”

“玛歌小姐，后来我就跟他直说了。我说，管你是个什么法国大使，在我这里，你就是个渣子！”

“接下来，你只要在沼泽的边缘行走，只是地面都是烂泥浆，肯定不好走，但一定能遇到山鹬和丘鹬的。”

“有一次我去了一个马其顿的村子。那儿的人会做一种很奇特的木雕。”

“我认识一位女士，她做这道菜时放的不是月桂叶，而是少许薄荷。”

接下来就是一天中最热的时段了。连蝉都有些乏，歌唱时偶尔力不从心了。野餐毯上，黑蚂蚁们劳碌奔波，急于把散落的食物残渣打包回家。一只马蝇瞪着翠绿的大眼睛，眼里闪着凶光，在西奥多的胡子上停留片刻，又果断飞走了。

酒足饭饱后，我缓缓走向了海边。“有时候，”斯塔弗洛达吉斯先生还在对玛歌说，“那些酒桶是真的会大声吼叫的，就像在彼此搏斗一样。我听着可害怕了。”

“哎呀，行了，别再讲了，”玛歌吓得身体发抖，“光想想，我都觉得后背发寒。”

海面一片静谧，海水温暖柔和，仿佛被人抛过光。只有岸边有一串小涟漪，慵懒地轻拂着海岸线。温热的鹅卵石摩挲着我的脚底板，随着我的脚步嘎吱作响。滩上的石块和鹅卵石形态各异，色彩亮眼。石头的造型竟如此多变，那是海浪的冲刷立下了奇功，当然也离不开石头彼此间的打磨与切磋。它们的形状有百万种之多，如箭头形、镰刀形、小公鸡形，还有像马、像龙、像海星的。配色之丰富和奇异，完全不亚于其形状。数百万年前，地球的熔岩就给这些石头描绘上了最美的花纹，经年累月的海水刷洗让花纹的色泽愈发鲜亮了。有些是白色打底，配以金色或红色的锈纹；有的是以血红色为基础，点缀着白色的斑点；还有绿色的、蓝色的、浅褐色的；有的在蛋壳棕的表面上套着铁锈红的网状花纹，如同被一片蕨类植物的叶子缠绕；有的粉嫩如牡丹花，上面有神秘的埃及象形文字，其含义已不可解。这是海边的珍宝库，规模巨大，场面令人眼花缭乱。

我潜入水里，游向凉爽的深水区。如果屏住呼吸，让自己一直沉到海底，那么丝滑的海水会像毯子般包裹住你的听觉系统，产生神奇的音效，震惊并麻痹你的耳朵。不必担心，须臾之后，你就会适应和享受这场水下的交响乐。远处船只传来微弱的马达声，如遥远的心跳；沙子被海水揉搓，送来嘈嘈切切的私语；最震撼的还数鹅卵石的奏鸣曲，叮当当、哐啷啷，悦耳至极。石头数不胜数，但海水的演奏不遗余力，每块鹅卵石都会参与。水流搓揉着石头，从不停歇，用力温柔细腻。为了把这一切听得更贴切，我又回到浅水区，牢牢抓紧几块色彩缤纷的石头，将头潜入水中，听小小的浪潮推动石头们轻柔地歌唱。我不禁联想，核桃如果会唱歌，它的气息和音色多半也如此。海浪来，歌声起，从吱吱嘎嘎到叮叮当当，既有尖声尖气的咏叹，也有低沉浪漫的呢喃，最后似有一声咳嗽（浪退时还要插进几个空拍）。而下一浪又至，几个声部精诚协作，换个调子再奏一小节。大海弹奏音乐，沙滩是它的乐器。我躺在温暖的浅滩上，睡意缓缓袭来，头有些沉了，我起身往橄榄树林走去。

大家散落各处，围着用完餐的野餐毯，四仰八叉地躺着休息。一地狼藉，宛若硝烟弥散后的战场。一棵橄榄树的根凸出地面，我投入它的怀抱，蜷成了一只睡鼠，也沉沉睡去。

茶杯的叮当声将我唤醒。母亲和玛歌正在重新布置毯子，此刻已近下午茶时间了。斯皮罗凝神注视着烧水的火堆。恍惚间，我仿佛看到水壶嚣张地掀开了盖子，朝斯皮罗嗞嗞地吐着蒸汽，顽皮地招摇着。斯皮罗伸出大手，抓稳水壶，将烧开的水倒入了茶壶，又皱着眉头转向地上的众人。

“茶好喽！”他的声音震天动地，“茶已经准备好喽！”

每个人都被吓了一跳，惊醒过来。

“苍天啊！你非得声音这么大吗，斯皮罗？”拉里可怜兮兮地说，他的睡意尚未消去，声音低沉。

“茶？”克拉莱夫斯基迷茫地环顾四周，像一只刚睡醒的形象粗糙的飞蛾，“天哪，太棒了！”

“老天爷，我的头痛死了，”莱斯利说，“都怪那些葡萄酒，后劲儿也太大了。我的脑袋跟被骡子踢了一脚似的。”

“我也有点儿乏。”拉里打了个哈欠，伸了伸懒腰。

“我感觉自己已经被淹死了一回，”麦克斯很肯定地说，“我被淹死在了马姆齐酒里，然后被自我意识救了回来。”

唐纳德耐心尽失：“口下留点儿情吧，你非要毁了这门语言才行吗？”

“我曾经读到过这么个事，”西奥多睡得沉，也醒得快，仿佛是一只小猫。此刻的他已衣冠整洁，精神抖擞，就跟没睡过午觉似的，“书上说，锡兰的高山上有个部落，他们说一种外界无人能懂的语言。就算是最顶尖的语言学家，也不明白。”

“那不就是麦克斯说的英语吗？”唐纳德说。

茶水、黄油吐司、咸味饼干、豆瓣菜三明治、香气四溢且松软鲜香的大号水果蛋糕……丰盛的下午茶唤醒了我们的精神。温暖的海水迎接众人沉浸其中，我们享受着与海洋的亲密无间。太阳突然下了山，也不跟我们打声招呼，便将山体的阴影扯得老远，盖在海滩上。气氛一下子就冷了，色彩也倦了。我们又回到了斯塔弗洛达吉斯先生的别墅，在三角梅的陪伴下，坐在前廊处，欣赏着夕阳与海平面的缠绵，品味着最后一抹光影的交错和明暗的相融。离别时刻已到，我们挥别斯塔弗洛达吉斯先生，出发去游艇处。临别前，他给我们送了上等好酒作为伴手礼，我们苦辞未果。

出发后不久，游艇绕开山体，来到了海面的开阔处。阳光绕了个弯，跟我们又重逢了。但今天的阳光大势已去，太阳在潘多克拉特山后方兀自下坠，灿烂金光已不再，唯余一轮血红的圆盘。最后一道霞光拼尽全力奔到水面上，像一棵着了火的柏树，轰然倒下。几缕不成气候的小云朵由粉红转为香槟色。太阳在天空实在是挂不住了，重重地沉入山体后。天空倏地卸下了蓝色，披上了淡淡的青绿色。电光石火的一瞬，平滑寂静的海面成了一块火蛋白石，色泽缤纷炫目。我们朝城区挺进，引擎低声轰鸣，艇尾留下一扇白色的尾浪，如一条蕾丝花边如影随形。斯文的手指轻拨手风琴，弹出了《杏花树》曲子的开头，大家齐声合唱：

阳光烁烁，杏花明艳；
姑娘轻摇杏树，小手纤纤。
飞花起舞，一头娇雪香满肩。
飞花起舞，一头娇雪香满肩。

斯皮罗的声音浑厚宽广，似一匹柔滑的黑色天鹅绒，与西奥多的男中音、拉里的男高音和谐配合。船头处，两条飞鱼跃然而起，轻盈掠过水面，融入暮色中让人沉醉的海洋里。

天光已彻底暗淡，船艄劈开水面，劈出莹绿色的磷光点点。陶罐中的红酒欢畅地奔流到了酒杯里。去年今日，想必它们还在大木桶中生着闷气，疯狂咆哮。一阵微风羞怯地抓住我们的船，柔柔地摇摆，力道轻得像只小猫爪。克拉莱夫斯基昂起头，大眼睛里泪光闪闪，对着天鹅绒般的墨蓝天空与漫天群星高唱。海水流连于船身，一路跟随，一路轻拍，发出冬季落叶般的声响。仿佛能听到风从枝条上拉开叶子，而叶子摩挲着树干，在眷恋与依赖中缓缓下降，告别大树母亲。

爱人伫立花瓣雪，我匆匆奔去。
帮她将一身花瓣，尽数拂去，
不错过每一缕发丝，每一条发辫。
我低头细吻，小声诉衷肠。
帮她将一身花瓣，尽数拂去，
不错过每一缕发丝，每一条发辫。
我低头细吻，小声诉衷肠。

此刻，科孚岛和大陆间的海峡已一片黑暗，但上面缀满了夜间的渔船，渔火闪烁，如同银河中的一小段坠入人间。阿尔巴尼亚山脉上，明月初升，先是羞红了脸，跟夕阳一个颜色，然后红潮褪去，转为古铜色，又淡成黄色，进而变为白色。微风拂过海面，拂起小小的浪花，轻盈跌宕，将月光反射得星罗棋布，如无数鱼鳞晶莹闪耀。

潮热的空气，醉人的红酒，美到悲壮的夜色，让我的心澎湃万千，在喜悦和哀婉间取得了神秘的平衡，达到了极致的愉悦。那时年幼，我以为这就是岁月的定义，亘古便如此，今后也一样。我手里握住的一切，至死都不会变：灿烂和善的小岛、无数让人跌掉下巴的秘密、永远陪着我的家人们和动物，当然还有各位挚友。月光给西奥多的头勾勒出剪影，在胡须的配合下，宛若希腊神话中的牧羊神潘，只是差了一对角；克拉莱夫斯基的情绪汪洋肆虐，泪水决堤般奔涌，像一个黑色的小矮人被逐出了仙境；斯皮罗的脸色黝黑，嘴角一直皱着，声音充满了生机，如百万只夏天的蜜蜂在齐声嗡鸣；唐纳德和麦克斯纷纷皱紧眉头，努力回忆歌词，并跟上对方的节奏；斯文像一个白白胖胖的丑婴儿，从那看似笨拙的乐器中奏出了充满爱与灵性的音乐。

我的傻姑娘，何必此刻就让雪花铺满头。
愿你离寒冬还有三千里，不必早早萧瑟风雪中。
寒冬自会来，北风刺人骨；
但不要期待它，以免自讨其苦。
寒冬自会来，北风刺人骨；
但不要期待它，以免自讨其苦。

我知道这个夏天已近尾声，无法挽留。但我痴想着，以为春天就在不远处，时刻准备光照大地，让人间焕然一新，万物再次明艳，一切万丈光芒如金翅雀。然后夏天便回到了我的身边，感觉依然是那样的悠长、燥热，将日子都染成水仙黄色。

> 我的傻姑娘，何必此刻就让雪花铺满头。
> 愿你离寒冬还有三千里，不必早早萧瑟风雪里。
> 寒冬自会来，北风刺人骨；
> 但不要期待它，以免自讨其苦。
> 寒冬自会来，北风刺人骨；
> 但不要期待它，以免自讨其苦。

酒气在体内氤氲；引擎在耳畔低鸣，传来心跳般的悸动；夜风温热，歌声嘹亮……我的眼皮渐渐重到抬不起来，整个人晕沉沉地进入了梦乡。游艇拨开温暖而宁静的海水，往科孚岛驶去。当时惘然，不知那座明媚的岛，那些耀眼的幸福，都变成了“从前”，我们再也追不到了。

邮件

（书信）

亲爱的德雷尔夫人：

事态危急，看来交战已是定局。现在想来，您当时离开科孚岛，真是一个非常明智的决定。衷心期待未来有一天，人类能恢复理智，我们可以在幸福的时光里重逢。除了这番期待，我们也无能为力，但我依然会诚挚地期待下去。

如果您要联系我，可寄信至雅典的艾欧尼安银行，收件人就填“转西奥多收”。

祝愿您和家人们未来平安顺遂。

爱你们所有人的，
西奥多

（明信片）

妈妈：

我搬到雅典了，咱们要保持联系。这个地方美得醉人。在阳光的照耀下，卫城的墙面几乎有了粉色的肌肤。我把一些行李寄到你那里了，你帮我去“3号”箱子里找一本书，叫作《论马洛》。找到后，可以寄给我吗？这里的每个人都戴着金属头盔，感觉马上就要打仗了。我也打算去买支长矛。

爱你的，

拉里

（书信）

亲爱的妈妈：

我所有的旅行支票都被一个意大利盗贼给偷了。我狠狠揍了他一拳，正中他的鼻子，我居然差点儿因此被逮捕。我真的宁愿和希腊人打交道。

你能再给我寄点儿钱吗？我的地址是：麦格尼菲卡酒店，康提那广场，米兰市。我很快就要回家了，别担心。

爱你的，

莱斯利

另：看样子要打仗了，是不是？

（书信）

亲爱的妈妈：

我在匆忙中给您写信，是想让您知道，我下周一将登船返英，三周后到达。

这里的局面一塌糊涂，但也没有办法。这儿不怎么下雨，只下雪。我觉得德国人干的这些事情，实在是不像话。我要有什么办法，一定会亲自跟他们说道一下。

期待很快就能见到您，爱您的，
玛歌

另：我把斯皮罗给我的一封信也寄过来了，真是一封怪信。

（书信）

亲爱的玛歌小姐：

战争已经打响，他们正式宣战了。你一定要保密啊。

斯皮罗

给未来人类的一封信

我们希望未来会有萤火虫在夜晚指引你，
会有蝴蝶在灌木丛及森林里迎接你。
我们希望你的黎明会有鸟类歌唱的交响乐，
而它们拍击翅膀的声音……会让你感到振奋。
我们希望仍然会有许许多多不同种类的生物
跟你一起共享地球，
它们会让你欢喜高兴，并且丰富你的生命，
就好像它们曾经为我们所做的一样。
我们希望你会感恩于出生在这个神奇的世界。

没有你，万般精彩皆枉然

（杰拉尔德·德雷尔写给妻子李·麦乔治的情诗）

我见过千种日出日落，
在大地上森林与高山都被笼罩在蜜色光泽之中，
在海里为一团五彩云朵平添上一道殷红，
在广阔的大洋之中潮起潮落。

我见过千般的月亮，
满月如金币，
寒月苍白如冰屑，
新月宛如雏天鹅的绒毛。

我见过的海平静如止，颜色如缎，
蓝如翠鸟或者通透如玻璃，
抑或乌黑褶皱地泛起泡沫，
沉重又危险地翻动着。

我感受过来自南极的烈风，寒冷呼啸着像一个走失的儿童，
感受过如爱人呼吸般的柔风。
我听过夏日蝉鸣如芒在骨，
我听过树蛙在无数萤火虫点亮的森林中，
演奏着如巴赫管弦乐般美妙复杂的旋律。
我听过狼群在冬夜对月长嚎，
我听过珊瑚群中异彩斑斓的鱼群发出的呢喃。

我见过蜂鸟如同宝石一般围绕着开红花的树在闪烁，
如陀螺一般哼鸣作响。
我见过飞鱼如水银一般穿越蓝色海浪，
用他们的尾翼在海面上划下银色痕迹。

我遇到过千种不同的动物，
目睹过千般绝妙的事物……

然而——
没有你，我做了什么都是失落。
有了你，我做什么都是收获。
为了有你一分钟的相伴，
我愿把这一切都放弃，
为你的笑语，你的声音，你的眼睛……

（中文版权方请联系湛庐文化）

未来，属于终身学习者

我们正在亲历前所未有的变革——互联网改变了信息传递的方式，指数级技术快速发展并颠覆商业世界，人工智能正在侵占越来越多的人类领地。

面对这些变化，我们需要问自己：未来需要什么样的人才？

答案是，成为终身学习者。终身学习意味着永不停歇地追求全面的知识结构、强大的逻辑思考能力和敏锐的感知力。这是一种能够在不断变化中随时重建、更新认知体系的能力。阅读，无疑是帮助我们提高这种能力的最佳途径。

在充满不确定性的时代，答案并不总是简单地出现在书本之中。“读万卷书”不仅要亲自阅读、广泛阅读，也需要我们深入探索好书的内部世界，让知识不再局限于书本之中。

湛庐阅读 App：与最聪明的人共同进化

我们现在推出全新的湛庐阅读 App，它将成为您在书本之外，践行终身学习的场所。

- 不用考虑“读什么”。这里汇集了湛庐所有纸质书、电子书、有声书和各种阅读服务。
- 可以学习“怎么读”。我们提供包括课程、精读班和讲书在内的全方位阅读解决方案。
- 谁来领读？您能最先了解到作者、译者、专家等大咖的前沿洞见，他们是高质量思想的源泉。
- 与谁共读？您将加入优秀的读者和终身学习者的行列，他们对阅读和学习具有持久的热情和源源不断的动力。

在湛庐阅读 App 首页，编辑为您精选了经典书目和优质音视频内容，每天早、中、晚更新，满足您不间断的阅读需求。

【特别专题】【主题书单】【人物特写】等原创专栏，提供专业、深度的解读和选书参考，回应社会议题，是您了解湛庐近千位重要作者思想的独家渠道。

在每本图书的详情页，您将通过深度导读栏目【专家视点】【深度访谈】和【书评】读懂、读透一本好书。

通过这个不设限的学习平台，您在任何时间、任何地点都能获得有价值的思想，并通过阅读实现终身学习。我们邀您共建一个与最聪明的人共同进化的社区，使其成为先进思想交汇的聚集地，这正是我们的使命和价值所在。

浙江省版权局图字：11-2024-117

图书在版编目（CIP）数据

桃金娘森林宝藏 /（英）杰拉尔德·德雷尔著；赵学坤译 . — 杭州：浙江科学技术出版社，2024.4（2025.9 重印）
（德雷尔一家）
ISBN 978-7-5739-1166-7

Ⅰ . ①桃… Ⅱ . ①杰… ②赵… Ⅲ . ①儿童小说－长篇小说－英国－现代 Ⅳ . ① I561.84

中国国家版本馆 CIP 数据核字（2024）第 066300 号

湛庐CHEERS

与最聪明的人共同进化

HERE COMES EVERYBODY

CHEERS
湛庐

德雷尔一家

③

众神的花园

The Garden of the Gods

[英] 杰拉尔德·德雷尔 Gerald Durrell 著
赵学坤 译

浙江科学技术出版社·杭州

测一测

你对德雷尔的“动物王国”了解多少?

扫码加入书架
领取阅读激励

扫码获取全部测试题及答案，一起了解享誉全球的“大自然作家”是如何成长的

- 动物界真正躺平的动物“睡鼠”组建家庭后的出行方式是:( )

  A. 独自出行

  B. 集体出行

- 戴胜是一种非常凶猛的罕见鸟类，德雷尔曾完全驯服过它吗?( )

  A. 是

  B. 否

- 德雷尔在科孚岛生活期间，在家里建立起了一座“迷你动物园”，这是真的吗?( )

  A. 真

  B. 假

扫描左侧二维码查看本书更多测试题

德雷尔临终遗言

就我个人来说，一个没有鸟，没有森林，没有各式各样、大大小小动物的世界，我宁愿不要活在其中。

如果你喜欢这本书（或我其他的书），请记得是动物赋予这本书生命，让这本书妙趣横生。动物是没有声音、没有投票权的大多数。没有我们的帮助，它们不可能生存下去。

我们每个人都有责任，要努力遏制人类对地球的可怕亵渎，我在用我仅知的方法，尽力在做，但我需要你的支持。

愿每个孩子的童年日日有暖阳照拂

第二次世界大战前，我和家人们曾旅居科孚岛，度过了一段悠长而幸福的时光。你正握着我为它写的第三本书。人们多半会震惊于时至今日，我竟还能从记忆中翻找到新故事，再写出一本来。其实回想当初，我们一家在岛上应该算得上小有财富，生活优渥。全家老小就没有一份正当的工作，但上上下下好大几口人，每人每天都能悠游自在，惬意玩耍。这样的闲散状态居然持续了整整五年，故事自然就积累了不少。

这三本书里的人物高度重叠。我要是详细介绍每个角色的前世今生，老读者们肯定受不了。但我也不能默认每位读者都看过了前两本，所以又必须为新读者交代清楚前情。既不能让老读者厌烦，也不能让新读者困惑，个中分寸我把握得如履薄冰，但愿大家都能满意。

我在《德雷尔一家：追逐阳光之岛》中，有几段再贴切不过的描述：“描写家人时，我杜绝夸张，力求所写即所见，还原大家的真实形象。但后面的部分情节还是太过疯狂，所以我想先解释一下。科孚岛时期的我们都相当年轻：大哥拉里不过 23 岁；二哥莱斯利 19 岁；姐姐玛歌 18 岁；我最小，才 10 岁，处在这个稚嫩的年龄，很容易受外界影响。因为妈妈总说记不住自己的出生日期，所以请恕我无法考证她的准确年龄。我只能告诉你，她成功养育了四个孩子，应该算得成熟老练了吧。妈妈提醒我，一定要把她的寡妇身份写清楚，因为她向来洞察世事，‘深知飞短流长不得不防’。”

“这五年赐予了我太多奇遇与美好，要把它们浓缩进一本书里，篇幅还得控制在《大英百科全书》之下，着实有难度。我只得全力删改、拼接，被迫牺牲了不少流畅性。好些妙趣横生的情节与人物，也因此而无缘登场。”

当年苦于篇幅，的确有很多人与事是我想写而写不下的。如今这本多少算是弥补了那时的遗憾。我万分期待这本小书，能如它的前两册《追逐阳光之岛》和《桃金娘森林宝藏》一样，为读者朋友们带来喜悦与欢乐。因为对我来说，那段光阴太过重要，也因为我遗憾地看到，眼下很多孩子没有了我当年的幸运，他们的少年时代已不再有那轮暖日、那抹阳光的照拂了，无法享受到当时我所拥有的、一个真正快乐而阳光灿烂的童年。

目录

01 The Garden of the Gods

睡鼠、小狗与大闹剧

> 那些恶劣得无法言喻的土耳其人，我们完全不必讨论了。

——英国作家卡莱尔（Carlyle）

那是一个奇迹般的夏天，各种丰收的喜悦都突破了极限。不知科孚岛是不是暗中给了太阳一大笔好处费，否则很难解释这些自然界里的奇观：水果与鲜花的丰盛都达到了前所未有的水平；海水史无前例的温暖，鱼多得挤破了头；新生鸟宝宝的数量破了纪录；蝴蝶等昆虫的生育量也创了新高，小小的身体反射出晶亮的光，璀璨了整个山野。西瓜甘甜香脆，瓜肉似蜜粉色的雪，个头大到堪称植物界的炸弹，哪一颗单拎出来，仿佛都能夷平一座城市；肉橙色或柔粉色的大桃子圆得像秋分时节的满月，趾高气扬地挂在树梢，果皮厚实得似天鹅绒，鼓胀得几欲炸裂；一颗颗黑色或绿色的无花果炸开了表皮，裂出粉色的果肉来，裂缝中，金绿色的玫瑰甲虫一脸茫然：怎么回事？从今天开始大餐就不限量了吗？樱桃树果实累累，树干已经不堪重负，果实肆意掉落，飞溅起血红的汁水，不明就里的人搞不好会以为这是个屠龙的基地；玉米棒子近乎你的手臂一样长，使劲一咬淡黄色的玉米粒，就能享受到奶白奶白的玉米汁在嘴里爆浆的感觉；浅绿色的杏仁、核桃为了迎接秋天，纷纷开足了马力般地长，饱满丰腴得楚楚动人；橄榄果身形圆润，似小鸟的蛋，周身油光闪亮，把树枝挂得满满当当。

自然界如此热闹，生命如火如荼地爆发着，我当然不愿错过这样的时机，整天忙着收集各种动物和制作标本。除了继续保持和西奥多每周一次的下午聚会外，我现在还可以独自出行，向更广阔的天地发起远征了。这得益于我新收的一头驴子，名叫莎莉，是大家送给我的生日礼物。

莎莉生性倔强，但在长途行走和负重跋涉方面表现得十分出色，是我的得力干将。跟所有驴子一样，它具备一个闪闪发光的好品质——无敌的耐心，这完全可以抵消掉“生性倔强”这个小毛病。这种耐心是一种极致的宽厚和从容，当我被某个动物或现象吸引得挪不动脚时，莎莉或在一旁惬意地发呆，或站在原地打瞌睡，这是驴子们独有的天赋。它们的神思可以自由地飘到驴界的理想国去，流畅地进入一种无我状态。但美中不足的是，驴子一旦进入这种状态，那么任你怎样咆哮、咒骂、敲打，它都不会再有任何反应。狗就不一样了，它们等不了多久就会大打哈欠、垂头丧气、抓耳挠腮，耍一万种小心机告诉你：“这蜘蛛什么的就看到这里吧，赶紧走啊！”跟狗相比，莎莉一入定就水火不侵，必要时或许能在原地放空好几天。

有一天，一位农民朋友给了我一条重要的情报。这位朋友似有火眼金睛，非常善于观察和发掘，曾帮我抓到过许多动物。这次他说向北约八公里外的一处岩石山谷里，有两只巨大的鸟出没，应该已经筑巢定居在谷里了。听他的描述，这两只鸟不是老鹰就是秃鹫（jiù）。我早就垂涎这两类鹰的幼鸟了，心旌荡漾得不能自已。

说到猛禽，我已收集到了三种猫头鹰、一只雀鹰、一只灰背隼，以及一只红隼。再来一只老鹰或秃鹫的话，我的猛禽版图就更圆满了。虽打定了主意要去抓鸟，但我对家人们还是选择了保密。毕竟为了喂养动物们，我的肉类支出已严重超标。再说拉里也不好伺候，事成之前还是不说为妙。至于事成之后，以前无数的斗争经历早已证明，要让他们接受我的新宠物，“木已成舟”乃是上计。反正动物们摆到跟前时，母亲和玛歌总会帮我撑腰的。

我认真准备着这次远征的装备，带足了吃食和气泡水，以及必不可少的收集罐、标本盒、捕蝶网，还有一个大布包，专门用来装即将被捕获的老鹰或秃鹫。我还带上了莱斯利的望远镜，它的放大倍数远胜过我自己的那个。幸好他不在家，否则还得询问他的意见。不过没关系，就算他在家，也必定会高兴地借给我的，我确实是如此料定了。最后又清点了一次物品的数量，确认无误后，我便开始往莎莉身上绑装备。没想到它今天非常不在状态，哪怕用驴子的标准来衡量，配合度也是低到了冰点：它先是故意踩了我一脚，后来我弯腰捡捕蝶网时，又狠狠地咬了我屁股一下。我自然也给了它一通训斥。后来我们俩的状态就是一言不发、相看两厌。我冷冷地给它扣上草帽，帽子上有孔，刚好能让它百合花形状的尖耳朵穿过去；然后又吹了声口哨，唤来小狗，我们的捕鹰行动队便准备就绪了。

时间尚早，但阳光已炙热。天空一片湛蓝，蓝得炽烈狂野，是那种你把盐撒入火堆中才能看到的蓝。天地相交处，雾气氤氲，暖意融融，交界线若即若离，混沌渺茫。我们走在白沙飞扬的路上，任细细的沙子如花粉般地在身上缠绵。

一路上偶遇了不少农家朋友，大家也是骑着驴子，或去赶集，或去下地。这些相遇当然不可避免地拖延了我们的进程，毕竟见面后最基本的礼仪就是彼此攀谈，与朋友分享时光、拉拉家常、交换一下各家秘密，这些都是亲密无间的象征。大家会回馈给我一块面包，或一把晒干了的西瓜子，或一串葡萄，每份食物都代表着爱与关怀。当我们转出白沙路，穿出橄榄树林，要向山坡上方爬时，我的食物储备已颇具规模了。这其中最壮观的要属一个大西瓜，是阿佳蒂大婶送我的。光阴匆匆，现在离上一次去看她时，竟已过去了七天之久。在她看来，这七天里我一定是忍饥挨饿，一口吃的都没找着。

我们走完阳光下明晃晃的白沙路，进入树影婆娑的橄榄树林后，便立刻舒爽起来，凉爽得仿佛钻进了一个水井里。小狗们照例在前方开路，不时围着那些布满麻点的树干绕一圈，找找食物。有的燕子甚是调皮，竟然敢贴地飞行，轻易地便挑逗起了几只狗的斗志。狗狗们大声嚷嚷着冲过去，声势与架势都颇为威猛，但结果都是自取其辱。它们只得把气撒向其他动物，欺负一下无辜的绵羊或呆板的母鸡，但最后都免不了挨我一通斥责。莎莉一改出发时的阴郁，步伐畅快起来。它的一只耳朵朝前竖，另一只则朝后，不错过我哼的任何一首小曲，或我对路过的景致的任何一句点评。

我们穿出了橄榄树林，沿着暑气蒸腾的山坡继续往上爬。身边有一丛丛的桃金娘、小巧的圣栎树灌木、繁盛的金雀花。地面有鼠尾草、百里香等香料类植物。莎莉的蹄子踏过去，香料被碾碎，飘来沁人清香。日上三竿，狗狗们已累得上气不接下气，莎莉和我也大汗淋漓了。我们正在山峰高处，四周都是金色和铁锈红色的岩石，大海在脚下无限延伸，蓝得如亚麻花。

下午两点半，我们找了块巨大的露出地面的石头，坐在它的阴影里歇了会儿。但我几乎已经万念俱灰，蔫成了一个被霜打过的茄子。朋友说得不错，我们确实照他指的方向找到了一个鸟窝。更让人激动的是，那是一个秃鹫的巢，筑在峭壁上，里面甚至还有两只毛乎乎的小胖鸟，刚好长到了能被我领养的年纪。但我根本没有办法够到这个巢，不论是从上面还是从下面，没有任何一个方向能让我爬过去。我毫无成效地花了一小时，想了无数办法，也无一奏效。万般不舍中，我只得宣布放弃，暂时挥别了养兀鹫的美梦。我们下了山，找了个阴凉地开始吃东西。我吃三明治和水煮蛋，莎莉有干玉米棒子和西瓜。小狗们用西瓜和葡萄解馋，吃起来如猛虎扑食，不时还会被西瓜子呛一下。它们吃得心急火燎，毫无就餐礼仪可言，三下五除二便吃光了自己的那份。我和莎莉还没吃完，但小狗们很有眼力，判断出不可能再讨到任何吃的了，便纷纷往坡下跑，想看看能不能自己给自己加个餐。

我趴在地上四处张望，嘴里啃着珊瑚色的西瓜，享受着它的香脆和清凉。一百多米开外，有个废弃的农家小屋，周围还分布着一些农田，每块都不大，呈新月形状，以前肯定都被耕种过。只是历经数番春播秋收后，土地也老了。想来屋主一定是见农田已经变得太贫瘠，种不出玉米等作物，便搬去了别处谋生。小屋已坍塌，各处农田也成了野草和桃金娘的乐园。我看着小屋的断壁残垣，开始想象当年它的主人的模样。突然，就在那破败的墙根下，一丛百里香后，一个淡粉色的身影蹿了过去。

我轻手轻脚地抓起望远镜。镜头里，那一大堆破砖烂瓦瞬间便清晰起来，但刚才蹿过去的小东西依然是个谜。紧接着，我便在一丛百里香后再次看到了它。小家伙动作非常灵活，通体火红，像一片深秋的红叶——是鼬（yòu）鼠！而且从它懵懂的神态和动作来看，多半还是只幼年鼬鼠。这还是我第一次在科孚岛亲眼看到鼬鼠，真是又惊又喜又怜爱，心都要被它融化了。它神色迷茫，四处张望，用后脚站起来，抽着鼻子努力嗅闻。但显然没能闻到食物的气味，于是又坐了下来，开始疯狂地抓痒梳毛，直至满脸沉醉。突然，小鼬鼠停下了梳妆打扮，跟在一只淡黄色的钩粉蝶后，鬼鬼祟祟地向前爬。就在小鼬鼠张嘴的一瞬间，蝴蝶只轻巧地一绕，便擦着鼬鼠的下巴飞走了，徒留一口空气让对方咬。鼬鼠那蠢乎乎的小模样真是懵懂又可爱。它再次扯着脖子站了起来，拼命搜索着猎物的去向，岂料太过投入，又失了平衡，差点儿从石头上滚下来。

那玲珑的身形，俏丽的毛色，天真烂漫的气质，无一不让我痴迷。事已至此，必须得把它抓回家了，我的迷你动物园不能没有它。这事难度不小，所以我得好好设计一下作战策略。就在我冥思苦想时，事情又有了戏剧性的发展。一道马耳他十字形的阴影从灌木丛上方一扫而过，原来是一只在低空滑翔的雀鹰，不好！它正对着鼬鼠俯冲而来。傻乎乎的鼬鼠还在石头上东闻闻西嗅嗅，全然不知大难将至。我急得差点儿跳脚，想提醒它赶紧逃生，但又不知是该大喊一声还是击掌一下。

就在此时，小可怜也终于看到了敌人。只见鼬鼠一个利落的转身，辅以轻盈地一跃，便跳上了墙头，溜进了一条砖缝中。砖缝之窄，我怀疑都不够一条无脚蜥蜴通过。没想到这么大的哺乳动物还能一溜烟地蹿进去，真是不可思议！前一刻它明明还端坐在石头上，下一秒就如雨滴般地融进了墙体，简直是魔法。雀鹰还是不肯放弃，它展开扇形的大尾巴，又在墙头上空盘旋了一会儿，但没过多久便也觉得无趣，调头朝山下飞去，估计是看看有没有更笨点儿的小动物可以解个馋。待敌人彻底远去，小鼬鼠贼眉鼠眼地探出了脑袋，小心翼翼地爬出了墙缝。刚才的战术性躲避给了它一个启发：墙垛子里竟有这么多角落、坑洞、缝隙，这些都值得好好研究一番啊。它说干就干，开始一一探索周遭空间。我也在思考，如何才能靠近且不惊动它，如何用我的衬衣将它包住，并在它反应过来前完成捕获。但回想一下小鼬鼠面对雀鹰时精湛的躲避技术，我恐怕还真不是它的对手，胜算微乎其微。

眨眼的工夫，鼬鼠又滑进了墙脚处的一个洞里，动作像蛇一般地行云流水。稍高处的另一个洞口里，又有一只小动物钻了出来。它满脸惊惶，慌不择路地沿墙头狂奔，然后又躲入了一条砖缝中。我心花怒放，一眼便认出它是一只花园睡鼠，是我朝思暮想了好几个月的小宝贝儿，是“艳冠”整个欧洲啮齿动物界的明星。它的体型比普通黑鼠要小一半，有深棕色的背毛，亮白色的腹部，以及一条毛茸茸的长尾巴，尾巴尖还拖着一簇黑白相间的毛。脸上有一道横向的黑色印记，从一只耳朵下方开始，横穿整张脸，直达另一只耳朵下方。印记的宽度能覆盖眼睛，所以有种戴着黑色眼罩的效果，仿佛从古代穿越而来的盗贼，滑稽极了。

我踟蹰，不知该以什么顺序出手。两只动物都是我的挚爱，放弃谁我都舍不得，对它们的喜欢不分上下，而且两只都身手不凡，以我的能力，贸然出击的后果大概率是左右不逢源，两者皆失。还是先抓鼬鼠吧，毕竟它更神出鬼没些，机会可谓稍纵即逝。至于睡鼠，只要不被打扰，估计能老实地在洞里待好一阵儿的。我又针对抓捕工具进行了一番分析，得出结论：捕蝶网应该比衬衣好用。于是我举起网子，蹑手蹑脚地向坡下走去。靠近的过程中，只要鼬鼠探出了头，我就原地站定，直至它再次躲好。如此反复，我离残墙终于只有几步之遥了。我握好捕蝶网的长柄，静待鼬鼠再次探出头来。没想到鼬鼠实在是迅猛，它突然伸出了半个身体，根本容不得我做出任何准备。鼬鼠站得笔直，开始饶有兴致地打量我，它的神情倒是淡定，没什么戒备心。我下一步就准备收网，但三条小狗竟然挑这个节骨眼回来。它们吐着舌头，甩着尾巴，欢蹦乱跳地穿过灌木丛，一看到我，就激动得仿佛是分别数月后再次重逢，吓得鼬鼠嗖的一下没了踪影。上一秒它还坐在石头上，被小狗们的到来吓得目瞪口呆；下一秒真就如幻影般消失不见。

我费了半天心机最后却功败垂成，于是把气都撒在了狗的身上，将它们全部赶去了山坡。三只狗齐齐地趴在阴凉地里，被我冲天的怒火搞得委屈巴巴又一头雾水。我则留在原地，把目标转向了睡鼠，准备对它发起第一轮攻势。

砖与砖之间的灰泥早已因风化而变脆，又经多年雨水冲刷，现在所剩不多了。所谓的砖墙遗迹，不过就是垒起来的一堆裸砖罢了。墙体里有百转千回的缝隙与孔洞，彼此间四通八达，形成了一个立体大迷宫，最适合小动物们藏身。但想要抓住它们，也只能把砖块都拆掉才行。办法虽笨，但我还是不辞辛苦，说干就干。挥汗如雨地拆了半天墙，最令人兴奋的莫过于发现了两只火冒三丈的蝎子、几只潮虫，还有一条小壁虎，它屁滚尿流地逃跑，留下了一段扭来扭去的小尾巴。一小时过去了，我嘴里渴得冒烟，全身累得发软，只得找段尚未被拆掉的墙头，在它的阴影里坐下来稍事休息。

我正在盘算着还要多久才能拆完所有的墙，一米开外处，一个小脑袋从洞里钻了出来，是睡鼠！它拖着肥嘟嘟的身体往外爬，好似一个体型过于肥胖的登山爱好者，而且这位登山爱好者很快就到达了终点，它带着自己敦实的屁股坐下来，伸出爪子便开始洗脸，洗得无比沉醉，完全忽略了我的存在。真是老天爷开眼啊！我抄起捕蝶网，慢慢向它靠近。待到距离足够近了，手起网落，从它的正上方往下大力一扣。墙顶如果平坦，这个操作自然无懈可击，可墙顶并不平坦，网子无法封死睡鼠的四周。睡鼠确实有刹那的慌乱，但立刻便恢复了清醒，从网子边缝溜了出去，沿墙头一路快跑，最后扎进了一个裂缝中，留下我独自扼腕。但哪想它这一扎竟然是自绝后路，那个裂缝偏偏是条“死胡同”。这次断然不能再失手了，我立刻抄起网子，狠狠地盖在洞口处，把它和它的逃生技巧、逃生希望全部堵死。

下一步就是瓮中捉鳖了，只是别让自己挨咬就好。这也不容易，捉它的时候没躲开，我的大拇指根部被它咬了一口。它的牙齿杀伤力了得，这一口下去，便让我的手指、手帕，连同它自己都被血溅一片。无所谓了，我把它塞进包里，骑上莎莉凯旋。

我把睡鼠带回了卧室，找了个笼子养它。这个笼子之前养着我的小黑鼠，但就在不久前，它在角鸮（xiāo）尤利西斯的嘴下一命呜呼了。尤利西斯觉得，普天之下的啮齿动物都是上苍赐予的大餐，对哪一只都不必客气。我再三检查笼子，防止睡鼠不小心逃脱，遭遇同样的不测。关它进笼后，我好好地观察了一下它，发现它的肚子大得反常，这才意识到它应该是一位待产的妈妈。一番斟酌后，我给它取名为爱斯梅拉达（我正在读《巴黎圣母院》的衍生作品《钟楼怪人》，被女主角深深折服）。我用硬纸板盒子做了一个产房，放进笼子里，产房内部还铺了旧棉絮和干草。

最初的一段时间，爱斯梅拉达跟我不共戴天。每当我来打扫卫生或喂食，它就会向我的手发起猛攻，仿佛是牛头犬附身了。但不消一个星期，它便被我驯服，与我和睦相处了，只是眼神里还有三分猜疑与防备。每天晚上，尤利西斯都会从自己御用的休息点（窗帘上方）醒来。我打开窗户，放它去月光照拂下的橄榄树林里捕猎。它通常要到凌晨两点半才会返回，然后吃一盘碎肉当夜宵。尤利西斯飞远后，我便放爱斯梅拉达出来，给它放放风，让它运动两小时。她已相当显怀，但依然妩媚轻盈，能从衣柜顶一下子跳到床上，把这里当蹦床玩；或从床上跳去书架或桌上，看得我大气都不敢喘。那长长的尾巴带着毛茸茸的尖端，是它弹跳时能在空中保持平衡的得力工具。

激动人心的夜晚来临了。那天夜里，尤利西斯照常去了橄榄树林，大翅膀挥得悄无声息，只给我传来几声经典的角鸮叫声："咚吭！""咚吭！"我打开了爱斯梅拉达的笼子门，但它并没有着急出来，而是窝在硬纸板盒子里，对我胡乱叫嚷。我想检查一下它的产房，但它如猛虎般地紧紧抱住我的食指，打死不松手。我花了点儿力气才终于拎着它的后脖根，将它扯了开。我往产房深处一看，惊喜地发现了八只粉嫩的小睡鼠，每只都只有榛子大，像个仙客来的花苞。为了庆祝爱斯梅拉达升级当妈妈，我给她献上了蚱蜢、西瓜籽、葡萄和其他合它胃口的美食，然后开始心潮澎湃地见证并陪伴宝宝们的成长。

小家伙们健康成长，慢慢地睁眼了、长毛了。没过多久，壮实又胆大的几只都敢使出吃奶的力气爬出产房，在笼子里瞎转悠了。当然，这得趁爱斯梅拉达不注意才行，否则它见一只就往产房里叼回去一只，嘴里还骂骂咧咧。一开始只有一两只会“越狱”，妈妈还应付得过来。但等孩子们都到了好奇宝宝的年龄，爱斯梅拉达顾此失彼，最后便也懒得管了。再后来，宝宝们还会跟着妈妈出笼子活动。我这才发现原来睡鼠也像鼩鼱（qú jīng）[①]一样，会“接火车”般地集体移动。爱斯梅拉达排在最前面，一只宝宝会拽着妈妈的尾巴，而这只宝宝的尾巴又被下一只宝宝拽着，如此下去，直到全家都排成一列。场面堪称魔幻：九只迷你动物连成一串，齐齐戴着小小的黑眼罩，在家里东奔西走，仿佛是一条毛茸茸的围巾有了生命。它们不时地还会跃上床，或攀上桌子腿。只要我撒一把蚱蜢在床上或地上，小宝宝们就会尖叫着扭过来围成一团，狼吞虎咽，如一群小土匪集体出动，可爱又好笑。

① 鼩鼱是一种小型哺乳动物，外形与老鼠相似，但嘴部细长，在生物类别上与老鼠并不近。——译者注

光阴匆匆，八只小家伙长大了，动辄就饿得嗷嗷叫。要及时喂饱它们一家，难度着实太大，我周旋不过来，只好把它们带去了橄榄树林，在树林边上的一丛圣栎树旁放了生。睡鼠们在这里划地为王，生活得很惬意。我时常在太阳落山时去看它们。那时的天空已变成了静谧的金绿色，最后一抹晚霞给云朵描上了金黄的条纹。睡鼠们戴着黑色眼罩，自由地弹跳、穿梭于枝干间，灵巧得如芭蕾舞演员，彼此吱吱呀呀地叫唤，一起追逐蛾子、萤火虫或其他任何美味的虫子。

在另一次骑驴探险中，我给家里招来了一个大麻烦，一时间小狗泛滥成灾。当时我们在山坡上，太阳照得石膏岩熠熠生辉，我花了好些工夫去抓岩石上的飞龙科蜥蜴。暮色降临，背光的地方生出炭黑色的阴影，斜阳给万物洒下最后一抹金光，轻淡又柔和。行动队成员们又累又热，又饿又渴。出门时带的食物早已消耗殆尽。刚才路过的那个葡萄园也不争气，只结了些乌黑的葡萄，是专门用来酿酒的，酸得狗狗们直咧嘴瞪眼，我吃了后也更觉饥渴难耐了。

作为整个探索队的领导，我深知有责任给队员们寻找补给，便勒住缰绳思索了一会儿。现在有三处地点可选，且距离都差不多远。牧羊人老雅尼家有奶酪和面包，但他老婆应该还在地里干活，他自己多半也在牧羊，家里怕是没人在。阿佳蒂大娘独自住在一座颤巍巍的小房子里。不行，她太穷了，向她讨要吃食我于心不忍。之前我还要主动找点儿理由给她送去食物。最后是康多斯大妈，她年过八旬，一直寡居，为人和善慷慨。大妈带着三个一直未婚——我估计将来也嫁不出去的女儿住在南边的一个山谷里。她手里有个看着邋遢但收成还不错的农场。跟其他农民比，大妈家算得上是富裕户了，有总计达两公顷的橄榄林和农田、两头毛驴、四只绵羊以及一头牛，当地人会称她为地主。一想到此我便拍了板，决定就由这位地主来解决行动队的补给问题，希望她不负重托。

康多斯大妈的三个女儿看着虎背熊腰，凶神恶煞，不过实际上都温良和善。她们仨刚从地里干完活，正围着一口小小的水井叽叽喳喳，用打出来的水擦洗粗壮黝黑的双腿，花哨又吵闹，仿佛是几只鹦鹉在聊天。大妈在一群咯咯叫嚷的母鸡中来回奔跑，撒下一把玉米粒，活像一个发条玩具。她全身上下没有一处直线：背部驼成了一把弯镰刀；由于常年用头顶重物，腿都被压变了形；多年来拎了太多东西，手臂和手掌也形成了不可逆的弯曲；牙齿已掉光，嘴唇都往嘴里卷；眉毛花白稀疏，如蒲公英的毛，弯在一双漆黑的眼睛上方，眼珠子一圈略泛蓝色；眼周皮肤柔软如小蘑菇，一丛细纹拢向眼角，如卫兵般守护着眼睛。

看到我后，三个女儿开心得高声尖叫，立刻朝我聚了过来，仿佛是三匹夏尔马[①]齐齐奔跑。她们挨个儿把我塞进自己丰腴的怀抱，亲我的脸，尽情地对我泼洒着喜爱、汗臭以及大蒜味儿——三者是一样的浓烈，叫人无力抗拒。康多斯大妈矮小而驼

① 夏尔马是一种农耕用马，体型格外高大，性情随和，擅长负重。——译者注

背的身影出现在了人群中，仿佛是大卫从一群歌利亚[①]中穿了出来。她赶开众人，激动地叫道："让我抱抱！让我抱抱他！我的宝贝儿，我的心肝儿，我的小可爱哟！快点儿让我抱抱！"随即便将我拉入怀中，低头就是一通乱亲。她的嘴硬邦邦的，跟乌龟有一拼，明明是在亲我，但给我的感觉却像是硬毛刷从脸上横扫而过一样。

我咬牙坚持到了最后，大家对我的亲吻、爱抚、掐、揪、捏总算是告一段落。经过这番洗礼，康多斯一家终于相信眼前的我是如假包换的真人了。我这才可以坐下来，跟各位解释一系列问题，比如为何要让她们等到望眼欲穿了才来？自上次相见，时间已经过去了整整一周，我竟毫无感知吗？我怎能如此拖沓、冷漠、绝情？算了算了，反正来都来了，要不要吃点儿东西？我忙应下来，并央求大家帮莎莉也弄点儿吃食去。狗狗们倒不必我操心，它们向来不拘小节，早就给自己安排好了。青葡萄藤爬满了小半堵墙，嘘嘘和呕呕已扯下来甘甜的葡萄，又是吸又是啃，吃出了舍我其谁的架势。罗格应该是渴大于饿，正在无花果树和杏树下刨一个西瓜。它的整个鼻子都陷进了粉色的瓜肉中，凉气穿过唇边和齿间，直冲脑门心，甚是过瘾。它闭上了双眼，沉醉在登顶的享受中。莎莉也迅速吃上了熟透的玉米棒子，她们一给就是三根，又打了一桶水给它解渴。我的是一个超大号红薯，外皮被烤得酥脆焦黑，里面娇嫩香甜还流油。除此之外我还有一碗杏

① 大卫和歌利亚都是《圣经》故事里的人物，身型矮小的大卫靠智慧和策略战胜了巨人歌利亚。——译者注

仁、一把无花果、两个巨型桃子、一块黄面包配橄榄油和大蒜。

吃饱喝足，我们开始拉家常，分享着其他村民的各项动态。佩皮从一棵橄榄树上跌下来，把手都摔断了，真是个傻孩子；莱欧诺拉又要生孩子了，弥补一下上个孩子的早夭；雅尼——不不不，不是这个雅尼，是山那边的雅尼——跟塔奇吵架了，他俩本来要交易一头毛驴，但价格谈崩了。塔奇气得直跳脚，竟朝雅尼家开了一枪。但当时他醉得厉害，又赶上大晚上，四周黑咕隆咚的，什么都看不见，所以那一枪其实打中的是斯皮罗的家。他们仨现在处于两两绝交的状态。我们热火朝天地讨论了各位村民的弱点和短处，深入剖析了他们的性格特点。过了一会儿，我突然意识到今天还没瞧见露露，它是康多斯大妈家养的一条母狗，身材干瘦，四肢修长，一双楚楚可怜的眼睛仿佛永远盈着一汪哀伤，长长的耳朵松垮垮地耷拉下来，像一只西班牙猎犬。但作为一条科孚岛的农家狗，露露自然也是披着满身的伤痕与憔悴，瘦得一根根肋骨清晰可见，仿佛是竖琴的琴弦。但它性格温顺讨喜，我非常喜欢。平时我一来，它必然会打头阵来迎接，但今天却完全不见踪影。我问大家，露露是不是遭遇不测了？

“它生孩子去了！”康多斯大妈说，“砰，砰，砰，一口气生了十一个崽！你敢信？”

预产期将至，她们便将露露绑到了附近的一棵橄榄树下。临产前，它自己爬进了一个大树洞，并在里面分娩。我来到树洞前，露露便热情地招呼我，而且还允许我手脚并用地爬进洞里，将小狗崽们掏出来看。我万分惊叹，如此瘦弱饥饿的母亲竟然生得出这般滚圆健壮的宝宝。小狗崽的脸都是扁平的，带着一副咄咄逼人的小气势，还不断地发出海鸥般嘎嘎的叫声，甚是娇俏可爱。它们的颜色也丰富多彩，有黑配白、白配黄、银配蓝灰、全黑、全白。只要在科孚岛上看到这样一窝“缤纷”的小狗崽，你就会明白，它们的父亲怕是很难溯源了。我坐了下来，把嘎嘎乱叫的小宝宝们放在腿上，对露露进行了好一通赞美，说它真是聪明又厉害。露露高兴得尾巴都摇成了一团迷雾。

“这叫什么聪明又厉害？”康多斯大妈脸色阴郁，“一窝下十一只崽可不是聪明，那是放荡。我们只能留一只，其他都得处理掉。”

我早就知道露露不可能保得住所有孩子，能留下一只已是幸运，但我觉得自己应该还能再想点儿办法。于是告诉康多斯大妈，我的母亲肯定会开心地接受一只新小狗，而且还会感激康多斯一家以及露露的慷慨。我挑了一只自己最中意的——一只绵软胖乎的小公狗，它非常闹腾，身上有黑白灰三色，眉毛和四只小爪子又是土黄色的。我说这只先留在露露身边，等它断奶了我再来取。我也回去跟母亲通报了这个激动人心的消息：随着新小狗的到来，咱们家狗的总只数将达到五只了！这是个不错的数字，很圆满，至少我觉得如此。

可事实是只有我觉得如此。母亲听到这个消息后，全然没有欣喜之情，这让我无比震惊。

“不行，亲爱的，”母亲说得斩钉截铁，“我们不能再养了，四只已经是极限。你的猫头鹰和其他动物消耗了太多的肉，我们的压力很大的。所以这个问题不需要再讨论了。”

我还是徒劳地恳求母亲：如果我们不收养的话，小狗都要被杀掉的。母亲依然不松口，我只能换个战术，启用最后的绝招。经验证明，母亲对假设性的问题——比如“我们要不要养一窝新生的红尾鸲？”——通常都会本能地拒绝，不留一丝余地。但只要把这窝小鸟端到她跟前，她的心就软了，态度也松动了，最后就会接受。所以此时的上策是让母亲亲眼看一下我挑中的那只小狗，它的金色眉毛、小爪子绝对能够征服母亲。我给康多斯家传去口信，让她们把我的小狗送上来给母亲看一眼。第二天，她家一个胖女儿便带着小狗欣然上山来了。我打开包狗的布，发现她带错了狗，不免有些恼火。但这个女儿说错了就错了，她也没办法，现在就要回家了。临走前她又加了一句，说我最好立刻去一趟她家，因为康多斯大妈一早便说过，她想在当天上午就处理掉小狗们。我哪里还敢耽搁，飞身骑上莎莉，便往橄榄树林里冲。

康多斯大妈正在农庄门口编蒜辫，她的脚边有一群母鸡叽叽咯咯地刨着地，很是舒坦。看到我来，大妈照例是一顿“气势汹汹”的拥抱，同时问候我的全家，然后给了我一盘青无花果。我赶紧从怀里掏出小狗，告诉她自己此行的目的。

“我留错狗了？”她大叫着看向这只黄色的小狗，还伸出手去戳了戳它，“错了吗？我这个老糊涂，哎，哎，哎哟喂！我还以为这就是你喜欢的那只白眉毛狗呢。”我心中大乱，问她是不是已经处理完其他小狗了。

“是啊，处理完了，”她满不在乎，直愣愣地盯着这最后一只小狗，“今天一早就都处理掉了。”

算了，反正我最喜欢的那只已经救不回来了，就留下眼前的吧。我无奈叹息，接受了这个事实。

“别啊，我可以帮你把那只找回来。”大妈站起身，取来了一把宽头锄头。

我大惑不解，狗都被处理掉了，怎么还能救回来呢？她该不会是想把尸体挖出来给我吧？大可不必啊！我还没来得及阻止，康多斯大妈已经跑去了临近的一块玉米地。地面被太阳烤出了无数条缝，第一批玉米已收获完毕，地里只立着一根根焦黄的玉米秆子，又干又脆。她四处搜寻了一番，然后挥起锄头开始挖。才挖了两下，便挖出了三只惨叫着的小奶狗，它们绝望地乱蹬腿，小耳朵、小眼睛、小嘴里灌满了泥沙。

一阵惊恐袭来，我后背发麻，呆若木鸡。大妈看了看这三只小狗，发现里面并没有我喜欢的那只，便将它们扔到一边，又继续挖了起来。我恢复了神志，意识到大妈所说的“处理”是意味着怎样的一番流程，同时胸中感到一股炸裂般的疼痛。恨与怨似千军万马般踏过我的心，徒余一片血红的伤痕。泪水卷起波涛，从脸颊一路泻去我的胸膛。骂人的希腊语我懂得不多，但我不管不顾地咒骂起来，用最极端的词汇宣泄着决堤的悲愤与心痛。我嘴里骂着最脏的话，手上使着劲，一把就朝康多斯大妈推了去，将她推倒在地。大妈坐在一堆玉米秆子中，满脸困惑。我已怒魔怔了，咆哮出了自己知道的所有恶骂，同时抽走了她的锄头，着急地挖起地来。但我一边发泄情绪，一边也不忘控制力度，生怕伤了小狗。康多斯大妈看着我从一言不发瞬间变为满嘴脏话，整个人被吓到不敢动，只能坐在原地，大张着嘴。我把小狗们胡乱地塞进衬衣里，带上露露和留在它身边的那只小狗，骑上莎莉便走，还扭头继续向她大骂。她跟在我身后边跑边喊："宝贝儿你怎么了？为什么哭啊？我把这些狗都给你，没问题的。但你告诉我，你这是怎么回事啊？"

我风风火火地闯进了家，满头大汗，一脸泪痕，周身都是泥巴，衬衣鼓鼓囊囊地塞满了小狗。露露跟在我脚边蹦蹦跳跳，能看出来它为这场突如其来的大营救欢喜不已。母亲一个人在厨房里忙活着，正在给我们做大餐。玛歌没法帮忙，因为她又经历了一次情伤，去希腊本土旅游散心去了。我语无伦次地跟母亲描述刚才的活埋惨剧，怒火丝毫未减，母亲听后也义愤填膺。

"岂有此理！"她嚷起来，"这些混蛋！人心怎么能这么狠毒？怎么下得去手活埋？我从没听说过这么蛮荒凶残的事情！你救了这些小狗，做得非常好。现在它们在哪儿？"

我扯开衬衣，那气势仿佛是要切腹自尽一般。小狗从我怀里纷纷滚落，一个接一个地掉到了厨房的桌板上，小腿一个劲儿地乱蹬，嘴里吱吱直叫。

“杰瑞，亲爱的，不能往厨房的桌子上放啊，我还要在上面做油酥皮呢。”母亲说，“哎呀，你们这些孩子啊！好好好，就算这是干净的泥巴，那也不能往点心皮里糊啊。去拿个篮子来，赶快把它们挪走。”

我取来篮子，将小狗们放了进去。母亲凝神看着它们。

“可怜的小家伙，”她说，“看起来还不少，一共有多少只？十一只？！那我们没法全部养下来，家里的狗本来就够多了，这下该怎么办啊？”

我忙说自己已经做好了打算，等小狗们一断奶就给它们找新家，通通送出去。到时候玛歌肯定已经回来了，刚好让她来帮忙，也算是给她安排个事儿分散一下注意力，让她别满脑子只想找男朋友。

“杰瑞，亲爱的！”母亲吓傻了，“快住口，不许说那种话。你从哪儿学来的？”

我说是拉里教的，他说玛歌不能只顾着找男朋友，所以我才觉得让玛歌来帮忙简直是一举两得。

“好吧，但你不许再说那种话了，”母亲说，“拉里他本人也没有资格这么说玛歌。玛歌只是有一点……呃……一点……重感情。你想想看，万一被外人听到了，他们会怎么想玛歌？去吧，把小狗移到安全的地方去。”

我去前廊外找了棵临近的橄榄树，把露露绑好，又用湿毛巾将小狗们擦拭干净。露露可能觉得篮子还是不够稳固，便将孩子们轻轻叼起，挪去了树根间的一个凹槽中。这个地方踏实多了，它非常满意。

我把自己中意的那只小狗擦得格外干净，搞得它很不耐烦。一番思索后，我给它起了个名字，叫作“拉撒路[①]”，简称“拉斯”。我小心地将它放回窝中，转身便回家换下了满是泥巴和狗尿的衬衣。

我再次回到餐桌边。午饭已经开始，母亲正在跟莱斯利和拉里讲小狗们的遭遇。

“太变态了，”莱斯利说，“但他们也不是故意要虐杀吧，只是做事时想得不够周到。他们是怎么把猎到的小鸟塞进猎物袋的？都是这个手法吗？对了，那些狗后来怎么样了？杰瑞是淹死它们了吗？”

① 拉撒路（Lazarus）是《圣经》里的人物，死后被家人埋葬，但耶稣命人掘开坟墓，成功将其复活。——译者注

“没有，他当然不会，”母亲听了这话，有些恼，“他都带回来了。”

“上帝啊！”拉里惨叫，“不可以！我们已经有四条狗了啊！”

“这些狗都很小，”母亲说，“多可怜的小东西啊。”

“带回来了多少只？”莱斯利问。

“十一只。”母亲有些忐忑。

拉里放下刀叉，狠狠地瞪着母亲：“十一只？十一只？十一只狗！你疯了吗？”

“我说了它们都还是小奶狗啊，又不大，”母亲慌了，“再说露露很会带孩子。”

“露露又是谁？”拉里问。

“就是小狗们的妈妈啊，它很乖的。”母亲回答。

“那总共是十二条了啊！”

“算是吧，”母亲说，“我也没去数过。”

“这就是我们家的问题，”拉里厉声说，“没人去数一数这些祸害。你还没反应过来呢，地上的动物就已经长到你的膝盖高了。这是想重现《创世记》吗？那你们这个版本也太恶心了！最初还只是一只猫头鹰，眨眼的工夫不到，就来了一整个猫头鹰连。每个角落都是鸟，这个家要是想开个鸟铺子，完全不必愁货源。还有那些个蛇啊、癞蛤蟆啊，以及一堆小鱼小虾边角废料，加起来够麦克白的女巫们[①]吃上好几年了。在此基础上，你还要去搞十二条狗来。妙啊，这真是完美地证明了一件事：我们家就是一群疯子在管事！”

“胡说！拉里，你也太夸张了，”母亲说，“不就是几只小奶狗吗？哪里值得你气成这样？”

“十一只狗也叫‘就几只’？祝贺你，这个家马上要开国际犬类展会了！”

“哦，对了！说到这个，”母亲转了话头，“你不许再到处跟人说玛歌只想着找男朋友了。这个说法太容易引起误会了。”

“实话实说哪里不行？我为什么要回避事实？”

---

① 麦克白的女巫（Macbeth’s witches）们是莎士比亚悲剧《麦克白》里的三个女巫。她们的形象是邪恶而不祥的，三人通过几次预言将主人公引入了歧途，最终迎来悲惨的结局。——译者注

“你别跟我装糊涂，”母亲语气坚定，“我绝对不允许你散布这种谣言，玛歌只是向往爱情。”

“呵，那我只能说……”拉里应道。

“够了，拉里，别说了，”母亲快受不了了，“毕竟我们还在吃饭，这个话题不适合现在讨论。”

几天后，玛歌回来了。她的皮肤被晒成了古铜色，但整个人意气风发，心伤也已不见踪影。她滔滔不绝地描述着这一程的风景与经历，把旅途中邂逅的每个人都介绍得栩栩如生，最后自然而然地滑向了一个结果：“所以我告诉他们，只要来科孚岛，就一定要到我家做客。”

“亲爱的，你该不会把每个人都邀请了一遍吧？”母亲心中警铃大作。

“哎呀，妈妈，怎么可能嘛？”玛歌很不耐烦。但就在这句话前，她才刚给我们介绍完一个英俊的水手小伙。他是个希腊人，家里还有八个兄弟。玛歌已大手笔地向他发出了邀请。“我只会邀请那些好玩儿的人来，我还以为你会很欢迎呢。”

“咱家可不缺好玩儿的人，拉里的朋友就已经够好玩儿的了，”母亲略带讽刺，“所以就不劳你费心了，多谢啊。”

“这次的远行帮我打开了眼界，”玛歌沉浸在自己的愉悦和成就感中，“我通过这次旅行才意识到，你们都太封闭了，胸怀和格局都被这个地方……呃……限制住了。”

“亲爱的，拒绝不速之客是人之常情，跟心胸开不开阔没有关系，”母亲说，“毕竟做饭的人是我，不是你们。”

“他们怎么是不速之客了？”玛歌一脸傲气，“就算人家要来，也是应了我的邀约啊。”

“好吧，就算是吧，”母亲无奈，眼看这对话要走进死胡同了，“但愿他们来之前，知道写封信告诉我一声，别打我个措手不及。”

“那是肯定的，”玛歌冷冷地说，“他们是我的朋友，不是没有教养的人。人家是自然懂规矩的。”

但事实证明，她的朋友视规矩为无物。

那天下午我玩得非常过瘾，驾船沿海岸线一路搜索海豹的踪迹。我全身被晒得油亮，肚子饿得咕噜乱叫，冲回家后便径直去找下午茶了。我知道，母亲那天计划做一个硕大的巧克力蛋糕。但刚到客厅门口，我就被眼前的景象惊到嘴巴都合不上。连狗狗们都围在我身边低吼，显然它们也招架不住这个场面。母亲坐在地上的一个坐垫上，姿势颇为僵硬，一看就知道她很难受。她手里竟然还牵了条缰绳，绳子的末端拴着一头公山羊。羊不大，全身黑毛，但精神抖擞，气质不俗。母亲旁边的坐垫上，盘腿坐着个凶神恶煞的老头。他带着塔布什帽，身边还有三个蒙着厚重面纱的女子。地上一字排开着柠檬水、茶、饼干碟、三明治和巧克力蛋糕。我进门时，这位老者从腰间取下了一把精美的匕首，倾身向前，从蛋糕上切了好大一块下来，塞进自己嘴里，然后吃出了飘飘欲仙的神情。我这是看到“一千零一夜”的现场演出了吗？母亲抬头看向我，眼里的苦楚排山倒海。

“谢天谢地！亲爱的，你回来了。”母亲一边跟山羊角力，一边跟我打招呼。就在说话间，山羊不小心跳进了妈妈的怀里。“这帮人完全不说英语的。”

我问这都是些什么人。

“我也不认识，”母亲绝望到了极点，“我准备下午茶时，他们莫名其妙地就来了。一待就是好几个小时，我又听不懂他们的话，而且他们还一定要坐在地上。真不知道是玛歌还是拉里的朋友，但他们倒没把自己当回事儿，没有那种目空一切的感觉——所以多半是玛歌的吧。”

我试探性地跟男人说了一句希腊语。他激动得跳了起来，大概是因为好歹算是来了个能沟通的人。他有一个刀削般的鹰钩鼻，胡须花白但异常浓密，仿佛是一把结了霜的玉米穗。漆黑的眼睛大得可怕，仿佛能跟随主人的情绪狠狠地眨眼，并眨出爆炸级的音效来。他身穿白色的罩衫，腰间扎着火红的腰带，刚才的匕首就插在腰带上。裤子是松松垮垮的肥腿裤，配白色长棉袜，脚踩一双红色的翘头鞋，鞋尖上各钉着一个超大号的毛绒球。他问我是不是那位可爱小姐的弟弟，问得眉飞色舞，胡须乱飞，连带着被胡子夹住的蛋糕屑都在颤抖。见到我，男人感到万分荣幸，当下便将我拥入怀中，不管不顾地亲我。小狗们误以为我有生命危险，纷纷开始吠叫。这一叫便惊着了公羊，它慌不择路，围着母亲就开始跑圈。缰绳在母亲身上缠了一圈又一圈。罗格一声低吼，彻底击溃了公羊的心理防线，它绝望地"咩"了一声，然后孤注一掷地往落地窗外奔去逃生。缰绳拽倒了母亲，她仰面倒在了一摊柠檬水里，还击中了那块巧克力蛋糕。霎时间天下大乱。

罗格明察秋毫，判断这个土耳其老家伙在攻击我和母亲，于是当机立断猛扑过去，一口咬住了他鞋上的绒球。老家伙哪肯退让，立马抬起另一只脚，狠狠地踹向罗格。但毕竟一把年纪了，不仅没把罗格踹开，反倒把自己绊倒在地。剩下的三个女人依然稳坐在垫子上，只有一声声尖锐的喊叫从面纱下漏出来。妈妈养的小狗豆豆向来神经敏感，承受不了任何粗野蛮横的行为。它自认为作为一条丹迪丁蒙梗不该遭受这样的刺激，于是躲在角落里声情并茂地惨叫。土耳其人年岁虽长，但还算矫捷，拔出匕首便开始乱挥，试图扎到罗格，但刀刀都不中，全程挥歪。罗格的身手也不遑多让，在两个绒球之间腾转挪移，一边躲避匕首的攻势，一边还不忘低声咆哮给自己涨气势。嘘嘘和呕呕想以左右夹击之势包抄公羊。母亲手忙脚乱地解着身上的绳子，断断续续地给我发着指令。

“抓走山羊，杰瑞，抓到别处去！它们会咬死这只羊的！”妈妈尖叫道，身上沾满了柠檬水和蛋糕渣。

“王八羔子！我的鞋！放开老子的鞋！我要杀了你……生宰了你信不信！”土耳其老男人上气不接下气，依然不放弃乱砍战术。

“哎哟！哎哟！哎哟！他的鞋哟！鞋子哟！”一旁的三个女人身体依然纹丝不动，但都在齐声叫嚷。

我小心避过男人的匕首，在刀光剑影中拽住罗格，将它拉了过来，然后把跟前的三条狗通通赶去了前廊处。接着我推开餐厅的侧滑门，将公羊锁了进去。

处理妥当了动物们，我开始安抚老男人。母亲在一旁看着我，尽管我的话她是一个字都听不懂，但也拘谨地点头，生硬地微笑。她伸手想拍干净身上的灰尘，但发现衣服已经没救了。今天的蛋糕在她手下算得上是一件巨型作品，质地黏稠，还有流心的奶油内里。不巧，妈妈跌倒时刚好对准了蛋糕，手肘直捣其正中心。

母亲上楼换衣服去了，我在客厅里费尽口舌，努力将魂飞魄散的男人安抚下来，这当然也少不了白兰地的功劳。只是我的招待太到位了些，等母亲回来时，面纱队伍里至少有一位已经在打酒嗝，且男人的鼻头已经红得要烧起来了。

“你的姐姐……怎么说呢？……太美了……我从没见过这么一位可人儿。”老男人说着，一脸饥渴地举着酒杯，“你看，我已经有三个老婆了，但你的姐姐是无与伦比的。”

“他在说什么？”母亲看着他腰间的匕首，心神不安。我将男人的话解释给了母亲。

“恶心的老家伙，”母亲说，“玛歌交友也真是的，必须得谨慎些才好啊。”

男人的杯子见了底，他再次举起了酒杯，对着我喜不自胜。

“你这个仆人嘛，”他伸出大拇指，指向母亲，“真是不顶用，对吧？她连希腊语都不会说。”

“他又说什么了？”母亲问。

我又忠实地翻译了一遍。

“下里巴人！”母亲怒了，“我真得揍玛歌一顿才好。杰瑞，你明明确确地告诉他我的身份！”

我照做，但土耳其老男人的反应之热烈，简直击破了母亲的认知。他先是大叫了一声，然后拔地一跃而起，大跨步来到母亲面前，紧紧握住她的手，低头对着手便是一阵疾风暴雨般的狂吻。吻完也不放开，依旧是死死地抓着。他抬头看向母亲，目光几乎要扎穿她的脸，胡须都在狂抖。

“这位是妈妈！”他的声调如歌如泣，“是我杏花姑娘的母亲！”

“他又在说什么？”母亲惊恐万状。

我还没开口，男人已转向三个老婆，声色俱厉地吼出了一声指令。这三个人才终于动了起来，展示出了一个活物应该有的生气。她们弹跳而起，冲到母亲面前，撩起面纱就开始亲吻妈妈的手，姿态谦卑虔诚。

“她们不至于要一直亲下去吧，”母亲快透不过气来了，“杰瑞，你跟她们说，差不多就得，不用再亲了。”

土耳其人让三个老婆回到了座位上，自己过来展开双臂，一条胳膊环抱住母亲，另一条高高举起，似要发表一场演说。母亲又被吓得惊叫了一声。

“荣幸之至！”他的声音低沉有力，眼睛直愣愣地看着母亲，“我从不敢奢想，有一天竟能亲眼一睹杏花姑娘母亲的芳姿。”

“这又是在说什么？”母亲被圈在他的臂弯里，动弹不得，焦急万分。

我翻译了一遍。

“什么杏花姑娘？这是谁？这男的是不是疯了！”母亲说。

我解释说，男人应该是拜倒在了玛歌的石榴裙下，“杏花姑娘”是他给玛歌取的昵称。此话一出，母亲神色大变，为男人此行的目的产生了深深的担忧。

“杏花姑娘？！”她咆哮，“好！等他的杏花姑娘回来了，我要好好教教她——让她尝尝当杏花姑娘的滋味！”

就在这时，玛歌回来了。她刚去游了个泳，此刻的衣着风格很是清凉，整个人神清气爽。

“哇！”玛歌激动地大叫，“穆斯塔法，你来了！还有丽娜、玛利亚、特里娜，你们好啊！”

男人三步并作两步地走到玛歌面前，恭恭敬敬地亲吻她的手。三个老婆也围了过去，迫不及待地表达着重逢的喜悦，但隔着面纱，只叫人听得见一阵闷声闷气的嘟囔。

“妈妈，这是穆斯塔法。”玛歌春风满面。

“我们已经见过了，”母亲的语气冷到了冰点，“我的新裙子被他毁了，或者说是被他的羊毁了。你去拿件衣服来。”

“他的羊？”玛歌一脸问号，“什么羊啊？”

“是他打算送给你的。哦，对了！是送给他的杏花姑娘的。”母亲话里有明显的火药味。

“哈哈，那就是个昵称嘛，”玛歌脸红了，“他没有恶意。”

“这个糟老头子是什么意思，我清楚得很，”母亲眼露凶光，“玛歌，你怎么这么不谨慎？多动动脑子行不行啊？”

老男人在一旁饶有兴致地听着母女俩的对话，大眼睛滴溜溜地转。我觉得她俩要是真吵起来，我的希腊语词汇量是撑不起一个翻译的职责的，所以赶紧打开滑门，将羊放了出来。羊蹦跶着跳进了客厅，全身的黑毛都在抖，像一朵小小的乌云，趁着暴风雨还没降临，正在空中开心地飘荡。

“妈妈你太过分了！”玛歌说，“你怎么能这么羞辱我的朋友？他不是什么糟老头子，他是我见过的最体面、最精神的老者之一。”

“他体不体面我管不着，”母亲的耐心已消耗殆尽，但愤怒依然铺天盖地，“反正我不欢迎他，以及他的……他的……女眷们。

小老婆没资格吃我做的饭。”

“母女俩的对话，真是令人心旷神怡啊，”老男人向我感慨，“太治愈心灵了，就像在听羊铃的响声一样。”

“你的行径真是令人恶心，”玛歌说，“令人不齿！你就是看不惯我交到了朋友，不许我有自己的社交生活。你这个孤僻、老土的乡巴佬！”

“我就是不接受一夫三妻，怎么了？这就是你所谓的老土吗？”母亲火气冲天。

“她们的声音太悦耳，仿佛夜莺的歌唱。”男人眼里已有雾气氤氲。

“他是土耳其人，娶好几个老婆也是没有办法的事，”玛歌嚷嚷起来，“他们的风俗就是这样，他能怎么办？”

“他如果真不想娶，就一定能想到办法。无非是他自己的决心不够坚定罢了。”母亲毫不让步。

“我猜，”老男人很有把握地说，“杏花姑娘一定是在跟母亲介绍，在我的山谷里，我们曾度过了一段多么美好的时光。”

“你一直都在操控我的人生，”玛歌控诉，“我想做的每一件事你都不允许。”

“问题就是我允许得太多了！我竟然同意你一走就是这么多天，还带回来这么个……这么个……放荡老头子，以及他的莺莺燕燕。”

“看到了吗？这就是你喜欢干的事，处处操控我，”玛歌抓到证据，得意了，“这下好了，以后我再想跟土耳其人交朋友的话，是不是也要拿到你的批准才行啊？”

“我真的想把她们娘俩儿都带回山谷去，”老男人眼里充满了玩味，“想象一下日子得多美，我们一起跳舞、唱歌、饮酒，想一想都觉得美……”

公羊来到客厅后，没得到任何关注，心生委屈，开始烦躁地到处蹦跶。它亲自在地板上排了两摊“装饰物”，又立起足尖，跳了两圈胡旋舞。不幸，这番卖力的表演没能换来半点儿掌声。见满腔心血付之东流，公羊心里的不平与不爽也随即波起浪涌。人类啊，你们需要接受惩罚——第一个遭殃的就是母亲。

公羊拉开一段距离，低下头，一通猛冲便向母亲顶去。我在橄榄树林已和许多年轻气盛的小公羊交过手了，在这时我一般会展开衬衫当头篷布，斗牛一样地斗羊，斗出宾主尽欢的效果来。依我所见，今天公羊的表现可圈可点，发挥非常出色。

主观上我得谴责它的鲁莽，但客观上它的确有勇有谋，冲撞准确，用力到位，将自己结实的体格、坚硬的头骨用到了极致，一把便击中了母亲的膝盖后侧。母亲被顶得飞了起来，跌进了我家那个非常不舒服的马毛沙发里。她喘着粗气，动弹不得，仿佛刚被加农炮轰了一炮。公羊再接再厉，退后数步，显然第二轮攻击已准备妥当。

土耳其人见状也惊恐不已，立刻拦到母亲身前，双臂大张，要以血肉之躯挡住公羊的再次进击。公羊跃跃欲试，在原地腾跃蹦跳，仿佛是拳击手在等待开赛的铃声。

“妈妈，妈妈，你没事吧？”玛歌慌乱地问。

母亲气喘吁吁，已经完全发不出声音了。

“哈哈！杏花姑娘，你看到了吗？这只羊很有活力嘛，敢打敢冲，就像我。”土耳其男人还在渲染气氛，“羊，你尽管上，来啊！有种就过来！”

公羊兴致高涨，趁男人不备时瞄准时机，以迅雷之势冲了过来。土耳其人根本没有招架之力，只能眼睁睁地看着一团黑云向自己冲锋。羊蹄在光洁的地板上噔噔直响，似机枪扫射而来。羊头命中了男人的小腿胫骨，顺势便将他顶进了沙发里，他跌倒在母亲身边。

母亲的尖叫刺穿云霄，整个人都被疼痛和愤怒淹没了。我看了全过程，想到自己也曾被一只公羊这么收拾过，立刻便能跟母亲共情了。

土耳其人的老婆们看到丈夫跌得如此之惨，三人都被吓得呆若木鸡。稍后，拉里和莱斯利回来了，他们刚好赶上这出好戏的高潮。两人呆立在门口，脸上是深受震撼又难以置信的表情。

我正在努力征服那只冥顽不化的公羊，但它根本不从，四处逃窜，我只好追着它满屋跑。玛歌正在安慰三个裹着面纱的女子，面纱下传出惊惶又悲痛的嚎哭声。母亲和一个土耳其男人陷在沙发里，双双翻滚挣扎。

“妈，你要不要看看自己的年龄，这种玩法不太适合了吧？”拉里戏谑道。

“我的老天！瞧他腰上那把匕首，太漂亮了！”莱斯利的注意力都被土耳其人吸走了，哪怕人家正无力地扭作一团。

“拉里，别说傻话了，”母亲一边按着自己的后背，一边咬牙切齿地说，“这是玛歌的朋友，是个土耳其人，这全都是他的错！”

“土耳其人是信不得的，”拉里的眼睛就没离开过那把匕首，“斯皮罗提醒过咱们。”

“拉里，你少说两句，这个下午我已经过得够不容易了，再说我就要生气了。你要是想让我好过点儿，就赶紧把这个男人赶出去。”母亲说，“你帮帮忙，叫他走吧。”

“不许！不可以赶他走，他是我的朋友，”玛歌眼泪涟涟地说，“你们不能这么对待我的朋友。”

“我要上楼找一下金缕梅霜，擦伤的地方得赶紧抹点儿才好，”母亲走得一瘸一拐，“希望等我下来时，这个男人已经离开了。”

母亲再下来时，拉里、莱斯利与这个男人正谈笑风生，三人俨然已情同手足。雪上加霜的是，男人及其妻妾仿佛在我家生了根，待了好几个小时都不走。在不知消灭了多少壶茶水、多少盘饼干之后，我们才终于熬到了送客的时刻，将这群不速之客送上了回城的车。

“我的天哪，好歹是送走了，”母亲依然瘸着腿，东扭西拐地走向餐厅准备晚饭，“还好他们没打算在咱家过夜，真是不幸中的万幸啊！但是玛歌，我要严肃批评你，你在交友方面确实需要提高警惕，明白吗？”

“我受够了你的专断，你永远只会在我的朋友身上挑错，”玛歌说，“他明明就是一个很正常、很友好的土耳其人。”

“而且人家很适合当女婿嘛，对不对？”拉里问，“玛歌以后生了儿子就可以叫‘阿里巴巴’，生了女儿就是‘芝麻’。”

“拉里，亲爱的，别开这种玩笑。”母亲制止道。

“我没开玩笑啊，”拉里说，“这位老公子真是人老心不老，说现在的三个妻子年纪都太大了。人家中意玛歌得很，要纳玛歌为第四房太太呢。”

“那个混账老家伙，岂敢如此放荡？！”母亲怒不可遏，“得亏他没胆子当着我的面说，要不然我得好好给他上一课。话说回来，拉里，你当时是怎么反应的？”

“我跟他提了一下玛歌的嫁妆，他就知难而退了，眉头皱得还挺紧。”拉里回答。

“嫁妆？玛歌的？什么东西？”母亲一头雾水。

“十一条小奶狗嘛。”拉里给出了答案。

02 The Garden of the Gods

蜘蛛惨离世，阁楼惊人魂

> 小心邪恶的魔鬼。
>
> ——莎士比亚，《李尔王》

在我的世界里，星期四是一周中最神圣的一天，因为这是西奥多来找我的日子。有时我们会全家出动，与他一起坐车去科孚岛的南边，在沙滩上野餐，或者策划个与之类似的活动。但更多时候，西奥多会和我单独外出，一起去“远足”（这是他非常喜欢的说法）。出发时，我们会背上抓捕动物用的工具，带上袋子、网子、瓶子、试管，小狗跟在我们的身后，维多利亚时代的探险精神指引着我们前进，胸中澎湃着当年非洲探险家们才有的豪情与意志。

有西奥多陪伴在侧，我仿佛就有了一本随身百科全书，这比维多利亚时代的探险家们幸运多了。他是我全知全解的神明，但又胜过神明，因为他是活生生的人，触手可及。西奥多的渊博让人敬重，但他的谦逊更让人钦佩。很多个下午，我们全家围坐在前廊的茶桌旁，在下午茶的残羹冷炙、黄昏时分慵懒的蝉鸣的陪伴下，向西奥多发起一轮又一轮的提问。他身着精致的粗花呢西服，金色的头发和胡须被修得一丝不苟，每听到一个新问题，眼里就闪烁出晶莹的光芒，内心的兴奋与喜悦呼之欲出。

“西奥多，”拉里问他，“帕立欧卡斯特立特萨修道院里存着一幅画，修道士说那是帕尼欧提·多克色拉斯的作品。你觉得可能吗？”

“呃，”西奥多说话会习惯性地留三分余地，“这方面我恐怕懂得不多。但我想那幅画更可能是查得扎尼斯所绘……嗯……他给帕立欧修道院画过一幅特别有意思的小幅画作。这个修道院，你知道的，就在通往科孚岛北边的那条路上。现在呢，它当然……”

接下来的半个小时，西奥多会针对科孚岛所在的爱奥尼亚群岛的绘画史给我们上一堂课，从1242年讲起，内容包罗万象又简明扼要。最后的总结语是：“如果你们想咨询这方面专家的意见，可以去找帕拉米奇欧缇斯博士聊聊，他知道的比我多得多。”

所以你不难理解，为何我们都把西奥多的话当成神谕。不论你要讲什么，只要加一句“西奥多说过”，就等于给自己的话加上了官方认证，其权威性、正确性不容挑衅。你想说服母亲同意什么事情，也只需要加上“西奥多认为”便能得偿所愿。从“戒断其他所有食物，只吃水果就真的可以维持生命”到“卧室里养蝎子其实没有危险性”，我们屡试不爽。西奥多是所有人在所有问题上的依赖与挚友。他可以跟母亲聊植物，特别是香料和菜谱，另外还可以给母亲提供源源不断的侦探小说，反正他家里收藏的书浩如烟海；他可以跟玛歌聊减肥和健身，以及各种神奇的膏药，据说对雀斑、丘疹、痤疮有神效；他完全能跟上拉里天马行空的思路，从弗洛伊德的思想聊到农民对吸血蝙蝠的恐惧心理；他的脑子里仿佛装着一部希腊枪械史，还有野兔的冬季习性等等，时不时便让莱斯利如获至宝。在天真无知但求知若渴的我看来，西奥多是一座真理与科学的圣泉，无所不包，取之不竭。

星期四上午十点左右，西奥多会到达我家。他端坐在马车的后座，头戴银色洪堡帽，腿上放着采集盒，腿边靠着手杖，手杖顶挂着一个细纱网兜。对我来说，星期四的清晨实在是难熬。早上六点，我已开始向橄榄树林方向使劲张望了。这一望便是整整四小时，望得我百爪挠心、如坐针毡，心里惶恐于是不是西奥多已经忘了我们的约定，或不小心跌倒而摔断了腿，再或是遇到了其他不测。此刻，他终于出现在了我眼前，温文尔雅，矜持不苟。我那颗扑通乱跳的心也终于平复下来，如同感受到了登顶的解脱与畅快。阳光也刺破阴霾，冲出牢笼，再次将天地万物照亮。西奥多与我握手，并将车钱交予车夫，告诉他应该晚上什么时候再来接。西奥多将采集包扛上肩膀，凝视着地面，踮起脚尖又放下，惹得皮靴也跟着闪闪发亮。

“我觉得……嗯……”他建议，“我们可以去……那个……康拓卡利，去看看那边的小水塘。当然，如果你想去……呃……其他地方的话，也可以的。”

我高兴地说康拓卡利就很不错，我自己也想去。

“太好了，”西奥多说，“我之所以选康拓卡利，也是……有原因的。去那里的路上，我们会遇到一条水沟，你知道的……那条水沟里有很多小动物，我之前去就收获颇丰。”

我们边聊边准备着出发，几条小狗吐着舌头，甩着尾巴，从橘子树林里蹿出来，跟上我们一同前往。稍后卢加蕾其娅也会追上来，不过是来送午餐包的，我和西奥多都忘了。

我们俩穿行在橄榄树林里，一路欢声笑语，不时地停下脚步，观察一朵花或一棵树，一只小鸟或一条毛毛虫。花草树木，飞鸟走兽，无一不是乐趣与知识的源泉。而西奥多就是为我解读万物的神明，他对所有事情都略通一二，且知无不言。

“这个就没办法了，我也不知道该怎么保存一朵蘑菇。不论你做怎样的处理，蘑菇都会……呃……干枯。恐怕最好的办法只能是把它画下来，或者用相机拍下来。你也可以去印蘑菇的孢子，这样就可以将那些漂亮的孢子花纹留下来。什么？哦！具体做法是先把蘑菇或伞菌的冠摘下来，放在一张白卡纸上。你一定要采到成熟的菌子才行，否则孢子不会轻易落下来。等一会儿后，你再小心地移走菌冠……动作一定要轻，千万别弄花了孢子的图案……最后，你就能在卡纸上看到一个很好看的纹路了。”

小狗们在我们前方散开，当先头部队。它们立起脚跟，抽着鼻子，细细地嗅闻着老橄榄树身上密密麻麻的孔洞。有些胆大包天的燕子竟敢贴地飞行，在树与树之间迂回曲折的小径上肆意逡巡，引得小狗们汪汪直叫，冲上前去便要撵走它们，但通常都会吃瘪。穿过橄榄树林后，我们来到了一个开阔的地域，这里或点缀着几片果林，几块儿玉米地，或几个葡萄园。

“啊哈！”西奥多激动了，他面前是一条水草丰盛的沟渠。他的眼睛流光溢彩，胡须根根立起，整个人神采奕奕：“看，那个东西很好玩儿。你能看到吗？就在我手杖指的方向——”

我盯着水渠，几乎把眼睛都看穿了也没看出什么端倪来。西奥多便把网兜套上手杖，轻轻点进水中，将什么东西网了进去，仿佛是要赶走汤盘里的一只苍蝇。

“现在能看到了吗？这是宽跗马甲虫的卵囊，其实就是‘大银水甲虫’。这只是雌虫，所以才会结出……嗯……应该说是生出这种卵囊来。这一个囊里可能就有五十个卵，好玩的是……请稍等，我拿一下镊子……好了，就是这里，能看到吗？这个东西像不像你们说的烟囱，称它为‘桅杆’可能会更合适。这个东西里其实都是空气，有了它，虫子就成了一艘小船，而且特别稳，不会倾覆的……它之所以稳，就是多亏了这个注满空气的桅杆……对的，如果你把这只虫子带回去，养在鱼缸里，卵就可以孵化出幼虫来。但要注意，它的幼虫非常凶猛，会把你缸里的其他小动物吃掉。走，咱们去捉一只成虫看看。”

西奥多慢慢地走在水渠边上，不时地将网兜伸进水里捞一捞，仿佛是一只水鸟正在觅食。

“太棒了，捉到一只！”功夫不负有心人，他终于逮到了一只，并轻轻地放到了我手心里。这只甲虫的个头不小，通体乌黑，数条小腿拼命乱蹬，看来被气得够呛。

这真是一只令人赏心悦目的虫子，宽大的翅鞘带着棱纹，毛乎乎的腿壮硕有力，身体在隐隐地散发着橄榄绿的珠光。

“在水生甲虫里，这一种的游速是很慢的，因为它们的游泳姿势很奇特。其他甲虫游起来都是手脚并用，一起划水。但它们却是手脚交替着划，所以看上去就……你知道的……不太稳当。”

带小狗们去远足，结果经常是喜忧参半。有时它们会忍不住冲进路旁的农庄里攻击别人家养的鸡。我们不得不上前应战，跟鸡主人掰扯上半小时。但很多时候，小狗们也厥功至伟，比如成功地围住一条蛇，并大声呼喊，提醒我们快去看。所以我还是喜欢它们的陪伴，有它们在身边就会很舒心。罗格像一只一辈子都没剪过毛的矮胖黑绵羊；嘘嘘披着丝滑光亮的红黑两色皮毛大衣；呕呕像只小号的斗牛梗，只是毛色是猪肝红，还缀有白点。偶尔我们在一个地方停太久，小狗们也会烦躁。不过总的来说，它们是很有耐心的伙伴，会安静地趴在树荫里等待，但凡与我们视线相接，便轻轻吐出粉红色的小舌，将尾巴摇成一朵花。

罗格就曾立下奇功，它带我见到了一种美得不可方物的蜘蛛，光是名字就让人觉得不同凡响，它叫作“黑隆头蛛”。那天正午，我们已跋涉了半天，头顶上是最烈的日头，两人着实无力再走了，于是决定在橄榄林边上找个凉快的地方吃饭。我们吃的三明治，喝的啤酒。小狗们一如既往地围上来，喘着粗气，直愣愣地盯着我们的食物。它们老觉得，人类的餐点就是比自己的好吃，所以总是迅速消灭掉自己的那份再来耍心机，意图讨些我们的食物。嘘嘘和呕呕卖力地翻白眼、喘大气，肝脑涂地地演绎着灵魂饿出窍的模样。奇怪的是，今天的讨食大军里没有见到罗格的身影。此时，它正坐在大太阳下，守着一丛荆棘，对着什么东西出神。我走上前去，想弄明白是什么让它如此入迷，竟然能盖得过三明治碎屑的风头。看了第一眼，我没瞧出什么古怪。但再一看，我便一下子失了心魄，屏住了呼吸，那种震撼与刺激，只能用惊为天“虫”来形容吧。那是一只小巧玲珑的蜘蛛，仅有一颗豌豆大小，乍一看如一颗行动的红宝石，或一滴流动的小血滴。我激动得大叫，赶忙转身跑回去取来了一个有玻璃盖子的药盒。我必须把它带走，但这事儿费了我好一番工夫。小家伙的弹跳能力了得，非凡物可望其项背，我跟在它身后，绕着荆棘丛跑了一圈又一圈，才终于得手，把它捉进了药盒里。我骄傲极了，迫不及待地奔向西奥多。

“啊哈！”他喝了一大口姜汁啤酒，然后掏出放大镜，准备好好看看我的战利品，“对，这肯定就是黑隆头蛛，这一只是雄性，它很漂亮。雌性的话……你知道的……全身都是黑色的，不如雄性这么鲜艳。”

透过放大镜，惊艳的感觉更甚初见时分。它的上面四分之一身体，或者说头胸部是一种类似于天鹅绒般的哑光黑色，边缘处散落着些许火红色的斑点。腿部健壮结实，描满了横向的白色条纹，好像穿着条纹花裤子，很是滑稽。它的腹部堪称艳若桃李，是那种饱满优雅的绛红色，带有三个圆形黑点，黑点一圈附有白色的绒毛装饰边，完美定义了蜘蛛之美的极限。我决定给它找个老婆，看看能否帮它繁育出后代来。我仔仔细细地在荆棘丛里以及附近搜索了半天，却没能找到一只雌虫。西奥多教了我找雌虫的方法。“这种雌蜘蛛的巢穴很特殊，跟其他蜘蛛的都不一样，”他说道，“它们洞口处的丝网会伸出地面来，像个围裙般地展开，就像给巢穴的入口做了一个大屋檐。另外，你能在洞口附近看到蚱蜢的短腿、翅鞘，或残缺不堪的死甲虫，这些都是巢穴主人前几餐的残羹剩饭。”

我心里有数了，于是第二天重整旗鼓，又回来彻彻底底地搜索了一遍。虽然一整个下午都耗在这里，但我最终还是一无所获，只得无奈回家去，希望用下午茶来安慰一下自己。为了抄近道，我翻了几座小山丘，坡上地貌是典型的地中海荒原，灌木在这种干旱的沙地里长得很是繁茂。放眼望去，是一地的荒野与旱地，蚁狮、豹纹蝶和其他喜欢烈日头的蝴蝶、蜥蜴、蛇都是这里的主人。走着走着，我突然看到一个很老旧的羊头骨残骸。它的一个眼窝里有一包螳螂卵。我一直觉得螳螂卵囊的形态很怪异，像一个椭圆形的布丁，而且是用棱纹海绵蛋糕做的。我蹲下身来仔细观察它，心里犹豫着要不要带回家去。没想到就是这低头的一看，竟让我发现了一个雌性黑隆头蛛的巢！它长得跟西奥多描述的一模一样。

我取出小刀，万分小心地挖了起来，将蜘蛛及其巢穴，连同周边的土壤全部撬出，将它们轻轻放入采集袋中，心花怒放地跑回了家。昨天抓到的那只已住进了一个小鱼缸，我想给这只雌的安排一个更豪气的住处。我将自己最大的那个鱼缸清空，赶走了里面的两只青蛙、一只小乌龟，又在缸里铺上石楠枝条以及几丛可爱的苔藓。于是蜘蛛新家便喜迎竣工。我小心地将刚才挖出来的土包放了进去，里面还包着雌蜘蛛和它的巢，然后离开了，想让雌蜘蛛自行消化一下今天的剧变。

过了三天，我才将雄蜘蛛送了进去。一开始，它的反应很是迟钝，像块儿红色的灰烬，在缸里胡冲乱飘，毫无成家的意愿和行动。这家伙只知道找吃的，尽情享用着我放进去的各种虫子，完全不干正事。但就在一天清晨，我发现这个愣头青开窍了。它发现了雌蜘蛛的巢穴，正围着心上人的房间一圈圈地徘徊，走得跌跌撞撞，笨手笨脚。因为喜悦，它的整个身体都在止不住地颤抖，叫人一看就知道是乐得找不着北了。这个状态持续了约一分钟，新郎才终于鼓起勇气，意气风发地进入了新娘的闺房。在一旁观战的我傻眼了，因为接下来的情节通通看不到了。一小时后，雄蛛意气风发地爬了出来，然后便恢复成馋鬼的样子，到处找绿头蝇和蚱蜢，吃得心无旁骛。我出手将它捞了出来，放到另一个鱼缸中。毕竟有些蜘蛛对同类也是能下得去狠手的，妻子吃丈夫可谓天经地义，我不得不防，否则这一只可能也会命丧新娘之口。

接下来，雌蜘蛛那边的剧情发展也不在我的可观察范围内了，但我还是想了办法，最终窥得一二。它成功产下了一窝卵，吐出丝，将它们包成了一个囊，看着像个气球。这个气球被藏在了巢穴的深处，但蜘蛛妈妈每天都会不辞辛劳地将它运出来，挂在房檐底下晾一段时间。这种行为是为了让卵晒到太阳，以实现保暖的效果吗，还是为了通风，保持清爽干燥呢？其目的我不得而知。气球表面还粘着不少甲虫和蚱蜢的残肢碎屑，应该是用来发挥掩盖作用的。

时间一天天过去，蜘蛛妈妈在原本的屋檐上方继续吐丝，逐渐又加盖了一个大房顶。我一直观察着这个新建筑，但看了许久也没看出什么动静来。我实在是坐不住了，便取来解剖刀和缝衣针，小心翼翼地掀开了这个新房顶。看到内部景象的一瞬间，我倒吸了一口凉气。房顶下方的空间里排着一圈圈小卧室，里面都坐着蜘蛛宝宝，正中央的大房间里赫然横着蜘蛛妈妈的尸体！这场面阴森恐怖，但又有种悲壮与伟大在触动着我的心弦。孩子们肃穆地陪伴着逝去的母亲，为妈妈献上了蜘蛛式的守灵。后来它们都长大了，我不得不将它们都放生。毕竟给八十只蜘蛛准备食物是个太过艰巨的工程，我再是有心，也力不能及。

拉里招来朋友无数，每位都有奇特之处。家人们从中得到了充分的历练，可谓用心良苦。其中有一对美国画家卢米斯·宾与哈里·邦尼，两人彼此倾心，分秒不离。我们深感震撼，于是在一天之内便给他们起好了昵称：卢小爱与哈小甜。他们正值青春年华，生得国色天姿，身段也妖娆——那是一种黑人才有的韵律感，柔弱无骨、我见犹怜，在欧洲人种身上很是罕见。两人仿佛时时刻刻都能艳压群芳，手镯戴得层层叠叠，香水喷得浩浩荡荡，连发蜡都被抹得波澜壮阔。但两位画家性格温和友善，还具备其他画家朋友所不具备的亮点：他们两个是真的爱画画，且十分勤奋。作为美国人，他们两个身上自然也有种懵懂的天真与活泼。莱斯利觉得此二人是天赐的恶作剧对象，不耍他们几把，都对不起老天爷的安排。我常给莱斯利打下手，然后将过程和结果描述给西奥多听，他也乐在其中，开心程度不亚于我。于是每个星期四，我都得向他汇报新一轮恶作剧的始末。我甚至觉得，西奥多在这些烂事上享受到的快乐，可能更胜于我给他讲动物的快乐。

莱斯利在捉弄人这方面可谓是天资卓越，这次又喜得两个纯真美国人的成全，创意和效果都再攀高峰。两位画家到达后不久，莱斯利就诱导他们两个去向斯皮罗贺喜，庆祝斯皮罗终于完成了土耳其的入籍手续。在斯皮罗看来，要说恶毒卑劣，撒旦都是要排在土耳其人后面的。作为一个希腊人，他一直都跟土耳其人不共戴天。受此大辱，斯皮罗如火山般地崩裂爆发。幸亏母亲离得近，立刻站到双方中间，一边是脸色煞白、勉力抵抗的画家们，一边是壮如酒桶、虎背熊腰的斯皮罗。她仿佛是一个维多利亚时代的传教士，以矮小的身躯对抗着一头杀气十足的大犀牛。

“老天啊，德雷尔夫人，”斯皮罗怒吼，滴水兽般粗糙凶狠的脸胀成了紫红色，火腿粗的手指根根攥紧，“不暴锤他们一拳，根本解不了气！”

“好了，好了，斯皮罗，”母亲说，“这肯定是个误会，背后一定有原因。”

“他们说我是土耳其人！”斯皮罗的话里有着满满的怒意，“我是希腊人，不是土耳其人。”

“就是，没错，”母亲安慰道，“这里面一定有误会。”

“误会？”斯皮罗怒不可遏，英语也说得更混乱了，“误他娘的会！老子绝对不能忍受这帮死娘娘腔叫我土耳其人。不好意思，德雷尔夫人，请原谅我的用词。”

母亲周旋良久，才终于平息了斯皮罗冲天的怒气，并向吓得半死的卢小爱、哈小甜问清楚了事情的来龙去脉。她被激得脑仁都发疼，好半天缓不过来，对莱斯利自然也是一肚子气。

一晃又是数日，两位画家住着的卧室需要装修了，母亲不得不安排他们两个搬到阁楼暂住。这个阁楼房间也还算宽敞，只是略阴暗。莱斯利怎忍心舍弃这个搞怪的良机，自然是编了一个好故事给二人送去。故事的主人公是个会摇铃铛的断头鬼，当年正是死在了一个阁楼里。莱斯利说很久很久以前，大约是 1604 年吧，科孚岛有过一个行刑官兼刽子手，此人驻扎于康拓卡利，性情凶残，总是丧尽天良地折磨受害人，然后摇铃警示，最后才砍人家的头。康拓卡利的村民们不堪其苦，奋起反抗，在一天夜里冲进此人别墅，将其斩首。从此，行刑官的孤魂就带着血淋淋的断脖子到处飘荡，一路摇铃。你见到他之前，必然会听到震耳欲聋的铃声。

莱斯利不忘请西奥多为故事的真实性背书，有此官方认证，两个天真烂漫的美国人自是毫无怀疑了。我们有一个相熟的钟表匠，他借给了莱斯利五十二座闹钟。然后莱斯利撬开了阁楼房间的两块木地板，将闹钟尽数塞进了房梁之间的空隙中。每一座闹钟都设定好了响铃的时间——凌晨三点整。

当天夜里，闹铃齐鸣，响声震天。效果之震撼，让人听之就觉不枉此生了。卢小爱和哈小甜吓得屁滚尿流，弹射般地飞出阁楼，那几步的速度绝对打破了他们的短跑纪录。惨叫与哀号更是催人肺腑。不幸的是，两人由于太过慌乱而绊在了一起，以拥彼此入怀的姿势，哐啷啷地滚下了阁楼台阶。这番喧闹自然惊醒了所有人。我们耐心地劝了半夜，又给两个小可怜灌了些白兰地，才终于让他们相信断头鬼是真的纯属虚构。后果是母亲连同两位客人在第二天都头痛欲裂，并视莱斯利为空气。

下一个事件是关于神秘火烈鸟的。缘起倒很是平常，不过就是一顿下午茶的事。大家正在前廊喝着茶，西奥多随口向两人问了一下他们画画的进展。

“我亲爱的西奥多，”哈小甜说，“我们画得很顺利，顺利得不得了，对不对，宝贝？”

“没错，”卢小爱答道，“一切都很好。这里的光线太美了，美得不得了。太阳在这里好像垂得更低一些，你懂的。”

“哦！就是啊，”哈小甜轻声附和，“这里的光线，真的就像卢米说的，好像是被太阳从更低的地方射下来的。太阳低下头，对着咱俩轻柔地笑。”

“这个句子是我早上跟你说的。哈小甜，你记得吗？”卢小爱说。

“我记得，这就是你说的，你在那边的谷仓旁说的。当时啊，你还告诉我——”

“来，再来一杯茶！”母亲及时打断了两人的你侬我侬。这几天的经验告诉她，一旦让他们俩进入互诉衷肠的状态，这衷肠就得百转千回，蔓延千里，根本诉不完。

接下来的对话全都是围绕艺术展开，我听都懒得听。但突然间，卢小爱的一句话又把我的神思唤了回来。

“说到火烈鸟，哈小甜，火烈鸟啊！那是我最爱的鸟！莱斯利，你说它们在哪儿来着？”

“就在那边，”莱斯利大手一挥，指过去的方向涵盖整个科孚岛、阿尔巴尼亚，以及大半个希腊，“有特别多的火烈鸟，好几大群呢。”

西奥多和我不约而同地凝神闭气，生怕母亲或玛歌要说点儿扫兴的话，坏了莱斯利吹的这个大牛。

“火烈鸟？”母亲果然来了劲儿，“我怎么没听说过这儿有火烈鸟？”

“当然有啊，”莱斯利说得一本正经，“有好几百只呢。”

“西奥多，你知道在哪儿能看到火烈鸟吗？”母亲问。

“我……呃……你知道的……也就是在哈基欧婆罗湖边上瞥到过一眼。”西奥多绝对没撒谎，但也遗漏了两点重要的事实：首先，这已经是三年前的事了；其次，那是科孚岛史上唯一的一次火烈鸟到访。我至今还保留着当时的几根粉色羽毛，留作纪念。

“我的上帝啊！”卢小爱激动了，“莱斯利，我们也想去瞥一眼，可以吗？你觉得我们有可能悄悄地靠近它们吗？”

“没问题啊，”莱斯利轻巧地说，“小菜一碟。那些火烈鸟每天都按固定路线飞过来。”

第二天清晨，莱斯利来到我的房间，手里拿着个造型奇特的小号，但却是用牛角做成的。我问他这是什么东西，他咧嘴一笑。

“这是火烈鸟号角，吹起来可以诱捕它们。”他神采飞扬。

我兴致大涨，说自己从没听说过世界上还有这东西。

“我也没听说过，”莱斯利坦白，“这就是个老水牛角做的火药容器，给前装式枪放火药粉用的。但它的尖儿破了，所以只能当号吹。”

他当场示范，将牛角的尖头塞进嘴里，大呼了一口气。牛角发出悠长而响亮的鸣叫，音色介于雾号和口哨之间，还带了一个颤抖的尾音。我很认真地听了下来，说这一点儿也不像火烈鸟的叫声。

“确实不像，但卢小爱和哈小甜八成也不懂，”莱斯利说，“现在我需要你把火烈鸟毛借我几根，就差这个了。”

我犹豫了，这宝贝得来不易，怎能轻易外借？莱斯利好生解释了一番它们在此战中的重要性，并发誓一定会保羽毛分毫不损，我才终于点了头。

早上十点，两个美国人已穿戴整齐，出现在了我们面前。莱斯利让他们各自都戴上了一顶大草帽，还穿上了橡胶靴，毕竟追火烈鸟时很可能要踏进沼泽中的。莱斯利开始介绍火烈鸟号角的使用方法。两人听得跃跃欲试，激动得面红耳赤，对本次探险的期待之情如海潮澎湃。轮到他们试吹号角了，雷鸣般的响声突然爆发，把小狗们吓得魂不守舍，冲着众人就是一通狂吠。拉里气得吹鼻子瞪眼，从卧室窗户探出头，说我们再玩这种疯狗猎狐般的把戏，他就要搬离这个家了。

听到响动，母亲也过来了，不过正好赶上拉里冲她嚷出最后一句话："这么大把年纪了，你好歹也知道点儿分寸！"说罢便狠狠地甩上了窗户。

猎鸟大队终于出发了。在田野里走了三公里后，卢小爱和哈小甜的激情明显开始降温。我们又指挥他们两个爬上一座险峻的小山，找到一丛荆棘，叫他们乖乖留在此处吹号角，说如此便能吸引来火烈鸟。两人轮番吹起来，开足了马力，极其用心。但渐渐地也体力不支，中气不足了，听上去越来越像一头受伤的公象在哀号，跟鸟的啼叫声相去甚远。

该我上场了。我气喘吁吁地跑上去，兴奋地告诉他们，刚才吹的号都没白费，已经有火烈鸟在回应了，但它们又飞去了另一个山谷，就在东边不到一里远的地方。莱斯利正在那里等他们，现在得赶紧过去了。两人的美式执着令我动容，他们踩着笨重的橡胶靴，一步一个大脚印地跑向远处的山坡，时不时地还要停下来，根据我的指示吹一下号角。跑得满头热汗后，他们终于在山顶与莱斯利会合了。莱斯利进一步给出指令，要两人镇守此地，他自己则下山去，绕着山体驱赶火烈鸟，将它们通通往山顶方向赶。莱斯利留下枪和猎物袋子，说轻装上阵才能跑得更快，然后便一溜烟儿地消失不见了。

接下来就要欢迎我们最喜爱的警官登场了。他叫非立摩那·康特科萨，是科孚岛当之无愧的最胖警官，以及最迷糊警官。加入警队三十余年，他竟无一次晋升经历，只因功绩寥寥，从未抓到过任何罪犯。他曾详细地解释过，之所以多年以来在职位上一直原地踏步，都是因为自己天生心软，哪怕只是想一下对罪犯的惩处，他的那双紫红色的眼眸都会噙满泪水，根本承受不住。节庆日子里，但凡看到喝上头的村民起了纷争，哪怕就是一点小矛盾，他也会立刻调头离开现场，绝不回头看一眼。警官喜欢从容静好的岁月，每隔半个月便会来我家坐坐，欣赏一下莱斯利收藏的枪支（我们根本没有枪械许可），但他不会空手来，常给拉里送去走私来的烟草，给母亲和玛歌鲜花，给我糖衣杏仁。年轻时他在货船的甲板上当过水手，且学过一点皮毛英语，外加科孚岛人对恶作剧有着与生俱来的热情，三点加在一起，让他成了我们的完美队友。此刻，警官就昂首阔步地登场了。

他蹒跚着爬上山顶，身穿的制服衬得他威风凛凛，身上的每斤肉都散发着官权的威严，象征着法律、秩序与警备的神圣。我们的火烈鸟猎手们仍在吹着号角，吹得不遗余力但荒腔走板。警官见状，和蔼地问他们这是在做什么。卢小爱和哈小甜乖巧得像两只小狗，忙不迭地回应起人类的友善来，又是夸奖警官的英语简短有力，又是老实交代自己的捕猎计划。紧接着局面就有了一百八十度的大逆转，警官一改和善温柔，收起了满身肥肉象征着的宽厚体贴，变得疾风骤雨般冷酷，官僚派头说来就来。

他厉声说："你们不知道打火烈鸟是违法的吗？科孚岛严禁捕猎火烈鸟！"

"警官，我们没有捕猎，"卢小爱支支吾吾地说，"我们就是想看看而已。"

"没错，您误会了，都是误会，"哈小甜谄媚道，"我们哪敢打那些小家伙啊？我们就是来看一眼的，绝对不打！"

"既然不打鸟，那为什么要带枪？"非立摩那问。

"哦！这包东西啊……"卢小爱脸红了，"这是我们一个朋友的……呃……好哥儿们的……您能理解吗？"

"对，对的，"哈小甜说，"是我们朋友的，他叫莱斯利·德雷尔。您搞不好还认识他呢，他在这一带挺有名的。"

非立摩那不为所动，只冷冷地盯着他们。

“我不认识你说的这个朋友，”他开了口，“把包打开。”

“哎，您先冷静，听我说，”卢小爱努力抗争，“这真不是我们的包，警官大人。”

“真的不是，它是我们一个朋友的，是德雷尔的。”哈小甜说。

“你们肯定带枪了，就在包里，”非立摩那不依不饶，“现在请把包打开。”

“行吧。但我实话实说啊，您现在真有点越权了，但我打开便是。”卢小爱无可奈何地应下来，哈小甜在一旁使劲点头表示赞同，“如果您今天非看不可，那就打开让您看一眼吧。”

说罢，卢小爱开始费力地解起包带来，折腾半天打开后将包递给了非立摩那。警官往包里瞄了一眼，立刻闷声惊呼，语气很是得意。他伸手从包里拽出来一只被扒光了毛的断头鸡，鸡身上插着几根粉色的羽毛。刚才还振振有词的猎手现在已经面无血色，语无伦次。

“呃……这个……等等……”卢小爱的声音短暂地飘了几声，然后便在警官鹰一般严厉的凝视中随风而逝。

“我告诉你们，捕猎火烈鸟是违法的，”非立摩那通告道，“你们被逮捕了。”

纵是万般扭捏抗拒，两人还是正式被捕，并被抓去了村子里的警察局，关押了好几个小时。两人在里面几近崩溃，不停地写坦白材料，越写越迷糊。紧张和恐惧如山崩袭来，将两人击垮、吞没，写出来的材料总是彼此矛盾。为了将把戏做足，莱斯利和我还招呼来了一群村民。他们围着警察局愤怒地咆哮，让两个美国人好好领教了一番希腊人的愤怒，怒吼中不时穿插着一两声声讨：“还我火烈鸟！”并向警局掷来石头。

玩够了以后，非立摩那终于同意两名“嫌疑犯”给拉里送个信。拉里怒发冲冠地赶来村子，指天骂地地教训非立摩那，说他既然有这工夫玩恶作剧，为什么不去抓几个货真价实的坏人。如此才终于将两个“火烈鸟猎手”带回了家，回到了温暖的港湾。

“都给我住手，听到没有！”拉里怒吼，“我的客人不是来被两个智障兄弟耍的，你们给我收好这些下三烂的手段！”

卢小爱和哈小甜的胸怀着实让我钦佩。

“拉里，亲爱的，别生气嘛，”卢小爱说，“大家就是开心，玩儿过头了。其实我们俩也有错，错误不在莱斯利之下。”

“是的，”哈小甜说，“卢米说得对，我们俩是真的太蠢太天真了。”

为了表示他们真的不介意，两人还专门下山，去城里买了箱香槟，回来开了个派对。他们甚至还亲自去村子里，邀请非立摩那也来参加。大家坐在露台上，两个美国人一左一右地围着警官，怯生生地向他举杯致敬。非立摩那深邃的双眼饱含泪水，唱起了悠扬的情歌，水平高得惊呆众人。

派对渐进高潮，卢小爱对拉里说：“警官如果减下肥来，绝对是个美男子。亲爱的，你要帮我保密啊，可不能告诉哈小甜我说了刚才的话，好不好？”

03 The Garden of the Gods

众神的花园

> 看，天堂的大门已打开，
> 众神俯视着世间万般怪相，纷纷发笑。

——莎士比亚，《科利奥兰纳斯》

科孚岛形似弯弓，弯得大大方方，毫不保留。它的两头拢向大陆，几乎要与希腊和阿尔巴尼亚的海岸相接。马蹄形的海湾环抱着爱奥尼亚海，几乎把它抱成了一个湛蓝的湖泊。我家别墅外有个轩敞的前廊，地面铺着石板，顶上盘着一堆葡萄藤。葡萄藤已历经多轮寒暑，此刻正垂着吊灯般壮观的葡萄。在这里凭栏远眺，你的视线首先会拂过下沉式花园里茂密的橘树，然后越过银绿色的橄榄树林，直至大海。海面幽蓝静谧，质感如花瓣。

前廊上有张光滑平整的大理石桌，只要天气允许，全家人就会在这里吃早饭。我们一边吃，一边解决各项要事。此时谁要念封信都可能念出分歧和不满来，气氛随即硝烟四起。每个人还要对今日的行程进行计划、调整甚至取消，那自然又意味着数轮热议。这个时段也是家庭理财大会，大家的思路天马行空，消费方案的制订堪称草蛇灰线。曾有一次，不知谁要了份什锦煎蛋，于是我们就从煎蛋开始聊，最后还真聊出并履行了一个方案——去大老远的一个沙滩露营，玩够三个月。晨光熹微时，全家已齐齐聚向餐桌，但谁都拿不准当天的人生剧本将会有怎样的情节发展。你说第一句台词时最好谨言慎行，毕竟刚开场，每个人都有一肚子的起床气。慢慢地，随着茶水、咖啡、吐司、自制橘子酱、鸡蛋、水果拼盘下了肚，家人们的情绪都开始放晴，关系越来越亲密，气氛也越来越松弛。

就在这样一个平淡无奇的早上，我们接到通知：伯爵大人将要来家里做客。那天的早餐已接近尾声，每个人都在喝最后一杯咖啡，各自忙着手头的一摊事儿。姐姐玛歌头顶一个用手帕挽成的大发髻，捧着一本布料纹样图册，自得地哼着小曲，但完全不着调；莱斯利从衣服口袋里掏出一把自动手枪，心不在焉地拆它、擦它；母亲在翻菜谱书，要给午饭找点儿灵感，她的嘴唇无声翕动，眼睛不时地茫然看向空中，想在记忆里翻找一下，看看家里是否还有某种食材；拉里穿着一件花团锦簇的晨袍，一手抓着樱桃往嘴里送，一手握着信，读得正起劲儿。

我在给一只寒鸦喂饭。它是我新得的宠物，特长是细嚼慢咽，慢得简直折磨灵魂。我用英国历史上一位知名首相的名字给它命名，叫它“格莱斯顿”。听说这位大佬不论吃什么，每口都要嚼上几百下。在寒鸦细细消化食物的空档，我凝神地望向远处的海面。大海撩拨着我的心，引诱我斟酌今日的行程。要不就骑上毛驴莎莉，去岛中央高处的橄榄林？那里的石膏岩在阳光下闪闪发亮，飞龙科蜥蜴趴在上面，妖娆地晒着太阳。它们黄色的脑袋左摇右摆，橙色的喉咙不断鼓胀又收缩，光想一想我就魂不守舍了；或者也可以去后山山谷里的那个小湖，蜻蜓的幼虫差不多该孵出来了；不，还有个更好，或者说最好的方案，我是不是该带上格莱斯顿，划上小船，去大海里来场远征？

入春后，被科孚岛和大陆合围环抱着的海水会披上娇嫩的淡蓝色。稍后，夏天便会带着暑气，吵吵闹闹地降临，让这湾近乎封闭的海面染上深邃而神秘的色彩，在某些光线下，好似彩虹末端的蓝紫色。浅滩处尤美，是一种正在向翡翠绿款款而去的涧石蓝。余晖散去，夜色起，大自然的画刷拂过海面，留下细腻的条纹状笔触，顷刻又被揉成一根根模糊的色带，似罗兰紫，但又泛着金银光，还夹杂着些许棕橙色与浅肉粉。

夏季，这片被陆地温柔围裹着的海湾原则上应该是浪静风恬、温文尔雅的，看上去就是个宠辱不惊的厚道角色，仿佛是个蔚蓝的牧场，正依偎着海岸，轻轻吐纳着进退起伏的浪花，气息平稳和缓。但你难以想象它竟也有残暴的一面，就在那些风和日丽的天气里，大陆上不知哪片已被风化侵蚀得残败不堪的山间，会突然涌起一股热风。这热风呼啸奔走，跳跃冲撞，直抵科孚岛而来。它让海水瞬间变了颜色，黑得深不可测。方才还轻柔的海浪，现在被搅成了一杠一杠吐着白沫的妖孽，在仓皇中拍向沙滩，仿佛是一群慌乱绝望的蓝色野马被驱赶着逃窜。海浪涌上沙滩后便粉身碎骨，咆哮着将泡沫通通撕碎，又在泡沫碎片的包裹中死得惊恐万状。

这片海域是我的捕猎天国，满是奇妙的动物。我对它们馋得夜不能寐，做梦都想抓几只来好好观察一下。原本我只能孤身作战，沿着海边走走停停，尽力薅点小东西聊以慰藉，活像一只落单的水鸟，勉强捡些小鱼小虾果腹。也有些奇形怪状的好东西会被冲上岸，让我惊艳一番，不过极其少见，所以就是看天吃饭罢了。但没想到我居然时来运转，拥有了一条属于自己的船。那是一条漂亮的小船，叫作“胖胖瓶－屁花号”。它为我打开了新天地的大门，使整个海域都臣服在我的脚下。从此，海湾北边礁石上的红金色岩石堆、深深的水坑和水面下的岩洞，还有海岸南边烁烁闪耀着的雪白沙丘，都一个不落地尽在我手了。

我终于拍了板，今天就去海里吧。刚才这番思绪把我的魂儿都勾走了，根本没顾上格莱斯顿，这会儿才发现它已怒不可遏，正大口大口地喘着粗气对我发脾气，仿佛一个哮喘病人在浓霾里发了病。

“你这台长满羽毛的簧风琴是非留不可吗？”拉里没好气地抬起眼皮，“是的话，你好歹也教教人家什么才是真正的唱歌吧，行不行啊？”

这句话听起来不像是疑问句，他应该没兴趣了解寒鸦的歌唱水平。所以我没吱声，但赶紧给格莱斯顿塞了一口吃的，让它安静一下。

“马可说要让罗西尼奥尔伯爵来咱们家住两天。”拉里随口对母亲说了一声。

“这是谁？”母亲问道。

“我不知道。”拉里回答。

母亲扶了扶眼镜，直直地看向拉里。

“什么叫你不知道？”她继续问。

“就是字面意思：我不认识这个人，没跟他见过面。”

“那马可又是谁？”

“我也不认识，没见过，但他是个很优秀的艺术家。”

“拉里，亲爱的，你怎么已经开始请陌生人了？”母亲说，“你认识的那些已经够难伺候了，更别说不认识的。”

“认识如何？不认识又如何？”拉里困惑。

“如果是认识的朋友，人家至少能对咱们家有个合理的预期嘛。”母亲解释。

“合理的预期？”拉里的语气冷了下来，“听你的说法，咱家好像是个贫民窟，我还好意思邀请朋友们来做客，我至于吗？”

“不，不是的，亲爱的，你误会了，”母亲说，“我的意思是，咱们家不太正常，永远都在出状况。我已经很努力了，不过跟普通人家比，我们永远有差距。”

“哦，既然他们自己要来，那就得明白‘既来之则安之’的道理了。”拉里说，“反正这事儿不能怨我。伯爵可不是我请来的，要怪就怪马可吧。”

“这就是问题所在啊！”母亲说，“一个毫无关系的人居然可以邀请另一个毫无关系的人来咱家做客，这是把咱家当旅馆用了吗？”

“真正的问题是你太抗拒社交了。”拉里说。

“负责做饭的如果是你，你也会抗拒的，”母亲的眉头皱成一团，“我保证这些活儿不管放谁身上，他都宁愿去山里隐居。”

“行，等伯爵走了你就自便吧。你想怎么隐居都行，没人拦你。”

“哼，先谢谢你给我机会啊！但瞧瞧，这客人是一波儿接一波儿，没完没了啊！”

“那就去呗。你好好规划一下，这事儿简单。”拉里说，“莱斯利可以去橄榄树林里给你挖个山洞；杰瑞可以给你找几块儿味道不那么熏眼睛的兽皮，再请玛歌帮你缝一下就能穿；你自己再去采一盆黑莓就齐全了。我会带朋友去看你，跟他们介绍：‘这就是我的母亲，抛家弃子地来做隐士喽。’”

母亲看着拉里，怒目圆睁。

“拉里，你真是太会惹我生气了。”

“我得去瞧瞧莱欧诺拉的小宝宝，”玛歌插话进来，“你们要我从村子里捎点儿什么回来吗？”

“对了！”拉里说，“你倒提醒我了。莱欧诺拉请我给那个小屁孩儿当教父呢。”

莱欧诺拉是我家女佣卢加蕾其娅的女儿，家里办宴会时常来帮忙。她生得极美，深受拉里青睐。

“你？教父？”玛歌震惊得无以言表，“在我的印象里，教父得是品行端正的人才行吧。”

“她给的面子也太大了，”母亲同样是一脸狐疑，“这没问题吗？”

“教父罢了，有什么大不了的？人家至少没让拉里直接给孩子当爸爸嘛。”莱斯利说。

“莱斯利，亲爱的，别当着杰瑞的面说这种话，开玩笑也不行，”母亲说，“拉里，你打算应下来吗？”

“应下来呗。为什么要阻拦这个可怜的小孩儿接受我智慧的指导呢？”

“啊？”玛歌一脸嫌弃，“我得跟莱欧诺拉好好说说，她要是想在你的品格上找亮点，那就等于在把狗嘴里的朽木雕成象牙！”

“去说吧，只要你有本事用希腊语说明白。”拉里说。

“我的希腊语又不亚于你！”玛歌愤愤道。

“好了好了，孩子们，都别吵了，”母亲说，“莱斯利，你也别再用手帕擦枪了，沾上枪油后很难洗。”

“我死活都得擦，不用手帕也得用别的布啊。”莱斯利一脸愠色。

我趁机问母亲，能否批准我一会儿去海边玩儿，并且今天的午饭也在那儿解决。

“可以的，亲爱的，”母亲的心显然不在我的身上，“让卢加蕾其娅帮你准备午饭吧。但一定要注意安全，千万别去深水区，别着凉，还有……小心鲨鱼。”

在母亲看来，天底下所有的海，不论它多么地清浅、平静，一律都是邪恶而嘈杂的高危水域，充满了巨浪、水柱、台风、旋涡，住在里面的只有巨型章鱼和乌贼，以及蛮荒野人，还有满嘴尖牙的鲨鱼。这些妖孽的“妖生”使命就是杀掉并吃掉她的孩子。我跟母亲保证今天一定会小心行事，然后奔赴厨房，带上我和动物们的食物，拾掇好各种捕捞工具，吹了声口哨，唤齐小狗们，就出发了。第一站是山脚下的码头，那里泊着我的小船。

“胖胖瓶－屁花号”是莱斯利亲手打造的第一艘船。它的船身类似于正圆形，底部几乎是纯平的，外侧环绕有白、橙两色条纹，像只艳丽的塑料玩具鸭。它做工很扎实，表现稳定可靠。可惜它的造型过于圆润，底部又没有龙骨，所以在风浪中很难沉住气，有时真能翻个肚皮朝天。每次划它去远处，我都要带足食物和饮用水，生怕遇上狂风后偏航，或者连船带人翻进海里。航行时我还会尽量贴紧海岸线，万一热风突起，小船承受不住，我也可以及时下船逃命。船形所限，它无法安装桅杆，挂不起大帆，勉强装上也会迎来倾覆的下场。所以我的船只有一面手帕大小的帆，但根本吃不住风力，航行的动力几乎都来自我划的桨。最惨时，它需要背负满身的乘客（三条狗、一只猫头鹰，有时还有一只鸽子）以及沉甸甸的货物（二十来个容器，每个都装满了海水和小动物），我则使劲儿划船，边划边咬紧牙关，忍受腰酸和背痛。

罗格很适应出海，每次去它都乐在其中。它对海洋生物充满好奇，能竖起耳朵安静地趴在甲板上，观察瓶里娇软的海星及其神奇的律动，一趴就是几小时。嘘嘘和呕呕对海洋生活毫不眷恋，它们更愿意流连于桃金娘丛，以追逐战斗力平平的小动物为乐。出海后，它俩也会想帮忙，但通常只帮得上倒忙，遇到危机就阵脚大乱，或乱吼，或跳船，或在口渴时喝海水。就算我正专注于复杂的驾船操作，它俩也毫不客气，直接过来冲着我的脚就大吐特吐。

我的角鸮尤利西斯喜不喜欢出海，一直成谜。不论把它放在船上的什么地方，它都能淡定地待着，双眼半闭，翅膀收起，像一尊表情庄重的东方神像。我的鸽子葵欧普——它是我第一只鸽子卡西莫多的儿子——肯定爱出海。“胖胖瓶 - 屁花号”的前舱甲板指甲盖般大，但这却是葵欧普的闪亮舞台。一踏上这里，它就如同置身于玛丽王后号[①]的甲板，骄傲地来回踱步，偶尔还跳一小圈华尔兹。它会鼓起胸脯，一展歌喉，莫名地有点像体型丰腴的女低音歌剧演员正在开海上演唱会。天色转阴，风暴欲来

① 玛丽王后号（The Queen Mary）是一艘历史悠久的英国邮轮，豪华壮观。它是第二次世界大战前欧洲上流社会奢华生活的象征。——译者注

时，这位大歌唱家也会抱头鼠窜，冲到船长腿上寻求庇护。

那天，我打算去个小海湾看看。海湾的一头有座小岛，环岛一圈布满礁石，每一块儿都是动物们的天堂，上面住着无数漂亮的小生灵。我特别想找一种孔雀鳚（wèi）鱼，它们群居在岛边的浅滩处，数量惊人。鳚鱼长得很是奇怪，身形极其修长，约有十厘米，轮廓像鳗鱼，但眼睛鼓出脑袋，嘴唇格外厚实，又颇有些河马的气质。到了求偶季，雄性鳚鱼会铆足了劲儿，显出华丽的色彩与花纹。它们的眼睛后方会出现一块儿裹着蓝边的黑斑，脑袋顶拱起一个土橙色的鼓包，躯干部由深色打底，点着群青或罗兰紫的斑点，喉咙处还有几抹淡淡的海天蓝纹路。雌鱼则非常朴素，只一身浅橄榄绿底色，些许淡蓝斑点，几扇叶绿色的鳍而已。

我拼力划了半小时，终于抵达了目的地。橄榄树林泛着银光，轻柔地环抱着海湾。水面波澜不惊，上方飘荡着金雀花的馥郁香气。花香里带着麝香的味道，一路从岸上袭来，可想金雀花已经开得轰轰烈烈了。我在一块礁石旁找了个约莫半米深的水域，拴好“胖胖瓶－屁花号”，然后脱去衣服，放好捕蝶网和广口瓶，便走进了海里。海水清澈如杜松子酒，温暖如浴缸。

动物种类丰富得叫人眼花缭乱。我必须极力自制，才能专心干好手头的活儿。色彩鲜艳的海草里，海蛞（kuò）蝓（yú）成群结队地趴着，像一根根长满肉刺的棕色香肠。礁石上攀着海胆，仿佛是一堆深紫色或黑色的插针包，海胆身上的棘刺像罗盘针一样左摇右摆。石鳖形似大号潮虫，在各处紧紧地抠住礁石壁。马蹄螺披着鲜亮的斑点从容地游走着，壳里可能住着它的正主，但也可能是个脸色绯红、爪子血红的入侵者——寄居蟹。你脚下会突然蹿出一块儿石头，它披着海草，一溜烟便跑没了影，原来是只蜘蛛蟹。这家伙颇有审美情趣，背上“种”着漂亮的海草，在麻痹天敌方面做得十分到位。

我到了鳚鱼聚居的海湾，不一会儿便瞄准了一条雄鱼。它正意气风发地准备求偶，满身的色彩艳丽得刺眼，仿佛是把彩虹披在了身上。我轻手轻脚探去网子想捞它，它迟疑着步步后退，噘起嘴，向我大口大口地吞吐海水。我狠狠地将网子扑下去，但它的警惕性和躲避能力也不容小觑，我扑了个空。接下来的数次尝试我都败下阵来，它也因此越躲越远，后来懒得跟我周旋了，一撅尾巴便躲回了家里。它的家是个破陶罐，原本应该是渔夫们用来捕章鱼的罐子，笨点儿的章鱼多半会入套的。雄鱼觉得回到家里便万事大吉了，殊不知这才是自寻死路。我用网子一舀，将它连鱼带窝地捞了起来，随即放入了一个更大的容器中。

旗开得胜，我便开始四处追击。到了午餐时分，我已给这条雄鱼抓到了两条绿色的雌鱼伴侣，外加一只小乌贼和一种陌生的海星。此时阳光已十分耀眼，海洋动物们都藏进岩石底下躲日头，我也上岸找了棵橄榄树坐下，开始吃午饭。空气中依然弥漫着金雀花的沁人芳香，以及歇斯底里的蝉鸣。我边吃边观察一条硕大的绿蜥蜴，它周身都画着眼睛形状的亮蓝色花纹，鬼鬼祟祟地潜行在一只黑白纹燕尾蝶身后，猛地一扑便将其拿下。此举真是身手不凡，燕尾蝶相当不好抓。它们向来不安稳，总在东飞西窜，飞行轨迹还非常随意。更难能可贵的是，蜥蜴咬住的是蝴蝶的翅膀，这意味着它的起跳高度起码有四十厘米。

我迅速吃完午饭，将各种东西放入船中，唤来小狗们，便启程返航了。我得将鳚鱼抓紧安置到鱼缸里才行。到家后，我找了个较大的鱼缸，把雄鱼和它的家搁在了缸底中央，然后又小心翼翼地放两条雌鱼进去。整个下午我都在观察它们，但毫无收获。雄鱼全程躲在家门口，把水吞了又吐；两条雌鱼也是一样的冷淡，各自镇守一个角落，默默玩儿了半天吞水吐水的游戏。

第二天清晨，我一起床就气炸了。这群家伙肯定是在拂晓时瞧对了眼，陶罐内侧的天花板上居然已经挂上了一堆鱼卵。我没法探明是哪条雌鱼的作品，但这条雄鱼肯定是个坚毅果决的父亲，对孩子们呵护有加。当我稍微抬起陶罐，想看看里面的卵时，它大发雷霆，疯狂地攻击我的手指。

我发誓不再错过任何好戏，把早饭端到鱼缸前蹲着吃，眼睛一刻不离地盯着鳚鱼。家人们本来以为和我的其他宠物相比，鳚鱼还算安心，不会惹麻烦，但现在他们也改变了主意。整个早上，我的要求源源不断，谁路过都需要帮我个忙。要么是捎个橘子，要么是倒杯水，甚至还得帮我削铅笔，因为我要在日记上画鳚鱼的样子，以打发漫漫长日。那天的午饭同样是在鱼缸前吃的。炎热的下午到来后，我也开始犯困了。这场漫长又神秘的监视行动早已榨干了小狗们的耐心，它们去橄榄林里找乐子去了，让我和我的鳚鱼彼此为伴。

雄鱼还是喜欢待在家里，原则上不露面。一条雌鱼蜷在一堆小石头后面，另一条在沙子上大大咧咧地吞水。鱼缸里还住着两只小蜘蛛蟹，每只都穿着水草背心，有一只还驮了个粉色的小海葵，像戴着顶帅气的贝雷帽。这只螃蟹厥功至伟，因为正是它促成了一桩美好姻缘。当时它正在鱼缸里游荡，不时地用钳子撕点儿食物，优雅地塞进嘴里享用，像个一本正经的老淑女吃着黄瓜三明治。不一会儿，它碰巧走到了雄鱼的罐子口，也没多想便往上爬。雄鱼马上钻了出来，闪耀着君临天下的光彩与霸气，一场大战迫在眉睫。雄鱼一个猛子就扎了下去，狠狠地撞向螃蟹，大肆撕咬对方。螃蟹虚晃了几下钳子，根本躲不开雄鱼的攻击，便灰溜溜地转身逃遁而去。这可把雄鱼得意坏了，它昂首挺胸地坐在罐子外，脸上是君临天下的表情。

接下来的情节就更让人喜出望外了。沙子上的雌鱼目睹了刚才的大战，此刻已游向前去，停在了雄鱼十厘米开外处。看到佳人靠近，雄鱼心花怒放，通体愈发闪耀。眨眼间，雄鱼开始攻击雌鱼，猛冲过去，对着人家的头就是一通大力猛咬，同时将身体弯成弓形，用尾巴拍打雌鱼。一开始我吓得合不拢嘴，但随后也注意到，雌鱼完全没反抗。那就说明雄鱼不是在无差别地攻击，而是在表演自己的求爱序曲，只是形式生猛了些。雄鱼的尾巴不停地拍，嘴巴也咬个没完，雌鱼像只被牧羊犬驱赶的小羊一般，被赶进了陶罐内。

不好，要是它们都进去了，那我岂不是什么都看不到了？想到此，我赶紧跑进家里，取来了一件宝物，我常用它来观察高处的鸟巢。这是根长竹竿，顶端绑了面小镜子，镜面角度已调好。当我无法接近鸟巢时，就把这个装备当潜望镜用，通过镜子去观察巢内的鸟蛋或雏鸟。

此刻我只是把它换了个角度，准备向下看而已。取回潜望镜时，这对新人果然已进入了陶罐。为防止惊扰它们，我万分小心地伸下竹竿去，一寸一寸地挪到罐子口，然后缓缓摇摆，小心翼翼地调整好观察视角。这个操作真是一箭双雕，我不仅看到了罐内的实时景象，还将阳光反射进了罐内，令洞房里的光影浪漫又璀璨。

刚开始，新人只是彼此依偎，鱼鳍轻轻扇动。暴击式的求爱序曲已偃旗息鼓，女方不再被拍打，男方情绪也稳定了下来，能对妻子温柔以待了。含情脉脉地待了十分钟后，雌鱼先走一步，开始产卵了。一小把蛙卵般的卵被排出来，挂在了罐子内侧光滑的区域。雌鱼让开，雄鱼顶上，继续在卵上操作。可惜雌鱼刚好漂在我和雄鱼之间，把我的视线挡得严严实实。雄鱼肯定在给卵受精，但具体动作我是一眼都没看到。

雌鱼见任务完成，便游出了罐子，横跨过鱼缸。对它来说，生儿育女这事儿就彻底翻篇了。雄鱼不知道又干了些什么，一阵忙乎后终于功德圆满。它在罐子口趴好，开始精心守护小鱼卵们。

我翘首期盼着小鱼的出生，但或许是由于缸里的含氧量不足，大部分鱼卵都孵化失败，只有两条小鱼孵化成功。但让我后背发麻的是，一条小鱼竟在我眼皮底下被亲生母亲给生吞了！良心告诉我，必须想点儿办法避免第二场亲子杀戮才行，但鱼缸的承载量又已饱和，所以我只好用玻璃罐装好仅存的小鱼，划船带它回到父母的海湾，将它还给了大自然。我祝福它在这片清亮、温暖，又有金雀花绽放的水域里健康成长。愿终有一天，它也能养育出五彩缤纷的后代。

放生小鱼后的第三天，伯爵终于到了。他高挑清瘦，满头金灿灿的羊毛卷发，带着蚕茧的色泽，在发油的助攻下更显耀眼。唇上的小胡子颜色与头发类似，一看便知受过精心的打理。双眼微微鼓出眼眶，眼球是一种瘆人的淡绿色。他一登场就吓了母亲一大跳。那个巨型衣箱让母亲断定，此人肯定是要住够一个夏天的。但后来我们明白了，伯爵衣服多，只是因为他在外表上自视甚高，每天不换上八套衣服，就对不起那艳冠天下的容姿而已。他的服装件件都是极品，衣服细密的手工、华美的布料，让玛歌肝肠寸断，又嫉妒，又鄙夷（毕竟伯爵的气质也太“阴柔”了些）。说到伯爵身上的毛病，自恋只是其一。他还喜欢喷香水，但与其说是喷，不如说是泡，这给人的伤害绝不亚于他的自恋——味道浓烈得几乎能让你在恍惚间看到香水的形状。只要是他待过的房间，哪怕就待了一秒，香水味都能摧枯拉朽地充斥每一个角落；但凡是他倚过的靠垫、坐过的椅子，即使数日过去，依然能散发出刺鼻的味道。英语水平也是伯爵大人能力上的美玉微瑕，但他把有限的英语发挥出了极致的效果。科孚岛的任何事物他都要评价一番，且你必须知道他是多么地不屑一顾。总之，伯爵一开口，每个人都得炸毛。他的人生哲学可以用一句话概括：“这事儿你们不行，但法国行！”没有什么物品或事情能逃脱这句话的魔咒，只要伯爵在，这句话就会萦绕在你耳边。另外，他通体流淌着一股奇特的法式热情，孜孜不倦地考察着身边的每样东西，重点关注它们能不能吃。所以大家达成一致意见：伯爵前世应该是只山羊。

我们的午饭原本吃得好好的，不幸赶上了伯爵的大驾光临。午饭结束时，他仅仅凭正常发挥，就彻底得罪了在场的每一个人，以及每一条狗。想想看，在初识的两小时内，就能惹毛五个性格迥异的人，此绝技的确令人叹为观止。午饭的甜品是舒芙蕾蛋糕，它松软如云朵，里面夹着粉嫩的虾仁，那可是刚捕获到的鲜虾。伯爵品尝后下了论断：“你家大厨一定不是法国人。”得知我家大厨就是我母亲本人后，伯爵竟丝毫不觉得尴尬，还夸妈妈有福了，因为他将在厨艺上赐予她宝贵的点拨。母亲正气得七窍生烟，但他的注意力又转向了拉里，说伟大的作家全都是法国人。听到莎士比亚的名字，伯爵轻耸肩膀：“此人作品略显刻意。”他教导莱斯利，说喜欢打猎的人，有一个算一个，全都是天生的犯罪分子；但记住，世界上最会做武器的还是法国人，不论是枪，还是剑，或是其他。伯爵奉劝玛歌，说女性的天职就是取悦男人，所以让她要牢记本分，好好控制体型，切勿再放纵口腹之欲了。彼时玛歌正陷于婴儿肥的苦恼，在认真节食，听到此话，灵魂简直被气到冒烟。他说完针对我的台词后，我在心里已经把他送上了断头台。因为他称呼我家的狗为“乡下野种”，还拿来跟他家里的拉布拉多、赛特猎犬、巡回猎犬、西班牙猎犬做比较，他家那些自然都是纯正的法国血统。他说搞不明白我为何要养这么多宠物，而且每一只都不能吃。他说："在我们法国，这些没用的东西都是要被射杀的。"

午饭后，伯爵上楼换衣服时，我们都怒火中烧，身体剧烈颤抖，如同一座座活火山一字排开，蓄势待发。得亏母亲定下过一条家规，"客人到达当天，我们必须以礼相待"，否则他的下场将难以形容，但我们的神经也崩塌在即了。我敢说，谁要是敢在那时哼一句《马赛曲》，我们一定会把他揍到老天爷都救不回来。

"看到了吗？"母亲责问拉里，"这就是后果！还敢让陌生人邀请陌生人来做客吗？这个人简直要突破我的下限了！"

"呃……没那么严重吧，"拉里的脑子转得很辛苦，自己明明赞成这个观点，却硬要反驳，"人家有些话还是站得住脚的。"

"比如哪句？"母亲沉下了脸。

"说啊，哪句？"玛歌全身依然在抖。

"嗯，"拉里无力地说，"舒芙蕾确实有点儿腻，玛歌也确实胖起来了。"

"混账！"玛歌的眼泪倾泻而下。

“行了，拉里，”母亲说，“我们该怎么跟你带来的这个……这个……难闻的放浪公子哥共处一个星期？我反正没辙！”

“说得好像我能躲过去似的，我不也得一块儿扛吗？”拉里愤愤不平。

“可他本来就是你的朋友啊！嗯，算是你朋友的朋友吧……我的意思是，死活他是你带来的人，”母亲说，“所以你有义务把他带走，越远越好。”

“否则我就要把胡椒粉塞进他的肛门里，”莱斯利说，“臭王八羔——”

“莱斯利！”母亲说，“住嘴！”

“他本来就——”莱斯利坚持要说完。

“好好好，他就是。亲爱的，但你别真的说出来啊。”母亲无奈。

“我尽力忍吧，”莱斯利说，“但回头他要去厨房给你上课时，你可别怨我。”

“我丑话说在前头啊，”母亲愤慨起来，“那个人胆敢迈入我的厨房一步，我就走……我真的会走的……我要去……”

“当隐士？”拉里建议。

“凭什么？！大不了我去酒店住，住到他离开为止。”母亲自觉地拿捏住了事态，得意扬扬，“这次可不是开玩笑，我很认真。”

说实话，其实拉里接下来几天的表现是可圈可点的。他一人做事一人当，尽力与罗西尼奥尔伯爵周旋，带伯爵去了城里的图书馆、博物馆等。两人还去了凯撒避暑行宫，里面的雕塑以造型恐怖著称。他们甚至还爬了科孚岛第一峰潘托克雷特山，在山顶欣赏了天下尽收眼底的美景。可惜伯爵表示，科孚岛图书馆比法国国家图书馆差了不知道多少条街，而科孚岛博物馆连给卢浮宫提鞋都不配。凯撒避暑行宫就更别提了，不论规模、装修，还是家具、饰品，真是没一处上得了台面，还不如伯爵给自家首席大园丁安排的宿舍。可怜的潘托克雷特山，它要是去参加法国山景排名，那么也将毫无争议地拿到倒数第一名。

“我不行了，我要疯了！”拉里在母亲卧室里用白兰地安抚自己。这几天我们为了避开伯爵的攻势，纷纷往母亲的房间里躲。拉里说：“他的法国情结真是感天动地，既然如此，何必要离开呢？！在他眼里，法国的电话都比其他国家好用。而且他跟幽默完全绝缘，简直像个瑞典人。”

“别太生气了，亲爱的，”母亲说，“反正他也快走了。”

“我还能活着看到那天吗？”拉里说，“现在科孚岛就剩上帝还没被他轰过了。”

“不好说，他应该觉得法国人信仰上帝都比咱们虔诚。”莱斯利说。

“要不给他上一课，让他也领教一下什么叫生不如死？”玛歌起了点儿歹意，“咱们也给他搞个大的玩儿一下啊！”

“玛歌，不行，”母亲否决，“咱家从不欺负客人，这次也别破例。再忍忍就好，真的没几天了。”

“哎哟！”拉里突然说，“我刚想起来，下周一还有个破洗礼仪式啊。”

“拉里，别老说脏话，”母亲说，“再说了，洗礼仪式跟伯爵有什么关系呢？”

“难道我还能带他去观礼吗？”拉里说，“我肯定不能让他跟着去啊！他得自己找个地方待着。”

“那也不能放他出去瞎逛吧，”母亲担忧极了，伯爵仿佛是一个会伤人的动物，“万一他遇到了咱们的朋友，那该怎么收场啊？”

大家陷入了沉思。

“要不让杰瑞带他玩儿吧，”莱斯利突然提议，“反正杰瑞对洗礼什么的也没兴趣，是不是？”

“还真是个思路，”母亲的眼睛亮了，“不错啊！”

我身体里的每一个防御细胞都瞬间苏醒了，我说自己对洗礼仪式期待已久，绝不能错过。这是我此生唯一可以见证拉里当教父的机会了，搞不好还能看到他亲手抱婴儿，或其他的什么糗事。机不可失，我非得去现场不可。再说了，伯爵怎么可能喜欢蛇、乌龟、鸟什么的？就算我同意带他出去，我们又能去哪儿呢？家人们再次陷入沉思。我面前仿佛有个陪审团，正在定夺我的案子到底有多严重。

“带他坐你的船出海去。”玛歌突然找到了灵感，开心极了。

“漂亮！”拉里赞同，“他那个巨型衣箱里啊，肯定有现成的草帽和条纹外套，我们再给他找把班卓琴[①]就圆满了。”

“这主意确实不错！”母亲说，“杰瑞，反正就两小时，你不会介意的对吧？”

我斩钉截铁地传达出了内心极致的介意。

---

① 班卓琴（banjo）是一种弹拨乐器，长颈圆身。——译者注

“你听我说啊，”莱斯利开了口，“下星期一有一群人要去湖里赶鱼。我可以跟领头的小伙子打声招呼，安排你也去看看，想不想啊？想的话，就带上伯爵一块儿去。”

我踟蹰了，我其实对赶鱼也期待已久。事情发展到这步田地，带伯爵玩一个下午已经板上钉钉，就是我的事儿了，要不就看看大家能给我什么补偿吧。

“你想要一个蝴蝶储物柜对吧？我可以考虑哦。”母亲说。

“玛歌和我会给你一些现金作为补偿，你可以拿去买书。”拉里也表了态，还把玛歌也拉下了水。

“我知道你喜欢那把折叠刀。事成之后，它就是你的了。”莱斯利说。

我终于点了头。反正已无路可逃，能把补偿谈到位，我心里也不至于太委屈。当天吃晚饭时，母亲卖力地跟伯爵介绍赶鱼活动，绘声绘色地描述它的独特与精彩。任何人听了，都会觉得母亲是这项赶鱼活动的发起人。

“那里会饿（热）吗？”伯爵问。

“不会不会，”母亲说，“捕上来的鱼可以吃，味道很不错。它叫可法利亚鱼。”

“你没明白我的意思，我是问在湖上会不会饿，”伯爵继续问，“大太阳底下会饿的吧？”

“哦……哦！我明白了，”母亲回答，“确实会热，所以要记得戴帽子。”

“我们就是坐那艘婴儿游艇去吗？”伯爵做事，讲究一切尽在把握，什么都要提前问清楚才行。

“对。”母亲说。

伯爵为这次出行换了一条淡蓝色的亚麻长裤，脚上踩着一双油亮的棕色皮鞋，上身穿着一件雪白的真丝衬衣，脖子上是一根蓝金两色领巾，正松松垮垮地绕成一堆，头上戴着一顶考究的海军帽。“胖胖瓶－屁花号”当然是我的航海好伴侣，但它跟雍容典雅的路线南辕北辙，与奢华的远洋游艇也绝非一个概念。这一点自然逃不过伯爵的火眼金睛。我带他来到威尼斯时代的老盐田，一起走向小河道里的泊船点。一看到我的船，他立刻惊恐万状。

“介就是……游艇？”伯爵汗毛倒竖。

我说没错，您请上船吧，它结实稳当，且船的底部很平坦，方便行走。不知道伯爵是听明白了我的话，还是误把“胖胖瓶－屁花号”当成了过渡船，以为稍后还要转乘另一艘大游艇，反正他迈着小碎步上了船，在座位上摊开一块儿手帕，小心翼翼地坐了上去。

我也跳进去，撑起一支篙，将船划进了一条约六米宽、半米深的河渠里。所幸我前两天刚把小船仔仔细细地洗过一遍，当时我发现它的底舱集聚了太多死虾、海草以及其他生物的残骸，味道重得能跟伯爵一决雌雄了。于是我把它沉进半米深的海水里，给底舱来了个大刷洗。

现在的它闪闪发亮，味道清新，还带着被太阳暖过的焦油味、油漆味和盐水味。

盐田围绕一个半咸水湖展开，田里有错综复杂的小河渠，远看如一个巨大的棋盘。渠水都是死水，并不流动。有些渠只有一把椅子的宽度，有些则能宽至十米。这些水大多只有半米多深，但水底还藏有一层厚厚的烂泥。

得益于“胖胖瓶－屁花号”的形状以及平坦的底部，所以它在这些死水里移动可谓轻而易举。它此生就怕两个东西——突如其来的强风和一大串的急浪，所幸这两个东西在小河渠里都不会有。

不过这里也有其他的问题，河渠两侧长着高大密实的竹林，虽说能投下阴影以缓解暑气，但也阻碍了通风。河渠上的空气因此而憋闷、昏暗、燥热，还飘荡着一股销魂的恶臭，我们仿佛置身于农田堆肥里。伯爵的香水一度想跟堆肥味道一决高下，但最后输得心服口服。

“这里的水好臭，”伯爵评论说，“我们法国的水都很干净。”

我说马上就能离开河渠进湖了，那儿肯定没有臭味。

“饿啊，太饿了，”伯爵又发现了新问题，用手绢抹着脸上和胡子上的汗珠，那手绢简直像在香水坛子里泡过似的，“饿得叫人受不了。”

伯爵原本苍白的脸蛋现在都有点发紫了。我正想安慰他，说进了湖后这个问题就会迎刃而解，但发现了一件怪事，“胖胖瓶－屁花号”在跟我较劲。我明明在撑篙，但它就是懒洋洋地耗着，不太想动弹。

我们肯定没有搁浅，河渠里又没有沙岸，所以我死活想不明白这是怎么回事。然后我便注意到了船底飞旋而起的小漩涡，原来是船进水了。我心里琢磨着，“胖胖瓶－屁花号”怎么还能漏水呢？

舱底水位缓缓上涨，已经没过了伯爵的鞋底。我看得正起劲儿，突然便找到了漏水的原因。前两天给“胖胖瓶－屁花号”洗澡时，我亲手拔掉了它船底外侧的塞子，如此水才能涌进底舱去，问题是洗完船后我没把塞子塞牢。这下惨了，塞子口成了漏水口。

我的第一反应是赶紧把船翻过来，重新塞好塞子。但当务之急是解决船上的贵客的问题，他的双脚正陷在几厘米深的水中。所以我决定，趁现在多少还能操控一下船，让它赶紧靠岸，请尊贵的伯爵大人先逃一步。

我自己倒不怕跟“胖胖瓶 - 屁花号”一起沉进水里，反正平时找水蛇、水龟、青蛙或者其他的小鱼小虾时，我都是直接跳入水渠中各处摸索，早已成了只矫健的水老鼠。但我怎么能邀请伯爵大人扎入半米多深的水里——脚下还有深不可测的烂泥巴——跟我来场沟中嬉戏呢？他的白眼估计要翻到后脑勺去了。

“胖胖瓶 - 屁花号”喝饱水，愈发沉重了，推它靠岸委实吃力，我觉得自己在挑战人力的极限。但使劲儿撑了几下后，总算是有了进展，小船的船头开始慢慢贴近岸边了。

我费尽心机地哄它坚持一下，再坚持一下，竹子就在眼前了，离岸边只有三米了——伯爵发现了我们的惨境。

“上帝啊！”伯爵尖叫，“我们要淹没了，我的鞋要淹没了。这艘船，它要沉了！”

我停了一下手中的动作来安慰他，说我们没有危险，只要他能安静地坐好，我就能让他安全上岸。

“鞋！快看我的鞋！”他凄厉地叫道，手指向鞋的方向，鞋已湿得滴滴答答，被泥水泡得乌七八糟。极度的愤怒让伯爵的脸极度扭曲，我努力忍住了笑，但已经努力到了极限。

我说再忍一下就好，船马上就要靠岸了。这是实话，如果他能听我的话好好坐着，我是真能保证他上岸的。毕竟我已力挽狂澜，撑到离岸边不到两米的地方了。

可惜伯爵一心扑在鞋子上，方寸大乱，甚至做了一个十分愚蠢的动作。他不顾我的厉声劝阻，扭头回望岸边方向，发现竹子已近在咫尺了，便站起来一步蹦去了前甲板。“胖胖瓶－屁花号”指甲盖般大小的前甲板，伯爵以为可以拿这里当起跳点，等我把船再往前划一点儿，就能一步蹦上岸去。

可惜这个策略忽略了船的脾性。“胖胖瓶－屁花号”通常是情绪稳如山的，但也有几片绝不容冒犯的逆鳞，其中一片就是：前甲板不可站人。只要你敢站上去，船就能化身为西部牛仔片里的练家子马，浑身都是功夫。它只需歪着身子一撅，便可将你整个人铲飞。伯爵享受到的正是如此待遇。

伯爵惨叫着落了水，在空中大展双臂，如一只造型丑陋的青蛙。那顶优雅的海军帽狼狈地浮在水面上，朝竹根方向飘去。伯爵在稀泥浆里拼命扑腾，一时间，深深的担忧与冲顶的喜悦同时向我袭来。

喜悦是因为伯爵落了水，估计家人们肯定不会相信，但这真不是我使的阴招；担忧则是因为伯爵挣扎的方式很致命。但凡掉进浅水里，谁都会拼命想站起来。

但现在这种本能反而是火上添油，只会让伯爵越挣扎越下陷，根本不可能挣脱。记得拉里来这里打猎时，就曾栽进过淤泥里。拉他出来耗尽了三个人的力气：玛歌、莱斯利和我。

伯爵如果也把自己挣扎到水底的淤泥里去，那么单凭我一个人肯定是拉不出来的；就算我回去叫人，等众人赶到时，这一沟亮晶晶的泥巴肯定早已把伯爵埋干净了，众人又能如何？我立刻跳下船去救他。我不怕下陷，而且能在泥浆上行走，因为我经验丰富，且体重只有伯爵的四分之一。我大喊着叫他千万别动，待在原地等我就行。

“恶心！”伯爵的声音还能传来，说明他的嘴尚在水面上。

他一度妄想着站起来，但随着泥浆的钳制越来越紧，他只万念俱灰地呜咽了一声，如一只奔丧的海鸥在哀号，然后便待在原地不动了。

伯爵的心智已被泥浆搅得乱七八糟，当我抓住他并想把他往岸边拉时，他竟然觉得我是来害他的，大吼着声讨我。看着伯爵被吓得失魂落魄，活像个小孩子，我终于没忍住，笑出了声。这自然也引发了他更大的愤慨，一连串法语从嘴里喷了出来，仿佛是一挺机枪进入了战斗状态。可惜我的法语实在太差，无福消受这些语句。

过了一会儿，我才终于把不合时宜的大笑咽了下去，手臂也再次从伯爵腋下穿过，扶住他，向岸边移去。突然间，我脑子里又起了个念头：你说此时岸边若站着个人，那么他会看到一个十二岁的小男孩儿正在救一个一米八的大汉，这一幕得多好玩儿？我又没控制住，一屁股跌进了泥巴里，笑得眼泪狂飙。

“你还削（笑），你削得出来？！”伯爵拧着头看向我，“有什么好削的？拉我啊，赶紧！”

我终于压下这场大笑，又能使上劲儿了，一步步把伯爵拽到了离岸边不远的地方。我先把他放下，又接着自行爬上了岸，但这个动作又把伯爵吓到疯癫，他再次嚎叫起来。

“别走，别走啊！”他惊慌失措，“我在往下沉，你给我肥（回）来！”

我没理他，在附近挑了几根最长的竹子，一根一根地使劲掰弯，竹竿裂开来，但都未折断。我把竹竿拢在一起伸进水里，往伯爵身边探去，在他和岸之间做了一座“竹桥”，接下来让他趴过来，面朝下，手抓住竿子，我开始往后拉，直到把他拉到了岸边。等他颤抖着走上岸，下半身仿佛被浇了一层巧克力酱。这些泥浆将会在眨眼之间干掉，所以我赶紧拿起一块竹片帮他刮，不想他却杀气十足地看向我。

“Espèce de con! [①]” 他愤愤地说。

平日里我和法语两看相厌，此刻终于来报应了：我完全没听懂这句话。但看着伯爵饱满澎湃的情绪，我判断这句话定是不同凡响、值得铭记的。收拾差不多后，我们开始往家走，他一身愤恨，满嘴咒骂，音量虽不大，但一路都在骂骂咧咧。

如我所料，伯爵身上的泥巴果然以迅雷不及掩耳之速干掉了。这让他的裤子表面起了很多小泥块，仿佛是一条用淡棕色泥巴做成的拼图裤子。从后面看，他又酷似一头印度犀牛，因为他的屁股上也穿着件一模一样的泥巴盔甲装。想到此，我差点又没憋住笑。

这一天下来，伯爵的尊严受到接连打击。我们到家时，居然又刚好跟家人们碰到了一起。一个虎背熊腰、满脸凶相的司机，开着一辆道奇车停在了大门处。这位司机就是斯皮罗·哈吉欧普洛斯，他自认为是我家的守护神。车里坐着我的各位家人，他们集体喝上了头，个个都面色潮红。车停稳后，大家瞠目结舌，愣愣地盯着伯爵，眼睛里满是问号。斯皮罗首先恢复了神志。

① 此处是一句法语脏话，近似于“臭傻帽”。——译者注

“我的老天，德雷尔夫人，”他把硕大的脑袋向后转，对着母亲微笑，“杰瑞少爷把这家伙修理惨了。”

显然，全家人都赞同这个解读。但在是非曲直的阵地上，母亲不甘示弱，挺身而上。

“我的上帝啊，伯爵大人，”她脸上挂出了十足的震怒，演技简直无懈可击，“你把我儿子怎么了？”

此话一出，伯爵差点儿崩溃，谁敢想光天化日之下，有人竟敢如此颠倒黑白！他只张大嘴，但什么声音都发不出来了。

“杰瑞，亲爱的，”母亲继续说，“快去把这身湿衣服换了，小心感冒，好孩子。”

“好孩子？”伯爵的声音高了好几个八度，眼神里写满了不可置信，“他是个杀人犯！是个臭傻——”

“好了好了，兄弟，”拉里将手搭上伯爵裹着泥巴的肩膀，“都是误会。进来喝杯白兰地吧，然后你也去把衣服换了。没错，你放心，这小子绝对没有好果子吃，我们一定会好好教训他的！”

拉里将大喊大叫的伯爵带进了屋里，其他人则凑上来将我团团围住。

“你把他怎么了？”母亲问我。

我说自己什么都没干，要怪就怪伯爵自己。

“我才不信呢，”玛歌说，“你老这么说。”

我说这事儿要真是我的功劳，我肯定会主动承认的啊，这有什么好谦虚的？家人们品了品此话的逻辑，纷纷折服。

“是不是杰瑞干的无所谓了，”莱斯利说，“结果才是重点。”

“好了，亲爱的，快去换衣服吧，”母亲说，“然后来我卧室，跟大家好好聊聊今天的过程。”

让我们大失所望的是，“胖胖瓶－屁花号事件”并没有震慑住伯爵，甚至还起了反作用。不知道他是不是为了报复我们，反正整个人是愈发地尖酸刻薄了，可恨程度较之前翻了整整一番。但我已经对他放下了仇恨，因为每每想到他在污泥沟里翻滚挣扎的样子，我就会获得无上的乐趣，所以现在对他的任何冒犯都能一笑了之。况且，伯爵还无心插柳地给我介绍了一个新法语单词。后来上法语课写作文时，我犯了个错，不小心把它说了出来。我的老师克拉莱夫斯基深受刺激。

他本来只是背着手踱来踱去，仿佛是个小矮人正驼着背走神。但就在我无意间吐出这个词后，老师一下子愣住了，眼睛鼓成铜铃，仿佛是个小矮人摸了一把毒蘑菇，甚至这蘑菇还传来了股电流，给了他重重一击。

“你方才说什么？”老师轻声问。

我把那句脏话又重复了一遍。老师闭上了眼睛，鼻孔一张一翕，浑身发抖。

“你跟谁学的？”他继续问。

我说跟家里的一位客人学的，他还是个伯爵。

“好吧，但你绝对不许再说这个词了，懂吗？”克拉莱夫斯基老师说，“永远不许说！你……你要明白一个道理，那些贵族有时也会飙脏话，但他们一定是承受着很大的压力，所以这不等于我们就可以模仿。”

我完全明白老师说的道理。想想看，一个伯爵掉进了臭水沟里，他肯定承受着很大的压力。

伯爵的传奇依然在继续。他离开后的一个礼拜，一天早饭时，拉里感到身体很不适。母亲戴上眼镜，关切地打量着他。

“不适？具体是哪里？”她问。

“就是整体的状态不太对劲儿，没了我一贯的雄姿英发。”

“有疼痛感吗？”

“那倒没有，”拉里回答，“没有什么地方感觉疼。但周身都乏，感觉蔫蔫的，没精神，整个人就跟被抽干了似的，像是跟吸血鬼伯爵待了一晚上。咱家上个客人虽说毛病不少吧，但也不至于要吸血啊。”

“嗯，你现在看起来还好，”母亲说，“不过最好还是请大夫瞧瞧。安德鲁切利医生在休假，我让斯皮罗接西奥多来。”

“行吧，”拉里说得有气无力，“让斯皮罗也通知一下英国公墓，动作要快。”

“拉里，别说这种话，”母亲忧心忡忡，“你快上床躺着，哪儿也不许去了。”

如果说斯皮罗是我们的守护神，无所不能，那么西奥多就是我们的先知，无所不知。西奥多到了，他端正地坐在道奇车后座上，穿着一尘不染的粗花呢西服，洪堡帽戴得一丝不苟，胡须在阳光下闪烁着晶莹的光芒。

“嗯……今天这个情况……太巧了，”西奥多跟我们打过招呼后说，“我刚才在诊所里，正想着天气不错，适合出去走走……

呃……既不会太热，也没有别的问题……嗯……斯皮罗的车就到了，真是不可思议。”

“真棒，我的病还立功了呢。”拉里说。

“啊哈！来……你知道的……聊聊你的问题吧。”西奥多的眼睛闪着光，看向拉里。

“没有什么具体的不舒服，但我就是感觉快死了，全身上下一点劲儿也没有。估计是我向来甘于为家庭付出，现在已经油尽灯枯了。”

“你没找对病根。”母亲很肯定。

“我觉得你就是吃得太撑，”玛歌说，“现在得减肥了。”

“他得去户外运动，”莱斯利补充说，“我建议他去划船——”

“好了好了，咱们听听西奥多的，现在只有他才知道问题在哪里。”母亲说。

“我其实没发现什么……呃……病理上的问题，”西奥多踮起脚又落下，“不过他确实有一点儿超重。”

“听见没？我就说他得减肥吧。”玛歌得意极了。

“嘘，亲爱的，”母亲说，“西奥多，你的建议呢？”

“我建议他卧床休息一两天，”西奥多说，“同时让他稍微控制一下饮食，你懂的，就是吃得清淡少油一些。我也会开点儿药送来……呃……准确地说应该是一些补剂。后天我还会过来复诊的。”

斯皮罗送西奥多回城，然后又取了药回来。

“我不吃这些药，”拉里狐疑地看着药瓶子，“这玩意儿看着像蝙蝠的卵巢提取物。”

“别说傻话，亲爱的，”母亲倒出一勺药来，“吃药才有助于康复嘛。”

“康复个鬼。我的好朋友哲基尔博士[①]就是吃了这种药，你们看看他的下场有多惨！”

“他怎么了？”母亲不假思索地问。

“他把自己挂在大吊灯下，狠狠地挠自己，还自称是海德先生。”

---

① 哲基尔博士（Dr. Jykell）是罗伯特·史蒂文森的小说《化身博士》里的人物，通过试验将自己身上的邪恶人格提取了出来，化身为杀人狂魔“海德先生”。——译者注

“够了，拉里，不许再胡闹了。”母亲语气坚定。

拉里又胡闹了一阵，才终于肯把药吃了，躺下休息。

第二天一早，天色尚黑，我们就被拉里一声雷霆暴怒的咆哮吵醒了。

“妈，妈妈！快来看看你干的好事！”

拉里手持一面镜子，全身赤裸，在屋里四处乱转，双眼冒火地看向母亲。母亲只看了他一眼，便吓得倒吸了一口凉气。拉里的脸肿得很夸张，腮帮子鼓得有平时的两倍大，还红彤彤的，像个大番茄。

“亲爱的，你干什么了？”母亲站都站不稳了。

“我干什么了？你想想自己干了什么吧！”拉里发音很艰难，为了吼出这一句话，颇费了些心思，“你和那个西奥多，还有你喂给我的混蛋药，影响了我的脑垂体。看啊！哲基尔博士和海德先生都比我正常！”

母亲掏出眼镜戴好，认真地审视着拉里。

“你搞不好是得腮腺炎了。”她略带迟疑地说。

“胡说八道！那是小孩子才会得的病，”拉里暴躁难耐，“都是西奥多的药搞的鬼！我告诉你，我的脑垂体被伤着了。你再不去给我找解药，我就要变身巨人了。”

“胡说，亲爱的，这就是腮腺炎，”母亲说，“这也太有意思了，你明明得过腮腺炎的。咱们捋一捋啊，1920 年玛歌在大吉岭得了麻疹……莱斯利在仰光得了口炎性腹泻。不对，1900 年咱们在仰光，所以得口炎性腹泻的人是你……莱斯利在孟买得水痘是在 1911 年，还是 1912 年来着？我记不得了。然后 1922 年，你在拉杰普塔纳把扁桃体给摘了，也可能是 1923 年。我都记不太清了，后来又是玛歌……”

“容我打断一下你的家族疾病编年史，”拉里冷冷地说，“有没有人能帮我找一下解药？再过一会儿，我的脸恐怕就要肿到我走不出这个房间了。”

西奥多再次来到我家，他肯定了母亲的判断。

“是的……呃……这确实是腮腺炎，非常明显了。”

“非常明显？！你这个大庸医！”拉里瞪着泪汪汪的眼睛，眼皮已经肿成桃子了，“你昨天怎么就看不出来呢？还有，我怎么可能是腮腺炎？那是小孩儿才会得的病。”

“不，不，”西奥多说，“小孩确实高发，但有不少大人也会得。”

“如此常见的一种病，你居然能误诊？！”拉里说，“连个腮腺炎都不会看吗？！玩忽职守到这个程度，我看医师协会就该把你除名，或者怎么着惩罚一下你。”

“腮腺炎……在初期确实很难诊断，”西奥多说，“只有等到脸肿起来才能确定。”

“哼，咱们就只有这点儿医疗水平呗，”拉里挖苦道，“病人不肿出个两倍大来，医生都下不了诊断。笑话！”

“只要这次的病不攻击你的……呃……你懂的……就是……”西奥多对用词斟酌了又斟酌，“那么你很快就能康复了。”

拉里困惑，“具体指哪里？”

“呃，嗯……你懂的……腮腺炎会让腺体肿大，”西奥多解释道，“它如果影响到了下半身的……腺体……那么……你可能会非常痛。”

“那地方可能肿起来，我会变成头公象？”拉里大惊失色。

“怎么说呢……呃……对。”西奥多踟蹰半晌，也没找到更委婉的表达。

“这是场阴谋，你们就是故意的！”拉里怒吼，“都怪你和你的那瓶恶心的蝙蝠提取物！你就是嫉妒我的阳刚气概！”

拉里绝对是个难伺候的病人，这么说都还算客气的。他在床头放了一个摇铃，想唤人时就摇，成天摇个没完。母亲每天都要上去帮他检查身体二十次，确保他宝贵的“下半身”依然安好。后来拉里破了案，原来是莱欧诺拉的宝宝把腮腺炎传给了他。盛怒之下，他扬言要把孩子逐出教门。

“我不是他的教父吗？”拉里说，“凭什么不能把那忘恩负义的东西逐出教门？”

四天后，大家已经心力交瘁了，克里克船长说要来看望拉里。他是个退了休的老水手，是母亲的头号死敌。

船长虽年过七旬，但人老心未老，尤其中意母亲，是母亲挥之不去的噩梦，更别说他老人家乖张粗鲁的言谈和偏狭固执的认知。

“哎哟喂！”他一边高声嚷，一边蹒跚地走进房间，歪斜的下巴摇来晃去，稀稀拉拉的胡子和头发肆意飞翘，眼睛浑浊不堪，“哎哟喂，快让我瞧瞧死者。”

母亲正在为拉里做当天的第四次下半身检查，闻得此声，立刻站起来狠狠地盯着船长。

“请你自重，”她的语气如寒冰，“这是病房，不是酒吧大厅。”

“总算跟你相见了，”克里克丝毫没把母亲说的话放在眼里，“要是能让这孩子挪过去一点，咱俩就可以来个拥抱了。”

“我有很多正事要做，没工夫跟你拥抱，谢谢。”母亲的脸都垮了。

“好，好，”船长一屁股坐到床上，“孩子，来跟我说说，这是个什么娇滴滴的腮腺炎哟？你也太嫩了点儿！”

“船长，在杰瑞面前，就请你不要再回忆这些事迹了。”母亲声色俱厉。

“路过邮局时，我顺便帮你把信取了，”船长根本不在乎母亲的怒吼，仍然自顾自地说着。他从衣服兜里翻出数封信件和明信片，在床上胡乱散开。“对了，邮局新来的服务员真是个辣妹，参加选美比赛都能拿大奖的那种妞儿。”

但拉里的心思完全没在这些上，他从一堆信件中抽出了一张明信片，读完后便爆发出了狂笑。

“亲爱的，这里面写什么了？”母亲问。

“这是伯爵寄来的。”拉里擦着眼泪。

“哦，那个人啊，”母亲嗤之以鼻，“那我没兴趣了。”

“你话说早了，”拉里说，“有这封信，我生这场病都值了！我感觉我现在元气大涨。”

拉里拿起卡片，高声朗读起来。这封信显然有人代笔，执笔人的英语水平不高，但表达可谓剑走偏锋，创意十足。

“我倒打（到达）罗马了，”信上如是说，“现在在一个诊所里。我感染了傻腺炎。全身都感染了。我动不了。一点饥饿感都莫有。我也坐不起来。你要小心这个傻腺炎。罗西尼奥尔伯爵敬上。”

“也是个可怜人啊！”等我们终于止住了笑，母亲才感叹了一句，但形式大于真心，“算了算了，咱们还是别笑了。”

“没事，”拉里说，“我要写封信去问问他，论傻腺炎的杀伤力，我们也输给法国了吗？”

04 The Garden of the Gods

春满人间

> 蛮荒之地，群龙盘踞，猫头鹰驻守。
>
> ——《以赛亚书》，第三十四章十三节

春天的到来，如大地突发的一场高烧。等待春天的过程中，科孚岛心神不定，坐卧难安，温暖湿润的冬季也不能宽慰它片刻，但就在某一刹那，小岛忽觉梦醒，周身元气十足，天空变得如风信子花蕾般湛蓝无瑕，万千生灵在它的笼罩下生机勃发。春日款款升起，它身披一圈娇柔的淡黄色薄雾，仿佛是个刚成形的小蚕茧。春天让我心潮澎湃，因为所有动物都绽放出生机，每一寸空气都溢满了希望。我随时都可能抓到一只大水龟，尺寸可以突破我之前的所有记录；或者解开一个谜，搞清楚新生的“婴儿”小乌龟到底是怎么在出生后的一小时内，就从一个皱巴巴的核桃，一跃成为几乎光滑的“儿童”小乌龟，体型能整整大出一倍！整座岛屿熙熙攘攘，无数种形式的生命你追我赶，吵吵闹闹。我每天都醒得极早，在橘树下心急火燎地吃早饭。清晨阳光微醺，蒸得橘树甘香四溢。吃完早饭，我抄起网子、瓶子，唤来罗格，以及嘘嘘和呕呕，便向我的动物王国进军了。

山顶四周，石楠和金雀花开得轰轰烈烈。花丛间的石块被太阳烤得暖烘烘的，石块表面生出一块块苔藓，花纹如古老而神秘的印章图案。乌龟们在这里苏醒，跟一整个冬季的美梦说再见。它们扒开身上的泥土——那是冬眠时的被子——缓步爬到阳光下，眨眨眼睛，吞吞口水，好好晒一场太阳。直到身体彻底回温，它们才慢慢爬去“餐桌”，找到一丛三叶草、蒲公英或一个滚圆雪白的马勃，开始大快朵颐。我喜欢根据动物们的特征来观察、把握它们的成长，对这座小山丘的朋友们自然也不例外：每只乌龟身上都有数处显眼的记号，以帮助我准确识别它们的身份，记录它们的“龟生”轨迹；每一窝野翁鸟和黑头莺都有独特的标识，让我能亲自见证它们的发育过程；每一块纸片般薄而宽的螳螂卵，每一张蜘蛛网，以及每一块暗藏玄机的石头（一翻开它就能发现神奇的小动物）……通通逃不过我的眼睛。

但当得起“春之使者”这个名号的，还得是乌龟，因为只有它们的苏醒才能宣告冬天已彻底落下帷幕。春日里，乌龟们裹着厚重的盔甲，举步维艰地寻找着伴侣，仿佛一个中世纪骑士决意要英雄救美，但尚在搜寻身陷险境的少女。雄龟们哄饱肚子后尤为机警——但愿这个词能用来形容乌龟吧——它们会踮起脚尖走路，脖子伸到极限长度，不时地停下脚步发出一声呐喊，音色诡异但洪亮如雷，语调急迫。雄龟的呼唤有点儿像京巴狗的叫声，却从未得到过雌龟的回应。也不知道雄龟还有什么绝招，反正它们就是能找到雌龟，然后叽里呱啦地表白一通，用自己的龟壳冲撞佳人的身体，意图靠武力征服对方。雌龟似乎情窦未开，全无所动，在一轮轮的冲撞下，仍然能气定神闲地吃叶子。整座山丘都回荡着雄龟嘹亮的咆哮与辛苦的撞击声；野翁鸟的叫声也穿插其中："嗒！嗒！嗒！"仿佛是个忙碌的采石场；苍头燕雀的胸脯呈嫩粉色，叫声轻微，但极富韵律感，像一串小水珠依次滴进池塘里；金翅雀的歌声欢快激荡，气息豪迈，它们徜徉于金雀花艳黄色的花海中，宛若一群小丑在翩跹起舞。

在这座属于乌龟的小山丘下方，也就是延绵而古老的橄榄树林后，是一片威尼斯时代留下的老盐田。田地纵横相连，形如棋盘。这里盛开着酒红色的银莲花、日光兰，以及粉色的仙客来。喜鹊爱来筑巢；松鸦则喜欢用凄厉的尖叫声把人吓一跳。田地被数条水渠切成大小不一的地块，有些只有一个房间大。每一块被水渠环绕，渠宽而浅，渠中的水是半咸水，水质浑浊。田里种着各式作物，有繁茂的葡萄、玉米、无花果、像臭虫一样酸涩刺鼻的番茄，还有绿油油的大西瓜，如神话里的大鸟下的蛋，以及樱桃、李子、杏子、枇杷、草莓、红薯……这里就是科孚岛的粮仓和菜仓，田里种什么，大家就能吃到什么。在靠近大海的区域，每条水沟的两侧都有高大的竹林和芦苇丛，如气势恢宏的长矛阵，矛头齐齐扎向天空。越向岛中心走，水渠里的水就越清甜，因为那里包含了从橄榄树林里流出来的溪水。沟里水草丰美，植物缤纷，平静的水面点缀着睡莲的身影，水岸两侧各镶着一排金凤花。

渠里的两种水龟（一种是黑底带金点，还有一种是灰底带精美条纹）会扯着嗓子犀利地大叫，简直像鸟鸣，这说明它们也在求偶了。一旁的青蛙披着绿色和棕色交杂的皮肤，腿上带着豹纹，光洁得像是刚被上过漆一样。两只青蛙一旦坠入爱河，便将彼此紧紧拥入怀中，双目瞪得滚圆，瞳孔里满是炽烈的爱恋；也可能夫唱妇随，在水里排出一堆堆灰色的蛙卵。有些农田被大树环绕，享有大片树荫，周围有竹子、无花果树，以及其他果树。娇小的树蛙栖息其中，通体是亮绿色，皮肤柔软得如温润的鹿绒皮。它们如同男高音般呱呱咏唱，黄色的小喉囊鼓得有核桃大。渠中清波荡漾，水草尾巴轻柔摆动，树蛙们在其中产下一堆堆黄澄澄的卵，每一堆都有杏子大小。

田野一侧有一大片平坦的草地。春雨一来，这里便会积起十厘米深的水，进而形成一个清浅的湖，湖底满是青青绿草。温暖的水里聚集了大量的蝾螈，它们的背是榛子般的棕色，肚子却是明晃晃的黄色。一只雄蝾螈会跑到雌蝾螈的前方趴好，尾巴翘起来，卷成一个圈。雄蝾螈的脸上会突然出现一种极致的专注神情。这表情放在一只蝾螈身上，真是有些滑稽。它疯狂地扇起尾巴，向雌蝾螈的方向喷出精子团。稍后雌蝾螈会完成体内受精[1]，将受精卵排到水草的叶子上。受精后的卵白得几乎透明，但中间有个黑色的卵核，闪闪发亮，仿佛包了只小蚂蚁进去。雌蝾螈用后腿翻折水草叶子，把叶子两端牢牢粘住，确保能稳稳地包裹住自己刚产下的卵。

每到春天，就会有一群神奇的牛来到这片浅湖活动。它们体型壮硕，皮肤是巧克力色，头上有对气势恢宏的大牛角，像白蘑菇一样白，齐齐往后脑勺方向歪过去。它们看着像那种生活在非洲内陆地区的安科拉长角牛，但肯定来自更近的地方，我猜是波斯或埃及吧。牛群的主人们是吉卜赛人的装扮，会用马拉着一种长而矮的板车四处迁徙。到了这个季节，他们就会在湖边安营扎寨。男子形象粗野，皮肤黝黑如乌鸦；女子双眸如墨，巧笑盼兮，头发柔滑闪亮得像鼹鼠的皮毛。她们围坐在火堆旁，叽叽喳喳地聊天或编筐子，嘴里说着陌生的语言，我一个字都听不懂。小男孩们衣衫褴褛，又黑又瘦，但兼具松鸦的敏捷和豺的谨慎。他们负责给这些大牛放牧。这些大块头肚子饿了时便顾不得谦让，左冲右撞地奔去湖里吃草。牛角彼此磕碰，哐当直响，仿佛是个步兵连在冲锋。站在它们身后，你能闻到牛皮发出的奇特气味，感受到它在温暖的空气里慢慢晕开来的清香与美好。

这些人总是来得很突然，前一天这里可能还空空如也，第二天便已帐篷成堆，人声鼎沸。淡淡的红色火焰飘散出缭绕的烟

---

[1] 蝾螈采用一种特殊的体内受精进行繁殖。雄性先将精子团排在水中，雌性紧随其后，并将精子团吸入体内，完成受精后再排卵。——译者注

气，如蜘蛛网般将帐篷牢牢锁住。烟火明灭起熟稔的畅快与自然，仿佛这群人一直以来就驻扎在此，从不曾离开过。牛群缓步蹚过浅湖，嘴埋在水里四处乱拱，将青草咬断吞咽。牛蹄子溅起水花无数，这些都把蝾螈们吓得够呛。青蛙和小水龟看到巨大的牛嘴靠近，也慌不择路，死命逃脱。

我对这种棕色的大牛眼馋已久，做梦都想养一头，但此事断然无法得到家人们的支持。我心里很清楚，不论我如何晓之以理、动之以情，告诉大家这种牛是多么地温驯可人，连一个六七岁的黄毛小孩都能牧一大群，也注定都是无用功。这种凶神恶煞的大块头大概跟我是没有缘分了。但话说回来，依我家人们所见，我其实“差不多”也算拥有过一头这样的牛了。

那天我来湖区玩，碰巧遇到这群吉卜赛人杀了一头公牛。地上摊着一大张牛皮，皮子上血迹斑斑，一群小姑娘正在用小刀在皮面上刮来刮去，顺便把草木灰敷上去抹匀。不远处是牛身的残骸，血光闪耀，身首异处，周遭已有苍蝇嗡嗡乱飞。牛头就放在旁边，尺寸大得令人骇然。牛耳朵长着毛边，无神地耷拉下来；眼睛半开半闭，一副若有所思的样子；有一个鼻孔还淌出了一道细细的血流。高耸入云的大牛角雪白无瑕，长度得有一米出头，粗细不输我的大腿。我在一旁都看傻了，眼里燃烧着熊熊的欲望，活像一个原始时期的猎人发现了一头大型动物。

我明白，要把一整个牛头全买下来肯定是痴心妄想。我对自己的标本制作技术很有信心，但无奈家人们持反对意见。外加最近我刚因为解剖动物闯了祸，所以目前家人们对我的任何解剖行为都没有好脸色。也怪我草率，没考虑周全便在前廊处解剖了一只水龟。试想，如果我能把这个牛头好好处理一番，挂在卧室的门头上，那得是多么地富丽堂皇、摄人心魄啊！它的地位将远超过我做的飞鱼标本，以及即将完工的山羊头骨标本，而成为我所有作品中当仁不让的门面、冠军、代表作！但我懂，这一切都是奢想。家人们的态度是无法撼动的，我只得退而求其次，在挣扎和犹豫中做了一个决定，单把这对大牛角买走。经过一场热情奔放的讨价还价后——吉卜赛人多少也懂点希腊语——我们把牛角的价格谈妥了，我要付 10 德拉克马再搭上我的衬衣才能带走它。关于衬衣的去向，我跟妈妈解释如下：我从树上跌下来，衬衣不幸被刮成了一堆碎布条，已无修补意义，所以我便就地丢了它。牛角入手，我欣喜若狂，赶紧抱回家，花了一上午的时间把它们打磨光滑，然后钉在一块木板上，最后小心翼翼地挂在了卧室内部的门头上方。

我退后几步欣赏整体效果，正沉醉在牛角的壮美中时，门后响起了莱斯利的怒吼。

“杰瑞！你小子躲哪儿去了？”

我恍然想起自己从莱斯利的房里“借”了一罐枪油，用来给牛角抛光。我本打算用完就物归原位，心想只要动作够快，就能神不知鬼不觉。我还来不及应声，房门已被撞开，眼前是莱斯利火气冲天的身影。

“杰瑞！你是不是弄走了我的枪油？”

房门刚才在巨大的冲击力下被撞开，此刻在回弹力的作用下归位，并且是狠狠地撞了回去。这一撞就撞出了祸事，我的大牛角如有神力驱动，从墙上悍然跌落，仿佛是曾经栖居其中的牛魂回来了。莱斯利正好站在牛角下方，被牛角正中脑门心，瞬间倒地，如被一把突如其来的长柄斧当场砍去了天堂。

我的第一反应是担心，生怕宝贝牛角被摔坏了；第二反应也是担心，怕我的哥哥已作别人间。还好这两轮担心都是多虑。牛角完好无损，我的二哥虽眼神呆滞，但也勉强坐了起来，正直愣愣地盯着我。

“上帝哟！我的脑袋！”他使劲儿地揉搓着太阳穴，闷声抱怨，“什么混账玩意儿！”

不行，得赶紧找外援平息一下他的怒气才好，我立刻转身去寻母亲。我来到母亲卧室，她正对着床上铺开的一本什么针织图样画册冥思苦想。我解释说莱斯利被我的牛角砍伤了，但这是个意外。我没撒谎，这真是个意外。母亲一如既往地大惊小怪，已经把事情想到最惨烈的境地去了。在她看来，我肯定是窝藏了一头大公牛，还让这畜生攻击了莱斯利，顶得他开肠破肚了。当母亲看到莱斯利好手好脚地坐在地上时，整个灵魂仿佛都被救赎了，长舒了一口气，反倒还有些怨莱斯利。

“莱斯利，亲爱的，你这是干了什么啊？”她问。

莱斯利盯着母亲，目光阴狠如炬，脸上渐渐胀出熟李子才有的紫色。他想说话，但一时半会还没恢复元气，所以说起话来有些费劲儿。

“那混账小子，”他终于发出了声音，似怒吼又没完全吼出来，“他想砸我的头……那对鹿角差点把我劈死了！”

“注意文明用词，亲爱的，”母亲立刻回道，“我相信他不是这个意思。”

我说我真的没有恶意，绝不是要伤他。出于科学的严谨性，我想再说明一下，这个角不是鹿角，鹿角是另一种形状。我的这对是牛角，但具体是哪种牛，我暂时也不能确定。

“我不在乎这破玩意儿是哪种牛！”莱斯利彻底愤怒了，“这就是雷龙的角，老子也无所谓！”

“莱斯利，亲爱的，”母亲赶紧制止，“没必要满口脏话啊。”

“当然有必要！”莱斯利咆哮，“等哪天你要是也被鲸鱼肋骨什么的劈一下，你就会知道，你骂得也不会比我干净到哪里去！”

我纠正说，鲸鱼肋骨的形状和这对牛角相比，更是差了十万八千里……但话还没说完，就收到了莱斯利射来的目光，那目光如万箭齐发，箭箭穿心。于是我把这场解剖学小讲义给生生咽了回去。

“好了，亲爱的，你确实不该把它们挂在门上嘛，”母亲对我说，“这个地方选得太危险了，搞不好回头也会伤到拉里。”

听到此话，我被吓到周身的血液瞬间凝固。

“不能再挂了，”莱斯利说，“如果这小子非要留下牛角，那就找个柜子什么的收起来吧。”

再不情愿，我也接受了这个建议，把牛角放置在了窗台上。从此，它没有再伤到过任何人，除了我家的女佣卢加蕾其娅。每天晚上，她都会来帮我关窗，一来关窗就可能被牛角砸中脚。好在她与疾病有很深的羁绊，非常享受从疑似到确诊的过程，所以每每被砸，总是喜不自胜，恨不能立刻将这点擦伤昭告天下。但牛角事故的副作用还没完，我和莱斯利的关系因为这件事一度降到了冰点，然后又产生了连锁反应，让我不小心惹毛了拉里。

早春时节，我在盐田边上的芦苇丛里听到了异响，还带着阵阵回声。那是麻鳽（jiān）[①] 的叫声，音色很奇特。麻鳽是一种我

① 麻鳽（bittern）为鹈形目鹭科动物，是一种体型较大的涉禽，别称是水母鸡、蒲鸡。——译者注

从没见过的鸟类，一声声地叫得我心潮澎湃。它们很可能会在芦苇丛里筑巢，但芦苇区域太过广阔，它们隐蔽其中，极不好找。我爬到一棵高高的橄榄树上，花了好一番工夫仔细瞭望，才终于把搜寻范围缩小到了几十来亩地，麻鸦肯定就在此范围内！没过多久，叫声戛然而止，直觉告诉我，它们一定开始筑巢了。

一天清早，我甩开身后的小狗们，急匆匆地跑来田野，一头就扎进了芦苇滩，在里面逡巡搜索，如一条猎犬。我的神经高度集中，严禁自己被其他诱惑分心，面对水蛇摆出的涟漪、青蛙欢快的踏步声、新生蝴蝶妖娆的小舞姿……通通不为所动。不出一会儿，我便抵达了芦苇丛的中心地带。这里凉爽宜人，苇叶沙沙作响。我却后背发寒，眼前一圈尽是高大的芦苇，它们延绵四方，根本望不到头。而我身在其中，已彻底迷失了方向。放眼望去，周遭是摇曳的苇叶，袅娜多姿，却又似铜墙铁壁，将我牢牢锁住。抬头透过枝叶的缝隙，丝丝缕缕的天空映入眼帘，蓝得纯粹而炽烈。迷路本身倒不可怕，只要咬死一个方向走下去，一定能走出芦苇丛，前方不是大海就是大路。真正让我感到恐慌的是，我已失去方向，无法再找到麻鸦的巢了。我从衣服兜里翻出几颗杏仁来，先坐下开吃，边吃边想下一步的对策。

吃完了最后一颗杏仁，我终于拿定主意，决定重来一次，于是再次回到橄榄树林边，重新定位并设计路线。此时我才发现了一个大惊喜，原来我的身边一直就停着一只麻鸦！它离我不过两三米远，已经陪了我整整五分钟。它守在咫尺外，表情呆滞，像个卫兵在站岗，脖子伸得直直的，细长的棕绿色喙指向天空。在它的小脑袋两侧，各有一只黑色的眼睛，陡然鼓出眼眶来，此刻正直勾勾地盯着我，十分戒备。它的身体是浅黄褐色，嵌着些许深棕色。阳光下芦苇投射出明暗交杂的阴影与光斑，麻鳽的身体完美嵌进其中，毫不突兀。它为了更好地融入环境，甚至还会跟随芦苇叶的节奏，左右摇摆身体。我看得心花怒放，但又不敢动，生怕喘口大气都会吓跑了它。就在此时，一阵混乱的声响从远处传来，麻鳽突然一改镇定，从一片伪装的芦苇叶变回了振翅高飞的鸟儿，瞬间便没了踪影。骚乱的源头正是罗格，这家伙耷拉着舌头，喜笑颜开地冲了过来。

我又气又喜：气它扰了我的麻鳽美梦，恨不得好好骂它一顿；也喜它追踪能力了得，寻着我的气味，就能从两公里开外的地方势如破竹地找过来。罗格自己也深感骄傲，看着它这副美滋滋的模样，我也不忍心再骂什么了。兜里还有两颗杏仁，是刚才的漏网之鱼，我全都掏出来赏了它。接下来，一人一狗开始搜寻麻鳽的巢，没过一会儿便成功找到。那是一个由芦苇叶铺就的小窝，叶子排布得整整齐齐，窝中央躺着一枚略泛青色的蛋。我大喜过望，决定要持续观察这颗蛋的孵化情况，从而追踪小麻鳽的发育过程。回程途中，我一路翻折芦苇叶做标记，以便下次来时找对方向。罗格摇着粗短的小尾巴在前方带路，它的方向感的确远胜过我。我们跑了不到一百米，就跑出了芦苇丛，来到了大路上。罗格一个劲儿地甩着身体，将湿润又蓬乱的毛发尽力甩干，然后趴到地上，在细腻干燥的白沙中肆意打滚。

走了一阵后，我们离开大路，拐进了橄榄树林，向山坡上方爬去。林中光影交错，万千野花婀娜旖旎。我采下一捧银莲花，准备送给母亲，希望母亲会喜欢。手里摘着酒红色的花朵，我开始思忖。麻鸦妈妈肯定会恪尽职守，把小麻鸦们带到羽翼丰满的年龄。我迫切地想在那时"绑架"两只小的，带回去进一步壮大我的家庭动物园，哪怕它的规模已经不容小觑了。问题是动物园里的不少动物（如一只黑背鸥、二十四只水龟、八条水蛇）都很能吃肉，如果我再搞来两只嗷嗷待哺的麻鸦，母亲的心情恐怕就，说客气点儿也是一言难尽了。我的思绪陷在这场左右为难里，过了好一会儿才恍然听到耳边有笛声，吹奏的人似乎在急切地呼唤着什么。

我向下方望去，原来是吉丁虫奇人来了。他是个走街串巷的小商贩，但也的确当得起"奇人"这个称号。我寻找动物时，常在橄榄树林里与他偶遇。他清瘦纤细，长着一张狐狸似的尖脸，不能说话，穿着打扮极有特色：一顶松松垮垮的大帽子歪在脑门上，上面系着数条布带子，每根带子的尽头都绑着一只玫瑰甲虫，玫瑰甲虫绿中泛着金光，通体闪闪发亮；衣服上有数不清的补丁，一眼望去花花绿绿，仿佛是条百家被，脖子上缠着一条宽大的亮蓝色围巾；背上背着层层叠叠的布包、盒子和笼子，笼子里装着鸽子。他总能从衣服口袋里变出各种神奇的小物件，木笛、木雕的动物、梳子，甚至还有从圣斯皮里底翁穿的长袍上撕下来的碎片。

吉丁虫奇人身上有无数闪光点，但最吸引我的要属他的模仿能力。他是个哑巴，说不了话，只能依靠惟妙惟肖的模仿来表达意思。笛子就是他的舌头，能够帮他说话。此刻，他看到我已经有反应了，便把笛子从嘴边挪开，招手唤我过去。奇人有时能给我带来些极其稀罕的东西。一想到此，我便热切不已，急急往山下跑去。我最大的那个牡蛎壳就是他给我的，而且里面还寄居着两只小豆蟹！

我跑到他跟前站住，说了声“早上好”。他咧嘴一笑，露出满口黄牙，并脱帽致意，鞠了一个很夸张的躬，鞠得带子上绑着的玫瑰甲虫都发出困顿的嗡嗡声，仿佛一群翡翠被人俘了来。他倾身向前，双目圆睁，一脸的关切加担忧，细细地审视了一遍我的脸。这是在跟我问好，确定我是否安康。他又举起笛子，吹出一段轻快而华丽的小曲，然后在温暖的空气中深深地吸一口气，又尽数吐出，双眼紧闭，陶醉其中。这是在告诉我，他也安好。客套完毕，我们开始进入正题，准备聊今天的生意。

我问他今天来找我是为了什么。奇人再次吹起笛子，曲调哀婉、悠长，略带颤音，显然是一声凄凉的号叫。他又放下笛子，马上立眉瞪眼，嘴里嘶嘶有声，身体左右慢晃，不时还狠狠地咬一下牙。没跑了，这就是一只猫头鹰嘛！表演之活灵活现，让我觉得奇人马上就要展翅高飞了。我的心跳得如千军万马过境般，我的角鸮尤利西斯终于可以有只伴侣了吗？看来我长久以来的夙愿要达成喽！尤利西斯现在每天只能坐在窗帘幔上，活得像尊橄榄木做的图腾雕塑。夜晚时，它便孤零零地外出，帮别墅周边地区灭鼠害。我问奇人我猜对没有，他撇嘴一笑，笑我太没想象力，角鸮有什么稀奇的？然后从肩上无数个布包中卸下一个大的并打开，将里面装的东西轻轻地倒在我的脚边。

我呆若木鸡，此刻已没有词语能形容我的震惊和惊喜了。脚边雪白的细沙地上，三只肥嘟嘟的猫头鹰宝宝正在拼力挣扎，嘴里嘶嘶有声，身体也是左右晃动，不时咬一下牙关——简直像在模仿奇人刚才的动作，只是演技有限。它们的眼睛是泛着金光的橘黄色，瞪得滚圆，燃烧着愤怒和恐惧。这是雕鸮，是稀世之珍，是我做白日梦都没有资格奢想的无价之宝！今天我必须拿下它们。刚才我还在为麻鸭宝宝的抚养问题头疼，这三只肉嘟嘟的小雕鸮肯定也是食肉大户，抚养成本也要上天，难度绝不在麻鸭之下。但我根本顾不得那么多了，一秒钟都没担心过它们仨的餐食成本问题。麻鸭宝宝到底能不能搞到手还是个未知数，眼下雕鸮宝宝可是近在咫尺了。脚边三个灰中带白的胖雪球不停地啃、啄，在细沙地里翻腾扭转，它们是我唾手可得的宝物。

我蹲下来，轻轻抚摸着三个小宝贝。不一会儿，它们的暴躁情绪便平息了，一个个都被我摸出了迷迷糊糊、半睡半醒的状态。我和奇人开始谈价格。他在这方面水平高超，所以这番暗斗很有意思；但他不能说话，所以这真是一番暗斗。我们相向而坐，像两个艺术品鉴赏家，正在阿格纽画廊[①]交易伦勃朗的三部画作。两位大佬只需要抬抬下巴、轻轻点头或摇头就行。有时会出现漫长的沉默，奇人很会打心理战，想要暗中破坏我的精神防

① 阿格纽画廊（Agnew's）是伦敦一家历史悠久、享有盛誉的艺术画廊。——译者注

线，比如吹首曲子，或从衣服兜里变出几块硬邦邦的牛轧糖给我吃。但他心里很清楚，这是一个买方市场。纵观整个科孚岛，随便去哪儿找，你都不可能找到一个跟我一样头脑发热的买家，拿真金白银买小雕鸮，而且还不是一只，是整整三只！一番暗斗后，我们终于达成了一致。

我当时囊中羞涩，于是跟奇人讲好，今天先容我赊账，下个月初我领到新的零用钱后再正式付款。奇人自己也常朝不保夕，所以对我的境遇很是理解。我承诺到时会把钱放在雅尼处。他是我俩共同的好友，在一个交叉路口经营一家咖啡店。什么时候奇人再次穿过这片村子时，就可以去取。充满铜臭味的你来我往就这样告一段落，他从大大的背包里拿出一陶瓶姜汁啤酒，我们一起就地开喝。喝罢啤酒，我小心地装好雕鸮宝宝们，再次启程回家了。吉丁虫奇人躺在原地，被自己五花八门的行李包围，身边有万千野花争艳，悠扬的笛声从他的口中缓缓漾出。

路上，小雕鸮们哭得如饿狼咆哮。我这才蓦然惊觉，它们的喂养也是一个大难题。奇人显然让它们饿了很久，具体是多久我也说不准，但从这凄厉的叫嚷声中判断，它们已经饿得前胸贴后背了。可惜，我和莱斯利的关系离破冰还差一小步，要不然可以请他帮我打几只麻雀，或一两只老鼠来救个急。事到如今，我只有最后一个救星了——母亲，相信她恒久不变的心软与良善一定可以助我渡过难关。

母亲正在厨房里熬着一大锅东西，锅里扑通扑通直冒泡，整个厨房香气澎湃，烟熏雾绕。她的一只手疯狂地搅动勺子，另一只手则捧着烹饪书，眼镜片上布满了雾气，嘴唇随着阅读在无声地翕动。我走上前去，双手捧上雕鸮宝宝，虔诚得如在进贡一件稀世珍宝。母亲扶正了眼镜，看了看这三个吱吱直叫、左摇右摆的小毛球。

“真漂亮，亲爱的，”母亲说得心不在焉，“它们可爱极了。你赶紧拿去别处吧，找个安全的地方放好啊。”

我说我会把它们好好藏在我的卧室里，不会被其他人发现的。

“那就好，”母亲的眼里浮出一丝担忧，“你知道的，拉里可不想家里再添宠物了。”

那是自然，我会不惜一切代价守住这个秘密的，绝不会让拉里知道它们的存在。但是眼下还有一个小问题，我说道，这些小家伙有点儿饿——准确地说是快饿死了。

“瞧它们这可怜样儿啊！”母亲的同情心一下子泛滥成河，“给它们喂点儿面包和牛奶吧。”

我说猫头鹰只吃肉，但我手里的肉已消耗殆尽。不知道母亲还能不能支援我一点儿，否则这几个小家伙就快撑不下去了。

“哎，我这里也缺肉，”母亲说，“咱家应该还有点儿肉排，是我留下来准备做今天的午饭的。你先去冷库里看看吧，看还能搜点儿别的什么出来吗。”

家里的食物储藏间里有个巨大的冷柜，里面存放着易腐烂的食材。我向冷气缭绕的柜内看了去，视线搜遍了每个角落，也只能找到母亲说的那十块肉排。这些肉排加起来都喂不饱三只小家伙。我又回到了厨房。

“真的吗，亲爱的？”母亲无奈，“你确定它们不能吃面包和牛奶吗？”

我确定得不能再确定了，猫头鹰只吃肉。

一只小雕鸮动得太厉害，从我怀里掉了出去。我赶紧拿这当证据，跟母亲说事不宜迟，它们已经快饿虚脱了。

母亲也担心起来，立刻说：“算了，把肉排都给它们吧。咱们中午吃咖喱炖蔬菜就行。”

我心满意足，带着肉排和雕鸮们回到了房间，给三张嗷嗷待哺的小嘴喂上了肉。

处理雕鸮的午餐问题耽误了母亲做饭，所以我们自己的午餐被推迟了一会儿。

“不好意思，开饭开得迟了些，”母亲打开一个大碗的碗盖，一阵喷香的咖喱烟气氤氲而起，“这些土豆不好炖，不多等会儿就是软不了。”

“怎么搞的？咱们不是要吃肉排的吗？”拉里不满，“我这一个上午都馋着呢，就想着吃顿肉排。它们去哪儿了？”

“没办法，小猫头鹰们来了嘛，亲爱的，”母亲道歉，“它们太能吃了。”

拉里停住了手，一勺咖喱悬在空中。

“什么猫头鹰？”拉里紧盯着母亲，“说清楚，怎么回事？哪儿来的？”

“哎呀！”母亲阵脚大乱，意识到自己说漏嘴了，“就是几只……猫头鹰嘛，你懂的……不用担心。”

“家里是来了一群猫头鹰吗？”拉里问，“它们袭击了冷库，抢走了所有的肉排？”

“亲爱的，怎么可能呢？它们都还是小孩子呢，做不出来那样的事。它们的眼睛好漂亮的，就是太饿了。可怜的小家伙哟！”

“肯定是杰瑞搞回来的新动物，”莱斯利阴狠地说，“午饭前我就听到他在对着什么东西嘀嘀咕咕地唠叨。”

“必须都给我放生了！”拉里大叫。

我拒绝，说小宝宝雕鸮是不能被放生的。

“好了，它们真的只是小宝宝而已，”母亲安慰拉里，“而且很虚弱，没办法。”

“哪里虚弱？什么没办法？！”拉里说，“这几个混账东西把我的肉排都干掉了，嘴还鼓着呢！”

“是我们大家的肉排，”玛歌插话进来，“你这人怎么可以这么自私呢？”

“我不管，今天这事儿必须有个了结，”拉里没理会玛歌，“妈妈，你对这小子太纵容了。”

“肉排不是你一个人的，大家都有份儿。”玛歌继续说。

“拉里，你太夸张了，”母亲说，“没那么严重，它们只不过是些小宝宝。”

“这还叫‘只不过’？！”拉里眼里火花四溅，“他现在养的那只吃得就够多了吧？”

“尤利西斯很乖的，也没惹什么麻烦啊。”母亲反驳。

“哼，它对你是挺乖的，”拉里说，“它那次跑到床上去，把胃里的垃圾翻江倒海地吐一摊时，吐的又不是你的床！”

“亲爱的，那都是多久以前的事了，后来它都很乖嘛。”

“等等，这些事儿跟咱们的肉排有什么关系吗？”玛歌问。

“这几只猫头鹰还只是个开始，”拉里说，“再放任下去的话，咱们都会变成雅典娜女神[①]的。现在你好像都管不住他了，瞧瞧他上周搞的那只死乌龟！”

“他是不小心的，不是故意要恶心人。”

“不小心？”拉里阴阳怪气地说，“他把一个血淋淋的尸体拆得一地都是，就在咱们的前廊上！使得我的房间闻起来跟亚哈船长[②]的船没有什么区别！我用了一个星期，外加无数升古龙水，

① 雅典娜女神（Athena）是希腊神话里的智慧女神，其肩上常站着一只猫头鹰，象征智慧的陪伴。——译者注

② 亚哈船长（Captain Ahab）是赫尔曼·梅尔维尔的小说《白鲸》中的主人公，以杀死白鲸为目的，在海上历经艰险，但最后以失败告终，葬身大海。——译者注

才稍微缓解一点儿，让我没一下子晕过去。”

“那味道大家都闻到了，你也不比谁更难受，”玛歌很火大，“别说得像你一个人在委屈似的。”

“没错！”莱斯利也开始讨伐拉里，“我的房间更臭，熏得我都没法睡觉，晚上我得去后廊里睡才行。难道全天下的苦都被你一个人吃了吗？”

“确实不至于，”拉里继续皮笑肉不笑，“只是我没那么多闲工夫，顾不上跟下等人群共情。”

“你的问题就是太自私了。”玛歌紧追不放。

“行行行！”拉里厉声说，“都别把我的话当回事啊。回头你们就有好戏看了，每张床上都是猫头鹰的呕吐物，齐腰深，壮观极了！反正我是要自己出去住了，哪怕是去旅馆开个房间。”

“好了，猫头鹰的话题到此为止吧，”母亲下了决断，“今天要喝下午茶的都有谁？”

每个人都报了名。

“下午我要做司康饼。”母亲此话一出，满桌子的人都舒坦地呼了一口气。母亲的司康饼天下无敌，上面裹着她自制的草莓酱、黄油、奶油，是我们所有人的心头好。“瓦德瑞达吉斯夫人也会来，你们谨言慎行，注意礼仪啊。”

拉里呻吟，语气里满是痛苦。

“这个瓦德瑞达吉斯夫人是谁？”他问，“又是个什么老顽固呗，对不对？”

“你别现在就开始挑事了，”母亲严厉地说，“她应该是个很和善的人，而且还给我写了一封非常礼貌的信，来征求我的意见。”

“关于什么的意见？”拉里问。

“她觉得啊，科孚岛的农民对家养的动物都太残忍了。瞧瞧这里的猫、狗，多可怜啊！驴子也都瘦得皮包骨。所以她想在科孚岛发起一个组织，保护动物，防止虐待，类似于‘英国皇家防止虐待动物协会’吧。夫人希望咱们能帮她一把。”

“那她可以离我远点儿了，”拉里坚定地说，“我不可能帮任何‘防止虐待动物协会’的。我倒是愿意帮帮他们的对立面。”

“拉里，住口，”母亲严正地说道，“这种说法大错特错，你心里明白的。”

“这种说法无懈可击，”拉里说，“只要这位瓦德瑞达吉斯夫人来咱家住上一个星期，就会举双手同意我的说法。她会去找齐这些猫头鹰，然后一只只地亲手掐死。没办法，她要是想活下去的话，只能如此。”

“不说了。反正你们都给我好好表现，记住了啊。”母亲断然说道，又补了一句，“拉里，特别是你，一个字也不许提猫头鹰。要不然人家会觉得咱们都不正常。”

“本来就不正常啊！”拉里声情并茂地感慨。

午饭后，拉里已亲手“扼杀”了两个潜在的反雕鸮同盟，莱斯利和玛歌。这倒并不奇怪，反正他向来都留不住盟友。玛歌一看到雕鸮宝宝就爱心泛滥。她刚掌握了针织技术，很大方地表示可以配合我的需求，织点儿小衣服什么的给雕鸮们穿。我在心里琢磨出了一个创意：要不要给它们穿上一模一样的条纹套头衫呢？但这个念想转瞬即逝，毕竟操作难度过大，不太现实。我也只好婉拒了玛歌的善意。

莱斯利也表达了提供帮助的意愿，这份意愿的现实意义就大得多了。他说可以帮我打些麻雀来，喂给雕鸮们吃。我问他是不是每天都能帮我打。

“呃，每天不太可能，”莱斯利回答，“因为我也不是每天都在，有时候还得进个城什么的。但只要我有时间，就会帮你打的。”

我建议他如果要打，就一次性地帮我多打几只，比如打够一星期的量。

“这个主意不错，”莱斯利很赞同，“你去算算一个星期需要多少只，我打了来给你便是。”

数学是我的能力盲区，计算这个数简直让我肝脑涂地。苦算一场后，我终于得出了结果，知道了一个星期下来在还有其他肉类食物的基础之上雕鸮们还需要多少只麻雀。我带着答案去了莱斯利的房间。他刚入手了一只新枪，是一把造型华丽的传统土耳其式前膛枪，此刻他正在擦拭枪体。

“嗯……没问题，”他看了一眼我算的数，应了下来，“我给你打。但是打鸟时我得用气枪，不能用霰弹枪。霰弹枪太响了，如果拉里听到的话又要聒噪。”

我们带上气枪和一个大纸袋，来到了别墅后侧，准备打麻雀。莱斯利给枪上好膛，斜靠在一颗橄榄树上，便开始打了。这次他打得很轻松，仿佛在射击静止的靶。因为今年麻雀数量巨大，几乎站满了房顶。莱斯利枪法极准，一只接一只地打中，麻雀也一只接一只地滚到房檐，又跌在地上。我则忙不迭地捡起来，将它们全部装到纸袋中。

打落几只后，麻雀们也感到不妙了，忐忑地往后撤，纷纷挤去了屋脊最高处。莱斯利依然一打一个准，但麻雀会向后翻滚，从另一侧落下，跌进前廊里。

“先别过去了，等我多打几只再去捡吧。”莱斯利提了建议，我自然点头听命。

他又打了一会儿，几乎弹无虚发。气枪发出一声声轻微的声响：“砰！砰！”麻雀也应声跌落，消失在了房顶的另一侧。

“该死！”他说，“我忘了数数了，现在打了多少只了？”

我说我也忘了数。

“算了，你先去前廊那边捡吧，捡完就在那儿等着。我再打六只下来，估计肯定够了。”

我紧抓着纸袋来到了前廊，瓦德瑞达吉斯夫人赫然坐在眼前。莱斯利和我都忘了她要来喝下午茶的事。夫人和母亲呆若木鸡，手里拿着各自的咖啡，一动不动。她们身边散落着血淋淋的麻雀尸体。

“您说得对，”母亲强作镇定，期待夫人没看到刚才漫天的死麻雀惨烈坠落的景象，“我们全家都喜欢动物，喜欢得不得了。”

“我都听说了，”夫人慈眉善目，“你们全家都爱动物，跟我一样。”

“哦，没错！”母亲说，“我们家养了很多宠物，对动物有很深的感情。”

母亲忐忑不安，苦撑着微笑看向瓦德瑞达吉斯夫人。就在此时，又一只麻雀跌了下来，正中茶桌上的草莓酱。

麻雀横尸眼前，这个时候如果还想找什么东西盖一下，或假装看不到，都是不可能的。母亲盯着触目惊心的死麻雀，全身僵硬，仿佛被下了蛊。半晌后才舔了舔嘴唇，给夫人送去一个微笑。夫人端着杯子，全身僵直，满脸惊惧。

“掉了只麻雀下来呢，”母亲无力地说，“这个时节……呃……确实有很多麻雀挺不过去……”

莱斯利拿着气枪，大步流星地从屋后走了出来。

“我杀够麻雀了吗？”他问。

接下来的十分钟，空气差点被焦灼和难堪点燃。瓦德瑞达吉斯夫人义愤填膺地说今天是她整个人生的至暗时刻，我们都是披着人皮的恶魔。母亲努力解释，说莱斯利不是在恶意虐杀，这些麻雀至少走得很“利落”，没遭太大的罪。莱斯利也气不过，一遍遍地说夫人纯属没事找事，自然界里的猫头鹰天生就要吃麻雀，这怎么了？人家猫头鹰就不配吃饱饭吗？对这些解释，夫人已经是半个字都听不进去。她起身收拾好东西，披上披风，如同一个折戟沉沙的英雄般离了场，愤恨、悲壮而决绝。夫人浑身战栗，迈过尸横遍野的前廊上了马车，在橄榄树林里跑得一骑绝尘，毫不留恋。

“你们能不能听点儿话，谨言慎行？”母亲颤抖着给自己倒上一杯茶，我在一旁捡着麻雀。母亲说：“你今天的行为实在是……太不小心、太恶劣了，莱斯利！”

“我有什么办法？我怎么知道那个老太婆已经来了？”莱斯利愤愤然，“我当时在房子背后，哪里看得到前廊的情况？”

“亲爱的，你就是该小心些啊，”母亲说，“老天才知道，人家以后会怎么看咱们。”

“她肯定觉得咱们是一家子野人，”莱斯利轻笑，“她说她的呗，反正她自己也没好到哪儿去！”

“算了，经历了这些事，我现在头疼死了。杰瑞，帮我去跟卢加蕾其娅说一声，让她再准备些茶来好吗？”

母亲喝了两壶茶，吃了一把阿司匹林后，精神头终于开始恢复了。我在给她讲猫头鹰的科普知识，她听得心不在焉，只时不时应一句：“嗯，亲爱的，很有意思。”突然间，屋里传来一声石破天惊的怒吼，把母亲吓得一抖。

“天哪，我受不了了，”她哀叹，“这次又是什么事？”

拉里冲了出来。

“妈！”他大吼，“你必须叫他住手！我再也忍不下去了！”

“好了，好了，亲爱的，别大喊大叫。这是怎么了？”母亲问。

“我简直像住在自然博物馆里一样！”

“亲爱的，哪里又惹到你了？”

“就是这里！这个家！惨无人道！我一秒钟都不想待了！”拉里大叫。

“你说清楚嘛，到底是什么事？”母亲一脸困惑。

“我刚才去冷库里找喝的，你猜我找到了什么？”

“什么啊？”妈妈饶有兴致。

“麻雀！”拉里吼道，“一袋一袋腐烂的、脏兮兮的死麻雀！”

什么叫不走运？对我来说，这一天就是它的定义。

05 The Garden of the Gods

苦行者与祭典

> 黑暗王子也是个绅士。
>
> ——莎士比亚，《李尔王》

整个春天，我的动物的数量高歌猛进。到了暮春时节，动物的数量已经达到了一个警戒水平，母亲也开始不安了。没办法，此时的大地敞开胸怀，迎接着四面八方来的老朋友，以及刚出生的小家伙们。小家伙们多了，我自然也就抓得多了，毕竟它们抓起来比较容易。鸟儿们纷纷赶来筑巢下蛋，生育后代，却难逃城里一些有钱人的折磨。这帮人来了兴致便要打鸟，根本不在乎现在是禁猎期。“城市猎人”们简直杀红了眼，逢鸟就打，不知底线为何物。当地农民只会打几种常狩猎的鸟，如画眉、乌鸫等。

但城里来的猎人才懒得管什么品种呢，见到带翅膀的鸟就开枪。你常能看到他们满载而归，一个个骄傲得简直鼻孔朝天，身上挂着空弹夹，猎物包里塞满了鸟的尸体，血肉模糊，羽毛蓬乱。他们的袋子里从知更鸟到红尾鸲，从五子雀到夜莺，无所不有。每到此时，我自己的房间，以及窗外对着的部分前廊，都会被隔离出来，放置着至少六个笼子或盒子，里面装着各色小鸟。有的是新生的小宝宝，永远都大张着嘴在喊饿；有的是我从猎人手里救回来的幸运儿，虽然受了伤，但我都在它们的翅膀或腿上打了夹板，身体正在恢复。

这些春日大猎杀唯一的正面作用就是帮我找鸟，让我了解科孚岛各处都有哪些品种的鸟。我绝不可能以一己之力阻止这些猎杀，但只能尽力在绝境中做一些有意义的事。我会跟随这些勇敢而高贵的宁录[①]们，央求他们打开猎物袋子给我看一眼，趁机对已经死掉的鸟进行记录。袋子里万一有小鸟只是受了伤，只要还存有一口气，我就会恳求放它们一条生路，让我带走医治。海华沙[②]就是这样走进我的生命中的。

一天上午，我和小狗们玩得开心极了。我们一早就起来，跑去了橄榄树林里。那时晨露未晞，雾气四处氤氲，是抓昆虫的好时机。清早的凉意让它们懈怠，飞都懒得飞，抓起来没什么难

① 宁录（Nimrod）是《圣经》故事里的至圣猎人、大英雄。——译者注
② 海华沙（Hiawatha）相传是北美洲印第安部落历史上的传奇领袖，下文中被主人公用作了宠物鸟的名字。——译者注

度。我一口气抓到了两只蝴蝶、一种首次捕获的蛾子、一只从没见过的甲虫，还有十七只蝗虫。蝗虫可以给小鸟们当美餐。太阳渐渐高升，洒下阳光，带来暖意。小半天时间，我们忙活了不少事：追了半天蛇和绿蜥蜴（但两个都没追到）；给阿加莎的羊挤了奶，并把奶灌进了我们自己的瓶子里，我们实在是太渴了（阿加莎本人对此并不知情）；顺路拜访了我的老朋友——牧羊人雅尼，在他那儿吃了点儿面包和无花果蛋糕，还带走了满满一草帽的野草莓。

接下来，我们去了一个小海湾。小狗们趴在浅滩上，一边喘气一边捉螃蟹玩。我面朝水底趴好，手脚大大伸开，如一只鸟贴着水面展翅。皮肤感知到的全是清澈而温润的海水。我用鼻子尽力憋住气，身体随着浪涌缓缓漂移，就这样漂到了日头高起。时间已近正午，肚子告诉我，家里该开午饭了，是时候回去了。我爬上岸，让阳光晒干周身水分，让海盐在体表结晶，呈现出一块块图案，仿佛是帮我织了件精美的蕾丝衣，随后我向家走去。我们信步穿过橄榄树林，这里树荫浓厚，树与树之间宛若井底般阴凉舒爽。突然，右手侧传来了一阵枪响，声音越过桃金娘丛，钻进了我的耳朵。我往声响的方向走去，打算看看热闹，让小狗们紧贴着我前进。这些希腊枪手们各个都很神经质，开枪前从不仔细判断目标物到底该不该，甚至能不能打。所以我也有生命危险，只得大声跟狗叫嚷，提醒枪手注意避让："我在这儿呢！罗格……跟上啊！嘘嘘，呕呕，真是乖孩子！嘘嘘，赶紧过来！来这儿……好样的！呕呕，你回来啊……"我终于看到了这位猎人，他正坐在一根粗壮的橄榄树根上擦拭额头。等我们视线相对，我便立刻向他走了过去。

他个子不高，白白胖胖，鼻子下横着一抹细长的胡子，仿佛一把大号的黑色牙刷架在他紧紧抿着的小嘴巴上。一副墨镜支在他的眼前，镜片后的眼睛滚圆滚圆的，如小鸟的双眸般活泼灵动。他穿的是时下最流行的猎人装：脚蹬油光锃亮的马靴；腿上是崭新的白色灯芯绒马裤；身穿芥末黄加绿色的粗花呢外套，剪裁风格极其出挑，令人叫绝；外套上有无数个口袋，仿佛是布满燕子窝的房檐；头上是顶提洛尔帽，斜戴在一头卷发上；帽子上扎着数根羽毛，有猩红色、橘色等颜色，花哨到了极点；手里握着一块像是被古龙水煮过的大手帕，香气刺鼻，正在两条淡黄色的眉毛上游走。

“早啊，早上好！”他喘着气跟我打招呼，“来，上我这儿来。嚯！今天可真够热的！”

我表示赞同，然后把帽子递了过去，请他一起吃草莓。他看着我的草莓，眼神狐疑，仿佛在问：“这玩意儿能吃？不会毒死人吗？”但也勇敢地伸出胖乎乎的手，轻轻抓了一个塞进嘴里，并笑着说“谢谢”。瞧这位公子的行状，我估计这是他此生第一次从帽子里抓草莓吃，他不知道这种吃法是不是有什么讲究，所以很忐忑。

“我今天早上打得特别过瘾！”他的语气里满是骄傲，手指向身旁的猎物袋子。袋子鼓胀得触目惊心，沾满了血污和羽毛。

一个云雀的脑袋从袋口处露了出来，几乎没有云雀的样子了。

我问他，如果方便的话，可否让我打开袋子看看。

“当然可以，看吧！”他答道，“来见识见识神枪手的战绩吧。”

我确实见识了，包里面有四只乌鸫、一只黄金鹂、两只画眉、八只云雀、十四只麻雀、两只知更鸟、一只野翁鸟，以及一只鹪鹩。他说，别看这只鹪鹩不大，但在锅里放点红辣椒和大蒜，煮好后，口感好极了。

“但这只。”他得意地说，“才是真正的宝贝！你要小心，它还没死透。”

他伸过手来，手里是一小包东西，被一张血淋淋的手帕裹着。我小心地打开，里面竟然是一只垂死的戴胜鸟。翅膀处受了重伤，伤口处的血迹已经凝固。

“这只嘛，确实不好吃，”他又说，“但它的羽毛还不错，插在我帽子上肯定好看。”

这是我寻觅已久的鸟。它们美得叫人见之忘俗，有精美的条纹和羽冠，有肉粉色和黑色的身体。我找遍了岛上的每个角落，就想找到一个戴胜鸟的窝，带走几只幼鸟亲手养大。而此刻，在我的手掌心里，便有一只活的——准确地说是一只半死不活的戴胜！我检查了一下它的伤势，欣喜地发现实际情况并不像表面上那么惨。这只戴胜除了翅膀断了一个，没有别的问题，且翅膀的伤不是很严重，没有严重的粉碎性骨折。现在的问题是，怎么才能说服这位得意扬扬的胖猎人，让他把戴胜让给我呢？

我灵光一闪，有了主意。我先是表达了遗憾、怨恨的心情，然后解释了原因，真是可惜啊！我母亲不在这里，她可是位享誉世界的鸟类学专家（母亲可以勉强区分出麻雀和鸵鸟来，就是要费点时间）。在英国，有一本专门给猎人们看的鸟类大百科，就是我母亲写的。为了证明这一点，我从自己的采集袋里掏出了一本《鸟类知识小手册》，封面已严重磨损，书页也早已被翻得翘边、起褶了。 这本书跟我形影不离，我需要时随时都可以拿出来看。

眼前这位胖乎乎的朋友眼睛都亮了。他伸出手，一页页地翻看，嘴里啧啧惊叹。他赞许道，你母亲竟然写出了这么伟大的作品，一定是位传奇女性。我继续说，刚才之所以哀叹母亲不在这里，就是因为她还没亲眼见过戴胜。母亲已经看过了岛上所有的鸟，包括珍贵的翠鸟。为了证明这一点，我再次拿起了采集袋，上面附着有翠蓝色的羽毛，瞬间便惊艳到了猎人。我说翠鸟的羽毛当然比戴胜的好看太多了。他踟蹰了片刻，终于被翠鸟的羽毛打动，主动恳求我拿翠鸟羽毛交换他的戴胜，好让母亲能一睹戴胜的美貌。我调动演技，表现出扭捏的犹豫，但没一会儿就变成了卑微的感激。我把受伤的戴胜放进衬衣里，风风火火地跑回了家。猎人朋友依旧坐在橄榄树根上，乐呵呵地用一根别针扎着翠鸟的羽毛，想把它固定到帽子上，仿佛是个开心又专注的弹弹当[①]。

到家后，我直奔卧室，把戴胜鸟又仔细检查了一遍。幸运的是，它的嘴巴完好。那是一个弯弯的、有橡胶质地的喙，像一把细弯刀。这个器官至关重要，一旦破损，鸟儿就死定了。戴胜除了惊吓过度，只有一个问题，即翅膀上的伤。我万分小心地检查了一番，它的断处在上半翼，断得干脆而齐整，如一段干枯的小树枝，被“啪”的一下折断了。但这远比一段青绿色的嫩枝被弯折、拧转后形成的不规则的伤痕要好处理得多。我取来解剖剪，慢慢剪去伤口附近的羽毛，用温水洗干净血痂和羽毛碎片，又好好消毒了一遍。然后用两个略带弧度的薄竹片当夹板，将翅膀牢牢夹住并绑好。在我看来，这种操作已经达到了专业水平，我很骄傲自己能独立完成。但美中不足的是，竹夹板太沉，我一放手，戴胜鸟的身体就歪向夹板的一侧。我做了几次试验，找到了一个更轻便的方案，用竹片和黏石膏来固定骨头，再用一根长绷带做整体包扎。我通过一根吸管给戴胜喂了点儿水，便把它放入一个纸板盒子里，又在盒子上盖了一块布，让它好好静养。

我给这只戴胜取名为“海华沙”，它受到了家人们热情洋溢

① 弹弹当（Tweedledum）是《爱丽丝镜中奇遇记》里的人物，与弹弹丁是一对双胞胎兄弟。两人身材矮小圆胖，喜欢絮絮叨叨，常彼此争吵。——译者注

的欢迎。大家都喜欢戴胜。在所有的罕见鸟类里，这是唯一一个他们能在二十步开外便辨认出来的品种。最初几天，我为给海华沙找食物而吃尽了苦头。它的口味很刁，只接受活物，而且很挑食。吃饭时，我必须把它放到卧室的地面上，扔去一些小点心——通体翠绿且多汁的蚱蜢、挥舞着大粗腿的蝗虫（翅膀的口感极为酥脆，不输饼干）、小蜥蜴、迷你青蛙等。它处理这些食物的方法是紧紧抓住它们，拼命往坚硬的物体上砸去，比如椅子腿、床腿、门框或桌子，一直砸到虫子已经百分之百死去为止。然后它会两口吞下食物，再向下一道菜发起攻击。

那天，我们全家都聚集在我的房间里，观看我给海华沙喂食。当天的大餐是一条约二十厘米长的无脚蜥。平时海华沙是很讲究体面的，那纤细的弯喙、精美的条纹羽冠、娇艳的黑粉二色身体，一看就是一只注重外表的鸟。通常它都会收起羽冠，让羽毛顺着后脑勺方向垂下去，更显端庄与自持。但此刻，它的眼前有一条无脚蜥，于是体内的嚣张与暴虐全部被激活了：羽冠根根竖起，尽力舒展开来，激情让羽冠里的每根羽毛都颤抖不已，如同一只孔雀在开屏；喉囊鼓出，喉咙深处传出低沉的呻吟；双脚轻盈跳跃，坚定地朝无脚蜥蹦去。无脚蜥还在做无谓的挣扎，红棕色的身体反射出盈盈的光芒，它对接下来的命运一无所知。海华沙停住脚步，没绑夹板的那支翅膀大大展开，它身体前倾，麻利地啄了一下无脚蜥。它啄得极快，电石火光间便已啄完，让人看不真切具体的动作。无脚蜥受此一击，立刻蜷成一团，身体扭个不停，扭成“8”字形。我这才惊喜地发现，海华沙刚才这一啄可不简单，竟然把无脚蜥的头盖骨啄碎了。

“我的天哪！”拉里惊赞，“这就是我说的适合家养的鸟，瞧瞧人家多‘有用’。但凡养上几十只，咱们就再也不用怕蛇了。”

“这种鸟战不过大蛇吧。”莱斯利敏锐地指出。

“呵，能把小的蛇打扫干净也就不错了，”拉里说，“毕竟也是个良好的开端嘛。”

“亲爱的，让你们说得这个家到处都是蛇似的。”母亲说。

“难道不是吗？！”拉里正色道，“上次莱斯利在鱼缸里发现的那一团是什么？美杜莎的假发吗？那就是一大团蛇啊！”

“那些都只是水蛇而已。”母亲说。

“我不管它们是什么蛇。如果杰瑞可以给浴缸塞满蛇，那我就可以领着一对戴胜到处走。”

“快看它现在的动作！”玛歌尖叫起来。

海华沙刚才瞄准无脚蜥的身体，狠啄了好几下。现在它抓起了无脚蜥，任由其继续扭动挣扎，并重重地把它砸向了地板。一下又一下，极富韵律感。渔夫们会把章鱼砸向石头，让它们乖乖听话别反抗。海华沙的动作跟渔夫们的动作不相上下。过了一会儿，无脚蜥已经彻底绵软，一丝呼吸都没有了。海华沙低头俯视猎物，羽冠高耸，头歪向一边，满意地看了一番后，才一口叼起无脚蜥的头，一边慢慢地吞，一边向后仰头，将无脚蜥拉起来。就这样，一只无脚蜥被海华沙一寸寸地全吞进了肚里。大约两分钟后，无脚蜥只剩下最后一小截儿尾巴，挂在海华沙的嘴边。

海华沙从未被驯服过，它的神经总是紧绷着，充满敌意，但后来还是学会了和人类友好共存，允许我们接近。当它的伤势略微好转，我便把它带去了前廊。那里有很多其他鸟类。我会让海华沙在葡萄藤的树荫里自由散步。前廊简直是个鸟类大病房，入住的病患有六只麻雀，它们被农家小孩的捕鼠器夹伤了背；四只黑头莺；一只画眉，有人在橄榄树林里布置了诱捕钩，它吃了上面的诱饵后中了圈套；还有六只其他的鸟，有燕鸥、喜鹊等，都是些中了枪伤的小可怜。除此以外，我还有一窝小金翅雀，和一窝马上就能独立生活的小绿翅雀，都是我亲手养大的。海华沙不反感跟这些鸟共处一个前廊，但它都是特立独行，喜欢自己待着。它会在石板路上慢悠悠地走来走去，或闭眼沉思。那周身透出的高傲与贵气，让它看上去仿佛是个落魄的美艳女王，被囚禁在了一个城堡里。当然了，只要看到了食物，不论是蠕动的虫子，还是跳动的青蛙、蚱蜢，它都会立刻变身，女王气质被抛到九霄云外。

海华沙来我家已有差不多一个星期了。一天早上，我照例去跟斯皮罗会合，准备出发。他多年如一日地响着喇叭，几公里外就开始聒噪地通告自己的到来。我和小狗们听见声音便穿过橄榄树林，冲过去拦截他的车。我跑得气喘如牛，小狗们叫得歇斯底里。我们一齐从林子里杀出来，跑向这辆光芒璀璨的敞篷大道奇车。方向盘后坐着斯皮罗，他皮肤黝黑，显得敦实而严肃。我爬上车身一侧，站在车门边的脚踏板上，手紧紧地抓着玻璃。斯皮罗继续往前开，小狗们虽激动不已，却故意摆出凶巴巴的表情，对着车子前轮边追边咬。每天早上，斯皮罗跟我的对话模式都是一成不变的。

“早上好，杰瑞少爷，”他说，“你怎么样啊？”

他一定要确定我没在昨晚突发恶疾才放心，然后便开始询问我的家人的健康情况。

“你的家人还好吗？”他接着问，“你母亲怎么样？拉里少爷呢？莱斯利少爷呢？还有玛歌小姐？”

等我回答完这些问题后，我们也差不多到了。斯皮罗会蹒跚着从一个人跟前走到另一个人跟前，一一确认我刚才的回答是否准确。斯皮罗对我们全家人的健康状况太上心了，郑重又具体，细致又无聊，搞得我们一家人好像都是皇族，让我很受不了。但他就是坚持要挨个问一遍，仿佛我们真可能一夜之间集体遭遇不测，所以他必须日日问，次次问，见面就问。有一次我决定玩点过火的，于是对他诚挚的问候报以最大的“恶意”，说我们全家病倒了，除了我自己。此话一出，车子瞬间失控，拐出大路，一头撞向了一大丛夹竹桃灌木。粉红色的花瓣洋洋洒洒，洒了我和斯皮罗一身。车子骤停，让我差点儿从脚踏板上被甩出去。

“老天啊！杰瑞少爷，这种话可不能说！”他一拳捶在方向盘上，大声咆哮，“你一说，我就要被吓死。你看看我这一后背的虚汗！以后记好，千万不许再说了！”

这天早上，当斯皮罗例行公事般确认了我的家人都安好后，他从座位上举起了一个小小的藤编篮子，上面盖着一片无花果树的叶子。

“这个东西，”他依然一脸严肃，“是送给你的礼物。”

我把树叶挪开，发现篮子里蜷着两只没毛的小鸟，模样甚是难看。从它们翅膀上生出的羽毛尖头判断，这是两只小松鸦。这是我第一次入手松鸦，所以欣喜若狂，拼命感谢斯皮罗。我太开心了，甚至带着两只小家伙一起去找克拉莱夫斯基老师上课——这就是拜一位鸟类狂迷为师的好处！一整个上午，我们俩都在教小松鸦张嘴，毕竟它们得张开嘴，才能吃到东西。按理说那是历史课的时段，我们应沉浸在对英国波澜壮阔的往昔的回忆中才对。可惜两只小鸟都不开窍，拒绝老师或我的投喂，坚决不认我们中的任何一人为“义母”。

午饭时间已到，我带着小鸟们回了家。下午，我想尽办法教它们开口，希望它俩别再跟我较劲儿了，但一直未果。我必须用力掰开它们的嘴，塞进食物，再用手指头往喉咙深处推，才能喂进去一小点。两只松鸦自然是拼死挣扎，坚决不从。塞了一次又一次，我才觉得它俩好歹算是吃饱了一顿，不至于饿死。于是让它们待在小篮子里，原地等我。我自己则回了卧室，去接海华沙，毕竟海华沙也喜欢在前廊吃食物，不想在私密空间（即我的卧室）进餐。我把它放在前廊的石板地上，扔过去特意为它抓的几只蚱蜢。海华沙一个猛冲跳了过去，狠狠咬住一个，一口下去便毙了虫子的命，然后慌里慌张地吞了下去，根本顾不上什么气质和修养。

海华沙狼吞虎咽地吃起来，仿佛是个清瘦的妇女在舞会上吃着冰沙，但她的吃法不太对，所以吃相不够雅观。一旁的两只小松鸦把头伸出篮子，搭在篮边上，痴痴地看着海华沙。突然，它俩开始嗷嗷大叫，叫得上气不接下气，各自的嘴巴都主动张成了一个大大的圆。小小的头贴在篮子边上左摇右摆，仿佛是两个老头正隔着围栏在张望着什么。海华沙竖起羽冠，瞪着两只小家伙。我知道它不会瞪太久，因为之前有小鸟嗷嗷叫着找它要吃的时，它从没管过。但这次居然不一样了。海华沙跳了过去，饶有兴致地低头看向小松鸦。我扔过去一只蚱蜢，海华沙一口便咬死了它，然后跳去小松鸦身边，把它塞进了一只使劲儿张着的小嘴里。我目瞪口呆。两个小家伙来劲儿了，又是喘，又是叫，又是拍翅膀。海华沙这才反应过来自己干了什么，它脸上的惊诧不亚于我。我又扔了一只蚱蜢过去，它再次咬死，并喂给了另一只小松鸦。从此以后，我常常会在卧室里先把海华沙喂饱，再带它去前廊，让它客串一下松鸦妈妈的角色。

不过在其他方面，海华沙就不太像个妈妈了。比如小松鸦们撅起屁股，在篮子边上拉出小粪球后，海华沙是不会去清理的，这个活儿还是得我来。它只管喂它们吃东西，且喂到它们不叫了就立刻收手，连看都不会再看一眼。我想这多半是因为小松鸦的叫声有魔力，带着某种独特的韵味或音色，能唤起海华沙的母性本能。我拿家里的其他小鸟做过实验，任凭它们把肺喊炸，海华沙也懒得抬一下眼皮。慢慢地，小松鸦愿意让我喂食了。当它俩不再急切地呼唤海华沙后，海华沙也就不把它俩当回事了。母子缘分戛然而止，断得干干净净。海华沙不再回应或关注小松鸦们，甚至完全看不到它们的存在。

数日后，海华沙的翅膀成功愈合，我拆除了夹板。但新的问题又来了，它的骨头虽然恢复得不错，肌肉却因为长时间不飞行而退化了。海华沙自己也心疼这支失而复得的翅膀，生怕累着它，所以宁可走也不愿意飞。这样不行，我横下心来，一次次地带它去橄榄树林里，一把将它抛出去，逼它展翅滑翔，最后落地。锻炼一段时间后，翅膀的力量终于回来了，海华沙也开始尝试短距离的飞行了。我欣喜不已，打算不久后就还它自由，让它回到大自然里去。但天不遂人愿，就在那时它惨遭毒手，死于非命。那天我依旧带它来到前廊，在我给其他小鸟喂食时，它则自行飞出了栏杆，往橄榄树林深处滑翔，进行飞行训练。训练累了，它则会抓些刚孵化出的长脚蜘蛛犒劳自己。

我的注意力都在手边的小鸟身上，我正专心地喂它们，没留意到海华沙飞去哪儿了。突然，一声凄厉的惨叫从林中传出，直达我的耳边，海华沙出事了！我立刻起身，撑住栏杆一跃而过，向它奔去。但我还是晚了一步，一只满身疥疮、脏污的大肥猫站在那里，嘴里叼着一只瘫软的戴胜鸟，粉色的鸟身后是一双巨大的绿色猫眼，正凶神恶煞地看着我。我怒吼一声，猛冲上前。但肥猫一个轻巧的转身，便叼着海华沙跳进了桃金娘丛中。我依然紧随其后，但根本不是它的对手。桃金娘丛盘根错节，最适合给野猫当避难地。它一溜进去，我便绝不可能跟上，何谈抓到？我只得落魄返回。走在橄榄树林里，我的心中是滔天的怒火与绝望。林子里还有几根残存的粉色羽毛，数滴殷红的鲜血，仿佛是遗落在草地上的红宝石。这些痕迹证明我曾拥有海华沙，但现在已成为我仅存的痛与念想了。我咬牙发誓，下次再看到那只猫时，一定要手刃它。因为即使不算今天这笔血账，它以后也可能伤害我其他的鸟。

海华沙带给我的哀痛很快就被另一件事冲淡了。这件事比一只戴胜鸟还要稀奇，处理起来的难度也略大一些。有一天，拉里突然宣布自己要跟朋友们去一趟雅典，说是去做一些什么研究。他走得风风火火，但也把安详还给了这个鸡犬不宁已久的家。莱斯利每日四处闲逛。玛歌迎来了宝贵的恋爱空窗期，无须为情所困或发狂，开始玩起肥皂雕塑艺术。她整日窝在阁楼里，用一种黄色肥皂雕刻作品。每一件作品都有刺鼻的味道，虽手感滑腻，造型却歪歪扭扭。只有到了饭点，她才会下来，裹着一件花袍子，周身散发着艺术家才有的恍惚与迷离。

对母亲来说，这段宁静时光堪称天降奇福。她也着手于一项大工程了，这件事情悬在她心头已久。去年是个史上罕见的丰收年，水果结满了田间与枝头。母亲制作了各式果酱与酸辣酱，数量极其壮观。其中一些制法是她祖母当年在印度开发出来的，历史已有百年之久。酱品的制作非常顺利，成品都堆在食物储藏间里。玻璃罐子堆叠在一起，把储藏间映照得亮堂极了。但哪想得，那年冬天竟然突降暴风雨，储藏间的屋顶没扛住，开始皲裂漏水。后来一天早上，母亲再去看果酱时，发现每个罐子的标签都脱落了。她眼前是几百个玻璃罐子，除非一一打开确认，否则根本不知道里面是什么种类。现在这个家暂时安生了，她便也终于能喘口气，开始搞这项果酱识别工程了。其中一道工序是亲自品尝果酱，我欣然表示愿意帮忙。我们把一百五十多个果酱罐子放到餐桌上，准备好了勺子和新的标签，打算大干一场。就在此时，斯皮罗来了。

“下午好，德雷尔夫人。下午好，杰瑞少爷。”他迈着掷地有声的步伐慢慢走进来，宛若一头深棕色的大恐龙，“这是给您的电报，请您过目，德雷尔夫人。”

“啊？什么电报？”母亲忍不住发抖，“谁发来的？不会是坏消息吧？”

“不是的，您别担心，”斯皮罗说着便将电报递了过来，“我已经让邮局的人念过了，这是拉里少爷发来的。”

“我的天。”母亲依然惊魂未定。

电报很简短：“我忘了说，吉吉布依王子十一号抵家，小住数日。我于雅典安好。爱你。拉里。”

“什么？！拉里这个家伙，真是让人火大！”母亲咬牙切齿，“他莫名其妙地请个王子来，想干什么呢？他明知道这个家招待不了皇室成员啊，哪间屋子有这个档次？他倒是走了，一点儿不用管。那我该怎么办，要怎么安排王子的行程才好？”

母亲看着我们，又愁又慌又生气。斯皮罗和我也拿不出什么好办法来。我们甚至没办法给拉里回封电报，叫他赶紧回家。因为他这次也一如既往随性而去，连雅典朋友家的地址都没给我们留。

“十一号，不就是明天了吗？他肯定要坐船过来，从布林迪西发的那班船。斯皮罗，你能帮我去接他吗？顺便帮我买点羊肉来，我做午饭用。杰瑞，你去告诉玛歌，让她给空的客房插点鲜花，再检查一下小狗们有没有在那里留下跳蚤。完了就去找莱斯利，叫他去村里找红头发的斯皮罗，买点鲜鱼回来。真是的，拉里也太过分了……等他回来，我要好好给他上堂课。我这把年纪，哪里还能招待什么王子？”母亲在厨房里吩咐这个、催促那个，一肚子的火发不出去，手里的深锅、平底锅被砸得砰砰直响。

“我带点大丽花来，您可以插在餐桌上当装饰。您还需要买点香槟吗？”斯皮罗问道。他显然觉得王子是个大人物，配得上一番体面的招待。

“他想得美！我才不会拿一瓶一英镑的香槟给他喝呢。他要喝就跟大家喝一样的，茴香酒或红酒，管他是哪门子王子！”母亲坚决反对，但末了又加了一句，“算了，要不你还是帮我买一箱香槟来吧。我不一定让他喝，但备一箱在家里总是安心些，以后肯定有用处。”

“德雷尔夫人，您别担心，”斯皮罗安慰道，“给我单子就好，什么东西我都能买来。这次要不要也请国王的管家过来帮忙？”

国王的管家是一位上了点年纪但气质高贵的绅士，现在已经退休了。但只要我家办宴会，斯皮罗就会请他出山来帮忙接待。

“别，别，斯皮罗，我没那么多闲工夫折腾。他既然说来就来，那就得按我的规矩来，有什么便吃什么……呃……反正应该是他融入咱们。他要是觉得不舒服……呃，那我也只好抱歉了。”母亲手里剥着豆荚，双手剧烈颤抖，掉在地上的豆子比放进滤盆里的还多，“杰瑞，去帮我问问玛歌，看她能不能把餐厅的新窗帘挂起来。新的就在我的卧室里。上次莱斯利放了那把火，把旧窗帘都烧得没样了。”

整个家都热闹起来，各处都有人在忙碌，仿佛是一个大蜂箱。客房的木地板都被擦成了淡奶油色，以防小狗们在上面留下过跳蚤。玛歌用破纪录的速度挂好了窗帘，给每个房间都插好了鲜花。莱斯利擦洗干净了船，只要王子有兴趣，就可以一同去打猎或出海。母亲急得满脸通红，在厨房里慌乱地走动，做司康饼、蛋糕、苹果酥饼、薄脆蛋卷、炖菜、甜品派、果冻，还有奶油水果千层。我接到的任务不多，只需要把前廊安置的动物都移走，确保它们不会闯祸，然后再去剪头发，换上干净衬衣就行。第二天，我们都按照母亲的要求，穿得规规整整，耐心地坐在前廊，等待斯皮罗把王子送来。

“他是个什么王子啊？”莱斯利问。

“呃，我也不知道，”母亲回答，“他父亲可能是印度某个地方的王公吧。”

“他这个姓还真够怪的，吉吉布依，”玛歌说，“你觉得这是他的真名吗？”

“肯定是的，亲爱的，”母亲说，“在印度，这个姓很常见。吉吉布依家族历史是很悠久的，就像……呃……像……”

“史密斯家族？”莱斯利问。

“没有没有，倒也不至于这么寻常。但他们的历史真的很久远，远在我的祖父母去印度之前，就有了。”

“他的祖辈搞不好还发动过兵变呢，”莱斯利眼睛一亮，“咱回头问问他，看‘加尔各答黑洞’[①] 是不是他祖父弄出来的。”

“对啊，咱们问问看吧，”玛歌应和，“你觉得是他祖父干的吗？这是个什么事啊？”

“莱斯利，亲爱的，你何必提这些事啊？”母亲说，“毕竟我们应该宽容，要学会原谅和遗忘。”

“我们要原谅和遗忘什么？”莱斯利困惑不解，不知道母亲的话是什么逻辑。

“一切都应该被原谅和遗忘，”母亲坚定地说，又加了一句更晦涩的话，“我相信，他们没有恶意。”

不等莱斯利细问，斯皮罗的车已轰鸣着开上了车道。随着一声气势恢宏的刹车声，车停在了前廊下。车的后座上坐着一个清瘦矮小的印度人，身着黑衣，头上裹着雪白的头巾，包裹出的形状圆润饱满。他有一双亮晶晶的杏眼，眼波流转，像玛瑙一般，睫毛繁密厚实。他动作迅捷，一下子就打开车门跳了下来，咧嘴一笑，唇齿间一抹白光闪过，仿佛一道闪电跃过了他棕色的脸庞。

---

① 加尔各答黑洞（Black Hole of Calcutta）事件发生于 1756 年，是印度对英国侵略的反抗行动。当地一位印度国王关押了东印度公司的数名英国人，由于囚室条件恶劣，不少被关押的人在一夜之间死亡，但此事件具体的死伤人数并无确切证据。——译者注

“哎哟！我可算是到了，”他激动地叫起来，张开细弱的双手，手部皮肤是深棕色，他如一只棕色的蝴蝶展开了翅膀。他蹦跳着上了台阶，来到前廊里。“您一定是德雷尔夫人，真是太有气质了。你是那位猎人……莱斯利。还有玛歌，岛上第一美人，真是名不虚传……还有杰瑞，超凡的学者、自然博物专家。见到大家我无比荣幸，没有词语能表达我的激动。”

“呃……对……那个……能参见殿下，我们也不胜荣幸和惶恐。”母亲开了口。

吉吉布依爆发出尖叫，“啪”地拍了自己脑门儿一下。

“该死，真是没救了！”他说，“一定又是我的名字搞的误会！亲爱的德雷尔夫人，我该怎么道歉才好呢？‘王子’这两个字，只是我妈妈心血来潮时给我取的名字罢了，她想让我们这个平民家庭往皇室靠一靠。您能懂的，对吧？这就是一个母亲在表达爱而已，是吧？她希望儿子将来能有一番大出息，咱们得原谅这个可怜的女人，对不对？我就是个普通人，只是名字叫‘吉吉布依王子’，乐意为您效劳。”

“哦！”母亲本以为自己要接待皇族了，突然听到此话，一时间还有些失落，“那我们该怎么称呼你呢？”

“很多朋友——我真的有特别多的朋友，都叫我吉吉，”客人热切地说，“您也这么叫我吧。”

吉吉就此住下。在这段短暂的客居期间里，他搞出了最大的“祸患”，也让我们建立起了最深的惦念。在我们接待过的所有客人中，他在这两方面都是登峰造极的。他那口老学究式的英语、那腔澎湃的热情、那颗温润良善的心，以及他对所有人、事物展现出的深入而真诚的兴趣，征服了家里的每一个人。他能变出许多黏糊糊、臭烘烘的膏药，对症下药地帮卢加蕾其娅治愈那些臆想出来的疼痛。他跟莱斯利聊世界各地的狩猎习惯，讲得细致又深入，还分享他亲身参与过的猎虎或猎野猪行动，哪怕真实度存疑。他拿出了几条长布料，教玛歌怎么把它们裹在身上，穿成纱丽。他给斯皮罗讲东方富豪的故事，以及各种神秘传奇，讲两头满身穿金戴银的大象如何摔跤角力，讲印度王公的生活如何奢靡华贵，宝石成堆。他画功了得，能用铅笔画出惟妙惟肖的动物形象来，对我的每种宠物都喜爱又感兴趣。所以他会帮我画出它们的样子，让我贴在我的自然观察笔记里。我自然也彻底被他感动和征服了。要知道，我的自然观察笔记就是无上之宝。在我心里，它的重要性比《大宪章》①《凯尔经》② 和《谷登堡圣经》③加起来还高。我们的客人有着非凡的洞察力，对我的笔记给予了它应得的尊重。但最为吉吉折服的人还是母亲。她从吉吉这里

---

①《大宪章》(*Magna Carta*) 是英国历史上重要的宪法性文件，签署于13世纪。它在英国历史上首次确定了私有财产的合法性与不容侵犯性，且一定程度上限制了国王的王权。——译者注

②《凯尔经》(*The Book of Kells*) 是一部中世纪手抄本的《圣经》，以其精美的装帧、插图和文字设计著称。——译者注

③《谷登堡圣经》(*Gutenberg Bible*) 是西方历史上第一本用活字印刷技术印刷的书籍。——译者注

获得了无数口口相传的神秘菜谱，赶紧全部记了下来，还听到了大量民间风俗、鬼神怪力类的故事。更难能可贵的是，终于可以有人和母亲畅聊印度的风土与回忆了。那是她出生和长大的地方，是她心中真正的故乡。

夜晚时分，大家围坐在摇摇晃晃的大餐桌旁吃饭。餐厅很宽敞，数盏油灯簇拥在一个角落里，绽放出报春花般娇艳的黄色火苗。小蛾子们绕着火光起舞，如雪花飘荡。此时，家里的小狗数量已高达四只。它们知道自己不可踏进餐厅半步，所以都趴在门口，为我们的拖拉而不满，纷纷打着哈欠、叹着长气。饶是如此，也得不到任何人的回应，我们连看它们一眼都顾不上。窗外，蟋蟀奋力鸣叫，树蛙跳来跳去，留下噼啪的脚步声。这些声响唤醒了夜空，让天鹅绒般细腻深邃的苍穹变得生机盎然。灯光下，吉吉的眼睛简直跟猫头鹰一样，大且黑，更胜白天。眼中光华熠熠生辉，如万千火花成河，蜿蜒流转。

“当然了，德雷尔夫人，您当年在印度时，规矩和现在可大不一样。你们和我们是不能有任何交际的。不，不，那时有非常极端的种族隔离制度，不是吗？但现在好多了。先是一些王公摸到了点儿门路，可以在英国人面前说上几句话了。如今，卑微如我家这种普通人家都可以跟英国人交往了，让我们开了眼界，学到了不少文明与知识。”一天晚上，吉吉说道。

“孩子们最不把这些规矩礼教放眼里了，”吉吉笑着说，“不过刚开始时问题很多的，真是不容易。算了，罗马的建成也非一日之功嘛。我们那儿有个巴布[①]，被邀请去参加过英国人的舞会。您听说过他的故事吗？”

“我不知道。什么故事？”

“当时他观察到，绅士们跟女士跳完舞后，都要护送她们回到座位上，并用女士的扇子给她们扇风降暑。他后来也跟一位身世显赫的贵族女士跳了支活泼的华尔兹。跳完舞后，巴布悉心引导舞伴回到座位上，径直抽走了人家的扇子，对女士说：‘夫人，我可以扇您的脸吗？’”

“这像斯皮罗会说的话。”莱斯利说。

“我记得那时候啊，”母亲聊起过往，不由得陶醉起来，“我先生还在鲁尔基做总工程师。有一次，我们遇到了一场飓风。当时的拉里还是个小宝宝呢。我们的家是一排长长的矮平房，飓风一来，我们就得一间接一间屋子跑。得赶紧把窗户都关上，风要是刮进来就惨了。我们还正跑着关窗呢，哪想身后的房子就垮了！最后没办法，只能暂时安顿在膳食管家的食物储藏间里。后来，房子被修缮好了。负责这项工程的印度承包商也发来了账单，标题处写着‘总工程师的后半身维修费’。”

---

① 巴布（Babu）指南亚地区受过英语教育的政府职员，尤其指在殖民时期。此词也指印度本地的中产、乡绅。——译者注

“对您来说，那时的印度真是个宝地啊，”吉吉说道，“其他的欧洲人都是过客，但你们都是这个国家的一分子。”

“就是啊，”母亲说，“我的祖母都是在印度出生的。其他人说老家，都是指英格兰，但我们嘴里的老家可是印度。”

“您当时肯定去了不少地方吧？”吉吉双眼闪着星光，很是羡慕，“我猜您在印度去过的地方比我还多。”

“角角落落几乎去遍了，”母亲说，“我先生是一位土木工程师，出差是家常便饭，我常跟着他。有时候，他们要在丛林边上修桥或建铁路，如果我也在，我就和先生一起在工地露营。”

“那肯定很好玩，”莱斯利一听就激动了，“在帆布帐篷下过一种原始的生活。”

“没错，我也喜欢那种俭朴的生活。旅途中，有几头大象会走在队伍的最前面。它们驮着房式帐篷、地毯、家具等。后面跟着牛车，上面坐着仆人，还放着床单、被罩……”

“你管这叫露营？”莱斯利忍不住怀疑，“房式大帐篷都带上了，你们露了个什么营？”

“我们也就带了三座房式帐篷嘛，”母亲反驳，“一个当卧室，一个当餐厅，还有一个是客厅。它们倒确实是满铺了地毯的。”

“行吧，反正我不觉得这是露营。”

“这当然是，”母亲说，“我们就是要紧贴着丛林住的，甚至还真听到过老虎的咆哮，那次可把仆人们吓傻了。还有一次，他们在餐桌下发现一条眼镜蛇，但当场就杀掉了。”

“那都是杰瑞出生前的事情了。”玛歌说。

“德雷尔夫人，您真应该写本回忆录。”吉吉说得很认真。

“哎哟，我哪行？”母亲笑了，“我不是这块料。再说了，真要写出来的话，它该取个什么名字呢？”

“要不就叫《艰苦旅程——我们只带了十四头大象》？”莱斯利建议。

“或者《踩着地毯穿越丛林》？”吉吉也发表意见。

“你们这帮孩子啊，就是喜欢搞怪，对什么事都严肃不起来。”母亲正声道。

“没错，”玛歌说，“想想看，妈妈只有三座房式大帐篷，一路上还有眼镜蛇什么的，她真是勇猛无敌！”

“这也叫露营！”莱斯利哼笑。

“哎，亲爱的，这肯定能算露营啊。有一次，队伍里有头大象迷了路，它不知道去哪儿了。结果接下来整整三天，我们连条干净的换洗床单都没有，搞得你爸爸差点儿都要冒火了。”

“啊？大象这种大家伙也会迷路的吗？”吉吉很吃惊。

“是啊，”莱斯利说，“大象也会走丢的。”

“好，就算是你们，赶上连续三天没有床单换，也不会乐意吧？”母亲脸色威严。

“那是肯定的，也不会好受。”玛歌说，“我觉得听你讲当年在印度的这些老故事，好玩极了。哪怕其他人不这么觉得。”

“我也觉得很有教育意义啊。”吉吉辩驳。

“你老是拿妈妈的事打趣，”玛歌说，“你哪儿来的优越感？不就是你爸发明了一个什么黑洞嘛，有什么了不起的！”

吉吉整个人笑到了桌子底下，让人愈发觉得他胸怀宽广。小狗们也叫得震天响，生怕不能参与这场狂欢。

要说吉吉身上最可爱的品质，那就必须得说他的勇气与毅力了。不论碰到什么事，哪怕跟他的能力禀赋背道而驰，他都敢于尝试，并会全力以赴。跟拉里初相识时，吉吉就说自己已立下大志，要跻身史上最伟大的印度诗人之列。在这件事上，吉吉有个帮忙的合作伙伴，但可惜这位同仁不太会说英语（“他当时帮我进行文字排版。”这是吉吉自己的描述）。吉吉创办过一本杂志，名字叫《人民诗歌》，有时候也叫《入民诗歌》或《人民师哥》。杂志的名字被印成什么样，完全取决于吉吉有没有亲自校对。这是一本月刊小杂志，撰稿团队就是吉吉的亲友们，有些作品甚是诡异。吉吉的行李箱就装满了这本杂志，文字印得模模糊糊。只要你显露出一点儿兴趣来，他立刻就会送你一本。

杂志里不乏让我们眼前一亮的文章，比如《论诗锅的坚硬与壮阔——批判性平架》。对英语单词的拼写，吉吉的排版师朋友显然有独到的见解。在他眼里，一个词念作什么，或者在他耳朵里听起来像什么，就可以拼作什么。所以你就不难理解，为什么那篇赞美 T. S. 艾略特[①]的长文——由吉吉亲自写就，名字居然是《踢·死·艾利特，伟大的湿人》了。杂志里充斥着排版师不拘一格的单词拼写，以及各种印刷错误，让读者边读边挠头，但也能时不时乐一下。《何故无黑人跪棺诗人[②]哉？》，就提出了一个任谁都解答不了的问题，而且还是用半文言文写成的。《罗伊·坎比尔——是逗牛士，也是湿人》就让人浮想联翩，绝对料不准这是首什么诗。面对挫折，吉吉是百折不挠，绝不退缩。这百折里的其中一折是，他的排版师从来不知“h”为何音，所以也从来

---

① 艾略特（T. S. Eliot）是 20 世纪最重要的诗人、剧作家之一，代表作有《荒原》《四个四重奏》等。——译者注

② 此处又是排版师的拼写错误。原文应该是指“桂冠诗人”，即由王室钦定的宫廷诗人，为王室歌功颂德。——译者注

不拼这个字母。吉吉最近的一项事业是创办他的第二本杂志（由同一台手动印刷机进行印刷，同一位恃才放旷的排版师负责排版），杂志主要是介绍一种叫作“苦行伽”的修行术，这是吉吉自己取的名字。杂志叫《大众苦行伽》，首刊介绍说：“我们糅合了东方诸多神秘精华，把瑜伽和苦行精神合二为一，给您带来最丰富的细节与最实用的技术。”

母亲本来对这项修行很感兴趣，但吉吉的亲身实践打破了她的幻想。吉吉会缠着长腰带，浑身抹满灰，在前廊上冥想，一想就是好几个小时。或者带着他那满身的灰径直走进屋内，脸上装出一副恍恍惚惚的表情，身后地板上是一串串掉落的灰。他还进行了彻底而虔诚的禁食，连续四天没吃东西。第五天，他整个人晕了过去，摔倒在台阶上，把母亲吓了个半死。

“行了，吉吉！”母亲大为恼火，“不许再练了。你这身板哪能扛得住禁食？！”

母亲安排吉吉在床上躺下休息，转身去给他做了好大一锅营养丰富的咖喱大杂烩。结果只换来吉吉的不满，他抱怨说咖喱里居然没有龙头鱼，用它做的鱼干味道辛辣，是咖喱的最佳伴侣。

“但科孚岛就是没有啊，我也去找过了的。”母亲也委屈。

吉吉的手在雪白的床单上摆了摆，仿佛是只浅棕色的飞蛾在展翅。

“依苦行僧的理论，在我们的生活中，每种东西都有它的替身。”吉吉说得斩钉截铁。

吉吉的身体总算康复了些，他便去了一个海鲜市场，买回来巨量的沙丁鱼。那天早上，我们全家也进城去采购，大获丰收。但我们回到家时赫然发现，厨房以及附近已经不能待人了。吉吉用刀掏空了沙丁鱼的内脏，把它们摊在后门外的地上，想用阳光晒制沙丁鱼干。此时，他正拼力挥舞着刚才用过的那把刀，跟漫天的飞虫对抗。场面壮观，爱奥尼亚群岛的每一只苍蝇、青蝇、黄蜂都加入了战斗。吉吉身上已经被蜇中了五处地方，一只眼睛已经肿成球，快睁不开了。沙丁鱼烂得很快，那味道闻之欲呕。厨房里，地板和桌子上密布着银色的鱼皮，以及内脏渣子。吉吉死不认输，直到妈妈把《大英百科全书》翻开，指给他看了龙头鱼的条目，他才终于不情不愿地收了手，不再强求沙丁鱼给龙头鱼当替身。接下来两天，母亲打了无数桶热水、洒了无数瓶消毒剂，尽力去除厨房里的异味。尽管如此，也还是有晕头晕脑的黄蜂硬要飞进窗来，试试运气找鱼吃。

“我或者可以去雅典或伊斯坦布尔看看，搞不好能帮您找到龙头鱼的替身呢。”吉吉依然充满希望，“我还在想，咱们能不能把龙虾煮熟，打成泥……”

“吉吉，亲爱的，我不需要的，”母亲忙制止，“我们吃咖喱不用搭配龙头鱼，之前很长时间都是这么吃的。一点儿毛病也没有。”

那时，吉吉取道土耳其而来，要去波斯拜见一位苦行者大师。大师也是印度人，正在波斯修炼。

“我要拜他为师，肯定能学到不少东西，可以拿去进一步充实我的苦行僧理论。”吉吉说，“大师尤其擅长憋气，可以进入一种昏迷状态。据说有一次，他被埋了一百二十天。”

“真不可思议！”母亲的兴致上来了。

“你是说他被活埋过？”玛歌问，“还在地底下活了一百二十天？太恐怖了吧！这怎么可能呢？”

“玛歌，他一直在昏睡状态中嘛，什么都感觉不到的。”吉吉解释。

“这一点啊，我也拿不准，”母亲陷入了沉思，“所以我以后一定要火葬，否则万一我也只是陷入了昏迷却没人发现，那就太惨了。”

“妈妈，你别说傻话。”莱斯利说。

“这不是傻话，”母亲掷地有声，“现在的人都粗心得很。”

“苦行者还会什么？”玛歌问，“他能让一颗芒果种子长成大树吗，就是眨眼工夫便长大的那种？我当年在西姆拉的时候见过的。”

“这种事情肯定就是魔术了，”吉吉说，“安德拉瓦提做的事情要艰深得多。比如说，他的漂浮术就让人望尘莫及，也是我本次想去观摩的原因之一。”

“漂浮术不就是卡牌玩家喜欢搞的那些障眼法吗？”玛歌说。

“不是的，”莱斯利说，“人家说的漂浮术是人体漂浮，就像起飞一样，是不是啊，吉吉？”

“你说得对，”吉吉回答，“那是一种精彩绝伦的技艺，有很多早期的基督教圣徒都能做到。我的能力太弱，还达不到那个境界，所以才要去拜安德拉瓦提为师。”

“能像小鸟一样悬浮在空中，真是太棒了。”玛歌说得兴高采烈，“你一定能玩得很开心的。”

“我也相信，这将是一段登峰造极的体验。”吉吉的眼里闪烁出光芒，“在空中时，你会觉得自己在被渐渐推向天堂。”

第二天快到午饭时，玛歌六神无主地冲进了客厅。

“快点过来！快！”她尖叫，“吉吉想自杀！”

我们赶紧跑了出去，来到了吉吉窗前，看到他身上只裹了块遮羞布，正站在窗台上。

“他应该是染上了一种什么昏睡状态。”玛歌说，仿佛吉吉得了一种传染病。

母亲扶了扶眼镜，抬头望过去。吉吉的身体已经开始轻微地摇摆了。

“莱斯利，你上楼去抓住他，”母亲说，“你动作要快。我留在这里，跟他说话。”

母亲忘了，吉吉现在陷入了迷醉状态，根本不想说话。莱斯利已经跑进了屋，母亲清了清嗓子。

“吉吉，亲爱的，”母亲尽可能用轻松愉快的语调说，“你待在那么高的地方不好。要不还是下来，跟我们一起吃午饭去吧。”

吉吉确实下来了，但下来的方法不是母亲希望的。只见他不假思索地向前一步，在母亲和玛歌的惨叫声中朝地面摔了下去。跌了大约三米后，他又被一堆古老的葡萄藤缠住了，砸得葡萄噼里啪啦地往下落，掉在了前廊的石板地上。幸亏这些葡萄藤有些年头了，藤粗茎壮，居然承受得住吉吉的小身板，在空中托住了他。

“我的天哪！”吉吉大叫，“我这是在哪儿？”

“你在葡萄藤里呢！”玛歌激动难耐，“是你把自己弄上去的。”

“别动，等我们去取梯子来。”母亲已经快站不住了。

我们找来梯子，把狼狈不堪的吉吉从葡萄藤的纠缠中接了下来。他身上有擦伤和刮伤，但其他都还好，没有重伤。大家在白兰地的安抚下恢复了平静，终于可以坐下来吃一顿迟来的午餐了。等到一天结束时，吉吉充分相信自己已掌握了人体漂浮术。

“都怪那些该死的葡萄藤，它们要是没缠住我的脚趾，我都可以绕着这座房子飞了。”吉吉绑着绷带瘫在沙发上，但语气很是欣喜，“这真是个大成果！”

“是的，好吧，只是我希望你别再在这个家里练习漂浮术了。”母亲说，“我的神经扛不住这种刺激。”

“亲爱的德雷尔夫人，我从波斯返回时，会再来拜访您的。然后我想在这里过我今年的生日。”吉吉说，“那时候我再跟您汇报我的学习进度。”

“行，但今天的事情绝不能重演，”母亲严肃地说，“你当时真可能死在那儿的。”

两天后，吉吉布依虽然身上还贴着膏药，但依然坚定地踏上了去波斯的旅程。

“不知道他是不是真的还能回来过生日，”玛歌说，“如果他回来了，咱们就给他办个欢迎派对吧。”

“没错，这个主意好，”母亲说，“他真是个好孩子，就是有点……失控，有点……不安全。”

“是啊，但他也是咱家接待过的所有‘天降奇客’中，唯一一个真有资格说自己是天降奇客的人。”

06 The Garden of the Gods

至尊盛事

> 国王和熊都不好伺候。
>
> ——苏格兰谚语

科孚岛的岁月，每天都璀璨多姿，每次日出都意味着独特的色彩、境遇。于是让人觉得，眼前的这一天和其他的三百六十四天都不同，值得永世刻在心底。这其中，有一天是真的让我记忆犹新，在我的记忆里永远光芒万丈。那天发生的事调动起了我们全家人的兴趣，串联起了所有的朋友与熟人，直至激发出了整个科孚岛的激情。

那是希腊的乔治国王归国的日子，小岛因此而变得绚丽激昂，四处暗流涌动。其精彩澎湃，绝对打破所有纪录。跟国王的欢迎盛典相比，圣斯皮里底翁节的游行简直不值得一提。

我从克拉莱夫斯基老师那里听到了这个消息，知道科孚岛将迎来无上荣光。当时他面前有只雄红雀。这是我费了好大的劲儿特意给他抓来的。但他此时已激动得不能自已，对这只小鸟提不起一丝兴趣。

“天大的好事！真是史上最大的新闻啊！孩子，早上好。”老师见到我时已情绪高涨。打招呼时，那双脉脉含情的眼睛里噙满了欣喜的泪水。他修长的双手前后摆动，驼着背，脑袋摇来晃去。“科孚岛最荣耀的一天要来了，当然了，对于整个希腊来说，这一天都是荣耀的，但咱们科孚岛才是全国最特殊的一个地方。呃……什么？哦，红雀啊。是的，这真是只不错的小鸟……啾，啾！回到刚才的话题啊，科孚岛这座蔚蓝大海里的小小岛屿，正如莎士比亚形容的——竟然能亲迎圣驾，实在是无比荣幸啊！”

这句话对我来说才有点儿意思嘛。另外，那位国王要是能给我带来点儿实际的好处，我倒也愿意为他稍微激动一下。我问老师是哪位国王要来，以及我能不能因此放个假。

“就是希腊的国王，乔治国王啊！”见我如此无知，老师的眼珠子都要蹦出来了，“你不晓得这事儿？”

我说像收音机这种利弊难辨的电器，我家是没有的。所以我们基本上与世隔绝，但这种无知让我们过得极其舒坦。

“唉，行吧，”老师看着我，眼里满是焦虑，似乎正为我的无知而深感自责，“之前希腊的首领是梅塔克萨斯，那是一个暴君。现在好了，那个可恶的人被人民搞下台喽，所以陛下才能荣归祖国。”

“他是什么时候被搞下台的？”我问道，“怎么没人告诉我呢？”

“嗯？你应该有印象的啊！”克拉莱夫斯基惨叫，“你绝对记得的！闹革命那天，蛋糕店都快被机枪打成筛子了。机枪真是造孽，我一直就觉得那东西不安全。”

原来如此，我记起来了。当时的确是有一场革命，它赐给了我整整三天假期，而且那家蛋糕店也是我的最爱。我只是没把革命和梅塔克萨斯联系起来。既然再次说到了革命，我心中又是一阵激荡，忙问老师这次国王驾到时，会不会再安排一家蛋糕店被打成筛子？

“当然不会！怎么可能？！”克拉莱夫斯基惊恐万状，“迎驾仪式是一场雄壮而喜庆的典礼，那将是属于我们的一次‘盛世庆典’。赶上这种百年不遇的大事，咱们放半天假也不过分，以示庆贺嘛。来，跟我上楼，咱们给鸟喂食去。”

我们爬进了老师家的大阁楼，那里有他饲养的多种野生鸟类以及金丝雀。那一整个上午，我们都在给小鸟投喂食物，过得非常愉快。克拉莱夫斯基挥舞着水罐，跳着舞步踏过一地的鸟食，碾出窸窸窣窣的声响，仿佛在踩一片鹅卵石滩，嘴里还轻声哼着《马赛曲》的片段。

吃午饭时，我把国王即将驾到的消息告诉了家人们。每个人的反应都非常符合各自的性格特质。

“太好了，”母亲说，“那我得开始准备菜单了。”

“我的天哪，圣驾又不是要来咱家！”拉里提醒。

“亲爱的，我当然知道，”母亲说，“但遇到这种大事，大家肯定要办很多聚会、派对的吧。”

“为什么？”拉里问。

“这是传统啊，”母亲说，“当年我们在印度时，只要有王室接见，就一定要办聚会的。”

“这里又不是印度，”拉里说，“我没什么闲工夫去照顾大象啊。我把话撂这儿，恭迎圣驾绝对不是件简单的事，少不了要打扰咱们的清静喽。”

“妈妈，真要开派对的话，我可以买点儿新衣服吗？”玛歌急切地问，“我没什么像样的衣服可以穿了。”

“他们会不会鸣个礼炮什么的？”莱斯利喃喃自语，“但这些人只有几台威尼斯时代的老加农炮，有点儿悬啊，八成要出事的。我要不还是去现场一趟，见见驻守的司令官吧。”

“你就别费这个心了，”拉里建议，“人家是要欢迎国王，不会把国王给刺杀掉的。”

“前两天我见到了几匹特别漂亮的红色丝绸，”玛歌说，“就在那家小店里……你知道的，就是从西奥多的诊所往右拐的地方。”

“对的，亲爱的，真棒，”母亲根本没听，“是不是该让斯皮罗买点儿火鸡来？”

迎驾盛典让整个科孚岛都热闹起来，乱作一团。与此相比，它给我家带来的影响微乎其微。据有关人士透露，国王此行不仅是科孚岛的盛事，更是整个希腊的骄傲——国王踏上科孚岛的那一步，就是他结束流亡，正式踏上希腊故土的第一步。一想到此，岛民们更是热血沸腾了，纷纷拿出最大的热忱，不惜代价地投入盛典的准备中去。各种活动创意激烈碰撞，暗流此起彼伏。我们一家被这股洪流裹挟，每天都得进城去，在普拉提亚大街上听每个科孚人讲述每个新闻、每条流言。

普拉提亚大街上耸立着法式拱门。它由法国建筑师设计，修建于法占时期早期，模仿的是巴黎的里沃利街。普拉提亚是科孚岛的心脏。

在这里，你可以随便找张小桌子坐下，头顶上或是拱门，或是光影璀璨的大树，你立刻或稍微等一下，便会听到小岛上所有的秘密与动态。不同的人将从各个角度给你带来入木三分的描述。你只需要安静地喝你的饮料，立刻或稍微等一下——便会邂逅某个传闻中所有的主人公。

“我就是科孚岛的代表，”马里诺普洛斯伯爵夫人说，“迎驾委员会当然该由我来牵头，然后再敲定整个迎驾活动的具体流程。”

“没错，就该这样，我完全同意。”母亲紧张地回应。

伯爵夫人形似一只憔悴的乌鸦，头戴一顶橙色假发，盛气凌人，无疑极有威仪。但迎驾非同小可，真没办法由着她一个人的性子来。

我们刚坐没多久，就已接待了不下六个迎驾委员会，他们都在苦苦争取州长的支持，希望自己的创意能打败其他委员会的创意。据说州长现在已经有贴身侍卫了，每天都要在一间被锁死的房间里睡觉。

“可恶啊！”蕾娜·马夫罗康达斯大叫，一边翻着白眼，一边咂巴着自己的烈焰红唇。

她抓起了橄榄，一颗接一颗地往嘴里扔，动作十分麻溜:“我已经见过州长了。我很有把握，我们的提案一定会被采纳的。可惜英国的舰队没停在港口，要不然可以让他们做一次荣誉护航。哎哟，想想那些可爱的海员们，穿着制服，干干净净又弱不禁风，个个都跟中了病毒似的。”

“提到皇家海军的传染病发病率嘛——”拉里刚开口，就被母亲打住了。

“蕾娜，快跟我们讲讲你的计划是什么。”母亲瞪着拉里，看到他已经在八杯茴香酒的助力下，醉得两眼冒星星了。

“我们的计划，亲爱的，那可厉害了！我们要把整条普拉提亚大街装饰成蓝色和白色，但是马可那个笨蛋老是添乱。”蕾娜绝望地又翻了一个白眼。

马可是个满脑子奇思异想的人，声名远扬。我们全家都纳闷，他怎么也混进了迎驾委员会呢?

“马可想怎么迎驾？”拉里问道。

“他要用驴子。”蕾娜咬着牙，生气地说，仿佛在说一句下流话。

“驴子？”拉里不由得问，“用驴子迎驾？他想什么呢，把这当农业展览会了吗？”

“我也跟他讲了啊，”蕾娜说，“但他就是倔，办什么事都非要用驴子。他说驴子有象征意义，耶稣就是骑着驴子进的耶路撒冷。所以我们也要用蓝色和白色驴子来迎驾。”

“蓝色和白色？这是要给驴子染色吗？”母亲问，“何必呢？”

“说是为了跟希腊的国旗颜色相配，”蕾娜面色阴森地站起来，挺直了身板，握紧了双手，“不过我已经跟他说明了，我说，‘马可，你要用驴子的话，就从我的尸体上踏过去吧。’”

说罢，蕾娜便沿着大街快步离去了，全身上下都闪耀着一个爱国者的光辉。

下一个来聊天的是维尔维特上校。他是个高挑清瘦的老者，侧脸轮廓英俊如拜伦，瘦弱的身躯但凡动起来，就像一个被风吹动的提线木偶。他满头白色卷发，一双明亮的眼睛，身上穿着一套童子军军服，看上去很是滑稽。但上校的神情无比地坚毅和自持，把制服驾驭得端庄而典雅。自打退休后，他就只对一件事情感兴趣，即训练科孚岛的童子军。岛上不乏喜欢嚼舌根儿的人，他们非说上校的动机并不纯，但上校只是用勤奋训练来回应，尚未被抓住过。

他接过一杯茴香酒，掏出一块散发着薰衣草香味的手帕，擦了擦脸。

“这帮孩子哟，”他哀叹，“简直是来讨我的命的，他们也太活跃了。”

“你该找一群年华正好的女童子军来，问题就迎刃而解了，”拉里说，“你考虑过这个法子吗？”

“亲爱的，别说笑了，”上校愁眉苦脸地看向拉里，“这帮小子精力充沛得用不完，不知道会搞出些什么恶作剧来。他们今天干的事就差点儿吓死我了，把州长也惹毛了。”

“可怜的州长大人，怎么在哪儿都倒霉啊。”莱斯利说。

“你们童子军团打算怎么迎接圣驾呢？”母亲问。

“嗨，您知道的，德雷尔夫人，我一直在训练他们走阵列，打算在陛下驾到的那天晚上表演给他看。”上校轻轻嘬了一口茴香酒，动作轻柔得像只小猫，“本来他们应该列队出来，一些孩子穿蓝色服装，另一些穿白色的。他们要走到那个……那个什么来着？……哦！对了！观礼台的前面。嗯，就是观礼台！然后变成一个正方形方阵，向国王敬礼致意。我会给一个口令，孩子们听到后便会再次变换队形，摆出希腊国旗的图案。容我自夸一句，那场面震撼极了。”

他停顿了一下，把杯中茴香酒一饮而尽，然后向后靠去。

“今天州长想看看我们的彩排情况，所以来到了观礼台。他打算从国王的视角看一下整个表演。我给出了第一声口令，队伍进了场。”

上校闭上眼睛，一阵战栗袭来，身体微微抖动了几下。

“你们敢想象一下，这帮孩子干了什么吗？”他的声音已低不可闻，“我这辈子都没这么羞耻过。童子军出场后，停在了州长正前方，然后用一种法西斯的姿势向州长敬了个礼。童子军啊！用法西斯式的方式致意！”

“他们是不是喊了‘元首万岁’？”拉里问。

“谢天谢地，还不至于，”上校说，“但那一瞬间，我整个人都僵住了，只希望州长没注意到这个细节。我又给出了一声口令，让孩子们变成希腊国旗。哪晓得他们竟然变成了一个纳粹十字。一个蓝白相间的纳粹十字！就活生生地摆在州长的眼皮底下！州长暴怒，差点儿剥夺了我们的表演资格。要是我们真被赶了出去，那我们就是童子军运动的奇耻大辱了啊！”

“是啊，”母亲说，“不过他们都还是孩子嘛，也没办法。”

“德雷尔夫人，你这话的道理是没错，但我也真怕别人说我是个纳粹头子，说我在训练一群小纳粹。”维尔维特上校激动了，“这帮乱传话的人，下一步该说我要攻占科孚岛了。”

随着圣典临近，接下来几天，科孚岛愈发狂乱了，大家的脾气一天比一天暴躁。伯爵夫人一句话都不跟蕾娜说了，蕾娜则跟上校绝交了，因为他的童子军路过蕾娜家时，向蕾娜举了一个侮辱性的手势。岛上所有乡村乐队的队长都在彼此乱斗。之前，大家明明还在圣斯皮里底翁节上同台过，这次却为迎驾盛典上的演出顺序争得你死我活。记得一天晚上，我们一家坐在普拉提亚大街上，亲眼看到了三个大号演奏家追一个低音大鼓鼓手。追人的和被追的都穿着演出服装，还带着乐器。三个大号手显然已经气晕了头，竟将鼓手逼进了一个墙角，还抢了人家的鼓，跳上去踩！仿佛是须臾间，怒火便已烧遍普拉提亚。整条街都变成了乐手们近身肉搏的战场。克拉莱夫斯基老师本来只是在一旁围观，没想到一个钹横飞而来，直抵他的后脑勺，把他的脑袋都划破了。大树下，库库多普洛斯夫人正在训练她的两条西班牙猎犬，见此惨状，她吓得立刻提起裙子，狂奔而去。第二年，夫人便与世长辞。人们都说这场事故折了她的寿，让她少活了好几年。但夫人离世时已经九十五岁高龄，倒也不太好说是折寿。没过多久，岛上的所有人便都与其他人绝交了。还好我家坚持绝对的中立，尚能独善其身。克里克船长尤其活跃，大家都知道此人没有一丝一毫的家国情怀，但遇到迎驾这样的大事，他却依然上下蹦跶，哪里都能看到他欢蹦乱跳的身影。他在各个委员会中传话挑拨，嘴边永远唱着下流的歌谣，把所有人都气坏了，全岛的人都恨他恨得牙痒痒。

“老混账！”母亲眼里怒光闪闪，“他有个人样儿行不行啊？在别人眼里，他也是个英国人啊。”

“他的存在也让委员们学会了提高警惕嘛——我可以这么说吧。”拉里说。

“不要脸的老畜生。”母亲说。

“妈妈，别说得这么狠，”拉里说，“你心里明白，你这纯属嫉妒。”

“嫉妒？！”妈妈尖叫，气得浑身炸毛，仿佛炸成了一只迷你梗犬，“嫉妒！……为了那个……那个……老……老色鬼？！别恶心人了好吗？拉里，我以后绝对不能再听到你说这样的话，开玩笑也不许！”

“人家就是爱你爱得至深啊，但现在只能沉迷于酒精了，要不然怎么麻痹那颗破碎的心嘛！”拉里分析，“如果你把他于情海中拯救出来，他会变好的。”

“那个人在见到我之前很久很久，就已经沉迷于酒精了！”母亲说，“我看他这辈子都改不了。对这种人，我没什么兴趣去拯救。”

船长对这些批评泰然处之，因为他根本没听见。

“亲爱的姑娘！”再次见到母亲时，他还是一如既往地热情，“你的嫁妆箱子里会不会藏着面英国国旗啊？”

“抱歉，我没有，”母亲摆出个冰块脸，“我也没有什么嫁妆箱子。”

“怎么可能？你这样的小少妇，居然没有嫁妆箱子？”克里克船长看着母亲。

母亲的脸红透了，整个人僵住了。

“你为什么在找英国国旗？”母亲语气冰冷，急速调转话题。

“拿来挥啊！”船长说，“这帮外国佬不都会挥他们的国旗吗？咱们也得把老牌大国的气势拿出来，不能让人看低了嘛。”

“那你去问过英国领事了吗？”母亲问。

“问那家伙？”船长不屑，“他说整个岛上只有一面英国国旗，除非遇到大事，否则不能轻易拿出来用。现在都不算大事的话，什么才能算？

“拉里，我真的希望你管管那个糟老头子，别让他再来咱家了。”母亲哀怨极了。船长讨旗未果，已经离开了。母亲说：“他这人说话实在是下流，我不希望杰瑞再听到了。”

“那你得反思自己了，明明就是你在回他话啊，”拉里说。

“拉里，我那是什么意思，你明白得很！我就是一时嘴笨！”

“但真是让人家心神荡漾了嘛，”拉里说，“你接下来小心点儿，他搞不好会像只找松露的猎犬一样，偷偷钻进你的嫁妆箱子里。”

“你闭嘴。”母亲气得头顶冒烟，“拉里，你真是的！就会惹我生气！”

岛上的氛围愈发焦灼。边远山区的农家大婶们都在用心擦拭用作头饰的牛角，或仔细熨烫手绢；城里的大树被修剪得规规矩矩，哪棵都逃不掉；普拉提亚大街上所有的桌子椅子都被重新漆过。各处都弥漫着大战将至的紧张感，沸腾着斗志与雄心，以及谋略与对抗。

老城区有条小巷子，窄得只能同时过两头驴子，里面常年飘荡着新鲜面包、水果和阳光的香气，当然还有浓度不相上下的下水道的味道。有个小小的甜品店就坐落在那里，店主是我的好朋友克斯提·阿佳德拉玛。

这间小店的冰激凌享有盛誉，在科孚岛上没有对手。克斯提早年去过意大利，掌握了制作顶级冰激凌的诀窍。他的作品永远供不应求。想在科孚岛办个像样的宴会，你就必须在他的店里定一个冰激凌。那硕大无比又软糯娇艳的冰激凌将成就你的尊严和荣光，否则你和你的宴会就都上不了台面。克斯提和我有个合作协议，每周我去店里三次，帮他把厨房里的蟑螂捉干净，带回家去喂我的小鸟和其他动物；作为报酬，在干活期间我可以吃冰激凌，敞开肚子吃，完全不限量。

我心里估摸着，他为了迎接国王，肯定要把店里卫生做好，于是便在国王驾到的三天前去了店里。没想到迎接我的是一个颓废的克斯提，瞧那模样，似乎下一秒就要自绝于世了。我赶忙问他这是怎么了。

“我完了。”他浑身上下只剩消沉和忧郁，面前摆着一陶瓶姜汁啤酒和一块尺寸壮观的冰激凌——真的是壮观，能压沉泰坦尼克号的那种壮观。“我已经死了，杰瑞少爷。我成了全世界的笑柄。以后你再也听不到人说‘哦！科孚岛，那里有克斯提的冰激凌店’了。大家只会说：‘科孚岛？那是傻瓜克斯提做冰激凌的地方嘛。’我得走了，我绝对留不下来的。我可能去桑特岛，或者雅典吧。要不出家也行。我的老婆和孩子们都要挨饿了，我年老的父母要去街上讨食，忍受那些常人不能忍的羞辱……”

这些预言真是惨绝人寰。我听了一会儿，还是忍不住打断了他，问他遇到了什么事，何必这么绝望。

“我可太厉害了，”克斯提说这话可不是自夸。他来到我的桌前坐下，眼神空洞，机械地给自己倒满了一杯茴香酒，“你找遍整个科孚岛，也找不到任何一个人做冰激凌能超过我。我的冰激凌才叫水润、柔滑、漂亮……呃，外加冰冷。”

我说这一点绝对没错。我知道他现在急需鼓励，于是又加了一句，说他的冰激凌名震希腊都没问题，甚至能名震整个欧洲。

“没错！”克斯提闷声道，“所以州长才说，这次国王驾到，一定要品尝一下我的冰激凌。”

我钦佩至极，立刻表示赞同。

“就是嘛，”克斯提继续说，“我原本计划做一个十二千克重的大冰激凌，送到蒙雷波斯宫[①]去，外加一款特制的冰激凌，专门供给国王抵达当晚的欢迎晚宴用。唉！就是这款特制冰激凌闯了大祸。它害得我老婆孩子下辈子都吃不饱饭了。啊！这残忍的命运啊，你太无情了！”

“为什么啊？”我迫不及待地问道，嘴里还包着一大口冰激凌。我不想再听他渲染氛围了，我想立刻听到重点。

“我想做一块从没人做过的冰激凌，它跟别的冰激凌都不一

① 蒙雷波斯宫（Mon Repos Palace）是一座新古典主义风格的建筑，位于科孚岛老城区东部，建于 19 世纪早期。它最初是英国总督的夏季行宫，后几经易主，现在作为博物馆向游客开放。——译者注

样，之前大家连做梦都想不到的那种。”克斯提将杯中的茴香酒一饮而尽，“我在床上睁着眼睛想了一夜，就希望能想出个好创意来。”

他闭上眼睛，头左右转动，仿佛枕着个硬邦邦且烫脖子的枕头。

“我一夜都没睡着，整个人都疯了。然后，我听到了第一声鸡叫：‘咯咯咯——’我突然就开窍了。一个创意蹦了出来，把我整个脑子都点亮了！”

克斯提在自己额头上重重一拍，因为用力过猛，差点儿把自己拍翻在地。他用颤抖的手又倒了一杯茴香酒。

“我的眼睛困得都睁不开了，但它看见了一面国旗，希腊的国旗！那面旗帜象征着我们的骄傲、苦痛与回忆。为了它，我们可以付出生命。浮现在我眼前的这面国旗是用冰激凌做的，代表着我的最高技艺、最佳品质，百分百由全奶油制成！”他的语气里洋溢着骄傲，说罢便坐了回去，静待我的反应。

我说这是我有史以来听过的最妙的点子。克斯提笑了，但下一刻又陷入了回忆，脸色再次阴云密布。

“我一下子跳下床，”他伤心欲绝，“立刻跑去厨房。然后我发现，厨房里的配料不全，这个创意没法实现。我有巧克力，可以把奶油染成棕色；我有食用色素，可以染出红色、绿色，甚至黄色。但是我没有任何蓝色染料，一个都没有。国旗上的蓝色条纹怎么办？”他喝了一口酒，气宇轩昂地站了起来。

但克斯提不认输，“你知道我怎么办了吗？”

我摇了摇头，喝了一大口姜汁啤酒。

“我去找我的表兄米凯利了。你知道的，他在码头那边的一家药店干活。米凯利这个混蛋，愿圣斯皮里底翁永世诅咒他和他的子孙——给了我一些染料，说是可以染出国旗的蓝条纹来。我去给你拿来看。”

克斯提走进冷藏室，不一会儿便迈着摇摇晃晃的步子，端出了一个大盘子，放在了我面前。盘子里是一块冰激凌，上面画着蓝白两色的条纹，跟希腊国旗一模一样。只是蓝色深了点，接近于紫色了。我说这没问题啊，非常漂亮。

“问题大了！”克斯提低声吼道，“大得要命，简直是颗炸弹！”

他重新坐下，凶巴巴地盯着盘中的冰激凌。我倒没瞧出什么端倪来，除了蓝色的条纹太蓝，有点儿像某些甲基化酒精的颜色，其他方面着实没什么不对劲儿的。

“丢脸！这居然是我的亲表兄干出来的事！那个没教养的！”克斯提继续骂，“他给了一些粉末，说可以用来染色。他答应得好好的，说绝对没问题。毒蛇心肠啊！”

我说你也确实染上色了啊，哪里有问题？

“感谢圣斯皮里底翁啊！”克斯提虔诚地说，“我后来想着，该再做一个小点儿的国旗冰激凌，让家人们也尝一下我的杰作。我现在想想都后怕。幸亏自己做了这个小的，否则我将惹出什么大祸来啊！”

他起身过去，打开了一扇门，门后是他们自家的居住区域。

“我让你看看那个恶魔表兄做了什么，”说罢，他冲着门后的台阶上方大喊，“卡特莉娜，佩提亚，斯皮罗，你们都下来！”

他的妻子和两个儿子扭扭捏捏地下来了，在我面前站好。我惊恐地看到，每个人的嘴唇都是乌紫乌紫的，紫得绚烂而娇艳，如夏季里甲虫的翅鞘。

“把你们的舌头伸出来。”克斯提说。

所有人张开嘴，把舌头伸了出来。每根舌头都紫得跟罗马人穿的长袍一样。这几个人的舌头看着简直像什么诡异品种的兰花，或者曼陀罗草。现在我终于明白克斯提的问题所在了，那位表兄估计是没怎么多想——毕竟科孚岛人解决问题向来就是直来直去且抓大放小，就给了克斯提一包龙胆紫。我曾经也用这种消炎药抹过腿上的伤，所以对它很了解。它有一个特点，处理起来非常棘手，就是染色性极强，一时半会儿根本洗不掉。接下来的几个星期，克斯提的妻子和孩子估计都得这么紫下去了。

“你想想看，”他遣走了家人，压低声音对我说道，“如果我真把这个冰激凌送去了王宫会怎么样？那些资深的神父们，个个都会吊着根紫色的舌头。这还没完，还有州长，国王呢！要真是出了这种事，判我个枪决都不冤枉！”

我说这事儿要是真发生了，倒也很好玩。克斯提听了一脸震惊。他语重心长地说，孩子啊，你长大后就明白了，有些事情的后果是非常严重的，开不起玩笑。

“想想咱们科孚岛的名声，想想我的名声。我要是把国王染成紫色了，我这名声将会成什么样？”他又给我递了块冰激凌过来，想让我放心，表示他并没有介意我刚才说的话，“希腊国王竟然变紫了，那些外国人会怎么嘲笑咱们。噹，噹，噹！救命啊，圣斯皮里底翁！”

我又问，那位表兄对此反应如何？

“他还不知道，”克斯提脸上浮起一丝邪恶的笑，“但他很快就会知道了。我刚给他送了一块冰激凌，也是国旗款式的。”

激动人心的大日子终于来了。晨光熹微，科孚岛就已被一股冲天的兴奋笼罩。斯皮罗那辆宽敞的老道奇车已被降下了车顶，他打算用车子给我们全家做移动观景台，同时可以在人群中当“攻城锤”，给我们开路。他要努力给我们占一个观景的好位置。我们一家人兴高采烈地来到普拉提亚大街，喝了点儿饮料，又听了些与迎驾相关的内容，了解了各项活动的最终情况。蕾娜打扮得花枝招展，穿着绿色和紫色的服装，说马可虽然万般不乐意，但总算还是放弃了蓝白驴子的创意。不过他又有了一个新点子，也没比驴子正常多少。

“你们知道他爸爸开了个印刷厂吧？”蕾娜问我们，“他说他要印几千面希腊国旗出来，用他的游艇运到海上，铺满整个海面，让国王的船可以驶过一大片国旗海。”

马可的游艇闹出过大笑话，在科孚岛很有名。那原本是一艘豪华游艇，带有卧室，可以在海上过夜。但马可给船加建了许多新房间，用莱斯利的话形容，简直是把船改造成了海上水晶宫。后果是船总是向右侧倾斜，倾斜角度还不小。人们每每看到马可驾船出海，就开始打赌，赌他什么时候能回来，甚至还能不能回来。

“所以呢，”蕾娜继续说，“他就真把这些国旗印出来了。然后问题就来了，这些国旗根本没法浮在水面上，被海水浸湿后就全沉了。马可又去做了很多十字形的木架，把每面国旗都钉在一个木架上，这样才能保证国旗浮在水面。”

“听起来还好啊，挺有创意的。”母亲说。

“关键是得落地啊，”拉里说，“你知道马可的实操能力，他真是个奇才！还记得康斯坦丁生日那次的事吗？”

那年夏天，马可为了给自家侄子康斯坦丁过生日，办了一个非常隆重的野餐会。他不惜成本，用了最好的食材，从烤乳猪到灌满了香槟的大西瓜，应有尽有。全岛的权贵与精英都被请了个遍。唯一的问题是马可搞错了举办野餐会的沙滩，以至于最后的场景是：他一个人孤零零地坐在岛南面的沙滩上，身边是数不清的美酒佳肴，能喂饱一整支部队；嘉宾们则在岛北面的沙滩上，又热又饿地苦等一场注定不会开始的宴会。

“好了，”蕾娜夸张地耸耸肩，“反正我们没法制止他。现在所有的国旗都被装到他的船上了。他也派了一个人去克鲁拉，还带着一挺高射烟花炮。”

“烟花炮？”莱斯利问，“这是要干什么？”

蕾娜翻了个意味深长的白眼。

“那个人只要看到了国王的船，就会点燃烟花炮，”她回答，“马可看到烟花升空，就知道得赶紧出海，把游艇上的国旗撒到海里。”

“我祝他好运，”玛歌说，“我跟马可关系不错的。”

“哦，亲爱的，我们都是一样的心情，”蕾娜说，“我家别墅所在的那个村子里就有个村民，他脑子不太好使。虽然这个人性格非常和善，我们都喜欢他，但我们可不想让他来当镇长。”

撂下这句气冲冲的话后，蕾娜便走了。下一个来聊天的是维尔维特上校，他焦急万分。

“你们有没有看到三个胖乎乎的小童子军？”他问，“唉，你们肯定没看到，这些小坏蛋啊！他们居然敢穿着制服跑村子里玩，心太野了。回来时个个都脏得不像样子，跟群小猪似的。我叫他们去洗衣店，把制服洗干净再回来。但没想到他们仨一溜烟儿就跑没了。”

“我只要看见他们了，就把他们送过来，”母亲安慰道，“别担心啊。”

“谢谢您，德雷尔夫人。我没有担心这几个孩子的安全，但我担心我们的表演。他们几个有重要的任务。”上校起身，准备去找失踪的童子军了，“这三个孩子不仅是方阵里的队员，稍后还要负责撤掉大桥。”

上校只留下这么个谜团，便一路小跑，如条猎犬般消失在了我们的视线里。

“桥？什么桥？”母亲很困惑。

“就是他们要表演的一个节目，”莱斯利回答，“他们打算在地上布置一座浮桥，假装桥下是条河。童子军跑过桥去，然后把桥‘炸’掉，防止被身后那群假想出来的敌人追上。”

“我一直以为童子军的表演不会太血腥呢。”母亲说。

“科孚岛的童子军可不一样，”莱斯利说，“他们可能是整个岛上最暴力的一群人。”

就在这时，西奥多和克拉莱夫斯基老师也来了。他们要和我们一起坐车去观礼。

“他们在礼炮方面……呃……你知道的……遇到了一点儿麻烦。”西奥多对莱斯利说。

“我就知道！”莱斯利一听就火了，“司令官真是不动脑子！脑袋瓜里尽是些不切实际的幻想，根本听不进去我的话。我早就跟他说了，那些威尼斯加农炮会爆炸的。”

“不，不是的……嗯……大炮还好，没炸……呃……至少暂时还没，”西奥多说，“问题是怎么卡好时间点。司令官很固执，非要让礼炮在国王踏上科孚岛的那一刻鸣响。那个……嗯……所以必须安排一个人，在码头处传递信号，让堡垒里的炮手知道什么时候鸣响……”

“他们安排了个什么信号？”莱斯利问。

“他们派了一个下士去码头，带着一把一厘米口径的左轮手枪，”西奥多说，“他会在国王的脚即将踏上岛的那一瞬间鸣枪。”

“他会使用这种枪吗？”莱斯利很怀疑。

“哎……呃……”西奥多说，“我花了好长时间告诉他，不能给枪上好膛后，直接把枪塞到枪套里……这样做太危险了。”

“哎哟，这个傻瓜！他可能会击中自己的脚。”莱斯利说。

“没事的，”拉里说，“今天注定要发生流血事件，躲不掉的。但愿你带着急救包，西奥多。”

“拉里，别说那样的话，”母亲劝道，“你搞得我都紧张起来了。”

“德雷尔夫人，您如果准备好了，咱们就得出发了。”斯皮罗过来了，脸色依然黝黑而阴郁，仿佛是巴黎圣母院屋檐上的滴水兽，“观礼的人群已经很‘紧’了。”

“斯皮罗，那个字念‘挤’，是‘挤’。”玛歌说。

“我就是这么说的啊，玛歌小姐，”斯皮罗说，“您别担心人群，我都有办法。我这大喇叭一响，他们都得靠边。”

我们一个接一个地挤上车，在宽敞的皮座椅上就座。拉里一边爬一边说：“斯皮罗真该出一本字典。”

那天清晨，白沙路上熙熙攘攘，板车和驴子络绎不绝，驮着农民从四面八方来到科孚岛的首府，共同见证今日盛事。飞扬的沙尘笼罩着整个乡村，道路两旁的草木都被白沙覆盖。空气中有细沙悬浮，如微小的雪花在畅快张扬。城镇地带人山人海，热闹程度完全不输圣斯皮里底翁节。普拉提亚大街上人流如织，每个人都着盛装出席，遥看如一场缤纷的花瓣雨。各条小街、巷道里，人群和驴群摩肩接踵，行进起来笨拙而缓慢，简直像冰山在艰难地漂移。欢声笑语如潮水般涌来，携带着刺鼻的大蒜味，同时也将樟脑丸的味道铺散开去。这股味道告诉你，大家已把压箱底的宝贝衣服都翻出来了。各种声音彼此激荡，有铜管乐队在调音、驴子在啼叫、小贩们在高声叫卖，还有孩子们的尖叫与欢闹声。整个城区变成了一座巨型蜂巢，繁忙喧嚣，绚丽多彩，有无限的能量喷薄欲出，在激动地颤抖、跳跃。

我们的车以蜗牛的速度向着码头挺进。斯皮罗不停地捶着喇叭，那是方向盘上一个用橡胶包裹起来的圆形大按钮。车子发出刺耳的巨响，据说这样就能“震喝”住街道上那些不看路的行人，让他们闪开让路。各处吵吵闹闹，所有人都是自己怎么方便就怎么来。一支乐队已排好队形，乐器在阳光下闪闪发亮，乐手们的演出服规整体面，唯一的瑕疵是两位乐手黑乎乎的眼眶。他们旁边是驻扎在本地的军人阵列，看上去整齐而精神，气势不俗。资深的神父们挺着圆滚滚的大肚子，披着鲜艳的长袍，伫立道旁聊个不停。他们精心修剪过的手打着各种优雅的手势，大络腮胡子也被仔细地梳理过，白的、银的、灰的，颜色各异，随着话音在空中轻柔摇摆。码头处，就在国王预计要踏上岸的地方，站着一名下士。他孤零零地守在这里，一看就知道肩头任务很重。而他此刻已紧张到了极致，一只手在不停地触摸左轮手枪的枪套，另一只手则伸进嘴里，让自己啃着指甲解压。

不一会儿，人群沸腾了，观众们纷纷大喊："国王！国王！国王驾到了！"下士理了理帽子，站得更直了些。大家之所以这么激动，是因为看到马可出海了。他的游艇驶进海湾，正在缓慢地走走停停。马可站在船尾，将一捆捆希腊国旗放入海中。

"我没看到烟花升起来啊，你们呢？"玛歌问。

"从咱们这里望出去，是看不到海角尖的情况的。"莱斯利回答。

"行吧，我觉得马可干得还挺不错的。"玛歌说。

"看着确实很震撼。"母亲应和。

那场面的确不同凡响，几千甚至上万平方米的海面被漂浮的国旗覆盖，密密麻麻，一望无边。可惜的是，在接下来一个半小时，我们都没等来国王——马可卡错了出海的时间点。他派去岛北侧放烟花的人非常负责，但是眼神不太好，错把一艘脏兮兮的小邮轮认作了国王的船。这艘邮轮是要去雅典的，当时只是路过而已。如此一点小误会倒不打紧，真正出大问题的还是马可自己。科孚岛人做事真是不拘于细节，马可自然也是如此。木架和国旗之间是用胶水黏合的，但他竟然没有仔细检查胶水的质量。国旗漂在海面上没多久，便在众目睽睽之下脱离了木架，沉入了海底。原因是胶水不过关，全都溶解在了海水里。场面也由不同凡响的壮观，变成了不同凡响的尴尬。

“天哪，可怜的马可，太可惜了！”玛歌哽咽了。

“没关系的，”拉里安慰道，“万一国王正好喜欢这些木架子呢。”

“呃……我不觉得……国王会喜欢，”西奥多说，“它们看上去像一群小十字架似的。在希腊文化里，这不太吉利。”

“啊！亲爱的，”母亲说，“可别让国王知道这是马可弄出来的。”

“马可要是不傻，就赶紧逃亡吧。自己走，别等了。”拉里说。

“哎哟，来了，终于来了！”莱斯利突然说道。远处，国王的船已进入视野，恢宏而庄严。船被浩浩荡荡的十字架包围，仿佛是在海军公墓中给自己开辟出了一条航线。

给国王上岸用的踏板已经落下，岸边乐队鼓乐齐鸣，军人们精神高度集中，神父们扎堆拥向踏板处，仿佛是一片鲜花被连根拔起，在集体移动。等到神父们站定，乐队也暂停了演奏。在围观群众的一片赞叹声中，国王终于现身了。他向大家稍作致意便抬脚走上了踏板。接下来就是那位下士的光辉时刻了。他满头大汗，使劲儿朝踏板靠近，双眼把国王的脚都盯出火花来了。他的任务非常明确，在国王距离科孚岛的土地仅剩三步之遥时，鸣枪发出信号，让堡垒中的礼炮部队能做好准备，卡准国王上岸的那一刻，准时鸣响礼炮。

国王沿踏板缓步走下，岸上氛围肃穆而紧张。下士手忙脚乱地把枪从套子里掏出来，抓准时机，举起了这把 0.45 英寸口径的手枪，一口气连开了五枪。枪响处距离国王的右耳也就两米不到。城堡里的礼炮部队显然忘了跟迎驾委员会沟通信号一事，所以委员会成员瞬间阵脚大乱，国王以及所有群众也是一样地恐慌。

“天哪，国王被斩首了！”玛歌大叫。她遇事就慌，可以让理智和语言能力同时归零。

“别说傻话！那几声是信号。”莱斯利厉声说，同时把他的野外专用望远镜转向了城堡方向。

不过迎驾委员会做出了与玛歌一致的判断，委员们齐齐朝下士扑了去，将他推倒在地。下士大惊失色，拼命挣扎，但耐不住如雨下的拳头、大脚，身体被众人又是捶、又是打、又是踢。有人还抢走了下士手里的枪，反手就用枪猛敲下士的头。幸亏城堡里的礼炮准时响起，轰出了一声声响亮的鸣炮，以及一朵朵炮灰云，才证明了下士的无辜，否则他今天很难收场。

除此以外，国王的登陆仪式一切正常，笑容与笑声弥漫天地间，毕竟科孚岛人最擅长打趣逗乐，只是国王本人略感哀怨。随后他爬上了官方准备的敞篷车，此时大家遇到了下一个问题，不知为何，车门死活关不上了。司机过来狠狠地砸了门，然后是军队指挥官砸，再然后是乐队队长砸，甚至是路过的牧师也试过了，但车门就是关不上。司机不信邪，后退一段距离，起跑后再猛力一踢，还是失败了，车虽被踢得抖了抖，但车门依然不为所动，非要敞着。众人想找根绳子来把车门绑上，但一时间愣是没找着。时间一分一秒过去，不能再耽搁了，于是大家安排州长的秘书挂在车后面，伸出一只手来专门负责帮国王把住门。

国王出发后的第一站是圣斯皮里底翁大教堂，他首先要向圣斯皮里底翁表达敬意。在一群神职人员的簇拥下，国王走进了教堂深处，成千上万的蜡烛闪烁着烛光，如娇艳的迎春花次第开放。那天很热，国王的司机又在码头跟车门较了一番劲儿，现在已筋疲力尽。所以他把车停在教堂门口后便潇洒离去，没跟任何人打招呼，随便找了家小馆子休息去了。这怎么能怪他呢？这种情况下，不论换作谁，都跟司机是一样的反应吧？美中不足的是，司机高估了国王在教堂里待的时间。国王在众神父的簇拥下，突然走出了教堂，径直坐进了车里。此时人们才恍然发觉又坏事了——驾驶座上没人！作为科孚岛人的典型反应，面对危机，大家当然是彼此责难。十五分钟过去了，咒骂声渐入高潮，颤抖的拳头各就各位，好几个人往不同的方向跑去，试图找回司机。找人的过程也不顺利，毕竟没人知道司机到底光临了哪家小馆，所幸最后还是有人找到了他。司机被劈头盖脸一通臭骂。可怜他才喝了不到两杯茴香酒，就被人给架了回来。

国王的下一站是普拉提亚大街。他将在这里进行阅兵，观看乐队和童子军的表演。斯皮罗一路按着喇叭，带着我们在小巷子里横冲直撞，居然赶在国王到达之前就抵达了普拉提亚大街。

“好了，接下来他们肯定不会再出错了吧。”母亲略带担忧。

“这座岛的奇闻真是又创新高了啊！”拉里说，“我本来希望国王的车能在去教堂的路上爆个胎，算了，哪有这么好的事啊，差不多就得了吧。”

“嗯，我倒觉得不一定，”西奥多的眼睛亮晶晶的，“别忘了，这里可是科孚岛。接下来会有什么好戏，现在还真说不准。”

“算了吧，别再出问题了，”克拉莱夫斯基说，“真是的！就这个动员水平，真是让人害臊。”

“西奥多，难道他们还能闹出什么幺蛾子来吗？”拉里反对。

“我觉得吧……呃……真的……不好说……你知道的……”西奥多说。

事实证明，西奥多料事如神。

国王抵达了普拉提亚大街，来到了观礼台。阅兵式进展顺利，每位军人都精神抖擞，使出浑身解数，尽力跟上集体步调。在那个时代，科孚岛称得上是边远地带了，部队的日常训练不太到位，但军人们的精气神是一点儿不打折扣的。接下来是令人叹为观止的乐队集体大表演——每个村子都派出了自己的一支乐队。演出服五彩斑斓，鲜艳得刺眼。乐器都被擦得一尘不染，闪亮到辉煌，让人瞄一眼都发晕。乐声有点儿发抖，调子也微微跑偏，但在震天动地的音量与气势下，这些瑕疵就不值一提了。

下一个节目是童子军的表演。维尔维特上校登场，一看就知道他很紧张。但他纤细高挑，端庄如《旧约》里的先知，领着小小的童子军方阵走上了尘沙飞扬的普拉提亚大街，那风范引得众人连连鼓掌欢呼。童子军先向国王敬礼致意，然后在上校尖声尖气的口令下迅速调整队形，一阵奔跑后，给大家呈现出了一面希腊国旗。观众们爆发出了轰鸣般的掌声与赞叹，声音响彻大地，仿佛站在阿尔巴尼亚群山里最偏远的角落都能听到。孩子们又表演了一段操练，便跑去两道白线的一边，那两道白线代表一条大河。一半孩子跑下场去，每人取来一块木板，他们将在大河上搭起一座浮桥；另一半孩子则拉起了一根绳索，跨过了这条大河。观众们看得目不转睛，不由得被吸引上前，纷纷向孩子们靠拢。大家距离大河越来越近了，每个人都恨不得贴上河岸去，包括警察们——他们的职责原是让人群远离童子军的表演区域。

这群孩子都不到八岁，却行动迅速，只用眨眼的工夫便搭好了浮桥。搭建过程中，有个领头的孩子负责吹小号指挥。他的吹奏虽不在调上，但也是同样气势如虹，输“调”不输阵势。桥搭好后，大家一路小跑过了河，在河对岸立正站好。人群感动了，震撼了，沸腾了！掌声、欢呼声、口哨声、跺脚声震耳欲聋。维尔维特上校的脸上绽放出了微不可察的笑意，笑得拘谨而庄严。他的目光扫过人群，骄傲溢于言表。上校大声喊出了下一个口令，三个胖乎乎的孩子立刻出列，拿着导火线、点火器、爆破装备等跑去了浮桥边上。他们将装备组合好，摆在了桥上，又朝队伍跑了回来，一边往回跑，一边展开导火线。三个孩子立正站好，准备听令点火。上校满心欢喜地享受着属于自己的闪亮时刻。他环视四周，确定每个人都集中注意力，才终于下达了最后一道关键指令。

“炸桥！”上校一声令下，一个童子军立刻蹲下，按下了点火器的按钮。

接下来几分钟里发生的事情，真是乱得让人——说得客气点，摸不着头脑。爆破堪称轰雷贯耳，一朵蘑菇云平地而起，将尘土、砂砾、木片碎渣儿炸飞开来，如冰雹突降般气势汹汹地砸在观众的头上。前三排观众，包括警察们和上校本人，全部被掀翻在地。沙砾与碎木渣儿向我们的车扑来，把大家盖了个严实。车身被打得噼里啪啦直响，仿佛有一挺机枪正瞄准我们射击。妈妈的帽子都被炸飞了。

“苍天啊！”拉里说，“上校在瞎闹个什么鬼！”

“我的帽子，”母亲大喘，“谁帮帮我，把它捡回来！”

“我去捡，德雷尔夫人，您别怕。”斯皮罗喊道。

“吓死人了，真是吓死人了，”克拉莱夫斯基闭上双眼，用手帕擦着额头，“小孩子不该碰这么暴力的东西啊。”

“这还是小孩？！这就是一帮小怪物！”拉里怒不可遏，一边说一边甩着头，想把头发里的沙子甩出去。

“我早就知道，肯定还有好戏可以看。”西奥多很欣慰。科孚岛果然善于出奇制胜，这个名声肯定是保住了。

“他们绝对用炸药了，”莱斯利说，“上校在想什么呢？怎么能玩这么危险的东西？”

没过多久，爆炸的缘由便水落石出，这还真不能怪上校。危机过去后，上校让童子军列好队离开，他自己则回来跟母亲道歉。

“德雷尔夫人，我的悲痛难以形容，”泪水在他眼里打转，“这些小混蛋居然找渔夫要了些黄炸药来。我发誓，我真的不知道他们干了这事儿，一点儿都不知道。”

上校的制服上沾满尘土，帽子被炸得破破烂烂，整个人狼狈极了。

“哦，上校，您别难过了，”母亲的手依然在颤抖，但还是将一杯加了苏打水的白兰地送到了嘴边，“这种事情嘛，谁都会遇到的。”

“哎哟，在英国，这是天天都要发生的，”拉里说，“就没有哪一天我们不——”

“今天晚饭时，请您一定要来啊。跟我们一块儿吃吧。”母亲狠狠地盯了拉里一眼，打断了他。

“谢谢您，夫人，您真是太好了，”上校说道，“但我得先走一步了，去换身衣服。”

“观众们的反应真是有意思啊，”西奥多饶有兴致地说，仿佛一个科学家发现了一个好玩的现象，“我是说……呃……那几排被炸翻在地的观众。”

“他们应该都气得不行吧。”莱斯利说。

“不会的，”西奥多骄傲地说，“这里是科孚岛。他们都只是……你懂的……搀扶同伴起来，给彼此拍拍灰，然后感叹一下这爆破是多么到位……呃……多么逼真。对他们来说，哪怕看到一群小孩搞来了炸药，都平静得很，完全不用大惊小怪。”

“嗯，在科孚岛住得久了，不论看到什么事，都不会大惊小怪的。”

我们在城里吃了晚饭才回家。那顿饭漫长却美味，大家都在玩命劝说上校，告诉他炸桥环节真的是全天最出彩的表演。饭后，斯皮罗开车送我们回家。夜空清凉，夜色温柔。猫头鹰的叫声如奇妙的风铃声回荡在林间：“咕！咕！”车轮驶过处，白沙飘起，悬浮空中，似盛夏的云朵。高大威严的橄榄树林中，有萤火虫畅快逡巡，在暗黑的丛林戳出一个个莹绿色的小光点。终于能回家了，这一天虽然筋疲力尽，却很尽兴，大家都松了一口气。

“好了，”母亲打了个哈欠，握着一盏小油灯走向楼梯，“管他什么国王不国王的，反正我明天要睡个懒觉，不到十二点不起来。”

“哎呀……”拉里懊恼地说，“我没跟你说吗？”

母亲停住脚步，在台阶上转过身来，手中火苗跳跃，带得她的影子也在白墙上晃动不安。

“说什么？”她满脸狐疑。

“就是国王啊，”拉里说，“对不起，我该早点儿跟你说的。”

“到底是什么事？”母亲已经开始警惕了。

“我邀请他明天来咱家吃午饭。”拉里说。

“拉里！你不是吧！你动没动脑子啊——”母亲刚开口，便意识到自己是被拉里耍了。

她把自己一米五的身材挺到最高的水平。

“这个玩笑一点儿也不好笑，”她冷冷地说，“他要是真来了，也是来给自己找不痛快的。反正咱家只有几个鸡蛋，陛下爱来不来吧。”

母亲把我们的笑声抛在身后，昂首挺胸地上了楼。

07 The Garden of the Gods

爱情路漫漫

> 请用果酒招待我，用苹果慰藉我，因为我已因为爱而生病了。

——《所罗门诗篇·五》

那是一个无比酷热、干燥的夏天。大地马上要裂开，天空也被蒸得褪了色，颜色如一朵夏末的勿忘我。海面热气氤氲，无一丝波澜，仿佛变成了一个巨大的蓝色池塘，盛着一盆温暖的牛奶，静静地趴在苍穹下。

夜里，别墅的地板、护窗板、房梁都在不停地扭动和呻吟，几欲开裂变形。它们也无奈，体内的每一滴水分仿佛都已被抽干，唯余干枯的躯体在苦苦忍耐暑气。饱满浑圆的月亮升上天际，似一块红红的火炭，爬上闷热而油滑的夜空。想来月亮的情绪也不佳，它俯视苍生，眼神里满是郁愤。清晨，太阳爬起来才不到十分钟，就已烤得人坐立难安了。风彻底遁形，热气如盖子般将科孚岛扣住，一条缝儿也不留。山上是一样地憋闷。花草植物无力抵抗，纷纷枯萎毙命，只剩残躯呆立在原处，任由日光将自己烤干烤焦，变成蜜色的枯枝与干叶，轻薄酥脆，如木料的刨花渣儿。这个夏天委实太热，蝉被逼得早早就起来，大唱一上午后得去补个午觉，否则也架不住午后的暑气。大地无一处不烫脚，必须穿上鞋，去哪儿都不例外。

对附近的动物们来说，我家房子里藏着的许多木头做的洞，成了它们的避暑地。也不知这些洞里的温度是否真比家外的橄榄林、柑橘林、柠檬林低，反正动物们通通都来投靠。起初，家人们看到动物蜂拥而至，料定是我在背后做了手脚，于是我成了众矢之的。渐渐地，动物大军的种类和规模都快失控了，家人们才意识到，我不可能招得来如此壮观的动物族群。扁虱军团狂妄地杀来，成为小狗们的噩梦。扁虱就爱扎堆聚在狗耳朵和狗头区域，数量惊人，密集得像件锁子甲战衣。扁虱的生命力相当顽强，叫我们无法轻易祛除。没办法，我们只好把煤油浇在小狗们的头上，以此来剥离扁虱。这叫小狗们不爽到了极点，一个个没精打采，绕着圈儿地走来走去，嘴里长吁短叹。它们一边散发出刺鼻的煤油味，一边抖落下大团大团的扁虱。拉里建议我们立块牌子，上书："小狗易燃，注意安全！"这个建议很有道理，如果真有人在小狗身边点根火柴，那么整座房子都会瞬间燃爆。

煤油浇头法也治标不治本，扁虱越来越多，根本杀不完。晚上躺在床上，就能看到它们列队行进，四处游走。幸亏苍天有眼，扁虱只集中力量收拾一个敌人——狗，而不会对我们人类挑衅半分。

但跳蚤就不一样了，它们说来就来，没有原因和预警，嚣张得如入无人之境。我们还没反应过来是怎么回事呢，便发现自己已四面楚歌了。跳蚤无处不在，在家里走动时，你能清晰地感觉到它们跳上你的腿，顺着腿往上爬。我们一度无法在卧室里待，晚上睡觉时，得把床搬去开阔的前廊，在户外将就着睡一宿。

但在所有的小型“住客”中，跳蚤算不上是最恶心卑鄙的那一类。浴室里的阴凉地方，有数不清的小蝎子埋伏其中，已蝎满为患。它们一个个通体乌黑，宛若乌木。

有天深夜，莱斯利简直忘了带脑子。他想刷牙，居然光着脚走进了浴室，最终被蝎子蜇了脚趾。小蝎子虽不足两厘米长，但一口蜇下去，却有着超乎寻常的威力，给莱斯利带来了巨大的苦痛，他休养了好些天才能再次走路。厨房里则住着另一种蝎子，体形更为壮硕，性格也更加彪悍。它们能肆无忌惮地游走在天花板上，仿佛是龙虾得道，变了形，又飞上了天。

夜色降临。家里点燃灯后，成千上万的小虫子便登场了。我家仿佛能找齐所有品种的蛾子，比如浅褐色的小飞蛾，翅膀形似一对残缺的羽毛；还有大大的天蛾，粉色和银色的身体上画着条纹，若它们铁了心要飞蛾扑火，能一头撞破油灯的灯罩。

甲虫也争奇斗艳，有的浑身漆黑，有的披着鲜艳的条纹或图案，有的带着棒槌形状的粗短触角，有的则顶着两根细长的触角。另外还有其他小虫子，当然也种类繁多，数不胜数。这些虫子太过娇小，你得通过放大镜，才能把它们奇妙的形状与色彩看个真切。

看到昆虫齐聚我家，我自然满心欢喜。每天晚上，我都拿着采集盒和瓶子，不厌其烦地绕着油灯走，为的就是在其他掠食者口下，抢几只我中意的虫子，充实一下我的昆虫库。竞争异常激烈，我必须全力以赴。壁虎挂在天花板上，皮肤呈肉粉色，手脚大大张开，眼睛高高鼓起，鬼鬼祟祟地跟在蛾子和甲虫身后。附近的螳螂也想分一杯羹，它们摆动着绿油油的身体，瞪着一对大眼睛，端着一张小尖脸，极善伪装潜伏。细长的腿上毛茸茸的，长满了小刺，走动起来好似一只绿色的吸血蝠。

地面上的敌人也不好对付，比如那种棕色的大蜘蛛。它们每一只都是头毛茸茸的小狼，只不过稍微瘦了点儿而已。它们会躲在阴暗处，只在攻击时才冲出来，有时甚至连我手里的猎物都不放过，想抢就抢。这种蜘蛛跟癞蛤蟆处得还不错，它们之间居然有种跨越物种的亲密无间（或说狼狈为奸）。癞蛤蟆的皮肤夹杂着绿色和银灰色，身上有块状图案，乍一看像披了张漂亮的地图。它们蹦蹦跳跳地前进，不停地吞口水，眼睛总是瞪得大大的，仿佛随时都惊讶万分。它们既能得到蜘蛛慷慨分享的食物，也免不了会遇到另一种阴险可怕的虫子——蚰蜒。蚰蜒移动起来格外迅捷，但又喜欢故作神秘，鬼鬼祟祟。它们形似蜈蚣，也长了无数条腿；身体不到十厘米长，躯干部扁平，粗细若铅笔；绕躯干一周，全是密密麻麻的细腿，如贴了一圈流苏，跑动时，这圈流苏起伏荡漾，每对细腿都精诚协作，跑得安静、飞快、丝滑，仿佛是一块石头从冰面上溜了过去。这些虫子可是最凶残和机敏的捕食者，看它们一眼就寒毛倒竖。

一天晚上，家里已经上灯了。我耐心地等在一旁，不知能收获些什么虫子，心中无比期待。其实天色还不算晚，除了我和几只蝙蝠，其他的掠食者都还未出动。那几只蝙蝠在前廊里盘旋乱飞，动作极快。倘若有人挥了条鞭子，那鞭子尖在空中的速度也不过如此。油灯方圆两掌的距离内，蝙蝠来去自如，对着各种肥美多汁的猎物大杀特杀，翅膀挥出微风，扇得灯罩里的小火苗不停地摇曳，光线忽明忽暗。天边最后一丝淡绿色的霞光也褪去了，蟋蟀扯着嗓子鸣出悠长的颤音，幽暗的橄榄树林里浮起清冷的光点，那是萤火虫在起舞。大大的房子被太阳烤了一天，干燥的墙体和木梁此刻正吱嘎作响，别墅在呻吟中迎接着夜晚的降临。

油灯后面的墙壁上，小虫子们已各就各位。它们中了邪般冲向油灯，仿佛今天必须得死在火里。虽自杀未遂，但它们明白坚持的道理，所以会回到墙壁上养精蓄锐，等时机一到，便再次团结起来，但求集体扑火，同日升天。墙根处的灰泥层裂了条小缝儿，一只壁虎爬了出来。这是我有史以来见过的壁虎中最小但最胖的一只。它估计刚出生不久，身长不过四五厘米。小家伙年纪虽不大，胃口却不小，身体和尾巴都吃得滚圆。它的嘴角夸张地裂开，在脸上咧裂出一抹羞涩的笑意；黑眼珠子一个劲儿地乱转，眼里有雀跃的渴盼，宛若一个孩子正站在宴会桌前，对着一大桌子美味流口水。我还来不及阻拦，它已冒冒失失地爬上了墙，咬住了一只草蛉。草蛉有双绿色的翅膀，如蕾丝般清透，质感诱人，再加上头顶那双金绿色的大眼睛，真是让我日思夜想了好久。小壁虎这一口下去，像是狠狠地咬在了我的心尖尖上，气得我眼前一黑。

小壁虎吞下了最后一口薄如轻纱的草蛉翅膀，随即便不再捕食了。它爬上墙壁，若有所思，偶尔眨一下眼睛。我真是想不通，它怎么就非得对我的草蛉下手呢？草蛉的体形这么大，根本不是它该吃的东西啊。身边明明还有那么多虫子，各个都小巧玲珑，它明明可以手到擒来，怎么就看不上呢？稍后我想明白了，这只小壁虎是把眼大肚皮小演绎到了极致。它刚从一颗卵里孵化出来，从没得到过妈妈的贴身指导。在它的心里，一个极其顽固又错误的认知早就扎了根：所有的虫子都能吃，且越大越管饱。小壁虎从来意识不到，自己的娇小也意味着一种危险，其他虫子正对它虎视眈眈。它满脑子都是自己的信念，根本顾不上思考，在别人眼里，自己会不会也是顿饭。

无数只虫子趴在小壁虎身边，体形都不大，全是绝佳美味，但现在壁虎偏要去追一只枯叶蛾。这只蛾子身体壮硕，浑身毛茸茸的，看上去比壁虎还大。小壁虎果然高估了自己的实力，一番打斗后，只抓住了枯叶蛾的一点儿翅膀尖。枯叶蛾振动棕色的翅膀，果断起飞。它力大无穷，差点儿把小壁虎带离墙面。只是小小的失败罢了，壁虎完全没放在心上。稍事休息后，它便又向一只长角天牛发起了攻击。这只长角天牛的体形并不输壁虎，且浑身长着小毛刺，压根儿就不该是壁虎的菜，但壁虎完全意识不到。当然，这次攻击也以失败告终，长角天牛的身体太硬、太光滑，壁虎根本抓不住。它全力以赴的结果就是把长角天牛顶翻，让它掉下了地板。

小家伙歇了一小会儿，眼睛依然滴溜溜地打量着战场。突然，一阵响亮的振翅声传来，原来是一只巨大的螳螂飞了进来，停在了墙面上，距离小壁虎仅十几厘米远。螳螂收起翅膀，发出噼里啪啦的声响，像是有人在折一张纸。它高高地举起前肢，前肢顶端分着岔，看着很古怪。螳螂仔细观察着前廊上的各色虫子，东张西望，脑袋也随之左右转动，想必已食指大动。

壁虎显然是第一次见到螳螂，对螳螂的凶险没有一点儿概念。在它眼里，这只绿油油的大肥虫当然也是一顿美味，并且尺寸大得叫人喜出望外，真是一直以来做梦都想吃的大餐。至于螳螂那比它足足大五倍的身体，以及操作的难度等，它就完全顾不上了。小壁虎开始尾随大螳螂。螳螂则瞄准了一只银玫王天蛾，它迈开细长的腿，走两步后停下来摇摆一下身体，形态甚是邪恶、猥琐。在它身后，小壁虎正亦步亦趋，低着头，目光坚毅到令人胆寒。螳螂行，则小壁虎行；螳螂停，则小壁虎停。壁虎尾巴左摇右甩，仿佛一只激动的小狗。

蛾子毫无防备，丝毫未察觉螳螂的到来，须臾间便被螳螂的前爪死死钳住。蛾子仗着体形大，拼命挣扎，翅膀挥得气势如虹。螳螂想必也在苦苦坚持，多亏前臂上长满的倒刺，才勉强抓住猎物，但动作笨拙得如同一个新入行的杂耍艺人。但螳螂万万没想到，自己背后竟跟着一只小壁虎。只见壁虎“虎”躯一震，小胖尾巴一甩，便向螳螂发起了进攻。它一个箭步猛冲向前，一口咬住螳螂的翅鞘，仿佛是只火力全开的斗牛犬。螳螂正忙着制伏蛾子，遭此一击，瞬间蒙了。它突然失去了平衡，抱着蛾子，拖着壁虎，一起掉落在地面上。小壁虎死不松口，紧紧地附在螳螂身上。螳螂只得松开前臂，暂时放开蛾子。反正蛾子没剩几口气，前臂可是打斗利器，须得解放出来对付壁虎才是。

我打算出手劝架，把螳螂和壁虎都收到我的动物园里。谁想半路又杀出个程咬金，一条蚰蜒从葡萄藤的阴影中爬了出来，无数条腿波澜起伏地爬动着，宛若一张毛茸茸的地毯在前廊上爬行。这张地毯不偏不倚地爬到了落单的蛾子处，继而爬上蛾子的身体，把它罩了个严实。蚰蜒低头，将下巴插进蛾子柔软的胸腔内。现场精彩纷呈，螳螂弯着腰，整个身体仿佛对折在一起，针尖般锋利的前臂一刀刀砍向壁虎；壁虎的眼睛鼓胀出来，亢奋与嚣张溢于言表，依然拼命地附在螳螂身上，哪怕被巨大的对手甩得左右乱摆也绝不放弃；蚰蜒试了试，发现自己力气还不够大，拖不走蛾子，于是决定就地吃顿新鲜的。它将蛾子覆盖起来，一条缝儿也不留，直接吸食蛾子的身体。

正当一切乱得不可开交时，特丽莎·奥利弗·阿格尼斯·迪德丽（简称“迪德丽”[①]）也来了。迪德丽是一只肥硕的蟾蜍，我在发现它的同时，也发现了它的丈夫。这对蟾蜍夫妇就住在前廊下方的小花园里，性格温驯可人，白天在天竺葵和橘子树下过着安分守己的生活，晚上亮灯后才冒险上前廊来，抓几只虫子解解馋。

一阵混战让我看得心荡神摇，全然忘了迪德丽的存在。当迪德丽爬上前廊时，我还趴在地上，鼻子距离昆虫混战的战场不过一巴掌远，压根儿没意识到它的到来。这家伙心机颇深，默默藏在椅子下，观战已久，我却毫不知情。它甩起满身肥肉，以蟾蜍式的坚定和敏捷向战场蹦去。接下来，只停了不到半秒钟，我根本来不及阻止，它便张开大嘴，伸出舌头一钩再一卷，将蚰蜒和蛾子囫囵吞下了肚。迪德丽停下脚步，认真吞了几口，鼓起的大眼睛配合吞咽动作闭了起来。一口刚咽下去，它又快速向左转身，把螳螂和壁虎也吃进了嘴里。壁虎的小尾巴尖虽还露在蟾蜍嘴边，但也只是勉强摆了两下而已，活像一条拼命挣扎的菜青虫。下一刻，迪德丽抬起双脚，用一个脚趾在嘴边一推，便将壁虎彻底塞进了肚。

我知道什么是大自然的食物链，也懂得适者生存的道理，但眼前这一幕还是太过刺激。

---

①原文在此处有一个谐音梗。这只蟾蜍的名字是 Theresa Olive Agnes Dierdre，首字母加起来刚好是 TOAD，即蟾蜍的英文单词。——译者注

别的不说，一场好戏马上就要上演了，却被迪德丽两口嚼了个干净，让我如何不恼火？为了防止它再干扰别的“演出”，我将它送回了小花园，那是它们夫妻俩的家。它的丈夫，特伦斯·奥利弗·阿尔伯特·迪克应该就在那丛金盏花里的石块下等着它呢。无论如何，刚才这四道菜足够喂饱它了。

盛夏的山间别墅被烤成了一块饼干，外墙近于酥脆，室内则热成了一个烤炉，各处被动物们的叫声与气味填满。艾德里安·福特斯克·思迈斯就是在这样一个暑气蒸腾的季节来到我家的。他是莱斯利读书时的好友。我们家还在英国时，我们曾和他一起过了一个假期。就在那个假期里，艾德里安对玛歌一见钟情，爱得魂不守舍，爱得卑微渺小，爱得玛歌本人不胜其烦。这天，我们全家齐聚前廊，开始两周一次的集体读信会。妈妈在信中接到了一个大消息：艾德里安要来科孚岛了。

“哦，真棒！”母亲说，“这可是个好消息。”

我们放下各自的信，抬起头来看向母亲，心里都有三分狐疑。

“什么事情真棒？”拉里开问。

“福特斯克·思迈斯夫人来信了。”母亲答道。

“那又如何？我怎么没觉得哪里很棒？”拉里说。

“那个老巫婆说什么了？”莱斯利问。

“莱斯利，别这么说人家，她当年对你多好啊。”

莱斯利压低嗓子哼笑了一声，很是不屑。

“她到底说什么了？”

“她说艾德里安正在环游欧洲，接下来应该要来科孚岛了，可以跟咱们一起待几天。”

“那确实很棒啊，”莱斯利说，“艾德里安要来的话，倒是件好事。”

“嗯！他人确实还不错。”拉里难得慷慨地予以赞同。

“就是！”母亲也激动了，“他是个好孩子，很有教养。”

“好吧，但我可没有多开心，”玛歌插话进来，“他这个人一点儿意思也没有，我看他一眼都犯困。妈妈，你可以回信说咱家没有空屋子了，让他别来吗？”

“我还以为你对他印象不错呢，”母亲很吃惊，“我记得他很喜欢你啊，是不是？”

“没错，但这就是我烦他的地方。他整天就知道流口水，到处流，我讨厌他那个样子。”

母亲扶了扶眼镜，怔怔地看向玛歌。

“玛歌，亲爱的，你不应该那样形容艾德里安。我不知道他怎么会给你留下那样的印象，但你肯定是夸张了。我从来没有看到过他像……像……呃……你形容的那个样子。在我眼里，他的品性和修养没有任何问题。”

“那是自然，人家本来就一点儿问题都没有，”莱斯利被刺激到了，“有问题的只是玛歌——她老觉得全世界的人都在追求自己。”

“我才没有！”玛歌的火气也上来了，“我就是不喜欢他嘛。他太黏人了，我走到哪里他就跟到哪里。我一回头，就会看到他在我身后流口水。”

“艾德里安这辈子就没有流过一滴口水。”

“就是流了！他这辈子除了流口水，什么都不会！不会！”

“反正我是从来没有见过他流口水，”母亲说，“再说了，我也不可能写信回绝人家，说她儿子流口水，所以我们不欢迎吧。玛歌，你别为难我好不好？”

“他是莱斯利的朋友，那让他去莱斯利跟前流口水吧。”

“人家不流口水，从来就没流过。”

“好了，”母亲的语气里有股一切尽在把握的笃定，“他来之后，会有很多事情去做，所以不会有那个闲工夫流什么口水的。”

两个星期后，艾德里安来了。到达时他已身无分文，饿得前胸贴后背，十分疲惫，仿佛只剩下一口气了。他居然从法国加来出发，骑了一辆自行车过来。一路上，自行车不堪辛劳，为这压顶的重负深感不公，于是在布林迪西选择了散架，用自己碎成一地的零件来报复艾德里安。他刚来的那几天，我们几乎没有见面。母亲实在是放心不下，要求他每日早早入寝，次日要睡够懒觉，而且每顿饭的每盘菜都要吃够两份才行。几天后，我终于能见到他了，便迫不及待地观察起来，不放过任何蛛丝马迹，就想搞明白他到底流不流口水。我们虽然接待过无数客人，但要说会流口水的，他绝对是开天辟地第一人。所以我发誓，一定要目睹此奇观，可惜最终没能如愿。每次玛歌走进房间，艾德里安的脸确实会红到炸，整个人呆坐着，视线傻傻地追着玛歌转，嘴也会微微张开。但仅此而已，并无其他怪相。艾德里安有一头卷得出神入化的卷发，一双硕大的浅褐色眼睛，目光温柔如水。他的雄性激素估计有些捉襟见肘，只让他长了一条淡淡的小胡子，但毕竟聊胜于无，他对此也颇以为荣。艾德里安买了一张单曲唱片作为礼物送给玛歌。他觉得这张唱片在音乐界的地位，可以比肩莎士比亚十四行诗在文学界的地位。歌曲的名字叫作《烟枪乔的小馆子》，它后来成为我们所有人的眼中钉、肉中刺。艾德里安每天都要把这首荒腔走板的曲子放上二十遍，任何人想让他少放几遍，都无异于痴人说梦。

“苍天啊，”一天早饭时，我们耳边又传来唱片机的嘶嘶声。拉里忍不住抱怨：“不要再放了，至少在这个时间段消停一下行吗？”

“烟枪乔在哈瓦那的小馆子，”唱片机用尖利的男高音豪迈地唱着，“我流连于此……”

“我听不下去了。能不能叫他换首歌？”玛歌哀叹。

“算了，算了，亲爱的，他就是喜欢这一首嘛。”母亲安慰道。

“是啊，而且还是专门买给你听的呢，”莱斯利说，“这是给你的礼物，你怎么不去跟他说一声，叫他别放了？”

“别去，不可以！”母亲立刻制止，“人家好歹是客人。”

“客人又如何？！”拉里打断道，“这个音痴客人想折磨死我们，我们也只能乖乖受死吗？这是玛歌的唱片，玛歌有义务去解决。”

“真要这样去说的话，也太不礼貌了吧，”母亲皱了皱眉头，“人家把唱片买来，想给我们带点儿礼物来，是觉得我们会喜欢啊。”

“我知道他的心意，但还是不能理解，世界上怎么会有这么傻的心意，这么傻的人！”拉里说，“你知道吗？他昨天竟然把放了一半的《贝多芬第五交响曲》取了出来，为的是换上这首垃圾音乐，非要我听那个人唱歌！他的品位烂得跟阿提拉[①]有一拼！”

“嘘！拉里，亲爱的，艾德里安听得见的。”母亲连连制止。

“在这么大的噪声下，听得见个鬼啊！他得找个听诊器来，放耳朵边听才行！”

我们的煎熬与苦痛显然都没被艾德里安感知到。他甚至还一展歌喉，开始和唱片机合作起二重唱了。他自己的音色和唱片里的男高音高度类似，合在一起后，那效果只能用惨上加惨来形容。

“我在那里遇到了一个姑娘……那地方真的是……我初次见

① 阿提拉（Attila the Hun）是公元5世纪匈人的帝王，战功赫赫，被称为“上帝之鞭”。但拉里在此处将此人物用作了贬义，以形容艾德里安的粗俗。——译者注

到她……哦！妈妈伊奈兹……哦！妈妈伊奈兹……哦！妈妈伊奈兹……哦！妈妈伊奈兹……”艾德里安略带颤音，唱片机也努力跟上他的节奏。

“我的老天啊！”拉里忍无可忍了，“真的过分了！玛歌，你必须去交涉一下，叫他别放了。”

“行吧，亲爱的，但你要注意说辞啊，”母亲说，“不要让他难堪。”

“我就是想让他难堪！”拉里说。

“我明白的，”玛歌说，“我会说妈妈现在有点头疼。”

“这个说辞可管不了多久的用。”拉里不满。

“你去跟他说妈妈头疼，让他先别放了，然后我去把唱片机的唱针藏起来不就得了，”莱斯利眉飞色舞，“这招儿怎么样？”

“嘿，还真是个办法！”母亲很满意，这方法既解决问题，又不伤和气。

后来艾德里安很是困惑。他死活找不到唱针，不过家里的每个人都信誓旦旦：就算是把科孚岛掘地三尺，也绝不可能再找到一根了。不过他的记忆力比唱功好太多，没了唱片机的助力，也能凭一己之力把那首歌的全曲哼出来。这一哼就是一整天，且音质惊人，宛若一大群蜜蜂唱着男高音，在我家发痴发飙。

光阴如流水般匆匆而去，却冲不走艾德里安对玛歌的迷恋。客居我家期间，他对玛歌爱得越发痴狂了，玛歌也越发想抽他几鞭子。眼看着他越爱越错，做什么都讨不着好，我不免心疼。一天，玛歌随口说艾德里安的小胡子不好看，像个不入流的理发师，他立刻便把胡子剃了个精光，结果换来了玛歌的第二句评价："没了胡子，就等于丢了男子气概。"她还斩钉截铁地表示，自己钟爱本地农家男孩，英国男孩根本比不了。

"科孚岛的男孩都好帅好体贴的，"玛歌的话让艾德里安心如刀绞，"他们都会唱歌，很有风度，还能弹吉他。我就想嫁给这样的男人，可千万别让我跟英国男孩在一起啊。科孚岛的男孩身上都有一种独特的气质！"

"你是想说'朝气'吧？"拉里提醒道。

"无所谓了，"玛歌不拘于细节，"反正我心中的理想男人就是他们，而不是那些软趴趴、病蔫蔫的口水怪。"

"玛歌，亲爱的！"母亲看了一眼悲痛欲绝的艾德里安，眉心一蹙，"说话注意点儿分寸。"

"我就是不想注意，"玛歌说，"记住，只要残忍的方式是对的，那么这种方式就是善良的。”

留下这句石破天惊又令人费解的哲理后，玛歌转身离开了家。她要去召见最近新认识的一个渔家男孩。他的皮肤被太阳晒成了油亮的小麦色，嘴唇上方有浓墨重彩的大胡子。艾德里安窘迫难耐，家人们看在眼里，难过在心里，纷纷想出手相救。

“艾德里安，亲爱的，别管玛歌的话，”母亲先开了口，“她这个人说话不过脑子，任性娇蛮惯了，你懂的。来来来，再吃个桃子吧。”

“她就是个犟驴脑袋，”莱斯利说，“我是完全体会得到的。”

“我要怎么做，才能更像个科孚岛的农家男孩呢？”艾德里安苦苦思索，“要不我也学吉他去？”

“不！千万别学！真的没必要！”拉里瞬间跳脚，“你完全不需要去学吉他。你可以先从简单的事情入手，对吧？比如多嚼点儿大蒜什么的。”

“大蒜？”艾德里安不得其解，“玛歌喜欢那味道？”

“肯定的啊，”拉里说，“她不是说了吗，那帮农家男孩有朝气来着？你想想看，当他们靠近你时，什么味儿会先飘过来啊？大蒜的味道嘛！那就是他们身上独特的气韵啊！”

艾德里安大受震撼，但深以为然，他开始把大蒜当饭吃了。结果玛歌一靠近他，就要用手绢捂住鼻子，最后告诉他："你闻起来像赶集日的公共汽车。"

艾德里安真是个好人，温柔又善良，对谁都有求必应。我不忍心，想帮他一把。我决定向克拉莱夫斯基老师求助，看他能否给点建议。那天课间，我们正在喝咖啡，我跟老师描述了艾德里安的惨状。师徒俩刚刚跟直角三角形的斜边平方值斗智斗勇，的确有点身心俱疲，此刻聊聊艾德里安，不失为一种短暂的救赎。

"啊哈！"他说，"情路从来都是坎坷的，但这也不是坏事，毕竟人的心理是很奇怪的——路要是太过平坦，走路的人反而觉得没了乐趣。"

老师的人生哲理在我心里激不起任何水花。但我依然耐心地听他讲话，没插一句嘴。老师伸出精心保养过的手，拿起一块饼干，轻轻蘸了点咖啡，然后投入了嘴里。他慢条斯理地嚼起来，闭上了眼睛。

"我觉得啊，"他终于又开始说了，"在爱情这件事上，这位年轻的苏格兰骑士还是太过主动了。"

我说艾德里安来自英格兰，但没关系，这不是问题。问题是太过主动怎么还会错呢？一般说来，一个人不够主动成不了事啊。

“呵！”老师狡黠一笑，“但爱情是个例外，恰到好处的一点冷漠反而有奇效。”

他的双手握到一起，目光飘向天花板，眼睛里燃起了一层火焰。这个信号告诉我，我们将进入他的虚构世界了。接下来我们可以乘着幻想的翅膀，去再次邂逅那位传奇的女主角——一位女士。

“我记得自己曾深深迷恋过一位女士，”克拉莱夫斯基说，“这事儿你得帮我保密啊。”

我一边点头，一边抓了块饼干。老师的故事都不短，我得做好倾听的准备。

“那位女士姿色不俗，才华横溢，身边不乏优秀的追求者。他们就像……呃……像一群蜜蜂围着蜂蜜罐子飞似的。”老师为自己脑海里的场景而沉醉，“与她初见的那一刻，我整个人当场就陷进去了，那是一种没有退路和余地的沉沦。三生有幸，她应该也察觉到了我的心意，还略略回应了一下。”

他喝了口咖啡润润喉，然后十指交握，身体前倾，鼻孔剧烈扩张，水汪汪的大眼睛里氤氲起了雾气。

“我疯了似地追求她，不惜代价，不计后果，就像……像……一只猎犬在寻着气味追目标物。但她却并不回应我，对我的示爱无动于衷，甚至还跟人一起取笑我，拿我的赤诚与付出开玩笑。”

他停了一下，眼里噙满泪水，猛地吸了吸鼻子。

“我的灵魂痛到碎裂，已无法形容给你听。那一波波灼心的嫉妒，一夜夜刺骨的凄楚，我一下子瘦了快五十斤，朋友们都开始担心起我的健康来了，每个人都在劝我放下，说那位女士不值得。但有一个朋友很特殊，他……呃……在爱情方面的经验比较丰富，他告诉我，我太过主动了。我越是五体投地，越是臣服在她的石榴裙下，她就越会觉得胜利来得太过容易，滋味平平。其实我只要欲擒故纵一下，故意冷处理几天，我的朋友跟我保证，事情必定大有转机。”

克拉莱夫斯基脸上浮出一缕微笑，他对我意味深长地点了点头，又给自己倒了一杯咖啡。

我问他后来如何，是不是真对那位女士冷淡了些。

“没错，”克拉莱夫斯基说，“我一分钟都没敢耽搁，直接上了一艘去中国的船。”

“这个场景可太帅了！你说走就走，找艘船便去了中国，谁还敢说已经拿捏住了你？我就问你，哪位女士敢？中国如此遥远，一去便是数日，足够让那位自视甚高的女士好好反思一下自己了。”

我忍不住问下文，想知道老师回来后又发生了什么。

“我回来后发现，她已经结婚了。”他羞赧地说，这个后续发展着实高开低走了些。

“有些女士就是太着急，心定不下来。但我也在私底下跟她聊了聊，她跟我敞开心扉，诉说了一切缘由。”

我兴奋地瞪大了眼睛。

“原来她误解了我去中国的目的，一开始还以为我是要去出家呢。如果她知道我还会回来，就一定会等我的。可惜天不由人，她在万般痛苦中接受了第一位求婚的男士，成了家。离开时，我也没想到那次的旅行竟然如此之久，否则我是万万不会走的，她现在就会是我的妻子了。”

他重重地抽了一下鼻子，脸色落寞而哀痛，叫人看了心头一紧。我努力消化着这个故事的起承转合，却死活领悟不到它对艾德里安有什么教育意义——难道是得坐船？如此说来，我得把“胖胖瓶－屁花号”借给艾德里安，让他划去阿尔巴尼亚？这可万万使不得，一来我可能失去宝贝小船，二来艾德里安的小身板也不一定划得动它。但是也没错，我同意老师的分析，艾德里安确实沉不住气，处处都过于主动了。话说回来，我也懂玛歌的心思，艾德里安要是突然消失个几天，玛歌一定是欣喜多于难过的。艾德里安真正的困难是找不到机会跟玛歌单独相处。接下来我要大显身手，拉他一把。艾德里安的情路到底走不走得通，就全看我的了。

第一步是让艾德里安主动跟玛歌保持距离，塑造清高冷漠的形象，而不再像只小羊羔追妈妈般死皮赖脸地缠着她了。于是我邀请他跟我一起去探索乡野世界。这事容易，我一喊他就走。毕竟玛歌为了躲他，每天天不亮就离开了家，所以等他起床时，也就见不着玛歌了，还不如跟我出去逛呢。之前母亲想用烹饪转移艾德里安的注意力，取得了“不俗”的结果——他忘了关冷柜的门，让里面的食物烂了一半；还在一个煎锅里生起了一团大火，把一块上好的羊排变成了一坨黑肉干；后来又失手滑落了半打鸡蛋，在厨房地板上砸出了六朵蛋花……我告诉母亲想带艾德里安出去时，她喜出望外，拼命点头。

艾德里安虽在城里长大，却是个不错的探险队友，我很欣慰。他从不抱怨环境或动物，每每我给出指令，如“拿稳了！”或者“别动，它可能会咬你！”时，他都会小心遵从。不论我们在追什么动物，他都兴致盎然，两眼发光。

正如老师所料，玛歌一时见不着艾德里安，心里反而好奇起来，想知道他去哪儿了。她已经习惯了身后有块狗皮膏药，厌烦归厌烦，但突然间没了，也免不了挂念，心里不停地琢磨，我和艾德里安这一天天的都在干什么。我轻描淡写地回了她几句，只说艾德里安在帮我做一些自然调查工作，还表扬他悟性极高，进步极大，只要保持这个势头下去，待到夏天结束时，他定能成为一名优秀的自然博物学家。

“我真是搞不懂，你跟那个窝囊废有什么好待的？还一块儿去了这么多地方，”玛歌评价道，“我觉得他真是天底下第一无聊的人。”

这不巧了吗？我感叹道，艾德里安也是这么评价你的，也说你有点儿无聊呢。

“啊？！”玛歌眉间燃起了一团火，“他敢这么说我？哪儿来的胆子？！”

我给出了一个非常符合逻辑的回答，是他自己给的胆子。想想看，如果有这么一个人，她从来不陪艾德里安去游泳、散步，从来不讲礼貌，那么在艾德里安眼里，这个人肯定很没劲啊。

“我哪里不讲礼貌了？”玛歌满肚子火气，“我只是实话实说。他要是想跟我去散步，那我就去呗。不过肯定又会很无聊。”

我的方案首战即告捷，我很是欣喜。但我忽略了重要的一点，玛歌——就像我其他的家人一样，只要被激怒，就会怒不可遏，一发不可收拾。那天晚上，玛歌一反常态，对艾德里安极尽温柔友好之能事，震惊了所有人，也让所有人忧心忡忡。当然了，受害者本人对这背后暗藏的杀机是一无所知的。玛歌百般用心，不动声色地便将话题引到了徒步旅行上。她说艾德里安归期将至了，他可要把握好最后的时机，多去岛上各处看看才是。还有什么比徒步更好的方法吗？“呃，对对对，就是就是……”艾德里安话都说不利索了，连连表示赞同。

“我后天就想去徒步呢，”玛歌像是随口一说，“肯定很有意思。真可惜啊，你每天都跟杰瑞在一起，忙不过来，要不然可以跟我一起去的。”

“不，杰瑞自己待着就行。”艾德里安脱口而出，这话在我听来甚是刺耳，这家伙真是冷漠无情。“我想跟你一起去！”

“那好啊，”玛歌轻快应下，“你绝对会喜欢这次的徒步的，我们要去一个最美的地方！”

“去哪儿？”莱斯利问。

“利亚帕德斯，”玛歌淡淡地回答，“我好久没去了。”

“利亚帕德斯？”莱斯利不敢相信，“徒步去？那地方在咱们的正对面啊，在岛的另一侧。你们徒步走过去，得走好几个小时吧？”

“我们可以在那里野餐，反正花上一天时间慢慢走嘛，没关系的，”玛歌又俏皮地补了一句，“当然，还得看艾德里安介不介意了。”

艾德里安怎么可能介意？今天玛歌就算是邀请他穿上战甲，一起从科孚岛到意大利游个来回，他都会点头如捣蒜的。我说我也想加入，因为这对我的自然探索很有意义。玛歌的眼睛向我射来两道凶光。

“行吧，如果你非要来，就记得好好表现哦。”她这话说得我一头雾水。

艾德里安自然是甘之如饴，为这次的徒步以及玛歌的主动邀请而欢欣雀跃。我心里还是打鼓，于是警告他利亚帕德斯太远了，而且现在太热了，望三思。但他毫不动摇，坚决要去。我默默担忧，怕他这副小身板根本撑不到最后，不过也不敢明说，否则必定要冒犯到他。

出发的日子到了，清晨五点，我们就在前廊处集合。艾德里安脚踩一双厚重的大钉靴，也不知道是从哪儿搞来的；腿上是条长裤；上身则穿着一件厚实的法兰绒衬衣。我鼓起勇气告诫他，说这身衣服可真不适合做穿岛徒步旅行。要知道现在这个时节，哪怕在树荫底下，都有三十七八度。让我震惊的是，玛歌竟然反驳我，说艾德里安的穿着没有任何问题，每件衣服都由她亲自搭配。她自己只穿了一身清凉的泳衣和一双拖鞋，我穿了一条短裤和一件敞口的衫子。这鲜明的对比没让玛歌产生一丝悔意。她握着一根结实的木头手杖，背了一个大包，我默认包里装着我们一行人的饮料与食物。我自己则带着打捞网和捕蝶网。

万事既已俱备，我们也就出发了。玛歌走得风风火火，速度快得没有道理。离家还没多远，艾德里安便汗如雨下，整张脸都变红了。玛歌对我的反对置之不理，坚持要走在开阔的乡村路上，故意避开树荫连绵的橄榄林。我懒得多说，自己走在林子里，跟他俩保持速度一致，任他们在几百米开外的大路上顶着太阳赶路。艾德里安怕被玛歌看轻，非要紧紧地跟在她身后。

几个小时过去了，他已一瘸一拐，拽着脚在跛行；出发时还是灰色的衬衣，现在因为被汗水湿透，已经变成了黑色；脸也红得发紫，令人担心他的生命体征是否还正常。

“你要不要歇一下？”到了这步田地，玛歌终于开口问了一句。

“那咱们喝口水好不好？”艾德里安的声音沙哑得像只长脚秧鸡。

我也表示赞同。玛歌于是停下脚步，在开阔的地方找了块红色的石头坐了下来。那石头很烫，仿佛可以烤熟一整群牛。玛歌打开背包，鬼鬼祟祟地翻找一阵，拿出三个小小的瓶子。瓶子里装着一种本地饮料，是一种加了气的柠檬水，甜到让你味蕾颤抖。

“喝吧，”她给每个人递了一瓶，“喝了它，你就活过来了。”

除了气泡丰富以及甜到让人发狂，这几瓶饮料还被晒得烫嘴，所以喝下去非但不解渴，反而让我们的喉咙更干、更灼热了。快到正午时，我们终于看到了岛另一侧的海岸线。艾德里安了无生气的双眼被这道风景彻底唤醒。玛歌说一会儿到了海边，我们就可以好好休息一下，去游个海泳了。

三个人总算是走到了海边，但此处风景实则非常荒凉，到处都是红色或棕色的巨型石块。行走其间，仿佛在穿越巨人们的墓葬群，且每座墓都被翻了个底朝天。艾德里安给自己找了一块硕大的石头，立刻钻进了它的阴影里。石块上方那一大丛桃金娘郁郁葱葱，似顶假发笼罩着石头。一小棵意大利石松也伫立在此。艾德里安一把扯去上衣，踢掉靴子。我们这才发现，他的脚已经红得跟他的脸一个颜色了。脚红也就罢了，还肿得厉害。玛歌建议他把脚泡在一个石坑里，让坑里的水帮助脚消肿。我和玛歌去海里游泳，艾德里安则在岸上乖乖泡着脚。游完泳，我们俩的元气恢复不少，一起来到石头的阴影里蹲下。我说此时若来点儿吃的、喝的，那就最好不过了。

“可是我们没有吃的和喝的啊。”玛歌说。

此刻，天地间洋溢着一种静寂，名叫心如死灰。艾德里安迟疑道：“没有吃的？什么意思？你背包里面没有吗？”

“呵，这包里装的都是我游泳时要用的东西，”玛歌说，“我一开始就没打算带吃的。天这么热，背那么沉的东西太累了。再说了，咱们要是赶紧往回走，还是能赶上晚饭的啊。”

“喝的呢，也没有吗？”艾德里安的嗓子简直在冒烟，“气泡柠檬水也没了吗？”

“是啊，当然一瓶不剩，”玛歌也不爽，“我已经带了三瓶过来，路上给过你们一人一瓶的，不记得了吗？那三瓶就已经够沉的了。嘿，我不明白，你有什么好生气的？瞧瞧你的饭量，本来就不小，歇一顿对你有好处，能帮你消消肿。”

艾德里安无比愤恨，那是我从未在他身上见过的一种状态，离崩溃仅一步之遥。

“管它什么消肿不消肿的，我不在乎那是个什么玩意儿，我也没那个必要，”他的语气冷若冰霜，“就算我有什么肿，也不必横跨一座岛来消肿。”

“这就是你的问题，太娇气了，”玛歌哼了一声，“带你出来散个步，还没走几步呢，你就嚷嚷着要吃又要喝。你只能待在豪宅里，享受奢靡的生活。”

“这种天气，喝杯水也算不得什么奢靡吧，”艾德里安说，“这是生存的必需品。”

我看他俩这么吵下去也吵不出个所以然来，于是带上空瓶子，沿着海岸线到了八百米外的一个地方，那里有一个小小的泉眼。走到后，我发现泉眼旁蹲着个男人。他正在吃午饭，脸上是交错的皱纹与多年的风霜，唇边有把茂密的大胡子，脚上是一双下地干活专用的羊毛厚袜子，身边放着一把宽头短柄的锄头。

“你好啊，”他淡定地跟我打招呼，伸手在泉水旁晃了晃，让我坐过去，十分大气，仿佛这泉水是他的私人物品。

泉眼旁有块湿润的土地，上面披着一片青绿的苔藓。我趴在苔藓上，脸朝下，面对着一丛线叶蓟。蓟叶下方有泉水轻盈跳动，温柔喷涌，闪烁着阳光的晶莹。我贪婪地喝起来，一口接一口，酣畅淋漓。这水甘甜润滑，突破了我对水的理解。我把脸和脖子都泡在水里，享受够了才抬起头来，畅快地吐了口气。

“好喝吧？”男人对我说，“是不是很甜，像果汁一样？”

我无比赞同，一边开始清洗空瓶子，并在里面灌满泉水。

“那上头也有一个泉眼，”他指了指陡峭的山体上方，“那眼泉水不好喝，味道是苦的。这一眼就甜多了，是个特别懂事的泉。你是外国人吗？”

我嘴上回答着他的问题，心里却想着另一摊子事。身边不远处就放着男人剩下的午餐——半个玉米面做的面包，黄澄澄的像报春花一样；几瓣白白胖胖的大蒜；一把橄榄果，个头极大，果皮起皱，漆黑如甲虫的壳。光是瞄上一眼，我嘴里的口水就开始翻江倒海了。肚子不争气地提醒我，今天从早上到现在，我还什么都没吃呢。这个事实太残酷了。我的视线跟着了魔似的，不停地飘向那堆食物。终于，男人也发现了我饥渴的目光。他有着农民特有的慷慨大气，毫不犹豫地便掏出了一把小刀。

“面包？”他问我，“来点儿不？”

我说我巴不得来点儿，但我们一行有三个人呢，我姐姐和姐夫——容我扯个小谎，还在附近的一块石头上等我，他俩也饿得找不着北了。男人放下了刀，不再切割面包，而是把所有的食物全部拢在一起，一股脑儿都给了我。

“把这些都带上，和他们一起吃吧，”他咧着嘴笑道，“我吃饱了。科孚岛可不是一个让外国朋友们饿肚子的地方，我不允许这种事情影响岛的形象。”

我对他千恩万谢，倒出了一肚子赞美和感激的话，用手帕包好橄榄和大蒜，又把面包和三瓶泉水夹在胳膊下，便转身往回走了。

“别逞强，注意安全！”男人的告诫声从身后传来，“距离树林远一些，一会儿有大风暴要来。”

我抬头望了一眼瓦蓝瓦蓝的天空，心想他定是判断失误了，但嘴上并没有反驳。找到玛歌二人后，我看到艾德里安正在一个石坑里泡脚，玛歌躺在一块红色的石头上享受日光浴，嘴里轻声哼着歌谣，但没一个音在调上。两人看到食物和水，立刻双眼放光，喜不自胜，然后开始大口大口地吃喝；手上如有神力，大把大把地撕着面包；喉咙剧烈起伏，旋风般地扫荡着橄榄和大蒜。这简直是两匹饿出原形的狼。

“好了，这顿饭还是不错的嘛！”大家吃完了饭，玛歌得意地总结了一下，好像她才是那个给大家负责提供餐食的人，“时间也差不多了，咱们往回走吧。”

但问题来了，艾德里安的脚泡过水后，确实凉快了，也舒坦了不少，但却肿成了球。我和玛歌精诚合作，才把他的脚塞回了靴子里。饶是如此，这双脚走起路来也是步步滴血般疼痛，只能一瘸一拐地慢慢挪，让玛歌和我觉得身后跟了一只年事已高的乌龟。

我们走了约一里半，玛歌已经不耐烦了。她冲着举步维艰的艾德里安大叫：“你快一点儿好不好啊？”

“真快不了。我的脚疼得厉害，我要死了。”艾德里安的声音奄奄一息。

他耐不住酷暑，坚持要把法兰绒上衣脱掉，打着赤膊往前走，让雪白细嫩的皮肤完全暴露在烈日下。我们警告他这样很容易被晒伤，但他愣是听不进去。距离家还剩三公里多，但天色突变。我这才反应过来，刚才泉眼边的男人真是神机妙算，大风暴果然来了。

夏日时节里，不知在阿尔巴尼亚山脉中的哪团堆积云中，就可能有一个风暴正在成形和生长。它一旦被孕育成功，就会搭上一阵疾驰的暖风，朝科孚岛气势汹汹地压过来，仿佛是奔走在烤炉里的一缕热气。大风先至，一下下拍在我们脸上，带来张狂的尘沙与树叶的碎片，让我们睁不开眼睛，看不见路。橄榄树叶被吹得肆意翻飞，一瞬间便从绿色翻成了银色，如一大群鱼突然从头顶游过，闪起了银亮的鳞片光彩。风呜咽着、咆哮着，在千万片树叶中横冲直撞，发出刺耳的鸣叫，如浪花拍上海岸，粉身碎骨。电石火光间，蔚蓝纯净的天空被铁青色的乌云吸干了精气。数条紫色的闪电突兀地登场，轻而易举便将乌云撕成了几大片。焦热的风越刮越嚣张，橄榄树虽尽力支撑，却被晃得快吐了，林间嘶嘶作响。在这一切狼狈的背后，仿佛藏着一头隐形但巨大的怪兽，是它在折磨这片无辜的树林。接下来是瓢泼的大雨，一团团肥硕的雨水从千尺高空直直地拍下来，砸在我们头上，咂得生疼。所有的风雨闪电之上，还笼罩着轰鸣刺耳的阵阵巨雷。它们恣意盘旋在空中，横扫东西，狂妄地怒吼、嘶叫，压得四处逃窜的乌云无力抵抗，仿佛是百万颗星星突发奇想，非要彼此乱撞，就图个宇宙级的玉石俱焚，天崩地裂。

在我们经历过的所有风暴中，这次风暴的规模绝对名列前茅。一番酷热和憋闷后，漫天暴雨带来的是刺激与过瘾，我和玛歌乐在其中。可惜艾德里安的体验正好相反。他是那种胆子很小的人，天上的闪电都能把他吓得魂飞魄散。在这场规模不俗的风暴中，他感受到的只有危险、恐慌、惊惧。玛歌和我想用歌声转移他的注意力，但一个个巨雷接连炸在头顶，盖过了我们的声音。我们咬牙坚持，才把他拖回了别墅附近。走过昏暗的橄榄树林，目光越过滂沱的大雨，我们终于看到了家里的灯光。我们一步一步走到了家门口，艾德里安蹒跚着跌进了门，大半条命都已灰飞烟灭，脸上是生不如死的苍白和绝望。母亲正好也来到了门厅。

“你们去哪儿了？我都担心死了，”她焦虑极了，话音刚落，就看到了艾德里安魂不守舍的样子，“我的天哪！艾德里安，亲爱的，你这是去干什么了？”

她这个问题问得很有必要，艾德里安的模样着实惨：身上就没有一块好皮肤，不是通红的晒伤，就是擦伤与淤青；脚伤让他走不了路；牙齿剧烈地打着战，一句话都说不出。妈妈对他又是责怪又是心疼，赶紧带他去卧室躺下。艾德里安静养了数日，因为这次轻微的中暑、严重的感冒和感染的双脚。

“玛歌，你也真是的，就会让我生气！”母亲说，“他那个身板，哪里经得住你这些折磨，这不是要他的命吗？”

“那也是他应得的啊，”玛歌毫不在意，“谁让他说我无聊呢？

这就叫以牙还牙。”

艾德里安虽遭此大罪，但也在无意间扳回了一局：身体恢复后，他在城里找到了一家商店，那儿竟然还有唱片机唱针的存货。

08 The Garden of the Gods

高朋满座，蓬荜生辉

> 号声、笛声、竖琴声、瑟声、扬琴声，各种乐声。

——《以西结书》第五章

那年夏末，我们家办了一个聚会，后来被大家称为“印度盛宴”。我家组织的聚会，不论是经过精心策划的，还是我们脑子一热开办的，每一个都不落俗套。在这个家里，计划总是不如变化快。我们身处那样的时代，住在那样的乡间，手边并没有那些功过难评的收音机和电视机。你不难想象，我们的休闲生活非常原始，不过是阅读、吵架、聚会，与朋友们打趣等。各种聚会，特别是那些创意惊人的聚会，自然就成了日历上浓墨重彩的一笔。每个聚会都意味着事前一番波澜壮阔的准备工作。其中有一些准备工作确实很完善，但也免不了留有遗憾，引起好几天的事后大讨论。家里每个人都放得一手漂亮的马后炮，必须让其他人知道，这个聚会在哪些地方还能再进一步。

在正式筹备印度盛宴之前，我们享受了一个多月的太平日子。过去的这一个月，我们没有举办任何聚会，老天也没有安排任何奇人到访。母亲紧张的神经得到了极大的舒缓，整个人都和蔼起来。一个早晨，大家又聚在前廊开展集体读信活动，印度盛宴就是在这天正式登上日程的。犹记得母亲收到了一本厚厚的烹饪书，书名是《一百万道让你垂涎三尺的东方菜肴》。这本书图文并茂，每一页都光彩夺目，华丽生动地再现了多种美味，让人看着看着就想张嘴咬一口。母亲越读越开心，忍不住大声朗读起来。

“马德拉斯（印度城市名，现为金奈）大杂煮！”母亲惊喜不已，“这道菜可是个宝。我现在都记得，当年在印度大吉岭时，你们的父亲就特别喜欢它。快看，还有这道甜点！我找这道甜点的做法，找了好多年啊。它真的太好吃了，不过味道有点儿腻。”

“这道甜点的配图如果还算写实，”拉里说，“那么但凡吃一次，就得做好心理准备了。未来二十年，你天天都得吃小苏打解腻。”

“亲爱的，别胡说，这道甜点的配料非常干净——差不多二千克黄油、十六个鸡蛋、四升奶油、十个椰青的椰肉……”

“天哪！”拉里赞叹，“这是在给斯特拉斯堡的鹅[①]做早饭吗？”

“亲爱的，你肯定会喜欢这道甜点的。你爸爸当年就很爱吃。”

“我现在还在减肥呢，得管住嘴，”玛歌说，“你不能把我当鸭子填，逼我吃这么多。”

“怎么会逼你吃呢？亲爱的，”母亲说，“你不想吃就不吃啊。”

“唉，你又不是不知道，我哪里能不吃嘛。拒绝不了的事，就等于被迫做。”

“你可以去另一个房间吃饭，”莱斯利建议道，他正在翻一本枪械图册，“管不住自己的嘴，就离好吃的远点儿。”

“我管得住自己的嘴，”玛歌愤愤道，“只是妈妈非要端到我面前，我才没办法拒绝。”

---

① 斯特拉斯堡（Strasbourg），位于法国国土的东端，以鹅肝闻名。为制作肥美的鹅肝，当地人需要对鹅进行强制喂养，给它们投喂过多的食物。因手段残忍，这种喂养方式一直被动物保护人士抗议。——译者注

“吉吉向大家问好，”拉里在随意地读一封信，但他突然抬起头来说了一句，“他说等到他过生日时，要回来跟咱们一起过。”

“他要来过生日啦！”玛歌大叫，“太棒了！他居然还记得呢！”

“他真是个好孩子，”母亲说，“这次是什么时候到呢？”

“说是出了院就来。”拉里回答。

“出院？他病了？”

“没病，只是练漂浮术时又出问题，把腿摔折了。他说生日在十六号，那么最迟十五号也就该到了。”

“我很高兴他能回来，”母亲说，“这孩子真是让我喜欢，相信他也会喜欢这本菜谱的。”

“没错。要不咱们下点儿功夫，给他办个生日聚会？”玛歌眉飞色舞，“你懂的，就是那种特别大、特别用心的派对。”

“这主意可以啊，”莱斯利附和，“咱家好久没办像样的聚会了。”

“我可以从书里找几个菜谱，把它们做出来。”母亲也完全同意。

“那将是一场东方主题的盛宴，”拉里高声赞叹，“请客人们包着头巾出席，肚脐眼儿上都得戴圈珠宝。”

“算了吧，不必搞那么大的阵仗啊，”母亲说，“咱们搞一个小型的、安静些的聚会就……”

“那可是吉吉，小型的、普通的聚会怎么拿得出手？！”莱斯利说，“你吹牛说当年在印度陪爸爸出差时，随随便便就弄得来四百头大象随行，人家对你的期待可不低啊。”

“亲爱的，不至于有四百头，我只说露营时有几头大象跟着而已。你们这些孩子，动不动就胡诌。算了算了，反正科孚岛是弄不来大象的，吉吉趁早断了这个念想吧。”

“大象没戏也就算了，但你好歹用点儿心啊。”莱斯利说。

“我可以负责家里的装饰，”玛歌说，“所有元素都要弄成东方风格的。我要去找帕帕德鲁亚夫人借那面缅甸屏风，再问蕾娜借她的鸵鸟羽毛……”

“城里的冰库中应该还有一头野猪、几只鸭子什么的，”莱斯利说，“这次记得都用了吧。”

“莱弗拉基伯爵夫人有台钢琴，我要去借来。”拉里说。

“停一下，瞧瞧你们……别搞出格的事情啊！”母亲担心起来，大声制止道，“我们不是要觐见印度君主，只是办一个生日聚会而已。”

“妈妈，你不懂，我们都需要缓解一下压力，宣泄一下对大家都好。”拉里一脸沉醉。

“就是，要玩就玩大的嘛。”莱斯利说。

“再说了，人生难得几回碎（醉）。”玛歌也来劲儿了。

“叫上邻居一起醉，我帮你补充一下。”拉里助力。

“下一步，就是想想要邀请哪些人了。”莱斯利提议。

“必须得有西奥多！”全家人异口同声。

“然后是可怜的老船长克里克。”拉里说。

“不行，拉里！”母亲抗议，“你知道那个老家伙有多恶心的。”

“哪儿有！那个老顽童很喜欢聚会，就请他来吧。”

“还应该邀请瑞宾登上校。”莱斯利说。

“不行！”拉里急得大喊，“那个家伙已经无聊到天怒人怒了。他是岛上最厉害的神枪手又如何？反正不许请。”

“人家那样还叫无聊？！”莱斯利不服气，“瞧瞧你自己的那些朋友吧，那才是真的没劲。”

“我的朋友可不会花一整个晚上的时间，用单音节拟声词和原始人才会的咕哝声，跟你讲在 1904 年的尼罗河上怎么射杀一头河马。”

“这故事很有趣啊！”莱斯利暴躁起来，“你朋友嘴里那些文学、艺术，才真是无聊！”

“喂，喂！够了啊，孩子们，”母亲安抚道，“反正咱家够大，都请来便是。”

在大家还在讨论各自要请的宾客时，我已抛下这满屋的热火朝天，转身离开了。在我心里，只要西奥多能来，这个聚会就已经圆满了。至于其他客人，家人们怎么折腾都行。

聚会的准备工作紧锣密鼓地推进着。拉里真从伯爵夫人处借来了一架三角钢琴，以及与钢琴搭配的一张虎皮地毯。钢琴是伯爵先生的生前最爱，所以在运输途中受到了最周全的保护。四匹大马拉着一辆长板车运送它，拉里全程小心监管。抵达家门口后，他跳上板车，掀开罩在钢琴上的厚帆布（可以防止阳光直射钢琴），快速地弹了一曲《带我的宝贝走回家》，以确认一路上钢琴没有受到任何伤害。除了声音稍显尖利，钢琴的整体状态还算不错。我们历经艰辛，绞尽脑汁，总算把它抬进了客厅。现在，它正静静地立在客厅一角，通体乌黑闪亮，宛若玛瑙；巨大的虎皮毯铺在琴正前方的地板上，虎头高高抬起，大嘴似在怒吼着反抗什么。整个客厅顿时变了风格，有了一股浓烈的东方气韵。

玛歌用心装扮室内，为客厅各处注入灵魂。她在几张幅员辽阔的大纸上作画，画上有宣礼塔、圆屋顶宫殿、孔雀、浑身穿金戴银的大象等，然后她把画挂在墙上，权作挂毯。房间各处摆满了花瓶，插着被染过色的鸵鸟羽毛，宛若一道道彩虹；还有扎成束的彩色气球，绚丽得让人以为是什么奇异的热带水果。想去厨房看看？那么欢迎走进这座维苏威火山的内部——六个炭火灶上，红宝石般的火苗起伏摇曳，母亲和她的帮手们奔走其中。剁、切、搅，各种声音不绝于耳，以至于你根本听不清别人在说什么。馥郁的菜香蔓延四周，从一楼爬到顶楼，浩浩荡荡铺满了整座房子。味道如此浓厚，大家似乎被一件香味做成的织锦大氅裹了起来。

为聚会挑大梁的自然是斯皮罗。他像一个面色凝重、肤色发棕的大怪兽，哪里都漂荡着他的身影。他会肩扛、手拎一箱箱食材和水果飞向厨房，一路上汗流浃背，声音嘹亮如洪钟，腰杆粗壮亦如洪钟。他的手臂堪比火腿，嘴里不停地骂骂咧咧，挥斥方遒，指挥众人把三张大桌子巧妙地塞进餐厅，拼成一整张巨型餐桌。他给玛歌捎来源源不断的鲜花，给母亲带去稀奇的调料和点心。遇到这种大事，才能真切体会到斯皮罗的通天本领。对他，可以放心大胆地提要求。他得令就能办事，且一定办妥。“包在我身上。”从采购一种非应季的水果，到找一位钢琴调音师（对于科孚岛来说，这个行当明明早在1890年就灭绝了），通通不在话下。我家的聚会绝对离不开斯皮罗，否则任何想法都是高耸入云的创意，永远落不了地。

终于，准备工作大功告成。餐厅和客厅间的推拉门被全部打开，餐客厅空间变得开阔通透。这是花的海洋、气球的圣殿，以及绘画的世界。长长的餐桌铺上了霜白色的桌布，银质餐具闪闪发亮。数张边几被冷餐盘压得喘不过气来，吱吱嘎嘎地直叫唤。一头乳猪全身呈焦棕色，仿佛一尊精美的木乃伊，嘴里还叼着个橙子。它旁边是一整条野猪腿，已被红酒蜂蜜酱腌入了味，表面裹着一层厚实醇浓的酱汁，以及星星点点的大蒜和香菜籽。数只被烤得外焦里嫩的鸡齐齐趴好，中间还点缀了几只被竹签串起来的小鸟，以及几只特制的鸭。鸭肚子里填满了野生稻米饭、杏仁和小葡萄干。藏红花米饭堆成了几座小山，黄澄澄如夏日夜晚的月亮。米饭外侧贴着一层厚厚的配菜，有细软的粉色章鱼条、烘烤杏仁和核桃、小青提、饱满雄壮的姜块、厚实得结成团的松子。我从湖边带回来的鲻鱼变成了焦棕色，甚至炭黑色，表皮四处绽裂开；表面刷了一层油脂和柠檬汁，在汁水的助力下，鱼皮更是闪亮璀璨了；还有众多碎玉般的小茴香粒在其中画龙点睛，让这道菜更显诱人。每一条鱼都被整齐地码放在大盘子里，如同一群神奇的舰队正停泊在海港中。

除了主菜，还有配菜。有橙皮和柠檬皮做成的水晶果皮冻，还有甜玉米。一旁的燕麦薄饼顶着一层钻石般耀眼的海盐粒。酸辣酱、腌黄瓜集齐了世间所有颜色，色泽缤纷，气味诱人，对味蕾又是撩拨，又是宽慰。这里是烹饪艺术的殿堂，成就于万千根类菜与香料的无私奉献，成就于无数蔬菜和水果用自己的身体精华对家禽肉类的温柔包裹，成就于鱼类身披各种腌料、酱汁所散发出的馥郁芬芳。肚子根本静不下来，它已陷入美食的汪洋大海，在其中沉沦起伏，觉得自己将要吃的不是一顿饭，而是一整个宏伟的花园、一幅绚丽的挂毯画。每一个肺泡都被香气填满，味道各异，争奇斗艳。于是你被彻底麻痹，全身瘫软下来，仿佛是只甲虫在花心里因迷醉而倾倒。我和小狗们蹑手蹑脚地溜进客厅好几次，为这蔚为大观的美食景象所折服，傻愣愣地站在原地，直到口水泛滥成河，才不得不挣扎着转身离开——这开席的时刻真叫我们等得好苦啊！

因为船延误，吉吉直到生日当天早上才抵达科孚岛。他穿着艳丽的孔雀蓝衣服，头巾被包得密密实实，一丝不苟。他用力杵着一根拐棍，但除此以外，漂浮术事故在他身上就再没留下任何痕迹了。吉吉的热情一如既往地澎湃，看到家里壮观的聚会场地后，他泪如雨下，反倒让我们有点儿难为情。

“我这个扫地工的孩子，草民一个，配不上这番心意啊。”他声音哽咽。

“呵，这算什么？别客气啊，”母亲脸上略有不安，“这种小聚会，我家常办的。”

我家的客厅与“这算什么”的水平相去甚远。它集罗马宴会场和切尔西花展为一体，谁看了都由衷地感叹，这个家庭真是随便装扮，都能让都铎王朝红眼。

“吉吉，你瞎说，”拉里说，“你哪里是草民了？！你爸爸可是个律师啊。”

“哎，”吉吉抹着眼泪，“我爸爸要是出身差一点儿，我不就是草民了吗？拉里，你就是不善于发散思维，脑子封闭了些。我能写首什么样的诗来纪念这次宴会呢？《属于草民的盛宴》如何？”

“草民是什么意思？”玛歌悄悄问莱斯利，但声音大得每个人都能听见。

“是一种病，跟麻风病类似。”莱斯利神色严肃。

“什么？！”玛歌大惊失色，“但愿他没被传染上。他爸爸也没事吧？”

“亲爱的玛歌，”母亲平静地劝道，“去帮我看看锅里的小扁豆，把它们搅一下，好吗？”

那天中午，我们在前廊上吃了顿欢乐的户外午餐。吉吉分享了波斯之行的见闻，还给玛歌唱了波斯情歌。他抑扬顿挫的歌声引得所有的狗都齐声号叫。

“今天晚上你也唱首这样的歌吧，”玛歌很开心，“必须得来一首，今晚每个人都要表演节目。”

“为什么？”吉吉不解。

“宴会不都常有歌舞助兴吗？我们之前没有过，但这次要试试看。计划是每个人都出一个节目，”玛歌解释，“蕾娜要唱歌剧，从《玫瑰骑士》里选一段……西奥多和克拉莱夫斯基要表演胡迪尼[①]的逃脱魔术……反正谁都逃不了，大家都要表演。你就唱一首波斯语的歌吧。”

“要不这样，我表演一些与我的祖国印度有关的节目好不好？”吉吉对表演丝毫不排斥，“比如漂浮术。”

“不行，”妈妈坚定反对，“聚会必须大获成功，所以我只能谢绝漂浮术了。”

“有印度特色的节目都可以啊，”玛歌建议，“那种吹着笛子

① 胡迪尼全名哈里·胡迪尼（Harry Houdini），是20世纪早期著名的魔术表演家，擅长表演逃脱艺术。——译者注

舞蛇的节目怎么样？”

“是的是的，”拉里说，“谦卑的、典型的、属于底层人民的印度技艺——舞蛇！”

“我的天，这个主意绝了啊！”吉吉的眼睛里光芒乱射，“就这么定啦！”

我也耐不住寂寞，想要做点儿贡献，主动提出可以借几条无脚蜥来做演员。它们都很小，没有毒性和攻击性。吉吉还以为无脚蜥就是蛇，想到能用真蛇表演，他整个人喜出望外。午睡的时间已到，大家就此散场歇下，为今晚的盛宴养精蓄锐。

天空色彩纷呈，云彩散落成一条条绿色、粉色、烟灰色的纹路。今晚负责喊第一嗓子的猫头鹰已经上岗了，叫声响彻幽暗的橄榄树林。客人们也开始到场，蕾娜就在第一批客人里。她胳膊下夹着一本厚厚的书，是关于歌剧音乐的，身着一条华丽的晚礼服裙子，由橙色的丝绸制成。但我们明明通知过她，这次聚会只是个休闲派对。

“大家好啊，”蕾娜欢欣雀跃，一双乌黑的眼睛闪闪发光，“今晚我的嗓音状态特别好，表演的节目肯定不会让聚会主办方失望。哦，不不不，我今天就不喝茴香酒了，这个东西会伤声带的。给我来一小杯香槟和白兰地就好。没错，我也能听出来，我现在说话都带颤音，有竖琴的感觉了。”

“真是太好了，”母亲顺水推舟，“你的表演绝对能赢得满堂彩。”

“妈妈，她的声线特别棒。”玛歌说，“她这种就叫女重（中）音。”

“我是女高音。”蕾娜冷冷地纠正。

西奥多和克拉莱夫斯基也到了，带着一大圈绳索、铁链，还有一堆挂锁。

“但愿，”西奥多不停地踮起脚又放下，“我们的……呃……小……你懂的，小幻术能成功。当然了……我们俩在之前还从没表演过呢。”

“我自己可是表演过的，”克拉莱夫斯基骄傲地说，“我的逃脱技艺是胡迪尼手把手教的，他为我的机敏深深赞叹。‘理查德’，他就是这么称呼我的，毕竟我俩的关系很亲密，‘理查德，你是我见过的所有人里，除了我自己，最迅捷、灵活的一个’。”

“哇！”母亲说，“好的，相信你们定会一鸣惊人。”

克里克船长也来了。他戴着一顶破破烂烂的帽子，脸红成了草莓，几根稀疏的头发好似蓟花的冠毛。随便来阵小风，就能把他的头顶和下巴吹秃。他的步伐蹒跚更胜平常，下巴也越发歪斜。显然，他这是来我家之前，就已经把自己泡在酒里，充分预热过了。看到船长走进门，母亲僵成了冰雕，勉为其难地挤出了一个客套的微笑。

“宝贝儿啊，你今晚真是够漂亮的！”船长搓着手，身体微微摆动，“你这段时间长胖了点儿呢，是不是啊？”

“我没有。”母亲严肃而冷淡。

船长仔仔细细地把母亲从头盯到了脚。

“腰都丰满了。”

“船长请自重，你无须点评他人的身体部位。”母亲的语气叫人发寒。

但船长偏是油盐不进。

“我不介意你胖点儿，”他真诚地说，“我就喜欢丰满的。”

“你喜欢什么都行，反正我没兴趣听！”母亲崩溃了，“失陪，我去看看食物。”

车道上，马车的踢踏声接踵而至，汽车卸下了一轮又一轮的来宾。客厅里满是家人们精心挑选出来的客人，他们已开始结伴交谈，不过其中有几对着实不太搭调。比如在一个角落里，克拉莱夫斯基像一个激动的驼背小矮人，正在滔滔不绝地向蕾娜描述他跟胡迪尼的过往。

"'哈里，'我跟他说，你懂的，我们的关系非常亲密嘛，'教我点儿绝招儿吧。放心，我绝对不会外传，我会锁死我的嘴。'"

他啜了一口红酒，然后紧紧地抿了抿嘴唇，让蕾娜看清楚，自己的嘴能锁得很死。

"是吗？"蕾娜对此毫无兴致，"我们歌唱界就不一样了，歌唱家们彼此间都会无私地分享和帮助。卡拉西亚·图菩提就对我说过，'蕾娜，你的音色太美，我听得都哭了。我已把毕生绝学传授给了你，接过我的衣钵吧，带着我的才华去拥抱全世界！'"

"我不是说胡迪尼为人抠搜啊，"克拉莱夫斯基愣了一下，"他是天底下最大方的人，甚至教过我怎么把一个女子变成两个人。"

"哎哟，变成两个人，那可真神奇啊。"蕾娜喃喃自语。

"我说的是魔术，幻觉而已。"克拉莱夫斯基说。

"人生也是一样，"蕾娜的情绪饱满起来，"朋友，一切都是幻觉。"

酒入杯中，发出悦耳的声响。香槟瓶子的木塞高高弹起，柔黄色的酒爆出一个个小泡，它们在窃窃私语，开怀无比。高度数的葡萄酒咕咚咕咚涌入高脚杯中，醇厚浓烈，深红如神话里的怪兽流出的血，顶层还旋出了一圈娇嫩的粉色泡沫。霜白色的白葡萄酒轻盈跃入杯中，哗哗作响，光芒闪耀，时而像钻石，时而像黄宝石。茴香酒清亮透明，澄澈如山间的一池清水，直到有人给它倒入半杯白水，它才猛然浑浊、翻腾，杯子里如有魔法降临，瞬间便失去了清澈，搅成了月光石般奶白的颜色，似夏日里一抹爽朗的云。

稍后，大家移步餐厅，迎接我们的是满山满谷的菜肴。国王的老管家来帮忙了，他清瘦纤细，仿佛一只大号螳螂，正在指挥农家姑娘们上菜和服务宾客。斯皮罗眉头紧锁，脸色又凝重了几分，注意力都在手里的活上。他正在小心地砍排骨、切鸡鸭。克拉莱夫斯基被瑞宾登上校缠住了。上校身材魁梧，头发花白，有海象的体型与气质。他整个人仿佛罩在了老师的头顶，茂密的胡子奔涌而下，如一帘幕布盖在唇上，一双鼓胀的蓝眼睛不怒自威，死死地盯着老师，令对方莫名胆寒。

乳猪被大家消灭殆尽，雪白的骨架反射着明亮的光芒，连同羊排、野猪残骸、鸡鸭架子、火鸡肋骨一起，形成了一幅壮丽的图画，主题是“海难遗迹”。在妈妈的不懈劝说下，吉吉终于把每样食物都尝了个遍，并表示今晚是他最有口福的一天，之前吃过的所有食物都没资格和妈妈的手艺相比。此刻，他正在单挑西奥多，看谁能吃下更多的泰姬玛哈点心。

“至尊美味！”吉吉嘴里塞满了点心，声音含糊地嘟囔道，“您的厨艺登峰造极，德雷尔夫人。您是烹饪界的神明！”

“完全同意，”西奥多又往嘴里扔了一块泰姬玛哈点心，大嚼特嚼，“它们真是人间极品。马其顿的人会做一种类似的点心，但是……呃……那边是用山羊奶来做。”

“吉吉，你真是练那个什么漂浮术时，把腿给摔断的吗？”玛歌问。

“不是，”吉吉面露难色，“如果真是因为漂浮术，我倒无所谓。修炼肯定不会是坏事嘛。但原因其实是那家酒店太奇葩！当时我的卧室是有落地窗的，你敢想，那落地窗的后面竟然没有阳台吗？”

“这像科孚岛酒店的风格。”莱斯利说。

“有一天晚上，我太粗心了，竟然恍恍惚惚地推开了窗，想去阳台上做会儿深呼吸。惨的是，那窗后根本没有阳台啊。”

“这可是能要命的！”母亲说，“再来一块点心吧。”

“死亡又意味着什么呢？”吉吉的语气好似演说家，“不过是皮肤的一场腐烂，肉体的一次变形罢了。在波斯时，我体验过一次深入的催眠，我的朋友从中得到了结论，确信无疑的结论——

我前世是成吉思汗。”

“是那个电影演员吗？”玛歌瞪大了双眼。

“不是的，是位伟大的勇士。”吉吉说。

“你能记起来前世是成吉思汗时的情景？”莱斯利很感兴趣。

“唉，没有，我当时已经被催眠了，”吉吉神情落寞，“任何人都不可能记起自己前世的样子。”

“来……吃一口这美味的点心吧。”西奥多插话道。

“大家加快速度，赶紧吃完吧，”玛歌说，“这样就可以尽快进入表演环节了。”

“面对这么完美的一顿饭，‘赶紧吃完’太冒昧了，”吉吉说，“现在还早，接下来还有一整晚的时间呢。再说了，杰瑞和我得去准备一下才能登场，我们的爬行动物演员还没就位。”

又费了不少时间，表演环节终于准备妥当。虽然每个人都吃到了十二分饱，但依然坚决拒绝“赶紧吃完”。玛歌总算让演员们各就各位，演出可以正式开场了。她本来计划请拉里担任主持人，但拉里拒绝了，理由是演员就是演员，不能既演出又主持。走投无路，玛歌只能硬着头皮自己上。她微微红着脸，走到了钢琴前方的舞台区域，在虎皮地毯上站定，让大家安静下来。

“女士们，先生们，”她说，“今晚，为了给各位来宾助兴，我们准备了精彩的节目。表演者是科孚岛各个领域最厉害的艺术家，相信他们厉害的才艺会成就厉害的节目，让您获得最厉害的享受。”

说完，她的脸又红了一些。克拉莱夫斯基带头鼓掌，深谙捧场之道。

“首先，我要向大家介绍康斯坦丁诺·梅嘉洛托普洛普普洛斯。”玛歌说，“他是今晚的钢琴伴奏者。”

一个矮小胖乎的希腊小伙快步走进来，宛若一只黢黑的小瓢虫登场。他朝大家鞠了一躬，然后在琴凳上坐下。能找到他，也多亏了斯皮罗。他本是一个布料商人的助手，谁能想到他竟然还会弹钢琴，甚至在乐理上也颇有建树呢！

“现在，”玛歌说，“我非常荣幸地向大家介绍一位非常有才华的艺术家——蕾娜·马夫罗康达斯，钢琴伴奏依然是康斯坦丁诺·梅嘉洛托普洛普普洛斯。蕾娜要为我们演唱《玫瑰骑士》里的永烂（咏叹）调。”

蕾娜如一朵骄傲闪耀的虎皮百合，大步流星地来到了钢琴前，向康斯坦丁诺鞠躬致意。她仔细调整双手的位置，小心地把手摆在自己的肚子上，然后便进入状态，一展歌喉了。

“震撼啊，美妙啊！”我们的歌唱家唱完最后一句并向观众们鞠躬时，克拉莱夫斯基赞叹道，“这唱功简直睥睨天下！”

“是啊，”拉里说，“在伦敦的科文特花园皇家歌剧院，这种唱法被称为‘三音唱腔’。”

“三音唱腔？”克拉莱夫斯基很感兴趣，“这是什么意思？”

“声音一要有生气和活力，二要发得出颤音，三是音量要大。”

蕾娜和钢琴伴奏者低声聊了几句后，又悄声对玛歌说道：“帮我再报个幕，我还要表演，加唱一曲。”

“啊，没问题，太好了。”这突如其来的慷慨加演让玛歌吓了一跳，她瞬间有点慌神，“女士们，先生们，请欣赏蕾娜的下一首歌，歌曲叫作《加唱一曲》！”

蕾娜向玛歌扫去一个大大的白眼，然后开唱。这一曲她更加沉醉投入，声音饱满激昂，手势变幻莫测，连克里克船长都被感染到了。

“我的乖乖哟，这妞不错啊！”他大声夸赞，眼睛里满是蒸腾的激情。

“是的，她是真正的歌剧大家。”克拉莱夫斯基应和道。

蕾娜终于唱到了最后一个音，此音颇有齐特琴的韵味。一曲唱罢，她向众人鞠躬致谢。掌声如雷声般响彻大厅，经久不息。每个人都绵延不绝地拍着手，毕竟大家的心已经拧到了一起——必须严防死守她的再次加唱。

“感谢蕾娜的精彩表演，这跟真的歌剧也没两样嘛。”玛歌欣喜地说，“好了，各位来宾，接下来请欢迎我们享有盛誉的逃脱艺术表演家们，高手克拉莱夫斯基与迅捷王西奥多！”

“老天爷啊！”拉里说，“这都是谁想出来的名字？”

“这还用问？”莱斯利说，“西奥多呗。克拉莱夫斯基本来想把他们的节目命名为‘神乎其神逃脱绝技幻影秀’，只不过玛歌不能保证准确地报出名字来，所以弃用了。”

“谢过老天爷！这恩赐虽小，但我铭记在心。”拉里说。

西奥多与克拉莱夫斯基拎着一大堆绳子、链条、挂锁，叮叮当当地上场了。两人在钢琴的不远处站定。

“女士们，先生们，”克拉莱夫斯基说，“今晚，我们将在这里为您献上一个玄妙的节目，您可能会大呼神奇。看到接下来的景象后，您一定会迫不及待，想弄明白它们背后藏着什么怪物。”

他蹙眉，瞪了一眼西奥多。因为可怜的西奥多偏偏在这时手滑了，让一条链子掉到了地上。

“第一个节目里，我的助手会把我紧紧地绑起来。注意，不只是用绳子绑，他还会用到链子。”

在场众人无不卖力鼓掌，雀跃期待。在沸腾的掌声中，西奥多用好几米长的绳子和链条将克拉莱夫斯基绑了个结实。其间也有好几句低声的争吵从舞台上传出来，飘到了观众席里。

“我……呃……忘了该怎么打结了……嗯，对了……你是说要先弄好挂锁？哦！没错！我明白了……呃……马上就好。”

折腾了一会儿，西奥多转过身来，朝向观众，脸上满是愧色。

“真是非常抱歉……呃……你们懂的……我动作太慢了些，”他说道，“不过也没办法嘛，我们没有足够的时间去……嗯……练习，我的意思是——”

“行了，回来干活！”高手克拉莱夫斯基生气地提醒道。

西奥多终于完成了重任，用无限长的绳子和链条把克拉莱夫斯基绑成了一具木乃伊，仿佛是刚从图坦卡蒙[①]的墓里爬出来似的。

“好，那么接下来呢，”西奥多指向克拉莱夫斯基，他现在一动不动，但想动也动不了，“有没有哪位观众有兴趣……嗯……你们懂的……就是上台来检查一下我打的这些结是否坚固？”

瑞宾登上校蹒跚着上了台。

“啊……那个……”西奥多大吃一惊，万万没想到还真有人请缨，“我得劳驾您……呃……就是请您……手下留情，别真去拽那些结啊……”

上校翻来覆去地检查了一遍，尽职尽责，不输监狱里的看守。最后，他脸上挂着明显的犹豫，在迟疑中高抬贵手，向众人表示这些结都没有问题。西奥多紧绷的神情终于松懈下来，上前几步，再次指向克拉莱夫斯基。

“现在，我的助手，啊，不对，是我的搭档，将向你证明……那个……呃……挣脱这些束缚是多么地容易……简单……哪怕身上缠着好几码……好几米的……不是，咱们是在希腊，所

① 图坦卡蒙（Tutenkhamon）是古埃及的一位法老。——译者注

以应该说几米的……呃……嗯……好几米的……绳子和链条。”

西奥多退下，满屋子的眼睛都盯向了克拉莱夫斯基。

“屏风！”他低声提醒西奥多。

“哎哟！呃……好的，”西奥多赶忙去推了一道屏风来，用尽了力气，好不容易才把克拉莱夫斯基挡住。

现场一片肃杀，气氛诡谲。屏风后传来阵阵喘气声，以及链条丁零当啷的响声。

“天哪，”玛歌说，“但愿他真能逃脱。”

“不见得，”莱斯利说，“那些挂锁都生锈了。”

就在此时，西奥多猛地推开了屏风，吓了众人一大跳。克拉莱夫斯基显然已成功逃脱，虽然脸色微微发紫，衣冠略略不整，却在一大堆绳索和链条中站得稳稳当当。

掌声轰鸣，所有人都啧啧称奇。观众们捧场捧到了肉麻的程度，克拉莱夫斯基沉醉其中，不能自拔。

“我的下一个节目，难度极高，且要花上不少时间，”他故作玄奥，“助手还是会用绳子和链条将我捆住。我身上的结都不怕检查，咱们可以请出——哈哈，今晚疑心最重的人上来，请他随便看。然后我会被扔进一个箱子，它完全密闭，没有任何缝隙。但时机一到，我就会神不知鬼不觉地逃脱，再次出现在大家面前。只是这个过程不会短，请大家对我的……呃……奇迹拭目以待。相信接下来的表演会让大家看过瘾。”

斯皮罗和梅嘉洛托普洛普普洛斯出来了，两人一起拖着一个硕大无比的橄榄木箱子，应该是用来装床上用品的。箱子是这个节目的绝佳道具，大小和款式都刚刚好。克拉莱夫斯基又被捆了个结实，一颗疑心千斤重的上校再一次去查了个底朝天。检查完毕，西奥多和斯皮罗把老师抬进了箱子里。进入箱子后，老师麻溜地一蜷，缩了进去，仿佛是个蜗牛缩进了自己的壳儿。西奥多用夸张的动作重重地扣上了箱盖，又上了锁。

“现在，请我们静待我的助手……哦，不……是我的……呃……搭档，给出信号。信号一到，我就会开箱放他出来。”西奥多说，“好戏登场喽！”

“我心里慌得厉害，”母亲说，“但愿克拉莱夫斯基心里真的有数。”

“不好说。”莱斯利阴郁地说。

“这个操作真的……哎……简直是一场过早的活埋。”

“那待会儿开箱时，他搞不好已经是埃德加·爱伦·坡[①]了。”拉里的语气充满期待。

“德雷尔夫人，没事的，一切尽在我们的掌握中。”西奥多说，“我可以通过敲击箱子表面，跟克拉莱夫斯基沟通，嗯，就像是……那种摩斯密码。”

“现在呢，”玛歌说，“请大家一边等待高手克拉莱夫斯基逃脱箱子，一边欢迎来自东方的神奇舞蛇人登场，有请吉吉布依王子！”

梅嘉洛托普洛普普洛斯弹出一段跌宕而激昂的和弦进行曲。伴随音乐，吉吉快步跑进了客厅。他卸除了所有饰品和烦琐的服装，只是简单地裹了个包头巾，缠了块遮羞布。由于没找到合适的舞蛇专用笛子，他今晚将用一把小提琴来操控蛇跳舞。这把琴是斯皮罗跟村子里的一个人借的。吉吉另一只手拎着一个篮子，篮中装着他的搭档。我本来想提供几只无脚蜥，帮他客串蛇的角色，但他看过后只轻蔑一笑便拒绝了，说无脚蜥体形太小，不利于塑造印度的文化形象。最后他还是借走了我的一条真水蛇，态度异常坚定，非它不可。这条水蛇年龄稍大，足有七八十厘米

① 埃德加·爱伦·坡（Edgar Allan Poe）是19世纪美国著名作家、诗人、编辑和评论家，其悬疑和惊悚小说负有盛名，数部作品涉及凶杀、活埋的话题。他创作过一篇短篇小说，题目正是《过早的埋葬》（The Premature Burial），刚好与文中前一句中母亲的感叹一致。——译者注

长，它对人类的情感可以用深恶痛绝来形容。吉吉弯腰致意时，篮子的盖子掉在了地上，水蛇也一块儿跌了出来。它满脸不爽，似乎立刻就要爆发。在场众人大惊失色，慌作一团，唯独吉吉不紧不慢地盘坐下来，面前是一团缠得乱七八糟的水蛇。他举起小提琴，把它架在下巴和肩膀中间，拉出了第一个音符。小提琴发出的每个音符都折磨灵魂，不知吉吉是怎么做到的。人群中的骚乱渐渐退去，吉吉舒缓地摆动身体，拉着琴，带动观众们进入了他的表演中。蛇在他跟前暴躁地扭作一团，怒火熊熊燃烧。突然，一声巨大的敲击声从克拉莱夫斯基藏身的密封箱里传来。

“啊哈！”西奥多说，“信号来了！”

他走到箱子前，俯下身去，兴奋得胡须都舒展开了。西奥多像一只啄木鸟，对着箱体轻敲了几下。所有的视线都再次聚集到了他身上，包括吉吉。没想到水蛇在这一刻爆发了，一口向吉吉咬了过去。还好吉吉闪躲及时，避开了这一击，但是却让水蛇咬住了他的遮羞布。水蛇下口极狠，死不松口，把自己挂在遮羞布上，凶狠地摇来晃去。

“哎哟！我的天！”来自东方的神秘舞蛇人凄厉大叫，“喂！杰瑞！快来，快点儿来！这玩意儿在咬我的裤裆呢！”

我花了好几分钟让吉吉镇定下来，让他别乱动，然后才能去帮他把蛇取下来。在我营救吉吉时，西奥多也隔着箱子，给克拉莱夫斯基敲去了一大串摩斯密码。

母亲递来一杯白兰地，吉吉用颤抖的手接了过来："我演不下去了。"

"再有一两分钟就好，克拉莱夫斯基铁定能出来，"西奥多判断，"他现在遇到了一点儿困难……呃……小麻烦，好像是说，那个……呃……挂锁出了点儿问题。至少我刚才接收到的信息就是这样。"

"那我让下一个节目上场。"玛歌说。

"我觉得，"吉吉气若游丝，"它很可能是一条眼镜蛇。"

"不，肯定不会，"西奥多说，"咱们岛上是没有眼镜蛇的。"

"好了，下面呢，"玛歌说，"有请克里克船长上台。他将为我们带来古老的歌谣，我敢保证，你会跟他一起唱的。欢迎船长！"

船长歪戴着一顶黑色高礼帽，造型很是俏皮。他得意扬扬地走上前来，在钢琴旁站好，移动着两条罗圈腿儿，调整了一下站位，手里还灵巧地转动着一根手杖。

"我要唱一首老船歌，"他声如洪钟，伸手摘下帽子，随即挂在手杖顶上，然后灵巧地旋转起手杖，让帽子跳起转圈舞，"一首老船歌献给你们，跟我一起唱吧！"

他跳了一小段舞，手里依然在转帽子。梅嘉洛托普洛普普洛斯投入地弹着伴奏曲，节奏激昂，等到该歌唱时，船长便开始高歌。

> 佩迪是个爱尔兰人，
>
> 他来自多尼戈尔。
>
> 所有姑娘都爱他，
>
> 哪怕他……

“拉里，你瞧瞧！”母亲被气懵了，“你管这个叫助兴吗？”

“干吗拿我出气？”拉里很吃惊，“跟我有什么关系？”

“本来就是你把他请来的，这个恶心老头是你的朋友。”

“那他要唱什么，我也管不着啊！难道我能管？”拉里也火大。

“反正你就得去管，”母亲下了命令，“这老家伙太混账了！”

“他转帽子倒是转得很厉害，”西奥多很羡慕船长的特技，“我想知道他是……呃……怎么转起来的。”

“跟帽子没关系，我想管的是他的歌。”

“人家这曲子上音乐厅去唱都没问题，”拉里说，“我不明白你在挑什么刺。”

“我印象中的音乐厅，可不允许这种曲子上台。”母亲说。

船长渐入佳境，声量和情绪都愈发饱满到位了。

“恶心的老玩意儿！”母亲啐了一口。

“好，你可以不管我，但好歹该顾一下杰瑞，是不是？”母亲说。

“我能怎么办？把接下来的歌词一段段地重新写好，拿给他看？”拉里问道。

“你们有没有……你懂的……听到什么敲击声？”西奥多问。

“拉里，别跟我瞎扯啊。我需要你做什么，你心里明白得很。”母亲说。

“我不知道克拉莱夫斯基是不是准备好，要出来了……嗯……问题是，我好像记不太清楚信号是什么了。”西奥多诚实地说道。

“你就是爱找我的茬儿，”拉里说，“你太死板了。”

“难道我还不够开明？”母亲愤愤反驳，“有时候，要怪就怪我太开明了！”

“信号应该就是两长三短，”西奥多喃喃自语，“也不一定，我可能还是记错了。”

“听听这是什么话！”母亲说，“玩笑是这么开的吗？！拉里，你叫他下来。”

“受不了的人是你，要去你自己去。”拉里回答。

“真是的，拉里，这也太过分了！这一点儿都不好笑。”

“快了快了，他已经唱完爱尔兰、威尔士和英格兰，”拉里分析，“就剩最后一个苏格兰了。当然，前提是他不会一路唱到欧洲大陆去。”

“那你赶紧去叫他下来啊！”这首歌竟然还可能有欧洲大陆的唱段，母亲差点儿被吓呆。

“我觉得……你懂的……或许我们该打开箱子，看看里面的情况了。”西奥多认真思考了一番，“呃，就是预防一下嘛。”

“你还要当多久的鲍德勒①？省点儿心行不行？”拉里说，“这些歌谣无伤大雅的。”

“我心目中的无伤大雅可不是这个样子，”母亲气冲冲地回呛，“我就想他赶紧住嘴。”

安格斯是个苏格兰小伙，

来自亚伯丁……

“瞧瞧，这不就来了吗？人家在唱苏格兰了。”拉里说。

“呃……我尽量不打扰船长的表演，”西奥多说，“不过我得去看一眼克拉莱夫斯基了……”

“我不管他是不是想一路唱到约翰奥格罗茨②，”母亲说，“他现在得给我住嘴！”

西奥多踮起脚，走到箱子旁，在衣服口袋里摸来摸去，窘迫又焦急；莱斯利也走到西奥多身边，两人开始讨论克拉莱夫斯基

---

① 鲍德勒是指托马斯·鲍德勒（Thomas Bowdler）。他是生活在18世纪的英国人，本是一名医生，但自行删改并出版了一个莎士比亚作品集，旨在删除他心目中的不良内容，让这些作品更适合妇女和儿童阅读。后人对此举的评价褒贬不一。——译者注

② 约翰奥格罗茨（John o'Groats）位于苏格兰的最北端，被喻为英国的起点。——译者注

的安全问题。我看到莱斯利努力地想打开木箱盖子，但盖子始终纹丝不动。如此看来，西奥多定是把箱子的钥匙给弄丢了。船长的声音依然雄壮有力：

弗利兹是个德国小伙，

来自老城柏林……

“这下好了！”母亲说，“终于唱到欧洲大陆了吧！拉里，你赶紧拉他下来啊。”

“妈，你又不是皇家宫务大臣，消停一下吧，”拉里不胜其烦，“再说这场表演都是玛歌的主意，你叫她去管。”

“还好大多数客人的英语也就那样，估计听不太懂，”母亲说，“但终归还是有几位英语不错的啊，这可怎么办……”

哎哟喂，呵！哎哟喂！

水手就是那么苦……

“我现在是真想让他尝尝，什么才是生活的苦！”母亲说，“这个心都脏透了的老怪物！”

莱斯利和西奥多那边又多了个帮手，斯皮罗带着一把大铁锹来了。三人一起想办法，誓要撬开那个密不透风的大箱子。

弗兰索瓦丝是个法国妞，

她来自布雷斯特。

哦！她对得起家乡的名字……

“我也想当个开明的人，”母亲说，“但总得有个限度吧。”

“有谁能跟我说说吗？”蕾娜一直在认真听船长唱歌，“什么是‘左旋螺纹’？”

“那个……那个……就是一个英式笑话而已，”母亲满眼痛不欲生的神情，“类似于双关语什么的，你懂的吧？”

“没错，”拉里也来解释，“就像你说一个孕妇‘肚子里有点儿东西’一样，双关嘛。”

“拉里，行了啊！”母亲立刻制止，“一个船长已经够叫人烦的了，你就别再添乱了好不好？！”

“妈妈，”玛歌也注意到不妙了，“我觉得克拉莱夫斯基可能窒息了。”

“‘肚子里有点儿东西’怎么就是个双关语了呢？”蕾娜不解，“展开说说呗。”

“别管拉里，蕾娜，那是他自己瞎诌的笑话。”

“如果克拉莱夫斯基有危险，我现在是不是该叫船长停一下？”

“这个法子不错，赶紧去办！”母亲说。

莱斯利和斯皮罗拼力撬着木箱盖子，发出狰狞的低吼。玛歌朝船长冲了去。

“船长，船长，您别唱了，”玛歌说，“克拉莱夫斯基老师快……呃……就是……我们现在有点儿担心他。”

“别唱了？”船长瞪大双眼，“停下？我这才刚开始呢。”

“是的，现在我们有点儿情况要处理，比您的歌要紧得多，”母亲冷冷地说，“克拉莱夫斯基被困在箱子里了。”

“这是我所有船歌里最好听的几首之一，”船长痛心疾首，“这也是最长的一首，有一百四十个国家要唱，从智利到澳大利亚，再到远东。那可是一百四十段啊！”

听闻此话，母亲又不由得后退了一步，想必心里也是一阵骇然。

“行，可以，但今天不行，改天吧，”母亲显然言不由衷，“咱们先把眼前的危机解决了再说。”

箱子发出一声嘶哑的低吼，“啪”的一下仿佛一棵大树被伐倒，颇有撕裂的音效。随着这一声吼，木箱盖子终于被猛地拉开了。箱子里的克拉莱夫斯基依然身缠着成堆的绳子和链条，脸色已青到发紫，一双褐色的眼睛惊恐万状地瞪着。

“啊哈，我们好像……呃……开箱开得太早了，”西奥多说，“他还没把自己解开呢。”

“空气，空气，”克拉莱夫斯基的声音已沙哑，“让我呼吸点儿空气。”

“好玩，”瑞宾登上校说，“我在刚果见到过一个小矮子，他陷在大象的肚子里了，也是逃不出来。大象可是非洲大陆上最大的四足动物……”

“快把克拉莱夫斯基抬出箱子，”母亲无比焦虑，“倒白兰地来。”

“扇扇子，快，给他扇！”玛歌尖叫起来，泪水奔涌而出，“他要死了，他要死了，连节目都没表演完就……”

“空气……给我点儿空气啊。”众人一起抬老师出来，老师不停地抱怨。

他满身绳子、链条，整张脸呈铅灰色，双眼紧闭，现在心中正惊涛骇浪，苦不堪言。

“我觉得可能，你懂的，他身上这些东西让他太憋闷、太难受了。”西奥多身上的医学属性开始发挥作用了。

“行吧，既然是你亲手缠上去的，那也由你解下来吧，”拉里说，“反正你有钥匙，西奥多。”

“我……可惜的是，我把钥匙给弄丢了。”西奥多坦白承认了错误。

“什么？！”莱斯利怒吼，“我就知道他们不该玩这么大的，真是傻得叫人着急！斯皮罗，你去找把钢锯来。”

大家把老师横放在沙发上，用靠垫枕在他头下。他的眼睛终于睁开了。他看着我们，面露绝望，不停地喘着气。上校俯身，认真审视老师的脸。

“刚才我说的那个小矮子，”上校说，“他的眼睛严重充血了。”

“真的啊？”西奥多兴致勃勃，“我觉得一个人在被……嗯……执行绞刑时，眼睛也会有同样的表现。眼球处的血管会爆裂，严重时可能让整个眼球炸破。”

克拉莱夫斯基发出了“吱儿”的一声惨叫，短暂但痛彻心扉，宛若一只被万箭穿心的田鼠。

“哎，如果克拉莱夫斯基练过我的‘苦行伽’，”吉吉说，“就知道怎么闭气了，他可以轻松憋上几小时；甚至几天、几月、几年都没问题，前提是他得训练到位。”

“那个苦行伽可以防止他眼球充血吗？”上校发问。

“这个我也不清楚，”吉吉诚实回答，“可能会有一点儿用，让他的眼球只是微微发红。”

“我的眼睛充血严重吗？”克拉莱夫斯基吓得魂飞魄散。

“没有没有，当然没有，”母亲赶忙安抚，“好了，关于眼球充血的讨论就到此为止吧，大家别再吓唬可怜的克拉莱夫斯基老师了。”

“就是，咱们得转移他的注意力，”克里克船长接过话茬儿，“要不我把我的船歌唱完？”

“不行！”母亲态度坚决，“不许再唱了。要不你让梅嘉……那位什么先生来着？请他演奏一些轻松舒缓的音乐，大家一起跳跳舞吧。我们几个留在这里，帮克拉莱夫斯基老师解开绳子和链条。”

“哎哟，你就是周到！”船长对着母亲夸道，“来，跟我跳支华尔兹吧！想让两人的关系迅速升温，你知道有哪些办法吗？华尔兹就是一个啊！”

“想都别想，”母亲义正词严，“我手里有一大堆事处理，没工夫跟任何人升温。我谢谢你了。”

梅嘉洛托普洛普普洛斯调动起情感，身心都投入演奏中，奏响了《蓝色多瑙河》。船长搀着蕾娜，飓风般旋过客厅。

“我的表演本来是能成功的，绝对精彩。都怪我们的斯迪凡尼德先生，他不该真把我锁上啊！那个环节，明明是演一下假动作就好的！”老师向大家解释逃脱失败的原因。

与此同时，斯皮罗面色凝重，认真地锯着老师身上的层层束缚。

“就是，”母亲说，“我们都明白。”

“我从来都……呃……不太擅长……表演魔术。”西奥多一脸愧色。

“我在箱子里憋着，分明感到空气越来越稀薄，自己的心跳声越来越响亮。那场景太可怕了。”一阵战栗传来，克拉莱夫斯基又闭上了眼睛，这一下抖得他身上的铁链哐啷响了一下，“当时我已经开始胡思乱想了，觉得自己再也出不去了。”

“你还错过了好几个节目呢。”玛歌遗憾地说。

“没错，我的天神哟！”吉吉大叫，“你都没看到我的舞蛇。那条大粗蛇居然一口咬住了我的裤裆！”

“然后血就涌上来了，胀满了我的眼睛，”克拉莱夫斯基力挽狂澜，希望拉回众人的注意力，“周围变得一片漆黑。”

“呃……不过……箱子里本来就是一片漆黑的啊。”西奥多忍不住提醒。

“西奥多，你何必那么死板呢？”拉里说，“但凡有你们这种科学家在，就没人能编出个好故事来。”

“我没有编！”克拉莱夫斯基被刺痛了。终于，他身上的枷锁被悉数退去，他可以坐起身了。“谢谢你，斯皮罗。不，我跟你们保证，当时周围就是一下子变黑了，黑得像……像……”

克拉莱夫斯基再次力挽狂澜：“箱子里只有我一个人，耳边是血管里澎湃的血流声——”

“哎呀！”玛歌突然大叫一声，“快看那边，船长把蕾娜的漂亮裙子都踩成什么样了！”

我们转头看向舞池区域，那里有几对舞伴正随着华尔兹的节奏在翩然旋转。其中最为沉醉的，当然是船长和蕾娜那一对。

不幸的是他俩谁都不知道，不知何时，船长定是不小心踩到了蕾娜裙子的内层蕾丝，且刚好踩在裙边处，发力的角度也刚刚好，以至于把花边给扯开了。此刻他俩正忘情相拥，急速旋转，但船长的两只脚都站进了蕾娜的裙撑里。

“我的天哪！这恶心的老家伙！”母亲说。

“还真让他给说中了，华尔兹果然能让关系迅速升温啊。”拉里说。

“我是不是该提醒一下蕾娜？”玛歌问。

就在此刻，随着梅嘉洛托普洛普普洛斯一挥手，整首华尔兹正式结束。蕾娜和船长疯狂地旋转，转出了物我两忘的境界，然后一下子停住了。玛歌根本来不及提醒，船长已后退了一步，打算跟舞伴鞠躬致意。不料他一下子被绊了个趔趄，整个人向后倒去，砸在了地板上。这一倒不要紧，却把裙子扯开，裙身缺了一大块。

现场陷入了死一般的沉寂。有那么一瞬间，众人皆哑然，视线都齐刷刷地扫向蕾娜。而蕾娜自己已灵魂出窍，只能傻子般地站在原处。船长打破沉默，撑起一边身子，斜靠在地板上开了口。

蕾娜发出了一声哀号，凄厉响亮，堪称希腊式惨叫的巅峰。这一声出手不凡，令听者血液凝固，仿佛是一把锋利的镰刀不小心划过了一块石头。叫声里有刺骨的悲叹以及冲天的怒气，音质尖锐高昂，带着华丽的泛音音效，从声带最深处爆发而出。歌唱家加利·库尔奇听到了都会为蕾娜欢呼鼓掌。

更神奇的是，终结这场尴尬的人竟然是玛歌。她勇猛地冲出人群，跳向蕾娜，成功挽救了一场惨剧，否则它可能引发出一场外交危机来。

玛歌的拯救策略极有气势，也可能是过于有气势了。她一把抽出一张边儿的桌布，跑去蕾娜身边，将蕾娜裹了起来。这个动作非常正确，但有一点儿被玛歌忽略了。

桌布上面还堆着无数的餐盘，以及一架支着二十四根蜡烛的豪华大烛台。瓷器哐当哐当落地，砸得粉碎；蜡烛纷纷栽倒进酱料碗里，与酸辣酱等酱料水乳交融。涅槃般的奇景吸引了众人的目光，玛歌趁机用这场短暂的视听盛宴打掩护，带着蕾娜跑上了二楼。

“你满意了吧？”母亲对拉里怒目圆瞪。

“我？我又怎么了？”拉里反问。

“那个老男人，”母亲说，“就是被你请来的。你好好看看他都干了些什么！”

“他给了蕾娜一个高光时刻啊，”拉里说。

“拉里，这不是什么好笑的事情，”母亲严厉地说，“从今以后，咱们家如果还要办聚会，我决不允许那个……那个下作的放浪子进门！”

“您放宽心，德雷尔夫人，今天的聚会非常成功。”吉吉说。

“好吧，只要你满意，我也就放心了。”母亲的情绪平息下来。

“将来就算我有一百次来生，也绝不会再有机会，去经历一次如此精彩的生日聚会了。”

“你真是个懂事的好孩子，吉吉。”

“今天什么都好，只有一点儿嘛……”吉吉掏心挖肺地袒露心声，“我不知当讲不当讲啊……”

“怎么了？”母亲问，“哪里不对劲儿了吗？”

“没有哪里不对劲儿，”吉吉叹了一口气，“准确地说，是缺了一点儿什么。”

“缺了点儿？”母亲估计在暗呼不妙，“什么东西？”

“大象！”吉吉急切地说，“那可是印度最大的四足动物。”

给未来人类的一封信

我们希望未来会有萤火虫在夜晚指引你，
会有蝴蝶在灌木丛及森林里迎接你。
我们希望你的黎明会有鸟类歌唱的交响乐，
而它们拍击翅膀的声音……会让你感到振奋。
我们希望仍然会有许许多多不同种类的生物
跟你一起共享地球，
它们会让你欢喜高兴，并且丰富你的生命，
就好像它们曾经为我们所做的一样。
我们希望你会感恩于出生在这个神奇的世界。

未来，属于终身学习者

我们正在亲历前所未有的变革——互联网改变了信息传递的方式，指数级技术快速发展并颠覆商业世界，人工智能正在侵占越来越多的人类领地。

面对这些变化，我们需要问自己：未来需要什么样的人才？

答案是，成为终身学习者。终身学习意味着永不停歇地追求全面的知识结构、强大的逻辑思考能力和敏锐的感知力。这是一种能够在不断变化中随时重建、更新认知体系的能力。阅读，无疑是帮助我们提高这种能力的最佳途径。

在充满不确定性的时代，答案并不总是简单地出现在书本之中。“读万卷书”不仅要亲自阅读、广泛阅读，也需要我们深入探索好书的内部世界，让知识不再局限于书本之中。

湛庐阅读 App：与最聪明的人共同进化

我们现在推出全新的湛庐阅读App，它将成为您在书本之外，践行终身学习的场所。

- 不用考虑“读什么”。这里汇集了湛庐所有纸质书、电子书、有声书和各种阅读服务。
- 可以学习“怎么读”。我们提供包括课程、精读班和讲书在内的全方位阅读解决方案。
- 谁来领读？您能最先了解到作者、译者、专家等大咖的前沿洞见，他们是高质量思想的源泉。
- 与谁共读？您将加入优秀的读者和终身学习者的行列，他们对阅读和学习具有持久的热情和源源不断的动力。

在湛庐阅读App首页，编辑为您精选了经典书目和优质音视频内容，每天早、中、晚更新，满足您不间断的阅读需求。

【特别专题】【主题书单】【人物特写】等原创专栏，提供专业、深度的解读和选书参考，回应社会议题，是您了解湛庐近千位重要作者思想的独家渠道。

在每本图书的详情页，您将通过深度导读栏目【专家视点】【深度访谈】和【书评】读懂、读透一本好书。

通过这个不设限的学习平台，您在任何时间、任何地点都能获得有价值的思想，并通过阅读实现终身学习。我们邀您共建一个与最聪明的人共同进化的社区，使其成为先进思想交汇的聚集地，这正是我们的使命和价值所在。

浙江省版权局图字：11-2024-118

图书在版编目（CIP）数据

众神的花园 /（英）杰拉尔德·德雷尔著；赵学坤译 . — 杭州：浙江科学技术出版社，2024.4（2025.9 重印）
（德雷尔一家）
ISBN 978-7-5739-1166-7

Ⅰ . ①众… Ⅱ . ①杰… ②赵… Ⅲ . ①儿童小说—长篇小说—英国—现代 Ⅳ . ① I561.84

中国国家版本馆 CIP 数据核字（2024）第 066331 号